废文攻略

第二版 柒

吱吱 著

浙江出版联合集团
浙江文艺出版社

目录 CONTENTS

第八十九章 明克制谨哥懂事理　001

第九十章 知身世少年空惆怅　022

第九十一章 年华逝十娘赴极乐　040

第九十二章 褪青涩贞姐添弟媳　061

第九十三章 隔辈亲徐家女受宠　078

第九十四章 议前程夫妻起分歧　098

第九十五章 将展翅雏鹰欲凌空　132

番外二	番外一	第九十九章	第九十八章	第九十七章	第九十六章	
春来早花开人正好		捷报传小将添新功	老姜辣徐四捍权贵	得官职谨哥添富贵		
316	291	264	237	198	176	

第八十九章　明克制谨哥懂事理

情理之中，意料之外。

这边闹出了这样大的动静，太夫人不可能不知道。但太夫人这样态度强势地直接插手她屋里的事，还是让十一娘有些惊讶。每个人都有底线，作为母亲，谨哥儿就是她的底线。如果是其他事，面对长辈，十一娘就是心里再不愿意，也会退让。可涉及谨哥儿，她不能退让。这孩子，太有眼色了，道歉的话张口就不说，而且还知道运用说话的技巧，避重就轻地误导他人。她如果退让了，就会给谨哥儿一种错觉，认为只要得到了祖母的祖护，不管犯了什么错，都可以万事大吉了。这对他以后的成长是个非常致命的认识。

想到这里，她的眼角不由朝谨哥儿瞥去，刚才还备受打击的谨哥儿小脸涨得通红，神情激动地望着太夫人，如在大海里抓到了一块浮木。

十一娘再也没有任何迟疑，"杜妈妈，"她神色平静，面带微笑地望了过去，"我们正要和谨哥儿说事，还请妈妈稍作等候。"说着，颇有深意地看了徐令宜一眼，然后冒雨冲到了太夫人的伞下扶了太夫人的手肘："娘，大风大雨的，有什么事，差丫鬟来吩咐一声就是，您怎么亲自过来了？"依旧笑语盈盈，依旧声音柔美，可眼角眉梢间的那股毅然却瞒不过太夫人这个经历过的老人家。

听小丫鬟说十一娘和谨哥儿拗上了，太夫人吓了一大跳。十一娘性情温和，谨哥儿虽然有点小脾气，可懂事、孝顺，又知道进退，这两个人怎么就闹腾起来了？

太夫人忙换了件衣裳，带着杜妈妈就往正屋来。谁知道刚出了院子门，就狂风大作下起雨来。她们只好又折回去拿伞。走到半路，遇到派去打探消息的小丫鬟，说谨哥儿犯了犟，在院子里淋雨，十一娘也不肯退让一步，任谨哥儿站在院子里。太夫人听着大急，心里又暗暗嗔怪十一娘教训儿子不分场合。

待进了院子，知道徐令宜已经赶了过来，太夫人松了口气。可进了正院，谨哥儿并没有像她想象中的那样，穿着干净的衣裳，喝着热气腾腾的茶水，被丫鬟、媳妇小心翼翼地服侍着，看见她就像往常那样欢快地喊着"祖母"一路小跑过来搀扶着她，而是淋得像落汤鸡，满脸委屈地默默地站在黑漆落地柱旁。再看徐令宜，和十一娘并肩而立，神色严峻地望着谨哥儿。

太夫人很是不满。两个大人合着伙对付一个小孩子，这算是怎么一回事？难道还怕打不赢谨哥儿不成?针锋相对的话也就脱口而出。而十一娘这种貌似恭敬实则装聋作哑的态度让太夫人心里的不满又增加了一成。

"怎么,怕我来了打扰你们教训孩子?"太夫人满脸笑容,语气却一点也不客气。

这府里,能让谨哥儿视为依仗的就是徐令宜和太夫人了。如今徐令宜站在了她这一边,她只剩太夫人那关要过了。只有说服了这两个人,谨哥儿才会正视他的处境,才会认真地考虑她的话。十一娘脑子飞快地转着,"皇后娘娘、侯爷,都是您一手带大的。要论教导孩子,没有谁比您更在行了。我们年纪轻,不懂事,巴不得您指点指点,哪有打扰之说。"她笑容不减地挽着太夫人上了一旁的抄手游廊,"只是谨哥儿这孩子,脾气太大了,连我的话都不听了。您不知道,为了他这个脾气,我不知道操了多少心。"她说着,叹了口气,提起谨哥儿抓了大公主耳环的事,又说起前些日子太子殿下让谨哥儿进宫的事,"那天他出了这个门,我的心就一直悬着,一会儿想,他在家里随心所欲惯了,见了太子殿下,不知道会不会守规矩;一会儿又想,听说大公主这些日子常常和太子妃在一起下棋,谨哥儿过去,也不知道两个人会不会遇到。要是两个人像小时候似的起了争执,大公主是天之娇女从来没人敢忤逆的,我们家谨哥儿又是个不认输的,这要是有个什么事,我们谨哥儿可怎么办?还好,那天大公主陪着皇后娘娘去了太妃那边,我这才放下心来!"

太夫人微愣,不禁停下了脚步,打量起十一娘来。十一娘静静地站在那里,任由太夫人打量着。她的表情沉着而冷静,有一种坦然的真挚。

这几年,徐令宜总是避免让谨哥儿进宫,太夫人心里是明白的,他是不想让儿子在还不知道世事险难的时候就这样没头没脑地撞了进去……十一娘拿这说事……她和这个媳妇在一起生活了好几年,深知她不是个信口开河的人,可让她相信谨哥儿真的顽劣到了这种程度……太夫人摇了摇头,始终觉得不能相信。沉默中,一行人已走到了屋檐下。

杜妈妈心里正打着鼓。四夫人这样,分明是不想让太夫人插手她屋里的事。可太夫人的话已经说出了口,她又不能不遵守。想到这里,她朝徐令宜望去,徐令宜背手站在那里,目光深邃而安静,表情温和而淡定,和平常没有什么两样,让她看不出个所以然来。这可怎么办好?杜妈妈望着谨哥儿湿着衣摆,忙上前给谨哥儿行了个礼,然后亲昵地拉了谨哥儿的手,"您的衣裳都湿了。"说着,掏出帕子塞进了谨哥儿背后,"杜妈妈帮您隔着点,免得着了凉!"

先拖拖再说。谨哥儿的注意力全在太夫人身上,胡乱地"嗯"了一声,任由着杜妈妈行事。只是等太夫人走到屋檐下时,他立刻丢下杜妈妈兴冲冲地跑了过去:"祖母!祖母!"

徐令宜上前行礼。太夫人笑呵呵地抱了孙子,触手是湿了的衣裳,先前还有些犹豫不定的心自然就有了倾斜。

"打是打,骂是骂。"太夫人微愠的目光落在了徐令宜的身上,又从徐令宜的身上移到了十一娘的身上,"可也没有整治孩子的。你们小时候,我可没有这样过!这要是有个三长两短的,我看你们怎么交代!"

太夫人的弦外之音在场的人都听得明白。谨哥儿笑眯眯地依偎在太夫人身边,墨玉般的眸子一会儿瞅瞅这个,一会儿瞅瞅那个,一副扬眉吐气的小模样。

十一娘不禁苦笑。徐令宜是一家之主,太夫人不问他,偏偏要问她,分明是通过杜妈妈的举动知道了徐令宜对这件事的态度,找了个台阶让她下,好把这件事给圆了。她能领会太夫人的好意,却没办法顺势而下。可当着这么多的人,她直接反驳太夫人肯定也是不妥当的。

"娘说的是。"她恭声道,"只是这雨来得突然,我们一时也没有顾上。还好是夏天,谨哥儿的身子骨又一向健壮。要不然,恐怕真的要酿成大错了。"又道:"雨下得这么大,您小心淋湿了,不如进屋坐一会儿,喝口热茶吧?"

提也没提换衣服的事。她的委婉,在场的人也都听明白了。

太夫人眉头微蹙。孩子教训归教训,却不能把身体给败坏了。十一娘是个聪明人,应该知道她的好意才是。

气氛就变得有些凝重起来。一直观察太夫人神色的谨哥儿立刻感到了不安。

"祖母!"他轻轻地拉了拉太夫人的衣袖,声音有点细,显得怯生生的。

太夫人低头,看见谨哥儿正扁着嘴望着她,大大的凤眼里噙满了泪水,一副可怜兮兮的样子。老人家心软了。算了,十一娘不乐意,还有徐令宜。想着,就若有所思地朝徐令宜望去。

母亲是想让他说句话吧?徐令宜没有作声。别说他是赞同十一娘意见的,就算是不赞同,在这种情况下,他要是驳了十一娘的话,十一娘以后在谨哥儿面前还有什么威信可言?有时候,不说话也是种态度。

太夫人脸色沉了下来,一个又是茶水又是点心的,一个站在那里什么也不说。敢情两口子一个唱红脸,一个唱白脸,齐心协力要把她给弄走啊!太夫人又急又气。你们两口子怎么教孩子她不管,可这样糟蹋孩子,她却不能坐视不理!

"谨哥儿!"太夫人去牵谨哥儿的手,"随祖母去换件衣裳!"态度变得很坚决。

谨哥儿大喜,小脸笑成了朵花。

"好!"他高声应着,紧紧地攥住了太夫人的手。

"娘!"太夫人要带谨哥儿走,他们怎么阻拦都是错,可十一娘还是挡在了太夫人的面前。

"怎么?"太夫人挑了挑入鬓的长眉,"你还想拦我不成?"

话音未落,四周已是静悄悄一片。杜妈妈等人脸色微白,都悄然地朝后挪了几步,尽量离太夫人和十一娘远一些。

徐令宜也急起来。他知道十一娘的心意,可这样直接拦了娘……

"十一娘!"念头一闪而过,他大声呵斥道,"你要干什么,还不给娘赔个不是?"

明着是训斥的话,暗着却给十一娘递梯子。在我面前玩这把戏!太夫人冷冷地看了儿子一眼,目光又重新落在十一娘的身上,却突然间如刀锋般锐利起来。

这样的太夫人,让十一娘觉得很陌生。但她是遇强则强的人,越是这样混乱的时候,人越是冷静。

"娘,"她携了太夫人的手,脑子飞快地转着,"我不是要拦您,我是想问谨哥儿一句话。"

太夫人微微一怔。

十一娘已半蹲下身子平视着谨哥儿:"你跟娘去给庞师傅赔了不是之后,再跟祖母去换衣服,好不好?"

"不!"谨哥儿没想到娘亲依旧盯着这个事不放,他往太夫人身边直躲,"我不去给庞师傅赔不是。"

十一娘拽住了他的手臂:"娘让你去,你也不去吗?"

"我不去!"谨哥儿听到这个名字就烦,用力挣脱了十一娘的手,抱住了太夫人的胳膊,"我已经被禁足了,凭什么还要去给庞师傅赔礼!"一面说,一面望着太夫人,眼中流露几分哀求,希望太夫人能出面留住他。

十一娘徐徐站起身来,表情认真地凝视着太夫人:"娘,您就让谨哥儿和我去给庞师傅赔了礼再来换衣裳吧!"

她的话虽然很婉转,可要表达的意思却已经非常清晰明了。太夫人眼睛瞪得大大的,显得非常震惊,不过是个教拳脚的师傅,赔不赔礼都是次要的。百善孝为先。谨哥儿竟然不听十一娘的话,而且还当着这么多的人反驳十一娘。他这么小就敢这样,要是再过几年……眼中岂不无父无母,没有了家族、宗祠?

太夫人望着这个从小被她捧在手里怕摔了、含在嘴里怕化了的孙子,伤心、难过、失望齐齐涌上心头,一时间竟然不知道该说些什么好了。

机敏的谨哥儿立刻感觉到了太夫人情绪上的变化。

"祖母!"他紧紧攥着太夫人的胳膊,"我冷,我想换衣服!"不自觉间,他用上了撒娇的口吻。

"娘!"十一娘无视谨哥儿的举动,上前挽了太夫人的另半边胳膊,"您上次赏我的老君眉我一直没舍得喝,今天厨房又新做了您爱吃的水晶饼和豆沙酥。要不,我让琥珀给您沏一壶老君眉,再端一碟水晶饼和豆沙酥,您到花厅里歇歇脚?等我陪着谨哥儿去给庞师傅赔了不是,换了衣裳,再去给您问安,您看怎样?"她轻声细语,给太夫人找了个台阶下。

太夫人望了望神色紧张而不安的谨哥儿,又望了望目含托付与信任的十一娘,无声地叹了口气,"也好!"她胡乱点了点头,"我去花厅坐坐。"

十一娘却朝着徐令宜使着眼色。太夫人之所以会发脾气,也是因为太喜欢谨哥儿的缘故。现在谨哥儿变成了这样,她相信太夫人比谁都难过。如果徐令宜能去陪太夫人坐一会儿,说些劝慰的话,太夫人心里也会好过些。

徐令宜是真怕十一娘情急之下说出什么过激的言辞来,所以才不顾母亲的感受上前去拦十一娘。可当他看见妻子蹲着问儿子愿不愿意先去给庞师傅赔礼再换衣服的时候,他嘴角微翘,不由露出个愉悦的笑容来。给庞师傅道歉只是个起因,要紧的是谨哥儿能通过这件事学会忍让和妥协。如果在这种情况下他违心地回答了"愿意",也未曾不是另一种忍让和妥协,对于他们来说,也算是功德圆满了。如果他回答"不愿意",母亲并不是个不明事理的,认识到谨哥儿的倔强后,他相信母亲的态度会有所改变。现在果然如他所期望的那样,母亲不再插手这件事,不用妻子说,他也会尽力挽回母亲的颜面。

"娘!"他立刻恭敬地上前扶了太夫人,"我陪您去花厅吧,这里有十一娘就行了。"然后做出一番说说笑笑的样子,"我记得您从前总说吃了糖牙齿酸的,怎么又吃起豆沙酥和水晶饼来?这两样可都是甜食。"

太夫人知道这是儿子怕她尴尬的有心之举,她怎么能驳了儿子的好意,自然顺着儿子的心意凑着趣:"外面的豆沙酥自然是又甜又腻,我们家做的又不同,没有放糖,只放了少许的花生油……"却不免有些心不在焉。

看见父亲搀着祖母往外走,谨哥儿有一种大势已去的恐惧。他跑过去拉了太夫人的衣袖:"祖母,祖母……您、您不带我去换衣裳了吗?"

太夫人叹了口气,心里五味俱全,不是个滋味。

"好孩子!"她转身摸了摸谨哥儿的头,"乖!听你母亲的话,先去给庞师傅道个歉……"心里到底放不下,语气一顿,又道:"等你从庞师傅那里回来,祖母亲自给你换件漂亮的新衣裳。"

"祖母……"眼泪在谨哥儿的眼眶里转着,泫然欲坠。

别说是太夫人,就是徐令宜看见儿子这副样子心都软了,恨不得就这样算了……可如果这时候算了,那十一娘之前的努力岂不都白费了?徐令宜克制住自己不去看儿子,狠下心来拉着太夫人就往外去:"这些事有十一娘呢,您就别操心了……"免得太夫人忍不住改变了主意,让事情变得更复杂,"娘,我那里还有宫里前两天赏下的大红袍,您看要不要把老君眉换了大红袍……"两人说着,由丫鬟、媳妇簇拥着出了院子,留下了谨哥儿,孤零零地站在走道的中间。

"你可知道为什么最宠爱你的祖母和最喜欢你的爹爹都坚持要你去给庞师傅赔礼吗?"十一娘就问他。

祖母、爹爹……都不帮他……谨哥儿双手紧攥成拳,嘴巴闭得紧紧的,低下头盯着自己的脚尖,算是回答了十一娘的提问。

"既然你还没有想明白,那就继续站在这里好好想想。"十一娘淡然地转身进了厅堂,"你什么时候想通了,什么时候再来见娘。"

门再一次被紧紧地关上。谨哥儿抬头,眼泪大滴大滴地落了下来。

哗啦啦,雨如倾盆般泼下,树枝被打弯了腰,留下一地落叶。不一会儿,院子里很快积起了小小的水洼。

谨哥儿抱膝蜷缩在门口,打了个寒战。这次是真的没人来了……已经过了好久,他的腿都站麻了……爹爹不要他了,祖母也不要他了……还有竺香、秋雨、黄小毛、刘二武他们……从前娘要是生气,他们都会跑来劝他的……然后他就会跑到娘亲身边撒个娇,娘亲就会忍不住笑起来,抱着他亲来亲去……然后娘亲又会变成那个望着他眼睛就会笑的娘亲,而不是像刚才,看他的眼神冷冰冰的……

念头闪过,他身子一僵。娘亲,是不是也不要他了……竺香她们是服侍娘的人,娘生气了,她们不敢来,那是应当的。可黄小毛和刘二武却是服侍他的人,怎么也不来……太可恶了! 等他回去,要每人打十板,让他们知道来救他才是最要紧的……

想到这里,他的手狠狠地在空中挥舞了一下。好像是要回应他的举动,突然有雪亮的闪电划过阴霾的天空,天色一片银白。谨哥儿吓得哆嗦了一下,把头埋在了膝间,蜷缩得更紧了。他没有发现有个小厮朝着这边探头探脑,又冒着雨一溜烟地跑到了书房。

"怎样?"太夫人没等小厮上前,就急急地迎了过去,"谨哥儿还没有服软吗?"

雨水从鬓角顺着面颊落下,那小厮却连抬手擦一擦也不敢。

"没有!"他的声音颤颤巍巍,不仔细听,几乎会被雨声吞噬。

"这个孩子,这个孩子……"太夫人在屋里团团地转。

"娘,"徐令宜的眉宇间也有了几分焦虑,"您少安毋躁。事已至此,就是再艰难,我们也要硬着头皮走下去……"

"我知道,我知道!"太夫人有些不耐烦地挥了挥手,"我只是担心谨哥儿……他可从来没有吃过这样的苦……"说着,身子一顿,"要是刚才我坚持让他换了湿衣裳……"语气颇有些后悔。

徐令宜忙道:"要是我们帮他换了湿衣裳,他看到我们怕他吃苦,只怕会更加有恃无恐了……"

"我知道,我知道!"太夫人眉头紧紧地锁了起来,"我就是说说……"非比寻常的焦灼,是徐令宜从未见过的。徐令宜不由苦笑。谨哥儿要是再不服软,只怕太夫人坚持不住了。

十一娘也在屋里团团转。已经两个时辰了,这孩子还不服软。知道他犟,没想到犟到了这种程度。还好,她一时气愤想纠正他这个毛病,要是再大点,和外面的接触多了,知道世界有多大,这个小小的正院,只怕就拘不住他了。到时候发了犟往外跑,做父母的就只能妥协了。十一娘不由暗暗庆幸,眼睛不由自主地朝窗外瞅。

"夫人!"静静地立在炕边无声地陪着她的琥珀见了轻声道,"快到掌灯时分了,您看……"

"别忙着点灯!"十一娘的语气有些迟疑,"再等等……"

狂风大雨,夜幕如漆,难道谨哥儿还不妥协?会不会适得其反,把孩子吓着了呢?患得患失间,又一道闪电伴着轰隆隆的雷声划过长空,把屋子照得雪亮。

"啪啪啪"……有急促的拍门声。

"娘,娘,我怕!我怕!"

谨哥儿带着呜咽的声音隐隐传来。十一娘面露狂喜,飞快地朝厅堂跑去。可当手指触到硬邦邦的槅扇时,她的脚步慢慢地缓了下来,脸上的笑容也收敛了起来。

"你想好了没有?要不要和娘去给庞师傅道歉?"

十一娘的声音听上去冷静而理智,因此显得有些清冷。

他已经说害怕了,娘竟然还要他去道歉?

"娘……"谨哥儿眼睛瞪得大大的,紧紧地咬了嘴唇。

门外突然没有了声响,十一娘的手搭在了槅扇冰裂纹的槅条上。

母子俩,一个在内,一个在外,隔着门扇对峙而立。

"哗"的一声,大雨被大风吹着斜落下来,像海浪席卷着扑过来的声音,一阵高过一阵。院子里的树狂乱地摆动,在漆黑的夜色中呜呜直响,惊心动魄。

"娘,娘!"害怕占据了上风,谨哥儿再也顾不得什么,使劲地拍着门,"我去给庞师傅道歉,我去给庞师傅道歉……"一边说,一边呜呜地哭了起来。

十一娘长长地透了口气,这才发现自己大汗淋漓,如在崇山峻岭间走了一遭般全身酸软。她深深地吸了口气,尽量让自己的动作显得从容、淡定,打开了门。

"娘!"一个熟悉的身影扑到了十一娘的怀里,"娘……"搂着她的脖子呜呜地哭了起来。

十一娘把这个小身子紧紧地抱在了怀里。

琥珀眼眶湿润,站在厅堂里抹着眼角就朝外大声喊着:"掌灯!快掌灯!"

外面有欢呼,红红的大灯笼依次亮起来,照亮了众人兴奋的脸庞。

"以后再也不可如此了!"十一娘放开停止了哭泣的谨哥儿。

"嗯!"谨哥儿扁着嘴点头,脸上的泪珠在灯光下晶莹剔透。

十一娘摸了摸儿子的头。

琥珀托着红漆描金海棠花托盘走了进来:"六少爷喝口姜汤。"又道:"热水已经准备好了。"

十一娘笑着朝琥珀微微颔首,喂谨哥儿喝姜汤:"洗了澡,我们就去给庞师傅道歉。"

谨哥儿的肚子饿得咕咕直叫,却不敢作声,乖巧地点着头。

十一娘喊了红纹和阿金进来服侍谨哥儿洗澡。

竺香笑吟吟地走了进来:"夫人,侯爷那边已经派人去送信了。晚膳也准备好了,可以随时传膳。"

"先给太夫人和侯爷传膳吧!"十一娘道,"我和六少爷去给庞师傅赔了不是再回来吃饭。"

竺香笑着去了书房。

"我就说,我们谨哥儿可不是那种不好商量的孩子。"太夫人长吁了口气,听那雨声都觉得悦耳了不少,"我要去看看。"老人家喃喃地道,"也不知道那孩子现在怎样了。"

杜妈妈听了,上前去搀太夫人:"那晚膳?"

徐令宜却抢在杜妈妈之前扶了太夫人:"外面的雨正下得欢,地上湿漉漉的,您小心脚下滑,还是我陪您过去吧!"

他心里也惦记着吧?太夫人笑道,吩咐杜妈妈:"晚膳就摆在十一娘那里吧!正好陪陪我们谨哥儿。他受了这么大的罚,还不知道怎样难受呢!"说着,由徐令宜扶着出了门。

琥珀几个正收拾净房,听到动静忙迎了出来:"侯爷、太夫人,夫人和六少爷去了庞师傅那里。"

两人一愣,交换了个惊讶的眼神。

"不用这么急吧?"太夫人望着外面依旧滂沱的大雨。

徐令宜想到刚才太夫人和十一娘的矛盾,忙道:"今日事,今日毕。早点把这件事完结了也好!"

太夫人没再追究这个问题,由琥珀服侍着坐到了临窗的大炕上,问起谨哥儿的情况来:"有没有打喷嚏?有没有咳嗽?有没有哪里不舒服?"

"没有!"琥珀笑着给太夫人奉了杯热茶,"夫人也是怕六少爷着了凉,还特意吩咐让六少爷泡个热水澡。"

两人说着话,徐令宜就在一旁支着耳朵听。

"夫人!"庞师傅飞快地瞥了一眼面前这个优雅自信的女子,脸涨得通红,"不用了,不用了,六少爷也不是有心的。"显得有些慌慌张张的,"再说了,侯爷和太夫人、五夫人都给我汤药费了。"

"汤药费是汤药费,"十一娘声音悦耳,不高不低,不快不慢,有一种从容的舒缓,让人听着很舒服,"他做错了事,怎么也要给师傅赔个不是才行!"说着,鼓励地朝谨哥儿笑了笑。

谨哥儿望着庞师傅粗犷的脸,想到他平时严厉的目光,拳头握得紧紧的,嘴角翕动,憋了半天也没憋出一句话来。

像他这样的贵胄子弟,什么时候这样低声下气过。家里的大人能这样纡尊降贵地带着孩子来赔不是,已给足了他面子,他要知道好歹、深浅才是!庞师傅粗中有细,亲热地上前揽了谨哥儿的肩膀,笑道:"你的意思师傅已经知道了,有错能改就是大丈夫。"然后想让气氛变得活跃些地呵呵笑了两声,"只是你明天记得早点来秀木院上课就是了。你今天不在,秀木院空荡荡的。"为谨哥儿解着围。

谨哥儿松了口气,朝十一娘望去。

十一娘却轻轻地摇了摇头,对庞师傅说:"谨哥儿被他父亲禁足了,还有两天才能来上课呢。"

庞师傅很是意外,又是赔汤药费,又是禁足,又是赔礼的……看样子,徐家对孩子管理得还挺严的。

"这样说来,我还要两天才能看到六少爷了?"

十一娘笑着,看了谨哥儿一眼。

谨哥儿不敢迟疑,硬着头皮道:"师傅,是我不对,我以后再也不这样了。"声音弱弱的,可到底是说出了口。

"没事,没事!"庞师傅连忙摆手,"我这不是挺好的吗?没事了,没事了!"又道:"六少爷也是个爽快人,我们说开了,就不再提这件事了。要不然,我可要生气了。"说着,佯做出一副生气的样子。

谨哥儿长吁了口气,神色轻快了很多。十一娘则笑着说了几句"以后谨哥儿还请庞师傅多多费心,他要是顽皮,您只管让小厮去告诉我"之类的话,然后牵着谨哥儿走了。

雨势好像小了些,青石地板被冲洗得干干净净,在大红灯笼的照射下显得特别地光洁。十一娘和谨哥儿沿着抄手游廊往内院走去。

"给人赔不是并不是那么难说出口的吧?"她笑着问谨哥儿,"庞师傅也没有对你发脾气吧?"

想到赔不是之前如鲠在喉的难受和说出口之后的轻快,谨哥儿有些不好意思地低下头,轻轻地"嗯"了一声。自从服了软,他在十一娘面前就变得有些畏手畏脚的。

也不能矫枉过正了。十一娘想着,停下脚步,像往常一样亲昵地抱了抱儿子:"不过,刚才谨哥儿真不错,娘很高兴。"

谨哥儿惊讶地抬头,眼底有一丝不确定。十一娘笑着朝他坚定地点了点头,谨哥儿看着,嘴角就慢慢地翘了起来,眼里又有了一点点从前的神采飞扬。

"谁都有出错的时候,"十一娘拉着他的手慢慢朝前走,"我们有错改正就是了……"

昏黄的灯光,将两人的身影拉得长长的。

丫鬟蹑手蹑脚地远远跟着,生怕踩着了两人的影子。

第二天,谨哥儿去给庞师傅赔礼道歉的事就传遍了徐府。

刚下过雨的林子,草湿漉漉的。诜哥儿的小厮趴在草丛里,诜哥儿踩着小厮的背往谨哥儿的窗棂丢石头子,厢房半晌没有动静。

"咦?"诜哥儿在另一个小厮的搀扶下跳了下来,"难道六哥被四伯打怕了?"

"应该不会吧?"扶他的小厮忙殷勤地道,"六少爷不是被禁了足吗?说不定他屋里有人,他不方便出声。"

诜哥儿露出恍然大悟的表情,"难道是四伯父在他屋里?不对,四伯父和我爹去了隔壁的威北侯府……难道是四伯母?"说到这里,他笑了起来,"走,我们到六哥那里玩去……"

"七少爷……"两个小厮连忙阻止,"要是四夫人告诉了五夫人……"他们是偷偷跑出来的。

"不会的!"诜哥儿不以为然,"四伯母从来不和人说这些。"他一面说,一面往正院的后门去,"四伯母待人最和气,屋里又有很多吃的!我们去了,肯定有窝丝糖、玫瑰糕……"

两个小厮不敢怠慢,忙应了一声,小跑着跟了过去。

雨后的院子,树叶绿油油的,空气中弥漫着青草特有的芬芳。

"七少爷!"遇到他们的丫鬟、媳妇纷纷屈膝行礼,退到一旁。

诜哥儿看也不看一眼,径直去了谨哥儿的厢房。

阿金就朝他使眼色,低声道:"四夫人在屋里督促六少爷写字呢。"

又不是四伯父。诜哥儿才不怕,笑嘻嘻地闯了进去。

屋子里静悄悄的,十一娘坐在炕边做针线,谨哥儿坐在炕桌前描红。

看见诜哥儿,谨哥儿面露惊喜。

"七弟!"他大叫着就要起身,看见诜哥儿双手都包着严严实实的白布,愕然道,"这……"

"哦!"诜哥儿讪讪然地道,"被我娘打了。"

诜哥儿也因为庞师傅的事被打了?谨哥儿咧着嘴就想笑,可眼角瞥过坐在一旁的十一娘,又颓然地坐了下去:"我、我还有两页字的描红,你等一会儿。"

娘亲说过,干什么事的时候要专心,要持之以恒,开始了,就不要半途而废。如果是从前,诜哥儿来看他,他会先和谨哥儿玩一会儿,等玩累了,再描红。可现在,他有点不敢……

诜哥儿被打的事十一娘一早就得了消息,还亲自去看望了。

"诜哥儿来了?"她笑着和他打招呼,"你先到厅堂去吃些水果点心,等你六哥描完红了,再和你玩,好不好?"

谨哥儿的表现,让她很满意。从前她要求他做完了功课再去玩,总是要她压着才行。现在知道自己克制了,不管是什么原因,这都是个不小的进步。

诜哥儿却摸着脑袋。这是怎么了?就算是禁足,只要不出这个厢房就行了,也用不着连动也不敢动啊?正奇怪着,却看见谨哥儿飞快地抬起头来朝他眨了眨眼睛,又飞快地低下了头,一副让他照做的样子。

诜哥儿只好"哦"了一声,随着阿金去了厅堂。阿金端了红漆描金梅花九攒盒招待他喝茶。他跪在太师椅上用两个包了白布的手专拣了窝丝糖吃,看上去有点可笑,却也很可爱。

丫鬟们都笑吟吟地望着他,徐嗣谆和徐嗣诚来了。

"四哥!五哥!"诜哥儿跳下椅子。

"你的手?"徐嗣谆有点奇怪。

诜哥儿很烦。怎么人人都问他的手啊!

"没事,"他快快地道,"我被娘亲打了一顿。"把事情的经过简单地说了一遍。

徐嗣谆大笑,关切地问他:"看了大夫没有?大夫怎么说?"

"看了。"诜哥儿满不在乎地道,"就是抹药、吃药呗!"然后问他:"四哥不用上学吗?怎么这个时候过来了?"

"我们来看看六弟。"徐嗣谆含蓄地道。

徐嗣诚则沉默地朝着诜哥儿笑了笑,算是打了招呼。

诜哥儿歪了脑袋望着徐嗣诚:"五哥害怕打雷吗?"

徐嗣诚讶然:"我不怕打雷。"

"那你为什么睡不好？"

昨天晚上又是打雷又是下雨的。

"我没有睡不着。"徐嗣诚神色微变，笑容有些僵硬起来，眼底还带了一丝警备。

诜哥儿并没有注意到。

"被我猜对了吧？"他得意扬扬地指着徐嗣诚的眼睛，"你这里都黑了。石妈妈说，要是睡不好，这里就会是黑的。"

"哦！"徐嗣诚的表情松懈下来，笑容又恢复了原来的温柔，"我这几天熬夜看书呢！"

"赵先生说你的功课进步了不少。"徐嗣谆在一旁道，"刻苦固然重要，可也不能因此败坏了身体。要是身体垮了，精力就跟不上了，功课反而会落下来……"

正说着话，帘子一撩，十一娘走了出来。

"听着是你们的声音。"她笑道，"你们怎么来了？谨哥儿正在里面描红呢。"

意思是有什么话在这里说。两个人都是跟过十一娘的，知道她对功课要求严。下了学就要做功课，如果有什么事，可以推迟，但不准半途而废。有时候，因为功课没有做完，甚至会推迟用晚膳。

徐嗣谆和徐嗣诚都认为这是理所当然的，陪着十一娘坐下。诜哥儿却吐了吐舌头。

徐嗣谆问起谨哥儿来："听说昨天晚上被教训了？现在怎样了？"

关于谨哥儿被罚的原因，昨天晚上太夫人、徐令宜和十一娘商量了半天，决定把它归纳为谨哥儿不愿意给庞师傅道歉，免得节外生枝，有流言蜚语传出来。

"还好！"十一娘笑道，"就是在屋里拘着，有点不习惯。"眼角瞥过沉默不语的徐嗣诚，见他好像瘦了不少，大家在这里说着话，他端坐在那里，目光却没有焦点，一副心不在焉的怅然模样。

"你这些日子还常常去书局看书吗？"十一娘问他。

上次徐嗣诚神色有些异样，十一娘把喜儿叫来问，知道他跟徐嗣勤他们在城南给徐嗣谕送行的时候遇到了徐嗣谕的几个同科，饭后大家一起去逛了书局，他非常喜欢，有时候邀了徐嗣谆去那边逛。

听母亲提起这件事，徐嗣诚微赧："四哥这些日子常常陪着父亲去威北侯府，也没时间和我出去，我有时候一个人去那边逛逛。"

"那有没有遇到什么有趣的事或是有趣的人？"十一娘和他聊天。

这些日子，她也没有顾得上徐嗣诚。现在又发生了谨哥儿这件事，她这才惊觉她对儿子教育的缺失——从前虽然严厉，但把落实的事交给丫鬟、媳妇。这些丫鬟、媳妇对她再恭敬，对她再俯首，可毕竟主仆有别，有些事，睁只眼闭只眼，谨哥儿见了，胆子越发地大，对她的话也就越来越不放在心上，更别说会全然地听取。孩子就像庄稼，过了这一季,就该成熟收割了,没有下一季。其他的事都可以放一放,谨哥儿现在的教育问题却不能放,她准备以后把精力放在谨哥儿的身上。

"没有。"徐嗣诚表情微微有些不自然,"我就是在那里随便逛逛。"

每个人都有自己的秘密,他不想说,十一娘自然会尊重他的意愿,笑着转移了话题:"这些日子书局有没有上新书?"

"有!"徐嗣诚见十一娘没有追问,态度有些殷勤,回答得很详细,"翰林院有一位新进的学士,姓关,闲余之时喜欢玩石,写了一本关于这方面的书,叫《袖中珍》。还有位姓庆的秀才,四十年间一直游历天下,去年突然病逝。他有个儿子,是建武五十五年的进士,现在南昌府做知府,把父亲留下来的诗稿出了本书,托付一些书局出售。我当时翻了翻,清新秀丽,让人耳目一新,就买了一本回来。母亲要是感兴趣,我等会儿给您送过来看看……"

正说着,项氏过来。

"我前两天在家里清箱笼,找到个小时候玩过的地动仪。"她笑着捧出个小小的红漆描金匣子,"听说六叔这两天在这里,我就拿过来了,也不知道六叔喜欢不喜欢。"

是听说谨哥儿被罚过来问候,又不好直言,所以才用了这种委婉的方式吧?

"清箱笼?"十一娘笑着让琥珀接了匣子,"是给谨哥儿做秋衣吗?"

"是!"项氏恭敬地应道,"八月份姜家九小姐送生辰礼的时候一起带过去,正好穿!"

姜家九小姐的生辰在八月十七,十一娘每年都让人送生日礼物去。

话音刚落,内室的帘子撩了一条缝,谨哥儿躲在那里探头探脑的。

十一娘就喊了一声"谨哥儿"。

声音未落,谨哥儿已急急地道:"娘,我描完了!"

比平时快很多。十一娘暗忖着,"嗯"了一声,柔声道:"那你就歇一会儿吧!"

谨哥儿一听,立刻高兴起来,他蹦蹦跳跳地出了内室,眼角的余光却看见娘亲仪态万方地端坐在那里。他想到娘亲最喜欢规矩的人,立刻神色一正,敛了笑容,身姿挺拔地走了过来。那循规蹈矩的模样儿与他平常的飞扬明朗形成了鲜明的对比。

十一娘让琥珀把匣子交给谨哥儿:"是你二嫂给的,你拿去玩吧!"

这次,没有任何交代,他就态度恭敬地向项氏道了谢。

果然是玉不琢不成器。这样教训了他一顿,老实多了。十一娘在心里暗暗点头,见诜哥儿踮着脚两眼放光地盯着谨哥儿手里的匣子,想到谨哥儿在自己面前的拘谨,笑道:"谨哥儿,你带了诜哥儿去屋里玩吧。"

谨哥儿立刻高声应"是",声音里隐隐含着几分快活,牵着诜哥儿的手去了内室。

众人心意已经到了,加上谨哥儿又去了内室,徐嗣谆几个在十一娘这里说了一会儿

闲话就告辞了。

谨哥儿一个下午都和诜哥儿待在屋里玩地动仪。

快到晚膳的时候，徐令宜回来了："谨哥儿怎样？"

"挺好的。"十一娘笑道，"很快就描了四张大纸……"说了说谨哥儿的情况。

徐令宜长长地透了口气。

十一娘和他商量起家里的事来："以后只在早上午正之前处理家务。这样一来，下午的时候我也可以陪陪谨哥儿。"

"这些事，你自己做主就行了。"徐令宜笑着，"只是到时候要安排好，要不然，会乱套的。"

十一娘应了一声，当天下午就把自己手里的事仔细地捋了捋，把一天的事缩成了几个时辰，她怕那些管事的妈妈都叫苦，和琥珀商量了一下，第二天就把这个决定对管事的妈妈说了。

那些管事妈妈也会算账。既然十一娘下午休息，那她们也就不用来示下……也就可以自己安排时间。

"自然是六少爷的功课要紧。"

"夫人写得一手好字，有夫人指导六少爷描红，自然是事半功倍。"

出乎十一娘和琥珀意料地齐齐应承了，而且还保证一定会在午正之前把该示下的事都禀了十一娘。十一娘用了七八天的工夫把这件事理顺了，之后每天下午就一边做着针线，一边陪着谨哥儿练大字，偶尔还指点一下他的笔锋。谨哥儿也老实了很多，规规矩矩地练字，进步明显，让赵先生赞不绝口，加之赵先生的表扬都言之有物，谨哥儿很信服，开始渐渐喜欢上了写字。

过了七月半中元节，转眼就到了八月初，各家开始送中秋节礼。威北侯分家的事终于尘埃落定。林大奶奶趁着这机会亲自过来送节礼，一来是跟十一娘道谢，二来是想和十一娘说说话。

十一娘曾听徐令宜断断续续地提起过他们家的事。威北侯世子见自己的兄弟拧成了一股绳，分让了一些利益出去，采取各个击破的办法，很快就打开了僵局，兄弟们商定过了孝期再分家。林大奶奶因此对妯娌们也是打压的打压，拉拢的拉拢，日子过得比从前还不省心，天天盼着孝期快点满。

两人说了些家长里短，林大奶奶心情好多了，到了中午才打道回府。

下午，十一娘陪着谨哥儿练字。简师傅过来。

"终于把隔壁的铺子买了下来。"她十分欢喜，"以后再也不担心生意做好了东家把铺子收了回去。"

她们是想把这喜铺长长久久地做下去的,特别是简师傅,她不仅仅是在这上面花了心血,而且要给跟着她从江南过来帮她创业的那些绣娘一个交代,给奉养她的秋菊一个交代。她是最不希望喜铺有什么变故的。

"那我明天去跟甘太夫人说说,正好去给她送中秋节礼。"

听说十一娘带着谨哥儿来给她送中秋节礼,甘太夫人高高兴兴地迎了出来。谨哥儿跳下马车,恭敬地给甘太夫人行礼。甘太夫人的笑容就溢满了脸庞,拉了他的小手就往里走。

丫鬟、媳妇、婆子纷纷屈膝行礼喊着"六少爷",炕桌上早摆满了谨哥儿喜欢吃的点心、瓜果。

"听说你们要过来,我今天一大早特意让厨房做的。"甘太夫人亲手用小勺挑了豆沙糕喂谨哥儿。谨哥儿小声道谢,要自己吃:"娘说了,我长大了,不能再让人喂了。"然后歪了小脑袋问甘太夫人:"太夫人喜欢吃桂花糕还是栗子糕?我们家做了桂花糕,也做了栗子糕,都很好吃的。"

"哎呀!"甘太夫人欢喜得不得了,把谨哥儿搂在怀里,"不过一个夏天没见,我们谨哥儿现在也知道心疼人了。"

谨哥儿就朝十一娘望去,笑容里有小小的得意。

从前谨哥儿会自己拿了东西吃,但不会向人解释;会送甘太夫人东西,但不会关心甘太夫人喜欢不喜欢。甘太夫人不禁问十一娘:"这也不过几个月没见,怎么一下子像变了个人似的?"

十一娘喝着甘太夫人泡的铁观音,笑道:"告诉他'他想别人怎样对待他,他就怎样对待别人'。"

甘太夫人听着欣慰地点头,摸着谨哥儿的头,又把谨哥儿抱在了怀里。

"您把我的头发都弄乱了。"谨哥儿嘀咕起来,又有了几分从前的样子。两个大人不禁相视而笑。

十一娘趁机说了来意。甘太夫人想了想,道:"那就写你和简师傅的名字吧。要是写了喜铺的名字,我怕到时候麻烦。"

十一娘也是这么想的,这笔钱暂时由喜铺里垫出来,以后从简师傅的分红里慢慢地扣。万一甘太夫人这边有什么变故,这笔钱也是一笔收入,而且还可以保证细水长流。

"行啊!"十一娘笑道,"那我就去跟简师傅说了,让简师傅打欠条,找牙行把那铺子过户。"

甘太夫人怅然地叹了口气。

十一娘来可不是为了让她伤心的,笑着拉甘太夫人去看她从徐府带过来的花木:"有一盆墨菊,养几天就可以开花了。还有株尺来高的桂花树,养在大缸里,正开着桂花……也不知道季庭是怎么办到的……我问他能不能在缸里养苹果,要是成了,冬天坐在炕上取暖,俯身就可以摘个苹果吃,想想就觉得有趣。"

甘太夫人听了很感兴趣,和十一娘领着谨哥儿去了院子。季庭媳妇带着几个婆子在摆盆。

谨哥儿跑过去指了放在一旁石桌上只有叶子还不见花蕾的菊花,道:"太夫人,太夫人,您看,这就是墨菊。季庭媳妇说,花开起来是黑色的。"

甘太夫人呵呵地笑着走了过去:"谨哥儿见过没有?你喜欢什么颜色的菊花啊?"

"见过啊!"谨哥儿笑道,"去年季庭就养出了黑色的菊花。不过,花放到桌上没几天就死了。季庭花了好大的工夫,今年的菊花终于可以放到桌子上了。"

两个人在那里说说笑笑的,一群丫鬟簇拥着甘夫人走了过来。

"永平侯夫人,您来了也不去我那里坐坐!"她嗔道,"要不是我看着快中午了过来服侍婆婆用午膳,还不知道您来了。"又弯了腰笑着和谨哥儿打招呼:"六少爷,你也来了?"

谨哥儿恭敬地给甘夫人行礼。

十一娘笑着解释:"我看过了太夫人就准备去您那里,谁知道您先来了。"

甘太夫人的态度很冷淡:"今天不用你服侍午膳了,你去歇了吧!"

"那怎么能行?您这边来了贵客,我自己歇午觉,要是让伯爷知道,定要责怪我没有照顾好母亲的起居……"

"他要是说你,你就说是我说的。"太夫人漠然地道,"要是他不信,让他来问我好了。"

"伯爷怎么敢。"甘夫人说了几句场面上的话,就快快地走了。

甘太夫人的表情有些怅然:"自从我拿出钱来给她用,她就这样了……"

十一娘心里也有些不好受。当亲人间变得只剩下金钱关系的时候,人就会感觉这世间越来越冷漠。

"您刚才还没有说您到底是喜欢吃桂花糕还是栗子糕呢。"她调节气氛,"我回去了就让宋妈妈给您送些来。"

"都行啊!"甘太夫人知道她的好意,顺着她转移了话题,"我这几年,开始特别爱吃甜食……"

两人说笑着,回避了甘夫人这个话题。甘太夫人热情地留他们母子吃了午饭,谨哥儿在甘太夫人暖阁里小憩了一会儿,十一娘这才去辞了甘夫人回家。

徐嗣谆和徐嗣诚在家等十一娘和谨哥儿。

"母亲,中秋节的时候我们想出去看灯,想把谨哥儿也带上。"

"好啊!好啊!"谨哥儿一听,眉飞色舞地跳了起来,"还有诜哥儿,诜哥儿也去!"说完,想到母亲还没有同意,忙跑去拉十一娘的衣袖,"娘,我也想去,我也想去!"

这样热闹的场景,对古时候娱乐相对比较少的人来说都非常地有吸引力。

"行啊!"十一娘想着徐嗣谆今年都十四岁了,笑道,"不过那天人很多,你们要安排好才行。"想到这里,她突然冒出个念头来:"谆哥儿,你是最大的,弟弟们都跟着你出门,你先想想那天该怎么办,然后与白总管商量拿出个章程来,也免得到时候走散了,或是被灯火爆着了。你看怎样?"

"我?"徐嗣谆很意外,但很快就兴奋起来,"好啊,好啊,我这就去与白总管商量。"拉着徐嗣诚就要走。

十一娘笑着送他们兄弟两人出门,眼角的余光无意间落在了徐嗣诚的鞋上。

她神色微变,立刻叫了四喜来问:"五少爷脚上那双鞋哪里来的?就是我们针线房也做不出那样粗糙的鞋来。"

四喜有些茫然:"五少爷出门的时候,穿的是奴婢做的鞋,黑绸缎面,绣了豆绿色彩云纹……"

而刚才徐嗣诚穿着的是一双很普通平常的黑布鞋。

"知道了。"十一娘让她退下去。

晚上徐嗣诚过来问安的时候看他的鞋子,换了双黑绸缎素面鞋子。

"咦?"十一娘佯装惊讶地笑道,"你怎么突然换了双鞋子?"

徐嗣诚不安地朝后挪了挪脚,一副想用衣摆把鞋子挡住的模样儿,"我一回来就被四哥叫去商量看花灯的事,没来得及换鞋。"目光有些闪烁。

十一娘笑着"哦"了一声,一副接受了他的解释的样子,问起谆哥儿看花灯的事来。

"白总管说要派六七个护卫……"

她仔细地听着,觉是这方面可行,笑着鼓励他:"你去跟你爹爹说说,你爹爹也好放心。"

徐嗣谆犹豫了一下,就笑着应了"是"。

送走两兄弟,十一娘立刻叫了琥珀进来:"你去跟秀莲的男人说一声,让他帮我查查,这些日子五少爷去书局都做了些什么,有没有在外面交什么新朋友,特别是今天下午,都干了些什么。"

琥珀应声而去。

过了两天,琥珀给十一娘回话。

"五少爷常去书局逛,偶尔也买书。买了书,就在旁边的茶楼找个雅间坐着喝茶看书,或到茶楼大堂听评书。五少爷去书局,多是独来独往,倒是在茶楼大堂交了两个常去听评书的友人。一位姓孙的少爷,江南人士,父亲是户部的一个给事中。另一位刘少爷,是本地人士,父亲是位坐馆的先生。三人在一起也不过是凑个桌子听评书,互相请喝杯茶,说说话,并没有其他来往。"说到这里,她语气一顿,"秀莲当家的说,那天下午,五少爷去了城东一个叫五柳沟的地方,找一个叫柳奎的人……"

十一娘脑子"嗡"的一声炸开了:"柳奎?什么人?五柳沟又是个什么地方?"

当年的事,琥珀是知情人。

"秀莲当家的说,这个叫柳奎的,原是燕京四大净角之一,好赌,亲戚朋友都被他借遍,渐渐地,大家都不与他来往。名震燕京的旦角柳惠芳就是他儿子,为了还赌债,从小就被他卖到了戏班。后来柳惠芳出了名,他又去认亲,柳惠芳不承认自己是柳奎的儿子。这件事在当年闹得还挺大,梨园界略有点年纪的人都知道这件事。再后来柳惠芳倒了嗓子,被骗光了钱财,就搬去和柳奎一起住了。八年前,柳惠芳出去访友就再也没回来过。柳奎没多久也病了,拖了几个月就去世了,还是左邻右舍帮着办的丧事,如今棺材还寄放在庙里没处安葬。"又道:"五柳沟是朝阳门外的一条小沟,住的都是些下九流的人。下雨是一脚泥,晴天是一身土。没什么事,一般人都不会往那里走……"话到最后,语气已经有几分迟疑。

所以就在外面买了双鞋临时换上了?

"那些随身的小厮呢?难道就没有谁发现他去的地方不对!"十一娘沉声喝道,"就没有谁阻止一句?四喜她们呢?能找到那里去,肯定不是一天两天的事,就没有谁发现他的异样?"说到这里,十一娘有些烦躁起来。她在屋里走来走去,显得很是气愤。

琥珀忙道:"夫人,越描越黑。"她声音很轻,"有些事,我没有让秀莲当家的去打听。您要是想知道,我悄悄地去问。"又道:"四喜是个稳妥之人,五少爷既然连她都瞒过了,想必早有了主意。我看这件事……"

意思是说,徐嗣诚早就留了心不让人知道。要是打听起来,肯定会惊动他。十一娘想到她三番五次地问他,他都不说。此刻去追究谁的责任显然是不明智的。当务之急是要知道徐嗣诚到底知道了多少,他心里又是怎么想的,他的日渐消瘦只怕与这件事脱不了干系。想到这些,十一娘只觉得一刻也等不了。她站起身来就朝外走:"我们去看看!"

琥珀不敢让人跟着,和十一娘去了外院。徐嗣诚去了徐嗣谆那里。十一娘拐到淡泊斋。

徐嗣诚不在。听说十一娘来找徐嗣诚，徐嗣谆一愣，然后扶了十一娘的胳膊往临窗的大炕上坐，道："兵部侍郎卓大人辞官归乡，爹爹让我和他一起去给卓大人送行。偏偏白总管那边差了人过来，说灯会旁的两个酒楼都有位置不错的雅间，让我去看看哪间更好。我怕走开了爹爹找不到人，就让五弟代我去了。"说着，喊了小厮王树："去门口等着，五少爷一回来就立刻来禀了我。"

王树应声而去。

十一娘望着笑容有些紧张的徐嗣谆，起了疑惑。她决定等徐嗣诚回来。

"这个时候，能观灯会的雅间应该不太好订吧？"十一娘和徐嗣谆说着话，"还能挑选喜欢的？"

"那些酒楼很精明的。"徐嗣谆亲自给十一娘奉了茶，陪坐在一旁的锦杌上说话，"每年灯会都有很多人去观灯。他们怕得罪了自己得罪不起的人，会偷偷地留几个位置比较好的雅间以备急时之用。"

"哦！"十一娘笑道，"没想到谆哥儿连这也懂了。"

谆哥儿赧然道："我也是听白总管说的。"又道："白总管还说，要未雨绸缪。到时候不仅要报了我们府的名头，还要把左右雅间是谁家订的都打听清楚了。有什么事，那些人也会有所顾忌……"

两个人说着话，过了快一个时辰也不见王树转回来，更没有等到徐令宜的招呼。徐嗣谆开始有些心不在焉了。

谨哥儿跑了过来，道："娘，娘，我写完了字了。"一副邀功的样子，"我把字写完了才出的书房。"

自从他被罚，十一娘开始是每天从头到尾地陪着他描红，后来则是在中途出去几趟，今天是第一次没有陪他描红。

"真的啊？"十一娘笑吟吟地搂了儿子，"不错，不错。"

"哥哥奖你个黄玉佛手好了！"徐嗣谆在一旁凑趣。

谨哥儿听着，眼睛一亮，但看见十一娘没有说话，他犹豫了半晌，这才低声道："不用了！娘说了，我不能随便要别人的东西，更不能夺人所好。"

"是哥哥给你的，又不是你要的！"徐嗣谆去拉谨哥儿的手，"那佛手就放在我的书案上，你去看喜欢不喜欢。"

"我不去！"谨哥儿没有动，语气显得有些有气无力。

十一娘暗暗点头："谆哥儿，你不用这样宠着他，他不过是做好了分内的事罢了。"说着，亲昵地揽了儿子的肩膀："不过，你能听娘的话专心致志地描红，娘还是要奖励你的——我们今天晚上做红烧狮子头吃，好不好？"

"好啊!"见娘亲肯定了自己的所作所为,谨哥儿高兴起来,"我要吃三个!"

"我什么时候不让你吃了。"十一娘失笑。

徐嗣谆屋里服侍的也都笑了起来。

王树急匆匆地跑了进来:"五少爷回来了!"

徐嗣谆一听,面露惊喜,腾的一下站了起来:"快让五少爷进来,母亲等了他一个下午呢!"

这么激动!十一娘眯了眼睛看他。

感觉到母亲投来的异样目光,徐嗣谆有些不安地坐了下来:"母亲,我是怕您等久了……"颇有些心虚的样子。

十一娘笑着没有作声。王树迎了徐嗣诚进来。

徐嗣诚脸色苍白,喊了一声"母亲",低下头去不言不语。

"你不是去帮我看雅间了吗?"徐嗣谆语气有些焦灼地道,"怎样?选的哪一间?"

"我,我……"他脸涨得通红,看了看十一娘,又看了看徐嗣谆,磕巴了半天也没有说出一句话来。

诚哥儿从来没有对她说过谎。十一娘在心里轻轻地叹了口气,站了起来:"好了,我来外院,也只是想看看你们兄弟俩。既然你们两兄弟有话要说,我就先回去了。灯会的事,你们用些心,千万可别出乱子才是。"

徐嗣谆松了口气,徐嗣诚却表情羞愧,十一娘走出去的时候甚至拉了拉十一娘的衣袖:"母亲,我,我……"

十一娘静静地站在那里,带着无限的耐心。徐嗣诚的表情晦涩不明,话最终还是没有说出口。十一娘亲昵地搂了搂徐嗣诚,出了淡泊斋。

徐嗣谆拽着徐嗣诚就往内室去,一边走,还一边吩咐王树:"你守在门口,谁来了也不让进!"

王树应了一声。徐嗣谆已"啪"的一声关了槅门。

"你去干什么了?"徐嗣谆的表情少有地严肃,"这两天我去找你,四喜都说你去了书局,你贴身的小厮却说你去茶楼听评书,发生了什么事?"

徐嗣诚低头望着脚下的青石砖,就是不说话。

"你是不是在外面惹了什么祸?"徐嗣谆想了想,道,"就算是这样,你也应该说给我听才是——我可以让高盘或是陶成帮我们去处置,不会惊动府里的人。"

徐嗣诚不说话,继续保持沉默。

"好,你不说,那我只好……只好……""只好"了半天,也不知道该说什么好。

徐嗣谆急得直跺脚,把十一娘今天在他这里坐了一下午的事告诉了徐嗣诚:"你难道想母亲时时刻刻都为你提心吊胆吗?"

"不是,不是!"徐嗣诚抬起头来,眼里全是惶恐,"我就是不想让母亲为我担心……"转念想到刚才十一娘等候他开口说话的模样,眼眶忍不住湿润了,"我不能说,不能说!"他蹲在了地上,抱着头呜呜地哭了起来,"我不是要去找她,我只是想知道她是个怎么样的人……我从哪里来……母亲待我如亲生的一样,我怕她知道了伤心……可又忍不住……没想到她是那样的一个女子……父亲定是上了她的当……如果我不是……母亲会不会也不要我了……"

乱七八糟的,徐嗣谆开始一句也没有听懂。问徐嗣诚,他只是无声地流着眼泪,嘴巴抿得紧紧的。

电光石火中,徐嗣谆想到小时候的事……他站在那里,愣愣地望着徐嗣诚,半晌无语。

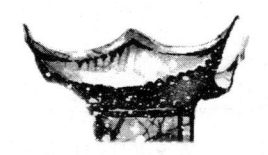

第九十章　知身世少年空惆怅

十一娘出了门就吩咐琥珀："你让万大显来见我。"

琥珀福身而去。

可接下来的几天，徐嗣诚都乖乖地上学下学，哪里也没去。十一娘正奇怪着，徐嗣谆开始频频出门。

她不由皱了眉，问徐令宜："侯爷交代了很多事让谆哥儿办吗？"

"他不是要带着谨哥儿几个出门看灯会吗？"徐令宜在看谨哥儿这些日子的描红，语气显得很随意，"说为了以防万一，还是到处看看。他难得这样上心，我就同意了。"

事情真的这样简单吗？十一娘很怀疑。她让万大显注意一下徐嗣谆。

"四少爷这几天就在街上转悠呢。"琥珀来回信，"还买了一大堆东西回来。"

好像是为了证实这话般，下午徐嗣谆过来，送了十一娘一支桃木簪，送了谨哥儿一套投壶。

"看见没有，壶身呈八角，颈部很长，没有耳，壶底凹陷，"他指了给谨哥儿看，"是前朝的古物。"

谨哥儿对这些不感兴趣，"嗯嗯"了两句，拉着徐嗣谆去厅堂投壶。

屋子里响起嘭嘭嘭嘭箭击投壶的声音和小丫鬟不时响起的喝彩声。

琥珀笑着走了进来："六少爷可真行，十支箭就有七八支能投到壶里去。"

十一娘有些意外。

琥珀已道："二少奶奶回来了。"

十一娘让她代表荷花里去三井胡同请三爷一家回来过节。

"让她进来吧。"

项氏穿着件玫瑰红杭绸琵琶扣的褙子走了进来。

"那边怎么说？"十一娘问她的时候，琥珀已端了锦杌放在炕边请她坐。

"三伯母的病时好时坏的。"项氏坐下，接了秋雨奉上的茶，"我去的时候，三伯母刚吃了药歇下，等了一个多时辰才醒。知道了我的来意，说要是那天身子骨硬朗就过来；要是身子骨不硬朗，就让三爷带着大伯、三叔和三弟妹过来。"

也就是说，要留了大奶奶方氏在身边侍疾。十一娘不禁叹了口气。这么多年了，大孙子都有了,三夫人对方氏还是不依不饶的。

到了中秋节那天,三夫人和方氏果然没来。

大家的话题都围绕快要生产的金氏转悠。金氏是头一次怀孕,羞涩地坐在一旁低了头不作声。而徐嗣俭听说徐嗣谆、徐嗣诚几兄弟包了雅间观灯,也要跟着去。三爷这两年被三夫人和大儿媳之间的刀光剑影整得很烦。想到今天妻子又借故把大儿媳留了下来,母亲还关切地问妻子的身体,让杜妈妈明天一早送些补品去……他心里就更烦了。

"不如我们也去凑个热闹吧。"他对徐令宜道,"我们好像还是建武五十八年先帝六十大寿那年去逛过灯会,离现在也有十几年了吧?"

徐令宜点头:"那年先帝还带着文武大臣在午门墙头观灯火……第二年开年就驾崩了!"那时也正是储位争夺最激烈的时候。他颇为感慨地道:"行啊!我们也出去走走。"

太夫人几个就移到凌穿山庄喝酒。

老人家毕竟年纪大了,几杯下去就有些醉了,听着十一娘等人聊天,歪在罗汉床上就睡着了。

"你们先回去吧。"二夫人坐在了罗汉床边,"俭哥儿媳妇怀着身孕,四弟妹明天还要早起主持中馈,五弟妹又拖儿带女的……我在这里守着就行了。"

夜已深,十一娘也有些累了,说了几句"有劳二嫂"之类的话,就和五夫人一起下了山。

十一娘回到屋里,月光如练,没有人语,却显得有些空荡荡了。

可能是惦记着观灯的人,她睡得不安生,小憩了一会儿就醒了,怎么也睡不着了。她索性披衣起来问值夜的秋雨:"现在什么时候了?四少爷他们还没有回来吗?"

秋雨打着哈欠跑去看东次间的落地钟,道:"已经过了丑时。"又道:"我去看看外面有什么动静。"

正说着,外面传来一阵响动。

"应该是六少爷回来了!"秋雨精神一振,瞌睡全无,"我去看看。"说着,三步并作两步走了出去,又很快折了回来,道:"是四少爷和五少爷,把睡着了的六少爷送了回来!"

十一娘忙穿好衣裳走了出去,就看见徐嗣诚护着背了谨哥儿的徐嗣谆进了西厢房。

她忙跟了过去:"你们父亲没有回来吗?"

谨哥儿酣睡如泥,怎么也不醒。

"父亲和三伯父在一起。"徐嗣谆擦着额头的汗,"三哥去找了,我们就先回来了。"

"诜哥儿呢?"十一娘帮着红纹给谨哥儿换衣裳,"睡了没有?谁送回去了?"

"他比六弟睡得还早。"徐嗣谆笑道,"我们先送了诜哥儿回去才到您这边来的。"

十一娘见徐嗣诚沉默地站在一旁,笑着柔声道:"时候不早了,你们也早点回去歇了吧。"

两人齐声应诺,辞了十一娘。

出了垂花门,徐嗣谆和徐嗣诚两人一起去了淡泊斋。一进内室,徐嗣诚拽住了徐嗣谆的手:"怎样了?"声音绷得紧紧的,表情显得有些阴霾,"还没有什么消息吗?"

"你别急。"徐嗣谆低声安慰他,"毕竟是十几年前的事了,柳家没有什么亲戚,我又不敢让其他人帮忙,还得旁敲侧击地问……哪有这么快。"

徐嗣诚难掩失望之色,想到那个可怕的"可能",他的脸渐渐苍白起来。

"要是我……不是……"他嘴角微翕,身子微微颤抖起来。

"不会的!"徐嗣谆正色地道,"你和我们长得这样像,肯定是徐家的孩子。"话音一落,两个都露出个古怪的神色来。

如果真是徐家的孩子……以徐令宜的性格,看上了个戏子的妹妹,又不是纳妾,收在身边,元娘难道还能反对不成?就算徐令宜不想把人收到府里来,也应该找个好点的地方安置……五柳沟那种地方,人还没有走进去先闻到一阵臭气,一不小心就会踩到不知道是谁泼在路边的大便……

"我记得,那个时候爹爹好像还在西北打仗……"徐嗣谆喃喃地道,脸色一变,"娘还为这件事去慈源寺拜过菩萨……"

难道徐嗣诚真不是徐令宜的儿子?念头一闪而过,徐嗣谆焦灼地道:"要是原来住在柳奎家隔壁的人家现在没搬走就好了……我们可以问问柳家的邻居柳奎的事,也能知道当年到底有哪些人和柳家来往了。"

"不可能全都搬走吧?"徐嗣诚望着徐嗣谆的目光中就有了几分哀求之色,"总能找到一两户人家吧?"

"是啊!"他的话让徐嗣谆也困惑起来,"怎么所有的邻居都搬走了,而且这些人都不知道哪里去了。这么多年,也没有一个人回五柳沟看看的……"就像柳惠芳似的,突然都不见了,好像有人把十几年前发生的事都抹得一干二净似的……

念头一闪而过,比徐嗣诚多了几分阅历的徐嗣谆突然和徐嗣诚一样,面白如纸。他不过是想找户人家打听打听当年的事都这样困难,把住在柳家隔壁的人家都……可想而知得有多大的能量才行!难道徐嗣诚的身世是个不能让人知道的秘密?想到这里,他不禁苦苦思索起来。

重阳节前,徐嗣谆又想办法去了几次五柳沟,和上几次一样,他都无功而返。

徐嗣诚表现得越来越不安。

"要不就让陶成帮着查一查吧?"他病急乱投医地道。

"不行!"徐嗣谆道,"万一……少一个人知道总比多一个人知道的好!"

徐嗣诚默然无语。怕陶成知道……在四哥的心底深处,是不是也觉得他不是父亲的儿子……要不然,也不会说出这样的话了……

下意识的话,徐嗣谆当然不会深想。他脑子里全是怎样找个当初对柳家很熟悉的人,好解开这谜团。

徐嗣诚眼神一黯:"四哥,那我先走了,你也好好歇歇吧。"反正一时半会儿也想不出来,不如明天再继续想。

徐嗣谆"嗯"了一声,送徐嗣诚出门。

有小厮上前给两人行礼:"四少爷!五少爷!"

徐嗣谆见那小厮有些面生,打量了他几眼。那小厮忙道:"小的是三井胡同那边的,我们家三少奶奶生了个千金,我是跟着我们家大少奶奶进府来报喜的。"

"啊!"徐嗣谆面露惊喜,"三嫂已经生了?"

"是啊!"那小厮殷勤地道,"我们家三老爷说了,要大肆庆贺一番,还要请像德音班这样的戏班去唱堂会。"

唱堂会……家里唱堂会的时候都是五叔帮着安排……因为五叔和各大戏班都熟……徐嗣谆眼睛一亮,拉着徐嗣诚重新回了内室:"我们去求五叔帮忙!那个柳奎和柳惠芳都那么有名,五叔不可能不认识。就算不认识,肯定也认识和他们相熟的人。而且五叔最好说话,又是家里人……再好不过了!"

"问五叔?"徐嗣诚面露难色,"可我们背着父亲这样查从前的事……只怕五叔也不会帮我们吧?"

在他的印象中,五叔待他是十分冷淡的,他并没有把握五叔一定会帮他们。不过,五叔对四哥却和颜悦色的。也许四哥去问,又会不同……

思忖间,徐嗣谆已笑道:"我们当然不能直接去问,要找个借口嘛,就说我们偶尔听说柳惠芳和柳奎是父子,让五叔讲讲当年的事好了!"他越说越觉得自己的主意可行,"五叔最喜欢和人说这些事了。到时候我们细细地追问,肯定能问出些事来的!"说完,拉了徐嗣诚往五夫人那里去,"你听我的没错。"

徐嗣诚略一犹豫,跟在了徐嗣谆的身后。

徐令宽不在家。

"你们找他做什么?"五夫人让丫鬟拿了新上市的柿子、橙子招待他们,"他下午酉初才能回家。"

两人有些失望。

"听说我们添了个侄女,三伯父要请德音班的唱堂会,我们来问问五叔都唱哪些戏。"徐嗣谆和五夫人寒暄了几句,就起身告辞了。

路过正屋的后门,两个未留头的小丫鬟坐在台阶上玩翻绳。

"要不我们到母亲屋里坐一会儿?"徐嗣谆道,"等酉初再到五婶婶那边去好了。"

徐嗣诫却有点近乡情怯般的情怀。他望着从粉墙后伸出来的油绿色树枝,脑海里突然浮现十一娘笑吟吟的眸子,似乎隐隐地听到十一娘温柔的喊声"诫哥儿,你慢点"……徐嗣诫的目光变得有些晦涩起来,轻轻地摇了摇头,苦涩地道:"我们还是回屋等吧。"耷拉着肩膀走过正屋的后门。

两个小丫鬟忙站起身来喊:"四少爷、五少爷!"

徐嗣诫心不在焉,浑然不觉。徐嗣谆则朝着她们笑着点了点头,快步追上了徐嗣诫。

"我觉得,这件事你根本就不必放在心上。"这些天,徐嗣诫的苦痛、挣扎,徐嗣谆全看在眼里,对这个弟弟的怜悯之情更甚从前,"在世人的眼里,你就是永平侯府的五少爷。爹爹不追究,母亲不追究,谁还有权利去追究? 别人说什么都是流言蜚语罢了……"

"我知道。"徐嗣诫打断了徐嗣谆的话,沮丧地道,"可我心里很不安……你们越是对我好,我心里就越不安……"

徐嗣谆听着脸色一变,骤然停下脚步,愣愣地站在了那里。

身边突然少了个人,徐嗣诫不由转身:"怎么了?"映入眼帘的却是徐嗣谆有些发青的脸。

出了什么事? 是他无礼地打断四哥的话让四哥生气了,还是他无意间说了什么让四哥不高兴的话? 念头闪过,徐嗣诫立刻否定了自己的猜测。四哥不是这样小气的人。反而是他,自从怀疑自己的身份以后,总是疑神疑鬼的。

"四哥!"他羞惭地拉了拉徐嗣谆的衣袖。

好像被雷击似的,徐嗣谆身子一震,拉了徐嗣诫的手就往外院跑。

"四哥!"徐嗣诫愕然。

"你什么也别说。"徐嗣谆大喝了一声,额头有细细的汗冒出来,"我们快回淡泊斋。"

他的异样让徐嗣诫不敢多问,跟着他一路小跑着回了淡泊斋。

徐嗣谆不顾纷纷朝着他行礼的丫鬟、媳妇子,大声喊了王树,然后附耳和王树悄声说了几句,"啪"的一声就关了门。

"四哥,你这是怎么了?"徐嗣诫奇怪道。

"没事,没事!"徐嗣谆想到自己那个念头,目光有些惊慌不定,"我们先在屋里待一会儿。"然后找了一本书递给徐嗣诚,"要不,你看一会儿书?"自己却在屋里走来走去的,显得很焦灼。

在这种情况下,徐嗣诚哪里看得下去,问了几次,徐嗣谆都只说让他等等。他只好托腮看着徐嗣谆在屋里团团地转。

过了大约一炷香的工夫,王树来叩门。徐嗣谆丢下徐嗣诚闪了出去。

不一会儿,他折了回来。

徐嗣诚立刻站了起来:"怎、怎么了……"他有种不好的预感。

"五弟,"徐嗣谆的嘴唇有些哆嗦,"连我们都能查出来……当时爹爹在西北打战……爹爹自己怎么会不知道……爹爹是永平侯,谁能让他吃亏……而且这么多年了,也不追究……肯定是自愿的……据说,当年五叔还包养过戏班,跟人学过唱戏……事后,所有知道柳家当年事的人都找不到了……"

他刚才突然想起小时候有一次祖母为五叔包戏班发脾气的事,戏班的头牌好像就姓柳。他让王树去问家里的老人,证实那个头牌就是柳惠芳。

徐嗣谆的声音颤颤巍巍的,说话也没有什么条理,徐嗣诚却听得懂。他的面孔变得和徐嗣谆一样,隐隐地透着青色。

兄弟俩的目光不约而同地朝五夫人住的地方望过去。怎么可能?不会的!自己怎么可能是五叔的儿子?不会的!他如果不是父亲的儿子,就应该是为了佟姨娘抱养的,怎么可能是五叔的儿子呢?

他想到父亲用帕子给他擦嘴角时眼中闪过的一丝温和,想到父亲看到他能写小字时的欣慰……想到逢年过节满室热闹时那个人对自己的视而不见,想到路上偶遇时那个人对自己的冷漠……

"是不是弄错了?"徐嗣诚紧紧地攥住了徐嗣谆的胳膊,"你让王树再去问问,肯定是弄错了!肯定是弄错了……"

徐嗣谆没有说话,静静地望着他,目光里充满了同情。

如有一团火在心里熊熊燃烧般,徐嗣诚两眼赤红,推开槅扇跌跌撞撞地朝外跑去:"我要去问问,我要去问问……"

小丫鬟避之不及,被徐嗣诚撞倒在地,他的脚步却更快了。

糟了!他这样,肯定会闹得尽人皆知的。要是爹爹问起来,他该如何回答?

"五弟!"徐嗣谆脸色大变,不敢有片刻的迟疑,立刻追了上去,喊守在门外的王树:"快拦住五少爷!"

王树大声应"是",追了上去。

徐嗣谆也没有歇着,气喘吁吁地在后面追:"五弟,你等等我!"

脚下的青石砖方方正正,黑漆莲花基石的落地柱静谧庄重……那些曾让他感觉到美好的景物,此刻是如此的陌生。泪水模糊了徐嗣诚的视线。他要去问问……肯定是四哥弄错了,他要自己去问问……

有人拽住了他的胳膊。他死劲地挣扎着,把那人甩在了身后。

"五少爷!"王树没想到徐嗣诚竟然挣脱了他,愣了愣,很快又追上了像无头苍蝇般乱窜的徐嗣诚。这次他吸取教训,从徐嗣诚背后扑上去,把他拦腰抱住。

徐嗣诚如一条被捞起来的鱼,不管怎样腾挪跳跃都挣脱不开。

"放开我,放开我!"徐嗣诚叫嚷着,脖子又粗又红,"你们骗我,你们骗我……"

有路过这里的仆妇站在远处指指点点的。趁机追了过来的徐嗣谆嘴唇发白,喘着粗气一把抓住徐嗣诚的手:"你想闹得全府皆知吗?到时候母亲怎么办?是帮你赔礼,还是帮你去祖母面前求情?"

徐嗣诚身子一僵,怔在了那里。

五弟最尊敬母亲。徐嗣谆松了口气:"把他给我拖回去!别让人看笑话!"

火清忙上前帮着王树把徐嗣诚架回了淡泊斋。

碧螺走了出来,"这是怎么了?"她神色紧张地问。

"五弟和我拌嘴了。"徐嗣谆喘息道,"让人都退下,谁要是敢乱说,立刻找人牙子来卖了!"

他待人一向宽和,这样严厉的语气,别说碧螺了,就是那些先前还看热闹的丫鬟都吓了一大跳。没等碧螺盼咐,院子里走得一个人也不剩了。

徐嗣谆关了门。

"五弟,你别这样!"他望着徐嗣诚那双瞪得大大的凤眼,心里觉得很难过,"说不定是我们弄错了。五叔不是还没有回来吗?我们到时候去问问……"他言不由衷地安慰徐嗣诚。

"好,好,好!"徐嗣诚一听,露出一个比哭还难看的笑容,"你帮我去打听,你帮我去打听,一定是弄错了。"

他好后悔!当初为什么要去找那个生他的女子。他宁愿自己是徐家收养的。这样一来,他也就永远是徐令宜和十一娘的儿子了!

"五叔一回来我就去问!"徐嗣谆忙安抚着他,"你放心,我一定帮你问清楚。"

徐嗣诚却突然害怕起来。他想到那个会把他搂在怀里疼惜,给他做好吃的糕点,听他吹奏刺耳的笛声,牵手送他到院门口目送他上学,陪他在灯下描红,检查他功课,给他盖工房的女子……如果五叔说"是"……他该怎么办?徐嗣谆紧攥着双手,指甲按在掌心里,痛彻心扉。

"不,不,不。"他冷汗直流,"你别去问,你谁也别问……"又道:"你还是帮我去问问好了……"一会儿这样,一会儿那样,显得有些语无伦次,患得患失的矛盾心理表露无遗。

徐嗣谆想着两人一起上学、一起读书、一起蹴鞠、一起跳百索的情景,心里酸酸的。

"五弟,"他定定地望着徐嗣谆,"不管你的生父是谁,你的生母是谁,你现在是徐家五少爷。你对我的好是真的,我对你的情谊是真的,你就是我徐嗣谆的弟弟!"

"去了五爷那里……"十一娘沉吟道,"回到淡泊斋,两人就拌起嘴来?"

"淡泊斋那边是这么说的。"琥珀低声道。

十一娘不由抚额。尽管徐令宜说他会善后的,可看样子,两人还是发现了些什么,不然也不会闹出那么大的动静来。

她站起身来:"我们去淡泊斋看看!"

秋日下午的阳光懒洋洋地照着淡泊斋正屋台阶旁亭亭如盖的香樟树,大红美人倚上放的一盆白菊,开得正艳。

"四夫人!"碧螺的表情有些慌张,"您怎么来了?"说着,回头盼咐呆站在一旁的丫鬟:"还不快去禀了四少爷和五少爷!"

那丫鬟这才回过神来,"唉"了一声,快步往正屋走去。

"我只是来看看。"十一娘说着,目光扫过淡泊斋的院子,丫鬟们纷纷低头退步,回避着她的目光。

她淡淡地一笑。徐嗣谆和徐嗣诫已快步从正屋出来迎了过来。

"母亲!"两人恭敬地给十一娘行礼。

十一娘打量着徐嗣谆和徐嗣诫,前者看上去举止从容,眉宇间却有几分难掩的忐忑;后者眼睛红红的,像是哭过了似的,神色间有几分不安。

他们肯定知道徐令宽是徐嗣诫的生父了,就算不完全知道,估计也猜测到了几分,否则不会对她的到来这样心虚。她笑着随两个孩子进了屋,在宴息室临窗的大炕坐下。碧螺和雨花小心翼翼地上了茶点,徐嗣谆和徐嗣诫则陪坐在炕边的锦杌上。

待十一娘喝了几口茶,徐嗣谆才道:"母亲过来有什么嘱咐?"

"也没什么事。"十一娘放下茶盅,用帕子沾了沾微湿的嘴角,笑道,"这些日子我一直陪着你们六弟,想把他这刚烈的性子拘一拘,每天下午和他待在屋里磨叽。今天休沐,赵先生带他去了白云观,我也得了闲,就到处走走。"

那天母亲站在门口静静地望着她,一副等待他开口说话的样子,分明是知道了些什么。今天稍有动静,又赶了过来……母亲,是要和他把话挑明吗?那母亲是不是也知道

了自己是五叔的亲生子呢？这念头一闪，徐嗣诚的神色就变得有些诚惶诚恐起来。

徐嗣谆则有些讪讪然地笑了笑。门口一番闹腾，也许能瞒过在后院安享晚年的祖母，却不可能瞒得过主持府里中馈、又对他们的事很关心的母亲。母亲选在这个时候来，只怕已经有所察觉，只是不知道母亲对他们的事到底知道了多少。按道理，他应该委婉地把这件事告诉母亲。可这件事涉及上一辈人的德行，他一个做晚辈的，实在是开不了这个口，也不知道该怎么开口。先拖一阵子再说吧！也许是自己多心了！

徐嗣谆鸵鸟般地把这些念头都埋到了心里，装作听不懂的样子，顺着母亲的话往下说："六弟这些日子乖多了，赵先生上课的时候不仅认真地听，还向赵先生请教那些典故，赵先生高兴极了。有一次讲到兴头上，把五弟的课挪到了下午，把我的课推后了一天。"徐嗣谆佯做出一副无可奈何的样子，"结果我的一句'致知在格物'到今天也没有讲完！"又道："既然六弟不在家，今天又是祖母吃斋的日子，母亲不如留在淡泊斋用晚膳吧。前些日子您赏的鳊鱼还养着，正好让厨房里做了。"

母亲虽然不用服侍祖母吃饭，却也不能丢下爹爹不管吧？等母亲走后，他再好好地劝劝五弟，免得五弟露出什么马脚来。大家一个屋檐下住着，当初爹爹要把这消息瞒下，肯定有他的道理。现在他们把这事给捅穿了，只会让长辈们脸上无光，对五弟以后也不太好。徐嗣谆在心里打着算盘。

谁知道十一娘微微一笑，道："好啊！那我今天就留在你这里用晚膳了。"

"啊！"徐嗣谆的笑容变得有些尴尬起来，"那、那我就吩咐厨房的人做鳊鱼⋯⋯您是喜欢吃香煎的呢，还是喜欢吃煮的呢？"

这真是搬起石头砸自己的脚。他暗暗跺脚，一边说，一边瞥了徐嗣诚一眼，示意他千万别乱说话。

徐嗣诚正沉浸在自己的担心、害怕中，哪里会注意到徐嗣谆投过来的目光。他坐在那里大气也不敢出一下，只盼着时光从此停驻在这一刻，再也不要往前走。

"我不挑食的。"十一娘笑吟吟地看着徐嗣谆，"你让灶上的做拿手的就行了。"

徐嗣谆不敢和十一娘对视，低声应"是"，竟然亲自起身去吩咐站在门口的碧螺，然后又很快地折回来坐着陪十一娘说话，十分殷勤。

"六弟的武艺学得怎样了？"他无话找话地道，"我听说庞师傅开始教六弟内家功夫？先前只听说他是个开武馆的，没想到竟然还会内家功夫。我看，母亲还是让六弟学学内家功夫，延年益寿，养于内而溢于外。不像外家功夫，练得一身横肉，看上去就像个蛮夫。"

自从上次去给庞师傅赔过不是，有了十一娘的督促，谨哥儿再也不敢怠慢庞师傅的话。庞师傅看他用心，很快掌握了蹲马步的诀窍，与徐令宜说，想教谨哥儿一些内家功夫。

这件事,徐令宜也有些意外。学了内家功夫,劲由内发,再学外家功夫就能事半功倍。为此,徐令宜还特意让邵仲然给庞师傅在沧州买了一百亩地及一间五进的宅院作为谢礼。

十一娘却理解为庞师傅因为那件事有些不好意思,想快点让谨哥儿在武艺上有所建树,算是报答徐令宜的礼遇。她只关心儿子是不是有内外兼修的天赋,不想对谨哥儿拔苗助长。

徐令宜听了哂笑:"人家只说要教,至于谨哥儿能不能学,学不学得会,还要看谨哥儿有没有这个缘分。"

十一娘笑道:"听说内家功夫不是人人都能练的,也不知道你六弟有没有这个缘分。"

"六弟聪明伶俐,肯定没有问题。"这倒是徐嗣谆的真心话。

两个人说着闲话,徐嗣谆恨不得一眨眼就到用晚膳的时候,他也就不用这样辛辛苦苦地和母亲拉家常了。十一娘却暗暗好笑,徐嗣谆把话题定在谨哥儿的身上,分明是声东击西、围魏救赵,让她不去细究徐嗣诚的事。她欣慰之余又有些唏嘘。虽然缓慢,徐嗣谆也以他自己的方式长大了,而且还成了一个性情宽和、心地善良的孩子。他这样,她算不算是完成了元娘的嘱托呢?十一娘慢慢站起身来,"我来的时候,看见你的美人倚上摆了一盆白色的菊花,花大如碗,花瓣团抱如绣球,从前未曾见过,不知道叫什么名字。"

徐嗣谆和徐嗣诚忙陪着站了起来,一面陪着去了屋檐下的走道,一面解释道:"说是叫雪团,是季庭今年养的。我看着可爱,就让人搬了一盆过来,还有两盆放在书房的案头。要是母亲喜欢,我让碧螺这就给您送过去。"

"行啊!"十一娘的话让徐嗣谆目瞪口呆,"你带着琥珀去给我挑选一盆吧。"

母亲是有话要单独和五弟说吧?就算他这次找借口婉言拒绝,母亲还是会找第二次机会把他支开。

徐嗣谆同情地看了徐嗣诚一眼,低声应诺,带着琥珀去了书房。

徐嗣诚哪里不知道。他喊了一声"母亲",脸唰的一下变得如素纸一般苍白无色。

十一娘直直地望着香樟树油绿色的叶子,轻轻地道:"我还记得,侯爷把你抱回来的时候,是个寒冷刺骨的夜晚。我心里有些不愿意……"

"母亲!"徐嗣诚身子微微颤抖,像风吹过枝头的树叶。

"别人都说血浓于水。"十一娘好像没有察觉到他的异样,语气平静中带着几分沉重地道,"而抚养一个孩子,不仅要供他暖饱,还要告诉他做人的道理,教会他在世上生存的本领……我费了那么大的劲,要是他长大了想回去找他的父母,我该怎么办?"说着,她侧过身子,直直地盯着徐嗣诚看。

徐嗣诚脸一下子涨得通红，嘴角翕动，说不出一句话来。他去找生母，果然伤了母亲的心……

"可那个时候的诚哥儿是个漂亮可爱的孩子。"好像想到了从前的日子，十一娘嘴角渐渐绽开一个愉悦的笑容，"他会扑到我怀里高兴地喊我'母亲'，他会把哥哥送给他的好吃的糖果留下来给我吃，他会在看见我的第一眼时就露出欢快的笑容……我的心一点点地软了下来。想着，亲生的怎样？亲生的也不过如此！这就是我的孩子了，我会好好地把他抚养长大，让他读书、写字，和哥哥们一起嬉戏，长成个风度翩翩的公子，有贤妻佳儿，过上幸福的日子……"她说着，目光灼灼地望着徐嗣诚，"诚哥儿！"表情却前所未有地郑重，"你是我的儿子。不管别人怎么说，不管你发现了些什么，你是我养大的，你就是我的儿子，就是四房的五少爷，谁也不能把你从我身边夺走！"

"母亲！"徐嗣诚呜咽着扑了十一娘的怀里。这么多天的担心、害怕、忐忑、惊惶，此刻都化为了泪水，一点点地离他而去。

把耳朵紧紧地贴在书房窗棂上的徐嗣谆只觉得脸上湿漉漉的。他直起身来，有些不好意思地准备用衣袖擦眼睛，有玉色绣白兰花的帕子递到他的跟前："四少爷，沙迷了眼，还是用帕子擦一擦的好。"

明快而简洁，是琥珀的声音。难怪母亲把她屋里一个管事妈妈的位置一直给她留着。徐嗣谆挺了挺脊背，漫不经心地"嗯"了一声，接过帕子擦了擦眼角，重新把帕子还给了她，道："我们出去吧！"然后昂首挺胸地出了书房。

这样多好！一家人高高兴兴的！琥珀望着徐嗣谆的背影微微一笑，捧起手中的青花瓷花盆跟了上去。

十一娘正揽着徐嗣诚的肩膀站在屋檐下，西下的余光照在他们的身上，像镀上了一层金箔，有一种静谧的美好。

徐嗣谆不由得放慢了脚步。有一道红色的身影像风似的刮了进来，"娘，娘，娘，我回来了！"谨哥儿嚷着，冲进了十一娘的怀里。

黄小毛、刘二武、长安、随风……哗啦啦地跟了进来，打破了庭院的安宁。

十一娘放开徐嗣诚，低头笑望着满头大汗的儿子："白云观好玩吧？"

"好玩，好玩！"谨哥儿说着，朝身后伸手，黄小毛立刻把身上的包袱递给了谨哥儿，谨哥儿一屁股就蹲了下去，在地上打开了包袱，"这个是黄杨木梳子，给娘的；这个是甜白瓷的笔架，是给四哥的；这个黄色的琴穗，是给五哥的；这本《道德经》是给二哥的；这个鎏银的手镯，是给二嫂的；这朵大红色牡丹绢花，是给祖母的；玉兰花给二伯母……"他包袱里零零碎碎的东西一大堆，"茶叶是给爹爹的，镇纸是给五叔的，熏香炉是给五婶婶的，木刀是给七弟的，拨浪鼓是给八弟的，胭脂盒是给二姐姐的……"给家里每个人都带了礼物。

徐嗣谆和徐嗣诚接过礼物，纷纷向谨哥儿道谢，特别是徐嗣诚，还笑着摸了谨哥儿的头。

"不谢，不谢！"谨哥儿眯着眼笑着，翻出一个纸匣子打开，从满满一匣子石榴绒花里拿出一朵递给琥珀，"这是给你的！"

琥珀面露惊喜："我也有？"

"是啊！"谨哥儿说着，把纸匣子塞到了琥珀的怀里，"其他的，让宋妈妈、秋雨她们拿去分了吧！"眼角瞟见立在一旁的碧螺，又道："碧螺，你们也有份。"

反正他买了很多。

"哎哟！"碧螺忙屈膝行礼。

院子里气氛热闹起来了。

谨哥儿拉了十一娘说着去白云观的情景："师兄说，行礼的时候要左手捏着右手的大拇指抱拳……敬香要从后往前敬……进门的时候不能走中间的门，要从两边进去……"

十一娘认真地听谨哥儿兴奋地说东说西，不时地应上一句"是吗""真的"，谨哥儿越说越高兴，连看杂耍的时候他丢了十文钱的事都告诉了十一娘。

徐嗣谆见谨哥儿的话说个不断，大家都这样拥在门口，让人看到了还以为出了什么事。他好不容易找了个机会打断了谨哥儿的话："你饿不饿？我让厨房做了鳊鱼。六弟不如梳洗一番，等会儿也好用晚膳。然后我们再一起去给祖母问安，你也可以把买回来的东西送给大家。你看怎样？"

"好啊！"谨哥儿笑着拽了十一娘的手往外走，"娘，你给我洗澡！"一副要回去的架势。

这怎么能行！眼看着到了晚膳的时候，怎么能让母亲和六弟空着肚子回去。徐嗣谆忙拦了谨哥儿，对十一娘道："母亲，就让六弟在我这里梳洗吧！我让碧螺去给六弟倒水，让绿雪给六弟拿衣裳。"

先前徐嗣谆已吩咐厨房准备饭菜了，还特意做了鳊鱼，十一娘也没有准备走。

"行啊！"十一娘笑道，"那我们就借你的净房一用。"

徐嗣谆松了口气，笑着吩咐碧螺和绿雪。

谨哥儿却轻轻地拉着母亲的衣袖，在母亲的耳边低声道："娘，我们还是回去吧！"

"怎么了？"十一娘轻声问他。

他扭捏了一会儿，才小声道："娘，我、我不要吃鳊鱼，我要吃雪里蕻包子！"

十一娘愣住。

谨哥儿已道："我看见白云观外面有包子卖，这么大个的！"他用手比画着，"包子上还点了个小红点，说是用雪里蕻五花肉做的包子。可赵先生说我不能吃外面的东西……"他说着，仰了头望着十一娘，"娘，我想吃雪里蕻包子！"馋得口水都要流出来的样子。

小孩子的好奇心重,总觉得外面的东西比家里的好吃。十一娘不由失笑,问徐嗣谆:"现在做雪里蕻五花肉包子还来得及吗?"

"这有什么难的!"谨哥儿的声音虽然小,可大家都仔细地听着他们母子说话,自然听了个一清二楚。徐嗣谆笑道:"你快去沐浴,等你梳洗出来,热腾腾的雪里蕻包子就端上桌了。"

谨哥儿高高兴兴地随着十一娘去了净房。徐嗣诚拉着徐嗣谆去了书房。

"四哥!"他显得有些激动,"母亲说,她也担心我长大了不认她……还说,我是她儿子,不管怎样,她都不会把我让给别人的。"

徐嗣谆就佯装不悦的样子朝着他的肩膀轻轻地捶了一下:"我就说,让你别担心,母亲都这样说了,你以后可不能自寻烦恼了!"

徐嗣诚重重地点了点头:"我以后一定会好好孝顺母亲的……会好好读书,像二哥那样,中秀才,中举人……再也不去唱戏,让母亲为难了……"

他说着自己的打算。琥珀则和碧螺收着谨哥儿丢在地上的东西。

碧螺忍不住摸了摸戴在头上的石榴绒花:"六少爷越来越像四夫人了……四夫人待人也十分大方。"

琥珀笑而不答,问她:"你们有几个人?先挑几朵去戴吧!"

碧螺数了几朵拿去了屋里。厨房那边端了包子过来。

谨哥儿和十一娘还没有出来。

徐嗣谆看着那包子倒有谨哥儿说的那么大,只是没有点上红点,道:"家里有红曲吗?"

端包子的婆子笑道:"四少爷说的是点个喜啊?我这就去拿。"说着,转身端了一小碟红曲来,用毛笔沾了往上点。

素白的包子因此有了几分颜色,好看了很多。

徐嗣谆看着有趣,笑道:"我来!"

婆子忙将笔递给了徐嗣谆。徐嗣谆点了几个,把笔递给徐嗣诚:"你也试试!"

徐嗣诚学着点了几个点,笑道:"不要说六弟了,就是我看着,都有些嘴馋起来……"

他嘴角突然绽起个柔柔的笑意,"四哥,你说得对,是我自己太多心了!"他大声道,"我以后再也不会这样了!"

第一次,他这样自信地说话。

第一次,他觉得心里这样地踏实。

徐嗣谆笑着拍了拍他的肩膀:"那就好!"

徐嗣诚朝着徐嗣谆笑着点了点头。

吃过螃蟹,赏了菊花,天气就渐渐凉起来了。

皇上新纳的王美人给皇上添了位皇子,太子妃芳姐儿则给皇上添了位皇孙,皇三子封了雍王,在崇文坊那边单独开了府。永和十二年的秋天,大家过得热热闹闹。周夫人却没有忘记谨哥儿的生辰,十月初十那天亲自登门,送了谨哥儿两封湖笔、两匣徽墨、一对端砚、两件宝蓝纻丝袍子、两双福字云履棉鞋做生辰礼物。

十一娘很不好意思,忙请周夫人到内室坐了,留了她用午膳,道:"小孩子的散生而已,让姐姐破费了。"

"你这样说就和我见外了。"周夫人笑吟吟地抱着给她道谢的谨哥儿,"我们家谨哥儿可是太子妃命里的福人呢!"

十一娘有些哭笑不得。周夫人把这次芳姐儿产子的功劳又算在了谨哥儿的头上。

"这也是太子妃自己的八字好。"

芳姐儿有两个儿子傍身,总算是暂时站稳了脚跟。

周夫人但笑不语,从衣袖里掏了一块和田玉的玉牌挂到了谨哥儿的脖子上,道:"我知道你喜欢这些东西。这还是早些年公主从宫里带出来的,知道我要来看谨哥儿,特意嘱咐我送给谨哥儿的。"说着,又掏出了一对赤金的手镯套在了谨哥儿的手上,"这是你周伯父送你的。"又拿出一块翡翠玉环挂在了谨哥儿的腰上,"这是我去慈源寺给太子妃还愿的时候,请济宁师太开过光的,保佑我们谨哥儿清清净净、平平安安!"又拿出个大红底用金丝线绣着年年有余图案的荷包,"这里面有几颗东珠,给你拿着玩去。"

十一娘不由额头冒汗。

"周姐姐……"她刚开口喊了一声,周夫人已把那荷包塞到了谨哥儿的怀里,"这是我们做长辈的给孩子的,可不是给你的,你就少说两句吧!"然后笑着对谨哥儿道:"好孩子,伯母知道你祖母多的是好东西,你的眼界也高,这些东西你都不稀罕。只是今天伯母来得急,等过年的时候,伯母再好好找几件有趣的东西送你玩。"

谨哥儿见那和田玉洁白细腻温润,翡翠晶莹水润清透,都不是凡品,心里十分喜欢。可见母亲一副拒绝的样子,他只好把东西往周夫人怀里推:"伯母,我不能要!"

周夫人也不理他,一面把东西重新塞进谨哥儿的怀里,一面和十一娘说着话:"我听人说,谨哥儿开始跟着师傅习武了?"没等十一娘开口,她已嗔道:"你这是为了什么啊,冬练三九,夏练三伏,习武多苦啊!你怎么舍得?难道我们谨哥儿还要靠这个升迁不成?"周夫人为谨哥儿打抱不平。

十一娘但笑不语。

十一娘开始忙碌着过年的事。

祭了灶王,扫了尘,换了新桃符,把祖宗的影像都拿出来供好。大年三十的晚上放爆竹,吃年夜饭了,她和徐令宜赴这家那家拜年,又去赴春宴,直到正月十二才消停了些。

十娘的嗣子、茂国公王承祖突然来拜访她。十一娘有些奇怪。

大太太死后的第二年,王太夫人就病逝了。十娘请了王太夫人的一个陪房帮她处理家里的庶务、亲戚间红白喜事的走动,她则门庭紧闭,带着王承祖过起了几乎是与世隔绝的孀居生活。除了过年的时候让那位帮她处理家里庶务的陪房陪着王承祖到亲戚家拜个年之外,平时就把王承祖拘在家里读书、写字。据说为了这件事,王承祖的生父、生母好几次上门和十娘理论,说十娘把好好的一个孩子教得呆头呆脑的,连亲戚都不认识了,更别说精通人情世故了。还说十娘这不是在养孩子,是在养个傀儡。

十娘一句话也没说,直接让小厮、粗使的婆子把人给打走了,依旧把王承祖拘在家里。

这年还没有过完,王承祖来干什么?而且往年王承祖过来,也是在外院给徐令宜拜个年就走,从来没有求见过她。

"让他进来吧!"十一娘说着,脑海里浮现出王承祖小时候那清秀漂亮的脸庞来。

他和谆哥儿一样大,七年过去了,应该长成小伙子了,不知道容貌有没有什么变化。思忖间,她看到琥珀带了个穿着茜红色步步高升杭绸袍子的高个少年走了进来。灵活的双眼,白皙的皮肤,与十一娘印象中那个孩童的影子很快就重合在了一起。

"茂国公?"

"不敢当姨母这样的称呼。"王承祖恭敬地给十一娘行了大礼,"早就应该来给姨母问安的。只是家母孀居,不便常来常往,还请姨母多多谅解。"

这是那个所谓呆头呆脑、不懂人情世故的人吗?照她看来,这个王承祖可比被人手把手教出来的徐嗣谆会说话、行事。

"你母亲还好吧?"十一娘让琥珀端了太师椅给王承祖坐。

"母亲这些年一直抱恙。"王承祖稚嫩的脸上露出几分与年纪不相符的悲伤,目光却有些兴奋,让他的悲伤少了一份真诚,"我年纪小,也帮不上什么忙,只好每个月初一、十五帮母亲在菩萨面前上香祈福,求菩萨保佑母亲能平安。"说完,问起谨哥儿来:"我还是去年过年在大厅给姨父问安的时候见过一面。六表弟应该又长高了吧?这还没有过完年,先生应该回乡还没有回来吧?怎么不见六表弟啊?"

十一娘不喜欢王承祖,觉得这个孩子机敏有余,真诚不足。

"你六表弟在武堂习武呢。"她简单地应了一句,立刻转入了话题,"你今天来,可有什么要紧的事?"

"也不是什么要紧的事。"王承祖脸色微红,道,"母亲为我定下了正月二十八的婚期,我特意来给姨母送喜帖的。"

十一娘错愕,半晌才回过神来。哪有自己给自己送喜帖,而且还直接送到她面前来的。茂国公府再怎么落魄,瘦死的骆驼比马大,该有的规矩还应该有的……

"姨母,我也知道,这样有些失礼,只是我有些年没有见到姨母了,怕姨母和我生分,就厚着脸皮来见您了。"王承祖有些坐立不安地道,"这件事,母亲原本是有交代的,让老管家把帖子送到就行了。可我想着,母亲平时和姨母走动得少,婚期又定在正月间,正是家里忙的时候。要是有要紧的事不能去喝喜酒,母亲还不知道怎样伤心难过呢。"说着,眼睛一红,"我原本是不想说的……母亲她,母亲她,入了秋就开始咳血了……要不然,也不会这么早就为我定下了婚期……"

十一娘大吃一惊:"你母亲咳血?可请大夫看了?大夫怎么说?现在怎样了?"

王承祖见她一句接着一句,神色微微一松,道:"已经请了大夫。大夫说,这是陈年的旧疾了,只能慢慢养着,现在时好时坏。前些日子天气冷,咳得整夜整夜睡不着。这几天天气暖和些了,又好了很多。"

十一娘沉默了好一会儿,让琥珀去拿了两瓶川贝枇杷膏给他:"带回去给你母亲。咳得厉害了,也能润润嗓子。"

王承祖千恩万谢,和十一娘说了会儿话,就起身告辞了。

待徐令宜回来,十一娘把这件事说给他听:"你收到茂国公府的喜帖了吗?不是说把孩子拘在家里读书、写字吗?我怎么看着这孩子比我们家那些跑江湖的管事还来事啊。"

"没有!"徐令宜笑道,"这孩子一向都挺机灵的,也没有听说过他在外面惹是生非,想必天生如此吧。"又道:"知道娶的是谁家的千金吗?"

只顾着想十娘的事了,竟然把这件事给忘了。不过,也许是因为她从来没有放在心上吧。

"我没有仔细地问。"十一娘笑道,"过两天宋妈妈随着一起去送礼,到时候让她帮着打听打听就是了。"

徐令宜估计也只是随口问问,和她说了几句闲话,歇下不提。

过了几天,宋妈妈去茂国公府送礼回来。

"听说新娘子是茂国公生母那边的一个什么亲戚。"宋妈妈道,"十姨想给茂国公娶亲,那边立刻急巴巴地塞了这么个人过来。十姨倒是想也没想,立刻就答应了。听说,因为这件事,如今茂国公的生母和生父人都精神了不少。"

明明知道王承祖的生父、生母要算计她,她却毫不在乎。是明知山有虎偏向虎山行的勇气呢,还是无知者无畏的坦然呢?十一娘不知道该说什么好。

"她的病怎样了？"

"奴婢看不出来。"宋妈妈据实以告，"我去给十姨问安的时候，十姨正坐在临窗的大炕前抄《地藏经》，冷冷清清的，看不出有什么不妥的地方。"

十娘一贯好强，就算是有什么不舒服的地方，也不会随随便便就让人看出破绽来。

"知道了，你下去歇了吧。"十一娘端了茶。

宋妈妈却犹豫了片刻，说了句"我听说四姨那边，也是茂国公亲自去下的喜帖"这才退了下去。

十娘一个也不想去打扰，王承祖却生怕别人不去……茂国公府安安静静地过了这么多年，突然间有了风起云涌的味道。不过，这毕竟是十娘的生活，别人不好说什么。

到了二十八那天，十一娘去喝喜酒。

王家的客人不多，除了王家的那些旁支，就是十娘的亲戚，王琳那边只送了礼，没有来人。十娘借口孀居，没有出面，里里外外的事都由银瓶忙活。看见十一娘，她眼睛一红，将十一娘迎到了厅堂坐下。

五娘带着孩子去登州过年，还没有回来，四娘和罗三奶奶早来了。罗三奶奶还好说一点，四娘见了她不免有些尴尬。大家打了个招呼，得到消息的王承祖赶了过来。

"十一姨，您可来了！"他说着，嗔怪银瓶道，"怎么把十一姨安置到这里坐，还不去跟母亲通禀一声。"说着，就要搀了十一娘去见十娘。

银瓶露出为难之色："国公爷，夫人说了，她不见客……"

"十一姨是客吗？"没等银瓶的话说完，王承祖已不悦地道，"母亲不见别人，难道十一姨来了也不见？你只管去通禀好了……"

"国公爷……"银瓶站在那里，一副手足无措的样子。

"不用了！"十一娘也不想为难自己，"你母亲喜欢清静，我这里坐坐就行了。"

王承祖也不勉强，陪十一娘坐下，笑吟吟地和她们说着话，一会儿问十一娘徐嗣谆什么时候成亲，一会儿问四娘的次子余立今年下不下场考秀才，一会儿问起罗三奶奶罗三爷的生意做得怎样——罗三爷连着下了几次考场，最后一次，竟然昏倒在了考场里。二老爷和二太太看着这不是个事，只好打消了让他走仕途的念头，帮三爷盘了一间铺子，做起了笔墨生意。绝不冷落任何一个人，显得十分地殷勤，以至于坐在一旁的王家亲戚有人笑道："爷亲有叔，娘亲有舅，你这是有了舅娘不要姊姊！"

王承祖也不生气，笑道："我是母亲带大的，自然亲娘了。"

好像要极力弥补十娘和罗家众人的关系。四娘和十一娘还好说，罗三奶奶心里就十分亮堂。待新娘子进了门，她留在王家和王家的亲戚斗牌，十一娘和四娘则各自打道回府,第二天又去送了见面礼。

王承祖和罗三爷渐渐亲近起来。没几日,罗三奶奶带了一匣子徽墨来看十一娘:"都是自家铺子里的东西,姑奶奶千万别嫌弃。"

"怎么会嫌弃,正是用得着的。"十一娘让琥珀收了,把罗三奶奶迎到宴息处喝茶,"三嫂今天怎么有空到我这里来坐坐?铺子里的生意还好吧?"

"挺好的!"罗三爷在家里从来没有挺直过腰杆说话,以至于罗三奶奶也跟着有点木头木脑的。她点了点头,道,"我今天来,是受我们三爷之托,有件事要和姑奶奶商量。"

十一娘做出聆听的样子。

罗三奶奶道:"我们家三爷的意思是,如今茂国公已经成家了,十姑奶奶又是孀居,家里有的事多有不便,不如把家交给茂国公来当算了。这样一来,十姑奶奶也可以安安心心礼佛了。"

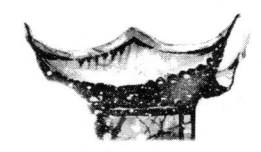

第九十一章　年华逝十娘赴极乐

十一娘望着目光殷切的罗三奶奶,不知道是该笑还是该怒。她竟然帮着王承祖和十娘争夺管家的权力。这个王承祖也真是敢想,撺掇着自己的舅舅出面帮着打压自己的母亲。想到这些,十一娘不由打了个寒战。他先是亲自给罗家的众人下喜帖,借此缓和了罗家与他的关系,然后再利用婚礼极尽殷勤地招待十娘的娘家人,达到他与罗家众人交往的目的。现在,图穷匕见。如果他不是这么心急,如果他不是挑了在家里没有话语权的罗三爷,又会是一番怎样的景象?十娘简直就是养了匹中山狼!而罗三爷和罗三奶奶帮着王承祖摇旗呐喊,更是让人不屑。

"这倒奇了!"十一娘毫不客气地道,"十姐孀居,行事方便不方便,王家的人都没有说什么,怎么三哥一副大包大揽的模样,竟然管到了人家茂国公府去了!"

罗三奶奶微愣。她住在燕京,十娘和十一娘的关系如何,别人不知道,她却看得十分清楚。这次茂国公赔了小心请三爷喝酒,又暗示如果三爷能当着罗家的几位舅舅、舅母先开口提这事,他就拿出一千两银子做酬谢,她这才想到找十一娘……她没指望十一娘帮忙,只要十一娘能保持沉默……亲戚里面,十一娘的地位最高,只要她不明确表示反对,她就有把握去说服罗家的其他人。要知道,当年大太太的死可是与十娘脱不了干系的。没想到十一娘竟然说出这样一番话来。

"十一姑奶奶有所不知。"罗三奶奶忙道,"是前两天茂国公遇到我们家三爷,说起家里的一些琐事……"

"茂国公是做外甥的,年纪轻,没经过什么事,家长里短的,有什么不快之处跟舅舅、舅母说,那是看重你们,也是看重十姐这个做母亲的。"十一娘懒得和这种人多说,没等她的话说完,就笑着打断了她的话,"三哥和三嫂是长辈,应该从中劝和才是,怎么能三言两语的,反而让十姐把管家的事交到茂国公手里?茂国公才刚成亲,知道的,说三哥这个做舅舅的心疼妹妹主持中馈辛苦,想让茂国公早点支应门庭,是为了王家好;不知道的,还以为是十姐做了什么十恶不赦之事,连娘家的兄弟都看不下去了,让她不要再掺和国公府的事了……"

这帽子扣大了。罗三奶奶心里不由暗暗后悔,早知道这样,就应该先去与四姑奶奶商量。不管怎么说,四姑奶奶和三爷是一母同胞的,怎么也不会看着三爷吃亏。

"我们三爷绝对没有这个意思。"她的神色变得十分尴尬,"是茂国公说起十姑奶奶这些年来的不容易,我们三爷这才起了这样的心思……"

"这就是三哥和三嫂的不是了。"十一娘一点面子也没给他们留,毫不客气地道,"别说我是做姨母的,轮不到我说话,就是王家看在亲戚一场的分上请我去商量,也要问问大哥的意思才行,哪有做舅舅的不分青红皂白就出面帮着说项的。我觉得茂国公年纪还小,十姐这么多年来管理国公府的庶务、中馈,一直妥妥当当的,没听说过因为孀居的缘故出什么纰漏。为这个就把家交给还不到弱冠的茂国公来打理,是不是太急躁了些?"

态度非常明确。然后端了茶。

罗三奶奶脸红得能滴出血来,哪里还坐得住,立刻就起身告辞了。

十一娘直摇头,吩咐琥珀:"你去一趟四姐那里,把三嫂和我说的话一五一十地全告诉她——他们是一个房头的,有什么事,还是由她出面好一些。"又写了封信让琥珀送到弓弦胡同罗振兴处。

琥珀恭敬地应"是",犹豫道:"那十姨那里?"

"你也去跟她说一声吧。"十一娘淡然地道,"我们之间的关系是一回事,可遇到这样的事,怎么也要跟她提个醒。至于她信不信,听不听,怎么做,那就是她的事了。"

琥珀应声而去。四娘那边当即就写了一封道谢的信并几匹上好的尺头让琥珀带过来,算是对十一娘道谢。而十娘听见琥珀是奉了十一娘之命去见她,根本就不见琥珀。

琥珀没有办法,只好把这件事隐晦地跟银瓶说了。银瓶大惊失色,让金莲陪琥珀坐了,自己又去禀了一遍,结果十娘还是没有见琥珀。

"算了!"十一娘觉得现在的十娘不仅古怪,而且荒诞。她长透了口气:"我该做的都做了,问心无愧就行了。"

琥珀苦笑。

十一娘暂时把这件事抛到了脑后,忙着将各屋冬季的陈设收起来摆上春季的陈设,按例发放春裳、置办夏装……忙完,已是二月下旬,又要开始准备三月三的宴请了。

"我们到流芳坞过三月三好了。"太夫人道,"要是天气好,我们就去划船;要是天气不好,坐在流芳坞的凉亭里听春雨,也是件极雅致的事。"

自那年三月三时十一娘将林大奶奶、周夫人等年纪轻的妇人请到春妍亭"野餐"后,太夫人就一直惦记着。

"好啊!"十一娘觉得每年都坐在点春堂听戏,时间一长,再好也没有了新意,"那我们就在流芳坞设宴好了。"说完,请教太夫人:"您看,我们要不要请两个说鼓的女先生进府来说说鼓?算是应个喜庆的景儿。只是不知道燕京哪位女先生的鼓说得最好,三月三那天能不能来。"

正说着，琥珀神色有些慌张地走了进来，见十一娘和太夫人在说话，她不敢打岔，满脸焦灼地立在那里，显得很是不安。

太夫人知道她是十一娘面前最得力的，也素知她沉稳，看着就叫了她："出了什么事，你只管禀来就是。"

琥珀忙上前给太夫人、十一娘行了礼，急急地道："茂国公府的十姨突然去世了，侯爷特意让奴婢来禀夫人一声。"

茂国公府的十姨……十一娘过了片刻才反应过来。

"是什么时候的事？"她听见自己的声音有些尖锐，"谁来报的丧？报丧的人在哪里？"

"有没有弄错？"太夫人是不相信，"她这么年轻，怎么说走就走了？"老人家想到那年的三月三，十娘容颜明媚，笑容飞扬，在一群温顺卑谦的女子中，如夏日的阳光般明亮……不禁语气怅然，"是怎么去的？可留下什么话？"

"奴婢不十分清楚。"琥珀轻声道，"来报丧的是茂国公府的一个婆子，奴婢已经带过来了……"

十一娘和十娘是同房的姊妹，按理，十一娘应该参加她的小殓礼。正式报丧，是在小殓礼过后。因此王家派了婆子来先通知十一娘。

琥珀的话音刚落，太夫人已道："快让她进来！快让她进来！"

琥珀转身带了个婆子进来。

"太太是今天丑时去的。"那婆子说话的时候，目光有些闪烁，"今天一早我们家国公爷就派奴婢来给夫人报丧了。我们家太太卧病已经有很多年了，国公爷成亲之前就一直说不行了，可每次都挺过来了。国公爷还以为这次太太也会没事，侍疾的时候熬不住了，趴在床边打了个盹，太太就……"那婆子落了几滴泪，"我们国公爷哭得死去活来，全靠安神香才能歇一会儿……"

"这孩子！"太夫人很是感慨地长吁了口气，对十一娘道，"那你就快过去看看吧！今天晚上要是不方便，你就留在那边吧，谨哥儿有我呢！"

十一娘道了谢，带着琥珀去了茂国公府。

茂国公府已经挂了白幔，仆妇们的腰间也扎上了白麻布，灵堂虽然还没有搭，但布置灵堂的桌围子、红白拜垫、花盆和灵人都已准备好了，有不懂事的小孩子围着灵人看。

"动作倒挺快的！"琥珀扶十一娘下了马车，评价道。

十一娘却是心中一动。今天丑时去的，她辰正得到的消息，现在不过已初……王家好像早就准备好了，只等着十娘咽气似的。念头一起，十一娘狠狠地摇了摇头，告诫自己别胡思乱想。

王承祖迎了过来,他双目红肿,神色憔悴,白色的丧衣皱巴巴的,人像隔夜的菜,给人蔫蔫的感觉。

"十一姨母,您可来了!"他蹲在十一娘面前,眼泪唰唰地落了下来,"我成了没娘的孩子,以后还请姨母把我当成自己亲生的一样……让我也有母亲可孝顺!"

十一娘只是瞥了他一眼,沉声道:"带我去见见你母亲!"

"是!"王承祖一副虚弱的样子,由旁边的人扶着站了起来,带着十一娘去了正屋。

王承祖新娶的媳妇一身孝,眼睛红红地陪着个妇人坐着。见十一娘进来,大家都站了起来。

十一娘看见了王承祖的生母。他的生母见十一娘望着她,低下了头。十一娘脚步不停,去了内室。

内室正中放着一张黑漆太平床,铺了蓝色宁绸,躺着一个穿着红青色寿衣的女子,修长的眉,宽宽的额头,高挺的鼻梁……不是十娘还有谁?她乌黑的头发整整齐齐地梳成了个牡丹髻,戴了赤金的头面,化了淡淡的妆,虽然瘦,看上去却面色红润,神色安详,像睡熟了一般。

十一娘愣住。面色红润,是化了妆的效果,可神色安详,却不是靠化妆就能做到的。她心里虽然有些发寒,但还是忍不住睁大了眼睛仔细地看了两眼。可能活着的时候常常皱着眉,十娘眉间有两道很深的褶子。此刻舒展开来,表情显得非常放松,嘴角像含着一丝笑意似的,让人怎么看,怎么觉得有些诡异。

十一娘只觉得鸡皮疙瘩都起来了。

有人请她到一旁临窗的大炕上坐,道:"太太是半夜去的,银瓶姑娘和金莲姑娘帮着沐的浴。"声音低沉而凝重。

十一娘不由抬头望去,是个面生的妇人,三十来岁的年纪,穿着靛蓝色飞花褙子,皮肤白皙,相貌端正,插两根莲花头的簪子,看上去干净利索。

那妇人见她打量,低声道:"奴婢当家的是府里的大管事,太太去了,银瓶姑娘怕那些小丫鬟手脚不利索,就让奴婢在这里帮着给诸位夫人斟个茶,跑跑腿。"

看样子,十娘用的这个大总管也是个精明能干的人。原来站在临窗大炕旁的人纷纷避让,还有人拿起大炕上的坐垫殷勤地拍了拍。

十一娘只当没有看见,坐下来问管事家的:"怎么没看见银瓶和金莲?"

妇人眼睛微红,低声道:"银瓶姑娘和我们家那口子去典卖'寿产'了,金莲姑娘在账房坐镇,支付办差的各种费用。"

十一娘很是吃惊:"寿产?"

有些富户老了不愿意让儿女们花钱发送自己,会在晚年的时候置办一些田地或是房产作为"寿产",活着的时候那些产业的收益可以用作自己的体己银子,死的时候变卖了用于治丧的费用。十娘年纪轻轻的,出嫁的时候并没有多少陪嫁,怎么会有寿产?

管事家的就看了屋里的神色各异的女眷一眼,态度恭敬,声音却有些响亮地道:"是太夫人活着的时候给太太置办的。那年国公爷生辰的时候曾当着全族的人说过,后来又到官府里去过了明路的。现在太太不在了,这产业自然要卖了给太太发丧。"

竟然是王家太夫人帮十娘置办的!十一娘愕然。

王家的那些女眷大多数都低下头去,也有面露不屑要上前争辩的,被王承祖的生母一把拉住。

"银瓶姑娘也太急了些。"王承祖的生母神色有些窘迫地看了十一娘一眼,道,"太太抚养了国公爷一场,难道国公爷还舍不得银子给太太送葬不成?国公爷的意思是说,与其要卖寿产帮太太治丧,还不如由国公爷拿出银子来给太太治丧,太太的那些寿产,就留着做太太的祭田好了。这样,四季香火也可以请专人供奉……"

"这既是太夫人留下来的话,"管事家的冷冷地望着王承祖的生母,"也是太太的嘱咐,我们这些做下人的,不敢违背。"竟然没有一丝惧意地顶了过去。

"你……"王承祖的生母额头青筋直冒,睃着十一娘,强忍着把到嘴边的话咽了下去。

十一娘却是暗暗吃惊。十娘去世后,这些仆妇以后会在王承祖手下讨生活。王承祖的生母虽然名不正言不顺,到底有血缘关系,说话行事又打着王承祖的名义,这些管事、丫鬟不可能不给她几分面子。可看管事家的这态度,为了十娘的利益,完全和王承祖的生母撕破了脸似的。难道王承祖和十娘之间的关系非常紧张?所以从前事事遵从十娘的管事知道自己在这个家里待不下去了,索性破罐子破摔了?

外面传来一阵声响,披麻戴孝的银瓶出现在了众人的眼前。

"银瓶姑娘!"管事家的脸上露出惊喜之色,她快步迎了上去,"十一姨母都来了……"若有所指地道。

银瓶三步并作两步上前给十一娘请了安,直身道:"太太的寿产卖了三千两银子,其中一千二百两置办了一副上好的紫檀木棺材,一千两'请经',二百两'讲烧活',一百两'讲杠',一百两请了扬纸钱的……"

十一娘很是惊讶。请经,是指请和尚、道士来念经,一千两请经,最少也可以请九九八十一个和尚、道士念上七七四十九天;烧活,是指到冥衣铺子里去定制纸糊的冥器,二百两……最少也能拉几十马车回来……

王承祖的生母几乎要闭过气去,当着四娘和十一娘的面,她又不敢说什么,牙齿咬得咯吱直响,问银瓶:"姑娘这样的安排,可跟国公爷说了?"

"管事去禀的时候，两位舅爷和永平侯爷都在场。"银瓶盯着王承祖生母的眼睛，"国公爷也说好！"

话说到了这份上，十一娘要是还看不明白王承祖和银瓶她们在争什么，那就是个棒槌了。

到了下午，王承祖和王家的人商量着搭灵棚、报丧、出殡之事，王承祖的生母、管事家的都跑去听，王家的那些女眷也跟过去看热闹。十娘屋里反而冷清了下来。

银瓶陪着坐在屋里的十一娘，她一面照顾着十娘的长明灯，一面和十一娘说起十娘："太太只是性子冷，待人却很好。这么多年，要不是有太太护着，我和金莲早就不知道在哪里了……还有管事……"说着，她语气微顿，"太太把家里的事全交给了他，大大小小的事都由管事做主。不管王家的人说什么，太太从来没有多问过管事一句话……就是人去了，也把我们和管事都安顿好了……"

十一娘有些意外。

银瓶神色一黯，道："太太一直病着，要不是当初答应过太夫人，不能让世子爷绝了香火，要把国公爷养大成人，娶妻生子，太太早就挺不下去了……"她眼圈红了起来，"后来，国公爷成了亲。太太觉得自己可以问心无愧地去见太夫人了，一口气也就散了……眼看着多说两句话都十分费神，太太就开始安排自己的身后事……先是把自己的陪嫁卖了，买了个小田庄给我们，又到官府里去立了契书，让管事和我们一起去田庄过日子，我和金莲的后半辈子也就有了着落。"她说着，神色有些激动起来，"这么多年了，太太虽然主持中馈，管着王家的庶务，可从来没有拿王家的一分一厘，就是太夫人赐的那些寿产，也是太夫人自己的陪嫁和原来大姑奶奶孝敬太夫人的……国公爷也是知道的……当年当着太夫人的面答应得好好的，现在却因为他生母的一句话就要把那些田产留下来……王家囊中羞涩，与我们太太何干？我们太太又没有用一分……我们不甘心，这才赶着去卖了寿产……"她捂着嘴，无声地哭了起来。

十娘要完成的，只是一个承诺而已。所以，对王承祖娶谁做妻子她无所谓，对王承祖上蹿下跳的谋划她视若无睹……想到这里，十一娘不由朝十娘望去，她嘴角的那一丝笑意，是针对王承祖的吗？或者是在笑她自己？

送走了十娘，十一娘很长一段时间情绪都有些低落。她想到大家挤在绿筠楼的日子，想到进京时的忐忑心情，想到三月三徐府垂花门前惊艳的相逢，想到第一次看《琵琶行》时的情景……这一切的一切好像都随着十娘的离去而离她越来越遥远。

十一娘的情绪影响到了她身边的每一个人。谨哥儿常常会在写字的时候抬起头来，用他亮晶晶的眼睛凝视着母亲，每当看到母亲手里拿着针线却坐在那里发呆的时候，他稚

气的小脸就会浮现出几分与他年纪不相符的担忧,做起事更加地轻手轻脚。有一次还和长安说:"我十姨不在了,我娘很伤心,我们不要吵她。"

谨哥儿一开始不太搭理长安,可随着大家一起在双芙院习武,长安的认真在需要勤奋练习的武艺上发挥了很大的优势,几个孩子里,只有长安习武的进度能比得上谨哥儿。谨哥儿看长安的眼神渐渐不一样,不仅开始主动和长安打招呼,有时候还会和长安说些闲话。

长安觉得这不是自己能议论的话题。他并不说话,只是冲着谨哥儿笑了笑。

谨哥儿觉得他太沉闷,一个人趴在美人倚上,两条腿无聊地晃来晃去。

阿金笑嘻嘻地问:"要不,我洗些梅子、杏子来?"

"还是别洗了。"春日的阳光照在身上,谨哥儿显得有些懒洋洋的,"上次长顺一个人吃了一碟,结果到了晚上闹肚子,我们都没有睡好。"

正说着,徐令宜走了进来。

"怎么在这里趴着?"他奇道,"你娘呢?"

"爹!"谨哥儿跳下了美人倚,给徐令宜行了个礼。

长安和长顺见了,也忙跑过去恭敬地行礼。

"娘还没回来!"谨哥儿道,"爹爹用了午膳没有?"一副大人的模样儿。

徐令宜听着笑起来:"我吃过了。"觉得儿子的样子很有趣,反问道:"你呢?"

"我也吃过了!"谨哥儿道,"我还睡过午觉了呢!"颇有些不以为然的样子。

"那你的功课写完了吗?"徐令宜笑着问他。

"做完了!"谨哥儿歪着脑袋望着父亲,"我不仅把功课做完了,还把娘要我先读的书也读完了,练了会儿马步,还和长顺蹴鞠……"无所事事的样子。

徐令宜看着心中一动,笑道:"那你想不想和爹爹去骑马?"

"好啊,好啊!"谨哥儿跳了起来,"我要和爹爹去骑马!"面庞都亮了起来。

"那好,"徐令宜看着心情都好了不少,"你去换件短褐,我们去骑马!"

谨哥儿雀跃着跑回了屋。

十一娘回来的时候,谨哥儿刚洗完澡,面色红润,神采飞扬地坐在锦杌上和正帮他擦着湿头发的红纹和阿金说着话:"坐在马上,可以看见很远的地方,那些小厮、马夫都在我的脚下。一伸手,就可以摘到头顶的树叶……马跑起来的时候一上一下的,很不舒服,可那些风迎面吹过来,衣服猎猎作响,树啊、屋啊的,都被远远甩在了身后,可有意思了!"听到动静,他望过来,见是十一娘,立刻扑了过去:"娘,娘,爹爹今天下午带着我去骑马了!"很兴奋,"还有四哥和五哥,四哥还夸我胆子大!"

十一娘很意外。不是说十岁以后才开始学骑马的吗?她抬起头来,徐令宜从内室出来。

"今天下午正好带谆哥儿和诫哥儿去马场。"他笑道,"看见谨哥儿一个人在家,就把谨哥儿也带去了!"然后道:"黄夫人的病怎样了?你们这么晚才回来,难道她病得很重?"

"只是受了风寒。"十一娘道,"娘和黄夫人难得聚一聚,说了一会儿体己话,所以回来晚了。"说着,有些担忧地道:"骑马是很危险的,谨哥儿还小……"她曾见过因为骑马被摔伤的孩子。

"放心好了!"徐令宜觉得十一娘对谨哥儿太过紧张,"他们骑的都是经过驯化的温顺牝马,又有精通骑乘的师傅在一旁看着,刚开始只是让他坐在马背上由师傅们牵着马走几圈,或是带着他小跑两圈,不会有什么事的。"

"还是小心点的好!"十一娘觉得徐令宜在这件事上有些不以为然,"谨哥儿年纪还小,连勒缰绳的力气只怕都没有,何况驾驭马匹。我看,还是让他十岁以后再学骑马吧。"

徐令宜也没有准备让谨哥儿这么早就学骑马,只是觉得男孩子都喜欢骑马,带他去玩玩而已。他"嗯"了一声,和十一娘说起罗二老爷和罗三老爷的事来:"算算日子,应该这两天就进京了。你也准备准备,到时候我们带着孩子去给两位叔叔问个安。"

十一娘点头,轻声道:"两位叔叔的事……可都有眉目了?"

虽然是罗振兴在帮着具体操办,徐令宜也没有少往兼着吏部尚书的陈阁老那里走动。

"到时候再说吧!"他含含糊糊地道,"以吏部的公文为准。"徐令宜掷地有声。没有十足的把握,是不会随便承诺的。

十一娘抿了嘴笑,感觉到被忽视的谨哥儿不乐意了,拉了母亲的衣袖:"娘,娘,我今天还和五哥一起比谁的马跑得快了。"

"哦?"十一娘斜睨着徐令宜,"不是说只是坐在马上走两圈的吗?怎么还比谁的马跑得快了?"

徐令宜望着十一娘笑。

谨哥儿脸一红,喃喃地道:"我们坐师傅后面,看谁的马跑得快!"

"是吗?"十一娘笑着搂了儿子,"还不快把头发擦干了,小心着了凉。"一面说,一面进了内室。

徐令宜跟了过去,趁机在她婀娜的腰肢上掐了一把:"我还骗你不成!"引得十一娘低低一声惊呼。

"娘!"谨哥儿忙问母亲,"您怎么了?"很诧异的样子。

"没什么事。"十一娘强忍着笑意,"被臭虫叮了一下!"

谨哥儿眼中的不解之意更深了:"臭虫?臭虫不是只放臭屁的吗?它怎么还咬人?"

十一娘忍俊不禁,眼角睃向徐令宜。徐令宜笑望着他们母子,眼底透着几分无奈。

罗二老爷一直在京做官,到山东后又不是主宰一方的大员,觉得和在燕京一样,处处受限制,又没有多少油水可捞,还要下乡催粮催赋,比从前还辛苦,想重回六部,最后谋了个通政司通政的职位。虽然一样是清水衙门,可每天只负责看看奏折,来往的也都是六部官员,显得比较矜贵,这对于已经厌烦了具体事务的罗二老爷来说,心里还是很满意的。罗三老爷却不一样,一来是他还年轻,二来两个儿子还小,如果能争个正三品的衔,一个儿子就能走荫恩了。徐令宜很费了一番功夫,最后谋了济南府知府的缺。

众人皆大欢喜。在燕京短暂相聚之后,罗三老爷一家去了任上,罗二老爷和罗二太太在老君堂安顿了下来。过了太夫人的生辰,罗二太太让四娘作陪,请十一娘到家里吃酒、听戏。

十一娘回来时,秋雨等人正在垂花门前等着。

"夫人,"她笑吟吟地上前屈膝行了礼,"沧州的大姑奶奶派了两个媳妇子来给您送生辰礼,现在还在穿堂里候着呢!"

"哦!"想到贞姐儿,十一娘露出愉悦的笑容。她望了一眼垂花门前挂着的大红灯笼,"这么晚了,安置两个媳妇子吃饭了没有?"

"安置了。"秋雨扶十一娘上了青帷小油车,"可两个媳妇子说,要先给您问了安再去吃饭。奴婢们劝不了,芳溪姐姐只好一直陪两位媳妇子坐在穿堂里说话。"

十一娘点头,回到屋里和徐令宜打了个招呼,匆匆换了件衣裳就去了厅堂。两个媳妇子代贞姐儿恭恭敬敬地给十一娘叩了三个响头,然后奉了生辰礼。

十一娘问起贞姐儿的情况,知道贞姐儿如今已经掌了家,和姐娌欧阳氏相处得很好,在邵家也颇有贤名,又刚刚怀了身子,年底会再次做母亲。她笑容更盛,赏了两个媳妇子各十两银子,回到内室就在灯下打开了包生辰礼的包袱,里面是两套衣裳,两双鞋袜,一对赤金镶和田玉葫芦的簪子。十一娘拿起白色松江三梭布做的袜子,袜底纳着同色的方胜纹,袜口绣着同色的水浪纹,收针的时候针会向反方向埋线。这是贞姐儿的习惯。十一娘又是高兴又是心疼。这孩子,已经是主持中馈的人了,还亲手给她做针线。她又翻看了衣裳上的绣活,全部是些很复杂的花纹。这得费多少功夫啊!

"怎么了?"徐令宜见十一娘进屋就打量着包袱里的衣裳,隔着炕桌坐下,"针线不好?"

"什么啊!"十一娘嘀咕着把鞋袜收了起来,"针线好着呢!配色也讲究。我还准备过端午节的时候拿出来穿了。"

徐令宜笑望着她，灯光下，明亮的眸子熠熠生辉，十一娘抿了嘴笑。

"过几天就二十三岁了……"突然伸手抚了她的脸，"也没好好给你过个生辰……"很是感慨的样子。

好好地过个生辰？怎样算是好好的？他们都是有长辈的人，难道还能大操大办不成？

"说什么呢！"十一娘嗔道，"能收到这样的礼物，难道还不算是好好地过了个生辰？"她说着，扬了扬手中的包袱。

徐令宜没有说话，紧紧地握了她的手。

第二天用了午膳，徐嗣谆和徐嗣诚联袂而来。徐嗣谆送给十一娘一块正方形织着天罗瓜的蜀锦作为生辰礼物，徐嗣诚则送了一个用湘妃竹雕的梅花凌寒图样的笔筒。蜀锦在缎面上织了细小的菱形花纹铺地，镶了褐色的瓜藤、绿色的天罗瓜、两只脑袋凑在一起啄米的嫩黄色小鸡，凹凸有致，层次分明，特别地生动。笔筒利用湘妃竹上的紫色斑点雕成一朵朵的梅花，也很别致。

项氏也奉上一个小小的雕菊花紫檀木匣子给十一娘："母亲，这是二爷和我送您的生辰礼，祝您年年有今日，岁岁有今朝。"

还好，太夫人生辰的时候大家得说"寿比南山，福如东海"，要不然，这句话就要砸在她的头上了。十一娘忍不住轻轻地咳了一声。琥珀已上前收了匣子。丫鬟端了茶进来。

十一娘招呼几个孩子喝茶。

"我下午还有课呢。"徐嗣谆不敢久留，想到刚才的欢乐气氛，他有些依依不舍。

"我就在母亲这里温书好了。"徐嗣诚选择了留下来。

谨哥儿则抱了自己的书包进来："娘，我要在您这里描红。"

"好啊！"十一娘笑着摸了摸儿子的头，"不过，不可以吵着五哥温书，知道了吗？"

谨哥儿重重地点了点头。

项氏见了，忙起身告辞。

十一娘让琥珀送她，转身却看见徐嗣诚神色犹豫地站在那里。

"怎么了？"她笑道。

徐嗣诚迟疑了一会儿，上前牵了十一娘的衣袖，轻声道："母亲，您说我去参加科考，行不行？"

十一娘有些惊讶。徐嗣诚看着，脸色通红。

"母亲，我知道，我读书没有二哥行。"他喃喃地道，"可我会很用功的……"

到时候，也会和二哥一样，有大红的喜报送来，母亲也会很高兴的吧？徐嗣诚想了想

说："我有点想去参加科考……这样,我以后也可以奉养母亲了……家穷亲老,不为禄仕,也是不孝啊……"说到这里,他"啊"了一声,急急地解释道:"我不是说母亲没人奉养,二哥、四哥,还有六弟,都很好。我是说,我想奉养母亲……"他说着,神色有些沮丧起来:"不是,我的意思是说,我也应该奉养母亲才是……"

十一娘微微地笑。她望了一眼认真伏在书案上写字的谨哥儿,拉了徐嗣诫的手:"你跟我来!"去了书房对面的宴息处。

"你的意思我明白。"十一娘挪了临窗大炕上的炕桌,和徐嗣诫并肩而坐,"我和你父亲虽然衣食无缺,又有你哥哥照顾,可你还是想尽你的孝心。"

"是啊,是啊!"徐嗣诫连连点头,眼睛都亮了起来,"我就是这个意思!"

"那你想过没有,你拿什么孝敬我和你父亲?"十一娘目光温和地望着他。

"所以,我想科考。"徐嗣诫声音很低,显得有些不好意思,"这样,我就可以谋个差使。有了差使,就有了俸禄,可以给母亲买东西了。"

如果徐嗣诫因此发愤读书,能考个举人、进士之类的,就算是不做官,在世人眼里也是成功人士,可以见官平坐,免税赋,未尝不是件好事。十一娘微微地笑,"要科举入仕,就得中进士,要中进士,得先中举人,中举人就要先考秀才。秀才呢,又要考三次,第一次叫县试,第二次叫府试,第三次叫院试。其中县试考四场,第一场和第二场都是考一文、一诗;第三场就要考一赋、一诗,有时候,会考一策、一论;第四场复试小讲三四艺……"她把考场的流程讲给徐嗣诫听。

徐嗣诫听着兴奋起来:"母亲,那我只要先把诗文歌赋学好,就可以通过县试了?"

"是啊!"十一娘笑道,"起房子也是从打地基开始,一砖一瓦地砌起来的。这科考,也是一样,先把县试的学好了,考过了,我们再学府试的、院试的。"

"嗯!"徐嗣诫有些激动地站了起来,在十一娘面前走来走去,"这样一来,只要我好好地按着先生嘱咐的学,就可以去参加县试了。"

"不错!"十一娘笑道,"不过,能通过县试,也不是件容易的事……"

她的话没有说完,徐嗣诫已转身拉了十一娘的衣袖:"母亲,您放心,我一定卧薪尝胆、悬梁刺股……"

十一娘笑起来。虽然不知道会有怎样的结果,但徐嗣诫这个时候有这样的决心,暂且还是别打击他的信心的好。

"这件事,你也跟赵先生说说。"她想了想,叮咛道,"赵先生是参加过科考的人,有经验。他知道了你的打算,在功课上就能有重点地指点你,到时候你参加县试把握性也大些……"

母子俩在这边说着话,谨哥儿已经描完了红,有些无聊地坐在那里翻着十一娘丢在炕桌下的一本游记，默默地找着自己会认的字。

阿金端了樱桃进来："六少爷，这上面都讲些什么？"

"哦！"谨哥儿蔫蔫地道，"讲一个人去普陀山进香的事。"

阿金见他情绪不高，想逗他高兴，又见他在那里翻书，凑上前道："进香的事啊！我听外院的黄妈妈说，每逢初一、十五都有庙会，那些小户人家的女人就会穿了漂亮的衣裳，结伴去庙里上香，可热闹了。这人既然讲他去庙会的事，肯定都是些有趣的事。六少爷，您也给我讲讲，这人都说了些什么。"

谨哥儿认识的字还不足以让他能看明白书里到底写了些什么，见阿金眼巴巴地望着他，他心里有些发虚，却又不愿意在阿金的面前表现出自己的无知，"哎呀，就是说他去观世音的道场普陀山的事呗！"说完，又怕阿金不相信，他忙摊开书，指了其中的字道，"你看，这上面写的是'大雄宝殿'，这上面写的是'南无观世音'，这上面写的是'柳荫匝地'……就是说夏天的时候，他去普陀山给观世音菩萨上香了。"

"是啊，是啊。"阿金见谨哥儿能连着读字了，与有荣焉地望着谨哥儿，"少爷到底跟着先生启了蒙，这么厚的书都知道写什么了。"

谨哥儿有些不自在地避开了她的目光，转头拾了颗樱桃丢到了嘴里。

阿金则盯着那书嘀咕道："少爷，这普陀山在哪里啊？我怎么从来没有听说过。难道它比西山还远？"她从小在府里当差，最远也就到过西山。

谨哥儿也没有听说过。

"也不一定啊！"谨哥儿脑子飞快地转着，"这个人说他是骑着驴去的。要是远，应该坐马车或是到通州坐船才是，可见也不是很远。"他猜测道，"也许没什么名气，所以我们都没有听说过。"

"少爷说得有道理。"阿金很认真地点了点头，"我听杜妈妈说，我们太夫人还曾经到华山去上过香，您又常常跟着太夫人和夫人出门见世面，连您都没有听说过，可见这个普陀山没什么名气。"

有事来找十一娘的徐令宜站在门口，实在是听不下去了。这都是什么乱七八糟的！怎么跟那些市井间巷的无知妇人一样的口吻。他眉头微蹙，轻轻地咳了一声。书房里的人立刻听到了动静。

"爹爹！"

"侯爷！"

一个兴冲冲地跑了过去，一个屈膝行了礼。

"您怎么来了？"谨哥儿拉着徐令宜的手进了书房，指了墙上的蜀锦，"好不好看？是四哥送给娘的生辰礼物。"

"很好看。"徐令宜瞥了一眼,敷衍地道,"你送了什么给你娘?"又道:"你娘呢?怎么把你一个人留在这里?不是说下午要描红的吗?"

"我送了娘一把象牙团扇!"谨哥儿笑得有些得意,"娘可喜欢了,把它放在了枕头旁边。"然后跑去把自己的描红拿给父亲看,"我早就描完红了。"他亲昵地依到了徐令宜的怀里,"娘和五哥在隔壁说话呢!"

徐令宜见字描得整齐工整,微微颔首:"先生让背的书背了吗?"

"早背了。"谨哥儿说着,摇头晃脑地把内容背给徐令宜听,非常流利。

徐令宜考了几句,他都答得清清楚楚,还东扯西拉地说了一大堆注释。看得出来,赵先生教他的这些东西对他来说都很容易就掌握了。

"既然功课都做完了,怎么不出去玩?"徐令宜很满意地端起阿金奉的茶啜了一口。

"娘说让我别乱跑。"谨哥儿有些郁闷地道,"可娘在和五哥说话,我要等他们说完了话,跟娘禀一声。"说着,又高兴起来,"爹,我告诉您,我的狗马上要下小狗狗了。等它下了小狗狗,我要送一只给余家三表哥,还要送一只给季庭,还要送一只给甘太夫人……"

徐令宜望着儿子因说起自己喜欢的事而神采飞扬的脸,又想到刚才耷拉着脑袋的样子……自从十一娘把谨哥儿狠狠地教训了一顿之后,谨哥儿是变得很听话了,脾气好了很多,也懂事了不少,没有了从前的霸道,却也少了几分让他赞赏的锐气。他脑海里浮现徐嗣诚如姑娘般温顺的眉眼。

"谨哥儿,"他抱起儿子,"你想不想和爹爹去骑马?"

谨哥儿眼睛一亮,旋即却露出几分迟疑。

"爹爹,"他用眼角的余光瞥了一下立在一旁的阿金,凑到徐令宜的耳边悄声道,"我现在不想去骑马,您能不能告诉我普陀山在哪里?"

徐令宜一愣,随后哈哈大笑起来。

"好!"他一面抱着谨哥儿往外走,一面吩咐阿金等人,"你们不用跟来了,如果夫人问起来,就说我和六少爷在书房里。"

徐令宜从书房后的暖阁里抱出个紫檀木的匣子,小心翼翼地打开了藏在匣子里的《九州舆地图》铺在了黄梨木的大书案上。

"看见没有,这上面黑色的粗线是河,浅一点的细线是路,尖尖的是山,一朵朵的像云一样的是湖泊,像鱼鳞一样的是海……你看这海岸边有一群小岛,普陀山就在这其中。它和五台山、峨眉山、九华山,并称为禅宗四大圣地……"

谨哥儿的小脸当时就变了。徐令宜看着好笑,却不点明,指了其他几座山给谨哥儿看。

"普陀山在浙江的舟山……"他指了离舟山不远的一个小点,"这是余杭。"说到这里,他嘴角自有主张地微微翘了起来，"你外祖父家就在这里，你母亲是在这里长大的，十三岁的时候才进京……"

谨哥儿看着咂舌："好小啊！"

"这是按照一比十万画的。"徐令宜笑着用手指比了比，"这是燕京，这是余杭，可从燕京到余杭，却要走一个多月。"

谨哥儿兴奋起来："爹爹，爹爹，通州在哪里？"

"你自己找啊！"徐令宜笑道，"我刚才不是告诉你怎么认舆图了吗？"

谨哥儿就趴在大书案上找。

这个时代，舆图是件有钱也买不到的珍品，何况徐令宜手里这幅是用于军事的舆图，比一般的舆图更精确，标示得更明晰。他一直很喜欢。离任的时候装作不知道地没有交出去，那些副将自然也就装聋作哑，兵部官员在徐令宜面前不敢说什么，在那些副将的面前嘀咕，又没有人理会，这件事就这样不了了之。徐令宜一直把这幅舆图珍藏在书房里。

"爹爹，"很快，谨哥儿就指了其中的一个小点，"通州！"

徐令宜有些惊讶。

"通州到燕京只要两天的工夫。"谨哥儿有点小小的得意，"在燕京的附近找就是了！"

"不错，不错！"徐令宜很是宽慰。

谨哥儿就在舆图上比画着："到余杭要走一个多月，余杭到舟山又有这么长……那，从燕京到普陀，岂不要走两个多月？"

并不是所有的人都看得懂舆图的。徐令宜不由抬了抬眉，望着儿子的目光中多了一分欣慰。

十一娘和徐嗣诚说说笑笑地从宴息室出来，没有看见谨哥儿，知道是徐令宜带去了外院的小书房，徐嗣诚有些羞怯地拉了拉十一娘的衣袖："母亲……"

参加科举，不仅关系到徐嗣诚的前程，对徐家来说，也是件大事，不可能不与徐令宜商量。虽然在十一娘面前自信满满的，可让他面对徐令宜，徐嗣诚还是有点没把握。

十一娘笑道："我陪你去跟你父亲说。"有些事，徐嗣诚要慢慢学着独自面对。

他深深地吸了口气，在心里给自己打了半天的气，这才朝着十一娘点了点头——脸上已露出毅然之色。

十一娘看在眼里，暗暗赞许，和他去了外院的小书房。徐令宜斜斜地躺在醉翁椅上，腰间的玉佩悬在半空中，随着醉翁椅的晃动，如钟摆般来来回回地摆动着。"武昌""荆州""襄阳"……他随口念着地名，趴着九州舆图上的谨哥儿就撅着屁股在上面找。

"你们这是在干什么呢？"十一娘吓了一大跳。

"娘!"谨哥儿跳了起来,"我和爹爹在玩找地方!"他把十一娘拉到舆图面前,"您看,这是舆图,大周的舆图!"然后歪了脑袋问十一娘,"娘,您知道不知道什么是'舆图'?"他细细地解释道,"就是把大周的山川河流都按照一比十万的大小画在这画上。"又道:"您知道不知道什么是一比十万?"他说着,伸出食指,"您看,我的指头只有这么长,可画上的这么长,有我指头的十万个长……"

"好了,好了!"不知道什么时候,徐令宜走了过来,摸了摸谨哥儿的头,"你少在你娘亲面前显摆。你娘亲不仅知道什么是舆图,她还有本《大周九域志》。武昌在什么地方,离燕京有多远,旁边有哪几条河,下辖哪几个县,都写得一清二楚了。"

谨哥儿睁大了眼睛望着十一娘,目光中就有了几分敬畏。

十一娘横了徐令宜一眼,柔声对儿子道:"娘是有这样一本书,可有这样一本书和能对书中的内容倒背如流却是两回事……"

谨哥儿"哦"了一声,露出恍然大悟的神色。

"我知道,我知道。"他嚷道,"娘和我读《幼学》一样,有的字认得,有的字不认得——有的地方知道,有的地方不知道。"

大家听他说得有趣,都大笑起来。

"我说得不对吗?"谨哥儿嘟囔着,有些不快。

"你说得很对。"徐令宜望着儿子,眼底露出几分十一娘不明白的骄傲来,"所以你要把所有的地名都记会才行。这样别人再说起什么地方,你就不会答非所问了。"

谨哥儿很认真地点了点头。

十一娘则朝着徐嗣诫使了个眼色,示意他徐令宜此刻的心情很好,这个时候和徐令宜说最好不过了。

徐嗣诫虽然明白,可是他第一次当着徐令宜的面提要求,还是感觉有点紧张,调整了一下情绪才低声地道:"父亲,我、我有件事想和您商量。"声音微微有些发颤。

徐令宜眼底闪过一丝惊讶,想到十一娘陪着徐嗣诫来的,他神色一正,做出一副认真聆听的样子,眉宇间习惯性地流露出几分凛然,反而让徐嗣诫一下子变得有些慌张起来。

这家伙,难道不知道自己正色的时候表情有多严肃吗? 十一娘不禁腹诽,朝着徐嗣诫露出一个鼓励的微笑。

徐嗣诫看着,心渐渐平静下来。语速虽然很慢,还带着几分怯意,但很清楚地表达了他想参加科举的意思。

徐令宜抬头朝十一娘望去,难掩错愕。

"诫哥儿跟我说过,"十一娘坦然地道,"我是赞成的——他既然有这样的决心,不如试试。谁知道结果会怎样呢? 不是有'苏老泉,二十七,始发愤'的说法吗? 我们诫哥儿今年才十二呢！"说着，又朝徐嗣诚笑了笑。

徐嗣诚心里又多了几分胆气。

"父亲，您就让我试试吧！"他语气很真诚，"我会好好用功的……"

就算是考不上，他至少还想到要靠自己去谋个前程，总比不学无术、整天只知道吃喝玩乐要强。

"行啊！"徐令宜立刻有了决定，"你要什么，直接跟白总管说。"想到他性格腼腆，又道："或者跟你母亲说也一样。"

"谢谢父亲！谢谢父亲！"徐嗣诚欣喜若狂——这不仅仅是读书的问题，而是父亲对他决定的肯定，"我一定会好好读书的……"他激动得有点语无伦次了。

徐令宜不免有些感慨。刚把他抱回来的时候，也不过打算衣食无缺地把他养大，然后想办法给他谋个差事，再成个家，也算给徐令宽一个交代了。没想到这孩子不声不响的，却突然有了这样的志气。他不由道："你已经长大了，行事就要有大人的样子了。既然做了这样的决定，就不能半途而废，不管遇到什么样的困难，都要坚持下去。我们做父母的，一定会支持你的，其他的，就要看你自己的造化了……"

徐嗣诚恭敬地听着，连连点头，向徐令宜保证道："父亲放心，我一定会像二哥一样，好好读书的。"然后要去双芙院找赵先生，"我想把我的事跟先生说说……"有点迫不及待地想见到赵先生的模样。

赵先生于他，是良师益友吧！徐令宜笑着颔首："你去吧！"

徐嗣诚雀跃着去了双芙院。

徐令宜就拉了十一娘的手："默言，以后让谨哥儿来我的书院描红吧。"

"孩子小时候要养成好习惯。"十一娘委婉地道，"你看我，天大的事，也先督促谨哥儿把功课做了再说。侯爷事多，哪有那个时间！"

"我有什么事，不过是瞎忙活。"徐令宜凝视着十一娘，表情显得很认真，"谨哥儿到我屋里来描红，正好陪陪我。"

十一娘听着心里一酸。徐令宜今年才三十六，搁在她那个年代，正是一个男人风华正茂的年纪……

"那我们可说好了！"她的声音不自觉地软了下来，"你可不能三天打鱼两天晒网的……"

天气渐渐热了起来，又不到用冰的时候，十一娘拿了把团扇帮刚进门的徐令宜打着扇："我会注意诚哥儿的。只是谨哥儿在您那里，您可不能由着他的性子来。还有，不能带他去马场骑马，怎么也要等他十岁。实在是要去，您亲自带着他……"

她站在他身边,举手投足间暗香浮动。

"你到底是让我带他去骑马呢,还是不让我带他去骑马?"

他的目光漫不经心地落在她的身上,白色银条衫松松垮垮地罩在身上,随着她打扇的动作如水般荡漾开来,让她的丰盈更显饱满,腰肢更显纤细,有了欲语还休的诱惑。他猛地抽过她手里的团扇,狠狠地扇了两下:"一会儿说不行,一会儿又说行。你再这样,孩子都不知道该怎么办好了……"

十一娘瞪着他。是谁又带了谨哥儿去骑马?弄得孩子三天两头想着这事。看见他回来就殷勤地给他端茶倒水,像小狗似的在他身边转来转去的……

"我不让,可侯爷听我的吗?"她语气里不由带了几分娇嗔,"还说什么男孩子,不能整天和丫鬟、媳妇子混在一起,见识短不说,还整天东家长西家短的……"

有小丫鬟隔着帘子道:"侯爷、夫人,四少爷和五少爷过来了!"

十一娘忙打住了话题。

徐令宜见她面带薄怒,不免有些后悔自己说话太冲,把团扇塞到她手里,趁机握了她的手道:"好了,孩子们过来了!"声音低了几分,语气十分柔和,带着几分哄她的味道。

十一娘不是不赞成他的观点,只是不相信那些从来没见过的骑马师傅,宁愿谨哥儿跟着他。又烦他语气不好,见徐令宜低声下气,心里的那点不快自然烟消云散了,但还是在他肩膀上拧了一下,才笑了起来。

越来越像孩子了。徐令宜笑着摇了摇头。

徐嗣谆和徐嗣诫走了进来。徐嗣诫一丝不苟地按照先生的要求辛苦攻读,徐嗣谆每天早上跟着徐令宜处理庶务,不敢有丝毫的马虎,渐渐地把重心放在了外院的事务上。他虽然上手慢,却胜在待人温和,愿跟那些管事学。这样的品质就是放在一般人的身上,时间长了,也讨人喜欢。何况他是永平侯世子,身份尊贵,意义又不一样。那些管事待他就有几分真心的尊敬,徐嗣谆"宽厚"的名声也就渐渐传了出去。

徐令宜现在求的就是一个"稳"字。徐嗣谆的表现让他很满意,放手让徐嗣谆去管事。他则每天早上和谨哥儿一起床就去秀木院,督促谨哥儿习武,下午检查谨哥儿的功课。只要谨哥儿能很好地完成功课,他就会带谨哥儿到外面去转转,或是给谨哥儿讲些他从前行军打仗的事,有一次兴起,还带着谨哥儿按九州舆图在家里做沙盘。

谨哥儿觉得和父亲在一起非常地有趣,也不去喂鸟了,也不去遛狗了,也不和诜哥儿斗嘴了。每天就想着快点把功课好好地完成,然后和父亲一起玩,听父亲讲那些让他惊心动魄的奇闻轶事。

十一娘看到儿子的变化,不免有些担心,检查了他几次功课,发现他完成得比从前还要好,速度还要快。又在下午的时候突然出现在外院,见徐令宜只是给他讲故事,带着他做山水的模型,他却听得神采飞扬,玩得兴致勃勃,心里不免有些感慨。男孩子大了,就更喜欢和父亲在一起了。

这种感慨引起的失落感并没有维持很长的时间。徐嗣诚越来越喜欢到她这里来吃饭,有时候吃了饭还会留下来和她说会儿话,显得特别地黏人。

十一娘想了想,就围绕着他的功课和他谈心。

原来,他上赵先生课时,虽然很用功,却很少得到先生的肯定,他不知道自己到底达到了先生的要求没有。

"那赵先生有没有批评你?"十一娘问他。

"没有!"

"那不就行了!"十一娘笑道,"如果你做得不好,赵先生肯定会批评你的。既然没有批评你,就说明你还行。"

徐嗣诚一向最信十一娘,听到这样的话,松了口气,又高高兴兴地去上赵先生的课了。

过了中秋节,乡试的结果出来,徐嗣谕再次落榜。

二夫人微微有些失望。

徐嗣诚却咂舌:"二哥这样好的学问都落榜了!"

"好事多磨嘛!"十一娘笑道,"看样子,我们谕哥儿还要再努力努力。"

徐嗣谕讪讪然地笑,情绪低落了好几天。徐令宜和他去登西山,回来又接到姜先生和项大人的信,他的心情这才好起来。

在家里过了重阳节,徐嗣谕准备回乐安。

太夫人有些舍不得:"过了年再回乐安吧!你一去三年,家里的人都很惦记。"

"天将降大任于是人,必先苦其心智,劳其筋骨。"徐嗣谕笑道,"祖母,您要相信我,定能通过老天爷的这些考验。"

他信心满满的,太夫人自然只能鼓励。

十一娘却与徐令宜商量:"要不让项氏陪他去乐安吧?年轻夫妻,不能总这样分隔两地。难道他一日不中进士,夫妻两人就一日不团圆不成?"

"行啊!"徐令宜想了想,笑道,"有媳妇在身边照顾,我们也可以放心些。"

太夫人知道了,连连点头,私下和杜妈妈道:"这样一来,我也可添个重孙了。"

项氏自然十分欢喜,回娘家去辞行。项太太百感交集,女婿为了举业到乐安读书,她于情于理都不能阻止,可女儿嫁到徐家连头连尾三年,一无所出,她心里的担心、焦虑也不是别人能想象的。

徐嗣谕去乐安的前一天，项太太特意来拜会十一娘，送了孩子们一些衣料饰品，在太夫人面前说了很多恭维的话，在徐家用了晚膳才回去。第二天一大早就和儿子一起送女儿女婿出城，直到徐嗣谕两口子的马车连影也不见了才回城。

徐嗣诚因此更用功了。

转眼间，到了永和十四年。

"姜家九小姐已经及笄，"过了三月初三，太夫人和十一娘商量着去姜家提亲的事，"和姜家的婚事也要安排一下了，还是请了黄三奶奶去姜家探探口风吧！我们这边也好准备成亲的事。"

十一娘笑着应了，挑了八色礼盒去了永昌侯府。黄三奶奶很爽快地应了。

徐嗣谆和姜家九小姐的婚事说了这么多年，不管是徐家还是姜家，都早有心理准备。姜家给九小姐准备的陪房袁宝柱家的甚至在送了年节礼后就没有再回乐安。

"说是帮着姜夫人准备姜家九小姐的婚事。"姜家热烈而隆重地接待了黄三奶奶，黄三奶奶感觉两家既然都非常地有诚意，那接下来的事一定会很顺利。她神色惬意地和十一娘并肩坐在临窗的大炕上，喝着清香四溢的西湖龙井，"听姜夫人的口气，礼部侍郎王子信王大人和姜先生是挚友，姜家想请了王大人做媒人。"

十一娘将装着榆钱饼的小碟子朝黄三奶奶面前推了推："那我们世子的婚事，就有劳姐姐了。"

"放心，放心。"黄三奶奶尝了一口榆钱饼，"哎呀，同样是加了榆钱的，这饼怎么这么香！我们家就做不出这样的味道来。"

"姐姐喜欢，我让人再做一些您带回去就是了。"十一娘喊了琥珀进来，让她吩咐厨房现做，又转身和黄三奶奶说着话，"那姐姐看，我们这边请谁做媒人好呢？"

这句话问得有技巧。黄三奶奶是个能干的，又熟知红白喜事的礼仪，以徐、黄两家的交情，徐嗣谆成亲，请她帮着议聘礼聘金是最合适的。可既然请了黄三奶奶帮着议亲，成亲的时候请媒人，就不好把黄三奶奶的丈夫永昌侯世子爷撇开。可徐嗣谆也是世子，再让黄三奶奶的丈夫做媒人就有些不合适了——永昌侯世子爷的身份还低了些。可要是不请黄三奶奶帮徐嗣谆说亲，黄三奶奶知道了，只怕心里还有点想法。

好在黄三奶奶是个通透之人，她一想就明白了其中的道理。

"我提个人，不知道妹妹觉得怎样。"她笑道，"你看，定国公怎样？他是长辈，为人内敛沉稳，虽然与各家交往不多，行事却刚正磊落，受人尊敬。我觉得他要是能出面，再好不过了！"

十一娘闻言不由微微点头。

昨天晚上她和徐令宜说起来时,徐令宜也提到了定国公。

"还是姐姐想得周到。"她笑道,"我和侯爷正为这件事头疼。"说着,她挽了黄三奶奶的胳膊,"姐姐既来了,也别忙着回去,不如和我一起去看看给谆哥儿准备的新房。我有什么没有考虑到的地方,姐姐也帮我提个醒,可别让我闹了笑话。"

徐嗣谆是有品阶的世子,婚事自有一套规章,不比嫁贞姐儿和给徐嗣谕娶媳妇照着民俗走就行了。

黄三奶奶本是个热心肠的,听十一娘这么说,笑吟吟地随着十一娘出了正屋:"你不说我都想来凑个热闹,何况你现在开了口!只是到时候别嫌弃我话多就是了。"

两人说说笑笑地从后门出了正院,迎面就是元娘故居的前门。

元娘的故居大门四开,丫鬟、媳妇子或抬了箱笼,或捧了花几,或空着手,虽然川流不息,个个行色匆匆,却是出门的走左边,进门的走右边,安排得有条不紊。

黄三奶奶不由暗暗点头。看样子,十一娘是准备把元娘的故居给徐嗣谆做新房了。这样一来,这房子势必要重新修缮一番,元娘从前留下来的一些痕迹也就可以抹得一干二净又不会有人说闲话——总不能让死人霸着活人的位置吧?何况这新人是元娘的亲骨肉。

"大姐这边还遗留了很多东西。"十一娘和黄四奶奶缓缓地进了门,丫鬟、媳妇子见了远远地就站到了一旁给她们让出一条道来,"我让她们先把东西收拾收拾,等工匠进来修缮一新了再搬进来。"

"是应该这样。"黄三奶奶笑道,"那些工匠谁知道是哪里来的,要是有个手脚不干净的摸了点东西出去,就算是把东西追了回来,想着被那些腌臜东西经了手,就是打死,心里也不舒服……"一面说着,一面打量着屋子。

穿堂和第二进的正院的幔帐等物都收了起来,空荡荡的,只有元娘原来住的三进的厅堂里站着一个少妇和一个婆子在那里指挥着丫鬟、媳妇子搬东西。

看见她们进来,两人忙上前行礼。黄三奶奶看着两人面善,不由道:"这是……"

十一娘就笑着指了那个年轻的:"姐姐不认识了?这是太夫人身边的魏紫。"又指了另一个年纪大的:"这位是我大嫂的陪房杭妈妈。"又道:"家里的人手不够,我就请了这两位来帮我清点大姐的东西。"

这样也好,免得有人说东西丢了或是换了。黄三奶奶笑着点了点头,和十一娘继续往第四进去:"你大嫂从余杭来了?"

"还没有!"十一娘笑道,"说是等谆哥儿的婚期定下来了就启程。"心里却想着五姨娘和还只是在襁褓里见过的罗振鸿——听罗振声的口气,到时候他们都会一起来燕京。

太夫人把沉香木念珠放在了黑漆螺钿花鸟图样的炕桌上，发出"哗啦啦"的一阵声响。

"十一娘心胸也是大度的了。"她接过杜妈妈奉的茶盅，轻轻地啜了一口，"这么多年了，元娘屋里的东西都一直让人清扫着，逢年过节、忌日就带了谆哥儿去祭拜一番。谆哥儿马上要成亲了，让姜家九小姐看了，还以为我们对十一娘有什么不满的，那可就不好了，趁着这个机会把那屋子修缮一番也好。"说完，想了想，突然站了起来，"我看，我还是亲自去一趟谆哥儿那里，把这些话也跟他说说，免得他心里有个疙瘩。"

杜妈妈不敢多说一句话，笑着扶了太夫人，一起去了淡泊斋。

"娘亲去了这么多年了，"徐嗣谆对这件事并没有像太夫人想象的那样感觉不快，"我也大了，不是不懂事的孩子了，不会因为娘亲住的地方重新做了安排就觉得大家都忘了娘亲……"说到这里，他笑了起来，"再说了，住在那里的是我，又不是别人。要是娘亲还在，肯定也会很高兴吧。"

太夫人微微点头，拉着徐嗣谆的手感叹了一番："我们谆哥儿，果然长大了！"

祖孙俩谈了一下午的心，太夫人才回去。

徐令宜则一心一意和十一娘准备徐嗣谆的婚事："九月二十六是个好日子，新房六月之前就能修缮一新。帘子、幔帐、窗纱之类的，七月之前应该能换上。八月份开始请客，一进入九月就把宴请的事定下来，我看时间还比较充足。"又道："余杭那边可有消息过来？"

"大哥已经差人去余杭了。"十一娘笑道，"大嫂她们肯定是要来的，只是不知道爹爹来不来。"

"南京那边都来。"徐令宜说起徐家的亲戚，"你早点把百花馆那边的几个院子都让人打扫出来，免得到时候没地方住。"

两个人商量了半天。十一娘给太夫人做了寿，过了端午，新房也就粉刷一新了。

十一娘让人把元娘的东西再重新搬回去："穿堂前面有左右厢房，做书房也好，做会客的花厅也好，到时候姜氏进门了由她自己去安排。第二进就做你们的新房，你娘的东西摆在第三进。逢年过节、忌日的时候你也可以进去祭拜一番。"

"母亲！"徐嗣谆神色激动，眼圈有点红，"娘亲已经过世这么多年了，我看还是算了……"虽然是拒绝的话，语气却有些犹豫。

徐嗣谆如果不是顾及她的感受，怎么会犹豫？能这样，已是对她这个做继母的肯定了。

"就这样吧！"十一娘笑着端了茶。

徐令宜神色复杂地望着她叹了口气。

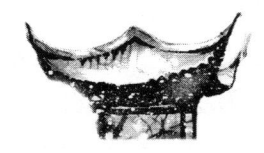

第九十二章　褪青涩贞姐添弟媳

徐嗣谆的新房刚收拾好，罗振声护着罗大奶奶等人到了燕京。

"三姨娘留在余杭照顾大老爷。七舅爷、四舅奶奶、五姨娘、六姨娘，几位表少爷、表小姐都来了。"

十一娘自然喜出望外。她和五姨娘有九年没见了，最后一次见到罗振鸿的时候，他还在襁褓里。

"快拿了我的帖子去弓弦胡同。"十一娘有些兴奋地站了起来，"我明天就过去看他们。"

琥珀应声而去。十一娘捧着谨哥儿的脸就"啪"地连亲了两下："你外祖母和小舅舅来了！"

"那我们是不是可以去舅舅家串门了？"谨哥儿面庞发亮，"我要吃舅舅家的羊肉饼。"

"是啊，是啊！"十一娘也顾不得教训谨哥儿贪吃了，笑吟吟地道，"到时候我们去你舅舅家串门去。"

徐令宜看着好笑，轻轻地摇了摇头，吩咐回事处的打点去弓弦胡同的礼品。

掌灯时分，琥珀回来了："大舅奶奶正在收拾箱笼，知道您明天要去，高兴得很。还说，让您明天早点去，让厨房里做您最喜欢吃的酒糟鱼。"

十一娘忙拉了她到一旁问："你看见五姨娘和七舅爷没有？"

"看见了！"琥珀笑道，"大舅奶奶特意指了七舅爷给我看呢！"她笑得越发灿烂起来，"七舅爷长得和夫人有五六分相似，穿了件月白色的茧绸直裰，戴了赤金的项圈，像观世音面前的金童似的，不仅模样儿俊俏，而且进退有度，一看就是富贵人家读书的小公子。七舅爷知道我是您派去送名帖的，还让我代他问夫人好呢！我正准备出门的时候，五姨娘听到消息赶了过来，拉着我问了半天夫人的事，还赏了我一锭银子。"说完，从衣袖里掏出一个小小的银元宝，看上去最少有一两的样子。

"珊瑚姐嫁给了大舅奶奶的陪房，如今做了大舅奶奶贴身的妈妈，是她送我出的门。我听她说，七舅爷回到余杭后就养在大舅奶奶屋里，大舅奶奶待七舅爷和庥少爷、庚少爷、康少爷一样，五岁就启了蒙，如今一本《幼学》快读完了，不仅会作诗，还会写文章呢！"

罗振兴的次子叫罗家庚，王姨娘生的三子叫罗家康。

十一娘听了又惊又喜，惊的是没想到罗大奶奶把罗振鸿养在她的屋里，喜的是五姨娘和弟弟在罗家都过得比她想象的好多了。她吩咐琥珀："把我的箱笼开了，我要挑些宫里赏的贡缎给几位侄儿、侄女做衣裳。"又觉得这礼太轻了，"把装首饰的匣子也拿来，我再挑几件首饰给两位嫂嫂。"然后去徐令宜那里挑了几块上好的端砚，还有湖笔。

"好在几年才来一次。"徐令宜看着她兴致勃勃的样子，打趣道，"要不然，家底都要被掏空了。"

十一娘心情好，和他斗嘴："怎么？舍不得？"一双秋水般的眸子横过去，"我们名动燕京的永平侯不会这样经不起挥霍吧？"

徐令宜看着心动不已，贴着她后背站了，双手箍着她的纤细的腰肢，轻轻地嗅着她的脖子："你也知道是挥霍啊？谁轮到这挥霍的事都有些心疼的。你怎么也要想办法让我心里好过些吧。"气氛十分暧昧。

十一娘眨了眨眼睛，转过身去，藕臂软软地搭在了徐令宜的肩膀上。

"侯爷，"她斜睨着他，"您要妾身怎么安慰您好呢？"声音柔得能滴出水来，眼睛亮闪闪的，显得有些狡黠。

徐令宜心里暗暗好笑。这么多年的夫妻了，十一娘要是有胆子在槅扇外立满了小厮、丫鬟的书房里跟他共效于飞，那她就不是十一娘了。

"我想想看……"他沉吟道，"唱个小曲？或者是……"他盯着她因为后仰而显得特别丰盈的胸，"跳个胡舞？"

"妾身都不会，"十一娘叹气，"这可怎么办好？"

"我教你唱好了！"徐令宜说着，在她耳边低低地哼了几句。十一娘满脸绯红道："侯爷这是跟谁学的呢！"败下阵来。

徐令宜望着她有些狼狈的身影哈哈大笑。

第二天一大早，十一娘好好地打扮了一番，辞了太夫人，和徐令宜带了几个孩子去了弓弦胡同。

几年不见，罗大奶奶丰腴了很多，看上去就有了些年纪。罗四奶奶没有罗大奶奶的模样儿好，反而不显年纪，看上去和原来没有什么太大的区别。

三个人站在垂花门前就笑成了一团，还是罗振兴重重地咳了一声，大家才矜持了些。

"这是七弟！"他轻轻地推了推站在他身边的一个孩子，向他引荐徐令宜和十一娘，"这是永平侯，这是十一姑奶奶！"

"侯爷！"那孩子恭敬地给徐令宜和十一娘行礼，"十一姐！"

徐令宜微微点头，十一娘看着他和五姨娘有七八分相似的眉眼，眼眶一湿，抬头在人群里寻找五姨娘。

"五姨娘在后罩房里歇着。"罗四奶奶在她耳边低低地道,"她说,等侯爷去坐席了,她再来见姑奶奶。"

这样,就可以避开徐令宜了。十一娘的眼泪就忍不住落下来。

谨哥儿心里害怕,忙扑到了十一娘的怀里。

"哎呀,一家团圆的好时候,怎么哭起来了!"罗大奶奶忙拿了帕子给十一娘擦眼泪,自己却忍不住也落下泪来。

"这些女人,就是经不住事。"罗振兴不以为然地道,却不知道自己的语气里也带了几分哽咽。

大家都笑了起来。

罗家麻已经是大小伙子了,和原杭州知府、现已辞官归家的周大人的千金定了亲,婚期就在明年春天。罗家庚和罗家康却是第一次见到,两人都遗传了罗家人的白皮肤,俊朗的模样。几个人站在那里,罗家麻沉稳,罗家庚磊落,怎么看都觉得比罗家康和罗振鸿多了些许的大方。

十一娘暗暗叹了口气,目光落在了依偎在罗四奶奶身边的小姑娘身上。

"是英娘吧?"

英娘也长成了大姑娘,长得更像罗四奶奶,虽然不十分漂亮,可眉宇间一派风光霁月,让人看了就觉得舒服。

"十一姑母!"她笑着上前行礼。

"英娘,你还记不记得我?"徐令宜笑着问她。

"记得!"英娘笑着,十分爽快,"十一姑母住的地方有一株石榴树,我小时候要摘石榴花,够不着,我还记得是侯爷抱的我。"

徐令宜转头对十一娘笑道:"真是好记性!"显得很高兴的样子。

罗振声两口子见英娘讨徐令宜喜欢,也很高兴。罗四奶奶指了英娘身边一个五六岁的小姑娘:"这是卉娘。"又指了被乳母抱在怀里的一个一岁左右的小男孩:"这是度哥儿!"

她生了英娘和卉娘后就再也没有动静,度哥儿是罗振声的妾室倚柳所生。

十一娘则把徐家的几个孩子介绍给罗家的人。

大家说说笑笑了一番才进屋坐下。十二娘和王泽带着孩子过来了。

屋里又是一番热闹,特别是六姨娘,摸着十二娘的两个孩子,激动得都不知道说什么好了。

徐令宜突然站了起来:"怎么没见五姨娘?"

屋子里的各种声音如被刀割断了似的戛然而止，大家的目光都落在了罗振兴的身上。

"五姨娘有些水土不服。"他轻轻地咳了一声，"正在屋里歇着……"

徐令宜就看了十一娘一眼，淡淡地道："那我们去给五姨娘问个安，也带孩子们去给五姨娘看一眼。"

十一娘鼻子一酸，眼泪就涌了上来。

"好啊！"她的视线有些模糊，随着徐令宜去见了五姨娘，看见徐令宜给五姨娘行礼，看见五姨娘惊慌失措地避开，看见谨哥儿喊"外祖母"，看见五姨娘用帕子捂着脸无声地哭……

"喂，喂，喂，你别哭了。"徐令宜啼笑皆非地望着十一娘，"你再哭，眼睛可就肿成桃子了！"

"我见了娘家的人，"十一娘用帕子擦着眼角，眼泪又落下来，好像永远也擦不完似的，"高兴呗！"

十一娘很少有这样激动的时候。徐令宜笑着叹了口气，把她搂在了怀里。

十一娘靠在了徐令宜的肩膀上，光线有些昏暗的马车里，窸窸窣窣地握了他的手。徐令宜紧紧地回握着她，爱怜地亲了亲她的面颊。

车马里，寂静无声，却安宁静好。

"哦！姨娘也来了？"太夫人笑吟吟地望着谨哥儿。

"是啊！"谨哥儿满脸兴奋，"她和我娘长得好像啊！身上香香的，说话也轻轻柔柔的，还……还给我做了好多的衣裳，喂西瓜给我吃……"

太夫人呵呵地笑。

立在一旁的徐令宜就笑道："娘，既然姨娘来了，我们也不能太失礼了。我看，这两天碧漪河的荷花开得正好，不如选个日子，让大舅奶奶陪着，到我们家里坐坐。您看怎样？"

太夫人有些意外。十一娘不觉紧张地屏住了呼吸。

"行啊！"太夫人沉思了片刻，笑道，"我看择日不如撞日。我们明天准备准备，后天如何？"最后一句，是望着十一娘说的。

"好！"十一娘笑着点头，眼角有水光闪动。

十一娘抱了徐令宜的腰，把脸贴在了他的背上。

"怎么了？"徐令宜有些迷迷糊糊的，"是不是哪里不舒服？"

"没有！"十一娘声音有些闷闷的，"就是想抱抱你。"

徐令宜反而睡不着了，去摸她的脸，脸上光滑细腻，却没有水迹。

"热死了。"早些年十一娘的身体不好,徐令宜成了惊弓之鸟,不敢让她热着也不敢让她冷着。夏天的晚上不敢用冰,只好用绡纱糊了窗户再换上葛布的帐子吹些自然风。见十一娘没什么,他脱下中衣丢在了床尾,从枕头底下摸了把扇子,呼啦啦地扇了两下。

"我来!"十一娘支肘起身拿过扇子,不急不缓地帮他打着扇。

"还是我来吧!扇了像没扇似的。"徐令宜道,"等会儿又说胳膊酸。"把扇子夺了过去,忍不住道:"我说让个小丫鬟在旁边打扇,你又不准……真是折腾人!"正说着,肩膀被轻轻地舔了一下。

他的肌肉一下子紧了起来。非常地意外,又怕自己误会,不由屏住了呼吸。

温温的唇,沿着他的脊背一点点地吻下去……酥酥麻麻的感觉从心底一直蔓延到四肢。他闭上了眼睛,享受了一会儿这感觉。

"默言……"身体几乎立刻就被点燃了。

"嗯!"十一娘回应着他,声音如轻风晓月,拂过他的心。

她重新圈着他的腰,身体紧紧地贴着他的线条分明的背,让他能清楚地感觉到自己胸前的丰盈。

徐令宜低低地笑了起来。这还是第一次呢……他可不是和自己的好运气作对的人,转身就把十一娘抱到了他的身上。夜色中,他的眸子像黑曜石,不时地闪过一道熠熠光华。望着那雪白盈透的身子,纤细的腰肢,水蜜桃般饱满柔软的丰盈在空中划出一道道美丽的弧线,徐令宜心中一悸,兴致高涨。只觉得血脉偾张,嗓子又干又涩,心狂跳不已。乌黑的头发湿漉漉地贴着她的鬓角,颤抖的手扶着他的肩膀,急促地娇喘着……

"徐令宜……"带着点幽怨,又似带着点娇憨,她颤颤巍巍地伏在了他怀里……闭上了眼睛……

"这样就不行了?"徐令宜带着几分揶揄的声音在她耳边低低响起,她已没有力气理会,头晕晕的……

一觉睡醒,天已蒙蒙亮,外面传来丫鬟们走动的声音。她睡得好沉。一夜无梦,好像连身都没有翻,左边手臂麻麻的。心却感觉到笃定、安宁、静谧,身体如三月枝头刚刚舒展的嫩芽,清新自然。

"醒了?"徐令宜醇厚的声音在她头顶响起,"我还以为你会睡懒觉呢。"声音里含着隐隐的笑,"昨天晚上,可是怎么也闹不醒……把我吓了一大跳……"

十一娘翻身,把脸埋在了徐令宜的怀里,手箍着他的腰,非常留恋的样子。

"怎么了?"徐令宜微微地笑,手指绕起一缕她散落在大红鸳鸯枕上如丝缎般顺滑的青丝在鼻头轻嗅,散发着淡淡的玫瑰花香。

十一娘坐起身来:"今天天气真好。"

是吗？徐令宜望着纹丝不动的姜黄色细葛布帐子。一大早的，一丝风也没有，这也算天气好？他抬了抬眉，十一娘已笑吟吟下床，懒洋洋地伸腰。

清晨的薄光中，玲珑的曲线如春风中舒展的柳枝，柔弱，婀娜多姿。

"今天好多事。"她回头，肤光如雪，笑靥如花，"要把船桨、船篷拿出来，摆桌的毡垫、黄梨木的长条案几、彩瓷的器皿，还有遮阳卷棚……余杭罗家后花园里也有湖，不过很小，不能泛舟，养了很多锦鲤。姨娘有时候在美人倚旁撒些鱼食引得锦鲤纷纷争食，就会笑逐颜开……这次我们到碧漪河划船去，您说好不好？"她趴在床边问徐令宜。

徐令宜的目光却顺着她的雪肤望下去，抓住她的双臂，她被拖到了床上……没有挣扎，没有嗔怪，没有推诿……十一娘粉臂轻揽，把他紧紧地抱在了怀里，任他予取予求，还温柔地亲了亲他的头……徐令宜手趁机伸进了肚兜里，肆无忌惮地搓揉了一回，这才放开她。

白色的绸子被洇湿，艳丽的颜色依稀可见。他心旌摇曳，低声嘟囔了几句。

"什么？"十一娘听得不十分清楚，放开徐令宜，坐起身来掩了衣裳。

"我说，"徐令宜嘟囔着，声音比刚才大了一点，"要是姨娘每年都能来一次燕京就好了。这次是夏天来的，我看，下次就冬天来好了……冬天外面下着雪，暖暖和和地偎在被窝里，一寸一寸地抚摸下去……"

越说越不像话了。十一娘"呸"了他一下，转身躲到一旁屏风后面去换衣裳。

谨哥儿跑进来。

"爹爹，您好懒，还没有起床。"他早梳洗好了，穿着茧绸短褐，大大的眼睛明亮又闪烁，显得朝气蓬勃，"我昨天来的时候您在床上，前天也是……"他说着，去拉父亲，"今天要快点起来才是！"

徐令宜哈哈大笑，把儿子腾空抱起，瞥了一眼紫檀木镶白色牙雕天女散花图样的屏风，低声道："我们今天下午骑马去？"

"好啊！"谨哥儿几乎是振臂欢呼，想到刚才父亲压低了声音，又忙忍了兴奋，悄声地道，"是不是不能告诉娘？"

徐令宜犹豫了一下。

谨哥儿目光灼灼，道："爹，娘要是问起来，自然要说。如果娘没问——明天外祖母、舅母、小舅舅、姨母、表哥、表姐、表弟、表妹都要来做客，娘亲这么忙，这点小事，我们就不要告诉她了！"说着，抿了嘴偷偷地笑。

"你这个小滑头！"徐令宜忍俊不禁，但并没有呵斥他。

谨哥儿笑容里就有了些许的得意。

可是，十一娘还是发现了。

"你下午去干什么了?"她忙了一天,把明天宴请的事事无巨细地都安排妥当,这才坐下来喝了口茶,"你可别说你什么地方都没有去或是在秀木院练拳——你的鞋脏兮兮的,在府里不可能弄得这么脏。"

"娘怎么知道我的鞋子脏兮兮的……"谨哥儿错愕地望着十一娘,很快又明白过来,"我知道了,肯定是红纹告诉你的。"说着,语气一顿,"要不就是阿金。"他有些愤愤然,想到母亲的严格,连他都不敢在娘亲面前撒谎,何况是红纹和阿金她们,像霜打的茄子蔫了下来,"我和父亲一起……"声音拉得长长的,目光可怜巴巴地朝徐令宜望去。

徐令宜看着好笑,道:"我们去骑马了!"想了想,又道:"今天谆哥儿有骑射课,我把诫哥儿和谨哥儿都带过去了,让他们动一动。男孩子,天天窝在家里成什么样子!"

十一娘无论如何都不会当着孩子们的面驳了徐令宜的面子,笑道:"我下午没有看见谨哥儿,去他屋里,却发现他换下来的脏衣裳和脏鞋……吓了我一大跳。"

徐令宜就拍了拍她的肩:"没事,我亲自带着谨哥儿呢!"

十一娘也觉得自己有点大惊小怪了。她担心谨哥儿的安危,难道作为父亲的徐令宜就不担心?想到这些,她不由粲然一笑。

谨哥儿松了口气。还是跟着父亲好……跟着父亲,就是母亲也会让步……他想到上次他要给狗狗三三接生,祖母不让,结果父亲一点头,祖母就什么也不说了……还有五叔,他邀了诜哥儿去泗水,五叔不答应,结果父亲说"好",五叔不仅同意了,还和父亲一起带着他们去了碧漪河……谨哥儿不由朝父母望去。

母亲坐在临窗的大炕边,父亲站在母亲身边,表情非常地柔和,正低头和母亲说着什么,母亲笑起来,抬了头望着父亲,目光突然间变得很不一样……到底怎样,他也说不清楚……反正,和平时不一样……谨哥儿挠了挠头,看见父亲跟着母亲一起笑起来,那笑意一直到了眼底的深处……整个脸上都洋溢着莫名的欢快……谨哥儿突然有些不安起来。

他冲了过去,扑到了十一娘的怀里:"娘,娘,我肚子饿了。"

"那我们早点用晚膳。"母亲抱着他,声音里带着一丝不易察觉的溺爱。

他忙抬头朝父亲望去,父亲的目光落在他的身上,笑意盎然。不知道为什么,谨哥儿突然间觉得心满意足,他大大咧咧地躺在了炕上。

"我要吃狮子头,我要吃五花肉,我要吃酱肘子,我要吃水晶肚片……"在那里胡乱嚷着。

徐令宜大笑。别人说孩子越大越没意思,可这小子却是越大越有意思!想到这里,他不由揉了揉儿子的头。

过了八月十五,和徐家有交情的人都开始送贺礼,一向有些冷清的徐府门前开始热闹起来。

太夫人早两年就不理事了，虽然徐嗣谆的婚期就在眼前了，但有十一娘主持中馈，老人家放心得很，并不过问婚礼的事。依旧和从前一样，礼礼佛，或是和杜妈妈、二夫人说些闲话，逗着孙子们玩，在徐家给姜氏的衣裳做好、姜家送了陪嫁的礼单过来时去品评一番，日子过得悠闲又喜庆。十一娘今天应酬这个，明天应酬那个，虽然有五夫人在一旁帮衬着，可也少有个闲暇的时候，徐令宜就更不用说了。十一娘私底下和琥珀笑道："还好，谆哥儿是世子，成亲的事项要照着礼部定下来的礼仪行事，那些迎娶、宴请之事有白总管和赵管事操心。要不然，我们只怕更忙。"

琥珀笑吟吟地给十一娘奉了一杯热茶，笑道："要是四少爷不是世子爷，自然要比照二少爷成亲时的礼仪，家里未必有这么多的客人，宴席也未必要开这么多桌，您也就更不必这样忙了。"

十一娘哂笑："倒是我没想明白。"

秋雨几个都捂了嘴笑。

"娘，我成亲的时候让我媳妇操持。"正在一旁练字的谨哥儿突然抬头冒出一句话来，"让您和太夫人一样，每天只管到处看看，这样您就可以天天睡懒觉了。"最近这些日子他来给父母问安的时候，母亲有时候还没有起床。

十一娘考虑到随着徐嗣谆婚期的临近，不时有身份尊贵的客人来贺喜，万一要用小书房，谨哥儿在那里练字，徐令宜少不得要他见客人，不利于谨哥儿读书。她就让谨哥儿在自己的内室练字，自己则只在花厅见客。

这会儿大家听着一愣，忍不住哄堂大笑。

谨哥儿大为不满，红着脸嚷道："我说的是真的！"

十一娘忙安抚小家伙："好，好，好，我等着谨哥儿娶媳妇。"

大家又是一阵笑。谨哥儿腮帮子鼓得像青蛙似的。

这时候去沧州送喜帖的人回来道："大姑奶奶知道四少爷定了婚期，十分欢喜，大姑爷说，过几天就和大姑奶奶带了两位表少爷一起来燕京恭贺四少爷。"

自从五年前贞姐儿出嫁，他们就没有再见过，这真是喜上加喜。

"让他们娘几个住在内院。"太夫人十分高兴，吩咐十一娘。

"那我把丽景轩收拾出来。"十一娘笑道，"让她住以前的地方好了。"

太夫人直点头，又皱了眉头："怎么一个、两个都不让人省心，孩子还这么小，车马劳顿，怎么受得了！"

贞姐儿继生下长子邵安景后，去年年底又生了次子邵安旭，一个四岁，一个还只有十个月。

太夫人抱怨完，又对十一娘道："两个重外孙我都没有见过。大姑爷长得那么好，我们家贞姐儿也漂亮，两个孩子也应该粉妆玉琢般的吧？"话里又透露着几分思念。

大家都笑起来。太夫人拉着十一娘去丽景轩，看还有没有什么东西需要添置的。

徐令宜在外面刚送走了梁阁老，皇三子雍王来了，给徐嗣谆送过贺礼，进来给太夫人问安。

太夫人等人忙赶回去，按品大妆，见了雍王。

赶来给徐嗣谆道贺的山东总兵只好由赵管事陪着先在外书院里等着，正巧碰到了窦阁老……

徐家现在已是车水马龙。

待五娘带着鑫哥儿和钿姐儿从文登赶过来，贞姐儿正好回府，十一娘只来得及和她说了几句话。罗大奶奶设宴款待五娘和孩子们，她没时间过去，让琥珀给弓弦胡同送去了八色礼盒。

贞姐儿的两个孩子都长得像邵仲然，相貌俊朗。别说是太夫人了，就是徐令宜看了，也十分喜欢。徐嗣谕和徐嗣谆、徐嗣诚喜欢逗活泼可爱的旭哥儿玩，谨哥儿和诜哥儿则领了景哥儿到处跑，吓得十一娘反复地叮嘱他们身边服侍的人："给我看紧了，不可以到有水的地方去，不可以到凌穹山庄摘果子……要是景哥儿哪里磕着碰着了，我可是要发脾气的。"

"这么一大群人看着，又在我们家后花园，不会有什么事的。"贞姐儿挽着十一娘的胳膊直笑，问起谨哥儿的武技来，"相公每次问庞师傅，庞师傅都只说学得好，到底怎样？"

"已经开始教些简单的拳脚功夫。"十一娘笑道，"这些我虽然不懂，可看你父亲的样子，很满意这样的进展。"

"那我就放心了。"贞姐儿笑道，"我当时也想，父亲肯定早有了人选。可相公说，我们也要尽尽心意才好。想来想去，这才推荐了庞师傅……"

回娘家的这些日子，邵仲然被徐令宜拉着陪客，两个孩子又被太夫人和几个兄弟带着，她根本插不上手，闲了下来。去看过文姨娘几次后，她就跟在十一娘身边，或帮十一娘待待客，或陪着十一娘说说话。

十一娘心里惦记着几个孩子，不时地让丫鬟去看看在干什么。

"母亲还和从前一样，总是喜欢担心这担心那的。"贞姐儿不由感慨，突然想到小时候的事，眼圈一红，眼泪就毫无征兆地簌簌落了下来。

做了母亲，才更加能体会母亲的艰难。贞姐儿只觉得心里堵得慌，又想着这是四弟大喜的日子，自己这样，岂不让母亲也跟着伤心？忙掏了帕子抹着眼角，心里更是念着母

亲对自己的好,想到这些年在沧州的生活,觉得有千言万语要和母亲说。

"母亲,今晚我和您睡,好不好?"她紧紧地抱着十一娘的胳膊,眼睛里又噙满了泪水,"我还记得小时候,有一次到您屋里睡午觉……您做了珍珠手串给我……送了朵赤金菊花鬓花给我……带着我去慧姐儿家串门……我们和芳姐儿,不是,是太子妃一起,偷穿您的小袄……"话匣子一打开,才惊觉原来曾经发生过这么多的事,每一件,都让她的生活离原来的轨道远一点,离现在的生活近一点……

贞姐儿已褪去了青涩,成了个眼角眉梢坚定中带着几分温婉的女子,还像小女孩一样在自己面前撒着娇,十一娘的眼角也有了水光。

"好啊!"这次回来了,下次还不知道什么时候能见面,她不想让气氛这么伤感,笑着打趣,"只要你舍得丢下大姑爷和景哥儿、旭哥儿不管。"

"一个晚上而已。"贞姐儿说着,嘴角微扬,眉宇间就有了幸福女人才有的笃定,"再说了,孩子们还有乳娘带着!"

十一娘抿了嘴笑。贞姐有些不好意思,不依道:"我现在回了娘家,自然要做一回母亲的女儿。"

"行啊!"贞姐儿能在自己面前撒娇的机会也不是很多,十一娘让人给贞姐儿铺床。

徐令宜瞪大了眼睛:"那我睡哪里?"

十一娘脸上一红,怕贞姐儿听见,把他往外推:"你随便睡哪里去!"

十一娘对姜家九小姐的印象还停留在她小的时候,白白的皮肤,大大的眼睛,有一管大珠小珠落玉盘的声音。双朝贺红的时候乍见眼前这个穿着大红纻丝褙子、梳着牡丹髻、珠环玉绕的美丽女子时,不由愣了愣才露出亲切的笑容。正好姜氏给徐令宜敬完了茶,在全福太太黄三奶奶的指引下从丫鬟托着的大红漆盘里端了龙凤呈祥的祁红茶盅高举过了头顶跪在她面前道:"婆婆,喝茶!"

声音还是那样清冽好听。十一娘笑着接过了茶盅,和项氏进门时一样,送了九十九两的赤金头面和一张九百九十九两的银票做了见面礼。只是项氏的头面是玉簪花的模样,姜氏的头面是牡丹花式样。

姜氏红着脸轻声道谢,送上了两双绣鞋、两双袜子给十一娘作为开箱礼。

两双绣鞋,一双绿一双紫。绿色的那双,绣了粉色的梅花,钉着米粒大小的珍珠做蕊。紫色的那双,绣了鹅黄色的兰花,用白色的丝线钩了轮廓。看得出来,不论是配色还是做工,都下了一番功夫。黄家和徐家交好,黄三奶奶又是个喜欢锦上添花的,不好都要寻出个好来,何况这两双鞋本来就十分出挑,当时就"啧啧啧"了几声:"这可真是应了那句老话,不是一家人,不进一家门。看我们四少奶奶这绣活,我瞧着可不比四夫人的差。"

说着,呵呵笑道:"这下好了,婆媳两个在一起正好商量着绣活,倒也不愁没话说。"

大家都跟着凑趣,哈哈大笑起来。

姜氏想起母亲的话:"你婆婆是庶女,又是继室,她能有今天,可见不是个简单的人物。你进了门,切记要谨慎。少说多做,循规蹈矩,不可惹得你婆婆心中不快。"

"我花了半年的工夫才做了这两双绣鞋,"她微赧道,"不敢当黄三奶奶夸奖。"

既没有一味地贬低自己,也没有一味地奉承十一娘,还点出自己对给婆婆的开箱礼的重视。

周夫人听得眉头微挑,看了一眼笑吟吟坐在那里的十一娘。

黄三奶奶则觉得这新进门的四少奶奶十分会说话,笑了两声,把姜氏领到了三夫人的面前:"这是你三姐姐。"

姜氏跪下来磕头、敬茶。三夫人神色怏怏的,拉着姜氏的手赞了几句"漂亮",依照项氏进门给的见面礼。

姜氏低声道谢,开箱礼是两方帕子。

然后黄三奶奶把她领到了五夫人的面前……一圈下来,用了快一个多时辰。虽然收了一大堆的东西,但人也累得够呛。姜氏不仅不敢有丝毫的流露,而且还尽量让自己的微笑温婉恭顺些,跟在婆婆的身后,往摆了酒宴的花厅去。

等三朝回门,十一娘送走了南京来的客人,带着姜氏、文姨娘陪贞姐儿到大相国寺、白云观等地去游玩了一番,吃的穿的用的玩的堆了满满两大马车,这才依依不舍地送走了贞姐儿。

谨哥儿就和十一娘嘀咕:"娘,我们明年去看大姐吧。大姐夫说了,他们家田里种满了枣树。明年的这个时候,正是打枣子的时候,我还没打过枣子呢!"

孩子出去开阔一下眼界是件好事,只是这件事的难度很高。她不可能把家里的老老少少丢下只带了谨哥儿去沧州,更不可能把家里的老老少少都带着去沧州……徐令宜就更不可能了,他出了门,就代表永平侯府,有些礼节就不能免,有些应酬就不能少,有些事就不能做……会完全失去旅行的意义。

晚上,谨哥儿挤到徐令宜的被子里和父亲说悄悄话:"我们去看大姐吧。"

徐令宜失笑,拧了拧儿子的鼻子:"你说实话,是想去看大姐,还是想出去玩?"

"都想!"谨哥儿嘟囔道,"我和景哥儿约好了,我要是去沧州,他就带我去见他的三哥……他三哥在沧州连踢了六家武馆,可厉害了……"

徐令宜大笑:"等你大些了再去!"

谨哥儿很是失望。可当燕京下第一场雪的时候,徐令宜却带着他去了保定。

太夫人望着延绵不断的鹅毛大雪,不禁后悔:"早知道这样,就不应该答应他带了谨哥儿去。他皮粗肉糙的不怕,我们谨哥儿何曾见过这样的阵势!"

"侯爷和谨哥儿都穿着皮袄,还带了一马车的银霜炭。"十一娘忙安慰太夫人,"他们一路歇在驿站里,又带了那么多的护卫,不会有什么事的。"

姜氏过来。

"母亲也在这里。"她笑道,"正好。"说着,从小丫鬟手里拿了个红漆描莲花的匣子递给太夫人,"这是枷楠香,礼佛的时候用最好。"又拿了个红漆描金的匣子递给了十一娘,"这是百花香,看书的时候点最好了。"然后笑道:"是我娘亲手做的,与市面上的香有些不一样。祖母和母亲试试,看喜不喜欢。"

姜家今天上午派人来送年节礼了,这香想必就是那时候带来的。太夫人和十一娘笑着道了谢。

姜氏就指了小丫鬟手里还捧着的一堆红漆匣子:"这是给二伯母、五姊姊她们的。"

"去吧,去吧!"太夫人笑呵呵地道,嘱咐她,"等一会儿和谆哥儿到我这里来用晚膳。"

姜氏脆生生地应了,先去了离太夫人最近的五夫人那里。

腊八那天,徐令宜和谨哥儿赶了回来。

"保定好不好玩?"十一娘搂着好像长高了些的儿子,在他脸上狠狠地亲了两口,这才觉得心里舒畅了起来。

谨哥儿嘿嘿地笑。徐令宜就拍了拍儿子的肩膀:"快回屋去洗漱,我们去祖母那里喝腊八粥。"

谨哥儿笑嘻嘻地由一大群丫鬟、媳妇子簇拥着回了屋。

徐令宜张开手臂就把十一娘紧紧地抱在了怀里,在她的脸上狠狠亲了两口。

"哎呀!"十一娘眼角瞥过屋里服侍的丫鬟,"发什么疯呢!"

丫鬟们都有眼色地抿嘴笑着退了下去。

"你稀罕他,我稀罕你呗!"徐令宜并不松手,笑着又在她面颊上亲了两口。

十一娘脸色微红。

"侯爷还不快去梳洗!"她挣扎着,"娘天天盼着您回来,此刻只怕得了信。您要是再不去,说不定脂红就要过来催了。"

徐令宜定定地看着她的眼睛:"你帮我洗。"醇厚的声音低了几分,就有了些许暧昧的味道。

十一娘侧过脸去,轻轻地"嗯"了一声,面如霞飞。徐令宜低声地笑,横抱着她进了净房。

太夫人等了半天也没有等到儿子来给她问安，不由急了起来："怎么还没有来？"起身要下炕去瞧瞧。

"看您急的。"杜妈妈笑着上前搂了太夫人，"侯爷刚进门，怎么也要梳洗一番吧？何况脂红已经去催了，您就耐心地等一会儿吧！"心里也嘀咕着怎么去了这么久。

太夫人只好重新坐下，心里又空荡荡的，反复地问玉版："腊八粥都准备好了吗？"

"您放心！"玉版忙笑道，"小厨房里一直温着，侯爷一来，就可以吃了。"

"大冬天的，又是从外面赶回来，"太夫人嘟囔道，"温的不好，要热一点的好。"

"我这就去吩咐厨房一声。"玉版应着，转身就往外走。

帘子却突然被撩开，一个红色身影闯了进来。

"祖母，祖母，我回来了！"

清脆洪亮的声音，噔噔噔的脚步声，精神十足，除了谨哥儿还有谁。

太夫人满心欢喜，张开双臂就把谨哥儿搂在了怀里，"我的乖乖，祖母可把你给盼回来了！保定好玩吗？你爹呢？"一面说，一面抬头朝门口张望。

只见帘子一动，徐令宜和十一娘一前一后地走了进来。

徐令宜身姿挺拔，面带笑容，显得精神焕发。十一娘穿着件粉色素面妆花褙子，神色娇柔，像株春海棠似的，慵懒，妩媚，与平常大不相同。

太夫人微微一愣，觉得有什么掠过心头，可她的心里全是走在前头的徐令宜，很快就把这一点点的异样抛在了脑后。

"怎么这个时候才来？"太夫人嗔怪着，目光从头到脚地把儿子打量了个遍，觉得儿子比走的时候气色还好，暗暗颔首，笑道，"路上可还太平？用了午膳没有？"心里这才落了定。

"一路都歇在驿站，一切都挺好的，让娘挂念了。"徐令宜给太夫人行了大礼，"还没有用午膳呢！回来梳洗了一番就过来了，正准备到娘这里来蹭顿饭呢！"

既然知道我挂念，那以后就别出去了。话到了嘴边，看到儿子眉宇间透露着的飞扬，想到十一娘关于徐令宜这两年都待在家里的话，太夫人又忍了下来。旋即想到儿子还没有吃饭，忙高声叫了玉版："还不把腊八粥端上来。"然后笑道："可巧今天是腊八，先用腊八粥，讨个吉利，再用午膳。"说着，想到怀里的宝贝孙子也还饿着，起身牵了谨哥儿的手："走，我们吃粥去。"

"吃腊八粥了！"谨哥儿雀跃地和太夫人往东次间的宴息室去，嘴里不住地道，"祖母，您这些日子在家都干了些什么？我可想您了。我在容城的时候，吃驴肉了，想给您也带点。可爹说，太远了，带回来都坏了，我就给您买了把木梳子。"说着，停下脚步，有点不好意思地从怀里掏出一个大红的荷包递给太夫人，"这梳子做工一般，不过我看寓意好，就买了……"

"哎哟哟!"太夫人很意外,"我们谨哥儿还给我带了东西……"有难掩的激动,"我看看,我看看。"停在东次间的门口就打开了荷包。

那的确是把很普通的梳子,黄杨木,梳背上雕着一对寿桃,和家里小丫鬟们用的差不多。

"好看,好看!"太夫人摸着梳子上的那对寿桃,赞不绝口,"这寓意的确是好。"

谨哥儿松了口气,解释道:"我们只在容城吃了顿饭就走了,其他地方的东西就更不好了。等下次我再出去,一定给您买个好一点的东西回来。"

"好,好,好。"太夫人喜笑颜开,和谨哥儿进了东次间,"你不在家,诜哥儿每次来都快快的,祖母这里冷冷清清的……"

谨哥儿同情地道:"他定是因为不能出去。"接着声音又变得欢快起来,"不过,我也给他带东西了,是一把马鞭,玉杆儿,乌金做的鞭,可漂亮了。我也有一个,是原来给父亲牵马的一个人送的。他知道父亲在霸州,骑了两天的马赶过去的。您知不知道平顺?这个人就在平顺做典史,是个从九品的官。您知不知道典史是做什么的?就是专抓盗贼的。我们吃饭的时候,他就站在一旁执壶。我们走的时候,他还偷偷地塞给了我两个好大的金元宝……"

两人说着话,坐到了东次间的胡床上。

"真的?"太夫人给孙子凑趣,语带惊喜地道,"那我们谨哥儿这次出去,岂不是认识了很多的人?"

"是啊!"出去了一趟,见到了那么多稀奇的人和事,谨哥儿正想和人分享,太夫人的话正挠到他的痒痒处,扳着指头数着,他滔滔不绝地道,"我还认识了清苑的一个县丞,定兴的一个同知,蓟州总兵……"

不紧不慢地跟在两人身后的徐令宜突然微微俯身,在十一娘耳边低声道:"我也给你带了东西!"

两人从见面到现在,可没说上一句正经话。十一娘掩袖笑着横了他一眼,却不像从前,只红了脸不说话。徐令宜看着只觉得心动,轻轻地捏了捏她的手。

外面传来一阵声响,夹着丫鬟低低的喊声:"七少爷,您慢点,您慢点……"

夫妻两人不由相视一笑,松开了手。

诜哥儿兴冲冲地跑了进来:"六哥,你回来了?"

"七弟!"谨哥儿跑过来。

两个小家伙就抱到了一起。

"保定好玩吗?"诜哥儿迫不及待地道,"你都去了哪些地方?"

"去了好多地方!"谨哥儿兴奋地道,"定兴、霸州、涿州……"他的话还没有说完,徐嗣谆和姜氏过来了。

"爹爹,您回来了?"他恭敬地给徐令宜行礼,笑着摸了摸谨哥儿的头。

姜氏则弯了腰,笑吟吟地问他:"叔叔去了很多地方吧?快讲给我们听听。"把个谨哥儿问得眉眼儿弯弯,跟他们讲着一路的所见所闻。

不一会儿,徐令宽、五夫人、徐嗣诚、项氏等人都到了,大家围坐在那里听谨哥儿说话。

谨哥儿眉飞色舞,别提有多高兴了,要不是玉版端了粥进来,这话还不能断。

下午,谨哥儿拉了诜哥儿回自己的屋,把他给诜哥儿买的礼物送给诜哥儿,又把他一路上买的什么挖耳勺、面人、会打拳的小铜人、能倒出两种酒的鸳鸯酒壶……拖出来给诜哥儿看,讲什么东西是什么时候买的,怎么买的。听得诜哥儿两眼发光,谨哥儿得意得很,和诜哥儿一起去给诸人送礼物。

徐令宜望着两个小家伙蹦蹦跳跳地出了门,笑着问正在给他收拾衣裳的十一娘:"你怎么不问我给你买了什么东西?"

"我不正等着侯爷开口嘛!"十一娘笑道,"哪有自己讨东西的。"

从前他也给她买过小东西,她只是浅笑着道谢,却不像这一次,很随意,却透着几分亲切。

徐令宜拽了她的手:"你跟我来!"去书房了。

一个红漆锃亮的雕红漆箱笼放在墙角,看得出来,是这次出去新添的。

他开了箱笼,里面竟然装着很多画轴。

徐令宜把画轴放在地上。

"这是我这次出去画的。"他把画一幅幅地打开,"你看,这是我在房山驿站的时候画的。"他指了第一幅,"这就是房山县的大街了,这边是县衙,县衙后面有个医铺,医铺旁边是一家客栈,也卖吃的。我们就是在这家客栈吃的饭……房山很小,没什么看头……这是霸州……东街巷全是卖吃的,最有名的是万家瓠羹,我和谨哥儿特意去吃了,感觉也就那样……这是麦家巷,里面全是些卖绣作、珠翠头面、幞头帽子的,我看着也很平常。"他说着,笑着从箱笼里拿出一幅绣品,"你看看……"

十一娘缓缓地打开了绣轴。

"我在一家绣铺里看见的。"徐令宜笑道,"和你平时绣的东西不一样吧?听说这是大梁那一带的绣法,用的也不是普通的绣花针。"他从箱笼里拿出一个小小的匣子,里面并排着几根绣花针,"你看,这绣花针有你的三根粗,线从这里面穿进去,绣的时候扎进去就提起来,把线头留在绣品上,然后用剪刀剪整齐了,就成了。"

他比画着，表情很认真。十一娘眼前一片模糊，他的影子如水中花、镜中月。她轻轻地放下绣品，紧紧地抱住了他的腰。

"我很喜欢……侯爷买给我的东西，我都很喜欢……"

她走过很多地方，看过很多风景，此刻突然觉得，能在这个小小的院落里，看看这些风景画，也一样很有意思。

"很喜欢！"十一娘把耳朵贴在他的胸膛上，闭上眼睛，沉重有力的心跳声如鼓，咚咚咚地传到她的耳朵里，"很喜欢！"

徐令宜有点发愣。这并不是他给她的礼物，他给她的礼物是赤金镶了碧玺石的项圈，准备晚上的时候拿出来，戴在她如羊脂玉般白皙细腻的脖子上……那种风情可想而知……

第一天在房县的驿站，不想见县里的那些官吏，早早地就歇下了。灯光下，看见谨哥儿睡着了的脸，他突然非常地想念她。要是她在身边就好了……想到她喜欢看《大周九域志》，就起身画了这幅画。后来，在路程轻松又歇得早的时候，他就会画几笔。没想到她竟然会这样喜欢。徐令宜的嘴角翘成了一个愉悦的弧度。

他狠狠地亲了一下她的额头："我还有一样东西给你！"

"是什么？"十一娘看着徐令宜从箱笼里拿了个雕红漆的匣子，然后兴致勃勃地和他在罗汉床上并肩坐了。

徐令宜眼底闪过一丝狡黠，把匣子递给她："打开看看！"

十一娘狐疑地打开了匣子，是个很奇怪的东西。她从来没有见过。

"这是……"她困惑地望着徐令宜。

徐令宜凑在她耳边说了几句。

没吃过猪肉，还没有见过猪跑吗？烫手山芋般，十一娘把东西丢在了罗汉床上。

"侯爷从什么地方弄来的这种东西……"脸红得能滴出血来。

"别人送的！"徐令宜咬着她的耳朵，"我觉得还不错……我们不如试试！"

"你这家伙！"十一娘娇嗔着站了起来，"刚觉得你还不错，你就……"一句话没说完，自己倒先笑起来。

本只是想逗逗十一娘，她爽快地一笑，倒让徐令宜觉得自己有点小家子气。

"不过是让你开开眼界罢了。"他笑着拉了十一娘的手，"这些日子我不在家，家里可有什么事？"

十一娘望着他直笑。徐令宜行事如带兵，虽然常有诡谲之举如异峰突起，却到底坦荡磊落有分寸。她顺着他的意思坐到了他身边。

"家里挺好的，没什么事，我也只是忙着准备年关的事。"十一娘的语气不觉变得很柔软,"叫了姜氏过来帮忙,姜氏聪明伶俐,心算珠算都很快,看得出来,在家里学过这些,上手很快,我轻松了不少。"

徐令宜捏了她的手,低声道:"我也知道你这几年里里外外的,不轻松。不过,他们刚成亲,明年这个时候,说不定我们家又要办喜事了。有些事,你还是多担着点。等过几年,家里的事再交给姜氏也不迟。她毕竟刚进门,有些事,还要看看再说。"

十一娘有十一娘的打算。就算姜氏再不好,难道这家里的事自己还能永远这样抓住不放手不成?如果姜氏是个孝顺的,自然知道恪守本分;如果姜氏有心,就算她不放手,姜氏也会想办法跟她争。还不如早点把姜氏放在身边看看,她也能未雨绸缪。说不定,她拿出些气度来,两人反而能融洽相处。有些事,总要有人先行一步。

"我瞧着这样挺好的。"十一娘拒绝了徐令宜的好意,"跟在我身边慢慢地学,等接手的时候,也不至于慌手慌脚。"然后转移了话题:"听谨哥儿的口气,侯爷这次见了不少人。他乡遇故知,很高兴吧?"

徐令宜见她不接话,知道她主意已定。十一娘一向与人为善,可又不是一味地只知道忍让,到了紧急的时候,也有自己的主意。这样一想,更觉得眼前这个人好。他不忍驳了她的话,顺着她的意思和她说起这一路的见闻来:"也不是有意要见的。因是带着谨哥儿,吃穿用度都不能马虎。大家听说我要去保定,赶过来聚一聚而已。我心里有顾忌,这些年了,知道的,都看在眼里,不会来;不知道的,赶了过来,我闲着无事就见见。"他说着,笑容更深了,"倒是谨哥儿,玩了个痛快……"

既然是故交,自然知道他。如果不知道他,就是好友也会渐渐淡了,何况还有个"闲着无事"的大帽子在前面。

十一娘放下心来,听他说着儿子的窘事。

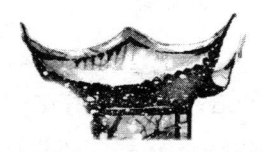

第九十三章　隔辈亲徐家女受宠

到了初三一大早,十一娘就给谨哥儿换了件大红绉丝袍子,和徐令宜一起,带着徐嗣谆夫妻、徐嗣诫、项氏等人去了弓弦胡同。

门口贴着大红的对子,屋檐下挂着大红的灯笼,就是墙角一株老梅树,也在树干上系了一根大红色的绳子。

大家见过礼,孩子们喊舅舅的喊舅舅,喊姑父的喊姑父。大人们笑吟吟地应着,派红包,小孩子笑眯眯地接着红包,一派喧阗。只有徐嗣谆,连连摆手:"不用给我。我现在成了亲,已经是大人了,应该我给弟弟妹妹们红包才是。"说着,让姜氏给英娘几个派红包。

穿着大红色遍地金通袖袄的罗大奶奶不仅笑着给徐嗣谆塞了一个红包;还给项氏塞了一个红包:"到了舅舅家里,都是孩子。"

罗四奶奶则拦了姜氏:"你这是做什么,快收好了,你可是第一年到我们家过年呢!"说着,把她准备的给姜氏的红包拿了出来。

按道理,新媳妇进门的第一年都要去给亲戚拜年,亲戚们则要给新人红包。姜氏见两位舅母态度坚决,不想扫兴,笑着道谢,接了红包。

十二娘一家和五娘一家前后脚进了门。大家互相拜年,说说笑笑,好不热闹。直到院子里刮过一阵刺骨的冷风,众人这才去了厅堂。

六姨娘和五姨娘正指挥小丫鬟摆放点心。六姨娘穿了件玫瑰红十样锦的妆花褙子,神采奕奕。五姨娘穿了件淡绿色素面妆花褙子,衬着一张脸雪白,头发乌黑,眉眼温婉,看上去不过三十来岁的样子,哪里像有十一娘这么大的女儿的人。

谨哥儿立刻冲了过去:"外祖母,外祖母!"

欢快的笑容从五姨娘的眼底一直溢到了眼角眉梢。

"六少爷!"她爱怜地搂了谨哥儿,"今天刮起了北风,你冷不冷?"说着,摸了摸他的手。

"不冷,不冷。"温柔似水的声音,让谨哥儿说话都比平时低了几分,"您看,我穿了皮袄。"他把衣襟翻起来给五姨娘看,"是灰鼠皮的。"

五姨娘忙拽住了他的衣襟不让翻:"小心着了凉。"

谨哥儿听话地放了手,连连点头。

五姨娘笑容一敛,起身给徐令宜行了个福礼:"侯爷!"目光却落在了十一娘的身上,"十一姑奶奶。"

"姨娘!"十一娘笑着给她行了礼。

徐令宜侧身避开,算是还了五姨娘的礼:"有些日子没有见了,您还好吧?"

"托侯爷的福。"五姨娘恭敬地道,"一切都好。"

徐嗣谆几个看了上前给五姨娘拜年,五姨娘给他们派红包。王泽与十二娘、孩子则上前和六姨娘见了礼,六姨娘也为晚辈们准备了红包。

五娘望着罗振声,脸色有些不好。罗振声不敢和她对视,忙低下了头。

五娘一回到燕京就狠狠地把罗振声给斥责了一番:"你不是管理家里的庶务吗?怎么六姨娘都来了,却把三姨娘留在了家里?"

今非昔比,三姨娘不能比五姨娘,难道也比不过那个没有生儿子的六姨娘?

"是三姨娘自己要留下来照顾父亲的。"罗振声喃喃地解释,五娘却一句也不相信,劈头盖脸地训着罗振声:"你在余杭到底都在干什么?我上次好不容易跟大哥说好了让你跟着你姐夫去任上做个钱粮师爷,可你倒好,竟然不去?我想,罗家家大业大的,三姨娘又在府里,你如果能在罗家有个一席之地也行。可不承想,你竟然一点本事也没有……"

罗振声是想去的,可罗四奶奶不想让丈夫去。家里又不是过不了日子,何必跟到那么偏僻的地方靠着姐夫过日子。见丈夫被骂,罗四奶奶就在一旁劝了一句,反被五娘呛了好几句。

看到眼前的情景,五姑奶奶只怕又想起了三姨娘吧?罗四奶奶思忖着,只当没有看见,笑吟吟地挽了项氏的胳膊:"快要生了吧?还好吗?"

"母亲专派了有经验的妈妈照顾我。"项氏对这个爽快的四舅母印象很好,她自我调侃道,"我每天吃了睡,睡了吃,脸都成了大饼了。"

罗四奶奶笑了起来:"等生了就好了。"

罗大奶奶看着大家都不分男女地站在厅堂,忙招呼大家坐下。

男的在厅堂,女的带着孩子去了东梢间的宴息室。男人们议着朝政,女人们说家长里短,孩子们则笑嘻嘻地玩在一起,气氛十分热闹。

六姨娘看着只觉得满心欢喜,和丫鬟们一起在屋里服侍着茶水。五姨娘却趁大家没有注意的时候悄悄地回了自己的屋。一开始大家还以为她去干什么了,没太在意,好半天没有出现,谨哥儿左顾右盼地道:"外祖母呢?她怎么不见了?"

十一娘早就发现了,她没有作声,让五姨娘这样应酬他们,五姨娘应该也很不习惯吧?

"外祖母累了,回屋歇了。"她笑着,"你和哥哥们玩去吧。"

谨哥儿"哦"了一声，乖乖地跑去了徐嗣诫那里。

说话的时候，十一娘一直注意着罗振鸿。谨哥儿找五姨娘的时候，他抬了头四处张望，好像也在找五姨娘。可当他听说五姨娘累了回屋歇下时，他神色一松，继续笑着和身边的罗家庚说着话。

用午膳的时候，罗大奶奶热情地敬着大家的酒，五娘不知道为什么跳了出来，拉着罗大奶奶一杯又一杯地喝。散席的时候，罗大奶奶已不胜酒力，走路步子都有些不稳起来。在堂屋陪着徐令宜、王泽喝酒的罗振鸿和罗家庥听到动静忙跑了进来，一个扶罗大奶奶，一个吩咐丫鬟快去煨一盅浓浓的茶进来，倒是罗家庚和罗家康慢了半拍才反应过来。

十一娘看着叹了口气，趁着谨哥儿午休的时候去了五姨娘那里。

门是虚掩着的，一推就开。

"姨娘知道我要来？"她笑着端过五姨娘手中的热茶。

五姨娘只是望着她笑，目光柔柔的。十一娘想了想，婉转地把罗振鸿扶罗大奶奶的事告诉了五姨娘。

"七爷是大奶奶带大的，待他视如己出，他视长嫂如嫡母，这也是应该的。"五姨娘朝着她轻轻摆手，示意她以后不要再说这样的话了，"他在我眼前，我日日夜夜都能看到他，这就已经足够了。"说着，望她的目光更柔和了，"我知道你是担心我，你大可不必。大奶奶看在你的面子上，也不会怠慢我的。"说完，长长地叹了口气，感慨道："我真没有想到，太夫人会当着那么多人的面和我拉家常，过年的时候派杜妈妈送了那么多的衣料和药材来。"她望着十一娘的目光渐渐变得郑重起来，"太夫人这样抬举你，你以后要好好地孝顺太夫人、好好地服侍侯爷才是。"

相由心生。是不是因为她总是想着别人的好，善待身边的人，所以才能人到中年反而比年轻的时候更漂亮呢？十一娘望着她淡泊而秀逸的面孔，忙道："您放心，我会好好孝敬太夫人、好好地服侍侯爷的。"

那天的事，她也没有想到。太夫人不仅亲切地和五姨娘打招呼，还一直主动地和五姨娘说着家常。别说她了，就是罗大奶奶和罗四奶奶当时也都半天没有回过神来。过年的时候她来送年节礼，明显地感觉弓弦胡同的那些仆妇对五姨娘都隐隐地有了几分恭敬。

五姨娘就问起她和徐令宜的事来："从前是顾及四少爷，现在四少爷成家立业了，你还是给谨哥儿添个弟弟吧，家里孩子多了才热闹。"

"我也不知道为什么，就是没有。"十一娘苦笑，"也找太医看了，都说没什么。也想过用药，可侯爷说，是药三分毒，这种事还是顺其自然的好，不让找太医看。"

既然是侯爷的意思，五姨娘不好多说什么。她帮十一娘将了将并没有乱发的青丝，轻轻地道："大少爷和周家小姐的婚期定在三月。大少奶奶说,过了正月十五我们就启程回余杭。"她认真地望着十一娘,好像这样,就能把她印在心上似的,"你以后可要好好地照顾自己……这次来燕京,我看着你好好的,已心满意足……"眼角就红了起来,"你不用担心我,也不用担心七爷……"

这么快就要回去了吗?十一娘不由紧紧地抱住了她的胳膊。这次见面,她们等了十年的时间。下一次见面,又需要多少年呢?

送走了五姨娘,十一娘忙起来,先是姜氏有了身孕,然后是项氏于二月四日生下了一个女儿。

真是应了隔辈亲那句话。徐令宜对这个长孙女的到来十分地喜欢,在书房里写了不下二十几个名字给十一娘看："你觉得哪个好?"

十一娘一看,全是什么贤、淑、静、宁之类的名字,没有一点技术含量。

她想到那个粉妆玉琢般的小宝宝,笑道："我看,叫莹莹好了!良珠度寸,虽有白刃之水,不能掩其莹。"

"这个名字好!"徐令宜点头,"就叫莹莹好了!"话音未落,眼神已是一黯。

他一直想要个女儿。十一娘知道他的心意,上前握了他的手。

或者是这个孩子来得不容易,莹莹的满月礼不仅办得热闹,徐嗣谕还风尘仆仆地从乐安赶了回来,抱着糯米团子似的女儿,他眼角微湿。

"很漂亮吧?"十一娘走过去,轻轻地摸了摸孩子乌黑的头,"也很乖,吃饱了就睡,饿了、要拉了就会小声地哼哼。二嫂说,像你小时候。"

徐嗣谕咧了嘴笑,把睡着了的孩子小心翼翼地交给了乳娘。

"那我小时候呢?"谨哥儿扯着十一娘的衣袖。

"你小时候,一不如意就大声地哭。"十一娘揽了儿子的肩膀,"把我们哭得头都疼了,不知道有多顽皮。"

谨哥儿凤眼瞪得大大的："不会吧?"他问徐嗣谕,"二哥,我小时候你一定见过,我乖不乖?"

"很乖!"徐嗣谕大笑,望着与十一娘齐耳高的谨哥儿,"六弟已经长这么高了,我却还是一无所成!"很是感慨的样子。

"出了什么事吗?"徐嗣谕很少说这样的话,十一娘不免有些担心。

"没有!"徐嗣谕笑道,"我挺好的!"不由摸了摸头,"就是觉得……现在都做父亲了,明年的乡试要好好考才是。"像朋友一样,很自然地和十一娘说着他的心里话。

"心急吃不了热豆腐。"十一娘笑道,"这可不是论谁的力气大的事。"

项氏亲自端了茶进来，徐嗣谕亲手奉给十一娘。

"让小丫鬟做就行了。"十一娘接过茶，吩咐项氏，"你这才刚满月呢！"

项氏眼角眉梢全是做母亲的喜悦："躺了一个月，人都要生苔藓了。"

公公和婆婆为她的长女取了名字，她心里很感激，转身端了一碟点心进来："我让厨房现做的绿豆糕和莲子糕，母亲和六叔尝尝这味道怎样。"

徐嗣谕眼底都是笑意。

"我把我觉得写得好的文章都誊了一份给岳父看。"他和十一娘说着话，"岳父觉得平稳有余而犀利不足，让我去他任上看一看。我和姜先生商量过，决定这次回燕京小住几日就直下湖广，秋天再回乐安。"

三年前，项大人升了湖广布政使。应试的重头戏策论，是要联系四书五经的内容谈对国家大事的看法。与其在家里闭门造车，不如到处走走看看。十一娘微微点头。

谨哥儿在一旁道："二哥要去湖广吗？我过几天要跟着爹爹去大同。"

徐嗣谕有些意外。

十一娘笑道："年前你父亲去了一趟保定府，回来后突然在家里待不住了。过完年说等莹莹的满月礼后想去一趟大同。现在你回来了，你父亲一时半会儿肯定不会走的。"

"父亲这些年都在家里，出去走走也好。"徐嗣谕恍然，笑着对谨哥儿道，"你陪在父亲的身边，要照顾好父亲的身体。多看看，待你长大了，就知道这样的机会有多难得了。"

机会有多难得他不知道，但照顾父亲却是知道的。谨哥儿笑道："我和父亲在一起的时候，还帮父亲打洗脚水、牵马呢。"很自豪的样子。可话音一落，不由冒了一头冷汗。这可是父亲交代又交代不让母亲知道的。

"娘，"他忙向十一娘解释，"爹爹是让我学着怎样服侍人……"这话也不对，又道："父亲的意思，是大丈夫能伸能屈，做个小厮，也要做最好的小厮，做让人离不开的小厮……"这话好像也不对，"娘，是我自己觉得还挺好玩的……"

"好了，好了！"十一娘看着他满头大汗的样子，又好笑又好气，"我知道你爹爹这是在磨你的性子呢……"

"对，对，对。"谨哥儿忙道，"爹爹就是这个意思。他说，我要是能做小事，也就能做大事。"

徐嗣谕看着十一娘笑吟吟的样子，私下里吩咐项氏："你要好好照顾莹莹。要是有什么事拿不定主意，就去请教母亲。母亲敦厚宽和，胸襟开阔，你看大姑奶奶，再看五弟……女子最要不得的就是小家子气。"

项氏连连点头。

徐嗣谕花了两天的时间去拜访长辈。

方冀闻讯而来："你回燕京也不来看我!"他如今在都察院任御史。

"不是怕连累你嘛。"徐嗣谕打趣道。

方冀不由讪讪然。他前些日子把中山侯给参了,中山侯因此被革去两年的俸禄,他也算是一战成名了。

"和你开玩笑的!"徐嗣谕握拳轻轻地打在他的肩膀上,"我正准备去看你呢!"说着,拉他进了书房,"我过两天准备去湖广……"把他的打算告诉了方冀。

"你早就该出去走走了。"方冀很赞同,"我还有几个同科在那里任县令,你也可以去看看。"他是个说干就干的人,立刻让徐嗣谕叫小丫鬟进来磨墨,"我这就给你写几封信,你到时候也好上门拜访。"

接待布政使的女婿和接待同科的朋友又不一样。徐嗣谕大喜。

接下来的几天他和方冀同出同进,见了一些燕京的文坛名宿,也见了一些经史大家,收获颇丰,直到四月给太夫人庆了寿辰才动身去了湖广。

徐令宜随后也带谨哥儿去了大同。十一娘突然闲了下来,徐嗣诫不去上课的日子都陪着她。

"这金成色本来就好,只要稍加打磨,就能熠熠生辉,加宝石也不过是锦上添花罢了。"十一娘请了工匠翻修自己的首饰,徐嗣诫给她出主意,"我看,不如打成金箔,做成牡丹花的样子,只戴一朵,足以耀人眼目。"针线上的人来做秋衣,"先去东大街看看那些卖苏样的铺子。宫里还穿着月华裙,外面的人都开始穿三寸的窄边襕裙。"又告诉小丫鬟将茉莉球挂在罗帐里,"比玉兰花的味道淡雅,比栀子花的味道隽永。"

十一娘觉得自己像养了个闺女似的。

"你的功课怎样?"

徐嗣诫翘了嘴角微笑："先生说,让我明年下场试试。"

也就是说,学得还不错了。十一娘替他高兴,亲自动手给他做考帘。

端午节那天,徐家后花园灿若星河。

太夫人一手携着徐嗣谆,一手携着徐令宽,笑呵呵地行走在挂着灯笼的花树间,不时回头和身后的十一娘、五夫人等人说上几句话,孩子在花灯间穿梭、嬉闹,比过年还要热闹。

姜氏的目光不由朝十一娘投去,她正应着太夫人的话,笑意盈盈,表情温柔。

这样的场景,谁人不爱。姜氏不由轻轻地叹了口气。

宴席散了,她轻声地劝徐嗣谆:"公公和婆婆吃穿都不讲究,你这样,公公婆婆会不会觉得太奢侈了些？"

徐嗣谆不由皱了眉头。从用晚膳开始，妻子的情绪就有些低落，在看到满院的花灯时，脸上的笑容甚至变得有些勉强了。现在又问出这样的话来……

他想了想，握了姜氏的手，"我也知道银子花得有点多，不过，我没有动用公中的银子，用得全是我们体己的银子。我是想，我成了亲，就是大人了。这是我成亲后的第一个端午，也是母亲的第一个生辰，如果能给母亲置办一份特别一点的生辰礼物，母亲肯定会很高兴的。"他说着，声音低了下去，"也想让你高兴高兴……如果你不喜欢，我以后再不自作主张了，事事都和你商量好了再办，你说好不好？"

姜氏大急，听这口气，好像她舍不得似的。

"能让长辈高兴，花多少钱也不为奢侈。"姜氏急急地道，"我只是想说，这送礼也要讲究送礼的法子，要是对了脾气，那种高兴又不同了。好比是宝剑赠英雄，红粉赠佳人，都是真正好的事情……"

"我明白你的意思。"徐嗣谆眼底却露出几分困惑，"祖母和母亲都见多识广，那些稀世的首饰、贵重的面料她们手里就有很多，根本就不稀罕。我想了两个月才想到这个主意，又雇了三个花灯铺子的师傅，用了一个多月才把这花灯做好……"他笑起来，"你也看见了，祖母和母亲都很高兴，可见也很喜欢这份礼物。"

姜氏只好抬出徐令宜："要是公公回来问起来……"

"那你就更不用担心了。"徐嗣谆笑着，神色都轻松起来，悄声道，"父亲曾经花八千两银子为母亲买过一套祖母绿的头面，我只不过花了三四千两银子……父亲知道了，肯定不会说什么的。"

祖母绿的头面可以当成传家之宝，可这绡纱的灯笼，用过两次就不能再用了。再说了，家里的产业都是公公挣下来的，公公想怎么用就怎么用。他的体己银子或是公公给的，或是去世的婆婆留下来的……这怎么能比！

"相公……"姜氏还想劝他两句。可她刚开口，徐嗣谆已笑道，"好了，好了，你别杞人忧天了。就算是爹爹责怪下来，还有我顶着，你就好好地睡觉，"说话间，手已轻轻落在了她凸起的腹部上，"你现在可不是一个人，你睡不好，他也睡不好……"

他的话让她想起另一桩事来。

"相公，要不要让峨蕊来服侍您……"话未说完，神色间已有些扭捏。

徐嗣谆成亲前，收了贴身的丫鬟峨蕊做了通房。姜氏嫁过来后，很快怀了身孕。一般在这种情况下，正室为了防止这种和主子打小就有情分的通房坐大，会安排自己的贴身丫鬟去服侍。可徐嗣谆对姜氏一往情深，姜氏看峨蕊为人又很老实，就把她留了下来。

"不用了。"徐嗣谆帮姜氏掖了掖被子，"我在这里陪你——你怀着孩子呢！"

姜氏心里甜甜的,刚才的不快烟消云散。她紧紧地握住了丈夫的手,陪着长辈逛园子的疲倦很快让她沉沉睡去。

过了几日,是徐嗣谆的生辰。

太夫人和十一娘商量着这是徐嗣谆成亲后的第一个生辰,不妨热闹些。请了亲戚朋友来,给他摆了三桌酒,还请了长生班的人来唱堂会。

台上锣鼓喧天,台下喧笑不断,大家吃吃喝喝的,也都很高兴。

十一娘送了徐嗣谆一个巴掌大小的莲蓬模样的琉璃水晶盏:"是你五弟帮我在相国寺门前淘的,很漂亮吧?"

徐嗣谆爱不释手,"很漂亮,我很喜欢。"笑着向徐嗣诚道谢。

徐嗣诚笑着拿了一个拳头大小的青花瓷透雕着缠枝花的灯笼:"这个是在多宝阁看到的,代六弟送给你。"又拿出个海碗大小的绘西山四景的羊皮走马灯笼:"这个是我的,和母亲那个琉璃盏一样,从相国寺门前的地摊上买到的。"把东西一股脑地给了徐嗣谆,"虽然不值什么钱,可我看着都挺可爱的。"

徐嗣谆两眼发光,看看这个,摸摸那个,简直不知道该怎样好:"我要把这三个灯笼都挂在我的书房里……不,挂到暖阁的罗汉床上,躺着看书的时候,一抬头就能看见。"

"你喜欢就好!"十一娘笑着,"说起来,这三个灯笼还有个典故……"

她一句话没说完,徐嗣俭跑了过来:"哎呀,四弟,什么时候请我们下馆子吧?"他还是那么喜欢调侃人。

"好啊!"徐嗣谆高兴地道,"地方你随便挑。"

"翠花胡同怎样?"徐嗣俭一本正经地道。

那是燕京有名的风月场所。

徐嗣谆脸涨得通红,"还是、还是换个地方吧!"说话也有点磕磕巴巴的。

徐嗣俭大笑,转头对太夫人道:"四弟连这个地方都知道!"

就算不知道的,看他这促狭的样子,也知道不是什么好地方了。

"过来!"太夫人朝徐嗣俭招手,"我让你没个正经。"拧了他的耳朵。

"哎哟哟!"徐嗣俭双手捂耳,佯做疼痛难忍的样子,"老祖宗,您轻点,我大小也是个正六品的官,您这让我的脸往哪里搁!"

姜氏有些失望。她见十一娘送了徐嗣谆很多造型独特却价格便宜的灯笼,以为十一娘会趁机劝一劝徐嗣谆,谁知道十一娘却什么也没说。

琥珀私下问:"夫人,您不是说想提醒四少爷几句的吗?"

"还是另找个机会吧!"十一娘道,"人太多,他也是好心,我怕他面子上挂不住。"

琥珀点头。只是没等十一娘和徐嗣谆说这些，徐令宜和谨哥儿突然回来了。

"怎么也没有让小厮连夜送个信。"她急着让厨房做菜，给徐令宜找了换洗的衣裳，帮儿子洗澡，吩咐丫鬟把他们箱笼里的衣裳全拿出来浆洗，"家里也好有个准备。"又道："不是说可能过了夏天才回来吗？怎么提早了？夏天赶路，多热啊！"

"何承碧在福建大捷，把平海卫的倭寇扫荡一空。"他望着十一娘的目光灼灼如火，"皇上封何承碧为福建总兵。"

何承碧是什么人十一娘不知道，但这几年福建战事多依靠靖海侯区家。

"是不是说，从此以后朝廷有海战的将领可用？"她犹豫道。

徐令宜大笑，"不错。他不仅荡平了平海卫，之前还荡平了横屿。"他的喜悦溢于言表，"我对区家，再也没有顾忌。"他躺在松木澡桶里，仰望着净房上的两块明瓦，"十二年了……"

有些事，从来不曾忘。淡淡的声音飘浮在雾气氤氲的房间里，让十一娘的眼睛微涩。

"侯爷！"她帮他擦着背。

他的背部线条分明，宽阔有力，不知道为什么，她总觉得这肩膀太累，想让他多休息一会儿，帕子掠过的时候都要用手拽了帕角，怕那重量让他觉得吃力。

一时间，净房里静悄悄的，只能听见彼此的呼吸声，却不觉得单调或是沉闷，一呼一吸间，像是一唱一和、一问一答，渐渐变成了一个频率，只让人觉得妥帖。

"侯爷！"有小丫鬟怯生生的声音打破了净房的安静，"雍王爷来了！"

徐令宜站了起来，"哗哗哗"的水声溅了一室，"请王爷到小书房里坐，我就来！"他的声音冷静而凛冽，十一娘的心怦怦乱跳。

好像感觉到了她的不安似的，徐令宜转身握了她的手："没事！我们谨哥儿还没有成家立业呢！"

十一娘笑着点头，不顾徐令宜满身的水，静静地抱了他片刻，转身去给他拿换洗的衣裳，"侯爷是穿官服还是穿便服？"声音清脆，不带一丝的波动。

七月中旬，皇上以台州战役不利为由而向靖海侯一天内连发出三封问责书，朝野内外开始对区家弹劾和声讨。

年过八旬的靖海侯亲自上京请罪，病逝在福建边界的光泽县。皇上并没有因此不予追究，而在合家团圆的中秋节来临之时，在午门外张皇榜斥责区家三十六条罪。随后区家被夺爵，家产被抄没，嫡支被处决，旁支被流放，二百多年的家业一朝散尽。

福建世家被洗牌。其后五年之内都没有缓过神来。燕京却早有了新的谈资——何承碧在为部下论功行赏时，原福建总兵李忠的次子李霁赫然排在第一位。

当年的旧事被重新提起,李忠成了时运不济的悲剧人物,李霁则成了重振门庭的少年英雄。

"能让何承碧用他已不容小视,何况是把他的名字放在第一位。"徐令宜丢下手中的邸报,懒洋洋地道,"这小子前程远大。"

事情都朝着他希望的方向进行,他沉稳的脸上透着隐隐的飞扬之色,让他显得年轻好几岁。

"这么多年过去了,皇上应该不会揪着李忠的事不放吧?"十一娘坐在他身边给谨哥儿做兜肚。

"现在正是用人之际。"徐令宜淡淡地道,"何况当时李忠的事也是不明不白的糊涂账,皇上不会旧事重提的。"

正说着,小厮喘息未定地跑了进来:"侯爷,雍王爷来了!"

要说这些日子谁和徐令宜走得最近,就是雍王了。

如今大事已定,他也应该颇有感触吧?十一娘帮徐令宜更衣,坐下来继续给谨哥儿做兜肚。

不一会儿,谨哥儿跑了过来:"娘,娘,雍王爷来了!"

"你怎么知道的啊?"十一娘笑着放下手中的针线,"雍王爷和你爹爹有话要说,你别去打扰。"

雍王爷来得多了,不免会遇到几位表弟。徐嗣谆温和守礼,徐嗣诫腼腆安静,只有谨哥儿,是年纪最小的,不怕生,又是个自来熟。一来二去,雍王爷越看越喜欢,常常会带些有趣的小物件赏给谨哥儿。

谨哥儿点头,趴在十一娘的膝头和她说着话:"我去爹爹书房练字,看见雍王爷的护卫了,我就折了过来。娘,雍王爷怎么突然到我们家来串门?"

"为什么这么说啊?"十一娘摸着儿子如丝缎般顺滑的乌发。

"我们都住在燕京,从前他一年也不来一次,可您看这两个月,隔三岔五地就来了。"他小小的脸上有与年纪不相符的沉稳,"您说,是不是出了什么事啊?"

平时总觉得他小,性子又刚烈,没想到他还有这样细腻的一面。如果是别的事,十一娘自然要对他言明,可这件事却不好告诉他。

"你不说娘还没有注意。"十一娘笑道,"娘也不知道。不过,他是王爷,随性惯了,也许是一时心血来潮。"

"如果是心血来潮,怎么一而再,再而三的。"他不赞同十一娘的观点,"两个人见了面就是在书房里说话……"他很苦恼的样子,"又不像是有很多话的样子,常常说半句就停了下来,沉默半天,又说一句我不懂的。"

十一娘笑道:"我们别管他们了。"然后转移了话题,"对了,你上次给我讲你去宣同的事,你还没有讲完呢!那个卖柴的老汉最后怎样了?"

谨哥儿精神一振,暂时把这件事抛到了脑后,道:"那位公子扶起了他,看他脸上划伤了,赏了他五两银子。结果那老汉见了,立刻跪到了那位公子面前,求那位公子把他的柴买了。那公子就顺手又赏了一两银子给他,柴也不要了。老汉千恩万谢,那公子颇有些得意地走了。我也觉得那公子行事大方磊落。没想到第二天我们在另一个地方吃饭的时候又遇到了卖柴的老汉,他也是避之不及地被一辆看上去朴实无华的黑漆平顶齐头的马车给撞了,只是这次人家只赔了些汤药费给他,没买他的柴……"

十一娘笑吟吟地望着儿子,静静地听他讲着一路的见闻,心中很是感慨。难怪人说读万卷书不如行万里路。谨哥儿跟着徐令宜出去了两趟,老千、骗子都见过了,可谓是大长了见识。

那边徐令宜送走了雍王爷,想了想,把徐嗣谆叫了去:"家里可以调用多少银子?"

徐令宜过完年后就把徐家庶务交给了徐嗣谆打理,回来后又一直忙着区家的事,并没有过问家里的事。

徐嗣谆微愣。父亲怎么突然问起这个来?难道是差钱用?可也不至于要动司房里的钱啊。父亲手里应该还有些积蓄才是。他看了府里这几年的账目,收益几乎是一年一番,从前一年也不过几万两银子。他突然想到了频频来访的雍王。听人说,雍王前些日子造了个很精美的园子,花了八十多万两银子。难道是要给雍王还债?想到这里,他立刻道:"可以调用三十万两银子。"

徐令宜有些意外:"怎么可以调用这么多的银子?府里的收益,一年也不过六十万两。这才八月底,上半年又是花银子的时候……"

徐嗣谆忙道:"家里账上有二十万两,我手里还能抽十万两。"

这个数目比较正常。

"到底有多少银子?"徐令宜微微点头,"你别把你自己的银子和府里的银子混到一起。那些司房的小管事,当差的时候身上从来都不带一个铜子,就是怕把自己的钱和公中的钱混到了一起,算起账来不明不白的,说不清楚。"

徐嗣谆微赧着应"是",道:"账面上有二十万零六千四百四十五两银子。"

"账面上?"徐令宜脸色微凝。

徐嗣谆看着心里就有些慌张起来:"我仔细看过账了,没有算错。"

儿子也是快要做父亲的人了,怎么也要给他几分体面。要不然,在孙子面前儿子哪有做父亲的尊严。

想到这里，徐令宜的语气又缓了下来："我是问你，庠里还有多少银子。"

徐家的银子收了库，并不是就这样放在那里，而是一部分会给那些信用好的银楼周转，收些利钱；一部分会放到库里，以备不时之需。

徐嗣谆忙道："十七万六千九百三十二两。"

说得算是比较清楚了。徐令宜满意地点了点头："我要从你这里抽点银子，你看能抽多少走？"

徐嗣谆想了想，道："您要是差银子，可以都抽走。我吃穿嚼用都在府里，那十万两银子放着也是放着……"

徐令宜听着笑了起来："不动用你的银子，你说说看，能给我多少？"

徐嗣谆想了半天，犹犹豫豫地道："十……四万两吧。"

下半年重要的节日只有万寿节和春节，留两万两银子置办万寿节的东西，其他的做日常的开销。至于春节，年底的银子应该入库了，反而充裕起来。

徐令宜点头，和他想的差不多。他心里舒缓了不少，念头转到雍王身上。借五十万两银子……也不是什么大问题……只是自己一口气把这些银子都拿了出来，徐家恐怕又要在众目睽睽之下……最好的办法是借一点……而且六家都知道他借了钱了……

念头一闪而过，他问徐嗣谆："大丰号的银子是什么时候还上的？"

糟了！徐嗣谆脑子里一时有点蒙。二月间，朝廷要往福建、浙江运送饷银，条件是承运的楼号要先拿出三百万两银子的押金。这押金，已是整个饷银的四分之三了。要是到时候朝廷不认账怎么办？燕京的几家银楼在犹豫的时候，从安徽来燕京开分店的大丰号不声不响地接了这单买卖，然后私下向燕京的几家有实力的人家借银，月利二十。白大总管借了二十万两出去，说好三月中旬就还。当时父亲曾嘱咐他，让他把这件事盯紧一点，万一大丰号五月中旬还没有把银子还上，就赶紧去找顺王。那个时候他正忙着找做灯笼的铺子……五月中旬他去看账的时候，本钱和利钱都还上了，他也就没有放在心上。

听说大丰号银子不够，一共借了一百万两。徐嗣谆思忖着，肯定不是三月份还的。如果大丰号有办法，就不会出那么高的利了。不过，到底是四月还是五月还的呢？他实在是没有印象了。可父亲目光如炬地望着他，他心里开始慌起来，"是五月份还的……"声音带着无法掩饰的不确定。

徐令宜眉头微蹙，叫了白总管进来："大丰号的银子是什么时候还上的？"

他们从前没和大丰号的人打过交道，这钱借得有风险。白总管忙道："三月底本、利全还上了。"

徐令宜瞥了一眼徐嗣谆。徐嗣谆额头上全是汗。

"这样看来，这大丰号是借着承运饷银的事要在燕京打开局面了。"徐令宜面色如常，和白总管讨论着这件事。

"是啊!"白总管笑道,"他们一来就接了承运饷银的事,肯定庙堂上有人。一口气向外借了一百万两,全找的是我们这样的人家,连本带利,一个月就还清了。听说还银子的时候,不少人家表示,如果大丰号还要借银子,到时候只管开口。说实在的,这大丰号的掌柜还真不是一般的精明。"

"那你就去大丰号帮我借二十万两银子回来。"徐令宜吩咐道,"尽量和他们谈利银,压得越低越好!"

白总管虽然奇怪,但他一向盲从徐令宜,一句也没有多问,恭敬地应"是",快步出了书房。

徐令宜这才转身,冷冷地望着徐嗣谆:"我不想驳了你的面子,就不问白总管了。你自己跟我说,你这些日子都在干什么?"

"我,我……"徐嗣谆面白如纸。

"做灯笼去了?"徐令宜冷冷地望着他。

他一回来就听说了,不过是三四千两银子的事。他把谨哥儿带去了大同,十一娘心里只怕空荡荡的。徐嗣谆这样一闹腾,太夫人也好,十一娘也好,心里肯定好过些。何况徐嗣谆从小就喜欢做灯笼,有这样一个机会,应该也很高兴。

徐令宜问也没问。可现在看来,是他想得太简单了。徐嗣谆为了做灯笼,能把他的话都抛到了脑后,到底是为了让大家高高兴兴地过个端午,还是想满足他做灯笼的嗜好,只怕还是两说。

"好,好,好。"徐令宜气极而笑,"我不知道我们家还出了个做灯笼的大师,为了做灯笼,可什么也不顾。"

徐嗣谆僵在那里,无话可说。

徐令宜望着他这张木然的面孔,也无话可说,拂袖而去。

父亲曾对他失望无奈,曾对他怒目而视,曾对他耐心教导,却从来没对他拂袖而去。徐嗣谆呆呆地站在屋子中央,手脚冰凉,不知道过了多久才回过神来,踉跄着出了门。

"四少爷,您这是怎么了?"王树忙上前扶了他。

"没事,没事!"阳光下,他面如白纸。

王树不敢多问,扶着他回了屋。

姜氏已经快要临盆,挺着大肚子和贴身丫鬟宝珠在收拾前些日子给未出世孩子做的小衣裳、小被子。

"趁着这几天天气好拿出去晒晒。"她眼角眉梢间全是将为人母的喜悦和安详,"只是别让太阳直接晒上去,免得有热气,孩子捂了上火。"

宝珠嘻嘻笑:"这是太太说的吧?"

她嘴里的太太,是指姜氏的生母。女儿快生了,又是头胎,她很担心,隔三岔五地写信来嘱咐这、嘱咐那的。

"就你知道得多!"姜氏嗔道,并不生气,嘴角还隐隐地露出几分欢喜。

不知道为什么,徐嗣谆突然有点害怕面对孩子。他没有惊动姜氏,转身去了徐嗣诚那里。

徐嗣诚在上课,还没有回来。他径直去了徐嗣诚的书房。

丫鬟喜儿忙端了茶点。

"你们下去吧!"徐嗣谆摆了摆手,"我在这里等五弟。"

两人一向亲厚,徐嗣谆的性子又随和,喜儿应酬了几句,就带着小丫鬟退了下去。

徐嗣谆打量着屋子,临窗一张大炕,铺了半新不旧的大红色五蝠捧寿的坐垫,黑漆炕桌炕几。炕桌上只摆了一套甜白瓷的茶盅,炕几上却堆着书。窗台上供了天青色梅瓶,斜斜地插了一两枝半凋的桂花。屋子正中一张镶万字不断头纹的黑漆大书案,左首满满地摆着四书五经,右首是笔洗、砚台,只留了正中双肘大小的一块地方铺了笔垫,用来写字。身后人高的四个多宝格架子,满满地都塞着书。不是摆放得整整齐齐的书,而是或冒出半截书签,或摆放得有些歪斜,一看就知道这多宝格架子上的书常有人翻阅,不是摆设。

徐嗣谆随手拿了本躺在了月亮窗下放着的醉翁椅上。腰间却被什么东西硌着,他扭头望去,原来醉翁椅上还放着一本《四书注解》。他扭身想把书放到一旁的黑漆小几上,结果黑漆小几上也放着几本《四书注解》之类的书。

徐嗣谆失笑,躺在了醉翁椅上。醉翁椅晃动起来,一抬头,正好看见墙角花几上放着的一盆玉兰花,晶莹剔透的花瓣,颤颤巍巍,开得正是时候。真是个好地方!徐嗣谆不由感慨。他之前怎么就没有发现徐嗣诚的书房布置得这样舒适雅致呢!念头闪过,他失去了看书的兴趣,闭上了眼睛,人随着醉翁椅起起落落,心也随着醉翁椅沉沉浮浮。

父亲对他一定很失望吧?他没想到父亲会对大丰号这样重视。他以为只要大丰号按时还了钱就行了,至于什么时候还的,根本不重要。那段时间他虽然没有管庶务,可他每天都会问白总管有没有什么特别的事……父亲也说了,要学会抓大放小。他抓住白总管就行了,何必要事事都亲力亲为呢? 想到这里,他有些烦躁起来,觉得这醉翁椅摇得人头昏。他猛地站了起来,高声喊"王树":"五少爷还没有回来吗?"

门帘子"唰"的一声撩了起来,徐嗣诚的笑脸出现在徐嗣谆的眼前,"四哥怎么没在家陪四嫂,跑我这里来了?"他打趣着徐嗣谆。

自从姜氏有了身孕以后,徐嗣谆大多数的时候都陪着姜氏。被自己的弟弟调侃,徐嗣谆有些不好意思地笑了笑:"天天待在家里,想到你这里来蹭顿饭吃。怎么,不欢迎啊?"

"没有的事!"徐嗣诫笑着吩咐喜儿让厨房加菜,"四哥在这里吃饭。"

喜儿笑吟吟地应了,走到门口却被徐嗣谆叫住:"有没有酒,弄点金华酒来!"

徐嗣诫和喜儿都有些意外。喜儿更是劝道:"这才中午,侯爷又在府里……"

没等喜儿的话说完,徐嗣谆已泄气地道:"算了,你下去准备午膳吧。"

喜儿反而不好做主了,她朝徐嗣诫望去,笑意从徐嗣诫的脸上褪去。他朝喜儿摆了摆手,示意退下。

"四哥,出了什么事?"徐嗣诫拉徐嗣谆在临窗的大炕上坐下,表情肃然地问他。

徐嗣谆望着弟弟还带着几分稚气的脸,到了嘴边的话却怎么也说不出来。憋了半天,他问徐嗣诫:"你的功课还好吧?"

徐嗣诫本是个细心的孩子,徐嗣谆越是不想说,他越觉得这件事重要。可也不能强迫徐嗣谆吧?

"还行吧!"徐嗣诫一面和徐嗣谆说着话,一面仔细地观察着他的表情,"赵先生让我在写文章上花些力气。"他笑道,"说我用词或太过华丽,或太过清丽,以至于文章过于花团锦簇,少了几分质朴,让人有些主次不分。"颇有些无可奈何的味道,"我现在反而不知道该怎样下笔了。"

"青菜萝卜,各有所好。"徐嗣谆一听,忙安慰徐嗣诫,"你也别丧气,说不定遇到个主考官,就喜欢你这样的文章呢!"

说的是他一直忧心忡忡的事,听的人又是他依赖的哥哥,徐嗣诫无所顾忌:"话也不能这样说。万一遇到个和赵先生同好的主考官呢?下了场,总不能拿个运气当钟撞。何况赵先生也说了,文章写得好,一鞭一条痕,一掴一掌血,要诗就诗,要赋就赋。可见我文章上头还要花些功夫。"他说着,眉宇间有了几分飞扬,"我想,勤能补拙。我现在把赵先生给我改的文章全部都重新誊一遍,然后再和我原来的文章对照,把赵先生认为我写得不好的罗列出来,这样就知道我哪里写得不好了。先生上次见了,称赞我这个方法好。"

徐嗣谆没想到他说出这样一番话来,望他的目光就有了几分认真:"五弟长大了!"

徐嗣诫不好意思地笑了笑:"不能让母亲总为我操心啊!"

徐嗣谆没有说话。喜儿端了炕桌进来。两人安静地吃了饭,徐嗣诫安排徐嗣谆在书房歇下,徐嗣谆很快进入了梦乡。

去上学的时候过来,徐嗣谆还在睡。徐嗣诫吩咐喜儿几句"好生照料"之类的话,蹑手蹑脚地去了听涛阁。只是他的脚步声还没有远去,徐嗣谆的眼睛就睁开了。

他躺在那里不想动。不一会儿,徐嗣谆听到宝珠的声音:"……多谢喜儿姐姐了。既然四少爷还没有醒,那我就在这里等一会儿吧!"

"去我屋里坐吧!"喜儿的声音里含着浓浓的笑意,"让小丫鬟在这里守着,四少爷一有动静,我们就过来。"

宝珠笑着道谢。

屋檐下没有了声响,显得空荡荡的。

十一娘坐在炕边,笑着俯身趴在了徐令宜的肩膀上:"怎么?气还没有消?"

徐令宜扭头,就看见一双似笑非笑的眸子。他伸手去拧她的鼻子,她一歪头,躲了过去。

"我都不知道他在想什么。"徐令宜长长地透了口气,"他身边的王树、火清、银针,哪个不是聪明能干、机敏过人的人。他倒好,竟然跑到铺子里亲自监工……真是……"他直摇头,"该管的事不管,不该管的赶趟子地管。"又道:"不知道多少恶仆欺主,甚至有的见着主家没个掌事的人,携了主家的财物不说,还把小主子卖给了人贩子,一辈子做了那贱籍的。"

"谆哥儿还不是因为这当管的人是白总管,您最信任的。要是换了别人,又怎么会这样马虎?"十一娘笑道,"照您说的,他账目记得一清二楚,知道您要银子,甚至没有迟疑一下就把自己有多少体己银子说了,还让您只管拿去用……可见也不是您说的那样不堪!"

徐令宜不说话了。

十一娘抿了嘴笑。说是大毛病又不是,说不是毛病,关键的时候却会出大事。这也是徐令宜为什么这样恼火的原因吧?要不然,她也不会吩咐琥珀给姜氏那边透个音,让姜氏帮着劝劝徐嗣谆了。

"对了,"说到这里,十一娘想起雍王借银子的事,"那边不会是有别的什么事吧?莫非皇上不同意雍王建园子?您这样,皇上不会心里不痛快吧?"

"是可以慢慢还。只是他开府的时候借了内府六十万两银子,到现在还没有还清呢!"徐令宜笑道,"何承碧在福建大捷,皇上想趁机加强闽南防务,去年黄河决口,今年浙江大旱,皇上用钱的地方多着呢。他从前的账可以慢慢地还,可这当口,又哪里借得出银子来。"

十一娘不禁笑了起来:"雍王爷是明着借还是暗着借?"

明着借,就是向皇上叫穷;暗着借,徐令宜一口气拿出这么多的银子,不知道皇上会不会怀疑徐家的财务状况。

"自然是明着借。"徐令宜笑道,"我拿二十万两出来,向银楼借二十万两,再向亲朋好

友借十万两,也就差不多了。"

十一娘觉得有点不妥:"这么一大笔银子,你就这样给雍王爷还了债,皇上会不会眼馋了让您再捐点啊?"

"捐就捐。"徐令宜嘿嘿笑道,"大不了到时候我把大兴的田庄、燕京的铺子都卖了。"

"也不至于吧?"十一娘愣道,"燕京的铺子可是在东、西大街,卖了,以后就是有钱也买不回来了。"

"我还怕他不逼着我卖呢!"徐令宜不以为然,"旧的不去,新的不来。你就放心吧,吃不了亏。"

两人在这边说着话,姜氏已到了徐嗣诚的书房。

"相公这是怎么了?"她坐在床边用手背试了徐嗣谆的额头,"你哪里不舒服?"

"我没事。"徐嗣谆没想到姜氏亲自来了,有些不好意思地坐了起来,"好久不见五弟了,过来和五弟说说话,没想到睡着了。"说着,笑了两声。

"相公这些日子一直帮着公公打理庶务,想来是累了。"姜氏笑道,喊了宝珠,"去给四爷沏壶参茶过来。"

"不用了,"徐嗣谆忙道,"在五弟这里呢!"

"也是。"姜氏笑道,"相公,那我们回去吧!"

徐嗣谆不好继续待在这里,随着姜氏回了屋。姜氏亲自去沏了参茶,笑吟吟地坐在一旁看他喝茶。

"相公,过几天就是九月初九了,往年这个时候,家里都是怎么过的?"

徐嗣谆见她话中有话,道:"你有什么主意吗?"目光落在了她的腹部。

"我这个样子,自然是要好好待在家里的,不然让祖母和母亲担心,岂不是罪过。"姜氏娇嗔,"我是想,要是府里没有什么特别的习惯,不如我们做东道,请了祖母、母亲,还有五婶婶、三井胡同的大伯大嫂他们一起到家里来赏菊、吃螃蟹。你看怎样?"

徐嗣谆有些犹豫。刚刚被父亲斥责,他就大摆宴席,没有一点反省之意,父亲知道了,只怕会更生气了。

姜氏看在心里。只是她也有她的用意。

"相公觉得不好吗?"姜氏笑道,"重阳节请长辈是最好的。我又听大嫂说,过了重阳节大伯就要出去收账了。我们正好趁着这个机会聚一聚。要不然,就要等到过年了。"

"收账?"徐嗣谆很是惊讶。徐嗣勤帮着方氏打理陪嫁的事两口子虽然没有到处宣扬,可天下没有不透风的墙,徐嗣谆也隐隐地听说了些,只是没想到徐嗣勤还要去收账。

姜氏点头,很有感慨地道:"我从前觉得大伯为人爽朗,不承想,大伯还是个踏实之人。要是换了别人,谁还风里雨里地去收账?派个信得过的管事就是了。"又道:"我听大嫂的口气,大伯之所以要去收账,主要还是想趁着这机会做些买卖,贴补贴补家用。"

"不会吧?"徐嗣谆有些不相信,"三伯父手里应该有不少银子才是。"

"坐吃山也空。"姜氏道,"三伯父毕竟分出去了这么多年,又没个正经的差使,用一个少一个,手头不免要紧一些。可三伯父毕竟是永平侯府出去的,这一年四季的应酬,家里的人情客往,是一大笔开销。大嫂就时常拿了体己银子救急。大伯不想用大嫂的嫁妆,准备做点小买卖。大嫂就劝大伯,这做买卖也有做买卖的窍门。不如先帮大嫂管管陪嫁的账目,到处走走看看,等对这买卖心里有了个眉目再开铺子也不迟。大伯听着有道理,就开始帮大嫂管理账目。有时候账目不清的,不免要去田庄看看,路上遇到做买卖的,自然要攀谈几句。这一来二去的,大伯就趁着收账的时候做了几笔买卖,都赚了银子,渐渐地也有了门道。我听说,大伯准备过两年在燕京东大街或是西大街开铺子呢!"又笑道:"我听大嫂说,从前家里有什么事,都是三伯父说了算。现在大伯挑起了养家糊口的担子,三伯父有什么事,都要与大伯商量呢!"

徐嗣谆听着眼睛一亮。

姜氏看在眼里,喜在心头,索性说起金氏来。

"相公还不知道吧?三伯是个空壳子呢!"

徐嗣谆一惊:"你是听谁说的?"

"三嫂自己说的。"姜氏笑道,"说三伯的俸禄还不够买两天的米。偏偏三伯的同僚一个比一个有钱,一个比一个手面大。三伯总不能特立独行吧?可要是随大流吧,三伯在禁卫军的时候只是个小小的旗手卫,什么油水也捞不到。想换个地方,就算是三伯父或公公出面帮着说话,可该打点的还要打点,要不然,别人就会觉得你小气,以后再也不和你打交道,有什么好事,也不会关照你了。三伯干脆谁也不找,想办法和上峰交好,逢年过节没少花银子。为这件事,三嫂把自己陪嫁的一个宅子都卖了。"

"怎么能把陪嫁的宅子卖了?"徐嗣谆错愕地道,"难道三伯父和大哥就这样任着他们胡来不成?"

"我也是这么问三嫂的。"姜氏道,"三嫂说,柴多米多,不如日子多。大伯和大嫂看着他们日子艰难,处处维护他们,就是上街买盒花粉也是双份。他们怎么能再伸手向大嫂要银子?就回去与娘家的人商量。金大人听说是为了这件事,二话没说就答应了。还说,这事有大小缓急,三伯当务之急是要想办法外放到五城兵马司去做一方主事的,宅子没了再买就是,可这机会没了,就是有钱也买不到的。"

说到这里,姜氏深深地瞥了徐嗣谆一眼:"可见这要是做正经事,不管是卖田还是卖地,家里的长辈没有一个不支持的。"

"是吗？"妻子的话让他很震惊，端着参茶，显得有些心不在焉的。

"怎么不是？"姜氏笑道，"你看六弟，要学拳脚功夫，大姑爷到处给找师傅不说，还亲自走了趟燕京。再看七弟，孙老侯爷前前后后送了两个师傅过来。你想想，这得费多少功夫？可公公也好，孙老侯爷也好，没有一个觉得麻烦的，还不是因为这关系到了六弟、七弟他们的前程。所以说，轻重缓急，要分清楚。"

徐嗣谆没有作声。

姜氏知道，今天的话只能到此为止了。再说深了，只会引起徐嗣谆的反感。她笑着站了起来，为今天的话题点了睛："相公喝了参茶，就歇一会儿吧。我过些日子就要临盆了，我还指望着相公到时候给我拿主意呢。"

"哦！"徐嗣谆回过神来，"你放心，到时候我一定陪着你。"

姜氏笑着帮徐嗣谆抽了身后的迎枕换上小四方枕，服侍他躺下。徐嗣谆根本没有睡意，又不好拂了妻子的好意，一个人躺在落针可闻的内室，翻来覆去地想着徐嗣勤和徐嗣俭的事。

厅堂里，眼睛中流露着浓浓担忧的袁宝柱家的看见姜氏出来，忙迎了上去，低声道："怎样了？四少爷没有生气吧？"

"该说的我都说了。"姜氏心里也没底，"就看四少爷心里怎么想吧。"

"四少爷是个聪明人。"袁宝柱家的忙安慰她，"一定能体会您的良苦用心。"

"我也只是尽了做妻子的本分。"姜氏嘴里这么说着，心却暗暗祈祷徐嗣谆能明白自己的用意。

袁宝柱家的看了，就犹犹豫豫地说："您看，夫人那里，我们要不要透个音过去……"

"还是妈妈想得周到。"姜氏忙道，"快安排人递个音过去吧，婆婆心里说不定也一直担心着呢。"

"这个姜氏，真会说话。"十一娘笑着问来回话的琥珀，"俭哥儿的媳妇，真的把陪嫁的宅子卖了？我怎么没听说这件事啊。"

"是卖了。"琥珀笑道，"不过是觉得那地方不好，卖了重新换了个地段好、小一点的宅子。"

十一娘笑起来，转身对徐令宜笑道："家有贤妻，如有一宝。侯爷这下该放心了吧？"

徐令宜还真就松了口气，想了想，道："我有个事想和你商量。"

十一娘认真地听着。

"你说，把英娘配了诚哥儿如何？"

十一娘很惊讶。在她心里，他们是表兄妹。

"那孩子从小就讨人喜欢。"徐令宜沉吟道,"诚哥儿和她年纪相当。她和你一样,喜欢花花草草的,你又是她姑母,她要是嫁进来,我们家无论如何也不会亏待了她,你也有个做伴的。你觉得怎样?"

十一娘失笑,"您到底是给诚哥儿找媳妇还是给我找伴啊?您要是给诚哥儿找媳妇,我觉得这事还要看看;您要是给我找伴,那倒不必了,谕哥儿、谆哥儿的媳妇都很孝顺……"她说着,握了徐令宜的手,"父母会先我们而去,子女的日子还长着。老伴老伴的,就是希望老来有个相伴的……"随着她的话,徐令宜的眸子如夏日般渐渐炙亮起来,看得十一娘心中一紧,竟然一时语噎。

"我知道!"徐令宜回握着她的手,"都依着你。"又觉得这话没有说清楚,"我以后会常常陪着你的。"望着她的目光非常地认真。

十一娘并不是要他的一句承诺。她是想告诉徐令宜,能陪着彼此走到生命最后的是伴侣,不必为了照顾她的情绪而把英娘说给诚哥儿。当然,如果英娘和诚哥儿彼此之间有好感,那又另当别论。可渐渐握紧的大手却在告诉她,他是在借此表达些什么……十一娘犹豫地望着徐令宜。他的手,温暖、有力,稳如磐石,让人觉得安全,有一种被妥帖收好的踏实感。十一娘心里暖洋洋的。

屋外传来管事妈妈求琥珀通禀的声音,窗外,秋天的阳光爽朗地落在院子里,几个未留头的小丫鬟笑吟吟地站在那里摘石蒜花。

世界这样纷繁,她的心却前所未有地宁静。

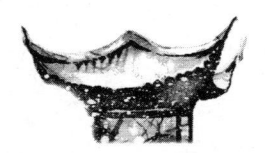

第九十四章　议前程夫妻起分歧

事情过后，徐令宜没再提这件事，十一娘却开始认真考虑徐嗣诚的婚事。

徐嗣诚今年有十四岁了，按道理，也应该说亲了，只是她心里隐隐地盼着他能中个秀才之类的，到时候说亲也容易些。把英娘说给徐嗣诚，让罗家下一代和徐家再联姻……古代可不比现代。在古代，夫妻的感情再好，婆婆不喜欢，说休就可以休；反之，夫妻的感情再不好，婆婆喜欢，你想休都休不了。只要你还是这家的媳妇，这个家族就要庇护你，所以选婆婆比选丈夫更重要。她是英娘的姑母，如果徐家去提亲，罗家那边肯定没有什么问题。她考虑的是徐嗣诚……兄弟几个里，他最孤单。如果说了英娘……罗家子嗣旺盛，徐嗣诚感情细腻，英娘性格爽朗……徐嗣诚既不是长也不是幼，受长辈的关注少，压力也小，性格相比之下敦厚有余进取心不足；英娘却是嫡长女，父母的第一个孩子，又是兄弟姐妹的表率，不仅看重，在教育上花的功夫也多。这样的孩子通常都很有责任心，又知道照顾人……从这些方面来看，两人倒也相得益彰。再和罗家亲上加亲，不管是罗振兴还是徐嗣谆，对徐嗣诚都会多一分亲近。

十一娘越想越觉得这门亲事不错。徐嗣诚来给她问安的时候，她不禁上上下下地打量他。

"母亲！"徐嗣诚不明所以，低了头把自己的衣裳、鞋子都瞧了个仔细，没有发现有什么不妥的，就更是困惑了，"您可有什么吩咐？"

"没有，没有。"十一娘笑吟吟地招他过去，"坐下来说话……这段时间功课怎样？"

十一娘很少这样直接问他的功课，总是问他今天学了些什么，先生讲的听不听得懂，要不要去弓弦胡同请教一下舅舅之类的话。徐嗣诚不免有些紧张："其他的都还好，就是文章写得让先生不太满意。"

"实在不行，就把别人写得好的文章拿来多背几篇。把人家怎么开篇、怎么结尾的记在脑子里，然后照着葫芦画瓢地练习。时间长了，总有些收获的。"

"有你这样教孩子的吗？"十一娘的话音未落，徐令宜边说边笑地走了进来，"好好听先生的话，他让你怎么练习你就怎么练习好了！"

父亲和母亲说话的时候，总有着对别人没有的温柔。家里的人都能感觉得到，更别说是徐嗣诚了。他笑着望了母亲一眼，恭敬地应"是"，回答了一些徐令宜对他功课上的提问,起身回了屋。

十一娘就坐到了徐令宜的身边:"侯爷,我觉得您说的那个事挺不错的,就是孩子我还要看看才好。您说,找个什么借口让那孩子来一趟燕京好?"

徐令宜略一思忖才反应过来,他笑道:"这还不好办,你就说谨哥儿马上要搬到外院去了,你一个人觉得寂寞,让英娘来给你做个伴不就成了。而且这个时候送信去余杭,过了年启程,正好三月间到,你们还可以去逛逛庙会,踏个青。"

这么简单的理由,她却没想到。因为心虚吧?十一娘汗颜。

"侯爷这主意好!我这就写封信去余杭。"她模棱两可地应了,忙转移了话题,"雍王爷的钱凑齐了吗?"

"凑齐了。"徐令宜笑道,"这个大丰号的掌柜可真不简单。二十万两的银子,一分钱的利钱都没要,反倒包了五万两银子的红包给白总管。这样的大手笔,他何愁生意做不起来。"

"这样大的手笔,也要有这样大的本钱才是。"十一娘听着不由微微蹙眉,"侯爷可知道这大丰号的底细?"

"放心吧!我心里有数。"徐令宜道,"我打了二十五万两银子的借据给他,年利一个点。利息虽然少了点,可字面上不能错。至于说底细,不管他是什么来头,也不敢到我面前玩阴的。"说着,眉宇间流露出几分居高临下的霸气来。

看着他天天在家里闲逛,倒忘了他还是个太子少保。十一娘忍俊不禁。民不与官斗。这大丰号不管是什么底细,徐令宜只要不贪小便宜白拿大丰号的银子,大丰号还真就不能把他怎样。

徐令宜吩咐十一娘:"过几天不是雍王妃的生辰吗?你帮我带一匣子金条给雍王妃。跟雍王妃说,让她找一家百年老字号的银楼兑现。宁愿吃点亏,也不要和像大丰号这样的银楼扯上关系。要是钱不够花,就孩子的满月、周岁,大人的生辰、寿诞轮流做,千万不要再去借银子了。"

十一娘见他表情凝重,迟疑道:"侯爷,是不是有什么事?"

徐令宜沉默了好一会儿才低声道:"去年春天,雍王举荐工部给事中为高淳县令,吏部很快行了文。还是士峥跟我说我才知道,原来太子通过他举荐了翰林院一个姓李的翰林……"他苦笑着摇头,"结果今年太子想举荐他老师的学生去嘉兴任县令,又有人跑到雍王那里谋这个位置。"

十一娘大吃一惊:"侯爷是怀疑……"

"不是怀疑。"徐令宜道,"要不然,士峥也不会专程为这件事找我了。"

"那太子是什么意思?雍王那边,你可去提了个醒?"

如果太子和雍王起了争执,不管是哪个赢,对徐家的杀伤力都很大。最怕是皇上觉得两人没有手足之情,一怒之下把两人一锅端了。那徐家的日子就更不好过了。

见妻子忧心忡忡的样子,徐令宜有点后悔把这件事告诉她了。

"你别担心,雍王是个明白人,有些话我已经跟他说了。"徐令宜低声道,"我这也是想再给他提个醒。"

一直以来,皇上有意无意地让太子和徐令宜保持着距离。徐令宜和太子之间也因此客客气气的,舅甥之情很淡薄,更多的是君臣之礼。反倒是雍王,平时没有什么来往,可一有事了,雍王第一个想到的就是徐令宜这个舅舅。

"我知道了!"徐令宜的话并没有让十一娘放心,反而更担心,在心里细细地思量着见到雍王妃的时候该怎么说好。

有小丫鬟隔着帘子禀道:"侯爷、夫人,四少爷过来了。"

自从那天在书房徐令宜拂袖而去,徐嗣谆就没再去外院的书房,徐令宜也没有说什么,就这样很自然地接手了家里的庶务。在外人看来,不过是他不在家里的时候徐嗣谆帮着管了几天家,现在他回来,家里的事又交到了他的手上而已。他也因此早出晚归,徐嗣谆和姜氏几次来问安都没有遇到他的人。只有谨哥儿抱怨:"爹爹现在也不陪我写字了。"

这些日子以来,徐令宜还是第一次这么早回来,徐嗣谆就赶了过来,看样子是瞅着机会来见徐令宜的。

念头闪过,徐嗣谆走了进来。他行了礼,有些手足无措地立在炕前:"爹爹,我,我……"显得很不安。

徐令宜在心里叹了口气,指了一旁的太师椅:"坐下来说话吧!"

徐嗣谆见父亲和他说话,悬着的心落了一半,犹豫了半晌,却轻轻地摇了摇头。

"爹爹,您不在家的时候,把家里的庶务都交给我打理,"他大声地说着话,低头眼睛看脚尖,没有看人,"我却去做花灯了,这件事是我做错了。请爹爹原谅我这一次,我以后再也不会这样了。"

虽然想到徐嗣谆是有话要说,可谁也没有想到他会这样开门见山地道歉。徐令宜不由感慨万千。这个孩子,到底还是来面对他所犯的错误了。

"你说你错了,你错在哪里了?"徐令宜冷冷地望着他,眼角眉梢也没有动一下,对徐嗣谆的道歉显得有些漠然。

父亲还愿意听他说……徐嗣谆紧绷的心弦又松了几分,"我不该主次不分,为了做灯笼耽搁了家里的庶务,我应该把庶务处理好了再去做灯笼的。爹爹,"他抬起头来,真诚地对徐令宜道,"我以后再也不会这样了。"

他的目光清澈，让人能感受到他的真诚。

"知道错了就好。"徐令宜的语气依旧有些淡淡的，可表情却缓和了很多，"要紧的是要吸取教训，以后不要再犯。要知道，你二哥不在家，你就是家里最大的，要为弟弟们做出表率……"

"播厥百谷，既庭且硕。"徐令宜放下手中的毛笔，满意地看着宣纸上龙飞凤舞的几个狂草，笑着抬头问身边的十一娘，"叫'庭'，你看怎样？"

"庭"在这里，有挺拔、笔直之意。加上后面那个"硕"字，又含有"多"的意思。

"好啊！"十一娘微微点头，"这个名字好！"

九月二十六，姜氏顺利地产下了长子。徐令宜正在给他取名字。

徐令宜重新取了一张宣纸过来，端端正正地用隶书写了个"庭"字，叫了灯花进来："给四少爷送去！"

因为姜氏生了嫡长孙，府里上上下下的人都得了赏赐。大家正高兴着呢！灯花笑着应"是"，疾步去了徐嗣谆那里。

徐令宜就和十一娘商量起事来："等庭哥儿的洗三礼完了，我准备出门一趟。"

十一娘一愣："不等庭哥儿的满月礼了吗？"

"不等了！"徐令宜道，"等他的满月礼，就太晚了。"

"侯爷要去哪里？"

"从宣同取道去嘉峪关。"

嘉峪关属于军事重地，徐令宜这几次出门拜访的也都是这种地方。以徐令宜的经历，他会去这些他年轻时候征战过并给他带来荣耀的地方走一圈，重温一下当年意气风发的岁月，十一娘很能理解。

"侯爷小心点，"她叮嘱，"多带些护卫、随扈。那边很偏僻，万一有什么事可就麻烦了。"

"没事。"徐令宜笑道，"我会和上次一样，走驿路、住驿站的。"说着，犹豫了片刻，道："我想，这次也让谨哥儿和我一起去。"又道："这样的机会不太多，让他去见识见识。"

古代的交通不像现代这样发达，出门一趟非常不容易，有的人终其一生都没有走出居住地方圆十里，像这样的机会的确不太多。

十一娘自然同意。

徐令宜吩咐她："我们不在家的这些日子，你和白总管商量着把外院的清吟居整理出来，需要添置的就添置，需要重修的就重修。等过完了年，再把他的东西搬过去。"

这样一来，谨哥儿就真的从她怀里独立出去了。十一娘想想都觉得难受。想到当年

徐嗣俭发疹子，三夫人就把他多留了一年，十一娘还觉得三夫人太过娇惯孩子了，轮到了她，她这才理解三夫人的心情。

"我知道了。"

清吟居是外院比较大的一个院落，四进三间。府西的西腰门离它不过二十来步的距离，进出很方便。

下午，十一娘就带着琥珀去看了院子。院子的门窗都很好，只是打扫得马虎，到处是灰尘，又久没人居住，有些空旷甚至有点荒凉。

"先种些花木吧？"琥珀笑道，"这样，明天开春的时候院子里就热闹了，这屋子也就有了生气。"

"你还怕他住进来不热闹！"十一娘笑道，"不说别的，就他那些鸟啊狗的，只怕这院子住不下。"

琥珀听了掩袖而笑。

太夫人知道了却眉头紧蹙："不等庭哥儿的满月礼就走……眼看着要过年了，不如过了年再去吧！"

现在，太夫人最大的乐趣就是去看重孙庭哥儿。

"冬天去嘉峪关才有意思。"徐令宜笑道，"等到了春天，那就没什么意思了。"

太夫人见儿子坚持，不再说什么。五夫人那边却闹腾起来了。

"我也要去，我也要去。"诜哥儿跟在母亲的身边转悠，"谨哥儿都出去好几趟了，我还一趟都没有出去过。"

五夫人这些日子正忙着给歆姐儿说亲，就是诚哥儿，也有些日子没有抱在怀里教他识字了。

"石妈妈，把七少爷拉出去。"她正焦头烂额。

徐令宽觉得女儿还小，五夫人却怕耽搁了。两个人为这件事本就有些分歧，来说亲的又没有一家让人十分满意的，不是家底不够丰厚，就是婆婆太年轻，要不就是男方相貌不好……她正想着要不要请十一娘也帮着打听打听，多一个人，多一条路嘛！

诜哥儿抱了桌子脚不走："我就要去，我就要去……您要是不同意，我就告诉外祖父去。"

五夫人头痛不已："你四伯父是去嘉峪关，又不是去江南。那地方除了风沙还是风沙，还有很多胡人，小心被人抢去卖了。"

诜哥儿不为所动："谨哥儿去得，我也去得。"

"你四伯父带着谨哥儿已经很吃力了，没办法再多带一个。"

"我把外祖父家的护卫带上不就行了。"

母子俩正说得面红耳赤,徐令宽回来了。

"四哥要去嘉峪关啊?"他很是兴奋,竟然比诜哥儿还要兴奋,"当年我就想去,娘不让,没去成!"说着,拎起诜哥儿,"走,去跟你四伯父说说,我们一起去!"

诜哥儿大叫着跳了起来。五夫人反而不管了——有丈夫跟着,还有什么不放心的。

太夫人亲自选了个吉日,徐令宜兄弟两个带着谨哥儿和诜哥儿出了燕京城。

徐嗣谆负责外院的庶务。十一娘忙着给谨哥儿布置屋子,参加万寿节的宴请,送过年的年节礼,置办年货。五夫人则忙着给歆姐儿找婆家。太夫人每天笑呵呵着去看庭哥儿,有时候也把去给她老人家问安的莹莹留下来玩半天。日子很快就到了十二月。

徐令宽和诜哥儿回来了,没有看见徐令宜和谨哥儿。

"范维纲把四哥留在了宣同。"徐令宽讪讪然道,"我还有差使,就带着诜哥儿先回来了。"

"他们不回家过年了?"十一娘很是意外。

"看样子是回不来了。"徐令宽不好意思地朝着十一娘笑。

"这个老四,庭哥儿满月礼、百日礼都不在家不说,还在外面过年。"太夫人有些不悦,"你怎么也不劝劝你四哥?"

"我劝了。"徐令宽大喊冤枉,"我四哥怎么会听我的。"

太夫人不再说什么,叫了徐嗣谆进来:"家里的事,就全指望你了。"想了想,"要是你不懂,就问你母亲。"

徐嗣谆恭敬地应"是",深觉责任重大,反而患得患失,一件很小的事都要来问十一娘,生怕走岔行错。十一娘却想着雍王那边,趁着徐嗣谆过来给她问安,叫了白总管进来:"快过年了,侯爷走的时候可有什么特别交代要办的?"

"没有。"白总管也惦着这件事,"其他人都好说,只是雍王府那边的年节礼不知道送什么好。"

十一娘的目光落在了徐嗣谆的身上。

徐嗣谆知道雍王借钱的事,想了想,道:"要不我们悄悄送些银票去?"

十一娘微微点头,问白总管:"你帮我准备两千两银子的银票。"

白总管明白过来:"我这就去准备。"

十一娘含蓄地对徐嗣谆道:"我去给雍王府送年节礼的时候,会带给雍王妃。"

徐嗣谆领首,晚上回去,悄悄地对姜氏说了。

孩子给乳娘喂养,生产过的姜氏身材恢复得七七八八了,听了有些担心:"既然公公

走的时候没有交代,我们这样会不会和雍王府走得太近了?万一要被雍王连累可怎么办?"

"不会吧?"徐嗣谆从来没有想过这个问题,觉得大家既然是亲戚,少不得要互相照应着点。家里又不缺这点钱,东西又是母亲拿主意送的,他从来没觉得有什么不妥的。可转念想到前些日子要不是姜氏劝他,他也不会那么快就得到父亲的原谅,感觉妻子的话也有一定的道理,不免踌躇起来。

姜氏也就是这么一说,见徐嗣谆有些拿不定主意,她反而仔细地思考起来。如果雍王老老实实地做他的王爷,太子登基,他自然是第一清贵之人。和他的关系好了,只有好处没有坏处。可如果雍王动了什么念头……

姜氏想想心里都觉得害怕:"你别急,我给父亲写封信去,看父亲怎么说。"她帮徐嗣谆出主意。

徐嗣谆点头。

没几天,姜柏的夫人借口来看孩子,遣了丫鬟在内室说体己话。

"你父亲和你伯父的意思都是一样的,让你们和宫里的那位也好,宫外的这位也好,都离得远远的。皇上春秋鼎盛,日子还长着。这个时候做什么,显然不是妥当的。"

姜氏把这话向徐嗣谆说了,让他传话给十一娘:"母亲在内院,父亲又不在家里,庙堂上的事,瞬息万变,还是小心点的好。"

"侯爷和雍王爷是舅甥,出了这样的事,不求来则罢,既然求来了,你父亲又想办法帮着还了债,眼看着到了年关,我们怎么也要去一趟。多的银子我们拿不出来,这一两千两银子从哪里都省得下来。就算是皇上知道了,想必也不会说什么的。"

徐嗣谆想想也有道理,回去告诉了姜氏。

姜氏苦笑:"太子那里,是不是也要走一趟?我听人说,太子妃和婆婆私交甚密。现在出了这样的事,怎么也要跟太子妃说一声吧?"

徐嗣谆委婉地提醒十一娘。

十一娘笑道:"我已经去过太子妃那里了。"

私下对琥珀道:"姜家在姜氏身上花了不少心思。"

晚上去给太夫人问安,十一娘问诜哥儿:"嘉峪关好玩吗?"

"好玩,好玩!"诜哥儿连连点头。

回来已经两天了,远行的兴奋还没有退去,谁和他提起嘉峪关,他都会滔滔不绝地讲在嘉峪关的所见所闻。

"他们的城墙有这么高。"他张开双臂从屋子这头跑到那头,"匾额有这么长,"又从那头跑到了这头,"我仰着头都看不到角楼……到处都是风沙……要用帕子把脸围起来……羊肉好吃……还看见黄头发绿眼睛的人……坐了骆驼……"

大家呵呵笑着听他讲。徐令宽看着时候不早了,笑着拽了他的衣领子:"好了,好了,快去歇着吧!明天再讲。"

诜哥儿讪讪然地给太夫人行了礼。

十一娘和他们一起出门,笑着问诜哥儿:"关外这么好玩,你怎么不和谨哥儿一起?有你四伯在,你难道还怕被人拐了去不成?"

"是爹爹不让。"诜哥儿很是委屈,嘟了嘴,"说他们走得太远了,硬把我拉回来的。"

她就知道,徐令宜怎么会因为范维纲的挽留而在宣同府过年。十一娘笑着朝徐令宽望去。

徐令宽满脸通红道:"四嫂,是、是四哥不让说,怕您担心……没事,没事,四哥就是带谨哥儿到他当年驻军的地方看看。嘉峪关总兵亲自陪着,不会有事的。"

十一娘不由担心起来。冬天关外少吃穿,最喜欢在冬天袭击那些边关卫所。他们出了关,会不会遇到什么危险?而且徐令宜当年征战西北,对大周来说,他是英雄;对西北的那些人来说,他是不共戴天的仇人。

"你怎么也不劝劝你四哥?这可不是闹着玩的。"她不由沉了脸,"要是有个三长两短可怎么办?"

徐令宽喃喃地,一句话也说不出来。一旁听了个分明的五夫人不由急起来,责怪徐令宽:"你怎么这么糊涂!四哥不听你的,你不知道写封信回来跟娘说啊?自己一声不吭地跑了回来不说,还帮四哥瞒着家里人。你让我怎么说你好啊!"

十一娘是嫂嫂,说几句就说几句。这个却是自己的老婆,徐令宽不由辩道:"事已至此,我不帮四哥瞒着难道还去告诉娘不成?要是娘有个什么,我就是万死也难辞其咎。"

五夫人没有理他,直接和十一娘商量:"四嫂,五爷说得有道理。事已至此,我看这件事无论如何也不能让娘知道……"

如果不是想瞒着太夫人,她又怎么会在出了门才问诜哥儿的话。

"我也是这么想的。"十一娘叹了口气,问徐令宽,"侯爷可交代了什么时候回来?都准备到哪里去?"

徐令宽嘿嘿地笑:"恐怕要到明年开春才会启程。至于到什么地方去,四哥没有跟我说。"

十一娘沉思了片刻,道:"我想给你四哥写封信,他怎么才能收到?"

"寄到嘉峪关好了!"徐令宽笑道,"嘉峪关的总兵原来是四哥的参将。"然后安慰她道:"四嫂不用担心,那嘉峪关总兵知道谨哥儿是四哥的幼子,就是把四哥丢了也不敢让

人伤了谨哥儿一根汗毛……"

这哪里是安慰人！五夫人忙隔了徐令宽："五爷，四嫂知道四哥去了关外，正担心着，您先让四嫂写封信，然后派人快马加鞭地送到嘉峪关才是正理。时间不早了，再说下去，这天都要亮了，又耽搁一天。再过几天是小年了，别到时候有银子也找不到送信的人。"

"是啊，是啊！"徐令宽听了忙道，"四嫂，您快写信，说不定四哥接到了您的信，又改变主意了呢。"

就算是改变主意，也不可能赶回来过年了。十一娘在心里暗暗叹了口气，和徐令宽说好了明天一早来取信，匆匆回了屋。

徐令宽望着她远去的背影不由道："四嫂怎么知道四哥不在范维纲那里啊？"

徐令宜不在家，祭祖、拜年都由徐嗣谆出面，小字辈的自然就领到了姜氏那里。像周夫人、唐四太太这样的则由十一娘出面招待。黄夫人、郑太君等长辈就会请到太夫人屋里坐。只是周夫人她们都是宗妇，家里的客人还忙不过来，怎么能到徐家来凑热闹，不过是差了得力的妈妈拿张名帖过来拜个年。黄夫人、郑太君都年事已高，经不得喧阗，平时还互相走动，越是到了这年节上，越是哪里也不去，就是本家的旁支来拜年，还要看精神好不好。太夫人那里根本就没有客人，十一娘也闲下来，反倒是姜氏那里很忙。太夫人请了两个说书的女先生说书。徐嗣诚怕母亲寂寞，每天早早地就过来陪十一娘说话，太阳好的时候倚在屋檐下的美人倚上吹笛子，惹得过往的丫鬟、媳妇子都忍不住要多看两眼。

十一娘不由微微地笑。这算不算是吾家有男初长成？

徐嗣诚却没有这样的自觉。他拉着十一娘站到穿堂的台阶上。

"母亲，您说，我们在墙角种几株美人蕉如何？"他指了东边墙角垒着的两块形态秀丽的太湖石，"像从石头里冒出来的，不管是什么季节，都带着几分妙趣。"

"好啊！"十一娘觉得这主意不错，"等开了春，你就让人来种几株吧！"

徐嗣诚笑着应"是"，有小丫鬟匆匆走了进来："夫人，四少奶奶陪着翰林院姜学士的夫人过来了。"

十一娘笑着点头，到院门口迎了姜夫人。互相恭贺新禧，姜夫人和十一娘并肩去了正屋。

"年前就应该来看看你的，"姜夫人道，"可巧家里有点事，等忙完，都过小年了。这不，初四一过，我就来给你拜年了。"

"您太客气了，"十一娘请姜夫人到临窗大炕上坐下，"应该是我去给您拜年才是。只是侯爷不在家，我多有不便，今年过年哪里也没有走，还请您多多谅解。"

两人寒暄了半天,姜夫人起身要告辞:"这大过年的,太忙了。等过完了年,哪天我再来你这里串门,我们好好地说说体己话。"又笑道:"早就听说永平侯府的暖房一年四季鲜花不断,到时候还要请夫人带我去看看这暖房才好。"

"只怕我请也请不来!"十一娘留她,"怎么也要吃了饭再回去吧?要不然,您让我们四少奶奶心里怎么想。"

"你的客多,我改天再来打扰。"姜夫人坚持要走。

姜氏挽了姜夫人的胳膊:"伯母,您就留下来用了晚膳再走吧!"留得非常诚恳。

姜夫人有些犹豫。

王树疾步走了过来。

"夫人,姜夫人,四少奶奶!"他抱团行了个礼,"四少爷有话让我问四少奶奶!"

姜氏上前一步:"什么事?"

王树看了十一娘和姜夫人一眼,声音骤然低了下去:"四少爷让我来问四少奶奶,去年夏天买的那对养蝈蝈的葫芦您收到哪里去了。王允王公子过来给四少爷拜年,四少爷让把那对葫芦找出来给王公子送去。"

"那对葫芦我让宝珠收了起来,就放在书房多宝格架子顶上,一找就能找到。"姜氏沉声道,"是王公子向四少爷讨这对葫芦,还是四少爷想要把这对葫芦送给王公子?"

"是王公子说,前些日子和李公子斗蝈蝈,结果输了器具上。四少爷就说,他夏天得了一对葫芦,看上去挺不错,让拿出去给王公子看看。要是王公子瞧得上,就送给王公子了。"

姜氏没再多问,吩咐宝珠去给徐嗣谆找葫芦。

姜氏送姜夫人到了垂花门口,又依依不舍地说了半天话,直到姜夫人的马车消失在了姜氏的视线里,姜氏站了一会儿,这才转身往内院去。

秋雨笑着走了过来:"四少奶奶,夫人让您去她那里坐坐。"

姜氏有些惊讶。这个时候,不知道婆婆找她有什么事。

姜氏整了整衣襟,随着秋雨去了正屋。

平时立在屋檐下服侍的丫鬟此刻一个都不见了,大红灯笼静静地挂在屋檐下,院子里落针可闻。她的心弦不由紧绷了起来,举手投足间有了一分小心翼翼。

"来,"十一娘笑着指了炕前的太师椅,"坐下来说话!"

姜氏应了声"是",正襟危坐在了太师椅上,眼角的余光朝四周睃了睃。屋里只有琥珀一个在一旁服侍,可琥珀给她上了茶后就蹑手蹑脚地退了下去,只留下她和十一娘。姜氏深深地吸了口气,心绪这才渐渐平静了下来。

"母亲,您叫我来有什么吩咐?"

"也没有什么特别的事。"十一娘笑着随手拿了炕桌上青花瓷高脚果盘装着的橘子剥了起来,"就是想到了一件事,想问问你。"

姜氏忙道:"母亲请问。"

十一娘没有作声,低下头,专心致志地剥着橘子。屋子里变得异常安静。姜氏听见自己急促而粗重的呼吸声。

半响,十一娘终于把橘子剥好了。她又仔细地把橘子上白色的经络除去,这才笑着抬头,把橘子递给了姜氏:"尝尝看,是福建的贡品。"

姜氏欠了欠身,接过了橘子,有些进退两难——吃吧,看婆婆这样子,分明是有很重要的事跟她说,她就这样大大咧咧地吃着橘子,好像不够尊重;不吃吧,是婆婆亲手剥的,要是婆婆想偏了,还以为是嫌弃她。一时间她有些拿不定主意。

十一娘已经拿了帕子擦手,分明不打算再剥橘子了。

要不要分一半给婆婆呢?姜氏思忖着,就看见十一娘端起茶盅来轻轻地啜了一口,笑道:"我上次听谆哥儿说,你让我把给雍王妃送了两千两银子的事跟太子妃说说……"

她怎么能指使婆婆!姜氏听着心中咯噔一下,忙道:"母亲,我只是觉得,手心手背都是肉。雍王府造园子,手里的现银有些不方便,我们虽然力小微薄,可既然知道了,多多少少要尽些心意。如同前些日子大郡主供奉痘娘娘,母亲和周夫人专程到慈源寺给大郡主祈福一样,希望太子妃和雍王妃都不要误会才好。"

"你不用紧张。"十一娘笑道,"我只是听你口气,好像读过很多经史之类的书似的,所以问一问。"

"家里是开书院的。"姜氏斟酌道,"听得多了,就有些印象了,倒没有正经读过。"

"我不过是有感而发。"十一娘道,"昨天回弓弦胡同的时候听你十二姨母说,她婆家叔父——就是曾在福建任过布政司、现任大理寺卿的那位叔父的次女,嫁给了建宁府知府的长子。这次福建大乱,建宁府知府也被牵连进去了,全家被流放云南的永昌。王大人虽然贵为大理寺卿,可也没有办法救女儿、外孙于囹圄。"说着,她脸上的笑容渐敛,"每逢佳节倍思亲。你十二姨母的姊姊一想起远在云南的女儿就心如刀绞,痛哭不止,谁劝也不止,旁边的人看了也跟着垂泪。家里愁云惨雾的,连个年也没有过好。"她轻轻地长叹了口气,"想当年,你十二姨母的婆婆病重的时候我曾去探望,她们家那位姑奶奶还是个小丫头,也随着母亲去探病。我听她说话,不仅精通琴棋书画,而且还喜欢读经史。行事更是落落大方,举止进退有度,没想到竟然落得这样个景况。我听着也跟着难过了半天……"

十一娘的话说得有些没头没脑,聪明如姜氏却听得清清楚楚、明明白白。婆婆这是在敲打她呢！姜氏面如缟素。问她是不是读过经史,是在说她牝鸡司晨,读了不该读的书,起了不该起的心思,管了男人的事务;说起王家姑奶奶的事,是在指责她不应该当着伯母的面质疑徐嗣谆的决定,在娘家人面前驳了徐嗣谆的面子,也让她显得粗俗无礼,没有教养。她心里只是觉得委屈。在家从父,出嫁从夫。嫁了人的女人,不管娘家有多显赫,和夫家却是一荣俱荣,一损俱损。这个道理她怎么不懂,可徐嗣谆……要不是担心他,她又怎么会节外生枝？哪个女人不希望嫁个男人如参天大树,护她周全,让她不受风吹雨打,一心一意地躲在树下做那贤妻、孝媳？可这些话,她怎么敢当着婆婆的面说。说出来了,又是一宗罪。妻以夫为贵。满燕京的人都说她婆婆贤良淑德、温和敦厚,可如果没有公公的处处维护,婆婆能有这样的名声吗？

"母亲,全是我的错。"姜氏缓缓地站了起来,只觉得眼前发花,"是我考虑得不周全。"她说着,慢慢地跪到了十一娘的面前,"以后我再也不敢了,还请母亲息怒。"

翠儿的死,陶妈妈的结局,都让十一娘心有所感。有些事,她能明白,也能理解,却没有办法去做。从这点上讲,她并不适合管理徐府的内宅。她就盼着徐嗣谆早点成亲,盼着姜氏是个精明能干的,进门后能帮着管理徐府的内宅。到时候她也可以从这些琐事中解脱出来,过些悠闲的日子。

当然,她更知道理想和现实是有差距的。精明能干的人,都比较好强;好强的人,都会有自己的想法。她才早早地在重要的位置上安置了自己的人。这样一来,她进可攻,退可守。只要姜氏给她应有的尊重,她也会给姜氏应该有的尊重。所以姜氏一进门,她就想让姜氏帮她管些家务事,看看姜氏的秉性和能力。虽然徐令宜没有同意,她却一直仔细地观察着姜氏。帮徐嗣谆认识错误,通过年节礼想到太子、雍王、徐府之间的关系,管着徐嗣谆不率性而为……十一娘觉得姜氏不仅机敏,而且行事还颇有手段。如果能再把握好分寸,徐嗣谆身边有她帮衬,未尝不是件好事。她这才起了敲打姜氏的念头。

"快起来！"十一娘淡淡地道,"有什么话好好地说就是,这样跪着也不是办法。"

听婆婆这口气,自己就是认错也不会轻易揭过。姜氏心里像十五只吊桶打水似的,七上八下。

"母亲教训的是！"她忐忑不安地站了起来,不知道接下来等待她的将是什么。

"我一向觉得,女孩子读些经史有好处。"十一娘又轻轻地啜了口茶,神态很从容,和姜氏的紧张形成了鲜明的对比,"不至于对外面的事一无所知,否则就算是想帮丈夫的忙,也无从着手。乍听到你劝谆哥儿的那些话,我是十分欣慰的。觉得谆哥儿找了个贤妻,有你这样的嫂子,以后弟弟妹妹跟着有样学样,妯娌间也能过得和和美美。这不仅是谆哥儿的福气,也是我们徐家的福气。"

姜氏愕然地望着十一娘。她没有想到婆婆会给她这样高的评价。如果是平时,她自然喜出望外,可是搁在这种情况下……先扬后抑,只怕接下来的话不怎么中听,而且,还是重点。

"雍王府的事,你能提醒谆哥儿,这一点也很好。"十一娘望着姜氏,"谆哥儿年纪还轻,听说这事慌了神,难免一时拿不定主意。令尊中过状元做过堂官,又是男子,对朝廷的事比内宅妇人懂得多。侯爷不在家,你想让令尊帮着拿个主意,是人之常情,也不为错。可怎么上门来劝你的,却是你伯母呢?"

姜氏脸色大变。

"可见有些事,你还没有想明白。"十一娘继续道,"再说今天的事,你当着你伯母的面问谆哥儿为什么要送王公子养蝈蝈的葫芦。我也知道你的意思,谆哥儿送什么不好,偏偏送个养蝈蝈的葫芦,要是王公子玩物丧志,谆哥儿自然成了损友,于谆哥儿的名声十分不利。家里的事,你伯母都知道,自然不必瞒着她。贤妇敬夫,愚妇骂夫。你也是读过《女诫》《列女传》的人,这样的道理自然懂。怎么今天就做出了这样的事来?有些事,你要好好地想想才是。"

十一娘语重心长地说着,端了茶盅:"时候不早了,你早点回去歇着吧。我还指望着你早点帮我卸卸担子,把家里的这些琐事都管起来呢。"

"是!"姜氏声如蚊蚋,神色恍惚地应着,魂不守舍地出了正院。

"四少奶奶,四少奶奶,"袁宝柱家的看着她神色不对,心里急起来,不知道四夫人把四少奶奶叫去都说了些什么,"您这是怎么了?"

急切的声音夹在冷风中打在姜氏的身上,让她一个哆嗦,清醒了不少。是啊!自己怎么会这样了!不过是一件接着一件的事都顺顺当当,天遂人愿了,渐渐地变得轻狂起来。说到底,还是沉不住气,修养不够。如果她就一直这样行事……想到这里,她不由一阵后怕,这才发现后背不知道什么时候已经全湿透了。

过了元宵节,十一娘收到徐令宜的来信,说三月中旬动身回燕京。问起谨哥儿的院子收拾得怎样了,一句问候她新春的话也没有。

十一娘在心里把徐令宜嘟囔了几句,给他写了回信。

到了二月中旬,英娘到了燕京。徐嗣诫正带着两个小厮在种美人蕉。

十一娘问还没有进屋的英娘:"你看怎样?"

英娘仔细地看了看,笑道:"我觉得种芭蕉树也不错。"

徐嗣诫听了望过来,胡乱地洗了洗手就快步走了过去:"母亲!大表妹,你来了?"

英娘朝着徐嗣诫福了福身,笑着喊了声"五表哥"。

"我瞧着那边有一株香樟树,"徐嗣诫笑道,"所以就想着种美人蕉了。"

"我是觉得这太湖石不过腰齐,所以觉得种芭蕉树好。"英娘笑道,"如果太湖石有人高,自然种美人蕉好。"

要么错落有致,要么整齐工整,这是古代治园的两种方式。徐嗣诚用的是前者,英娘用的是后者。

徐嗣诚闻言回头打量了一番,道:"大表妹说得有道理。要不改种芭蕉树好了,那美人蕉种到我院子里去?"最后一句,却是问十一娘的。

十一娘望着英娘。

英娘笑道:"五表哥也不用这样麻烦,种美人蕉也好看。只是我喜欢芭蕉树,所以巴不得人人都种芭蕉树才好。"

徐嗣诚奇道:"大表妹为什么喜欢芭蕉树啊?"

"雨打在芭蕉叶上的声音好听呗!"英娘爽朗地笑道。

徐嗣诚一愣,跟着笑了起来。十一娘看着,也跟着笑起来。

"好了,你快回屋歇了吧!"她对英娘道,"梳洗了,我们给太夫人请安去。"

英娘笑着屈膝行礼,跟着丫鬟婆子去了后院的西厢房。

五夫人身边的贴身丫鬟过来。

"四夫人!"她行了礼,"我们夫人请您过去,说有急事要和您商量。"

十一娘有些意外,笑道:"我娘家的侄女过来了。你跟五夫人说一声,等我们去给太夫人问了安,就去她那里。"

那丫鬟听了忙笑道:"我们家夫人前两天还问大表小姐什么时候过来。正好,我去给我们家夫人回禀一声。我们家夫人知道了,还不知道怎样高兴呢!"又道:"四夫人就让我给大表小姐请个安了再回去吧,免得我们家夫人知道我这样就折了回去,要斥责我不懂规矩了!"

她这是借着五夫人的名义抬举英娘。十一娘笑了笑,并没有阻止。

不一会儿,英娘梳洗装扮出来,双螺髻简单地扎了两个珠箍,穿了件草绿色镶月白色牙边的褙子,白色挑线裙子,不十分出彩,却也大方得体。

十一娘笑着和她去了太夫人那里。

过了周岁的莹莹已经可以扶着东西走路了,太夫人让人把她放到炕上,她正扶着炕桌走路。看见十一娘,她仰着粉嫩的小脸喊"祖母",却因为发音不准,"祖"字含含糊糊的,"母"字却很清楚,像是在喊"母亲"似的,惹得大家一阵笑。

"我第一次见到你姑母的时候,你姑母就你这么大的年纪。"太夫人拉着英娘的手说着话,"一眨眼,你们都这么大了,我也老了!"说到最后,很是唏嘘的样子。

"孔圣人说,六十而耳顺,七十而从心所欲,不逾矩。"英娘笑道,"我们看着羡慕得不

得了呢！"

太夫人听了哈哈大笑："你这孩子，竟然还知道孔圣人的话。"不住地颔首，很喜欢的样子，"就留在我这里用晚膳，我让你歆表姐作陪。"又指着项氏："你也留下来。"然后让人去叫姜氏："把庭哥儿带上，一齐过来用晚膳。"

英娘趁机看了十一娘一眼，见十一娘朝着她微微地笑，她笑着应了声"是"。

太夫人见了嗔道："你不用看她。我要留你，她不敢不同意。"

如今的十一娘可不是当年的十一娘，主持了永平侯府十年的中馈，敢当着她面这样说话的，也只有太夫人了。

屋里的人听了又是一阵笑。

"太夫人的心可太偏了！"有人笑着撩帘而入，"就想着四嫂的那些儿子、媳妇，我可也没有用晚膳呢！"

众人循声望去，一个穿着玫瑰红遍地金褙子、梳着牡丹髻的少妇笑吟吟地走了进来。

英娘见她手上戴着的碧玺石的手串，个个指甲盖大小，全是通透的蔚蓝色，品相非凡，便知道这位就是永平侯府的五夫人了。

待十一娘引见后，她笑着行了个福礼，喊了声"五夫人"。

五夫人就指了身后跟着的歆姐儿："这是你二表姐！"又指了诚哥儿："这是你八表弟。"

两个小姑娘见了礼，诚哥儿却拉着英娘道："大表姐，你是坐船来的还是坐车来的？"

英娘一愣，笑道："我是坐车到杭州，再从杭州坐船到通州，然后再坐车到燕京的。"

诚哥儿露出艳羡的目光。

五夫人就携了英娘的手："你别管他！自你七表弟出了一趟门，你八表弟就天天念叨着什么时候也像你七表弟一样，出去玩一趟才好。"

这是徐家的家务事，英娘只微微地笑。

大家分主次坐下，姜氏带着抱了庭哥儿的乳娘到了。

自从十一娘说了那番话以后，她突然沉默下来，眼睑下有了黑眼圈。大家只当她是被孩子吵的，太夫人甚至道："年轻人，身子骨要紧，不行你把庭哥儿放到我屋里养几天。"

"您年纪大了，就是六叔都没有这样吵过您，怎么好让庭哥儿吵您。"她委婉地拒绝了，人却渐渐消瘦下去。

她有些拘谨地给长辈们行了礼，又笑着和英娘说了些场面上的话，既不过分地亲热，也不过分地冷淡，显得很低调。

英娘看着不由暗暗奇怪。去年过年的时候见到这位四表嫂言语清朗、神采飞扬。不过一年的光景，又生了嫡长孙，正是锦上添花的时候，怎么反而神色落寞，有几分萧索之意？

她笑着上前行了礼，姜氏褪了手上一个珍珠手串给她做了见面礼。

太夫人见大家一团和气，笑着喊了杜妈妈吩咐婆子们上晚膳。大家簇拥着太夫人去了东梢间的宴息室。

十一娘问姜氏："听宝珠说，你这些日子睡得不安生，现在好些了没有？要不要请大夫来看看？"

被婆婆教训了，不虚心受教，还做出一副寝食不安的样子，岂不是在说婆婆教训得不是？姜氏忙道："我没什么事，可能是春天到了，犯了春困。"

十一娘笑着点头："那就好。我寻思着过几天是三月初三了，既是女儿节，也是诚哥儿的生辰。诚哥儿那里好说，和往常一样大家一起吃碗寿面就是了。三月三的春宴却要好好操办操办才是。谨哥儿的院子还没有收拾停当，你公公来信说三月中旬就启程回燕京。我想在你公公回来之前把清吟居收拾整齐了。你要是身子骨还好，就过来帮我操办三月三的宴请吧！"

"母亲！"姜氏错愕地望着十一娘。

不识庐山真面目，只缘身在此山中。十一娘的话已经说得那么明白了，姜氏回去仔细一想，自然能一窥端倪。可一边是娘家，一边是婆家，她实在不知道该怎么办好。在婆婆面前，她只好保持沉默。可不承想，婆婆先打破了这个僵局，还当着这么多的人让她帮着操办三月三的春宴。

"这么说，老四真的定了三月中旬启程？"一大堆话，太夫人只听到了这一句，"他给我写信的时候也是这么说的。我还以为他是哄着我呢。"忙招了十一娘过去问话，"他们应该可以赶回来过端午吧？你要好好合计合计端午节该怎么过才好。大半年都不在家呢！"

十一娘笑道："侯爷就是想赶回来给您过生辰。端午节的时候，肯定能到，到时候我再和您商量端午节怎么过好。"

太夫人满意地点了点头："让他们不要急着赶路，身体要紧。我的生辰，回不回来都不要紧。我知道他孝顺……"说了大半个时辰。

姜氏站在那里，望着十一娘恬静的笑脸，心里五味杂陈。婆婆这样，算不算是把家正式交给她之前的磨炼呢？

琥珀也有这样的顾虑："哪些事该请四少奶奶示下？哪些事该请您示下呢？"

"春宴怎么办，花多少银子，这些银子怎么花，让四少奶奶给个章程。"十一娘笑道，"我看过了，你们照着章程行事就行了。到时候买什么，花厅怎样布置，菜谱怎么定，你们跟四少奶奶商量就是了。"又道："你跟文姨娘说一声，让她把这几年府里的账册誊一份给

四少奶奶,这样,她行事心里也有个底。"

琥珀应声而去。

姜氏忙了一阵,将宴请的名单重新誊了两份——正式下帖子之前,宴请的名单不仅要给太夫人看,还要给十一娘看,以免漏了人。又叫了袁宝柱家的,把各种费用都算了一遍,甚至吩咐袁宝柱家的把这些日子的菜价都打听清楚了写个单子给她。

"这么麻烦?"从外院回来的徐嗣谆不由得嘀咕,"我瞧着母亲那会儿,只管把银子交给管事的妈妈……"

姜氏失笑道:"我这可不是和管事的妈妈们要钱。我是怕管事的妈妈们说起这些事来我一问三不知,别人看着我是个只会说不会练的。"

这话说得有道理。当初他在外院的时候,有些掌柜就觉得他不懂,他问起来也只是随便解释一番了事。

姜氏一直忙到中午,实在是撑不住了,这才歇了一会儿,下午拿到菜价单子看了一下午。第二天天还没有亮她就起来了,想着今天是她第一次正式和管事的妈妈们见面,好好地梳洗打扮了半晌,这才由丫鬟媳妇子簇拥着去了十一娘处。

十一娘刚起来,正坐在炕上喝羊奶,听说姜氏来了,不由微愕:"这么早?"

琥珀笑道:"您不是让四少奶奶早点来吗?"

"只是让她别迟到。"十一娘在心里嘀咕道,让琥珀请了姜氏进来,又叫秋雨端杯羊奶给姜氏。

"我巳初才去花厅。"她笑道,"你那个时候过来就是了。"

姜氏躬身应"是"。

小丫鬟开了窗户,秋雨捧了一把贴梗海棠进来插在了临窗的水玉花瓶里,屋子里的气氛立刻变得清新明快,生机盎然。

文姨娘和乔莲房一起过来问安。乔莲房对姜氏只是微微颔首,文姨娘却笑着给姜氏行了个礼:"四少奶奶也在这里?"

姜氏想到誊给她的账册,不敢马虎,站了起来,喊了声"文姨娘",算是回了礼。

十一娘就问文姨娘账目算得怎样。

文姨娘是个闲不住的。自从把钱还给了文家,在屋里学着做了几天的针线活,就开始在府里转悠,先是帮着府里有体面的妈妈们带些南北什物,赚中间的差价;后来把主意打到了家里种的桂花树、板栗树上,怂恿着妈妈们往外卖。十一娘看着她和那些粗使的婆子们争利,就把复核管事妈妈账册的事交给了她,她这才消停。

"过年的账目都和外院司房对清楚了。"文姨娘笑道,"今年内院的费用我也算出来了,过两天和司房的管事核了,上半年的款子就能拨过来了。"

十一娘微微点头,吩咐文姨娘:"你记得和琥珀对了账再拿去司房。今年郑太君八十大寿,南京那边的大爷过五十岁生辰,除了回事处要送礼,我们这边也要准备些……"

两个人说着话,乔莲房神色木然地坐在那里。程国公府这两年越发地败落了,去年太夫人的生辰,乔夫人送了一对旧窑的梅瓶,宴席都没有吃就匆匆走了。等将寿礼收入库房的时候,给太夫人管库房的妈妈拿了那对梅瓶嘀咕:"怎么像是我们家的东西。"然后叫了杜妈妈去看。

杜妈妈戴了玳瑁眼镜看了半晌,指了梅瓶底上的款道:"还真是我们家的东西——那还是乔老夫人过寿的时候我们送过去的,还有一套旧窑的茶具,一对四方的花觚。"说着,放了东西对管库房的妈妈笑道:"亏你还记得。我看多半是年代久远,乔家把这当成了太夫人的东西收了库里;或者是那边的账目混乱,连他们自己也记不清楚了。"

管库房的妈妈听了直笑:"看来这旧窑的梅瓶都成了压箱底的好东西了。"

话不知怎的就传了出来。乔莲房像被抽了筋似的,一下子没有了精神,连房门都不大出了。

十一娘问完了文姨娘的话,文姨娘没等十一娘端茶,就很有眼色地起身告辞:"等我和管青家的合计好了再拿给您看。"

"嗯!"十一娘笑着点头,乔莲房跟着文姨娘一起走了。

徐嗣诫和英娘过来给十一娘问安。

"你们两个怎么凑到一起了?"十一娘笑着让小丫鬟端了锦杌给他们坐。

英娘看了一眼徐嗣诫,徐嗣诫则看着英娘,意思让着她先说——自从英娘来了,母亲就开始做衣裳、打首饰,还教英娘梳妆打扮,一下子欢快起来。他自然要让着英娘。英娘见他谦让,笑了笑,也不客气,笑道:"起来晚了,出门就碰见了五表哥。"

"昨天晚上干什么去了?"十一娘很喜欢英娘的爽朗,有一种事无不可对人言的自信,"竟然起来晚了。"

"在打络子!"英娘笑道,"您昨天不是赏了我一面掐丝珐琅的靶镜吗?我想在柄上缀个流苏,管青家的说用梅花攒心的络子好……"她微微有些赧然,"我编得慢,花了些工夫。"

十一娘微微地笑,笑容很宽和。屋里的丫鬟、媳妇自然捧场,都嘻嘻地笑,屋子里一下子就热闹起来。

"你用过早膳没有?"十一娘问徐嗣诫。

"用过了。"徐嗣诫笑道,"给母亲问了安,我就去听涛阁了。"

十一娘点了头,招呼英娘和姜氏用早膳,然后和姜氏去了太夫人那里。

太夫人没有看宴请的名册，对姜氏道："你母亲看过就行了。"全然地信任。

姜氏笑着应"是"，把名册交给了琥珀——并不是谁拿了对牌指使回事处，回事处都会没有任何疑问地照办的。从前内院与外院打交道的是杜妈妈，现在则是管青家的。

太夫人问起三月三怎样过。

十一娘笑吟吟地望着姜氏，让她在太夫人面前表现。

一席话说下来，太夫人很是满意，留了十一娘说话："谆哥儿这个媳妇儿还不错。"

"我也是这么想的。"十一娘笑道，"所以想让她跟着我熟悉家里的一些旧例。"

太夫人"嗯"了一声，心里只记挂着徐令宜，十一娘就常常过来陪着说话。

太夫人盼着徐令宜快点回来，常常拉她的手说徐令宜小时候的事，有时候一说就是大半夜，十一娘就在太夫人床前的贵妃榻前安歇。

这样到了三月三，家里宾客盈门，笑语喧阗，太夫人的情绪才渐渐好了起来。

那天大家移到花舫里坐下，婆子们从碧漪河里钓了鱼上来请大家相看，然后立刻拿去厨房里做出来。有的钓了大鱼，一条鱼做成三吃；有的只钓了几条小鱼，只够煎一碟。有的高兴，有的抱怨，但都不是少了吃穿的人，反而觉得有趣，笑嘻嘻的，极热闹。然后又纷纷称赏这春宴有意思。十一娘趁机把姜氏推了出来："都是我们四少奶奶的主意。"

姜氏因此在燕京的公卿之家里有了些名声。谁家有红白喜事，主事的都会多看一眼跟在十一娘身后的姜氏，问一声"这是那位办三月三春宴的四少奶奶吧"。十一娘笑着把姜氏引荐给主事的，一些应酬慢慢地交给了姜氏。

十一娘从四儿胡同回来，已是黄昏。

她问琥珀："大表小姐在做什么呢？"

英娘刚到的几天，十一娘走到哪里都带着英娘，两人亲热得不得了。可这些日子，十一娘却对英娘不闻不问，把她一个人丢在院子里，也不吩咐那些丫鬟、婆子一声，大家都不知道该怎样待英娘。英娘也不知道自己哪里能去，哪里不能去。

琥珀大为不解，可十一娘问起来，她还是躬身道："大表小姐这些日子天天侍候着您院子里的花草，闲下来的时候就做些针线。"

"她住得可还安生？"

琥珀有些意外，斟酌道："开始的两天有些不知所措，后来五少爷把栀子花移了过来，大表小姐有事做了，人就安定下来了。"

十一娘不由暗暗点头。徐家兄弟几个里面，徐嗣诚是最不受重视的。妻以夫为贵。做他的媳妇，虽然比一般的人家在吃穿用度上要强，可总被几个妯娌比着，没有一颗安于平淡的心，夫妻之间是很难做到举案齐眉的。

她并没有把请英娘到燕京的真正意图告诉罗振兴,写信去余杭,也只是照着字面的意思,没有透露一言半语。余杭那边纵然往这方面想,也毕竟只是猜测,又怎么会去知会孩子?要是会错意了,岂不是个大笑话?

无欲则刚。可见这是英娘的真性情。十一娘再见到英娘时,神态间又有了几分亲昵:"四月初八是佛生日,到时候和我一起陪着太夫人去药王庙上香吧!"

听说有玩的,英娘的笑容显得格外地灿烂:"到时候要准备些什么?"

"什么也不用准备。"十一娘笑道,"香烛之类的都有人安排。"说着,想起庙里的道士会卖些沉香手串之类的小玩意,让琥珀去装了个五两碎银子的荷包给英娘。

英娘连连摆手:"我来的时候,娘给了我五十两银子。"

"这是我给你的。"十一娘笑着,琥珀把荷包塞给了英娘。

英娘回到屋里,把荷包交给了乳娘:"到时候记得带上。"

乳娘犹豫着接过了荷包:"大小姐,十一姑奶奶的脾气有些……阴晴不定的。我看,这银子还是留着吧!反正我们出门的时候太太也赏了银子的。"

英娘知道她是指十一娘对她的态度时好时坏,笑道:"你不用多心,她可是我姑母!"又道:"前些日子又是三月三的春宴,又是五表哥的生辰,又恰逢福成公主病重要去探望,太夫人身体不适要陪伴……那么多的事,侯爷又不在家,虽然有四表嫂帮衬着,主意却还得姑母拿。别说姑母一时顾不过来,就是顾得过来,我是她侄女,也不应该去争这些。你以后不可再说这样的话。在余杭的时候,我们有个风吹草动的大家都传得沸沸扬扬,何况是侯府,上上下下这么多的人。要是传出个流言蜚语来,那心里没个乾坤的,只会看热闹;那心里有思量的,只怕会说我们为人尖酸刻薄,连姑母的好歹都要争,是个争强好胜的。别说到时候我们无趣,就是姑母,也脸上无光。"

"是奴婢不好。"乳娘羞得满脸通红。

英娘见她认了错,不再多说,问乳娘:"你说,到时候我穿什么衣裳好?"

乳娘忙开了箱笼:"既然是姑奶奶赏的,我看不如就穿姑奶奶赏的衣裳吧。"

"还是穿我自己的吧。"英娘想了想,"那天只怕三井胡同的大嫂她们也会去。我穿了姑母赏的衣裳,她们虽然不会说什么,可到底弱了罗家的名声。"

乳娘连连点头,重新开了箱笼。

十一娘特意安排了几个机敏的人在英娘屋里,这话自然很快就传到了她的耳朵里。

毕竟是在夹缝中求生存的孩子,年纪虽小,却事事都考虑得周全。十一娘心里又满意了几分,悄声讲给太夫人听,太夫人十分高兴:"好,好,好,没有比这更好的了。你快去跟舅老爷说说,等老四一回来,我们就请了媒人上门去说亲。"比十一娘还要急,十一娘抿了嘴直笑。

晚上英娘来给太夫人问安,太夫人拉着她的手说了半天的话。好在太夫人平时就喜欢和几个孩子絮叨,要不然,太夫人这样地热情,只怕会引起大家的猜疑。

趁着罗振兴休沐,十一娘去了弓弦胡同。

罗振兴正在家清理书籍,知道了她的来意,笑起来:"你当初说想让英娘来燕京陪你的时候我就猜到了几分,还以为要等侯爷回来才会提这个事,没想到你这么快就来了。"又道:"诚哥儿是我看着长大的,又养在你身边,把英娘许配给他,我们没有什么不放心的。"

听那口气,好像议过这件事一样。十一娘有些意外。

罗振兴哈哈大笑,并不解释,说起英娘来:"只是这样一来,住你那里就有些不合适了。我看,挑个日子让她回弓弦胡同来吧。"

"这事八字还没有一撇呢!"十一娘觉得还是等余杭那边的准信来了再说,"等定下来了再搬也不迟。"

"也好!"罗振兴笑道,"英娘这才刚到,又急着搬到我这边来,有心人还以为她到燕京就是专程为了这门亲事的。"

兄妹俩说了半天的话,罗振兴留十一娘在弓弦胡同用了晚膳才回去。

十一娘就开始琢磨徐嗣诫的婚事。外院是不能住了。内院原三夫人住处住着徐嗣谕夫妻,徐嗣谭夫妻住在元娘的故居,点春堂旁住着五夫人一家。总不能让他们住到点春堂旁边的小院子里去吧?那地方也太小了点。

十一娘在后花园里转悠。

英娘不明所以:"姑母这是要种什么?"

十一娘一愣。

英娘笑道:"我看您专寻那草木茂盛的地方看,还以为您要种什么呢!"

十一娘笑起来。在她心里,可能下意识地认为英娘和徐嗣诫都会喜欢有花有草的地方吧。

"英娘喜欢什么地方?"她心中一动。

"我觉得都挺好的。"英娘笑道,"但最喜欢侬香院,那里可以种些蔬果。"

因为比单纯地种花草更实用吗?十一娘笑着揽了英娘。

有小丫鬟气喘吁吁地跑了过来:"夫人,大、大表小姐,快、快,侯爷、侯爷和六少爷回来了!"

十一娘大喜,拉着英娘匆匆往垂花门去。

英娘也很高兴:"不是说四月中旬才回来的吗?这才四月初呢!"

"可能是提前启程了吧?"十一娘有些心不在焉地应着。有人朝她们跑过来。

"娘,娘,我们回来了!"没等十一娘反应过来,一道青色的身影已朝她扑过来。

除了谨哥儿,还能是谁?十一娘下意识地张开双臂把那人影拥抱在了怀里。

"你这孩子,总是这么毛毛糙糙的!"她嗔怪着,眼睛却四下张望。

不远处,穿着件半新不旧的鸦青色杭绸直裰的徐令宜正静静地笑望着她,明亮的眸子如春日的阳光,温暖、和煦,令人沉醉。

十一娘喉咙有些发紧,一时间竟然不知道说什么好,紧紧地抱住了儿子,好像这样,才足以表示她心里的惦记。

"娘,您轻点好不好!"谨哥儿抱怨,"我都被您勒得快透不过气来了。"

十一娘失笑,放开了儿子,要去摸他的头:"好你个徐嗣谨,几天没见,竟然抱怨起母亲来了!"突然间发现她要伸手才能摸到儿子的头。

"谨哥儿……"十一娘不由凝眸。

半年不见,儿子不仅长高了,而且还瘦了很多。白皙的皮肤,分明的五官,澄澈的凤眼,挺拔的身姿,眉宇间有着春风得意的飞扬,再也没有了从前的白胖可爱,却有了少年的飒爽英姿。

自己到底错过了什么?十一娘的眼泪簌簌地落了下来。

"别哭,别哭!"和十一娘一样高的谨哥儿忙搂了母亲,"我这不是回来了嘛。我给您带了很多的东西,有西域人穿的袍子和腰带,还有苗人的衣裳和首饰……您肯定很喜欢的。"他轻声地哄着十一娘。

"你哪里来的苗人衣裳和首饰?"十一娘眼里还有泪,却已目光严厉地瞪着他。

"哦!"谨哥儿眼底闪过一丝慌乱,但很快就面色如常了,"是别人送的啊!"说着,语气一顿,又道:"大家都知道爹爹打过苗疆,有人为了讨好爹爹,就送了苗女穿的衣裳首饰。"他说着,揽了十一娘的肩膀,"娘,我们去看那些苗饰去。您肯定没见过,可漂亮了。"一副息事宁人的模样儿。

"你这个家伙,在我面前也信口开河……"十一娘又好气,又好笑。只是她的话还没有说完,谨哥儿已大声地喊冤:"没有,没有!我怎么会在娘面前信口开河。东西真是别人送的。您要是不相信,可以问爹爹。"然后拉了十一娘的衣袖撒着娇,"娘,我们连着赶了好几天的路,连杯热茶都没有喝上。一进京,爹爹就问您在哪里。进了门,就直接来找您了。"他说着,指了指自己,"您要是不信,看我身上——到处都是灰呢!"又揽了十一娘的肩膀往前走,"娘,我现在又渴又饿。您就是要教训我,也等我梳洗一番了再说,好不好?"

他一副可怜兮兮的样子,却又是痞,又是赖,让一旁的英娘看着忍俊不禁。

第九十四章·议前程夫妻起分歧

119

谨哥儿这才发现英娘。他眼睛一亮。有大表姐在这里，娘亲无论如何都要给他留几分面子。

"大表姐，您什么时候来的啊?"他亲亲热热地和英娘打着招呼。

英娘忍了笑："我二月底到的，你那个时候已经和侯爷出门了。"

"难怪我不知道。"他无话找话，"大表姐，你住在哪里？我等一会儿去找你玩。我还带了西域人的头巾，各种各样的。大表姐喜欢什么颜色，等一会儿我给大表姐送几块过去……"玩起了声东击西的把戏，转移着大家的视线。

十一娘啼笑皆非。

有一双温暖的双手轻轻地握了她的手一下又放下，温和的声音在她耳边响起："默言，孩子这一路上都想着你，你就别再追究了!"

不知道什么时候，徐令宜已悄悄地走到了十一娘的身边。

他风尘仆仆的……比以前黑些，也瘦了些，可精神却很好，望着她的目光炯炯有神："我们梳洗了，也好去给太夫人问安。"

不知道为什么，他的话让十一娘脸色微红，她轻轻地"嗯"了一声，和徐令宜肩并着肩跟在谨哥儿和英娘的身后。

"这么说，大表姐四月初八要去药王庙了?"谨哥儿叽叽喳喳地和英娘说着话，"我陪祖母去过好几次，那地方香火虽然不是最旺的，可东西却是卖得最好的。不像大相国寺，说的是檀香木的佛珠，实际上是用柳树做的。"

谨哥儿看似随意，眼角的余光却不时地朝着身后睃着，见娘亲安安静静地跟在父亲的身边，他不由长长地舒了一口气。果然是说得多，错得多啊！以后这个毛病要改一改才是。想到这里，他笑着问英娘："我不在府里的时候，都有什么好玩的?"

英娘想了想，笑道："三月三的春宴啊！那天很好玩……"

看见两人说得高兴，徐令宜和十一娘不由交换了一个目光。路过的丫鬟、媳妇、婆子纷纷给两人行礼。

脂红带着两个小丫鬟神色慌张地朝这边来，游弋的目光突然落在两人身上，几个人齐齐地松了口气。

"侯爷，夫人，六少爷，大表小姐!"她匆匆地行了礼，"太夫人知道侯爷回来了，正往这边来。奴婢们去正院报信，却没看见侯爷和夫人、六少爷……"

"知道了!"徐令宜沉声道，"我们这就回屋了!"

脂红屈膝行礼，带着小丫鬟走了。

徐令宜笑着瞥了十一娘一眼，好像在说，看，就是你啰啰唆唆耽搁了梳洗让太夫人找不到人……

十一娘横了他一眼,忍不住笑起来。徐令宜眼底的笑意更深,目光更明亮。

他们刚进屋,太夫人就到了。徐令宜和谨哥儿忙上前给太夫人磕头。

太夫人一手拉着儿子,一手拉着孙子:"回来就好,回来就好!"眼泪忍不住落下来。

"娘,父母在,不远游。"徐令宜眼角湿润,再一次跪到了太夫人的面前,"是我不孝,让您担心了!"

谨哥儿看了,忙跟着跪了下去。

太夫人弯腰搀了徐令宜,又含泪笑着吩咐谨哥儿起来,然后和徐令宜并肩坐在了临窗的大炕前,仔细地打量着徐令宜。徐令宜安静地笑望着太夫人,任由母亲打量。

"黑了,也瘦了!"太夫人说着,眼泪又落了下来。

十一娘忙递了帕子过去。

太夫人接过帕子,刚把眼泪抹干想说些什么,眼泪又落了下来。

"娘,我这不是好好的嘛。"徐令宜哽咽着说了这句话就说不下去了。

屋子里的人都跟着眼眶湿润,还有两个小丫鬟,捂着嘴无声地哭了起来。

"祖母,祖母!"谨哥儿突然跳到了太夫人的面前,"您看我瘦了没有,黑了没有?"他笑嘻嘻地站在太夫人面前,悲伤的氛围立刻被他打破。

太夫人哪里不知道这是孙子在逗她开心。

"哎哟哟!"太夫人又是泪又是笑地搂了谨哥儿,"我的乖乖,快给祖母看看!"不看还好,这仔细一看,太夫人不由色变,"怎么瘦成这副模样?难道这一路上都没有吃的?你们到底去了哪里?"说着,目光狐疑地望向了徐令宜。

"我们就是在嘉峪关走了走。"徐令宜忙道,"怎么会没有吃的——谨哥儿一顿要吃三个大炕馒。要不然,怎么又长高了。"

太夫人目光中还是带着几分质疑。

"是真的!"谨哥儿笑道,"措央说,我一个人一天吃了他们全家人的口粮。"

"措央?"太夫人不解地望向徐令宜。

"是谨哥儿在嘉峪关捡的一个孤儿。"徐令宜笑道,"和谨哥儿年纪相当,人很机灵,谨哥儿要把他带回来,我就同意了。"

正说着,徐嗣谆夫妻带着孩子过来了。

"父亲。"他恭敬地给徐令宜行礼,笑着和谨哥儿打招呼。

徐令宜和谨哥儿的目光都落在了乳娘怀里的庭哥儿身上。乳娘机敏地把庭哥儿抱到了徐令宜面前。

徐令宜笑着握了握庭哥儿白白嫩嫩的小手。庭哥儿已经会认人了,他眼睛瞪得大大

的,愣愣地望着徐令宜,十分可爱。

徐令宜也不由得欢喜起来。

谨哥儿则跑了过去:"给我抱抱!"

乳娘不敢迟疑,但目光却朝姜氏望去。姜氏犹豫着,朝徐嗣谆望去。

徐嗣谆根本没有注意到这些。他笑眯眯地望着谨哥儿,看谨哥儿笨拙地抱起了庭哥儿,哄着庭哥儿说话:"我是你六叔,你快叫六叔!"

庭哥儿眼睛眨也不眨地歪着脑袋望着谨哥儿。

十一娘忙过去抱了孩子:"庭哥儿还不会说话呢!"然后把孩子交给了乳娘,不动声色地支了儿子,"好了,快去洗洗。满身是泥的,别把庭哥儿给熏着了。"

谨哥儿嘻嘻地笑,跑到太夫人面前,"祖母,我去洗澡了。洗完了澡,去看我买回来的东西。您可别走了,可多好东西。"然后又像想起什么似的,对屋里的其他人道,"见者有份,走了的可就没了!"

太夫人连连点头:"好,好,好!我不走,我不走。"

大家都哈哈笑起来。悲伤的气氛烟消云散。

太夫人笑着拍了拍徐令宜的手:"你也还没有梳洗吧?快去换件衣裳。"然后吩咐十一娘:"让厨房做几道老四、谨哥儿喜欢吃的菜。今天我们就在这里用晚膳了。"

十一娘笑着应"是",迎面碰见了带着孩子的五夫人。还没有等五夫人开口说话,诜哥儿一下子蹿到了十一娘面前:"四伯母,六哥回来了?"

"是啊!"谨哥儿不在家,诜哥儿觉得不好玩,常常不知不觉就跑了过来,问谨哥儿什么时候回来。十一娘摸了摸他的头:"他正在洗澡,一会儿就好了。"

诜哥儿乖乖地应"是",待进了屋,却眼珠子一转,对太夫人道:"我去看看六哥怎么还没有洗完,可别掉到澡桶里了!"然后一溜烟地跑进了净房。

净房里响起一阵喧哗声。屋外的人都笑起来。

分东西,讲奇闻轶事……一直到徐令宽赶回来,又是一阵热闹。然后簇拥着在厅堂用了晚膳。莹莹和庭哥儿早就睡了,项氏和姜氏带着孩子回去了。徐令宜、徐令宽、十一娘、五夫人围着太夫人坐着,听徐令宜说离家后的行程。歆姐儿、徐嗣诫、英娘、诜哥儿和诚哥儿则在厅堂,一边低声絮叨,一边笑语喧阗,大年三十的热闹也不过如此。直到太夫人连打几个哈欠,大家这才要散。

徐令宜送太夫人回屋。

诜哥儿要留下来和谨哥儿睡。

"行啊!"徐令宽不以为意,"你们别打架就行!"

两个小家伙高兴得连连向徐令宽道谢,五夫人看着也忍不住笑了起来。

十一娘送大家出门,去给谨哥儿铺床。英娘跟在十一娘的身后,帮着递这递那。

谨哥儿凑过来问十一娘:"娘,我什么时候可以搬到外院去?"很期待的样子。

"你很想搬出去吗?"十一娘半是佯装,半是真心地板了脸。

"哎呀,也不是了!"谨哥儿忙道,"我就是问问。娘不是常常跟我说,未雨绸缪。我这不也是想提前做准备嘛。"

十一娘望着他隐含兴奋的面孔,不由感慨万千。儿子真的长大了……可他今年才十岁,这么早就搬出去,是不是早了点?她在心里嘀咕着,紧紧地揽了儿子的肩膀,半晌没有说话。

徐令宜回来的时候已是午夜。十一娘拥被坐在床头,还在等他。昏黄的灯光洒在她的身上,安静,温柔。

"不是让你早点睡吗?"在那种戈壁沙漠里走过一趟再回来看十一娘,细致得如骨瓷,他摸着她的脸,不由带了几分小心翼翼,声音也比平时柔和了几分,"怕我不回来?"他微微地笑,带着几分暧昧的调侃,轻轻地吻了她的面颊。

十一娘没有动。她明眸秋水般地望着徐令宜:"侯爷,您到底想干什么?"声音里带着毫不掩饰的担忧。

徐令宜愣住了。

"带着谨哥儿去蓟州,去大同,去宣同,去嘉峪关,还带回了苗人的头饰。"她紧紧地拽住了他的衣袖,"您别告诉我,您只是想让儿子去见识一番。"她的指头发白,"我让他识舆图,是想让他游历名山大川,可不是让他南征北战;我让他习武艺,是让他强身健体,不至于被人欺负,可不是让他带兵打仗,血溅十里。"她说着,觉得眼前的景象变得模糊起来,不由侧过脸去。

徐令宜见十一娘说着说着,突然泪盈于睫,不由愕然,继而低声地笑了起来。

"傻瓜!"他溺爱地把她抱在了怀里,"你想谨哥儿上战场,那也要有仗可打才行啊!"

十一娘微愣。

徐令宜已笑道:"皇上文韬武略。与建武年间相比,天下太平了很多。就算是在福建,朝廷数年间虽然损兵折将,却也不至于像十几年前,被人直逼城下。至于西北和苗疆,偶有剽劫,各卫所用兵则散,用不着朝廷下诏动用五军都督府的将领。哪里还有仗可打?"他微微叹息,半是欣慰,半是感慨。

欣慰,是因为黎民百姓再不用受战乱之苦;感慨,是因为那样的热血岁月永远不会再有了吧?十一娘神色微缓,挣扎着坐了起来,正色道:"别的地方我不知道,可西北已经平静十几年了。那地方物贫地瘠,生活艰难。他们瞧着嘉峪关内就如瞧着嘴边的一块肥肉似的,不可能就这样眼睁睁地看着不咬一口……一年不动,两年不动,难道十年、二十年也不动?"算算日子,谨哥儿到时候正当年,她语气里就带了几分不快,"侯爷是朝廷重臣,连我这样的内宅妇人都知道的事,您不可能不知道吧?"

徐令宜很意外,笑望着十一娘"啧啧"道:"看不出来啊!你还有这样的见识,比我强多了。"用调侃的口吻打趣着她,想缓和一下十一娘紧绷的情绪。

如果是平时,十一娘可能还会和他开开玩笑,可这关系到谨哥儿的未来……十一娘瞪着徐令宜:"侯爷少和我打马虎眼!"

徐令宜望着她板着也不见一丝凶狠的脸,哈哈大笑起来。

十一娘眉头微蹙。

徐令宜见她神色间又添了几分不悦,知道她是动真格的了,慢慢地敛了笑容,斟酌了片刻,低声道:"皇上春秋鼎盛,我也能吃能睡。如若再过二十年……或是新皇登基……你就别担心了!"

十一娘立刻明白过来。十三年前徐令宜对西北的那场战争给西北留下了深刻的印象。只要皇上和他还活着——前者作为决策人在拿到了对西北的话语权后就更不可能容忍西北的进犯,后者作为执行者还能上阵杀敌统领大军,那些人就只敢在边关小打小闹一下。

可什么都是有时间限制的。若干年以后,又是一代人了,而且徐令宜也老了。对于传说中的那场战争,也就不那么畏惧了。或者是皇上驾崩了,新皇还没能指挥若定地驱使群臣,就是西北进犯之时……

从现在看来,皇上连伤风咳嗽都没有过,太子还不知道要等到什么时候。二十年……还有很久。

尽管如此,她还是听出了些别的意思。军营里强者为尊,不管是有谋略还是有拳头,只要你够强。徐令宜对谨哥儿的这些培养,正是朝着这个方向在努力。

"侯爷已决定了让谨哥儿走恩荫了吗?"她问徐令宜,"可您想过没有,西北总有一天乱起来,就算他以后在西山大营,万一皇上要御驾亲征,他也得跟着随行。"说到这里,她不由抿了抿唇,"君子不立危墙之下。我不管侯爷是怎么想的,我是绝对不会同意的!"

她这样坚决,是从来没有的。

"十一娘!"徐令宜笑着去抱她,"你别这样!"

十一娘推开他:"侯爷不要多说了。我明天就去找大哥,让大哥给谨哥儿找个西席过来,以后谨哥儿跟着新的西席先生读书。以他的聪明,说不定还能考个举人、进士之类的呢!"然后背过身去,钻进了被窝里。

"十一娘!"徐令宜贴了过去,"有什么话,我们好好说,嗯?"他轻轻地摇了摇她的肩膀。

"有什么好说的！"十一娘心里有气，"道不同，不相为谋。"

"十一娘！"徐令宜将了将她散落在枕上的青丝，"我知道你担心谨哥儿，难道我就不担心？你说的这些，我都仔细地想过了。要是谨哥儿没有将帅之才，我还一厢情愿地把他送到军营里去，那不是疼他，是害他。"说到这里，他不由兴奋起来，声音也略高了些，"十一娘，你都不知道我们谨哥儿有多厉害。他六岁的时候，我只是随便地说了两句，他就能看懂舆图了。我领兵这么多年，还从来没见过。要说我六岁那会儿，随娘去宫里给皇后娘娘问安都会走丢……而且庞师傅教他练内家功夫，别人半天也不知道丹田在哪里，他听了一遍就知道了……十一娘，我们谨哥儿有天赋……"

十一娘猛地转过身来。徐令宜避之不及，差点被磕到了下巴。

"赵括没有上战场的时候大家都说他有天赋！"十一娘冷冷地望着徐令宜，"霍去病没上战场之前，大家也都说他有天赋！"

前者是因为纸上谈兵战死，后者是早殇的天才。

"十一娘！"徐令宜苦笑。

十一娘冷"哼"了一声，又转过身去，再次留给了他一个背影。徐令宜望着那玲珑的曲线，无奈地笑着摸了摸头。半晌，估计她的气消了些。这才轻轻地凑了过去，低声喊着她的名字："默言！默言！"

十一娘没有作声。徐令宜的手轻轻地落在了她的肩头。

十一娘没有动。徐令宜不由松了口气。

"默言，"他在她耳边轻声道，"我自己南征北战，不知道见过多少惨事，有谁比我更清楚战事的无情？当初，我不领军南下也不是过不出日子来，可我宁愿置生死于一线也要去搏个前程，无非是想让家里的人好过些，我的孩子以后不用像我这样辛苦，能躺在前人的功劳簿上安安逸逸地过小日子。谨哥儿是我们盼星星盼月亮盼来的儿子，是我看着从一点一点长这么大的儿子，我看着他不痛快，比我自己不痛快还闹心；我看着他高兴，比我自己高兴还快活，又怎么舍得让他去吃我吃过的苦？"

说着说着，徐令宜感觉到十一娘紧绷的肩膀渐渐松懈下来。他精神一振。

"你不也说过，我们比父母的路长，孩子又比我们的路长。他们小的时候，我们正年富力强，能为他们遮风挡雨。等我们老了，就算是想护着他们，也没有了这个精力和能力。所以趁着我们还年轻的时候，一定要教会他们生存的本领。等我们老的时候，他们也不至于因为没有了人庇护而潦倒落泊。

"你这话，我是很赞成的。谨哥儿从小就活泼好动，你狠狠地教训了他之后，他突然间有些畏手畏脚起来，人也变得怏怏的。我当时就是想让他散散心。借口保定马场有事,带着他出去转了转。"他说着,语气一顿,"你都不知道,我看着他离燕京越远,就越像是被太阳晒蔫了的小禾苗遇了雨似的一天天精神起来,我心里……"他不知道该怎样形容,沉默了下来。

十一娘没有说话,本已松懈下来的肩膀却又僵硬起来。

"默言!"徐令宜宽大温暖的手窸窸窣窣地伸进被窝里,握住了她的手,"那是我们的儿子……"他的声音有些哽咽,"我不想看到他垂头丧气的样子……我想他昂首挺胸地活着,潇洒豪放……纵然没有了我的维护,也能经得起风雨,不怕雪霜,傲然屹立!"

十一娘的身子微微地颤抖着。徐令宜从背后抱了她,如珍似宝般地亲吻着她的鬓角。

"默言,你要相信我,我不会乱来的。现在谨哥儿还小,先打基础,等他大一些了,我把他送到军营里去。要是他能行,我们再打算。要是他不喜欢……"说到这里,他声音突然低了下去,细如蚊蚋,"新皇登基,必定会诰封母族……默言,到时候,我争也会为谨哥儿争个爵位回来的……你放心!"

屋子响起细细的嘤嘤声。

"默言,默言。"徐令宜的声音有些慌张,"别哭,嗯,别哭。"他扳过她的身子,"你相信我,我都有安排的。"

相信吗?她就是相信徐令宜,所以才担心。他的隐忍,他的坚韧,他的果断,他的冷静,他的老谋深算,都是一件事成功的必然条件。如果他下定了决心,十之八九会成功。可她不愿意谨哥儿有一点点的危险。

"我不想谨哥儿恩荫,我不想谨哥儿恩荫。"她知道自己这样有点无理,可她就是想这样无理一次,"反正我不同意。谨哥儿为什么非要走恩荫这条路,他就不能想干什么就干什么……"

"好,好,好。"徐令宜像哄孩子似的哄着她,"我们谨哥儿想干什么就干什么。你别哭了,嗯?小心伤了眼睛。"

他不说还好,他一说,十一娘更觉得委屈,放声哭了起来。

第二天,谨哥儿和诜哥儿兴高采烈地来给十一娘和徐令宜问安,感觉屋里的气氛怪怪的。娘亲看也不看爹爹一眼,和他们说话的时候虽然笑吟吟的,可总觉得有点勉强。爹爹呢,坐在一旁,不时地瞥娘亲一眼,好像有什么话要说又找不到机会说似的。

诜哥儿就悄悄拉了拉谨哥儿的衣袖:"四伯母和四伯父肯定拌嘴了。"

"不可能!"谨哥儿凤眼瞪得大大的,"我爹和我娘从来不拌嘴!"

"嘿嘿嘿!"诜哥儿胸有成竹地笑道,"这你就不知道了,我爹和我娘拌嘴的时候就这样。"

谨哥儿眼底露出些许的狐疑:"真的?"

"真的!"诜哥儿保证道,"不过,通常是我爹笑眯眯地和我们说话,我娘在一旁看我爹的眼色。"

诜哥儿说得那样肯定,谨哥儿不由仔细地打量自己的父母。谁知道眼睛刚瞥过去,就被母亲逮了个正着。

"谨哥儿、诜哥儿,你们吃好了没有?"十一娘语气温和地问他们,"要是吃好了,我们一起去清吟居看看,你们觉得怎样?"

"好啊,好啊!"两个人异口同声地道,一个低了头扒了碗里最后一口粥,一个把最后一小块馒头塞进了嘴里。

十一娘看也没看徐令宜一眼,领着两个孩子去了清吟居。

"好大的院子。"诜哥儿在宽阔的院子里跑来跑去,一会儿瞅瞅挂在正屋的匾额,一会儿瞧瞧影壁上用青石雕着的大大的"福"字,然后正色地对十一娘道,"四伯母,我要住在六哥的后面。"

清吟居后面是双鲤轩,两个院子的大小、布局都是一模一样的。前者的院子里种了两棵梧桐树,取名清吟居;后者的院子里有小花池,花池里立着一对人高的大锦鲤石雕,取名双鲤轩。

没等十一娘开口,谨哥儿已高兴地道:"到时候我从后门就可以直接到你那里,你也可以从后门直接到我这里了!"

诜哥儿直点头:"我晚上就可以去你那里玩了,不管晚到什么时候都没有人管……"

话没有说完,谨哥儿已大急,一面朝着诜哥儿眨眼睛,一面悄悄地指了指站在一旁的十一娘。

诜哥儿恍然,眼珠子都没有转一下,已转移了话题:"我们可以一起温习功课,一起习武。"然后一拍脑袋,大声道:"对了,庞师傅不是说让我们有空的时候多对招吗?这样对敌的时候就不会因为没有经验慌手慌脚的。"

"是啊,是啊!"谨哥儿忙附和,"长安的武艺也不错,可他这个人太呆板了,让他和我对招,简直像是要他的命似的。黄小毛和刘二武又太次了,三下两下就被我收拾了。还是我们兄弟对招有意思。"然后对十一娘道:"娘,我和七弟都开始练拳了,要不要我们练给您看看?"

跟在他们身后的丫鬟个个想笑又不敢笑,强忍着低下头去。十一娘昨天晚上赌气没理徐令宜,今天早上起来心里更是空荡荡的,情绪低落。两个孩子的稚气如早晨的第一缕阳光,驱散了她的阴霾,让她忍俊不禁。她一手揽了谨哥儿的肩膀,一手揽了诜哥儿的肩膀,笑道:"你们两个,别在这里给我睁着眼睛说瞎话了。"

两个小家伙讪讪然地笑起来,一行人去了内室。内室西边的粉墙上镶了一整面多宝格架子,非常地醒目。

十一娘笑着指了道:"到时候你的那些小玩意都可以放在这上面了。"

谨哥儿欢呼一声,跑过去瞧,还在那里琢磨着:"这个地方放我的桃木剑,这个地方放我的陶俑,这个地方放我的头盔……"显得非常地兴奋,和诜哥儿跑到书房里看。东边是一个能看到月亮的窗,糊了茜红色的纱窗,外头碧绿色翠竹,窗下挂着个鎏金的空鸟笼。

"好看,好看!"谨哥儿和诜哥儿一个跑去看窗外的竹子,一个在鸟笼下张望,"六哥,到时候养只鹦鹉。"

"鹦鹉有什么好的。"谨哥儿不以为然,"要养就养一对黄鹂。"

"还是鹦鹉好。"诜哥儿反驳道,"读书读累了,一抬头,教鹦鹉说几句话,多有意思。黄鹂就只会叽叽喳喳地叫。"

"黄鹂是叽叽喳喳地叫吗?"谨哥儿撇了撇嘴,"叽叽喳喳叫的是麻雀好不好?"

"我不知道麻雀是怎么叫的,"十一娘不由打趣道,"但我知道谨哥儿和诜哥儿在一起是叽叽喳喳的。"

"娘亲!""四伯母!"

两个孩子拉着十一娘的衣袖撒着娇,大家说说笑笑地去了后院。

一进一进地逛完,已到了用午膳的时候。十一娘和孩子们去了太夫人那里。

太夫人正歪在炕上和杜妈妈说话,看见谨哥儿和诜哥儿,精神一振,忙喊脂红"把前几天宫里赏的樱桃、桃子、李子都拿出来",拉着两人的手:"去哪里了?怎么额头上还有汗?"

"去了清吟居。"两人七嘴八舌地说着,太夫人一面听着,一面接过丫鬟手里的帕子给谨哥儿和诜哥儿擦了后背。待脂红端了果盘上来,太夫人让两个孩子上了炕,一人递了个削好的桃子,见两人安安静静地吃起来,这才笑着和十一娘道:"选好搬家的日子了没有?"说着,递了一个李子给十一娘。

"还没有呢!"十一娘接过李子,坐到了太夫人下首的太师椅上,"正想和娘商量个吉日。"

太夫人点头:"老四怎么说?"

管他怎么说。十一娘腹诽着,却笑着对太夫人道:"这件事,自然要听您的!"

太夫人也觉得自己有经验,当仁不让,吩咐杜妈妈去拿了皇历进来:"四月十二,你看怎么样?四月二十四也好。要不,就要到五月间了。"

"那就五月间吧!"十一娘笑道,"先前没有想到他们会这么快回来,像鞋拔子、扫床的扫子这样的小东西都还没有准备妥当。四月十二太急了些,四月二十六又是您的生辰。还是在五月份选个日子吧。要是没有合适的,六月也行啊。"

两个人在那里商量了半天,终于定下了六月十四日搬家。

太夫人问起谨哥儿屋里的安排来:"我看那阿金不错,不如升了二等的丫鬟在谨哥儿身边服侍。"

"您和我想到一块儿去了。"十一娘笑着,和太夫人把这件事给定了下来。

用了午膳,五夫人来找儿子了。十一娘和五夫人服侍太夫人歇下,说起歆姐儿的婚事,一起去了五夫人那里。

谨哥儿和诜哥儿喜出望外,一起去歇了午觉。十一娘和五夫人说了会儿话,在她那里歪了一会儿,下午和五夫人去了五夫人的库房帮着歆姐儿挑陪嫁。

两个孩子下午玩得不亦乐乎,眼看着太阳下了山,诜哥儿跑来求十一娘:"四伯母,您就在这里用晚膳吧!我们家有新鲜的鲫鱼。"实际上是想留了谨哥儿。

一向有些过分客气的十一娘这次很爽快地笑着说好,别说是诜哥儿了,就是五夫人也有些意外。想到今天下午两人为歆姐儿的事说得愉快,她并没有多想,吩咐厨房做了一大桌子菜招待十一娘母子。饭后,一起去给太夫人请安,遇到了带着孩子的徐嗣谆夫妻和项氏,不一会儿,徐嗣诚、徐令宽和徐令宜陆陆续续也来了。大家笑语盈盈,到了亥初才散。

谨哥儿牵了父亲的手走在前面,说着自己的院子:"把后院西厢房做了库房……后院种了一片竹林,甬道上铺的是白色的石头……双鲤轩有个小花池。我想在东厢房门口搭个葡萄架,葡萄架下放个大缸,养睡莲和金鱼……"

十一娘不紧不慢地跟在他们五步远的地方,一起回了屋。

谨哥儿给父母行了礼,跟着红纹去歇息了。

徐令宜一抬头,十一娘已进了净房。从早上出门,到晚上才见着。他笑着摇了摇头,神色间半是无奈,半是怜爱。

十一娘出来的时候,徐令宜倚在床头的大迎枕上看书,见她出来,笑着:"梳洗完了?"

"是!"她简短地应着,目不斜视地上了床,从床尾绕过徐令宜在床内侧躺下,拉着被子就闭上了眼睛。

"十一娘!"徐令宜叹了口气。

"侯爷有什么事明天再说吧!"十一娘翻身,背对着他,"明天还要安排去药王庙的事呢!"

徐令宜望着大红被子里裹得像茧蛹般的妻子,哑然失笑。

第二天，姜氏和十一娘商量去药王庙的行程："随从四十人，马车十四辆。太夫人和杜妈妈坐一辆，由脂红和玉版服侍着，另外还带两个妈妈、四个丫鬟、两个粗使的妈妈。二伯母和结香坐一辆，带两个妈妈、两个丫鬟。"说着，拿出了个册子，"这是三井胡同那边的安排……"

姜氏把徐府做夏裳的差事办完，十一娘又把四月初八出行的差事交给了她。

十一娘细细地听了她的禀告，觉得安排得很合理，没有什么纰漏，点了点头："就这样吧！太夫人屋里的杜妈妈年纪大了，平时都要小丫鬟服侍。这一路上的事，你和琥珀商量着办吧。"

姜氏恭敬地应"是"，见十一娘没什么话说了，起身告退。

十一娘问琥珀："谨哥儿呢？"

"在屋里清东西呢！"琥珀笑道，"说是怕搬家的时候手忙脚乱。"

十一娘气结。她舍不得他，他倒时时刻刻惦记着外面的世界。

"你帮我拿一床褡子来。"十一娘让小丫鬟把炕桌搬走，"我有点累，在这里靠一下。"

侯爷回来了，本是件高兴的事，可不知道为什么，夫人不仅没有一点高兴的样子，好像还避着侯爷。

琥珀心里嘀咕着，动作越发地小心翼翼，蹑手蹑脚地把拿来的大红锦缎的褡子搭在她的身上，轻轻地带上了槅扇门。

十一娘在心里数着小绵羊，拒绝去想明天的事。不知道过了多久，竟然睡着了。

蒙蒙眬眬中，好像听到有人在小声地说话。

"可能是累着了……没事……我在这里看着……你去吧……要是有什么事，我就让小丫鬟去叫你。"

声音爽直，虽然刻意压低了，可相比十一娘身边服侍的人来说还是显得有些洪亮。

是英娘。十一娘不由睁开了眼睛。

屋子里很明亮。

英娘侧着身子，乌黑的头发绾了个纂，穿着湖色的夹衫、靛蓝色的素面湘裙，耳朵上坠着赤金柳叶耳坠，远远望去，金光闪闪，如遗落在世间的一簇阳光。

她的对面站着比她高一个头的徐嗣诫。他穿了件茄紫色的杭绸方胜纹的直裰，秀气的眉峰紧紧地蹙在一起，清澈的眸子里满是担忧。

徐嗣诫和英娘陪着十一娘说了半天的话，又等谨哥儿下学一起用了午膳。下午，徐嗣诫和谨哥儿去上学了，十一娘和英娘挑选去药王庙穿的衣裳首饰。晚上，大家一起围着用晚膳。

徐令宜回来了，看见一屋子的人，他很是意外。

"爹爹,您回来了?"谨哥儿第一个跳了起来,喜滋滋地迎了上去。

徐令宜笑着揽了儿子的肩膀,十一娘这才站起来:"侯爷用了晚膳没有?要是还没有用,我让厨房加几个菜吧。"

她笑吟吟的,看上去和平时没有什么两样。可熟悉的人还是看得出来,她的目光很清冷。

徐令宜不由苦笑。

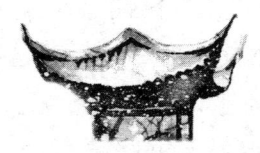

第九十五章　将展翅雏鹰欲凌空

曲终人散。

徐令宜问坐在镜台前卸妆的十一娘："还生气?"

十一娘没有作声。她动作优美地绾了个纂,"侯爷先歇了吧!妾身去看看谨哥儿。"说着,径直走了出去。

徐令宜望着妻子的背影,摸了摸头。

谨哥儿还没有睡。屋子里点了一盏瓜形羊角宫灯。他穿着白色松江三梭布中衣,正和丫鬟在那里收拾东西。

"不外是些金银珠宝、玉石翡翠之类的东西。"他吩咐红纹,"你们照着账册上的收起贴了封条就是了。这些是我淘回来的,到时候都要摆到多宝格架子上的。"

"可、可这是双靴子啊!"阿金为难地道,"有谁把靴子摆到多宝格的架子上去?"她看着那双笨重的黑色素面及膝长筒皮靴,小声嘀咕,"做工又粗糙,别说是镶金嵌玉了,就是连花纹也没有绣一个……我们家外院当差的小厮穿的靴子也比这精致啊!"

"你懂什么!"谨哥儿上前抢过靴子抱在了怀里,"这是关外胡人穿的,燕京根本就没有。"他指着那靴子,"你看这面子,可不是什么羊皮、狗皮,是牦牛皮。你再看这毛,是绵羊毛,又浓,又密。"

阿金从小就在谨哥儿屋里服侍,谨哥儿又不是那种跋扈的孩子,没有了大人在场,他们说起话来也没有那么拘谨。

"难道比貂毛还好?"她不服气地道。

和十一娘静静站在门口注视着内室的琥珀闻言上前两步就要呵斥,听到动静的十一娘已做了个"别作声"的手势。

琥珀不由朝十一娘望去,厅堂昏黄的灯光停驻在了墨绿底绣着玉簪花的百褶裙边,她的脸融化在光线不明的黑暗中,一双眼睛却闪闪发亮。琥珀心里咯噔一下,只觉得千言万语都凝结成了冰,让她不敢造次。

谨哥儿从高柜里翻出一件黑色貂毛的马甲。

"你把手捂在毛皮上看看,是我的靴子暖和还是这貂毛暖和。"

阿金就真的把手伸了进去。

谨哥儿得意扬扬地望着她："怎样？"

"自然是貂毛暖和！"阿金道。

谨哥儿的脸都绿了："不和你说了！"

阿金嘻嘻笑。

一直弯着腰帮谨哥儿收拾乱七八糟小东西的红纹抬起头来："六少爷，"她也觉得有些不合适，"这靴子这么大，您一时半会儿也用不上，放左多宝格架上有灰，还不如暂时收起来，逢年过节有亲戚朋友来家里串门的时候摆一摆，您还可以和他们说说您去嘉峪关的事呢！"

"我又不是为了显摆。"谨哥儿颇不以为然却又沉思了片刻，突然把靴子递给了红纹，"不过你说得也有道理，帮我收起来吧。"然后认真地叮嘱她，"你可要收好了，别让虫把毛给蛀了。"

红纹笑着应"是"，找了块红色的绸布包了："放在香樟木的柜子里，您看可好？"

"还要在账册上记一笔。"谨哥儿想了想道，"我长大了还准备穿着它去关外呢！"

"你很喜欢西北吗？"十一娘柔柔的声音突然在屋子里响起，谨哥儿主仆三人这才发现站在门口的十一娘和琥珀。

"娘！"谨哥儿高高兴兴地跳下了炕，"这么晚了，您怎么还没有睡？"

"我来看看你！"十一娘笑着进了屋。

红纹和阿金忙点了灯过来。屋里明亮起来。十一娘笑语盈盈，表情温柔。

谨哥儿把母亲拉到了炕边坐下，从小丫鬟手里接过茶盅捧给了十一娘。

十一娘只望着谨哥儿，又问了一遍："你很喜欢西北吗？"

"嗯！"谨哥儿点头，笑着坐到了母亲身边，"那里可以骑马，可以射箭，可以打猎，可以放鹰，可以唱歌，还有蓝蓝的天，青青的草，白色的小绵羊……"

"我可没瞧出有什么好的。"十一娘用力摸了摸儿子的头，笑道，"你在家里还不一样地骑马、射箭、唱歌？难道我们家的天是黑色的，草是红色的？"

"那不一样啊！"谨哥儿笑道，"西北是一望无际的黄色土坡，纵马其间，会让你觉得人很小很小，天地很宽很大，你可以想怎么跑就怎么跑。哪里像在燕京，能围着马场跑两圈就不错了，想都别想在大街上跑马了。在西北射箭，拉满弓，箭嗖地射出去，不管射没射中，都有意思。而在家里，要小心翼翼对着箭靶不说，那箭要是略微射偏了，心里就要犯嘀咕了，生怕射着丫鬟、婆子或是把家里的瓷瓶器皿之类的打破了。"他说着，挥了挥手，一副特别没劲的样子，"上次爹爹带我去打猎，那什么獐子、獾啊的，都是养的。护卫把它们赶到山里头，它们就那样懒洋洋地、傻傻地被我们射……"他说着，想起什么似的神色一振，高声喊着"娘"，露出颇带几分神秘的表情，突然压低了声音，"上次我们去嘉峪关的时候,嘉峪关的总兵特意带我们去打猎了。可不像我们这里,而是骑着马到草原上去,要先找到水源,那些斥候趴在水边看脚印,然后猜测是什么猎物,有多少,什么时候在那里喝了水的,大家再商量着怎么狩猎,可有意思了。"他的笑容越来越深,越来越灿烂,"娘,那里的草可不像我们家后花园的草,稀稀拉拉地长在花树下或是路边,它们是一大片一大片的,齐我的肩膀,坐在马上望过去,没有个边际。风吹过的时候,像浪似的,一波一波的,还可以看见吃草的白色羊群,可漂亮了!"

十一娘望着儿子渴求的目光,揉了揉儿子的小脑袋,笑道:"那是你去过的地方太少了。"

谨哥儿有些吃惊地望着母亲。

"你还没有去过江南吧?"十一娘道,"江南也很有意思的。那里物产丰富,像你身上的中衣,我们夏天吃的水八仙,冬天吃的山八珍,还有你写字用的湖笔,喝茶用的紫砂壶,做门帘子的湘妃竹,雕红漆的匣子,甚至是妈妈们的假髻,都是从江南来的。那里还有金华酒、滕王阁、茅山书院……"

"我知道,我知道。"谨哥儿突然打断了她的话,"江南还有龙泉宝剑!"

十一娘愣住。

"范叔父的书房里就挂了把龙泉宝剑。范叔父说,是皇上赏的,削铁如泥,还让我试了试。"他说着,拉了拉十一娘的衣袖,"娘,您跟爹爹说说,等我大些了,也买把龙泉宝剑行不行?"又道:"到时候我挂着去西北,肯定很多人都眼红。"

她说了那么多,他却想着要怎样弄一把龙泉宝剑挂着去西北。

"那你就不想去江南坐乌篷船、吃螃蟹、逛普陀山?"十一娘柔声问他,"不想去你二哥读书,你四嫂长大的谨习书院看看?"

"坐乌篷船、吃螃蟹就不用了。"谨哥儿笑道,"那乌篷船小小的,晃动几下就要翻了似的,哪有三层的官船稳当。螃蟹也是年年都吃,没什么稀罕的。倒是普陀山,我很想去看看。我听人家说,普陀山在海外,山上的寺庙是用金子做的,太阳升起来,金光闪闪的,在岸上望去,像蓬莱仙境似的,是神仙住的地方。我不相信,不是说'普天之下,莫非王土'吗?燕京是京城,京城都没有金子做的庙宇,难道那普陀山比京城还好不成?如果能成,谨习书院也是要去的。"他眼底闪烁着几分顽皮,"娘,您说,二哥要是突然看见我,会不会很高兴?"

他要去普陀山,是要去看看传闻是否真实;他要去谨习书院,是想看徐嗣谕惊喜的表情。十一娘轻轻地叹了口气,把儿子紧紧地搂在了怀里:"时候不早了,你早点歇了吧!这些东西明天弄也不迟。六月份才搬家呢。"

谨哥儿点头,笑道:"娘,我不全是为了搬家才收拾东西的。我是想把这些东西拿出来玩玩。"

他是真心地喜欢吧？十一娘轻轻放开了儿子："知道了。快去歇了吧！"

谨哥儿笑着上了床，拉了她的衣袖："娘，你给我讲个故事吧！你好久都没有给我讲故事了！"还撒着娇。

十一娘心有感触，道："你不在家，娘就见不到你了。"

谨哥儿嘻嘻地笑："我出去玩几天就回来了，娘就又可以见到我了。"

十一娘摸了摸儿子的面颊："你想听什么故事？"

"讲冠军侯的故事！"谨哥儿想也没想，立刻道。

冠军侯，是霍去病。

"好！"十一娘和儿子一起窝在床头的大迎枕上，轻声道，"从前有个人，叫霍去病……"

徐令宜在屋里等了很久都没有等到十一娘。不会是见都不愿意见他了吧？想到这里，他不禁长长地叹了口气，撩帘出了内室。门外月朔星稀，空气中浮动着玉簪花的香味。

十一娘支肘靠在美人倚上，望着西厢房屋檐下摇曳的大红灯笼发着呆。红彤彤的灯光照在她光洁如玉的脸上，静谧而美好。

"这么晚了，怎么不回屋去？"徐令宜脱了直裰披在她的肩膀上，"晚上的风还有点凉。小心受了风寒。"

十一娘转过头来，漆黑的眸子沉静如水："让谨哥儿跟着我大哥去一趟江南，行吗？"

"好！"徐令宜没有丝毫的犹豫，立刻答应了。

他的爽快让十一娘有点惊讶，要知道，谨哥儿长这么大，还从来没有离开过徐令宜的视线，就是她，也是考虑两天才做的这个决定。

"我明白你的担心。"徐令宜凝视着她，"有时候，我也会害怕，怕我做的决定是错的，怕我一厢情愿高估了谨哥儿的天赋，怕谨哥儿的欢喜雀跃只是一时的好玩。可我更怕他是一只被我们当鹅养了的老鹰，想要飞的时候飞不起来，别人却偏偏把他当成老鹰来收拾……"他的眼角有水光闪烁。

十一娘的眼泪却无声地落了下来。她又何尝不是如此地矛盾……希望孩子能凭着自己的品行获得世人的尊敬，又希望他不要吃太多的苦，走太多的弯路，体会太多的沧海桑田。

"让振兴带着他去江南看看吧！"徐令宜用衣袖帮十一娘擦着眼泪，"至少他知道了江南烟雨与大漠风沙的不同，知道这世间还有另一种风景。"他说着，突然笑了起来，"说不定他突然想看看这世界有什么不同，决定长大了去辽东呢。"

如果是这样……十一娘想想也觉得好笑,嘴角就有了浅浅的笑意。

"干吗总想着我们的谨哥儿会去那种偏僻的地方啊?"她嗔怪道,声音却缓和了不少,"说不定我们谨哥儿决定留在杭州不走了!"

"杭州也不错啊!"徐令宜不为以意,"上有天堂,下有苏杭。何况江南的货物都由杭州北上,漕帮的总舵就设在那里。不说别的,仅漕帮每年打点的银子,就够巡检司吃香的喝辣的了。巡检司的职位是小了点,可实惠啊!"

巡检司的设置、裁撤、考核皆由兵部掌管。

"您怎么一天到晚就惦记着谨哥儿进军营啊!"十一娘为之气结,"您刚才还说让大哥带着谨哥儿走一趟江南,怎么话音还没有落,心思就放在了巡检司上了?我宁愿我们谨哥儿去西山大营也不会让他去巡检司。遇到了过往的船只就像大爷吃三喝四人家孝敬,遇到了上峰就低头哈腰巴结奉承……"她前世就瞧不起那些拦路设卡的。

"原来你瞧不上巡检司啊!"徐令宜听着皱起了眉头,"离杭州最近的就只有……漕运总督府了……它在淮安。不过,漕运总督是正三品,一开始就要做漕运总督……有点困难!"说着,还轻轻地摇了摇头,一副十分为难的样子。

要是这样十一娘还不知道徐令宜是在打趣她,那就太木讷了。

"谁要做漕运总督了!"她甩了他的手,"我都不知道吏部什么时候成了侯爷的囊中物了!"

徐令宜哈哈大笑,柔声问她:"心情好点了没有?"

这样一闹,先前闷在心里的气消了,心情自然好了很多。想到这两天他一直找机会和她说话她视若无睹不说,他说一句,她还刺两句……十一娘觉得自己太小家子气了,不由神色微赧:"我也知道我应该好好和侯爷说说,不应该只顾着置气……"

"现在不是在好好说话吗?"没等十一娘说完,徐令宜已道,"再说了,你不和我置气,和谁置气去?"

十一娘愣住,望着他含笑的眸子,心里又酸又甜,一时语噎。

徐令宜却突然道:"对了,诚哥儿的事,余杭那边有信来没有?"

"哦!"十一娘忙道,"还没有。不过,算算日子,这两天应该有信来。"

徐令宜点了点头,神色渐正:"那就等余杭那边来了准信,我帮振兴到吏部去请个假,借口送英娘回余杭带着谨哥儿去一趟江南。至于怎样安排……"他想了想,"我会跟振兴说清楚用意。然后给项大人写封信,他的旧友同僚多,以振兴的名声,他再关照一二,正好让谨哥儿见见这江南官场的模样儿。"

十一娘觉得这主意好,只是担心罗振兴:"这样的话,要很多的工夫吧?会不会耽搁大哥的前程?"

"他现在也就是熬资历。"徐令宜笑道,"正好趁着这个机会出去走走,说不定还会有意想不到的收获。"

也是。这一路结交,先且不管投缘不投缘,至少混了个脸熟。

"如果时间允许,最好能带谨哥儿去白鹿洞书院、茅山书院这样的地方转转,"她沉吟道,"让他看看别人是怎样读书的,感受一下书院的精粹。"

"行啊!"既然已经决定了,索性就好好安排安排,徐令宜道,"你看还要去哪些地方的,商量好了,我也好去跟振兴说!"

"我主要是想让他见见江南的读书人,多的我还没仔细想过,不知道侯爷有什么见解?"

"既然你想让他见见江南的读书人,定居富阳的理学大师王伯洲王先生那里,就不能不去一趟。我记得王励的老师和王伯洲是世交,我明天请王励写封信,到时候让振兴带着……"

夫妻俩并肩挨坐在美人倚上低低私语,不远的玉簪花丛里偶尔传出几声虫鸣,夜晚显得那么安静而祥和。

过了太夫人的生辰,余杭那边的信来了。

有了罗振兴的那番话,罗家应允了婚事也就不那么让人吃惊了。

太夫人喜笑颜开,催着十一娘:"那就早些把日子定下来。诚哥儿也好安安心心地读书,你也有个人做伴。"又叮嘱杜妈妈:"英娘如今还住在我们家里,你们可千万别漏了口风。臊了孩子不说,要是有什么闲言碎语传出去,我可是决不轻饶的。"

"您放心!"杜妈妈见太夫人心情好,捏了嘴巴做着怪样儿逗太夫人开心,"我保证一个音也不漏。"

屋里并没有别人,太夫人和十一娘都笑了起来。

"大哥的意思,他想请几天假,一来是回去看看,二来把英娘送回去,等他从余杭回来,再正式议亲。"十一娘笑道,"我想着两个孩子都不大,特别是英娘,还没有及笄,我四嫂肯定舍不得。等大哥回来再议亲也不迟,您看怎样?"

"你们做主就行了!"太夫人笑道,"我准备好红包只等着喝孙媳妇的茶就行了!"

过了端午节,英娘回余杭了,一起走的还有谨哥儿。

十一娘隔着马车的绿纱看着大船缓缓地驶离了通州河的码头,一直强忍着的眼泪落了下来。

"有庞师傅跟着,那些护卫又都是精挑细选的,手上还有我的名帖,不会有什么事的。"徐令宜揽了妻子的肩膀安慰她,"谨哥儿过年的时候就回来了。七个月,一眨眼就过

去了。"

十一娘点了点头,擦干了眼泪,红着眼睛道:"我们回去吧!"鼻子不通,说话还有点瓮声瓮气的,语气却很坚定。

既然做了决定,就不再犹豫、迟疑了。徐令宜感觉到了她的变化,眼底闪过一丝欣慰,温声道:"昨天在客栈和谨哥儿说了大半宿的话,你靠着我睡一会儿吧!"

十一娘也的确有些累了,她闭上了眼睛,在单调的车轮声中,很快睡着了。

不知道过了多久,她突然醒来。马车停了下来,她还在马车里,四周没有什么声响,大红灯笼的烛光透过马车的窗户射进来,徐令宜静静地坐在那里帮她打着扇。

"醒了?"他笑道,"饿了吧? 我们下车用晚膳去。"说着,丢下扇子撩了车马的帘子,"这里是东升客栈,我们在这里歇一天,明天一早赶路,黄昏时分就能进燕京城了。"一面说,一面朝她伸手。

十一娘握着他的手下了马车,这才发现马车停在一个小小的院落里,院落里没有一个人,静悄悄的。

"谆哥儿和诫哥儿呢?"两个孩子和他们一起来送谨哥儿。

"我让他们先回去歇了!"徐令宜领着她往正房去,"看你睡得熟,就没有叫醒你。"

十一娘抬头望天,天空灰蓝灰蓝的,没有月亮,只有几颗小星星。

"现在什么时辰了?"

"戌初了。"徐令宜掏出怀表借着屋檐下的灯光看了半天。

谨哥儿离岸的时候是未初……那她岂不睡了三个多时辰? 他们又不赶路,昨天听管事说,应该会在酉初的时候投店……那他岂不是在马车里给自己打了一个多时辰的扇?

"侯爷怎么不把我叫醒?"十一娘嗔道。

"看你睡得香,就没有叫醒你。"徐令宜牵着她的手进了屋。

秋雨正等着,看见他们进来,忙吩咐摆了晚膳。

刚吃了两口,外面传来一阵嘈杂声。徐令宜看了秋雨一眼,秋雨立刻快步走了出去,又很快折了回来。

"侯爷、夫人,是二少爷!"她满脸惊喜,"二少爷回燕京,也歇在这间客栈里。要不是墨竹到厨房去给二少爷要洗脚水看到了护院,还不知道我们也歇在这里。"

"快请他进来!"夫妻俩异口同声地道。

秋雨已撩了帘子,瘦瘦高高的徐嗣谕走了进来。

"父亲,母亲!"他也不管地上放没放蒲团,就那样跪在了两人的面前。

"快起来!"徐令宜道,"你怎么这么早就回来了? 不是说要到六月底七月初才回来的吗?"

徐嗣谕恭敬地道："岳父写信给先生，问我什么时候启程。如果能早些到燕京，让我去他的好友五岳先生那里拜访拜访。先生听了，就让我提前回来了。"

"五岳先生？"徐令宜思索道，"什么人？"

"此人姓洪，是永清县教谕。虽然只是个举人，却和顺天府尹、礼部侍郎王子信大人是至交好友。"徐嗣谕说到这里，停了下来。

徐令宜也不再问，点头道："这件事的确不好书信来往。"然后转移了话题，"你住哪里？用了晚膳没有？要不就搬过来吧！这边也方便一些。"

他们包了一个院子，又是护卫，又是小厮、丫鬟、婆子的，西边的厢房还空着，不仅有地方，方便，而且也安全。

"您和母亲吃吧，我已经用过了。"徐嗣谕笑道，让小丫鬟去给墨竹传话，搬了行李过来。

十一娘和徐嗣谕说了几句"莹莹现在很可爱，都会自己走路了"之类的话，行李送了过来，徐嗣谕看着天色不早，起身告辞了。

"五岳先生的事，是不是有什么我不懂的蹊跷啊？"十一娘低声问徐令宜。

徐令宜没有作声。十一娘以为他不想回答。

谁知道晚上睡在一个被窝里，他却低声道："文无第一，武无第二。主考官的喜好，直接会影响乡试的结果。项大人让谕哥儿去拜访那位五岳先生，多半是想通过五岳先生了解主考官的喜好。这种事，却只能意会不能明言。"

十一娘微微颔首，道："我记得，王子信王大人，好像是谭哥儿媳妇的媒人……"而且姜松也是科举出身，对项大人的言下之意恐怕早就了然于心了。

"这就好比你想安安稳稳地当总兵，不把那些功勋世家安顿好，只怕会麻烦不断。科举考试能得到家里长辈的指点，就会比一般的人多些机会。"徐令宜笑着俯身吹了灯，"明天还要坐一天的马车，你多睡一会儿，养养精神。"

十一娘"嗯"了一声，闭上了眼睛。只是睡了一下午，哪里还有睡意。数着小绵羊，心飞到了刚刚分手的谨哥儿身上。第一次离开父亲，不知道他会不会害怕，这个时候，他在做什么呢，是已经酣然入睡，还是像她似的惦记着渐行渐远的亲人？这么一想，她更加没有了睡意。身边是绵长而均匀的呼吸声。十一娘轻轻地翻了个身，徐令宜被惊醒。

"想着谨哥儿？"

十一娘微愣："侯爷也没有睡吗？"

徐令宜没有作声，半晌才道："他们今天晚上应该停泊在张家湾，明天就可以到天津了。"

黑暗中，十一娘微微地笑，握了徐令宜的手。

日子眨眼就到了七月底，大家的注意力放在了要下场考试的徐嗣谕身上。

太夫人和二夫人到相国寺、白云观、慈源寺、文昌阁上香，十一娘和项氏则给徐嗣谕准备下场考试的衣裳、笔墨、提篮、考帘之类的东西。到了八月初一，徐嗣勤两兄弟一早就赶了过来，和徐嗣谆、徐嗣诚一起送他去考场。半路遇到了方冀，几个人说说笑笑去了考场。待三场考完，徐嗣诚立刻向徐嗣谕请教学问。

"赵先生给你启的蒙，又指导你的举业，我岂敢在鲁班面前弄斧。"徐嗣谕笑道，"不过，你要问我下场考试要注意些什么，我倒有很多话跟你说。"

"那二哥你给我讲讲。"这也是徐嗣诚以后要经历的，他自然很关注。

徐嗣谕少年离家，和徐嗣谆、徐嗣诚的关系都不够亲昵。可能是离家在外更能体会到家人的重要性，对于有个机会拉近兄弟间的情谊，徐嗣谕也很看重，毫不藏私地把自己几次下场考试的心得都讲给徐嗣诚听。

徐嗣诚听了很佩服徐嗣谕。他参加院试那会儿，先生事无巨细地交代他，没想到徐嗣谕参加院试的时候，姜先生竟然一句多的话也没有跟徐嗣谕说。就这样，徐嗣谕还考了秀才。

八月中旬乡试的结果出来了，徐嗣谕考了第四名。

这样好的成绩是大家都没有想到的，惊喜野火般地蔓延到各处。有头有脸的管事、管事妈妈们争先恐后地给徐令宜、太夫人、十一娘、项氏道喜。太夫人、十一娘、项氏的心情可想而知，凡是来道贺的，一律打赏了银子。只有徐令宜那里，只是淡淡地点了点头，让去道贺的人心里咯噔一下，不知道自己这是拍到了马屁上还是拍到了马蹄上，像火碰到了水，立刻蔫了劲，磕磕巴巴地把本想说个半炷香工夫的话缩短到了三两句，然后灰溜溜地退了下去。其他人看了，自然是提也不提了。

外院的安静沉默很快就影响到了内院的情绪，本来笑语喧哗的仆妇声音都不由得小了下去，欢乐的气氛也渐渐稀薄。

"您真的不高兴？"十一娘进到内室，见徐令宜一个人歪在临窗的大炕上看书，笑着坐到了他的身边，"我可不相信！"又道："侯爷摆出这样一副面孔来又是为哪一般？"

徐令宜严肃的面孔如雪在阳光下渐渐融化："你也看见了，个个一副唯恐天下不知的样子，我要是再给他们个笑容，好比油落到火上，还不知道要烧成怎样！这若是中了进士还好说，不过是个举人，能不能中进士还两说呢，让别人见了，只怕会笑话谕哥儿轻狂。再说了，谕哥儿年纪不小了，这几年来往于乐安和燕京之间，还下了一次江南，要是看事情还停留在表面，我看，他受我的冷落也不为过。"

十一娘都不知道该说什么好了。徐令宜和徐嗣谕之间是典型的封建社会父子相处的模式。

"侯爷对谕哥儿的要求也太高了。"她劝道,"您好歹也给个笑脸或是赏个什么物件给他算是透个口风。这样猜来猜去的,只有神仙才能次次都猜对!"

"他以后可是要走仕途的,这第一桩就是要学会揣摩上意。"徐令宜不以为然,"他要是连自己身边是些什么人都不知道,我看,就算是中了进士,以后好好待在翰林院里修书编撰好了,免得被人利用了还帮着别人说好话,丢我的脸。"

"侯爷说得是不是太严重了?"十一娘道,"人总得有个放松的地方,要是血脉相连的家人都要和外面的人一样揣摩,什么时候才能歇一口气啊?"

徐令宜没有作声,沉默了片刻,转移了话题:"我看这两天你要辛苦一下了。谕哥儿中了举,姜家和项家那边你都要亲自走一趟为好。周夫人她们听到了消息只怕都要过来道贺。"

见他不愿意多谈,十一娘也不想多纠结,把自己弄得像个多嘴的婆子似的。

"侯爷放心,我已经吩咐管事的妈妈准备表礼和赏银了。"她笑道,"准备明天一早去姜家,下午去项家。"

徐令宜点头,转身往书房去:"我要给乐安的姜先生和远在湖广的项大人写封信,一来是向他们道谢,二来想问问谕哥儿的事。看他是接着参加春闱好,还是再读几年书后去考。"说着,语气一顿,"考了第四名……春闱前两榜取一两百个……万一不能进……"

如果不能进,要么落第,要么就是同进士。落第好说,下次再考就是了。可这要是考中了同进士……虽然是一家,但一个好比是夫人,一个好比是小妾,待遇上就是天壤之别了。这可是件大事。

十一娘送徐令宜出了门,正寻思着要不要把过年的时候宫里赏给徐令宜的描金题字四阁墨宝找出来送给徐嗣谕做贺礼,徐嗣谕过来了。

"你父亲在书房。"她笑着,甚至没有坐下来。

谁知道徐嗣谕道:"我是来找母亲的。"

十一娘愣住:"找我的?"

徐嗣谕点头。十一娘请徐嗣谕到西次间坐下。

徐嗣谕拿了个玻璃珐琅赤金扭丝瓶盖的小胆瓶出来:"今天早上听莹莹娘说,六弟在淮安的时候被虫子叮咬,脸上起了个榆钱大小的红包。这是我去岳父那里时岳父送给我的,说专治蚊虫叮咬,很有效果。母亲让人差了回事处,借兵部的六百里加急送到扬州去吧。"

十一娘是今天早上接到罗振兴的信才知道这件事的。谨哥儿在信里却一字没提。虽然罗振兴信中满是歉意,说是他没有照顾好谨哥儿,又告诉她已经请了当地的名医为

谨哥儿医治,那红包消了很多。但她还是很担心,让琥珀去刘医正那里问医不说,还和秋雨几个把家里凡是消肿的外敷药都找了出来。当时项氏抱了莹莹过来问安,可能是听到了些什么。

她没有推辞。湖广那边多蚊虫,项大人又是湖广的布政使。既然是项大人送的,徐嗣谕也说好,应该有些效果才是。

"这件事你不要告诉太夫人。"十一娘收了胆瓶,"我不想让她担心。"

徐嗣谕立刻道:"母亲放心,莹莹娘那边,我也告诫过她了。"

正说着,琥珀捧着个黑漆匣子进来。

"刘医正怎么说?"十一娘立刻迎上前去。

徐嗣谕忙跟了过去。

琥珀打开匣子:"刘医正说,如果六少爷脸上只有一个红包,就用这个黄色瓶子里的药末;如果六少爷脸上是一片小小的红包,那就用这个褐色瓶子的;如果红包起了水泡似的东西,就用这个白色瓶子的……"

"你等等,"十一娘见有七八个瓶子,吩咐秋雨磨墨,然后对琥珀道,"我把你说的记下来连这匣子一并送去,他们也可以按照刘医正说的用药。"

秋雨应声而去,琥珀也连连称"是"。

"母亲,我来写吧!"一旁的徐嗣谕听了忙道,"您歇歇,反正我也没什么事。"

十一娘没有拒绝徐嗣谕的好意。琥珀说,徐嗣谕记,把徐嗣谕送的那玻璃胆瓶一起用匣子装着,让赵管事快马加鞭送去谨哥儿那里。

徐嗣谕主动讨了一杯茶喝。十一娘以为他有什么话对她说,谁知道他嘴角微翕的,最后什么也没有说就起身告辞了。

她想到了徐令宜的冷淡。

"你父亲正在给姜先生和项大人写信。"十一娘委婉地道,"商量着你春闱的事。"

徐嗣谕闻言笑起来:"母亲,您别担心,我知道父亲的用意,我也不想大家为了这点事就嚷得尽人皆知。"神色很平静、安详。

"你能明白就好。"十一娘笑着让琥珀去把描金题字四阁墨宝拿给徐嗣谕,"皇后娘娘赏给你父亲的。我用过一块,色泽很好,浓黑发亮,你拿去试试。"

徐嗣谕没有客气,道:"我正愁不知道送什么东西给座师和方冀。把这墨宝分别用上好的黑色螺钿匣子装了送人,再好不过了。"又道:"母亲既然用过一块,那就开了一盒了。不知道还有没有剩下的,要不,您一并都送给我好了。"

既然叫四阁墨宝,就是有四块。十一娘不由莞尔:"还有三块,都给你了。"

徐嗣谕笑着道谢,回去让人做了几个黑色螺钿匣子,配了那金色的题字,古色古香中透着富丽堂皇，倒也符合他的身份。

座师朋友应酬了一通，很快到了冬至。

姜先生和项大人都有信来，两位不约而同地提出让徐嗣谕三年后再考。一个道："趁着年轻，扎扎实实地读些书。等三十而立的时候，记忆大不如前，朗朗上口的还是少年时读过的书。"一个道："少年成名固然好，却容易骄傲骛远，行事间不免带着几分倨傲，常常得罪了上峰或是同僚而不自知，难成大事。"

"那就三年以后考。"徐令宜立刻做了决定。

徐嗣谕对这样的结果并没有吃惊。父亲既然不愿意为他考上举人的事庆祝，那就更不愿意自己趁势而为参加春闱了。他正好可以回乐安的书院好好读些书了。

他问十一娘："六弟什么时候回来？我有好几年没见到他了。他和父亲去了一趟西北，又和舅舅走了一趟江南，变化挺大的吧？他见到我，还不知道认得不认得。"

"他过小年之前赶回来。"十一娘一想到再过月余就可以见到谨哥儿了，眼角眉梢都溢出关也关不住的喜悦之色，"侯爷不是说让你过了年再回乐安吗？正好，你们兄弟也可以碰个面。"

徐嗣谕听着有些意外："大舅舅不回余杭过年吗？"

"不回！"十一娘知道罗振兴这样是为了谨哥儿，有些愧疚地道，"你大舅在燕京过年。"

她的话音刚落，琥珀进来，手里拿了一大摞单子给她："夫人，这都是为过年准备的。您看看！"

徐嗣谕忙起身告辞。

十一娘仔细翻着单子，然后拿出寿山石三阳开泰钮方章盖上，琥珀拿去给姜氏，姜氏就根据这单子指派管事妈妈们事项。

她看着姜氏帮她主持中馈，不仅十分勤勉，而且渐渐变得精明起来，索性把过年的事交了一部分给姜氏，她只管祠堂那边祭品的准备、各府年节礼及拜访之类的事。往年过年忙得团团转，可今年，她有了很多的空余时间，她就带着丫鬟、媳妇子和婆子给谨哥儿布置房子，打扫庭院。一进入十二月，她开始派人在大门口候着。

吃过腊八粥的第三天，罗振兴带着谨哥儿回到了荷花里。

全府都动了起来。

门房的一路小跑着给徐令宜、太夫人、十一娘报信。徐令宜面无表情地点了点头，却站起身来对满屋子来给他问安的管事道："今天的事就议到这里，下午再说，我去跟舅爷打声招呼。"

管事们争先恐后地站了起来,送徐令宜出了门,自有人嘱咐自家在内院当差的人快去太夫人、十一娘那里恭贺。

太夫人身边的脂红眉头微皱,不时回头催了身后抬肩舆的粗使婆子:"妈妈们快一点,太夫人等着。玉版姐姐找斗篷慢了点都被太夫人训斥了,妈妈们全当给我一个面子,让我在太夫人面前好交了这差事。"

"姑娘放心,耽搁不了您的事。"两个婆子听说玉版都受了训斥,不敢大意,加快了脚步,呼哧呼哧地进了院子,就看见杜妈妈急匆匆地朝这边走过来,"怎么这个时候才到,快,快,太夫人正在屋檐下候着呢!"

两个婆子吓一大跳,抬着肩舆,小跑着往正屋去。

玉版已抱了垫肩舆的灰鼠皮褥被,两个小丫鬟扶太夫人上了肩舆,她立刻将褥被给太夫人搭上,另有小丫鬟递了手炉过来。杜妈妈扶着肩舆,玉版和脂红跟在一旁,身后一大群丫鬟、媳妇子、婆子簇拥着,浩浩荡荡地去了正房。

十一娘把谨哥儿拉到屋檐下,正仔细地打量着他的脸,有个小小的红印子。要不是他的皮肤太白,这点小印子还不至于这么明显。

"还痒不痒?"她问着,已爱怜地去摸那红印子,"还瞒着娘!要不是你二哥及时送了药过去,只怕还没有这么快好!"

谨哥儿嘻嘻笑:"娘,您要是不总这么紧张,我至于不告诉您嘛!我现在长大了,知道好歹了。要是真的不舒服,不会挺着不说的。不舒服的人可是我,疼的也是我,何必和自己过不去?那不是傻吗?"又道:"娘,您告诉祖母了没有?"神色间有些紧张。

"我可不像你。"十一娘佯板着脸,"这样大的事,怎么能不告诉太夫人!"

"哎呀!"谨哥儿不由急起来,"她老人家年纪大了,要是知道了还不要急起来。"说着,拉了十一娘就要往外走,"我们快去祖母那里。祖母不见到我,是不会安心的。"

"你这孩子,还算有点良心。"十一娘点了点他的额头,"这个道理连你都懂,我还不知道啊!"然后笑道:"你放心,你祖母那里,我一句话也没透露。"说着,揉了揉儿子的头发,"倒是你,可别说漏了嘴才是!"

"娘,我是那种人吗?"谨哥儿不服气地道,还挺了挺胸膛,做出一副顶天立地的模样儿,旋即又嘟囔,"娘,您不能再拍我的头了。我过几年就要娶媳妇了,要是我媳妇看见我还像个没断奶的孩子,哪里还会把我的话放在心上……"逗着母亲开心。

"胡说八道!"十一娘忍俊不禁,却也不再摸孩子的头了,"你今年几岁,就要娶媳妇。好好给我读书才是正经。"说到这里,她神色一正,"见到你外祖父了没有?他老人家身体怎样?还有你外祖母和你的几个舅舅、表兄妹,他们身体都还好吧?"

"我见到外祖父了。他可喜欢我了,不仅带我去了孤山,还送了我一把龙泉宝剑,让我过两年再去余杭看他。"谨哥儿说着，兴奋起来，"您知道不知道，外祖父崇尚道教，在别院里设炉炼丹，还教我写青词呢！我还记得我写过的一篇……"

"你说你外祖父让你过两年再去余杭看他老人家？"她忙打断了儿子的话，"你怎么回答的？"

"我自然答应了。"谨哥儿说着，有点嬉皮笑脸地搂了十一娘的肩膀，"娘，这可是外祖父的意思！何况从小您就告诉我要诚信守诺，一诺千金，到时候，您不会给我设拦路板吧？"

他说这话的时候表情显然有些不以为意，可眼底却露着几分郑重。看得出来，他是真的想再去余杭。十一娘突然有一种天上掉馅饼的感觉。她从来没有天真地认为儿子去了一趟江南就会完全抹杀对西北的印象，只是希望儿子能通过这次江南之行对这个世界有更多的了解。等他选择的时候，知道自己还有其他的路可以走。

"你喜欢江南？"她问谨哥儿，声音不由带着几分小心翼翼。

"喜欢啊！"谨哥儿有些不解地望着母亲。他喜欢江南，喜欢余杭，喜欢外祖父……母亲应该高兴才是，为什么会露出几分担心的样子。

得到了明确的答复，十一娘松了口气，紧了紧揽着儿子的手臂，想细细地问问他这一路上的所见所闻，一阵风吹过来，凉飕飕，刺骨地寒。她失笑。自己也太急了些。

"我们回屋去！"十一娘携了儿子的手，"外面太冷了。"话音刚落，就听见有人道："六弟回来了？"

十一娘和谨哥儿不由朝门口望去，看见徐嗣谕笑着走了进来。

"二哥！"谨哥儿上前给他行礼，"恭喜你，中了举人。这可是我们家的头一份啊！"

徐嗣谕微讶。在他的印象中，这个弟弟性子刚烈、霸道，又不服输。没想到他见面第一句话就是庆贺他，语气中还带着推崇之意。

"你还记得我啊。"他压下心中的异样，望着眼前这个陌生又觉得熟悉的少年，"我们有两三年没见面了。"

"怎么会不记得！"谨哥儿笑道，"你每次回来都和我一起去划船。"

徐嗣谕想起自己小时候抱着他的情景，笑了起来。

外面传来一阵声响。

有小丫鬟跑了进来："夫人、二少爷、六少爷，太夫人过来了！"

大家一听，忙往外去，在穿堂和太夫人遇了个正着。

"谨哥儿！"远远地，太夫人就张开了双臂，"你可回来了！"

谨哥儿上前抱了太夫人："您还好吧？我不在家的时候，您都在干些什么？杜妈妈和脂红有没有经常陪着您打牌？快过年了，济宁师太有没有拿了一大堆平安符向您化香油钱？"

"你这孩子，没个正经。"太夫人嗔着，脸上却是掩也掩不住的喜悦，"竟然敢拿济宁师太说事，小心菩萨知道了。"说着，双手合十朝着西方拜了拜，"菩萨恕罪，他年纪小，不懂事，我明天给您上炷香。"又喊谨哥儿，"快，给菩萨拜拜！"

谨哥儿苦着脸朝西方拜了拜："菩萨，我再也不敢乱说了！"

大家都笑了起来。谨哥儿扶了太夫人，一行人去了正屋。

分主次坐下，小丫鬟上了茶点，十一娘惦记着在外院的罗振兴——带着谨哥儿到处走了一圈不说，为了及时把谨哥儿送回来过年，他只在家里停留了几天就启程了，恐怕和儿子多说几句话的时间都没有。

留下和谨哥儿兴高采烈说着话的太夫人、徐嗣谕，十一娘去了外院的书房。徐令宜正和罗振兴说着话，见她进来，忙道："谨哥儿呢？"

"陪着娘在说话呢！"十一娘笑着上前给罗振兴恭敬地行了个礼，"大哥，这次麻烦你了。"

"一家人不说两家话。"罗振兴笑道，"和谨哥儿这么走一圈，我自己也所得颇多。说起来，还是我沾了谨哥儿的光！"然后提起谨哥儿的那个包来，"倒是我，没能把谨哥儿照顾好……"

"刚说了'一家人不说两家话'，自己怎么倒说起客气话来？"徐令宜笑着，抬了抬手中的茶盅，"尝尝，君山银针。"

罗振兴不再多说，笑着啜了一口茶，然后闭着眼睛品了一会儿，又啜了一口，这才笑道："甘醇甜爽，不同于龙井的甘鲜醇和，的确是好茶。"

"那就带点回去。"徐令宜笑着，喊灯花去给罗振兴装茶叶。

罗振兴笑着道了谢，神色间露出几分迟疑来。

"有什么话就说！"徐令宜看了笑道，"这屋里又没有外人。"

罗振兴神色一懈，笑了起来，但还是思忖了片刻才道："这次我出去，顺道去看了看五妹夫。"

"子纯？"徐令宜有些意外。

十一娘也不禁侧耳倾听。五娘这两年一直住在燕京，逢年过节或是遇到红白喜事，她也只是说说两个孩子，几乎不提钱明。就算是有人说起，她回的也都是些场面话。她隐隐地觉得他们之间可能出了什么问题，可五娘不说，她自然也不好问。

"文登是个什么状况，我不说你也应该知道。要不是那里盗贼猖狂、流民难治，这个文登县令也不会落到子纯的身上。"罗振兴肃然地道，"我没想到，子纯到文登不过短短的五六年，竟然把文登治理得路不拾遗、夜不闭户。指路的百姓听说我是子纯的亲戚，不仅亲自带我们去了衙门,还非要把篮子里的鸡蛋送给我们不可……"

徐令宜和十一娘都很吃惊。罗振兴认真地点了点头,脸上的表情有些苦涩起来,"他是同进士,有个机会,都能治理好一方……"说到这里,他停了下来。

"你是说,你想外放?"徐令宜看了十一娘一眼。

罗振兴点头。

徐令宜觉得罗振兴应该先在六部混个人熟了再外放,一来是在外面有什么事燕京有个说话的人,二来是升迁的机会比较多。但有些事情是"谋事在人,成事在天",谁也不知道谁会在什么时候有个什么样的机遇,他也不好把话说死。

"你仔细考虑考虑。"他斟酌道。

"我这一路上都在想这件事。"罗振兴道,"人过留名,雁过留声。为官不能造福民众,那还有什么意思?"

徐令宜眼中露出赞赏之色,却没有作声。这事关罗振兴的前途,但官海诡谲,皇上这几年大权在握。北有范维纲,南有何承碧,五军都督府有蒋飞云,禁卫军还有个欧阳鸣,他韬光养晦,皇上对他渐渐和蔼起来。如果说去保定府是无心之举,那去宣同和嘉峪关,就是一箭双雕的有心之举。既肯定了儿子的天赋,又知道了皇上现在对他的看法。可如果他插手了文官的擢黜,皇上只怕立刻会对他警觉起来。在罗振兴的问题上,他现在没有办法给他保证,就不会发表自己的意见。徐令宜保持沉默。屋子里的气氛就变得有些凝滞起来。

十一娘看了看哥哥,又看了看丈夫,轻声笑道:"大哥,五姐夫在那边过得怎样?上次他回燕京述职,说是有事要找陈阁老,和侯爷匆匆见了一面就走了。"

"人瘦得厉害,"有了妹妹的这一打岔,气氛好了很多,罗振兴笑道,"但精神很好。我去的时候,他正坐在田埂上和几个老农说今年的收成。看见了谨哥儿,高兴得不得了,让谨哥儿骑牛在田里走了一圈,还直问谨哥儿有没有常和鑫哥儿见面,鑫哥儿现在有多高了,读书好不好的……"说到这里,他眉头微蹙,犹豫了片刻,对十一娘道,"你要是有空,就去劝劝五姐,子纯这几年辛苦得很,让她别和子纯赌气了,带着一双儿女好好地去文登和子纯过日子。她这是身在福中不知福,不知道有人想跟丈夫去任上而无法成行的。她倒好,说什么文登找不到好先生,执意要留在燕京,哪有一点为人妻子的样儿。"语气很严肃,也很不满。

"要是这样,还是大哥劝五姐更好。"十一娘为难地道,"我毕竟是做妹妹的……"

罗振兴不由想到了罗大奶奶。要是她在这里,这样的事根本不用自己操心。他叹了口气,没有勉强。而徐令宜看着时候不早了,请罗振兴去了一旁的小厅,设宴款待罗振兴。十一娘给罗振兴敬了一杯酒,感谢他对谨哥儿的照顾,然后回了正院。

那边的宴席已经散了，太夫人、五夫人、几个孩子全都坐在东次间的宴息室，听谨哥儿讲他一路上的见闻，几个小的还不时地发出"呀""真的""六哥快讲"的惊叹声，屋子里虽然安静，热闹的气氛却扑面而来。

十一娘站在屋檐下，脸上露出温柔的微笑。

徐令宜回到屋里，只看见十一娘。他不由愕然："谨哥儿呢？"

"陪娘过夜去了。"十一娘笑着帮他更衣。

"怎么也不等我回来。"徐令宜不由小声嘀咕。

十一娘见徐令宜的表情有些失望，笑道："孩子一直等你，偏偏你一直不回来……孩子走的时候还有些不好受呢！"

"那我去给娘问个安吧。"徐令宜犹豫道。

"这个时候太晚了。"十一娘道，"娘和谨哥儿说了半天的话，连午觉都没有睡，这个时候只怕早就支撑不住歇下了。侯爷还是明早去吧。"

"和振兴一直商量着外放的事呢！"徐令宜嘀咕着去了净房。

十一娘跟了过去："大哥最后还是决定外放吗？"

"嗯！"徐令宜洗了把脸，"让他去吧！别的不敢说，如果外放不顺利想要回燕京做个给事中，凭振兴的资格，我还是帮得上忙的，就怕他到时候会挂靴而去……罗家这一辈，也只有振兴中了进士。"他说着，走了过来，"我跟振兴说，余杭那边，要请个好先生才是。"

这倒是。罗家下一代要再不中个进士，只怕到了罗振兴之后就要败落了。

十一娘微微颔首。有人敲他们的窗户。徐令宜和十一娘面面相觑。是谁这么大胆子……

念头一闪而过，徐令宜眼睛一亮："是谨哥儿……"想到这个时候他应该在太夫人屋里服侍，他忙去开了窗户，看见了谨哥儿一张笑嘻嘻的脸。

"爹，您想我了没有？我可想您了！"他双手趴在窗棂上，"您有没有像从前那样经常去马场跑马？我这些日子在江南，天天坐船，几次做梦都梦到跟爹爹一起在西北跑马……"

谨哥儿的话没有说完，徐令宜的眼眶已经有点湿润，像要掩饰什么似的，他拍了拍儿子的肩膀："你怎么跑回来了？不走正门敲窗户？你祖母呢？可歇下了？知道你过来吗？"

"我这不是怕爹想我想得睡不着嘛。"谨哥儿嬉皮笑脸道，可看在徐令宜眼中，只觉得这是亲昵，"借口要去净房，就跑出来让爹看看啰！"说完，转身就跑了，"我要回去了，免得祖母看见我一去不返，以为我掉马桶里了，亲自去净房找，脂红姐姐可就要遭殃了！"

徐令宜愣住，等他回过神来，谨哥儿已经不见踪影了。

"这小子,跑得比兔子还快!"眼底却溢满了溺爱,"亏他想得出来,借口上净房来看我!"

十一娘也不禁掩袖而笑。

接下来的几天,夫妻俩都没有谈到谨哥儿的去向,只是听谨哥儿说江南之行,帮谨哥儿收拾东西,重新挑了个吉日搬到了清吟居,也就到了小年。

祭了祖,打扫院子,贴了桃符,开始过年了。

这个年,是家里人到得最齐整的。徐令宜很高兴,年夜饭上多喝了几杯,晚上回来的时候和十一娘闹腾了一夜,以至于十一娘第二天进宫朝贺的时候不时要举袖装咳嗽来掩饰自己的哈欠,结果当着满殿外命妇的面,皇后娘娘关心地问她是不是受了风寒。

回到家里,徐令宜大乐,抱了她打趣:"从前有人奉旨填词,你不如效仿古人,来个奉旨养病好了。"

"养你个头!"十一娘轻轻地掐了徐令宜胳膊一下。

徐令宜捂着被她掐的地方倒在了床上:"我的胳膊怎么抬不起来!快去叫御医。"

大年初一的叫御医……望着像孩子一样的徐令宜,十一娘有些哭笑不得:"难怪谨哥儿这么顽皮,原来是随了侯爷的性子。"

"那当然,"徐令宜做出一副小人得志的轻佻模样,大言不惭地道,"你也不看看他是谁的儿子!"

十一娘笑弯了腰。要不是灯花来问什么时候启程去红灯胡同给孙老侯爷拜年,两个人还要笑闹一番。

这样嘻嘻哈哈地到了初五,却接到了长福公主去世的消息。京里有头有脸的人家都奔向了公主府。

上了年纪的人听到就特别容易感伤。太夫人亲自去公主府吊唁,遇到了比太夫人还年长的郑太君。两位老人家凑在一起感伤了半天,太夫人回到家里就有些不舒服起来。

徐令宜在床前侍疾。过了两天,还不见好转,徐令宽请了假,三房也赶了过来。

太夫人迷迷糊糊地睡醒了就问"谆哥儿在哪里""谨哥儿在哪里",偶尔也问一问"诜哥儿"。三个孩子就守在屋里。加上徐氏三兄弟,服侍的丫鬟、媳妇,屋子里的空气都浑浊起来。十一娘看着这不是个事,和徐令宜商量,几个人轮流在屋里守着。

考虑到后花园离太夫人的住处太远,十一娘把三房的人安排在了点春堂旁的小院歇息。他们一家八口,加上丫鬟、婆子,显得有些拥挤。

姜氏这些日子帮着十一娘主持中馈,太夫人病着,十一娘的精力放在了太夫人这边,家里的日常事务她就挑了起来。她见状就主动与十一娘商量:"不如让大伯和三伯到我

那边住，我那边第一进院空着也是空着。"

十一娘想了想，应允了。

谁知道三夫人却要留了方氏在身边服侍："我这些日子也有些不舒服。"

或者是看到一向硬朗的太夫人突然间变得这样虚弱苍白，三爷一直很沉默。听了三夫人的话，他出人意料地冷冷地瞥了三夫人一眼："你又不舒服？那就回去好了。实在不行，我送你回娘家养病去。"

当着这么多的人，特别是还有晚辈在场，三夫人脸上挂不住了，眼泪唰唰地落了下来，却一个字也不敢说。

方氏忙道："公公，婆婆这些日子的确有些不舒服，我在这边服侍就是了。"

一向温和的三爷却表现出了让人意外的坚定，吩咐长子徐嗣勤："去，叫你舅舅来，让他把你娘接回去养病。"

徐嗣勤、徐嗣俭两夫妻都愣住了。三夫人哭着转身就进了内室，大声喊着丫鬟收拾东西，那些丫鬟哪敢真的收拾东西，磨磨蹭蹭地拖着，两个儿子再跪着一劝，这件事也就过去了。

可这是在永平侯府，什么事能瞒得过十一娘。不一会儿就传到了她耳朵里。十一娘不由叹了口气，想到自己第一次见到三夫人时候的情景……那么聪明伶俐的一个人，怎么就做出了这样一件不合时宜的事。可见这脾气，也是养出来的。不由暗暗自省。

在儿子、媳妇的悉心照料之下，太夫人的病渐渐好转，能下地走路，已是二月中旬。

奉命每隔一天就来探一次病的雷公公不由长长地松了口气，望着清减了不少的徐令宜笑道："要是太夫人的病还没有起色，我们可就拦不住皇后娘娘了！"

这些日子太医院的太医把徐府当成了第二个太医署，宫中的人参、灵芝等名贵药材源源不断地送进来。别说是皇后，就是皇上，也隔三岔五地派人来问太夫人的病情，那些皇亲国戚、王公大臣就更不在话下了。十一娘总觉徐令宜不是因为照顾太夫人累瘦了，而是太夫人病着又要应酬这些人给烦的。

"还有劳雷公公跟皇后娘娘禀一声。"徐令宜严肃的脸上也不禁露出了几分笑意，"太夫人身体渐愈，还请皇后娘娘不要担心。"

"永平侯放心，我一定会把您的话带到。"

两人说了一会儿话，徐令宜送雷公公到了院子门口就折回了太夫人处。

二夫人坐床边，十一娘和五夫人并肩坐在床前的小杌子上，三夫人则坐在床尾的小杌子上。姜氏、方氏、金氏、项氏则立在落花罩前。

"三月三的春宴，要办……"病后初愈的太夫人声音还很虚弱，"我这一病，暮气沉沉的,要办春宴,热闹热闹……"

"那就办吧!"二夫人朝十一娘望去,"家里人多,热闹,娘看着心里舒服,病也会好得快一点的。"

大家都顺着二夫人的目光朝十一娘望去,等着她说话。

太夫人这次得的是心病,身边的气氛好一点,太夫人的心情就会好一点,心情好了,精神就好了,人也就渐渐恢复了生气。

"我觉得二嫂说得有道理。"十一娘看着太夫人,"娘,那我就照着旧例发帖子了?"

太夫人笑起来,点了点头,疲倦地闭上了眼睛。

十一娘起身,朝屋里的人使了个眼色,除了照顾太夫人的二夫人,其他人都静悄悄地跟着十一娘退出了内室。

"这件事就交给谆哥儿媳妇办吧!"她吩咐姜氏,"去年的春宴是你办的,大家都说好。只是今年情况不同,太夫人经不起折腾,宴请的事,还是清静些好。"

姜氏低声应"是",十一娘转过身去,目光从屋里众人的身上扫过。

"三嫂,五弟妹,"她道,"前些日子白天是我们照看,晚上是二嫂服侍。要不然这人来人往的,我们忙了白天忙晚上,只怕早就累趴下了。娘现在虽然渐渐好了,但毕竟是上了年纪的人,身边还是得有人照看才是。可总让二嫂这样也不好。我想让谆哥儿媳妇专管春宴的事,我们则轮流照看娘,让二嫂歇歇,你们看怎样?"

没有人有异议。

"那就这样定了!"十一娘按照妯娌间的长幼尊卑排了个序,"这些日子大家都辛苦了,今天就早点回去歇了吧!养足了精神,明天也好来照看娘。"

太夫人的病渐渐好了,又能休息了,众人表情俱是一松。

五夫人这些日子一直忙着帮十一娘待客,眉宇间全是深深的倦意,闻言道:"四嫂,那我就先回去了,明天一早就来替你。"

按照十一娘的安排,今天晚上十一娘负责照看太夫人,明天早上五夫人接手。

十一娘点了点头。三夫人表示会按照她的安排照顾好太夫人后,带着媳妇告辞了。

徐令宜送了雷公公回来。

"娘呢?"他关心地道,"谁陪着她老人家呢?"

十一娘还没来得及回答他的话,有小丫鬟撩了内室的帘子走了出来。

"侯爷,夫人!"她轻声道,"太夫人有话要和四夫人说。"

刚才不是精神不济睡了吗?十一娘很是惊讶,和徐令宜一起进了内室。太夫人闭着眼睛,像睡着了似的。她头发花白,皮肤蜡黄没有光泽,脸上的皱纹因此显得非常地清晰。

徐令宜心中一酸，跪在了床踏板上。二夫人见了，忙站了起来。

"娘！"徐令宜轻轻地握了太夫人的手。

太夫人睁开了眼睛，"你来了？十一娘呢？"她说着，朝徐令宜背后直瞅。

十一娘忙上前和徐令宜一起跪在了太夫人面前。

"十一娘，"太夫人颤颤巍巍地伸手握住了十一娘的手，"我想让你，这两天就派个人，去、去余杭给诚哥儿提亲。"

十一娘很是惊讶。这件事虽然是商量好了的，但因为太夫人病了就耽搁了。

"诚哥儿今年十六了，再过两年，就十八了。他无所谓，可英娘总不能就这样等着吧？万一有人说闲话，那孩子也脸上无光。与其到时候为难，还不如趁早把亲事定下来。"

这一次，太夫人的话说得又急又快。老人家是怕她去世后孩子们要守孝，因此拖大了年纪……

"娘，您别想那么多。"十一娘忙安慰她，"等过些日子您好了，我们就去提亲。"

"不行！"太夫人斩钉截铁地道，"明天、明天你就去提亲！"

十一娘还想劝劝太夫人不要这么悲观，徐令宜开了腔："那就明天去一趟弓弦胡同。"

太夫人闻言，表情松了下来，"你可要记住了！你可要记住了！"声音渐渐低了下去，闭了眼睛。

徐令宜吓了一大跳，十一娘的心弦也绷了起来，二夫人更是轻轻地把手指放到了太夫人的鼻下。良久，朝着徐令宜和十一娘摇了摇头，三人这才齐齐地松了口气。

十一娘和徐令宜出了内室说话。

"我看这件事早定下来也好。"他沉吟道，"要是振兴外放了，就更不好办了。"

"好！"十一娘道，"我明天就去弓弦胡同一趟。"然后转身去了徐嗣诚那里。

学堂的课都停了。徐嗣诚正端坐在书桌前练着字，看见母亲，他忙搁了笔。

"您怎么过来了？"他扶十一娘到临窗的大炕坐了，亲自沏了杯茶，"祖母歇下了？"

十一娘点头，啜了口茶："这是什么茶，味道还挺不错的。"

"是黄山毛峰。"徐嗣诚道，"母亲要是喜欢，我等一会儿让他们送些过去。"又道："是王允给四哥的。"

"我对喝茶不讲究。"十一娘笑道，"也不大喝得出味道来，你留着喝吧！"说着，神色间闪过一丝犹豫。

对于关心的人自然看得清楚。既然母亲不好意思说，他就先提吧！

徐嗣诚笑道："母亲，您是不是有什么事要和我说？"

"是有个事！"十一娘望着徐嗣诚还有些稚嫩的面孔，斟酌道，"如果我让英娘以后一直留在我们身边,你觉得好不好?"

"好啊。"不知道为什么,徐嗣诚听着心里有点高兴,"大表妹性情开朗,又懂花草,她在您身边,您也有个做伴的人……"说到这里,他不由哑然。

女孩子大了,自然要嫁人的,母亲想把她永远留在身边,好像有点不大可能……可母亲也不是那种信口开河、随意说话的人……念头一闪而过,有个大胆的想法突然跃了出来。他不由脸色绯红。

"母亲……"望着十一娘半晌说不出话来。

十一娘见他理解了自己的意思,笑着点了点头,又问他:"好不好?"

徐嗣诚的脸这下子红得能滴出血来。他低下头,期期艾艾地不敢看十一娘。突然说了句"我、我给您沏茶去",端了十一娘的茶盅就出了门。

十一娘不由抿了嘴笑。

第二天,十一娘去了弓弦胡同。

"大哥的事怎样了?"王姨娘恭敬地把十一娘请到了书房。

"正在候吏部的缺。"罗振兴穿了件半新不旧的褐色杭绸长衫,衬着白净微胖的面庞,有着中年人特有的沉稳。十一娘想到自己第一次进京,罗振兴在通州码头接她时候的模样。英俊挺拔……光阴就这样流逝了。她突然很理解罗振兴为什么想外放了。

"二叔和三叔怎么说?"这对罗家是大事,肯定是要与两位还在仕途上的叔叔商量的。

罗振兴却没有注意到妹妹的这些细小情绪,"二叔觉得应该再慎重些,三叔却觉得不错。"他不太习惯和女子说这种事,哪怕这个女子是他的妹妹也一样,简单的两句后就转移了话题,"听说太夫人能下地走路了?"

十一娘见他不愿意讲,也就不好再问,趁机和罗振兴说了一会儿太夫人的病情,然后提起被太夫人关心的这桩婚事来。

"你让媒婆来提亲吧!"罗振兴道,"最好赶在三月底之前把婚事定下来,就算是我走了,到时候你也可以直接到余杭去接亲。"

十一娘笑着道了谢,出门就去了永昌侯府。

"你不会是要我去做那便宜的媒人吧?"黄三奶奶笑着打趣。

十一娘不由尴尬地笑。

"真是让我去做媒人?"黄三奶奶不由惊呼,然后笑起来,"不过这次说好了,得给我做双倍的鞋子才行!"

"姐姐可真是狮子大开口啊!"

"我怎么也值这个价码吧?"

两人互相调侃了一番,十一娘这才把事情的经过跟黄三奶奶说了。

"好啊!"黄三奶奶笑道,"亲上加亲的,再好不过了。"和十一娘说好了上门提亲的日子,十一娘就起身告辞了。

出了公主巷,立刻差人去给罗振兴报信,他也好请个媒人。

没几日,两家正式交换了庚帖;又三日,写了婚书,下了小定。太夫人的身体也一天一天地好起来,端午节的时候,甚至和几个孩子去放了河灯。大家这才敢高声祝贺。徐家又恢复了原来的欢快气氛。

"嘉兴县县令因病逝于任上,秀水县县令升至太仓州知州,可惜振兴是余杭人,我还为振兴惋惜,没想到湖广奏请设禾仓堡为嘉禾县。"徐令宜端起茶盅来喝了一口,"这也算是失之东隅,收之桑榆了。"

六月初二,久候未果的罗振兴终于接到吏部的文书,补了湖广嘉禾县县令。六月二十日之前要到任。当天晚上徐令宜就宴请罗振兴,给他送行。

"这件事还是要感谢项大人。"罗振兴含蓄地笑道,"要不是项大人给侯爷写信,我就去争了宁州知州了。到时候争不争得到是一回事,可能还会得罪梁阁老。同样是小县,有项大人和王大人在,嘉禾比宁州不知道要强多少。"

这句话听上去有些拗口,实际上是,三月间吏部空出嘉兴、秀水两个富庶县的县令,因为罗振兴是余杭人,同籍不能为官,失去了补缺的资格。到了四月底,宁州县县令调任安义县县令,梁阁老想安排他的一个门生去宁州。徐令宜寻思要不要走走陈阁老的路子,项大人突然来信,让他们缓一缓。五月中旬,湖广的禾仓堡因为流寇初平,离州治远,近日会请建县治抚之,与其和梁阁老争宁州县县令,不如和梁阁老商量,让他出面把新设的嘉禾县县令给罗振兴。

徐令宜精神一振,找罗振兴商量:"湖广指挥使王磊,曾是我的部下,你如果去了嘉禾,有项大人和王磊,有什么事,两位大人一定会鼎力相助。"

罗振兴正为这件事苦恼,闻言如三伏天喝了冰水般,通过罗家的路子找到了梁阁老,这件事没有任何悬念地办成了。

徐令宜微微地笑:"嘉禾也是穷山恶水的地方,可这样也容易出政绩。吏部考核,不外是赋税、盗贼、狱讼、户口、田野、学校,其他的都好说,就是这赋税上,只怕你要多下些功夫……"

两个人在书房里说着话,十一娘则坐在清吟居临窗的大炕上清理着谨哥儿的衣裳:"这件缂丝小袄还是当年用我多下来的尺头做的,颜色又好,样子也新,把它留下来说不定以后庭哥儿能用上了!"

阿金笑吟吟地应了"是"。

谨哥儿披着湿漉漉的头发就走了出来。

"六少爷，六少爷！"小丫鬟樱桃拿着帕子在后面追。

"给我吧！"十一娘笑着接过樱桃手中的帕子，帮儿子擦头发，"这么大的人了，也不知道照顾自己。"

谨哥儿嘻嘻笑，坐到了炕上，随手翻弄着满炕的小衣裳，"这都是我的吗？我有这么多衣裳啊？"

"当然都是六少爷的了。"阿金笑着端了一杯温水给谨哥儿，"有些还没来得及穿，六少爷就长高了。"说着，指了一旁堆着的一堆衣裳，"都是上好的料子。"

谨哥儿拎起来看了看，就不感兴趣地丢到了一旁，问十一娘："娘，大舅舅真的要去那个什么嘉禾县当县令了吗？"

"当然是真的。"十一娘细心地给儿子擦着头发，"吏部的公文都下来了。你大舅舅后天就要启程。"

谨哥儿想到半年的相伴，很舍不得，"干吗要去那里？燕京不好吗？那么远，逢年过节都见不到……"他说着，扭了头望着十一娘，"娘，您去劝劝舅舅吧。在燕京一样可以做到五品，何必舍近求远，跑到那种又穷又偏的地方去！"

官至五品，就可以恩荫了，就是所谓的封妻荫子，很多官员毕生的希望就是能过五品这个坎。

"你舅舅可不仅仅是为了恩荫、做官。"十一娘笑道，"他是想为百姓实实在在地做点事，不想把光阴浪费在那些书牍之间。"

谨哥儿沉默良久，轻轻地"哦"了一声，低声道："我知道了……"语气有些沉重的样子。

十一娘不由失笑："你知道了什么？"拿了梳子帮谨哥儿梳着擦了半干的头发。

谨哥儿转过头来，歪着脑袋望着她，"大舅舅是想跟五姨父一样吧！上次我们去文登的时候，大舅舅就说过。"他说着，笑起来，"我也一样，我长大了，要去嘉峪关……"大大的凤眼亮晶晶的，神色说不出来地飞扬洒脱。

十一娘愣住了。自谨哥儿回京，她还没有认真地和谨哥儿谈这个问题，一来是觉得江南之行谨哥儿还需要一个消化的过程；二来觉得谨哥儿还小，没有到选择的时候。没想到，他心里还惦记着去西北的事！

"你这么早就决定去嘉峪关了吗？"十一娘梳着头发的动作慢慢缓了下来，"你不是跟娘说，诸葛亮草船借箭，计谋无双；周瑜火烧赤壁，气势磅礴……"

"是啊！"谨哥儿笑道，"可我更喜欢西北，天苍苍，野茫茫。不像江南，什么东西都是精致小巧的,大男人行事,像妇人似的……"

"又胡说!"十一娘嗔道,"你舅舅是江南人,赵先生是江南人,陈阁老、窦阁老都是江南人,哪一个像妇人?国家大事,还不是由他们决断。四海升平,难道就没有他们的功劳?"

在谨哥儿心目中,江南虽然好,但西北更投他的脾气,他想去西北。要是娘觉得西北不好,肯定会反对他去,就算爹爹答应了,只怕还会生出许多的波折,一个不小心,可能就真的去不成了!他要说服母亲。

"娘,西北真的很好!"谨哥儿道,"那地方又宽阔又高远,想跑就跑,想跳就跳……"

"可西北很苦。"十一娘笑道,"风沙吹面,又没有什么好吃的东西。你只不过是去玩了一趟,要是天天在那里,就会厌倦的。就像你天天待在家里,总觉得外面有意思一样。"

"才不是!"谨哥儿急起来。他不顾十一娘在给他梳头,转身望着十一娘,"我和爹爹从嘉峪关一直到了哈密卫,天天吃大饼,有时候还会在外面夜宿。可骑着马跑过一道道的山坡,看着那些土地都在我的脚下,山谷都被我抛在身后的时候,我还是会觉得很有意思。"他说着,笑起来,"不像和舅舅去江南的时候,有个小小的三层木楼就说要摘星,小小一个土坡就是什么什么山,巴掌大的一摊水就是湖,没意思……"眉宇间有几分不屑。

"跑那么远,就为了骑马?"她轻柔地问他。

谨哥儿摇头,沉默了一会儿,道:"我想做嘉峪关的总兵!"

十一娘错愕:"为什么要做嘉峪关的总兵啊?"

"到了冬天,鞑子就会跑到嘉峪关抢东西,每年冬天都会死好多人。我还看到有人没了腿,没了手,在街上乞讨。"谨哥儿的小脸渐渐地绷了起来,"嘉峪关的总兵跟爹爹喝酒,说得哭了起来。说他老了,打不赢鞑子,让爹爹不要责怪他。爹爹也很无可奈何的样子,和嘉峪关的总兵埋头喝酒,还喝醉了。"他说着,小手紧紧地攥成了拳,"我长大了,要做嘉峪关的总兵,去打鞑子,让他们再也不敢跑来抢我们的东西。"

十一娘望着眼前这个小小的人儿,感觉既熟悉又陌生。

"那你知不知道,打鞑子是很危险的事?"她眼角有水光闪动,"一个不小心,不仅没有打败鞑子,还会把自己的性命搭进去,连累你身边像长安、随风这样的随从也跟着你送死!"

"不会的!"谨哥笑着,拽着十一娘往外走,到了院子中央才停。院子一旁有一排放兵器的架子,放着长枪、棒、蛇矛等兵器。

谨哥儿上前抽出棒子,挥舞了几下,空气中发出沉闷的裂帛声。他满意地点了点头,一棒子打在了旁边的石榴树上。咔嚓一声,如儿臂般粗的树枝应声而落。

"娘!"屋檐下红色灯笼的烛光照在他的脸上,眼角眉梢的笑容里带着毫不掩饰的傲然,"厉害吧!我以后会越来越厉害的!长安、随风跟着我,决不会送死的。"充满了自信。

"谨哥儿!"十一娘嘴中苦涩,上前轻轻地搂了儿子,"仅有蛮力是不行的,你还要学会怎样行军布阵、怎样与朝中大臣打交道、怎么统领将士。"她眼前一片模糊,哽咽着说不下去了,"那是一条很艰难的、很艰难的路……"

儿子走的是一条崎岖小路,她觉得很伤心,可为什么,心里隐隐又有一种与有荣焉的骄傲呢?她落下泪来。

"娘,您怎么了?"谨哥儿奇怪道,脑子里飞快地转着,"您是不是怕我去了西北就见不到我了?不会的,我会常常给您写信,一有空就会回来见您的……"

十一娘抽泣起来。

谨哥儿有些慌张起来:"娘,我、我现在还不去,嘉峪关的总兵说,要等我能穿那双牦牛皮的靴子的时候才能去西北……"

有一双结实的手臂把他们母子揽在怀里。

"好了,好了,别哭了!"徐令宜温声安抚着十一娘,"谨哥儿会没事的……嘉峪关总兵,可不是想当就能当的……谨哥儿要是没这本事,我是不会让他去的……"

十一娘把脸埋到了那个温暖的怀抱里,低声地哭了起来。

薄薄的白色松江三梭布被汗水湿透,紧紧地贴在谨哥儿的身上,像是从河里捞起来的一样。

站在窗棂外张望的十一娘心里一阵疼,侧过脸去,想来个眼不见心不烦,却与手持竹条站在谨哥儿身边督促儿子的徐令宜的视线碰到了一起。

徐令宜面无表情地收回了目光,竹条打在谨哥儿的小腿上,"站好了!"发出一声沉闷的声音。

十一娘不由闭了闭眼睛。

"是!"谨哥儿的身子略向上抬了抬,声音平静中带着几分疲惫。

十一娘眼角微湿,她提着裙子,轻手轻脚,快步走出了双芙院。

"夫人,您、您别担心。"琥珀安慰她,"侯爷是有分寸的人,六少爷不会有事的!"

"我知道。"十一娘掏出帕子擦了擦眼角,"谨哥儿既然决定走这条路,侯爷对他越严格,他活下来的机会就越多……"嘴里这么说,眼泪却止不住。

琥珀轻轻地叹了口气:"夫人,六少爷还小,说不定跟着侯爷习了些日子的武,觉得太累,就放弃了。或者,长大了,有了更喜欢的,就不去西北了!"

"但愿如此。"十一娘长长地吁了口气,"我们回去吧!谨哥儿说,今天想吃红烧狮子头。"说到这里,她唠叨起来,"他不是说不喜欢江南吗?那干吗还要吃红烧狮子头!红烧狮子头可是江南菜……"

身后跟着的丫鬟、婆子没有一个敢吱声的，个个使劲地憋着笑意。气氛骤然间就多了一分轻快。

迎面碰到脂红。

"夫人，太夫人请您过去说话。"

太夫人自年初大病一场后，身体就变得很虚弱。十天就有五天在床上躺着，亲戚朋友来串门给她老人家请安也不见了，家里的事也不过问了，每天和杜妈妈、脂红、玉版在家里斗牌或是说闲话，等闲不出门。十一娘觉得这样的日子太单调了，特意找了两个会识字的丫鬟陪着，每天读些杂书或是佛经给太夫人解闷。

早上刚去问过安的，这才不到一个时辰，突然找她去说话，不知道是什么事。十一娘思忖着，和脂红去了太夫人处。

太夫人精神还好，歪在临窗的大炕上，倚着大红弹墨的迎枕，玉版在一旁打着扇，十一娘安排的一个丫鬟在给太夫人读佛经。见十一娘进来，太夫人抚额皱眉。

"您是哪里不舒服吗？"十一娘坐到了炕边，柔声地问太夫人。

"不是！"太夫人眉头皱得更紧了，"我要跟你说什么的……我记不起来了。"

"记不起来了就别记了。"十一娘笑道，"等记起来了，您再跟我说。"

"我刚才都记得的……"太夫人有些不甘心地嘀咕着，"你让我仔细想想！"

老吾老以及人之老，幼吾幼以及人之幼。十一娘很是感慨，接过扇子帮太夫人扇着风。

"您今天怎么没有和杜妈妈打牌啊？"

太夫人心不在焉地道："我让她帮我找手串去了。我记得我有一串红玛瑙的手串，怎么好几天没看见了……"说着，她睁大了眼睛，恍然大悟般地道："对了，我想起来了。"然后拉了十一娘的手，"我正要问你，诫哥儿的婚事你准备怎么办？丹阳说，歆姐儿的婚期想定在明年三月间。诫哥儿是哥哥，他不成亲，歆姐儿怎么好嫁？我看，你还是快点把诫哥儿的婚事定下来吧！"

十一娘听着吓出一身冷汗。又不是同房的兄妹，哪有这样的讲究。就算是一母同胞的，兄妹间隔得近了，也有妹在兄前嫁。主要是太夫人的口气，好像诫哥儿和歆姐儿是一母同胞一般。太夫人这是怎么了？

"英娘还没有及笄，又是远嫁。"她笑道，"小定的时候就商量好了，等英娘及了笄再定婚期。"

"哦！"太夫人点头，一副茅塞顿开的样子，"我就说，怎么诫哥儿还不娶媳妇！"然后道："好了，没事了，你去忙你的吧！我叫杜妈妈来陪我打牌。"

十一娘笑着应"是",接下来的几天却细细地观察太夫人,发现太夫人竟然丢三落四的不说,有时候一句话重复好几遍,前一句说了,后一句就忘记了。

"侯爷,"她吞吞吐吐地道,"娘恐怕记性大不如前了……"

徐令宜有些不解。十一娘把自己的发现告诉他。正说着,有小丫鬟进来禀道:"二夫人过来了!"

两人忙打住了话题。

"我觉得娘现在……不大记得住事了……有时候说话也……"二夫人望了望十一娘,又望了望徐令宜,好像不知道该怎么说似的。

徐令宜和十一娘不由对视了一眼。二夫人只是偶尔去给太夫人问安,没想到她也发现了。

"刚才十一娘也跟我说这事呢。"半晌,徐令宜委婉地道,"我明天请刘医正过来看看……要是不行,就让她老人家搬到正院来住吧,我们也有个照应。"

十一娘觉得太夫人得的多半是因为身体器官的衰退而引起的老年病。这种病用药没有用,而且随着年龄的增大会越来越重……没有时间的界限。太夫人自住一个院子,身边都是丫鬟、媳妇子,自然没有和他们住在一起好。

"谨哥儿搬出去了,我把东西厢房都收拾出来,"她合计着,"勉强也够住了。"

"你的事多,又常有人来拜访,娘搬过来了多有不便。"二夫人道,"我看,还是让太夫人搬到我那里去住吧?"说到这里,她又立刻否认了,"我那里台阶太高,进出不方便,"她犹豫了片刻,"我搬到娘那里住吧!"

"这怎么能行!"十一娘忙道,"二嫂还要立书……"

二夫人轻轻地挥了挥手,"那都是小事,我还是照顾好娘要紧。"说着,站起身来,"这件事就这样定了。"说着,望着十一娘,"四弟妹,明天一早你就派几个小厮去给我抬箱笼。至于娘那里,就说我这些日子没什么事,和她老人家住些日子。"什么都安排好了,而且态度坚决。

"这件事还是等太医的结果出来再说。"十一娘道,"如果娘真是年纪大了,记性越来越差,五叔和五弟妹那边,我们也要打个招呼才是。日子长着呢,不能让二嫂总这样服侍着。等我和五弟妹商量了,我们再安排个章程出来。二嫂你看呢?"

"不用这么麻烦了。"二夫人道,"你们一个要主持中馈,一个要带孩子,还要准备歆姐儿的嫁妆……"

她的话没有说完,徐令宜道:"我看就依十一娘说的,先请大夫看看,要是娘真的是身体不适,到时候我们坐下来再商量好了。"

他表了态,二夫人不好再说什么,聊了几句太夫人的反常,就起身告辞了。

第二天,刘医正来,只说太夫人是"年纪大了,难免耳背、眼花",让"身边多安排些人服侍就是了",然后开了温补的方子走了。

徐令宜叫了徐令宁、徐令宽商量太夫人的事,二夫人却搬去了太夫人那里。在外面等结果的十一娘和五夫人面面相觑,赶往太夫人那里。

路上,五夫人小声对十一娘抱怨:"她做了节妇现在还要做孝妇……难道我们这些儿媳妇没有一个孝顺的!"

十一娘苦笑。

进了太夫人的院子,就看见结香正指挥几个粗使婆子搬箱笼。她忙迎上前来给十一娘和五夫人行礼。

有脾气也犯不着在丫鬟面前发。五夫人忍着心中的不快和十一娘一样朝着结香笑着点了点头,去了内室。

太夫人笑吟吟地端坐在临窗大炕上,二夫人跪在她身后,表情认真地帮太夫人梳着头。

早上金色的阳光从窗棂射进来,如给二夫人镀上了一层金箔似的。她的表情安宁而沉静,声音温和而亲切,动作温柔而舒缓,好像太夫人是易碎瓷器般小心翼翼的:"书也不知道什么时候能写出来……韶华院冷冷清清的,我就跑来给您做伴了。"

太夫人听着喜上眉梢:"只要你喜欢,只要你喜欢!"然后高声喊着杜妈妈:"快,把暖阁收拾出来,二夫人要在那里歇着。"正说着,眼角的余光瞥到了十一娘和五夫人:"你们怎么来了?"然后喜笑颜开地携了二夫人的手,"你二嫂住着冷清,她要到我这里来凑热闹了!"满心欢喜的样子。

一时间,十一娘的眼眶有些湿润起来,"好啊!"她勉强露出个笑容道,"您这边可就热闹了。"

"可不是!"太夫人喜滋滋地道。

十一娘忍不住朝之前还很是生气的五夫人望去,五夫人愣在那里,一副进退两难的样子。显然,二夫人和太夫人之间的亲密无间让她非常意外。

这件事就这样尘埃落定了。可事情还没有完,太夫人把徐令宜叫去,明确地让他们快点把诚哥儿的婚事办了:"赶在歆姐儿之前!"

徐令宜想了想,道:"要不,跟四舅奶奶说一声,看能不能把这件事提前给办了?也免得娘天天这样惦记着。万一不行,先娶进来,大些以后再圆房就是了。"

十一娘能理解太夫人的心情,立刻写了一封信去余杭。七月中旬,余杭那边来信,问具体的婚期。

虽然罗家七月份就写信过来问具体的婚期,可英娘嫁过来,已是十二月初。

拜过天地,认了亲,徐嗣诚和英娘去给太夫人行礼。看见一对穿着大红衣裳的新人,太夫人喜上眉梢,拉了英娘的手不住地点头,问一旁服侍的二夫人:"你看她,像不像十一娘?"

实际上两个人并不像。可太夫人喜欢十一娘,二夫人现在又把太夫人当小孩子一样哄着,闻言笑着仔细地打量了英娘两眼,道:"我看也有点像!"

太夫人听着就眼睛笑成弯月亮,对英娘道:"你姑母嫁过来的时候,也和你一般的年纪,可说话、行事却一点也不怯场。这一点,你倒随你姑母。"

英娘虽然性子爽朗,可毕竟是做新娘子的人,被太夫人这样夸奖,脸红了起来。

"我哪里比得上姑母!"她谦虚道,"姑母性子好,人又贤淑,我要学的地方多着呢!"

"错了,错了!"她的话音刚落,陪着他们过来的黄三奶奶就笑着打趣道,"现在可不能喊姑母了,要喊母亲!"

英娘不由赧然。大家都笑了起来。

杜妈妈把准备好的见面礼递给英娘,太夫人又从手上褪了个碧玺石的手串下来给英娘戴了:"这个也是给你的。"然后道:"你们好好过日子,早点为我们徐家开枝散叶。"

两个人都羞赧地低下头,声若蚊蚋地应"是"。

二夫人送了一对东珠珠花做见面礼。徐嗣诚和英娘道了谢。黄三奶奶在一旁说了些喜庆的话,看着时候不早,辞别了太夫人和二夫人去了宴席处。

屋子里安静下来,太夫人长长地透了一口气,软软地倚在身后的大迎枕上:"好了,只等歆姐儿出嫁了。"好像完成了一件很重要的事般松懈了下来。

二夫人了解地笑了笑,把重新换了炭的手炉给了太夫人:"您从早上一直等到现在,如今见着新人了,快歇一会儿吧!"

太夫人微微颔首,闭上了眼睛。二夫人帮太夫人掖了掖裙子的被角,静静地坐在那里守着太夫人,见太夫人呼吸渐渐均匀,这才拿起一旁的书看了起来。

待徐嗣诚两口子三天回门,送走了罗家麻等人,家里人开始忙着过年。徐令宜把谨哥儿叫到身边,一面教他进宫的规矩,一面告诉他宫里都有哪些人,各自都是哪个内侍在服侍,这些内侍都管着什么事,又都是怎样的性格……

谨哥儿当故事,听得津津有味。到了大年初一,高高兴兴地跟着十一娘进了宫。往年徐令宜总找借口推辞,皇后看出他的心事,也不勉强。说起来,还是谨哥儿在襁褓的时候见过。所以听说谨哥儿进了宫,皇后娘娘有些迫不及待地吩咐黄贤英:"快把他带进来给我看看!"

黄贤英看了一眼宝蓝底掐丝珐琅的更漏……马上就到了朝见的时候……可看见皇后娘娘已经表情急切地站了起来，她还是决定先把永平侯府的六少爷带进来再说。

皇后娘娘见到谨哥儿的时候，情绪有些激动。

"真像！"她端详着谨哥儿，"真像老侯爷！"

老侯爷，是徐令宜的父亲，谨哥儿的祖父。

谨哥儿大大方方地任皇后娘娘打量着："祖母也说我像祖父，还说，我以后肯定比爹爹长得要高，要聪明。"大大的凤眼亮晶晶的，看上去一派童真。

皇后娘娘笑了起来，先前还有的一点点伤感立刻烟消云散了。她牵了谨哥儿的手坐到了宝座上，在一旁的小几上抓了一把糖塞给谨哥儿："来！吃窝丝糖。"

谨哥儿把糖装进了随身的荷包里。皇后娘娘微愣。

"宫里的窝丝糖比外面做得细腻，而且味道清甜。"谨哥儿笑道，"我要带回去给七弟、八弟，还有庭哥儿、莹莹吃！"

"这孩子！"皇后娘娘笑着揽了谨哥儿的肩膀，嘱咐黄贤英，"等一会儿记得给六少爷装一匣子窝丝糖带回去！"

黄贤英笑着应"是"，小声地提醒皇后娘娘："到了朝见的时候。"

皇后娘娘听了犹豫了片刻，柔声对谨哥儿道："你在这里等我一会儿，我马上就来。"然后吩咐其中一个宫女："你在这里陪六少爷。"起身去了正殿。

那个宫女二十来岁，模样儿很端庄，端了锦杌给谨哥儿坐，笑着拿了糕点给谨哥儿吃。

谨哥儿说了声"姐姐过年好"，也不客气，一边吃着玫瑰糕，一边和那宫女说话："姐姐姓什么？一直在皇后娘娘宫里当差吗？现在专司什么呢？平时忙不忙？可不可以出宫？"像个好奇宝宝，一堆的话，惹得那宫女掩袖而笑："我姓谭，您叫我谭姑姑就可以了！"其他的，一律不说，只是问他："您很喜欢吃玫瑰糕吗？这桂花糕也不错。"

"真的吗？"谨哥儿立刻拿了一块桂花糕尝，连连称赞，"好吃！甜而不腻。"好像被好吃的东西吸引，忘记了刚才的提问。

外面一阵响动，有人大声问着"母后还没有回来"的话进了偏殿。殿里的宫女全都屈膝行礼，尊称"大公主"。

谨哥儿抬头，看见一个穿着大红色百鸟朝凤褶子的女孩子在一群穿着蓝绿色宫服的宫女簇拥下走了进来。她皮肤细腻白皙，鼻梁高高的，一双眸子乌黑明亮，可能因为走得急，脸上红扑扑的，看上去活泼又可爱。

"这是谁啊？"突然看见一个陌生的男孩子在母后的偏殿，大公主不由好奇地望着谨哥儿。

"这是永平侯爷的六少爷!"谭姑姑说着,谨哥儿已经跪下给大公主行礼。

"原来是你啊!"大公主微微一愣,立刻变得兴致勃勃起来。她走到谨哥儿的面前,"喂,你还认不认识我?不是说你身体不好,冬天不敢让你出门的吗?你今天怎么来了?我看你这样子,一点也不像身体不好的……"

谨哥儿当然不记得大公主的模样了。他避重就轻地笑道:"我现在好了,所以就来给皇后娘娘问安了!"

大公主听着眼睛一亮。

"太好了!"她拉着谨哥儿就往外跑,"我们要蹴鞠,正缺个人!"

"大公主!"谭姑姑忙追了过去,"皇后娘娘让六少爷在偏殿等的。"又道:"您等一会儿还要去给皇上请安呢!"

"你跟母后说一声就是了。"大公主听了,跑得更快了,"父皇那里,我已经去问过安了。"

谭姑姑不由跺脚,跟身边的宫女说了一声,就赶了过去。

等皇后娘娘带着十一娘到偏殿的时候,谨哥儿和大公主已经走了快半个时辰了。皇后娘娘想到大公主的顽皮,立刻遣了黄贤英:"快去把谨哥儿叫过来,就说永平侯夫人要回府了。"

黄贤英却想到两人小时候碰了两次面,两次都让公主不安生。她也急起来,问了大公主的去处,匆匆赶了过去。

"你别急!"皇后娘娘安慰十一娘,"身边有小丫鬟、内侍,不会让他们乱跑的。"

现在急也没有用。谨哥儿走到哪里都没有低过头,在这些龙子凤孙面前应该怎样,对他也是一次考验。十一娘恭敬地应"是",半坐在了皇后娘娘赏的锦杌上。

皇后娘娘就问起太夫人的情况来。十一娘一一答着,有王美人、宋婕妤等人过来给皇后娘娘问安。

皇后娘娘引见十一娘认识。大家见过礼,围坐在皇后娘娘身边说着闲话,外面又传来一阵喧哗声。

在坤宁宫,能这样的,恐怕只有大公主了。

十一娘思忖着,听见一个清脆的女声不悦地道:"我又不是说要留在我的宫里,让他和八弟住到一起也不行吗?再说了,他是我表弟,有什么关系……"声音渐行渐近,一路到了偏殿。只见大公主很不高兴地和神色尴尬的谨哥儿走了进来,身后还跟着满面窘迫的黄贤英和谭姑姑。

"这是怎么一回事?"皇后娘娘沉了脸。

"母后!"大公主根本不怕,她跑到了皇后娘娘面前,"您让谨哥儿留在宫里过夜吧,过了初五再送他回去好了！"说着，还拉了拉皇后娘娘的衣袖撒着娇。

十一娘在谨哥儿进屋的时候就把儿子从头到脚仔细地看了一遍，见他脸红红的，像跑了几里路似的满头大汗，心里不由犯嘀咕。再听大公主这么一说，视线就落在了儿子的身上。

谨哥儿忙朝着母亲使眼色，示意自己没事。

大公主已道："我和九皇弟约好了初四再蹴一场的。要是谨哥儿不在，多没意思啊！"

皇后娘娘闻言不由皱眉，"你多大了，还跟弟弟们蹴鞠？别说是宫里没有留宿的惯例，就是有，大过年的，也不能因为你要蹴鞠就把谨哥儿留在宫里。"说着，神色一肃，"这件事你不要再说了。"然后端了茶盅，"时间不早了，永平侯还在宫外等永平侯夫人和谨哥儿呢！"

十一娘见机忙拉了谨哥儿跪了安，大公主还在那里不依地喊着"母后"。

走出了坤宁宫，十一娘急急地问儿子："你没事吧？"

"没事！"谨哥儿低声笑道，"就是陪着八皇子、九皇子蹴了一场鞠。"然后把事情的经过告诉了十一娘。

十一娘想到大公主留谨哥儿的事，笑道："难道是你们输了？"

"当然不是！"谨哥儿有些得意扬扬地道，"我和九皇子赢了！"

十一娘很是意外。

"我看大公主的样子，分明就是想拉我充数。"谨哥儿道，"那个八皇子更是没把我放在眼里。我要是不拿出点真本事来，他们哪里会记得我！"

"你要他们记得做什么？"十一娘巴不得谨哥儿离这些人越远越好，"你就不怕大公主生气啊！"她想到刚才的情景，大公主好像并没有生气的样子，心里暗暗惊讶，不禁问他，"到底发生了什么事？"

"没什么事！"谨哥儿笑着，把事情的经过告诉了十一娘。

谨哥儿听说要他去蹴鞠的时候，还以为只是陪着大公主踢几下玩玩，后来见是比试，就有点担心他的技艺，等见了八皇子和九皇子的样子，他心里就有点数了，开始寻思着是赢是输。待从九皇子口中打听到他们平时比试并不是固定的搭伴，只是因为八皇子鞠蹴得好，所以多半是他和大公主搭伴，但有的时候大公主心血来潮也会和九皇子或是十一皇子搭伴。

"所以我就没和他们客气。"谨哥儿笑着，"这样如果有下次，大公主就可以换人了！"

十一娘错愕："你、你要进宫和大公主他们一起蹴鞠？"

"也不一定要一起蹴鞠啊！"谨哥儿道，"给大公主、几位皇子留个印象就行了！"

说话间,他们已出了宫门。

"爹爹、五叔!"谨哥儿笑着跑了过去。

徐令宜、徐令宽两兄弟站在两辆黑漆平顶齐头马车的中间说着话,听到动静,徐令宜大步朝他们走过来。

"怎么样?"他拍了拍儿子的肩膀,眼底闪过一丝不易察觉的担忧。

谨哥儿朝他露出个大大的笑容:"陪着大公主蹴了一场鞠。大公主输了,让我初四的时候再陪着她蹴一场。"

"哦?"徐令宜眉角微挑,"我们上车再说。"

"如果初四宫里让谨哥儿进宫,就让他去吧!"徐令宜躺在床上,眉宇间一派欣慰,"我们谨哥儿应付得来。"

"去宫里毕竟只是陪着玩。"十一娘坐到了床边,"还是功课要紧。免得孩子的心玩野了!"

徐令宜笑道:"过年的时候,就随他吧!"说着,坐起身来,"默言,我有件事要和你商量。"神色肃然。

十一娘微微一愣:"什么事?"

"翻过年谨哥儿就十二岁了,我想让他去嘉峪关。"

"这也太早了点吧?"十一娘吃惊地望着徐令宜,"他去嘉峪关能干些什么?"

徐令宜笑起来:"当户军啊!"

十一娘愕然。徐令宜揽了十一娘。

"他走马观花地在嘉峪关逛了一圈就想当嘉峪关的总兵。嘉峪关的总兵是那么好当的吗?这几年嘉峪关连连战败,那些总兵就真个个是软蛋没一个有勇有谋的吗?从嘉峪关到哈密卫再到施州卫,难道就只有一个嘉峪关的百姓流离失所吗?"他笑容渐敛,声音低沉,"少年人,有梦想、有热血、有闯劲是好事。可仅仅有这些是成不了事的,要学会冷静、权衡、妥协,要能在最复杂的形势下找到最有利于自己的地方,还要能想办法抓住机会加以利用,才可能成功。"说着,他的表情变得有些严肃起来,"谨哥儿现在不是满腔热血吗?那就让他去,去嘉峪关做个户军。和那些普通的户军同吃同住,一起操练出巡,站岗守城,让他知道什么才是真正的军营。等那个时候,他还是这样的志向,我们再来告诉他什么是冷静、什么是权衡、什么是妥协也不迟。"

十一娘看着他一副胸有成竹的样子,不由给他泼冷水:"嘉峪关上上下下的人都知道谨哥儿是侯爷的儿子吧?"

徐令宜笑道:"正因为嘉峪关上上下下都知道他是我的儿子,所以我才安排谨哥儿去

第九十五章·将展翅雏鹰欲凌空

那里的。"

十一娘不解。

"我也知道谨哥儿的年纪还小,并没有准备一下子就放手。只是想着他既然想走这条路,那就趁早准备的好。"徐令宜轻声道,"但想是一回事,有没有这个能力又是另一回事。是骡子是马,总要拉出来遛一遛才知道。我要是把他贸贸然丢到一个陌生的地方,他这么小,真被人欺负了怎么办?我把他丢到一个大家都知道他身份的地方去当士兵,不看僧面看佛面,肯定会对他照顾一二,他趁机了解一下军营到底是个什么样的所在就行了。两年以后,他要是还不改初衷,我再给他挪个地方,到一个大家都不知道他身份的地方去。他有了在嘉峪关的经历,又年纪渐长,要是到了新地方还打不开局面,我看,那还不如早点回来,好好读书,或是参加科举,或是到西山大营,或是想办法外放到山东、陕西做个参将。他也可以歇了这心事,免得三心二意,一件事都没有做好。"

十一娘听着精神一振:"侯爷这法子好!"随即又担心起来:"要是他还是要当户军可怎么办?谨哥儿的性子你又不是不知道,就怕他撞了南墙也不回头!"

"我们和他约法三章就是了!"徐令宜笑道,"一是不可以透露身份,二是每三年换一个卫所,三是每到一个卫所都凭自己的能力谋个一官半职。达到这三个条件,就算他通过了。"

"这会不会太苛刻了些?"

"的确很苛刻。"徐令宜表情淡淡的,透着一种志在必得的坚定,"可我现在对他苛刻些,以后老天就会对他宽容些,他成功的机会就多一些。"

十一娘深深地吸了口气:"那就照侯爷所说的办吧!"

夫妻俩并肩坐在床头,良久都没有说话。

到了初三,谨哥儿就在徐令宜面前嘀咕:"爹,您说,大公主会不会让我进宫啊?"

"不管让不让你进宫,你这样患得患失,就有失大将之风。"徐令宜望了他一眼,张开双臂,由十一娘帮他扣上白玉腰带。

"我这不是在爹爹面前才这样嘛。"谨哥儿不服气地小声道,"要是别人,我自然不会说。"

"那也是装模作样。"徐令宜笑道,"不是真君子。"

谨哥儿气馁,倒在了床上。

灯花进来:"侯爷,雍王府送了帖子来。"

屋里的人俱是一愣。

徐令宜接了帖子,笑了起来:"雍王说,初四在家里摆宴,请谨哥儿去喝杯薄酒。"

"无缘无故的,怎么请谨哥儿去赴宴?"十一娘眉头微蹙。

或者是大公主……念头一闪,她又摇了摇头。大公主不至于为了一场蹴鞠就搞出这么大的动静吧?大公主毕竟在内宫,就算雍王是大公主的胞兄,大公主要去雍王府也不是那么容易的事。

"爹爹,雍王让我初四去赴宴?"

"是啊!"徐令宜把帖子给谨哥儿看,"你去,还是不去?"

"当然要去!"谨哥儿打开帖子看一眼,笑道,"雍王邀请,怎么能不去?"

徐令宜微笑着点了点头,吩咐灯花:"把帖子交给回事处的赵管事,让他给雍王府回个信,说六少爷到时候一准去。"

灯花应"是",行礼退了下去。

十一娘问徐令宜:"谨哥儿有没有什么要准备的?"

"礼数上恭敬些。"徐令宜道,"到时候随机应变就是了。"

"是啊!娘,"谨哥儿连连点头,"雍王请我过去还不知道是因为上次和他相谈甚欢,还是大公主着法子要和我蹴鞠找他做的托。想准备也无从准备,不如见机行事。"

十一娘见儿子头脑清晰,放下心来。

第二天一大早,谨哥儿换了件墨绿底竹节纹的杭绸袍子,带了长安几个去了雍王府。

十一娘有些担心:"要不要派个回事处的管事跟着?"

"不用了!"徐令宜笑道,"他们几个都是跟着我走过西北的人,也算是见多识广了,谨哥儿带出去不会给他丢脸的。"

十一娘只好点头,待谨哥儿回来,立刻拉了他问:"雍王叫你去做什么?"

谨哥儿大笑:"叫我去蹴鞠!"

"还真是蹴鞠啊。"十一娘不由抹汗。

"大公主和我搭伴,八皇子和九皇子大败。"谨哥儿笑道,"八皇子不服气,又和十一皇子搭伴,结果还是输了。大家约了十五到雍王府去赏灯,再踢一场。"

"还踢啊!"

谨哥儿点头,对徐令宜道:"过了年,大公主他们就不可能像现在这样随意出宫了。您给我找个蹴鞠的高手吧!我趁着这几天再学几招,到时候让他们再见识一番。"这样一来,在很长的一段时间他们都会记住徐嗣谨这个人!

徐令宜微微颔首,立刻叫了灯花:"去,跟白总管说,明天天黑以前找个蹴鞠的高手来。"

谨哥儿笑着搂了十一娘:"娘,在雍王府放不开手脚,虽然有宫女服侍沐浴,可洗得不

痛快,我要再去洗个澡!"

"快去吧!"十一娘含笑望着越来越像大人的儿子,"梳洗了过来吃饭,我们一起去给太夫人问安。"

谨哥儿笑吟吟地带着长安回了清吟居。

接下来的几天他就跟长安几个在家里练习蹴鞠,正月十五去雍王府赴宴,再次和大公主联手赢了雍王的彩头。

徐令宜把儿子叫到了书房。

"年过完了,你也该收心了吧?"他坐在黑漆大书案后面镶汉白玉的太师椅上,肃然地望着谨哥儿。

谨哥儿不安地挪了挪脚,低声道:"爹,您有什么吩咐只管开口。摆出这架势,我心里没底!"

一句话,让徐令宜紧绷的脸上有了些许的笑意。

"臭小子!算你机灵!"他语气里透着几分溺爱,"你不是一直想去嘉峪关吗?我准备开了春就送你过去,你觉得怎样?"

"真的?"谨哥儿大喜过望,"我去,我去!"

"不过,是有条件的!"徐令宜望着雀跃的儿子,端起茶盅慢条斯理地啜了一口,"你要是能做到,我就送你去!"

谨哥儿并没有立刻答应,而是敛了笑容,小心翼翼地道:"爹,您说说看,是什么条件?"一双眼睛亮晶晶地望着他,清澈而澄净。

徐令宜把三个条件说了。

谨哥儿皱着小脸考虑着:"不能透露自己的身份,那能不能带个帮手?独木不成林啊!"

"行啊。去嘉峪关的时候你可以把庞师傅几个都带上。"徐令宜笑道,"不过,两年以后,就只能带一个人了,你这两年里要考虑清楚,到底带谁在身边。"

谨哥儿点了点头,面色有些沉重,继续道:"三年换一个卫所,要换几个卫所啊?"

"换三个。"徐令宜道,"既要见识黄沙漫天,也要知道十万大山。最后一站,在湖广。"

湖广有苗人。谨哥儿扳着手指算:"那岂不要十一年?"

"怎么?你嫌时间太长?"徐令宜笑道,"我还嫌时间太短,准备等你换完了三个卫所,再让你到五军都督府去做一段时间的文书呢!只有站得高,才能望得远。知道了下面是怎么一回事,再从大局的角度去看,等你身临其境的时候,才不至于迷失方向。"

谨哥儿垂了肩膀:"那、那我要多久才能做到总兵的位置?"

"看你的造化。"徐令宜道,"少则十五六年,多则二十五六年。"然后语重心长地道:

"谨哥儿,想做总兵是个好志向,可你也得知道自己拿不拿得起才行。好比你只有五十斤的力,却非要拿一百斤的石墩,刚开始的时候,还能苦苦支撑,时间一长,只有撒手的份。要是人机灵,石墩落在一旁,也就把地砸个大洞,可要是不小心,说不定这石墩就砸在了自己的脚上。你要仔细想想才是。"

谨哥儿嘻嘻地笑:"爹,您放心好了,我才不做那死要面子活受罪的事呢!"

徐令宜忍俊不禁。儿子哪里是嫌时间长,分明是在和他讨价还价。偏偏,他还上了当,果然是关心则乱啊!他胡乱想着,问谨哥儿:"你还有什么要问的没有?"

"有,有,有。"谨哥儿笑道,"谋个一官半职的,那守大门、守库房的算不算?"

"不算!"徐令宜笑道,"最少也要做个旗手之类的。"又道:"亏你想得出来,竟然要去守大门、守库房,这些地方都是照顾年老体弱的老户军的。"

谨哥儿摸着头笑,大声道:"爹爹,那就一言为定。要是我做到了您说的三个要求,您到时候可不能阻止我去嘉峪关。"

事到如今,徐令宜还是跟儿子卖了个关子:"做总兵可以,至于说是不是嘉峪关,那就不好说了。这种事,也要靠机遇的不是?难道因为你想当嘉峪关总兵,就把人家现成的总兵拎回家养老不成?你想平靖四海,难道别人就没有这样的志向?"

谨哥儿想到他去西北时,嘉峪关总兵站在城墙上指点关内关外时的慷慨激昂,认真地点了点头:"爹爹,我知道了。如果没有缺,我决不乱来。"

也就是说,如果有缺,那他就要争取一下了。徐令宜笑道:"那我们就说定了。三月初三过了就启程,你这几天在家里好好准备准备,嘉峪关那边,我要打个招呼,还有你祖母那里……"说到这里,他不由皱起了眉头。

太夫人的精神越来越差,对家里的人也越来越依赖。原来从不管他去哪里的,现在过几个时辰就问他去了哪里。他除了晨昏定省,午膳都在太夫人那里用。如果太夫人知道谨哥儿要去嘉峪关,只怕他说破了嘴皮也不会答应。

送走了儿子,徐令宜在书屋里打起转来。好不容易说服了十一娘,现在又轮到太夫人……让十一娘去跟太夫人说是不行的。倒不是她没这个口才,是她心里只怕正伤心着,再让她去说服太夫人,岂不是雪上加霜?想到这里,他脑海里冒出一个人。徐令宜立刻去了太夫人那里。

二夫人正在给太夫人念佛经。她的声音轻柔而舒缓,太夫人很快就闭上了眼睛。二夫人嘴角翘了起来,声音不减,又读了一页,这才轻轻地将经书放在了枕旁。

轻手轻脚进来后就一直屏气凝神站在旁边的结香就朝二夫人做着手势,告诉她外面有人找。二夫人微微颔首,不紧不慢地帮太夫人掖了掖被角,这才走了出去。

"侯爷?"看见徐令宜背手立在厅堂,她不禁有些惊讶。

徐令宜苦笑:"二嫂,有件事,想请你帮个忙。"

二夫人没有作声,思忖了片刻,轻声道:"是不是谨哥儿的事?"

徐令宜有些意外。

二夫人笑道:"我算着时候,也差不多了。"然后化主动为被动,朝东边的宴息室去,"我们这边说话吧!"

徐令宜点头,和二夫人去了东次间。

永和十八年的三月三,永平侯府在一般仆妇的眼中没有什么两样。作为世子夫人的四少奶奶主持了春宴。四少奶奶没有像第一次主持春宴那样让人眼睛一亮,而是延续了前年和去年的行事做派,在花厅摆宴,到后花园赏景,请了名角到家里唱堂会。只是今年花园布景的事交给了五少奶奶,五少奶奶搭了花棚,还和季庭媳妇一起搭了花山,景致比往年更有看头。

可在那些有头有脸的管事眼中,却有了细微的变化。先是二少奶奶,四夫人让她带着女儿去乐安照顾二少爷;然后是五少奶奶,和季庭媳妇一起管着家里的花木。要是别人家,管花木就管花木,也不是什么大不了的事。可偏偏他们府上有一座屈指可数的暖房,又有季庭这样的能人,更有四夫人这样喜欢侍弄的人,只有喜欢的人,才会让负责花木。家里在花木上的费用有时候比针线房的还多。最后是六少爷,据说读万卷书不如行万里路,如今学完了《幼学》《论语》,要出门游历了。第一站就是宣同府。别人不知道,可徐府的这些管事却清楚各省总兵对徐家的"恭敬",而徐家在哪里出了什么纠纷的时候,也不是找布政司,而是找总兵或指挥使。

看到这里,很多人都坐不住了,不仅往白总管面前凑,而且还往万大显面前凑。

白总管一贯风轻云淡:"侯爷有什么安排,难道还要知会我一声不成?做好眼前的事要紧,想爬得越高,小心跌得越重。"

万大显依旧老实木讷:"我只听说要给我们家长安和长顺多带几件冬衣,那边的春天到得晚。"

大家不得其解,府里就有些异样的气氛。这两年十一娘把家里的事基本上都交给了姜氏,姜氏第一个感觉到。自从那次被十一娘"点拨"了一番后,她再也没有和姜家说过徐府的事,就算大伯母几次私下问起,她也一口咬定什么事也没有。特别是看到大伯母偶尔露出的失望之色,她心里更添了几分警惕,更不会说什么了。

公公身体无恙,婆婆还是花信年华,要说以后的事,还早得很。现在家里出现了这样的事,按道理她应该杀一儆百把这些跳出来的人压下去才是。可她空有当家的名,却没有当家的实——内院不管是有头有脸的管事妈妈还是各处的大丫鬟，都是婆婆的人，有婆婆支持她，做起事来那些人没有一个敢不听号令的。但牵涉到六叔……婆婆心里怎么想，她没有底，更不能去试探什么。一旦她发威的时候婆婆釜底抽薪，丢脸是小事，只怕那些管事的妈妈再也不会把她放在眼里。可任由事态这样下去，这府里只怕要乱起来。

她想找个人商量商量。相公……一想到徐嗣谆漫不经心的样子，她如被霜打的茄子般，先弱了三分。只怕她一开口，他就会说"你多心了，这些事情有母亲，到时候你听母亲的就行了"。

袁宝柱家的……她是陪房，就算有通天的手段，没有她主家的支持，寸步难行。大嫂……她不由心中一动。两人说得来，方氏的口风又紧……

想到这里，她高声喊了宝珠进来："给我备马车，我要去三井胡同看看大少奶奶。"

宝珠应声而去。

十一娘并没有注意这些，她忙着给谨哥儿收拾行李。

"那些什么茶盅、拂尘之类的东西就不要带了，带些皮袄、皮靴之类的就行了。嘉峪关虽然偏僻，我相信那里也不是不见人烟的地方，实在是缺了，就在当地买好了。"抬头看见谨哥儿正拿了根乌金马鞭，又道，"这些东西也一律不准带过去。木秀于林，风必摧之。就算有嘉峪关总兵的照顾，你也要能和身边的人和平相处才是。要紧的是千万不可生出高人一等的心思，不知道多少有才学有能力的人就败在傲然的脾气上了。"

"我知道了！"谨哥儿有些依依不舍地把马鞭递给阿金收好。

徐令宜进来了："东西都收拾好了没有？"

"收拾好了！"十一娘道，想起这次陪谨哥儿去西北的人员来，迟疑地道，"要不，让长顺留在京里吧？他年纪还小，西北太辛苦了……"

长顺今年九岁了，长得白白净净、身材纤瘦，和长安没有一点相似之处，有管事开玩笑地说长顺是典型的北人南相。

"让他去吧！"徐令宜笑道，"我已经安排好了。他们去了嘉峪关就在军营外租个院子住，除了谨哥儿，其他的人就住那里，谨哥儿休沐的时候就过去。这样既可以让庞师傅继续指点他的武技，也可以让跟过去的先生检查他的功课。平时没有什么事，就教长安、刘二武他们武技和功课，长顺跟着，也能学不少知识。"

十一娘总觉得阵容太豪华，像是去度假而不像是去吃苦的。如果是平时，她肯定会委婉地提醒徐令宜一下，可听到徐令宜给谨哥儿开出来的条件以后，她觉得是自己多心了。徐令宜显然对这些都早有了安排。

到了三月二十二那天，徐嗣谆和徐嗣诫一直把谨哥儿送出了十里铺。谨哥儿给徐嗣谆和徐嗣诫很郑重地行了个礼："爹爹和娘亲就托付给两位兄长了！"

"你放心好了，母亲那里我们会照顾的。倒是你，一路上要小心……"徐嗣谆说着，趁徐嗣诫不注意的时候塞了个荷包给他，低声道："急时备用。"

谨哥儿喜笑颜开，说了句"谢谢"，飞快地把荷包塞进了衣袖里："四哥和五哥要是有空，就来嘉峪关玩吧！"

"一定，一定。"徐嗣谆笑吟吟地和谨哥儿挥手。

谨哥儿策马而去，庞师傅等人连忙追上，留下一道滚滚黄烟。

徐嗣诫不由感叹："六弟的马骑得真好！"语气里带着几分羡慕。

谨哥儿一走，十一娘顿时怅然若失，人一下子变得懒洋洋起来。徐嗣谆请了金匠到家里打首饰，她只是凑趣打了两个赤金如意纹的手镯。英娘是新娘子，陪嫁的首饰不仅是新金，还是新式的苏样儿，但十一娘还是拿了体己银子给她打了两枚赤金的戒指、两对赤金的耳环。到了吃喜酒的日子，带了姜氏和英娘一起去。

回到家，徐令宜正倚在床头看信。

"谨哥儿的。"他扬了扬手中信纸。十一娘已迫不及待地坐到了床边："说了些什么？"急急地夺过了信纸。

徐令宜笑起来，十一娘顾不得和他说什么，一目十行读起信来。信是从宣同送过来的，虽然很短，但一路上的衣食住行却交代得很清楚。知道谨哥儿一路平安，十一娘心中微定，但还是看了又看，这才放下。

"别担心。"徐令宜起身搂了搂十一娘，"谨哥儿挺好的，再过十几天就到嘉峪关了。"

十一娘点头。

过了十几天，谨哥儿又有信来，把他到了嘉峪关是怎样去拜访嘉峪关总兵的，嘉峪关总兵说了些什么，分到了哪个卫所，住在什么地方，住的地方有多大，事无巨细都写了。

因为落了脚，十一娘给谨哥儿写了封信去，又差了人去给滨菊报平安。

过了几天，谨哥儿不仅有信回，还让人带了一套胡人的衣裳和一些葡萄干回来，说衣裳是给十一娘的生辰礼物，葡萄干是给大家过端午节的。

十一娘很高兴，私下穿了胡服给徐令宜和英娘看，把葡萄干用精美的纸匣子装了，各处送一些去。甘太夫人回了鞋袜，曹娥则做了一套衣裳，等有人去嘉峪关，一起带上。十一娘又兴致勃勃地给谨哥儿写信，端午节前告诉他家里准备怎样过节，端午节后告诉他家里是怎样过节的。每五天一封，也不管谨哥儿回不回，都雷打不动地差人往嘉峪关送。

谨哥儿十天回一封。开始还只是简单地报平安，随着时间的推移，他也开始给十一娘讲一些训练上或是卫所的事。

到了六月中旬,英娘被诊出了喜脉。全家人喜出望外。这个时候,罗振兴因治县有方,升了沔阳州知州。

"虽然水难成灾,十分贫瘠,好歹是从五品的知州。"徐令宜笑道,"只要不出什么错,过几年再调个富庶些的州,升布政司同知、布政使是迟早的事。"

十一娘自然替罗振兴高兴。府里的人看英娘又不一样。英娘倒有些宠辱不惊的模样,每天还是早上给十一娘问过安后,就去后花园的暖房和季庭媳妇一起侍弄花草;待十一娘午觉睡醒了,过来陪十一娘说话、做针线,或各处转转;晚上留在十一娘那里用晚膳,一起去给太夫人问过安,送十一娘回屋后再回自己的住处。

十一娘本想免了英娘的晨昏定省,可见徐嗣诫每天早上陪英娘过来,晚上陪英娘回去,就把这话咽了下去。

谨哥儿知道自己马上又要做叔叔了,送了一块雕着事事如意的上好和田玉过来,还在信里猜是侄女还是侄儿,如果是侄女叫什么名字好,如果是侄儿叫什么名字好。

十一娘见他字里行间都透着几分欢快,知道他已经过了最初的适应期,心情也很愉快。和英娘笑了他一阵,给他送去了冬衣。

可这种欢乐的氛围并没有维持多久。十月份,嘉峪关那边连续发生了几场小规模的战争,谨哥儿的家书上却一字未提。可谨哥儿在嘉峪关,大家对嘉峪关的消息自然特别地关注,回事处那边一得到消息,十一娘就知道了。

她心急如焚:"说是有胜有败,毕竟还是败的时候多,胜的时候少。"

"没事,没事。"徐令宜安慰她,"不管是胜是败,谨哥儿所在的卫所比较靠后,也比较偏僻,不是大规模的进犯,不会打到他那里去。而且我早派人去兵部问过了,他那一带都没有什么事。"又保证:"如果他那边有什么事,也有人会给我报信的。"

十一娘心里还是不安。谨哥儿的信到了。给十一娘的信依旧是报平安,给徐令宜的信却谈及了这次战争。他愤愤不平地谈论起这次战事失利的原因,把责任全划到了嘉峪关总兵的头上。

十一娘直皱眉:"谨哥儿什么时候变得这么偏激了?还好您赋闲在家,要是您还在五军都督府任职,听了这样的闲言碎语,只怕这嘉峪关总兵的位置就要坐不稳了。"

"孩子血气方刚,有这样的反应是正常的。"徐令宜道,"要是他只知道一味地为嘉峪关总兵歌功颂德,那我就要担心了。"然后笑道:"不过,他的话也不是完全没有道理。嘉峪关总兵西征的时候是管粮草的,因为性情稳重,所以才任了嘉峪关总兵一职。谨哥儿说他行事懦弱,虽然欠妥当,却也不是全无道理。"他说着,神色间隐隐露出几分骄傲,没有回书房,就在东梢间十一娘读书的地方给谨哥儿回信。

十一娘在一旁磨墨。徐令宜把自己对战争的看法告诉了谨哥儿,还建议谨哥儿对嘉峪关这百年来重大的战事做个了解，然后说说有的战事为什么会赢，有的战事为什么会输。

谨哥儿虽然还是如从前一样，每隔十天就给十一娘写封信来，可过了二十几天才给徐令宜回信。他在信中把嘉峪关百年的战争详细地列举了一遍，然后说了自己的看法。信足足有四十几页纸，装了好几个信封。

徐令宜又把自己的看法写信告诉他。父子俩你来我往，谈论着用兵之道。常常是前一天刚刚收到一封谨哥儿的来信，第二天又接到一封。

府里的人不知道徐令宜和谨哥儿在说些什么，只知道书信来往频繁到了几乎每隔两三天就一次，不免有人咂舌："就这六百里的加急，得花多少银子啊！"

"又不是花你的银子！"有人笑道，"侯爷都不心疼，要你心疼。真是皇帝不急，急死了太监。"

众人哄笑起来。回事处的赵管事目不斜视地从那些人身边走，神色冷峻地求见徐令宜。

十一娘立刻想到谨哥儿……她急急去了外院的书房，和赵管事打了个照面。赵管事恭敬地给她行了个礼，匆匆出了书院。

"你别急！"没等十一娘开口，徐令宜已笑道，"不是谨哥儿的事。"说着，上前几步在她耳边低声道："是长顺的事。"

"长顺？"十一娘脸色一白，"长顺出了什么事？"

李霁累官至福建指挥司同知的时候，有人就提起他的父亲李忠，认为李忠当年"责罪过重"。皇上勃然大怒。要不是陈阁老出面周旋，李霁只怕官帽还没有戴上就丢了。

徐令宜和十一娘到书房后的暖阁说话："王家派人来，想把长顺接到辽东去。"

十一娘愣住："他们家还有人？要带长顺走的会不会是假冒的？"

"不是假冒的。"徐令宜道，"这件事只有我和王家的人才知道，而且来接长顺的人我认识，还拿了当年的信物。"然后叹道："我这几年虽然没有联系王家的人，却一直在关注王家的事。他们被流放到了辽东。辽东有海。王九保的小堂叔也是个人物，过去没两年就和卫所的人搭上了，在辽东采珠，帮着卫所的人贩私货，不仅狠狠地赚了一笔，还打开了局面。只是他们骤然从福建到辽东，一路辛苦，到辽东后又很不适应，几个孩子都夭折了，长顺如今是王家唯一活着的孩子，王家安稳了，想长顺回去认祖归宗也是常情。"

"能回去当然好。"十一娘沉吟道，"我只是担心王家在辽东是不是真的站稳了脚，过几年王家的事会不会又被人提起。至少要保证他的安全才行。"

"这种事我也没有十足的把握。"徐令宜道，"但我想王家现在要把长顺接回去，肯定是有几分把握能保证长顺的安全的。要不然，长顺要是有个三长两短的，王家岂不绝了嗣?"

绝嗣可是件大事！十一娘微微颔首。尽管这样,徐令宜还是做了一些查证,这才借口给谨哥儿送东西,把王家接孩子的人带去了嘉峪关。

冬至的时候,从嘉峪关传来消息,说长顺水土不服,暴病夭折了。滨菊虽然已经知道了事情的来龙去脉,但还是很伤感。

"也不知道他长大以后还记不记得我。"

"会的!"十一娘握了她的手,"你对他那么好,他会记得的。"

"我也不是要他记得。"滨菊含泪笑道,"我是怕他过得不好。清贫有清贫的好,富贵有富贵的险。"

这话有道理。十一娘不由点头。

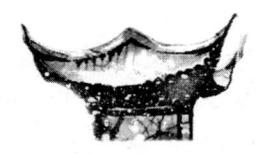

第九十六章　得官职谨哥添富贵

到了进宫贺寿的那天,皇后娘娘体恤太夫人,特意吩咐朝见过后带太夫人到偏殿旁的暖阁歇息。

"五弟妹陪太夫人在这里歇息吧!"十一娘和五夫人商量,"我到偏殿等开席。"到时候请太夫人和五夫人一起去坐席就是了。

虽然是皇后娘娘的恩典,却也不能太嚣张,她不露面说不过去。

五夫人点头:"我会好好照顾娘的!"

外面突然传来一阵声响。

"永平侯夫人,永平侯夫人!"有人喊着十一娘进了偏殿。

屋里的人循声望去,就看见穿着大红绣金礼服的大公主蝴蝶般地飞了进来:"谨哥儿在哪里?"

三人忙起身给大公主行礼。

大公主一把就扶住了太夫人:"您快坐下吧!"

然后问十一娘:"谨哥儿去哪里了?我怎么到处都找不到他?他也不在交泰殿。"

十一娘笑道:"他出门游历去了。"

"我怎么不知道?"大公主吃惊地嚷道,"他什么时候走的?去了哪里?什么时候回来?"

"去西北走一圈。"十一娘说得很含糊,"具体什么时候回来,要看行程。"

大公主嘟了嘴:"我说他怎么端午节、中秋节都没有进宫问安,我还准备过年的时候让他和我一起蹴鞠呢!"

"大公主要他蹴鞠,那是他的福气。"十一娘笑道,"我写封信试试,看能不能联系上他。如果能够,我再来回公主的话。"

大公主跺了跺脚,气呼呼地走了。

偏殿传来一阵嬉笑声,有人高声问:"怎么不见永平侯夫人?她躲到哪里去了?"

十一娘愕然,和五夫人交换了个眼神,急急赶了过去。

说话的是唐四太太,十一娘上前拍了她的肩膀:"这么大声,吓我一大跳!"

唐四太太呵呵地笑。

一旁有人道："恭喜永平侯夫人了,万岁爷开了金口,封了你们家六小子孝陵卫都指挥使,正四品,世袭。"

十一娘心中一跳。孝陵卫,就是专门解决皇亲国戚的儿子、公主的驸马就业问题的一个机构。说的是为祖宗守陵,实际上在那里守陵的都是那些户军、把总,他们这些世袭的武官,不过是皇上去祭祀的时候穿上官服陪着走一趟——宫里既有奉先殿,又有斋宫、天坛、地坛,皇上十年也去不了一趟陵宫,他们这些人就天天待在家里拿干饷,比西山大营还要闲散。西山大营至少要到营地里住着,还要拉出去练练身板,孝陵卫的人可是连卯都不用点,什么也不用干。

"你们是听谁说的?"她心里惊涛骇浪般,不知道发生了什么事,更不知道这话是怎么说出来的,"我可是从来没有听说过。"

"刚从内书房里传出来的。"唐四太太笑道,"贺公公已让人去写圣旨传吏部了,这两天吏部的文书就应该到了。"她说着,哈哈笑了两声,"到时候你可要摆几桌酒宴好好地请我们吃几顿才行。"

"如果是真的,随姐姐说吃几顿都可以。"十一娘道,"只是不知道这话是怎么传出来的。"

"是真的!"说话的是甘太夫人的嫂嫂,她笑道,"皇上在内书房召见几个公卿,大公主让人拦了永平侯要人。皇上知道永平侯把你们家六少爷送去了嘉峪关,就下旨封了你们家六少爷都指挥使……"

她的话还没有说完,大公主闯了进来。

"永平侯夫人,永平侯夫人,您快让人把谨哥儿找回来。"她得意扬扬地道,"父皇封了他孝陵卫都指挥使,让他快回来接圣旨。"

十一娘现在脑子里乱乱的,不知道皇上是什么意思,对谨哥儿去嘉峪关是怎么看的,徐令宜又是什么想法,有什么打算。

她只能屈膝行礼给大公主道谢。

大公主没等她跪下就携了她的手:"您记得让他快点回来就是了。初四的时候我约了皇弟们在东苑蹴鞠,他一定要来啊!要不然,我肯定会输的。"

十一娘恭敬地应"是",心里却发苦。

大公主高高兴兴地走了。黄贤英奉皇后娘娘之命请她去说话。

"皇上是万民之父,文治武功,怎么会因为大公主的一句话就随意封赏?"皇后娘娘的话很含蓄,"永平侯是怎样的人,皇上心里很清楚。这次不过是趁着万寿节顺水推舟罢了。你回去跟永平侯说,让他高高兴兴地接旨就是了。宫里,还有我呢!"

十一娘望着皇后娘娘娴静温和的面孔,心里不由嘀咕:也不知道您行不行……却一点也不敢怠慢地跪下去谢恩。

皇后娘娘满意地笑了,携了她的手:"走,我们一起去大殿。看这时辰,也应该要开宴了!"

徐家人压抑着心中的喜悦等着圣旨,十一娘还要侧着耳朵听外面的动静。

没几日,中山侯家、镇南侯家都开始托了人委婉地向皇后娘娘问起大公主的婚事来。就连一向镇定自若、低调内敛的定国公府都坐不住了,国公夫人亲自拜访十一娘,隐晦地求十一娘做中间人。

事关重大,她和徐令宜商量:"我要不要进宫?"

"去!怎么不去!"徐令宜笑道,"你不去,岂不把郑家得罪了?何况这种事我们又不能做主,行与不行,还不是皇上和皇后娘娘一句话,你也就只能是带句话而已。"

十一娘笑着递了牌子进宫。皇后娘娘正歪在暖阁的罗汉床上和黄贤英说着话,见她来了,让宫女搬了锦杌放在床边,道:"你来得正好!十天以后传旨,谨哥儿赶不赶得回来?"

十一娘算了算日子:"应该能赶回来。"

"那就再过十五天传旨吧。"皇后娘娘笑道,"时间长些,谨哥儿也可以从容些。"又道:"他要是回来,你就让他进宫一趟。快过年了,我这里另有赏赐给他。"

十一娘忙代谨哥儿道了谢。

皇后娘娘就笑道:"来得早不如来得巧,我正在给大公主挑个合适的人,你也听听,看哪家合适。"然后示意黄贤英继续说。

十一娘没有机会说明来意,就静下心来仔细地听黄贤英讲。有尚大公主之意的约有二十几家,都是公卿之家的次子或是幼子。有几家的孩子,还真的很出挑。

皇后娘娘也很满意的样子,待黄贤英说完,她问十一娘:"你说,是在湖广给大公主置办一万亩良田的嫁妆好,还是在山东好?"

开口就是一万亩……真是大手笔。

"各有各的好处。"十一娘笑道,"湖广是鱼米之乡,山东物产丰厚。臣妾看着都好!"

皇后娘娘考虑了一会儿,道:"那就湖广好了!人不能没有粮食。"

那口气,就像现代的人说"人不能没有钱"一样。

不过,也的确是一样的。古代又没有银行,又没有保险公司,有田防老,心里才踏实。

皇后娘娘这才问起十一娘的来意。十一娘委婉地说了。

皇后娘娘让黄贤英记下,和十一娘说着大公主的嫁妆,看着时间不早了,还赏了一顿饭,这才让她出宫。

回到家里，车一停下来琥珀就嚷起来："夫人，夫人，六少爷回来了。"

闭目养神的十一娘一惊，忙撩了帘子看。永平侯府的大门内正停着几辆黑漆齐头平顶的马车，谨哥儿的随从长安正指挥着几个小厮搬箱笼。

"长安！"琥珀坐到了车辕上。

长安小跑着过来，匆匆行了礼，没等她们开口，已道："六少爷现在和侯爷在书房。"

十一娘下了车，去了书房。

"娘！"正和徐令宜说话的谨哥儿丢下父亲，张开双臂，上前几步紧紧地把十一娘搂住，"您想我了没有？"然后像小时候一样，把头枕在了十一娘的肩膀上，全然不顾自己比母亲还要高半个头。

"想啊！"十一娘亲了亲儿子的面颊，"来，让娘看看你是胖了还是瘦了！"轻轻地推开了他，认认真真地从上到下把他打量一番。

十二岁的谨哥儿身材匀称、挺拔，皮肤白皙、细腻，目光明亮、清澈，笑容灿烂，如秋日的阳光，干净，爽朗。

十一娘笑弯了眉眼。

"娘，"谨哥儿感觉到母亲的喜悦，笑得更加灿烂了，"我好生生的，这下您该放心了吧？"

十一娘点头，轻轻拧他的面颊："我听说嘉峪关的太阳很烈的，你怎么一点也没有黑？不会是偷懒，没去卫所吧？"

"那怎么可能啊！"谨哥儿大喊冤枉，"我就是晒不黑，有什么办法？"还挺委屈的。

十一娘哈哈地笑。

谨哥儿重新搂了母亲："娘，我想您做的红烧狮子头，还想家里的绿豆糕。"

十一娘心都软了："知道你这两天要回来了，天天让家里准备着呢！"

徐令宜在一旁直皱眉："这么大了，像什么样子，还不快站直了说话！"

谨哥儿朝十一娘做了个鬼脸，站直了身子。

十一娘舍不得儿子，拉了谨哥儿的手："有什么话等一会儿再说吧！让他先去梳洗梳洗，再去娘那里问个安。"

徐令宜点了点头。母子肩并着肩出了书房，低声说起话来。

"娘，皇上真的封了我一个孝陵卫指挥使？"到底是小孩子，开口就问起这件事来。

"千里迢迢地把你叫回来，这还能有假？"十一娘笑道，"我刚刚从宫里回来，皇后娘娘还问你什么时候回来，让你回来了就进宫一趟，她另有赏赐给你。还有大公主那边，说过年的时候让你进宫陪她蹴鞠。"

谨哥儿啧啧不已："大公主好大的面子。"然后道："娘，我这都指挥使竟然是因为蹴鞠得来的。您说，会不会有人叫我蹴鞠都指挥使啊？要是这样，可就麻烦了。"非常担忧的样子。

十一娘忍俊不禁，逗着儿子："还真有这个可能！"

"娘！"他瞪着十一娘，大大的凤眼亮晶晶的，"您、您怎么可以这样！还笑我！"

"好了，好了，不笑，不笑。"十一娘揽了儿子的肩膀。

谨哥儿不依。

"是我不对。"十一娘赔不是，"以后再也不说这样的话了，好不好？"

谨哥儿阴转多云。走在他们身后的徐令宜一开始还耐着性子听他们说话，见谨哥儿板了脸，神色就有些不悦，待十一娘给谨哥儿道歉谨哥儿才高兴起来，他的脸色就更不好看了。

"有人这样跟母亲说话的吗？"他沉声呵斥道，"把你宠得没大没小了！"

"是！"谨哥儿忙低头，"是我不对，以后再不这样了。"乖巧地挽了十一娘，不敢说话了。

十一娘看着又好气又好笑。

三个人沉默着走了快一盏茶的工夫，谨哥儿忍不住，又小声地和十一娘嘀咕起来："娘，我给您带回来的胡服您穿了吗？那是回族的衣裳。嘉峪关那边还有蒙古族的衣裳，还有维吾尔族的衣裳……都不一样。我刚去的时候，不认识，就买了铺子里最漂亮的一件。我这次回来，就给您带了好几件胡服，还有很漂亮的头纱……"

"还带了漂亮的头纱啊！"十一娘小声道，"听说他们的帽子很漂亮，你有没有想到买几顶帽子回来？"

"娘，您可真行！还知道他们的帽子漂亮。"谨哥儿道，"我也觉得他们的帽子最漂亮。买了好多回来……"

两人一路小声说着话，徐令宜在他们身后直摇头，露出无奈又带着几分溺爱的表情。

太夫人留谨哥儿说话的空当，全府上下都知道了谨哥儿回来的消息，不仅五夫人、洗哥儿、诫哥儿、徐嗣谆两口子带着庭哥儿、徐嗣诫和英娘去了太夫人那里，就是府里有头有脸的管事妈妈也都去给谨哥儿磕头，太夫人高兴得合不拢嘴，一个劲地让二夫人打赏。二夫人不想扫了太夫人的兴致，让结香和玉版把准备好的装着赏银的箩筐抬到屋檐下来。

银色的锞子在阳光下闪闪发亮，如滴进油锅里的水，让大家的情绪骤然高涨了不少。

磕头声，道谢声，称赏声，此起彼伏，比大年三十还要热闹。

太夫人呵呵地笑，吩咐徐令宜："我们晚上放烟火。"

徐令宜备感头痛，正想着找个法子回了太夫人，二夫人已笑道："娘，谨哥儿才回来，圣旨还没有接,这个时候就放了烟火,到了正日子里头,岂不显得冷冷清清的?"

"也是。"太夫人对二夫人的话一向从善如流,笑道,"我们到了那一天再放。"

到了那一天,谨哥儿一早接了圣旨,由徐令宜陪着进宫谢恩,又去拜见了皇后娘娘。皇后娘娘赏了一对和田玉做的玉如意。大公主早就派人探了谨哥儿的消息,皇后娘娘的话刚问完,她就到了。徐令宜向大公主道谢:"全是托了您的吉言。要不然,谨哥儿也不会有这样大的造化。"

相比徐令宜的恭敬和郑重,谨哥儿显得活泼亲切多了:"多谢大公主的知遇之恩,以后有什么事,大公主只管开口,赴汤蹈火,万死不辞。"说着,还拍了拍胸膛,把偏殿里的人都逗得笑了起来。大公主更是笑弯了腰:"我要你赴汤蹈火干什么?"说着,她笑容微凝,道:"你初一会进宫朝贺吧?"

"从前我什么都不是的时候都偷偷跟着我爹和我娘混了进来,现在我好歹也是正四品的都指挥使好不好?"谨哥儿嘟囔道,"名正言顺的,怎么会不进宫来朝贺?"

大公主又笑了起来:"你少在那里得意,正四品怎样?正四品也不是人人都能进宫朝贺的。"

两人你一句我一句的,在那里东扯西拉,皇后娘娘和徐令宜眉头都微微蹙了起来。但一想到女儿马上要出嫁了,以后只怕难得有这样快活的时候,皇后娘娘舒展着眉头,露出个淡淡的笑容。一个想着这是在宫里,儿子看上去虽然带着几分痞气,可看大公主的样子,好像还很喜欢似的,忍下来没有作声。

第三天,嫁到天津的歆姐儿送了贺礼过来。第四天,收到了贞姐儿的贺礼。等收到徐嗣谕从乐安送来的贺礼时,已吃了腊八粥,正准备过年事宜。

徐令宜要和各地的大掌柜碰面,十一娘要送年节礼,有些可以托了姜氏去,像永昌侯、威北侯、梁阁老那里,却需要她亲自去。还有甘太夫人、曹娥那里,则是要趁着这机会去看看。徐嗣谆和姜氏一个在外院一个在内院,忙着年货、府里过年的打赏、过年的新衣裳,还有扫尘、贴桃符等琐事,洗哥儿和诚哥儿被徐令宽和五夫人带在身边去见长辈,就是徐嗣诚,也被徐嗣谆拉去写帖子。只有快临盆的英娘和谨哥儿没什么事,又都喜欢往十一娘的院子里跑,两人很快就凑到了一起。一个练了拳,写了大字就在厅堂里练习蹴鞠;一个坐在旁边的太师椅上踏在地笼上做着针线,不时抬头喝声彩。

长安跑了进来:"六少爷,六少爷,有人找您!"

"谁找我啊?"谨哥儿不以为意,把鞠踢到了半空中,然后身姿轻盈地扭身接了,显然兴致正浓。

长安不由大急:"是个小太监。"

谨哥儿"咦"了一声，把鞠丢给了一旁的随风，出了厅堂。

第二天，谨哥儿说在家里闷得慌，要出去走走。

徐家的男孩子搬到外院之后基本上就开了门禁，何况谨哥儿一个人在嘉峪关待了好几个月。徐令宜和十一娘当然都不会阻止，只吩咐快过年了，人多，让他出门多带几个护卫，注意别被人扒了荷包，也不要惹是生非。

谨哥儿一一应了，带着长安和随风，由徐府的几个护卫护着，出了门。

连着几天，谨哥儿都往外跑。英娘闲着无事，又没了伴，备感无聊，瞅了个机会问谨哥儿："快过年了，街上到处都是置办年货的，肩擦着肩，人挨着人，有什么好玩的？你不是说这几天要好好练练蹴鞠的吗？怎么又不练了？是不是初四不进宫了？"

"谁说初四不进宫？"谨哥儿道，"我这两天有事，你就别管了。"

英娘听了，眼睛瞪得大大的，好奇道："什么事比进宫还重要？"

"你别管了。"谨哥儿笑嘻嘻地跑了。

所有变化都是从那个小太监来找他开始的。宫里的人找他干什么？有什么事不找公公，要找谨哥儿的？而且看这样子，还瞒着婆婆。英娘怎么也猜不着，把这件事告诉了徐嗣诫："就是要向谨哥儿借银子使，谨哥儿也不用天天往外跑啊！"

"你别乱猜了。"徐嗣诫笑道，"他这么大的人了，做事自有分寸！你要是实在担心，我去问问马房的，看看他这几天都干了些什么。"

英娘直点头："但愿只是出去玩玩。"

徐嗣诫笑起来："我看，你是闲着没事了。"

"你才闲着没事了呢！"英娘嗔道，问起他外院的事来，"有那么多的帖子要写吗？不是有回事处吗？"

"我告诉你，你可别对外说！"徐嗣诫笑道，"有些帖子是父亲交代了让四哥写的，那两天事又多又急，四哥把我叫去，是仿着他的笔迹帮他写几份帖子。交给别人，怕说漏嘴。两天就写完了。是我看着四哥那么忙，我们又闲着，就又帮他办了些琐事。"

英娘从前也跟着罗大奶奶学过管家，罗大奶奶有时候忙不过来，也让她帮着写过帖子。

"这种事的确不好找别人。"她笑道，"要是让那些管事临了四伯的笔迹，就怕到时候狐假虎威，阳奉阴违，做出什么不可收拾的事来。家里这么忙，我怀着身孕还好说，你要是也袖手旁观就不好了。"

"我也这么想！"夫妻俩说了几句闲话，话题就转移到了没出世的孩子身上，"你说，叫'庆'字怎么样？庆，喜也。或者，叫'庄'字。临之以庄，则敬！"

全是男孩子的名字。

"说不定是女儿呢?"英娘嘟了嘴。

"女儿更好。"徐嗣诚笑,"母亲就喜欢女儿。"又道:"如果是女儿,那就叫'芸',阳华之芸,芳菜也。"

"那我叫什么好?"英娘抿了嘴笑。

英娘和妹妹的名字都是"草"字头。

徐嗣诚之前还真没有注意到。

他不由摸头:"还真不好办,总不能撇开了莹莹另外取名字吧?"

英娘不理她,转身去了外间,吩咐小丫鬟贴窗花,打扫屋子,留下徐嗣诚一个人在那里伤脑筋。

第二天,徐嗣诚在外院忙,差了贴身的小厮来回英娘的话:"六少爷这几天都在茶馆里喝茶、听戏。"

说闷,要出去玩,出去了,又只在茶馆里喝茶。英娘有些不相信:"难道就没有去别的什么地方?"

"没有!"小厮道,"马房的人说,哪里也没有去。"

英娘才不相信,晚上去给十一娘问安,她见谨哥儿急匆匆要先走,立刻追了出去喊住了他:"你捣什么鬼?竟然连马房的人也串通了。你今天要是不给我说实话,我就告诉母亲去!"

"真的没什么。"谨哥儿嬉皮笑脸,"你把我五哥看好就行了,天天盯着我干什么啊?小心我五哥背着你收个丫鬟在身边。"

虽然没有承认他串通了马房的人,可也没有否认。

"你五哥才不是那样的人。"英娘虽然脸色绯红,却不放过谨哥儿,"你少在那里声东击西。"

"没想到五嫂连声东击西都知道。"谨哥儿和她胡说八道,"难怪五哥到今天屋里没有别人。"

英娘刚嫁进来的时候也觉得奇怪,悄悄问琥珀,琥珀掩了嘴笑:"夫人问过五少爷了,五少爷说用不着。"

当时她脸涨得通红。后来怀了身孕,想给徐嗣诚身边安排个人,也被徐嗣诚给拒绝了,他还很不好意思地告诉她:"我们两个好好过日子就是了!"

英娘心里更是念着十一娘的好,觉得十一娘给她挑了个好丈夫。

"你这都是跟谁学的!"英娘又好气,又好笑,轻轻拧了谨哥儿的耳朵,"怎么变得这么痞？什么话都敢说！"

"哎呀！"谨哥儿就是不搭她的话，捂着耳朵大叫，"五哥，快来救命啊，五嫂她打我。"想转移视线。

徐嗣诚正和徐嗣谆说着外院的事，步子自然很慢，而姜氏跟在徐嗣谆的身后：徐嗣谆再慢，也不能越过他。三人还没有走出厅堂，听到谨哥儿的呼叫，都吓了一大跳，特别是徐嗣诚，他知道英娘和谨哥儿一向没大没小的，英娘性子又爽朗……不会是玩笑开过了吧？念头闪过，他三步并作两步撩帘而出，正好看见英娘拧着谨哥儿的耳朵。

"你们这是干什么呢！"徐嗣诚上前就劝英娘，"你可是做嫂嫂的！他年纪还小，有什么不对，你好好地跟他说就是了，这样拧着他的耳朵算怎么一回事啊！"

英娘望着比她还高的谨哥儿，哭笑不得，"你少宠着他了！他就是被你们给宠坏的！"说着，还是放了手。

谨哥儿立刻跳到了一旁，捂了耳朵，一边龇牙咧嘴装痛，一边做出一副胆小的模样躲在徐嗣诚的身后："五哥，你可要好好管管五嫂。我耳朵被她拧得好疼啊！"

英娘听了，又去拧他的耳朵。徐嗣诚忙去拦英娘。

谨哥儿趁机往外跑："难怪孔圣人说，唯女子与小人难养也！"

跟着出来的姜氏正好看到了这一幕。她眼神一黯。毕竟是表姐弟，谨哥儿待英娘比待她和项氏都要亲昵得多！姜氏不由朝英娘望去，英娘扶着腰在那里大笑，并不十分漂亮的面孔如阳光般灿烂，让人看了心情也跟着明快起来。

徐嗣诚笑着揽了英娘的肩膀："你怀着身孕，小心点，别和他闹。"语气非常温柔。

谨哥儿越是这样，英娘就越觉得谨哥儿肯定有很重要的事瞒着家里，几次要想再问问，谨哥儿却看见她的身影就躲。英娘不由暗暗担心起来。她好几次借口要花样子去了清吟居，却什么也没有发现。又让贴身的丫鬟悄悄地去浆洗房打听，回来说谨哥儿的衣裳、鞋袜都既没有破损也没有比平常脏，没有任何异样。

这样过了几天，徐嗣谕夫妻带着莹莹从乐安回来过年。

他进门就问谨哥儿："怎么没有看见人？不是说授了都指挥使，他应该在家吧？"

徐令宜和十一娘都不在。徐嗣谆和徐嗣诚在门口迎接徐嗣谕。

"说是家里闷，这几天净往外跑！"徐嗣谆笑着，问徐嗣谕，"二哥回来，怎么也不差人报个信，家里也好派人去接。"

"临时决定回来的。"徐嗣谕有些不自在，问起徐令宜和十一娘行踪，知道都出去给别人送年节礼了，他又问起徐嗣诚的功课来："院试没考好，明年再考就是。"徐嗣诚一口气过了县试和府试，却没能过最后一关院试。"也别急！好事多磨，一次就过的人也不多。"

徐嗣诚微赧。徐嗣谆见站在一旁的项氏脸色黄黄的，十分憔悴，莹莹也趴在乳娘的肩头睡着了，笑道："二哥一路车马劳顿，二嫂和莹莹也疲惫不堪了。不如先回去梳洗一番，待给祖母问了安，我们兄弟再好好说说话也不迟。"

"看我，只顾着说话了！"徐嗣谕不好意思地笑了笑，徐嗣谆叫了青帷小油车来，送他们回了屋，又差人跟姜氏说："二嫂他们回来了，你等一会儿过去看看！"

姜氏笑着应了，算着徐嗣谕那边应该收拾好了，往徐嗣谕那里去。路上碰到了英娘，两人说说笑笑进了门。

英娘发现谨哥儿身边的一个小厮正在树下和太夫人屋里的一个小丫鬟说着话，一边说，还一边朝着正屋张望，举手投足间显得很焦灼。

英娘心中一动，见其他人并没有注意到，她找了个机会，轻手轻脚地出了门。

那小厮已经不见了。

英娘招了那小丫鬟来问话："刚才六少爷的小厮和你说什么呢？"

"回五少奶奶的话，"小丫鬟恭敬地道，"六少爷的小厮问四夫人在不在太夫人这里。"

找婆婆，却背着众人？英娘急步追了出去，正好看见那小厮的背影。她松了一口气，让身边的丫鬟喊住了那小厮："是不是六少爷出了什么事？"

那小厮见是英娘，立刻哭了起来："六少爷和人打架，我、我是回来报信的。"

英娘吓了一大跳，忙把小厮拉到一旁："你别哭。到底出了什么事？"

小厮抽泣道："我们一早就去了仙居茶馆。等说书的先生上了场，六少爷留了我们几个在雅间，带着长安和黄小毛出去逛街去，过了晌午才回来。长安去隔壁的春熙楼点了几个菜送过来。正吃得好好的，有个蓄了山羊胡子的人带着十几个彪形大汉就闯了进来，指着六少爷说了句'就是他'，那些人围上来就打……"他喃喃地说着，心虚地看了英娘一眼，"我怕六少爷吃亏，就跑了回来……想找四夫人……"

"你们是不是做了亏心事？"英娘一听就明白。

"没、没有。"小厮回避了她的目光，"我们就是在那里听书、喝茶……"

就在那里听书、喝茶，别人会打上门来？他们出去，也带了四五个护院，永平侯府既是勋贵又是外戚，不管皇亲国戚还是朝中重臣都要礼让三分。这小厮竟然跑回来找婆婆求援。要么对方不是普通人，谨哥儿实在是没有道理，就是闹开了也不怕；要么对方不是燕京人，根本不知道谨哥儿是什么人……想到这里，她心中一跳。

"你给我说实话！"英娘不知道这个什么仙居茶馆离荷花里到底有多远，不管是哪种情况，如果谨哥儿他们真的双拳不敌四手，那就越早赶过去越好，就算没有道理，也不能让人把谨哥儿伤着了。她不由急起来，"要是六少爷哪里磕着碰着了，你知情不报，就算是侯爷不追究，太夫人追究起来，你不死也要脱一层皮。快仔细跟我说了！"

打架哪有不磕着碰着的。那小厮本就怕谨哥儿被人伤着,事后被责罚,现在听英娘这么一说,更是瑟瑟发抖,哪里还敢隐瞒一句:"听那山羊胡子的口气,他们是从淮安来的,主家还是什么都指挥佥事。我也不知道六少爷哪里得罪了他们,那些人个个气得脸色铁青,说就算是陈阁老的儿子,也先打了再说,皇上那里,自然有人出面理论。六少爷虽然武艺超群,几个护卫也身手了得,可他们人多,我怕到时候吃亏……"

淮安是漕运总督府衙门所在,那里当差的多是世袭的指挥同知、佥事,口气又这么大,显然非等闲之辈。

英娘急起来:"你们报了名号没有?"

"六少爷听那山羊胡子这么说,不让报名号。"小厮又哭起来,"还说,打赢了还好说,如果打输了,岂不是脸上无光。"

英娘直跳脚:"仙居茶楼离这儿有多远?"

"不远。"小厮道,"不过两盏茶的工夫。"

"你等着,我去安排。"英娘说着,匆匆进了院子。

太夫人身边两个未留头的小丫鬟在葡萄架下的石桌子上玩丢沙包,笑嘻嘻,十分欢快。看见英娘,都和她打招呼:"五少奶奶哪里去了?太夫人让人洗了梨子送进去。要是晚了,就吃不到了。"声音清脆,笑容纯净,英娘看着心中一轻,心神微宁。

这件事不能让太夫人和二夫人知道了——太夫人年纪大了,身体一日不如一日,要是因此受了惊吓有个三长两短的,到时候谨哥儿就成了千古罪人。二夫人待人严厉,行事沉稳,最不喜欢那些张扬浮夸之人,谨哥儿的事只会让她不喜,说不定还会觉得是婆婆教子无方。可出了这样的事,一般的人只怕摆不平。她立刻想到了徐嗣谆。但这念头刚起,她就摇了摇头。

徐嗣谆虽然是永平侯府的世子,可他性格宽厚,处事温和,待事公允。就算是谨哥儿有理,他出面,看见打了人,恐怕也是好言相劝谨哥儿得饶人处且饶人,大事化小,小事化了。说不定对方闹腾起来,他还会拿了银子出面安抚。如果谨哥儿没道理……那就更麻烦了,给汤药费不说,多半还会亲自赔礼道歉。如果谨哥儿打赢了还好说,那就是宽宏大量;如果打输了,只会被人耻笑是脓包,传出去了,让谨哥儿以后怎么做人?

去找白总管?那就等于是告诉了公公。英娘想到徐令宜冷峻的表情,凛冽的目光……心里一寒。不行,不能告诉白总管!公公要是知道谨哥儿在外惹了事,肯定会雷霆大怒的,训斥是小事,如果动用家法……婆婆还不要伤心欲绝。如若这样,那还不如请徐嗣谆出面!

这可怎么办啊?英娘团团转。拖一刻,谨哥儿的处境就艰难一刻。想到这里,她眼泪都要落下来了。或者是情绪太激动了,肚子里的孩子踢了她一腿。英娘一怔。想到了怀有身孕的项氏，接着想到了刚刚回府的徐嗣谕！

她眼睛一亮。刚才怎么就没有想到徐嗣谕！这么多年，他往返于燕京和乐安之间，肯定经历过不少的事。又是举人，也算得上是有身份的人，而且说话行事很稳妥，就算不能化解纠纷，应该也能暂时把人给稳住。她再想办法给婆婆送信……

只是现在大家都围在太夫人身边说话，她又是做弟媳的，难以很快地找到机会和他私下说这件事。电光石火间，英娘突然有了主意。

她立刻招了一旁的小丫鬟："你去跟二少爷说，有人自称是他的同窗，在府门口立等，要见他！"

因是英娘说的，小丫鬟也不疑她，笑吟吟地跑了进去。

不一会儿，徐嗣谕走了出来。

"二伯，是我找您！"英娘快步迎了上去。

徐嗣谕渐通世态，闻言目光微沉："出了什么事？"

英娘简明扼要地把事情的经过讲了一遍："我想来想去，只能来求二伯了！"又道："那小厮还等在门外！"

徐嗣谕立刻道："你先回去，不管是在谁面前都不要作声，这件事我来处理。"

他冷静、理智的态度立刻获得了英娘的信赖。她松了口气，问："母亲那里，也不作声吗？"

"也不作声！"徐嗣谕道，"你不是说那人来自淮安吗？如果情况不妙，我没有办法解决，我会想办法去找四姨父或是雍王爷。你就不要担心了。"

此时英娘才放下心来："棍棒无眼，二伯小心点！"

徐嗣谕点了点头，快步出了院子。

英娘深深地吸了口气，稳了稳情绪，这才笑着进了厅堂。

英娘一直躺在床上等消息。直到子初时分，才有婆子进来递话："六少爷和二少爷都回来晚了，可巧就在门口碰上了。二少爷和五少爷都歇在六少爷那里。六少爷说，今天太晚了，明天一早再进院给太夫人、四夫人问安。"

她长长地吁了口气，赏了那婆子一把铜钱，心里惦记着谨哥儿打架的事，偏偏这时候内院已经落了锁……她迷迷糊糊地睡了一会儿，醒来的时候天还黑着，叫了值夜的丫鬟石燕进来："什么时辰了？"

石燕是跟着英娘从余杭嫁过来的贴身丫鬟，她披着小袄跑到厅堂去看自鸣钟："寅正过三刻。时候还早，您再歇一会儿吧！"

内院卯初三刻开锁。英娘坐起身来："你叫小丫鬟打了水进来！我去清吟居看看。"

石燕掩了嘴笑："五少奶奶别担心，五少爷既然说歇在六少爷那里了，肯定是歇在那里了，何况还有二少爷做伴。"

两人亲厚，平常也开些玩笑，可这次英娘没有笑。石燕忙敛容止笑，恭敬地屈膝，吩咐丫鬟服侍梳洗。

英娘赶早去了清吟居。清吟居的人刚起来，小丫鬟们还睡眼惺忪。红纹已经嫁了人，主事的大丫鬟阿金脸上虽然带着笑，眼睛里却没有笑意。

"五少奶奶。"她不待英娘开口，就把英娘迎到了无人的厅堂，"这可怎么办？"她声音微带着颤抖，眼泪在眼眶里直打转，"六少爷的嘴角破了，额头上也青了一块，等一会儿去给夫人和太夫人问安，可怎么圆啊？"

英娘却急急地问："其他地方伤着没有？"

"肩膀上青了一块，"阿金摇头，"再没有其他伤着的地方。"

英娘长透一口气，这才问起善后的事："二少爷怎么说？"

"二少爷把六少爷送回来就出去了，到现在也没见踪影。"阿金低声道，"倒是五少爷，一直用井水给六少爷敷嘴角。"语气中对徐嗣谕隐隐有几分不满。

英娘一愣。屋子里突然响起谨哥儿清亮中带着几分欢快的声音："五嫂，你怎么这么早就过来了？"

英娘抬头望去，看见谨哥儿穿了件青莲色的锦袍从内室撩帘而出。他面如白玉，嘴角上一块微有些肿的青紫就显得特别醒目。她看着立刻心疼起来，伸手想摸一摸，又怕弄疼了他，伸出去的手停在了半空，小心翼翼地问他："疼不疼？"

"不疼！"谨哥儿笑，可一笑又牵动了嘴角的伤，笑容没来得及展开就苦了脸，表情因此有些滑稽，"当时没注意，事后就没感觉了。"

"在我面前还逞强？"英娘不由嗔道，"君子不立危墙之下。你倒好，竟然和人打起架来。我看你怎么善后！"说着，转身问阿金："有没有蔷薇粉？和了胡粉调一调，也不知道能不能掩住。"又道："我那里倒有一盒蔷薇粉，"然后高声喊了石燕："快去拿来！"

石燕应声而去。

"我又不是女子！"谨哥儿不愿意，高声道，"在脸上敷粉，算是怎么一回事？再说了，隔得那么近，祖母就是眼神不好使，闻着那香粉味恐怕也要起疑，还不如想个别的什么法子。"

"那你说，怎么办？"英娘瞪大了眼睛，"说你摔了一跤？你六岁开始蹲马步，就是把谁摔了也摔不了你啊！"说着到这里，她忙道："对了，昨天的事怎样了？长安、随风他们有没有事？这件事还有谁知道？听说对方是淮安来的，嚷着就是见了皇上也不怕，摸清楚是什么底细了没有？"

"放心吧！那帮小子仗着会几招拳脚，根本没把顺天府和五城兵马司的人放在眼里，等发现情况不对的时候去喊救兵，我们早就溜了。"谨哥儿说着，眉宇间有了几分得意之色，"长安和随风他们只是受了点小伤，擦点跌打药就行了……至于那帮不长眼的小子，不给我躺上一年半载的，休想下得了床！"又道："也不看看是什么地界就敢来横的。强龙还怕地头蛇，活该他们倒霉。我带出去的几个护院，可是我们府里数一数二的高手，要是他们都被打趴下，我看，我们永平侯府趁早把这御赐的匾额拿下来藏好了，免得丢人现眼的。"

"胡说八道些什么呢！"英娘吓了一大跳，"你怎么这么莽撞？打赢了就行了。何必非要把人打成那样？得饶人处且饶人。我听小厮说，可是你先惹的别人……"

"谁说是我先惹的他，是他先惹的我好不好！"她的话还没有说完，谨哥儿就像被踩了尾巴的猫似的跳了起来，"我从定国公府出来，一不小心惊吓了他们的马车，我向他们赔了不是，他们还追到了茶楼去。我看他们气焰嚣张，先打残了他们两个人，然后说到春熙楼摆两桌酒给他们赔个不是，交个朋友，这笔账就算了了。谁知道他们竟然不领情，又叫了一帮人来……你还要我怎么样？我觉得我做得已经仁至义尽。难道让我站在那里给他们打不成？"

英娘一下子就抓到了他话里的漏洞："你不是说出去逛逛的吗？怎么就去了定国公府？又怎么会惊了他们的马车？就算是这样，你赔了不是，定国公府的门子又不是不认得你，你们起了冲突，定国公府怎么就没有一个主事的人出来劝架的，还让他们追到茶楼去了？"

谨哥儿被她问得有些讪讪然，正要说话，一个低沉的声音突然响起来："他当时穿着小厮的衣裳，突然从定国公府的夹道里蹿了出来，差点惊得那几个护卫从马上摔下来。"

"二哥！"谨哥儿脸色一红。

英娘忙循声望去，徐嗣谕还穿着昨天的鸦青色锦袍，眉宇间带着几分倦意，显得有些疲惫。

"他穿着小厮的衣裳，门子哪里想得到是谨哥儿。"他一边说，一边走了过来，"漕运总督陈伯之在淮安一言九鼎，他的独子陈吉跟着他在淮安长大，众星拱月似的，养成了目下无尘的性子。这次又是奉皇命进京，谨哥儿赔了不是就跑，一点诚意也没有，陈吉怎么会善罢甘休？"说着，他望了谨哥儿，"你出手就把陈吉的两个随从打残了，开口就在春熙楼摆酒，当时就把他们给镇住了，问你是哪个府上的，你却说是定国公府的亲戚——定国公府的正经亲戚会从夹道里出来？定国公府的亲戚那些门子能不认识？你让陈吉怎么想？还以为你是在戏弄他们，自然怒不可遏了！"

"二哥，"谨哥儿干笑了两声，"我这不是看见对方一副有恃无恐的样子，怕报了我们府里的名头让他们摸清了底细,万一闹翻了让他们占了先机嘛!早知道因为这个又打起来了,我当时就应该报四姨父的名头了!"

到底是怕公公知道了他在外面打架,还是怕别人摸清楚了他的底细?英娘很怀疑。

徐嗣谕却不置可否,沉吟道:"几个受了伤的护卫我都叮嘱好了——他们这些日子天天跟着你,又快过年了,我让侍卫处放了他们的假。等过了年,他们的伤也就好得差不多了。至于你的伤……"他大有深意地望了谨哥儿一眼,"昨天晚上,我想办法找了一对卖唱的父女,已经带进府来,安置在东群房那边的跨院里……"

"二哥!"谨哥儿立刻明白过来,他喜上眉梢,挽了徐嗣谕的胳膊,"我就说,凭二哥的本事,怎么会没有后手。果然,想了个这样好的主意!到时候母亲或者是祖母问起来,我就说是看着那对卖唱的父女被人欺负,路见不平,拔刀相助。"他笑得眼睛都弯了起来,"二哥,你花了不少心思吧?等会儿我请你到听鹂馆吃饭。"又对英娘说:"五哥也一起去。五嫂喜欢吃什么,我让人送过来!"

徐嗣谕看着,眼底闪过一丝无人察觉的溺爱之色。

英娘已经听得目瞪口呆,哪里顾得上谨哥儿,直问徐嗣谕:"这、这行吗?"

徐嗣谕没有作声,沉凝了片刻,突然问谨哥儿:"你去定国公府做什么?有宽敞的大门不走,为什么换了小厮的衣裳从他们府的夹道里蹿了出来?"

谨哥儿被问得语塞了片刻。

"哎呀,穿小厮的衣裳免得被扒手盯上嘛!二哥有些日子没在燕京过年了吧?你都不知道,东、西大街有多挤。我怀疑,全燕京的人都涌到东、西大街去了……"

他东扯西拉的。徐嗣谕就一直沉默地望着他。

英娘却灵光一闪。上次她跟着婆婆去威北侯家吃喜酒,好像谁说着,定国公府的一位公子想尚大公主,还请婆婆帮着出面说项……

"谨哥儿,"她惊呼道,"你该不会是受大公主所托,去相看定国公府的那位公子吧?"

谨哥儿一下子呆在了那里。

徐嗣谕听着,脸色微沉:"五弟妹,你说说看,到底是怎么一回事?"

英娘看着,心中一凛,有些不安地道:"那天我和谨哥儿在母亲院子里玩……"

"算了!既然五嫂猜到了,还是我来说吧!"谨哥儿耷拉着脑袋,像被霜打了似的,有气无力地打断了英娘的话,"大公主的婚事,人选挺多,可皇上和皇后娘娘却一直拿不定主意,一会儿传出皇上有意让欧阳鸣的幼子尚大公主,一会儿传出皇后娘娘看中了太子妃的堂弟。这两个人大公主都见过,说一个满脸横肉,一个呆头呆脑的,要是嫁给这样的人,还不如守寡的好。让我帮她把那些入了选的人都打听打听,她要自己从中挑一个。"

一向沉稳的徐嗣谕听了几乎要跳脚。

"这也是你能管的事,太胡闹了!"他脸色微白,"你都跟大公主说了些什么?当时还有哪些人在场?有没有递什么纸条之类的?那么多入选的,要是你的事被有心人传了出去,到时候入选的未必把这件事放在心上,那些落选的迁怒之下说不定把这账算在你的头上。如果大公主和驸马过得好,是应该的;万一过不好,说不定连公主也要责怪你。你这是典型的吃力不讨好!"

"二哥也想得太复杂了。"谨哥儿不以为然地坐到了一旁的太师椅上,"什么事,都有好有坏的,只看你怎么处置了——二哥的话固然有一定的道理,可说不定还有人在琢磨着我和大公主之间的关系呢!"说到这里,他突然兴致勃勃地问徐嗣谕:"二哥,你说,大公主都敢寻思着自己挑驸马了,以后驸马尚了大公主,岂不要看她的眼色行事?"

徐嗣谕看他一点危机感也没有,不禁有些哭笑不得。

"你见过几个人,就帮大公主挑驸马?万一你走了眼,大公主怎么办?你听二哥一句劝,为了大公主,你打也挨了,伤也受了,我看不如就趁着这机会回了大公主的差事。这样一来,你也算是为大公主尽心尽力了……"

他的话还没有说完,谨哥儿已嚷道:"什么叫打也挨了伤也受了?是陈吉那小子挨了打好不好?"然后道:"二哥,我也知道你是为了我好。可我既然答应了大公主,就这样半路撂挑子,那成什么人了?你都不知道那些待选的都是些什么东西!"他说着,脸上露出几分怒容,"有一个,看上去人模人样的,可跟先生读了十年的书,竟然连大字都认不得几个。你说,要是让这样的人尚了大公主,那大公主还真不如守寡呢!"

徐嗣谕吓了一大跳:"不可能吧?驸马待选是要经过礼部的……"

"别提礼部了!"谨哥儿愤然地打断了徐嗣谕的话,"那小子就是礼部一个郎中的侄儿。也不知道他做了些什么手脚,竟然把名字递到了皇后娘娘面前。大公主好歹也是我们的表姐妹,我们怎么能让她受这样的委屈!我正寻思着找个机会找找这郎中的晦气,简直是癞蛤蟆想吃天鹅肉嘛!"

一个礼部的郎中,能把侄儿的名字一直递到皇后娘娘面前,这其中有什么猫腻,让人想想都觉得不简单。徐嗣谕更不愿意谨哥儿插手这件事了。

"既然是这样,我们不如找雍王爷吧。他是大公主的胞兄,又位高权重。有他过问,肯定比你们这样折腾强上百倍千倍。"他斟酌道,"你们这样,那待选的人在燕京还好说,如果是在山东、陕西,你怎么相看得过来?如果误了大公主的事可就不好了!"

谨哥儿听着露出了思考的表情。

徐嗣诚来了。

"英娘,你怎么这么早就过来了?"他看见妻子,忙扶她到一旁的太师椅坐下,小声道,"我不是跟你说了,一有消息就让人给你带话过去,你这样跑来跑去的,要是动了胎气可就麻烦了。"然后和徐嗣谕打招呼:"二哥也在这里。"又对谨哥儿道:"我昨天想了一夜,这件事闹得这么大——你们在闹市打架,难保没人把你认出来。又惊动了顺天府和五城兵马司的人,瞒是瞒不住了。你不如晚些去给母亲和祖母问安,我这就去找三哥想想办法,走走顺天府和五城兵马司的路子,让他们帮着作证,就说是那些人来势汹汹的,才会起了冲突……"

这也不失是个办法!

徐嗣谕听着不由微微点头,看徐嗣诫的目光也与从前有些不同:"我回来得有些急,顺天府和五城兵马司那里还没来得及去。如果找三弟出面,不知道他拿不拿得下。要不,跟五叔说说?五叔在禁卫军是老资格了,五城兵马司那边多是五叔从前的同僚,五叔应该和他们很熟。顺天府和五城兵马司的人也常打交道,五城兵马司肯定有人和顺天府的人熟。"

徐嗣诫听着先是一愣,然后露出晦涩不明的表情来。

徐嗣谕和英娘不知道这其中的故事。两人见了,一个以为徐嗣诫是因为主意没有被全盘采纳而不自在,一个以为徐嗣诫是怕在五叔那里搭不上话又不好明说而不自在……正想开口相劝,谁知道徐嗣诫眼中闪过一丝毅色,很快就做了决定:"那好,我这就去找五叔去!"

"还是我去吧!"谨哥儿道,"正好可以跟五叔说说。到时候父亲知道了,也有个帮着说话的人。"

这件事不是打赢了就能完事的。陈吉既然是漕运总督的儿子,他们家在朝廷也有自己的人。被他打成那样了,肯定咽不下这口气。就算查不到他的身份,可闹腾起来,以父亲的精明,肯定会发现的。与其那个时候去面对父亲的怒火,还不如未雨绸缪。何况五哥和五叔一向不太合拍,与其让五哥为了自己的事为难,还不如他亲自去一趟,既表达了诚意,也解了五哥的围。

"这主意好!"英娘怕徐嗣诫继续坚持,把徐嗣谕找了一对卖唱父女的事告诉了徐嗣诫,"先安了祖母和母亲的心再说。"

徐嗣诫有点奇怪妻子的答非所问,谨哥儿已经很果断地站了起来,"我看这件事就这样定下来好了。"他说着,目光落在了徐嗣谕的身上,好像在询问他这样行不行。

先要把眼前的这一关过了。徐嗣谕立刻点头:"那我就先回屋换衣服。你也梳洗一番,先去给母亲和祖母问安,之后再去找五叔也不迟。"

谨哥儿点头,大家各自回了屋。

尽管徐嗣谕为他想了个挺不错的计策,谨哥儿还是留了个心眼。他等到辰初过三刻,十一娘给太夫人问安的时辰匆匆跑去了太夫人那里。

"昨天睡得晚,结果今天起迟了。"他一副睡眼惺忪的样子,"还请祖母和母亲恕罪。"

徐令宜和徐嗣谆已经去了外院,太夫人、十一娘、五夫人等人都被他嘴角的伤吓了一大跳,哪里还去追究其他。

"这是谁干的?"太夫人立刻携了谨哥儿的手,"那些护卫呢?难道都是吃干饭的?"脸绷得紧紧的,眼里没有一丝笑意,声音虽然不高,却很严肃,不再是平常慈眉善目的老太太,而是周身都散发出一种久居上位者的威严。不仅谨哥儿没想到,就是十一娘、徐嗣谕等人也觉得非常意外。

"没事,没事!"谨哥儿忙安慰太夫人,"是我大意被人打了一下,那些护卫也没想到。"

"到底是怎么一回事?"太夫人沉声道,"打人的人呢?捆起来了没有?"

前一句还问是怎么一回事,后一句就问打人的人捆起来了没有,还没有听事情的经过,心里分明已经有一杆秤了。

徐嗣谕松了一口气。只要让太夫人相信了他们说的是事实,太夫人就会自动地把惹人的人想成陈吉。就算是父亲知道了,因为太夫人的缘故,他处置起谨哥儿也要想一想。

"六弟昨天做了件好事!"徐嗣谕突然开口,屋里的人都望向了他。

"我昨天准备去春熙楼给同窗洗尘。走到半路,看见有人在那里打架……"他给大家讲了一个故事。众人都没有怀疑。一来是因为讲故事的人是一向沉稳的徐嗣谕;二来是大千世界无奇不有,就算是燕京,也有那不知道天高地厚的人闹事。

徐嗣谕的故事还没有讲完,太夫人已搂住了谨哥儿,心疼得不得了:"我的乖乖,可让你受委屈了,竟然有这样不讲道理的人。你好心劝和,还挨了打。"然后吩咐杜妈妈:"传我的话下去,帮六少爷打人的,每人赏五两银子。告诉他们,跟着主家出去,就应该为主家分忧,以后就要这样。"又道:"那对卖唱的父女,你去问问是哪里人。要是他们愿意,我们出些银子给他们做盘缠,让他们返乡,也不枉和我们谨哥儿有一面之缘。"最后道:"再去跟白总管说一声,让他请个太医来给看谨哥儿看看。"

杜妈妈笑着应"是"。

十一娘望着儿子的目光温暖和煦:"有没有伤着其他的地方?"

"没有,没有!"谨哥儿一直悬着的心落了下来。还是二哥厉害啊,从来不扯谎的人,说起谎来真是要人的命啊,"凭我,要不是一时没注意,谁能打得着!"说着,还像从前那样挺了挺胸。

大家都笑了起来。

太夫人把谨哥儿留在了身边:"等太医来开了方子,我让脂红给你熬药。"然后对十一娘等人道:"快过年了,你们都去忙你们的去!晚上我们再给谕哥儿补洗尘宴。"

徐嗣谕今天还有很多善后的事要做，立刻笑着应"是"，借口今天同窗要走，先告退了。随后其他人也散了，只有诜哥儿和诫哥儿，睁大了眼睛望着谨哥儿，好像他脑袋上突然长了个角似的。

"六哥，我们来比比拳脚功夫吧！"诜哥儿把谨哥儿拉到了一旁，"我看看我到底能打几个人！"

谨哥儿正愁找不到借口去找徐令宽，立刻拉着诜哥儿出了门。

事情很快就传到了徐令宜的耳朵里。

他暗暗奇怪。儿子虽然年纪小，可练的是内外兼修，寻常三五个人难近他的身，怎么就让街头的混混给打了？何况那些在街上混的，最有眼色，看着他衣饰不凡，又有护卫随扈，怎么可能随随便便就动了手，或者是谨哥儿气焰嚣张，借着这事先挑的头？

他沉默片刻，问灯花："那对卖唱的父女什么时候进的府？"

灯花恭敬地道："六少爷和二少爷碰了头之后，二少爷出去了一趟，回来的时候就领了那对卖唱的父女。"

"二少爷？"徐令宜微微一愣。

"是啊！"灯花道，"听说是六少爷求二少爷给那对父女安置个地方，二少爷也没有什么好地方，就带了回来。"

徐令宜沉默了片刻，吩咐灯花："那对卖唱的父女在哪里？领来我看看！"

灯花去群房叫了卖唱的父女过来。那父亲不过三十来岁的年纪，五官清秀，虽然面黄肌瘦，眉宇间却透着几分傲气。大冬天的，穿了件秋天的夹袍，背了个琵琶，身姿笔直地站在那里，不像卖唱的，倒像个读书人。做女儿的有十二三岁，紧紧地跟在父亲的身后，低着头，身子瑟瑟发抖，很害怕的样子。

"抬起头来说话！"徐令宜的声音不高不低，隐隐地有雷霆之音，那女儿慌慌张张地抬起了头。

父女俩的五官有七八分相似。那女儿脸色很苍白，一双秋水般清澈的眸子，可怜兮兮地望着徐令宜，楚楚可怜，的确有几分姿色。

"叫什么名字？"徐令宜淡淡地道。

"沦落如此，有辱祖宗之名，不敢称名道姓。"那父亲看似不卑不亢的，声音却发颤，透露了他的害怕。

徐令宜道："听你这口气，还是个读书人？"

做父亲的没有作声，低下了头，显得很羞愧的样子。

徐令宜又问："听说你们是江南人，怎么就流落到了燕京？又怎么和人打起来了？"

"投亲不遇,没了盘缠,只好卖唱为生。"那父亲说着,脸色涨得通红,"那帮人非要小女唱小曲,小女不会,就要小女陪酒。我怎么也算是读过书的人,让女儿抛头露面已是不得已,怎么能让小女再去陪酒?"说着,眼里露出愤愤之色,做女儿的更是泪眼婆娑,"就起了争执……"

"太夫人赏了些银子给你们做盘缠。"徐令宜没再多问,"你随灯花去领了,带着女儿回乡吧!"

那父亲满脸惊讶。

"爹爹,那、那我们是不是可以回家了?"女儿激动地问父亲。

那父亲好像被这巨大的喜悦给冲垮了似的,半晌才回过神来,冲着女儿点了点头:"我们可以回去了!"然后朝着徐令宜揖了揖,说了句"大恩不言谢"。

自始至终,都保持着一种尊严。父女俩随着灯花退了下去。

徐令宜叫了白总管进来:"去查查,和谨哥儿打架的都是些什么人。"

白总管应声而去。下午来给徐令宜回信。

"是漕运总督陈伯之的儿子陈吉。"白总管斟酌着道,"他疏通会通河有功,皇上特荫恩他儿子都指挥佥事,陈吉奉旨进京谢恩。"

徐令宜点了点头,神色很平静:"顺天府的人怎么说?"

"去的时候已经打完了。"白总管道,"他们什么也没有看见。"又道:"五城兵马司的人说他们比顺天府的人到得还晚。"

徐令宜大笑,挥了挥手:"知道了!"

白总管没有像往常那样立刻退下去,而是面带犹豫,有些踌躇。

"你还有什么事?"徐令宜笑道。

白总管迟疑了一会儿,低声地道:"侯爷,您看,要不要跟顺天府的打个招呼……六少爷脾气虽然有些鲁莽,可任谁见了这样的事只怕也要义愤填膺……毕竟是做了件好事……"

徐令宜没有表态,而是突然道:"过了年,山西的大掌柜就六十三了,他今年又提起荣养的事。我看,你和谆哥儿商量商量,定几个人选我过过目。明年开春就把山西大掌柜的人选定下来。"

白总管知道徐令宜是示意他不要再管,忙躬身应"是":"我这就去和四少爷商量。"

徐令宜没有作声,待白总管走后,他背着手站在窗棂旁看了半天的雪,这才回了正屋。

"谨哥儿呢?"徐令宜坐下就问儿子。

十一娘接过小丫鬟奉的热茶放在了徐令宜的手边:"说是怕还有人找那对卖唱父女

的麻烦,要亲自把人送出城。"她坐到了徐令宜的身边,"我怎么总觉得不对劲。以谨哥儿的脾气,救了人,多半就是丢下银子让小厮他们去善后,这次却因为那对卖唱的父女没地方住带回了府里。"她摇了摇头,"我怎么想也觉得不是他的行事做派。还有谕哥儿,一向稳重,回来的第一天,明明知道太夫人会设宴给他洗尘,他却为了同窗彻夜未归……"说着,她有些担心地望着徐令宜,"侯爷,您说,这其中会不会有什么蹊跷?"

"大过年的,孩子们都回来了,难得一家团聚,你就别瞎琢磨了。"徐令宜笑道,"快去换件衣裳,我们去娘那里吃饭。"

难道是自己太敏感了?念头一闪而过。十一娘去换了衣裳,和徐令宜去了太夫人那里。

徐令宜正和太夫人说着什么,看见谨哥儿进来,笑道:"正说你呢!"

谨哥儿一愣,心怦怦乱跳起来:"说我?在说我什么呢?"

"年前到处都是置办年货、返乡的人,到了年后,又到处是上京述职的人。人一多,就容易生事。"徐令宜笑道,"我看你这些日子不如好好待在家里,一来是陪陪你祖母和你母亲,二来把庞师傅教给你的那套什么拳好好练练,说是最适合近身打斗了。"

父亲的态度和蔼可亲,笑容温和宽厚,可不知道为什么,谨哥儿的心跳得更快了。

"好啊!"他笑着答应徐令宜,在心里不停地告诫自己笑得要自然,父亲不可能这么快就知道了事情的真相。

徐令宜就笑了笑,转身和太夫人说起进宫朝见的事:"皇后娘娘这两天就会下懿旨免了您的朝见,大年初一,您也可以好好歇歇了。"

太夫人笑眯眯地点头。

过了两天,宫里果然传了懿旨,不仅免了太夫人大年初一的朝见,还让谨哥儿进宫一趟。

徐令宜把永平侯府几个身手最好的护卫都派给了谨哥儿:"快去快回!遇到什么人,只当没看见就行了!"

又是一句若有所指的话。谨哥儿不敢多说,唯唯应诺。

徐令宜大笑:"今天可真是老实!"然后没等谨哥儿回应,笑着起身出了门。

谨哥儿不由抹了抹汗,想着等一会儿要进宫,忙收敛了心绪,认真思忖着进宫后该怎样应答的事来。

徐令宜歪在书房的醉翁椅上等谨哥儿回来。

谨哥儿一回来就去见了徐令宜:"是大公主要见我,商量初四蹴鞠的事。"

"没有说其他的吗?"徐令宜笑吟吟地望着他。

"没有。"谨哥儿忙道,"大公主想赢了比赛。"

徐令宜不以为意地"哦"了一声,说了句:"快去给你祖母和母亲问个安,她们都担心着你呢。"

就这样完了?谨哥儿准备了好多的话,偏偏徐令宜一句也不问,好比是一拳打在了棉花上。他有点闷闷不乐地出了书房,在垂花门前遇到了徐嗣谕。

徐嗣谕笑着和他打招呼:"六弟回来了?进宫还好吧?"一副偶遇的样子。

谨哥儿精神一振,笑道:"挺好的!二哥这是去了哪里?"一面说,一面与徐嗣谕并肩往回走。

"怎样了?"徐嗣谕低声道,"大公主同意让雍王帮着选驸马的事没有?"他最关心这个。

"同意了。"谨哥儿悄声道,"不仅如此,大公主听了那个郎中侄儿的事,气得不行,还决定把这件事告诉太子殿下。还说,与其让雍王帮忙,还不如让太子殿下帮忙。"

"什么?"徐嗣谕急起来,"这可不行!雍王插手,那是关心胞妹,可要是太子殿下插手,皇上多心起来,就有拉拢朝臣的嫌疑。"说着,眉头紧紧地锁了起来,喃喃道,"都怪我,没有早点嘱咐你,现在找谁去给太子殿下递个音呢?"

"二哥不用着急。"谨哥儿见了嘻嘻笑起来,"大公主看似横冲直撞,动起脑筋来也是十分厉害的——她才没准备直接跟太子殿下说,她要去跟太子妃说!"

徐嗣谕不由长吁了口气。

谨哥儿笑道:"大公主还说了,如果陈家就这样咽下这口气就算了;要是陈家真的要告御状,到时候她会求皇后娘娘出面的。"

徐嗣谕此时才放下心来。皇后娘娘溺爱娘家的侄儿,就算是没有道理,他们又能怎样?

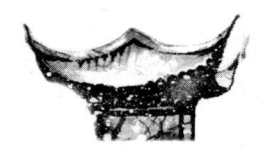

第九十七章　老姜辣徐四捍权贵

皇上的内书房徐令宜已经进过很多次,乾清宫里服侍的大小太监也都认识他,笑吟吟地和他说着话,等皇上下朝。

不一会儿,有开道的太监跑进来,徐令宜刚刚站到门口,皇上的銮驾已经过来。

"英华已经过来了?"皇上略带亲昵地称呼徐令宜的字,吩咐贺公公,"给两位爱卿都设个座。"

徐令宜这才发现簇拥在皇上身边的太监里,还站着个躬身低头、穿着大红朝服、缀着孔雀补子的官员。他中等个子,满脸风霜,像个年过花甲的老汉,可一双眼睛却十分犀利,一看就不是普通的人。是个他不认识的……徐令宜心里明镜似的,朝着他微笑着点了点头。那人也笑着点了点头,神态非常地和善。

徐令宜暗暗一笑,洒脱地转身进了内书房。

那人盯着他的背影,露出思考的表情,然后疾步跟了进去。

两人恭敬地向皇上道谢,坐到了一旁的太师椅上。

皇上则脱了鞋,很随意地坐到了临窗的大炕上,吩咐小太监给两人上碧螺春:"春天到了,喝点绿茶可以清热。"然后指了徐令宜身边的人对徐令宜道:"这是漕运总督陈伯之,你还是第一次见吧?从前他在淳安县任知县,那时淳安水患,陈阁老推荐了他,后来又帮朕修会通河,是朕的大功臣……"

陈伯之神色惶恐地站了起来,跪在地上连声称"不敢"。

徐令宜也站了起来:"恭喜皇上谋得良臣。"又道:"陈大人的声名我早已听说,只是一直无缘相见。今日一见,果然名不虚传,是位做实事的人。"

"不敢当永平侯夸奖。"陈伯之忙道,"微臣不过是尽了做臣子的本分而已……"

他的话还没有说完,皇上突然插了进来:"你既然知道,为何还纵容幼子打伤了陈大人的独子?"说着,脸色阴沉地指了炕桌上的奏折,"拿给永平侯看看。"

天子一怒,谁不胆战心惊。徐令宜和陈伯之都低下了头。

小太监战战兢兢地把一摞奏折捧到了徐令宜的面前。

徐令宜告了一声罪,颇有些惶恐不安地站在那里仔细地读起奏折来。

屋子里静悄悄,偶尔听见皇上喝茶时瓷器清脆的碰撞声,还有徐令宜翻折子时的沙沙声。

陈伯之眼观鼻、鼻观心地站在那里，模样十分恭顺，心里却想着今天发生的事。他奉旨进京述职。说完漕运上的事，皇上留了他到内书房说话。这本是无上的荣耀，他自然唯唯诺诺。可没想到却在书房门口遇到了在此等候的永平侯，更没有想到的是皇上态度亲昵地喊了永平侯的字……他当时心里就打起鼓来。

早就听说永平侯早些年飞扬跋扈，为皇上不喜，就是皇太子，也多有疏远。多亏永平侯机敏，知道审时度势，这几年战战兢兢不敢越雷池一步，甚至连大朝会都以病为由辞了，这才没有酿成大错。后又有范纲维、蒋飞云、何承碧、李霁这样的名将出世，永平侯的光环一点点地被时光消磨了，这才让皇上对他的怨气渐渐消了。

本来两人一个是堂官，一个是外臣，一北一南，没有什么交集。没想到，儿子进京一趟，就被永平侯幼子徐嗣谨打了脸。不仅如此，徐嗣谨手段暴虐，跟去了三十几个人，重伤二十几个，最少也要养个一两年。他当时听了十分震惊，儿子更是被吓傻了眼，回到燕京的寓所就病了，到今天还常常被噩梦惊醒……

他想着皇太子，砸了一方砚台后，决定忍这一口气，请了在翰林院的好友古言当说客。只要徐家愿意赔个不是，他能下台，这件事就完了。没想到，永平侯装聋作哑，根本不接招，而徐嗣谨呢，一战成名，燕京世家子弟争着和他交往，过年期间人来客往，络绎不绝。

一将功成万骨枯。徐嗣谨拿谁去垫脚是他自己的事，可万万不该把他的儿子扯进去……这次要是不议出个子丑寅卯来，以后他儿子还有什么脸面在燕京这一亩三分地上走动！

古言写信向他抱怨的时候，他这才想到如果想辩出个是非来，没有皇上的支持是万万不能成的。

想到这些，他不由飞快地睃了皇上一眼，皇上面沉如水，看不出端倪。他心里一沉。先是亲昵地喊了永平侯的字，然后让永平侯看御史们的奏折……前者还好说，永平侯是皇上的妻弟，在潜邸时两人就亲厚，或者是习惯使然，可看御史的奏折，岂不是在告诉永平侯哪些人在弹劾他……念头一闪而过，他只觉得额头好像有汗冒了出来。难道皇上的意思，是让他们和好？陈伯之的脑袋飞快地转了起来。如果皇上真有这样的意思，那以哪种形式和好，就是个大问题了。汤药费之类的都可以免了……但永平侯必须亲自到门探病，还有徐嗣谨，要给儿子道歉……之后他甚至可以带上厚礼上门给永平侯道谢……但交往就不必了，谁知道会触动皇上的哪根弦。有些事，可以慢慢来……比如看看皇太子对这个舅舅到底是什么看法……

陈伯之思忖间，徐令宜把奏折已看得差不多了。

皇上突然开了口："你有什么话说？"

"臣惶恐。"徐令宜立刻跪了下去，"奏折上所奏之事，臣也听闻过。当时吓了一大跳，喊了徐嗣谨来问。谨哥儿说当时在茶楼里听书，看到有人欺负卖唱的父女，和人起了冲突，并不知道是哪些人。臣听了立刻着人去查了，说陈大人的儿子虽然卧病在床，却没有像奏折上所说的那样被打得四肢残废。臣本想派个管事走一趟淮安，可想到祖宗律令，外臣不得结交近臣，就打消了这主意。只派了人去打听，看陈大人在燕京的寓所有没有护卫被打伤之类的事，左右邻居都不知道有这件事，之后陈大人家里也没有谁上门理论。"他说着，声音低了下去，"臣这十几年来赋闲在家，不时有这样那样的风声传出来，每次都是皇上为臣做主，臣这次也没有放在心上……"声音有些悲怆。

好一番颠倒黑白。陈伯之在心里冷笑，朝皇上望去，皇上竟然面露不忍之色。他暗叫不好。

"皇上，"陈伯之声音柔和，语气恭顺，"这件事原是臣不对。臣想着永平侯征苗疆、平西北，于社稷有功，孩子之间发生了这样的小事，所以微臣就没有惊动永平侯……"

说起徐令宜让皇上忌讳的事，提醒皇上徐令宜的不寻常之处——他此刻看着像一只猫，实际上是因为有皇上的打压，如果皇上不再打压了，可能又会变成一只虎。皇上听了这样的话，就是想帮他，只怕心思也要淡几分。

只是他的话没有说完，徐令宜已急急地道："这样说来，徐嗣谨真的把你的孩子打了？要不要紧？奏折上说落下了残疾……"他说着，脸色已经变得极难看，"是不是真的？"

陈伯之的脸色也变得很难看。官员，代表着朝廷的颜面，朝廷用人，除了讲求才学，还要求相貌堂堂。如果说儿子落下了残疾，那儿子以后就再难为官，甚至是刚刚封的指挥使佥事，也有可能被有心人利用，最后让皇上收回成命。可要是说儿子没事，岂不是说那些奏折都是假的，而且还承认了儿子调戏卖唱的父女……他用眼角的余光飞快地瞥了皇上一眼，皇上正一副侧耳倾听的样子。

陈伯之不敢有片刻的迟疑，道："犬子倒没有落下残疾……"

"那就好！那就好！"徐令宜再一次打断了他的话，"要是落下了残疾，令郎的前程可就毁了，我们家谨哥儿万死也难辞其咎！"非常庆幸的样子。

皇上也点头："孩子没事就好！"

陈伯之能做到漕运总督，也不是个简单的人。知道再不能提孩子的事了，哪怕儿子如今还躺在床上，再说下去，只会让人觉得他的儿子不堪大用，唯有在徐嗣谨手段狠毒上下功夫。

"我只有这一个儿子，对他寄予厚望。这几年修会通河，一直把他带在身边。风里来雨里去的，也算是经历过风霜的人。"皇上之所以封了陈吉四品的指挥使佥事，是因为陈伯之疏通会通河有功,他含蓄地提起这件事,希望皇上能记得他的功劳,等一会儿对徐嗣谨所作所为生出厌恶之心,"身边的护卫,三十几个人,其中二十几个恐怕以后都不能自理了……"

皇上错愕,朝徐令宜望去,徐令宜好像也非常惊讶。

"还有这样的事?"他旋即朝皇上望去,神色显得很困惑,"我把孩子叫来问这件事的时候,就让管事去查了。管事说,他当时带了四个随身的小厮、六个护院。因为是过年,家里的事多,六个护院里只有一个身手不错,其他的都马马虎虎。至于随身的小厮,都十六七岁的样子。因我给谨哥儿请了个拳脚师傅,他们平时在一旁服侍着,也跟着学了几招……"四个小厮、六个护院……言下之意,是指陈伯之夸大其词。

几个回合下来,陈伯之已深刻体会到了徐令宜见缝插针的本事,他早就防着他这一问了,闻言镇定地道:"臣也觉得奇异。这三十几个人一路护送犬子到燕京,从来没有出过什么错……"语指徐家竟然有这样的高手在,在徐令宜嘴里还只是身手马马虎虎,可见徐家这十几年看上去老老实实的,实际上包藏祸心。

"皇上,"徐令宜听了朝着皇上行了个礼,"以臣愚见,是不是要找顺天府的人或是五城兵马司的人问问?臣当时问谨哥儿的时候,谨哥儿和几个小厮身上一点伤也没有,而且还说调戏那卖唱女的公子只带着三四个护卫。臣想着也有道理,要不然,臣也不会信了他的话。现在陈大人说令郎没事,身边的三十几个护卫,有二十几个都被打成了重伤……会不会是弄错了?我们说的根本不是一件事。"

陈伯之心里翻江倒海似的,嘴巴抿得紧紧的,生怕一激动,在皇上面前说出什么不得体的话来。以至于徐令宜一句话说完,场面突然冷了冷,他才道:"就算是我弄错了,都察院应该不会弄错吧?都察院弄错了,那可是欺君之罪。"语气硬邦邦的。

皇上看着气得发抖的陈伯之,在心里暗暗叹了口气。人人都说徐令宜有些木讷,那是因为他现在很少说话。从前吴皇后在的时候,他曾把吴皇后说得哑口无言……想到这些,他又想到在潜邸的时候……有段时间,他根本不敢出门,外面的事,仗着岳父操持,传音递讯的事,就全交给了只有八九岁的徐令宜。好像就是从那个时候开始,他的话越来越少了……不过,他好像也渐渐习惯了徐令宜的沉默,否则,他也不会怕徐令宜被这些御史没完没了地攻击,想从源头上把这件事给解决了。现在看来,他好像有点弄巧成拙了!

"陈伯之,既然两家的孩子都没有什么事,我看这件事就到此为止了!"皇上皱着眉,显得很苦恼地道,"过些日子我要下旨修白塔河了,免得又被那些御史东拉西扯的。陈伯之应以大局为重。"说着,望着徐令宜皱了皱眉:"英华赔一千两银子的汤药费给陈伯之!"

陈伯之年前上书,提议开泰州白塔河通长江,筑高邮湖堤,作为漕船躲避狂风恶浪的停船处。以兼任户部尚书的梁阁老、兼任礼部尚书的窦阁老为首的一批朝臣纷纷反对,觉得这些年朝廷用于河道的花费巨大，国库已不堪重负，如今会通河已成，则白塔河可缓两年再开。皇上留中不发，陈伯之此次进京面圣，就是希望能得到皇上的支持。乍听皇上说出这样的话来，陈伯之又惊又喜。

"皇上，"他跪在地上，"臣定当好好开凿白塔河，尽早筑成高邮河堤。"

"所以朕让你别在这些小事上磨叽。"皇上抚了抚额头，一副非常为难的样子，"明天我会召见几位阁老，讨论白塔河之事，你也列席。回去以后好好写个章程，到时候梁阁老或是窦阁老问起，你要答得上来才是。"

"皇上放心，臣当尽心尽力准备。"陈伯之激动地给皇上磕了个头。

皇上点了点头，端起茶盅来喝了一口。

陈伯之知道，皇上的话已经说完了，端茶就是让他们退下的意思了。可儿子的事却……再提，未免给人心胸狭窄之感；不提，难道就这样算了不成？一时间，他有些犹豫起来。

谁知道一旁的徐令宜跪了下去，"皇上，臣回去后就把银子送到陈大人的寓所。"他说着，迟疑道，"只是还有一事，恳请皇上恩准！"

徐令宜并不是个喜欢挑事的人。话已经说到这个份上了，按道理，他是面子也挣了，里子也有了……

皇上有些意外，道："有什么话就说，吞吞吐吐的，可不像你的性子！"

"谨哥儿出生的时候，正值徐嗣谆搬到外院。"徐令宜含蓄地道，"谨哥儿可以说从小就是在太夫人膝下长大的，几个孙子里，太夫人最喜欢他，多少也养成了他疾恶如仇、行事鲁莽的性子。承蒙皇上厚爱，封了他一个都指挥使。我想送谨哥儿去广东，让他吃点苦头，收敛收敛性子，趁机跟着广东总兵许礼许大人学些弓马骑射的真本领，不负皇上的厚爱。请皇上恩准！"说着，伏在了地上。

皇上很惊讶，随后露出了淡淡的笑意。好你个徐令宜，这算盘打得可真是精啊！

徐家和陈家结怨，他偏向徐家，只让赔了一千两银子完事。陈伯之心中肯定不快。徐令宜先是承诺立刻把银子送到陈家去，然后又主动提出把儿子丢到广东那种穷山恶水之地去收敛性子。在外人眼里，徐家又是赔银子，又是儿子被贬，陈家在此事上占尽了上风。别说是陈伯之了，就是他，也要感念徐令宜心胸开阔，教子严厉。可知道的人却不免暗暗好笑。那许礼是什么人？是徐令宜西征时的把总，是徐令宜的老部属，时至今日，每年到燕京朝见都会上门给徐令宜问安。这些年广东也屡受倭寇惊扰，现在有了何承碧镇守福建，日后清剿广东倭寇，朝廷就更有把握了。一旦派兵广东，有许礼照顾，徐嗣谨的军功飞也飞不掉。有了军功，西山大营的都指挥使、南京总兵，不过是时间上的问题。想到这里，他朝陈伯之望去，陈伯之满脸惊讶，显然被徐令宜的这个举动打得有点晕头转向。

皇上不由在心里嘿嘿地笑。徐令宜啊徐令宜,别人不知道你的用意,你却休想逃出我的股掌之间。想借着我的手给你儿子搏个前程?我就偏不让你如意!不仅不让你如意,还要让你知道,我早就洞若观火,把你的那点小心思看得一清二楚!你想去广东,我就让你去南京……不行,南京物华天宝,南京总兵又比其他总兵高半衔,如果去南京,就没有惩戒之意了。刚才已经偏向了徐令宜一次,虽然借着白塔河的事转移了陈伯之的视线,可要是此刻再把谨哥儿丢到南京,岂不伤了陈伯之的心?那就……四川好了,四川也很偏僻……不行,四川总兵丁治的父亲就是死在徐令宜的手里,如果他伺机报复,谨哥儿有个三长两短,后悔也来不及……得找个和徐令宜私交还不错的……那就贵州总兵龚东宁好了。徐令宜曾对他有救命之恩,这几年贵州也算安稳,偶有内乱,兵至即止,虽然没有大的军功,可也不是没有机会。而且,贵州比广东还要偏远……

想到这里,皇上越发地得意,笑吟吟地望着徐令宜:"既然要磨磨孩子的性子,我看去广东不如去贵州。那里也不错!"

徐令宜满脸错愕。

皇上心里更觉得舒畅,端起茶盅:"这件事就这样定了。陈伯之,你明天巳正时分进宫。英华,你回去后安排安排,吏部这两天就会有公文了。"

谁也不敢驳皇上的话。两人恭敬地行礼,退了下去。

皇上望着徐令宜的背影,怎么看,怎么都觉得那背影显得有些佝偻……

出了乾清宫,陈伯之才松了一口气,想到徐令宜主动把儿子送到了边关,他觉得自己应该也有所表示才是……转头想和徐令宜打个招呼,谁知道徐令宜一声不吭,大步流星地朝隆宗门走去。

看样子,徐令宜的让步只是做给皇上看的。陈伯之冷冷地一笑,转身朝正对着隆宗门的景运门去了。

回到家里,徐令宜叫了白总管:"到司房领一千两银子的银票,让回事处的随便派个人送去陈伯之在燕京的寓所。"

白总管知道徐令宜是为了和陈家的矛盾进的宫,忙打量他的神色,见他虽然神色冷峻,目光却很平和,放下心来,笑着应了声"是",转身去了司房。

徐令宜一个人站在书房里,嘴角这才高高地翘了起来。

他去了正房。十一娘和英娘坐在临窗的大炕上做着针线,冬日暖暖的阳光洒进来,给两人平添了几份温馨气氛。

"滨菊、秋菊、简师傅都做了小孩子的衣裳送进来,我还清了一些谨哥儿小时候穿的,足够了。你这些日子就不要老窝在屋里做针线,多到处走动走动。"

"我不好意思嘛!"英娘脸色微红。

她是二月中旬的预产期,到现在还没有动静。

"那好,我陪你去院子里走走。"十一娘放下了手中的针线,"多走动,生产也顺一些。"

英娘赧然地应了一声"是",抬头却看见了徐令宜。

"父亲!"她忙下了炕。

十一娘忙转身:"侯爷回来了?"

徐令宜点了点头:"英娘也在这里啊!"

英娘知道徐令宜今天进宫了,忙道:"我正要走呢!"然后和丫鬟们退了下去。

"皇上为什么事让您进宫?"十一娘给徐令宜沏了杯茶。

徐令宜却一把抱住了十一娘:"皇上让谨哥儿去贵州!"笑容这才掩饰不住地从他的脸上迸发出来,"贵州总兵龚东宁和我是过命的交情,谨哥儿交给他,我再放心不过了。"然后感叹道:"皇上对我们家,到底还念着几分旧情!"

十一娘听得不明不白:"到底是怎么一回事?"

徐令宜让她坐在自己的腿上,低声把事情的经过告诉了十一娘。

十一娘不由一阵后怕:"要是皇上让谨哥儿去四川可怎么办?侯爷这一招还是太冒险了!"

"去四川?"徐令宜低低地笑了两声,"不去四川则罢,如果谨哥儿去四川,那就只有赶在谨哥儿去之前把丁治挪个地方了!"语气虽然淡淡的,却透着一股子胸有成竹的自信。

十一娘知道徐令宜不是信口开河的人,有点想不通他会用什么法子。

徐嗣谨要去贵州的消息很快就传遍了燕京。

他的访客不断,个个义愤填膺的。

卫逊更是捋了袖子:"什么玩意,竟然敢在皇上面前阴我们。我就不相信,我们这么多人,还治不住他一个淮安乡下来的屎壳郎!"约了西山大营的几个要去找陈吉算账。

在西山大营任同知的王盛拉住了他,"现在不是算账的时候——他要是出了什么事,那个陈伯之多半都会赖到谨哥儿身上,那更麻烦。"说着,他阴阴地笑了几声,"君子报仇,十年不晚。你们等着瞧,除非他这辈子再不走燕京这一亩三分地,只要他敢一脚踏进来,我敢让他爬回去!"

徐嗣谨生怕这几位闹起来把他去贵州的事给搅黄了,"是王盛说的这个理,这个时候一动不如一静。"他说着,搔了搔头,"现在最麻烦的是家父……昨天把我狠狠地训了两个时辰,我站得腿都直了,到现在还打战呢。"

大家都哈哈大笑起来。

王盛家也是外戚，不过他祖上是太祖王皇后的兄弟，虽然依旧世袭着都指挥使，可恩泽渐竭，平时也没少受这些权臣的气。

用了晚膳，一群人才散。

徐嗣谨去给太夫人问安。

院子里灯火通明，徐令宜、徐令宽、十一娘、五夫人、二夫人，还有徐嗣谆等一帮小字辈，全都站在院子里，太夫人内室黑漆漆的，没有点灯。

徐嗣谨大吃一惊："这是怎么了？"

"谨哥儿你来得正好！"二夫人精神一振，"你祖母听说你要去贵州，责怪你父亲没有尽力，谁也不见！我们怎么劝也不行，只嚷着要我们把皇后娘娘找来。还说，要是我们不去，她老人家先去顺天府告你父亲不孝，然后亲自去宫里递牌子！你快去劝劝你祖母。"

告父亲不孝？徐嗣谨强忍着才没有笑出来，目光不由自主地朝徐令宜望去，父亲虽然和往常一样淡定从容地站在那里，可眼底却有窘迫之色。

他上前去叩门："祖母，我是谨哥儿，您快开门。您要是不开门，爹爹要去官府告我不孝了！"

除了徐令宜，满院子的人都捂着嘴低下了头，五夫人直接就跑了出去，诜哥儿则朝着徐嗣谨竖起了大拇指。

内室点起灯来，门吱呀一声开了，脂红忐忑不安地走了出来："太夫人说，让六少爷进去！"

徐嗣谨快步走了进来。

"我进去看看！"诜哥儿一溜烟地跟了进去。

"我也要进去！"诚哥儿看着眼珠一转，也跟着跑了进去。

"七叔和八叔都去了，"庭哥儿奶声奶气地道，"我也要去！"

姜氏忙抱了儿子："叔叔们有事，你在这里陪着祖父和祖母！"

庭哥儿依依不舍地收回了目光。

还好是春天，院子里暖和，十一娘低声吩咐小丫鬟端了锦杌过来给怀了身孕的项氏、英娘坐，两人推辞了半天，还是徐令宜皱了眉，两人这才坐下来。

莹莹和庭哥儿毕竟年纪小，等了一会儿就在那里扭着身子，徐嗣诚就带他们到了院子外面，摘了竹叶吹曲子给两人听，带着他们玩。

这样等了大约半炷香的工夫，太夫人的门才再次敞开。

脂红给众人屈膝行礼："太夫人说，让大家屋里坐！"

徐令宜等人进去的时候,徐嗣谨正挨着太夫人坐着,附耳和太夫人说着什么,太夫人笑吟吟的,不住地点头,一副很是赞同的样子。气氛和谐又温馨,哪里还有一点点刚才的剑拔弩张。

看见他们进来,太夫人笑容渐敛,轻轻地拉了拉徐嗣谨的衣袖,示意有人来了,不要再说。

徐嗣谨忙打住了话题,笑着和诜哥儿、诚哥儿一起上前给徐令宜等人行礼。

大家分主次坐下。丫鬟们上了茶。

太夫人问十一娘:"谨哥儿的衣裳可都收拾好了?"分明是松了口。

大家都松了口气,或惊讶、或好笑、或无奈地瞥了徐嗣谨一眼。

东西都收拾好了,按照徐令宜的吩咐,丫鬟一个不带,瓷器全都留下,就是平常换洗的衣裳,也都是些粗衣布衫。

"你可别忘了,他是以平民子弟的身份到卫所去的,细节上就不能露了馅。"为此,十一娘还特意让秋菊帮她到市集上去买了几件短褐。

可这话却不能对太夫人说。要是太夫人突然想看看徐嗣谨的箱笼,岂不是又要起风波?

"正在收拾。"十一娘留了一步,"这两天就能收拾完了。"

"那里偏,有些东西有钱也买不到。丫鬟……阿金和樱桃跟过去就行了,多带几个能干的婆子……把庞师傅也带上,他身手好,遇到有像陈吉那样不长眼的,也不至于吃亏……"

十一娘忙笑着应"是"。

太夫人又对徐令宽道:"我记得你和吏部的一个什么人很好的,你明天就去打个招呼,让他给贵州布政使说说,到时候我们谨哥儿也去认个门。山高路远,遇到不方便的时候,也有个商量的人。"

四哥和吏部、兵部的人都熟,不问四哥,却问起我来了。徐令宽在心里嘀咕着,瞥了神色有些窘然的徐令宜一眼,忙笑道:"是吏部的一个给事中,我明天一早就去。"

太夫人满意地点了点头。

从太夫人处出来,徐令宜去了徐嗣谨那里。徐嗣谨在灯下练字。

行了礼,徐令宜坐到他对面的炕上,顺手拿起他练的字,工整端方,一丝不苟。

徐令宜微微颔首,低声嘱咐他:"龚东宁比我大十一岁,你去了,喊他世伯即可。他看上去脾气急躁,行事鲁莽,没有个章程,实际上却是个粗中有细的人。你和他打交道,不要以貌取人。我已经和他说好了,把你安排在普安卫的平夷千户所。那里原属四川都司,后改属贵州都司。蛮夷人占多数,也很贫瘠。你以普通户军的身份换防到那里,多看多想多做,有什么事,尽量自己解决。"说着,笑道:"当然,你要是受不了,可以写信回来,我们的约定就此取消,也可以想办法早点干出些名堂来。这样,你赢了赌约,就可以换到个好一点的地方去了。"

"爹爹您不用激我。"徐嗣谨握着拳头,"我肯定会赢的。"

徐令宜看着他信心满满的样子,不由摸了摸他的头:"臭小子!"

徐嗣谨咧了嘴笑,道:"那长安他们……跟不跟我去?"

"可以去,也可以不去。"徐令宜若有所指地道,"白总管是从小在我身边服侍的人。后来我领兵在外的时候,家里的事就全部托付给了他。你这次去贵州,你屋里的事怎么安排,你自己拿主意吧。如果定了下来,跟我说一声,跟你去的人,我给他弄个军籍,以后跟着你有了军功,他也可以为自己搏个前程。"

徐嗣谨眼睛一亮,有了军籍,就可以在卫所站住脚了。如果再有军功,运气好,弄个世袭的千户也是有可能的。父亲对他,可谓是用心良苦。他认真地望着徐令宜点了一下头。

第二天把身边的几个小厮都叫了进来。

"爹爹都已经安排好了,我去贵州普安卫平夷所,以普通户军的身份去,不方便带你们去。你们就留在燕京吧!"

"六少爷,那怎么能行!"随风立刻嚷道,"听这名字,老长了,准是个山沟沟的地方。您一个人在那里,连个端茶倒水的人都没有,那怎么行?要不,我们跟四夫人说说去?"

"我看还是别跟夫人说了!"一向沉稳的黄小毛也沉不住气了,"既然侯爷说了,我们跟夫人说,只会让侯爷和夫人之间不愉快。我看这样好了,我们像在嘉峪关那样,在平夷所附近租个屋子住下,装作偶尔认识的,六少爷有什么事,我们也能照应一下。"

"这主意好!"刘二武道,"您不在家,我们几个也没事干,还不如去平夷呢!"

"还是按照六少爷的吩咐行事吧!"和往常一样,长安是最后一个说话的,"六少爷这些日子交了不少朋友。六少爷这一走,只怕这情分就要渐渐淡下来了。燕京是京畿重地,贵州偏远,有朋友在燕京,有些小事,也有个帮着打点的人。我们留在燕京,逢年过节的代六少爷去送些年节礼,给几位大人行个礼,也未尝不是件好事。"

随风、黄小毛和刘二武不由面面相觑——他们从来没有想过这件事。

"六少爷不在家,我们也没了个服侍的人,总不能天天去给几位大人行礼问安吧?"黄小毛还是觉是有些不妥,"闲下的时候干什么?守屋子,有阿金姑娘她们;扫地,有万妈妈她们;值夜,有护院;难道还像个少爷似的,天天吃了睡,睡了吃了。我还是想跟着六少爷去贵州!"

刘二武和黄小毛有一样的心思："我也觉得还是跟着六少爷去贵州心里踏实点。"

他们都出身农家，谁家没事还养个吃闲饭的？没事，就意味这个地方可以不安人，不安人，他们就要回田庄去了。这么多年了，他们跟着徐嗣谨读书习武，庄稼把式早就不会了，也不习惯面朝黄土背朝天的生活，害怕被送回去。

随风听了犹豫道："平时也可以和各位大人的贴身小厮们多应酬应酬，这人情，就是越走越亲。要不然，那个什么谢老三怎么就到顺天府做了个门子？可见有事没事在几位公子面前晃晃，吃不了亏。还有少爷留下来的那些鸟啊、狗啊的，也得有个人照应才是。"

第二天，徐嗣谨去了徐令宜处："爹爹，我决定了，带长安去，把随风留在家里帮我打理些日常的事务。黄小毛和刘二武就随庞师傅一起去贵州，在程番府找个地方住下，我有什么事，他们也可以帮着打点一下，我也能继续跟着庞师傅习武。"

徐令宜没有问他为什么这样安排，而是很相信他似的点了点头："那我先帮长安入军籍。"

徐嗣谨听着眼睛亮了起来："爹爹，这样说来，您也可以帮黄小毛、刘二武、随风他们入军籍了？"

"有些事，不要操之过急。"徐令宜没有正面回答他，"你也要学会沉稳点。"

"好啊，好啊！"徐嗣谨笑眯眯的，一点也没有沉住气的打算，"这样我心里也有个底——能许他们一个看得见、摸得着的前程，可比赏银子、赏女人都强啊！"

从徐令宜处出来，拐去了太夫人那里。

刚进院子，有小丫鬟气喘吁吁地跑了进来："太夫人，太夫人，五少奶奶生了，生了个少爷！"

"哎哟！"太夫人坐直了身子，"这可真是件大喜事！快去跟在佛堂抄经的二夫人说一声，让她和我一块去看看五少奶奶。"

徐嗣谨笑弯了眉，忙扶了太夫人："祖母，我扶您去！"

临之以庄，则敬。徐嗣诚的长子取名为"庄"。

徐嗣谨到六月底才抵达贵州，众人收到他的信时，已是十二月中旬。

徐家众人知道他已经安顿下来，而且和长安很快就适应了平夷的生活。徐令宜回信给他，让他在训练之余找找这几年各卫所对蛮夷的战争，分析一下胜败的缘由。

大公主和王贤的婚事已经定了下来，明年三月初六的日子。王贤是彭城人，皇后娘娘不想把公主嫁到彭城去，皇上就封了王贤的父亲为太常寺卿，负责祭祀。王家正急着在燕京找房子。

因为要过年了,十一娘亲自带了宋妈妈去给徐嗣谨收拾房子,见阿金在给随风做过年的衣裳,想着跟着徐嗣谨的人只留了阿金和随风帮他看房子,不由心中一动,让宋妈妈去探两人的口风。阿金红着脸低头不说话,随风的娘很快就来求见十一娘,请十一娘赏个恩典,把阿金许配给随风。十一娘允了这门亲事,写信去告诉徐嗣谨。

太夫人写信问他缺不缺银子,二夫人则在太夫人的信后加了一句自己的嘱咐,让他多和上峰走动,找机会调到贵州总兵府的驻地铜仁府去。英娘则代表他们两口子写信给他,通篇全是庄哥儿如何地可爱。又有诜哥儿,想等开了春去贵州看徐嗣谨,被正因为诚哥儿马上要搬到外院去住而心情不佳的五夫人教训了一顿。诜哥儿赌气跑到了太夫人那里不回去,姜氏等人纷纷去劝。又有三井胡同的方氏生了次子,洗三礼刚完,又赶在年前做满月,恰逢项氏的长子庆哥儿的百日礼,一边忙着过年,一边到处吃酒,笑语喧阗的,转眼就到了元宵节。

徐令宜和十一娘被请进宫观灯。

都是熟人,簇拥着皇后娘娘在御花园的万春亭里观看烟火。

周夫人和十一娘在一旁低语:"听说梁阁老要致仕了?"

十一娘点头:"兰亭说,梁阁老年纪大了,写字手抖得厉害,向皇上提出致仕,皇上很快就应允了。"

"这样一来,他们岂不要回丰水老家?"周夫人有些唏嘘,"可惜梁阁老的三个儿子没一个中进士的。"

十一娘无语。他们这样的读书人家,后辈里不出进士、庶吉士,就意味着门庭渐落。

周夫人也觉得大过年的说这样的话不好,马上笑着问道:"我听我们家老爷说,你娘家兄弟年后要升汉阳府知府了?"

"要吏部的文书下来才知道。"十一娘含蓄地道,有人跑到了她们身边。

两人不由停了话头朝来人望去,梳着双螺髻,身穿大红织金彩色云龙纹的褙子,除了大公主,还有谁敢这样穿。

两人笑着给大公主行礼。

大公主却拉了十一娘的手:"永平侯夫人,我、我一定会让谨哥儿早点回来的!"

在五彩缤纷的绚丽烟火之下,她眼里水光闪烁。她以为谨哥儿是因为她才受的罚吧?十一娘微笑着拍了拍大公主的手:"没事,是他父亲觉得他性子太烈,想让他去贵州磨砺一番。何况他现在在贵州挺好的,公主不用担心。"

大公主抿了抿嘴,和来时一样突然,转身走了。

十一娘想喊她,皇后娘娘已转身对着众人道:"今天的烟火不知道是哪里上贡的,真是好看!"

大家纷纷笑着应承。十一娘只得作罢。

常宁公主笑声爽朗:"我看,大公主成亲的时候不如也用这家的烟火好了!"

自有好事的人连声喊了宫女去问,更有人奉承:"荆州府三万亩田产的陪嫁,那得多大啊?只怕一眼也望不到头!"

"这算什么?"有人笑着,"你没有看见皇后娘娘为大公主准备的首饰,全是赤金,我看得眼都花了,到现在两眼还冒金星呢!"

众人哈哈大笑,称赞王家有福气,大公主红着脸跑了,后面宫女、嬷嬷呼啦啦地跟了一群。

皇后娘娘望着女儿的背影笑得矜持,眼底流露出几分不舍来。

三月初六,是大公主下降的日子。早一个月,王贤就被礼部授予驸马都尉之职,成亲之日,皇上命皇太子亲自送亲;婚后一个月,王贤封京山侯,掌管宗人府事务。一时间,朝野哗然,纷纷上书:王贤以恩泽封侯,不合制度。皇上一律留中不发。礼部给事中李永春在左顺门长跪不起,皇上不予理睬;御史李庆集、陈济等九人聚众左顺门,皇上下诏封王贤兼太常寺少卿,几个人痛哭不止;皇上命山东布政使圈良田一万亩为大公主庄田……

"这样一来,只会与贫民争利!"王励擦了擦额头上的汗,"皇上原是想恩宠驸马,只是这番行事,恐怕会适得其反,让驸马如置火上,是极不明智之事。英华应该劝劝皇上才是!"

徐令宜没有作声,低头喝了口茶。

"我也知道这让你为难。"王励苦笑,"可除了你,我实在是想不出来还有谁能在这种情况下和皇上说得上话了!再说了,这也是为了江都公主好。"

江都,是大公主的封号。

徐令宜抬头,突然笑了笑:"是王家的人求的你吧?"

王励讪讪然:"什么事也瞒不过你的眼睛。不错,这件事的确是江都驸马爷求我的。"

这样看来,这个王贤也是个小心谨慎的人。

"这件事我会想想办法的!"徐令宜立刻道,"成与不成就不好说了。"

王励笑道:"你既然答应我,我看,十之八九能成!"不再说这件事,问起徐嗣谨来:"在那边怎样?这都快一年了吧?七月皇后娘娘寿诞,不如那个时候求个恩典好了!"

"到时候看看情形再说吧!"徐令宜不置可否地应了一句,和王励说起内阁的事来,"梁阁老致仕,皇上有意让谁补缺?"

"窦阁老提议翰林院姜大人,陈阁老提议礼部侍郎杜大人。"王励说着,看了徐令宜一眼,"皇上这些日子正为江都公主的事烦心,皆未采纳。"

姜大人……窦阁老……陈阁老……杜大人……当初谆哥儿娶亲时杜大人是姜家的媒人……

徐令宜笑了笑,显得有些意味深长。

徐令宜回到屋里,十一娘在那里看信。

"回来了?"她起身帮徐令宜更衣,"王大人走了?"

"嗯!"徐令宜的目光落在了炕几上,"谨哥儿来信了?"

十一娘笑着点头:"下午送过来的。"

徐令宜有些迫不及待地拿起信看了起来。

十一娘以为徐令宜是太过想念儿子,笑着转身去给徐令宜沏茶。

信上除了报平安就是问候的话。徐令宜松了口气。

昨天晚上,他也接到了儿子的信。不过,信中的内容却完全不一样。

谨哥儿在信中写道,他偶然间发现了一座银矿。因为是在苗人和平夷所交界处,不管是苗人还是平夷所的千户都不知道。

看儿子字里行间那一副跃跃欲试的样子,徐令宜就有点担心。以龚东宁的精明能干以及这么多年在贵州的经营,谨哥儿不动则罢,一动,肯定是瞒不过龚东宁的。以他对龚东宁的了解,龚东宁如果想回燕京,早就想办法回来了。他既然一直待在贵州,除了图贵州山高皇帝远,无人管以外,只怕与这些上不了台面却能让他日进斗金的生意有关系……人情归人情,钱财归钱财。谨哥儿要真是把这银矿开了出来,只怕龚东宁就是个绕不过去的坎。

要不要提醒提醒儿子呢?他去的目的可不是为了发财,何必为了一个银矿破坏当初的计划。想到这里,徐令宜不由放下了手中的信。这小子,怕母亲担心,一句话也没有透露。念头闪过,他微微笑起来。或者,让他去闹腾好了!有些事,不经历,长辈说得再多,他也不会放在心上。做事先做人。带兵打仗也是一样的道理。三年换个地方,不过是为了让他人情练达。如果通过这次银矿的事使他在待人处事、行事谋略上都有所提升,也未必不是件好事。而且他当初就派了四个武技高手悄悄跟在他身边,有什么危险,这张底牌足够保他的性命了……或者,再多派两个人到他身边去?

徐令宜是个当机立断的人。他高声喊着丫鬟含笑:"去,让白总管来一趟。"

徐令宜和他到书房里说话。

灯花突然慌慌张张地跑了进来:"夫人,贺公公来了,让侯爷快点进宫去!"

贺公公是皇上身边的心腹内侍。这个时候来宣徐令宜进宫……

十一娘心里一突,一面和灯花往书房去,一面问他:"知道贺公公为什么来吗?"

"不知道!"灯花道,"可看他那样子,脸色很不好看。"

那就不是好事了!她思忖着出了穿堂。

"谁陪贺公公来的?"

"宫里的侍卫。"灯花忙道,"有四五十人,连一盏灯笼也没有打。"

十一娘的心怦怦乱跳起来。

书房灯火通明,徐令宜和白总管好像刚说完了话,两人一前一后正从书房出来,看见十一娘和灯花,两人都露出惊讶的表情。

白总管忙向十一娘行礼。十一娘却顾不得点头,忙把贺公公来的事告诉了徐令宜。

徐令宜的表情变得凝重起来。大家都望着他,大气也不敢喘一下,屋檐下大红灯笼里的蜡烛偶尔发出一声噼啪的响声,气氛更显得压抑而沉闷。

当天徐令宜没有回来,让随身的小厮带信给十一娘:"我一切安好,你不用担心。"

第二天巳时,燕京所有寺庙道观钟声齐鸣。

皇上驾崩了。

十一娘不知道别人家是怎样一番情景,太夫人却是先长长地透了一口气之后,眼眶才开始湿润。

"礼部怎么说?"

"丧仪依旧例。"十一娘低声道,"正在议谒辞。"

"让家里的人都素服除妆。"太夫人靠在靛蓝色冰裂纹锦缎大迎枕上,声音显得有些疲惫,"约束下人不得饮酒作乐、嬉笑玩耍,好好守了这一百天再说。"

二夫人默默地坐在一旁,神色显得有些怅然。

十一娘低声应"是",出来吩咐管事们行事。

三夫人穿着素服,太阳穴上贴着两块黑漆漆的膏药,急急赶了过来。

"皇上真的没了?"她把十一娘拉到花厅旁的暖阁说话,"宫里可有什么消息没有?"

"没听到什么消息。"十一娘道,"侯爷还在宫里没有回来。"

三夫人眉眼中就带了几分笑:"新皇登基,怎么着也要丰赐群臣吧?"

这样一来,徐嗣勤和徐嗣俭都有可能得到世袭的爵位。

"现在谒辞都没有定下来。"十一娘委婉地道,"其他的恐怕要等发引以后才会议吧。"

"也是!"三夫人喃喃地道,"现在说这些还早了些。"说着,她精神一振,高声道:"娘呢?她老人家还好吧?"一面问,一面站了起来,"我这就去看看她老人家去。"又道:"哭丧的那天四弟妹可要记得叫我们一声,怎么说我们也是一家人,亲亲热热地一起去了,皇后娘娘和太子脸上也有光啊!"

十一娘含含糊糊地应了一声,让含笑陪着三夫人去了太夫人那里,她则叫了宋妈妈和琥珀进来,吩咐国丧的事。

国丧的第二天起,皇太子穿衰服二十七天,二十七天后穿素服,诸王、公主服斩衰三年,二十七个月除服。百官穿素服早晚到思善门外举哀号哭三天,换衰服是晚哭三天,又再早晨哭悼十天,二十七天除服。外命妇第四天穿素服到西华门举哀号哭三天,二十七天除服。官吏之家禁音乐、祭祀、婚嫁一百天。军民之家穿素服十三天,禁音乐、祭祀、婚嫁一个月。

之后又是新皇登极仪,册皇太后仪,册皇后仪,先帝的葬祭仪式……等到十一娘能和徐令宜坐下来好好说句话,已是九月中旬。

徐令宜瘦了很多。

"皇上中途醒来的时候,第一个传旨让我进宫……"他愣愣地望着帐顶,好像有很多话要说又说不出似的。

十一娘只好转移话题,说些高兴的事:"之前还担心因为国丧,会取消或是推后院试,还好如期举行,诚哥儿也不负先生所望,考取了秀才,只可惜不能帮诚哥儿庆祝庆祝。"

徐令宜知道十一娘所谓的庆祝,多半就是把家里的人约到一起吃顿饭什么的。

他没有说话,搂了她的肩膀,低声道:"你要是有时间,多进宫陪陪太后吧。刚满七七,太后就执意搬到了慈宁宫去,又请了济宁师太进宫讲佛,皇上很担心。"

先皇死得很突然。据说之前还在太后娘娘屋里一起吃了饭的,离开坤宁宫不过一个时辰就突然倒在了批奏折的炕桌上。太后娘娘事后很长一段时间才接受这个事实。

十一娘第二天递了牌子,下午内府就有了回音,让她翌日进宫。

慈宁宫一派肃穆,成了太后的皇后娘娘好像一下子老了十岁。

她轻声安慰十一娘:"我已经跟皇上说过了,等忙过这些日子就把谨哥儿调回来。你若觉得差使不好,我再跟皇上说说。"又道:"我记得四弟的三子是你带大的,他现在在做什么?要是没什么事,让他到禁卫军来当差吧!"

十一娘忙向太后娘娘道谢,柔声道:"贵州虽然偏远,可想着有您一直关心着他,他去了也不苦闷,反而觉得那里不错。每次写信回来都讲些新鲜的事物给臣妾听,不仅是他,就是臣妾,也跟着长了不少见识。诚哥儿今年八月刚中了秀才。五叔在禁卫军,三伯家的俭哥儿是从禁卫军出去的,都是侯爷拿的主意,诚哥儿的事,只怕还是得侯爷定夺。"

太后最喜欢十一娘从不自作主张。

十一娘回了府,把太后要把徐嗣谨调回来、封赏徐嗣诚的事说了。徐令宜听了直笑:

"这件事我会来处理的。"说话间却露出几分犹豫来。

自从先帝驾崩,新帝虽然没有封赏徐令宜什么具体的职务,但徐令宜有太子少傅这个头衔,开始天天上朝。

"侯爷要说什么?"十一娘笑道。

"默言!"徐令宜握了她的手,"皇上想让我掌管五军都督府,兼任兵部侍郎。我推了……"说着,略带几分愧色地望着她。

做官也好,赚钱也好,不外是实现个人价值或提高生活品质。徐令宜早已经实现了他的个人价值,他没当官的这几年,他们的生活品质也并没有因此而降低。对于他来说,恐怕当不当官都没有什么意义了。

他是担心她的面子上过不去吧?而且她觉得徐令宜做这个决定,肯定是经过了深思熟虑的。

"推了就推了呗!正好简师傅说想把绣铺的生意再扩展一些——想搭着做绣线的生意。天下绣线,十之八九出自湖州。侯爷有空,正好帮我们出出主意,想办法联络联络湖州知府……"十一娘抿了嘴笑。

徐令宜知道,十一娘这是借着打趣他在表明自己的立场。

"默言!"他不禁有些唏嘘,"你需要的时候,只管吩咐。"

她们做绣铺生意,怎么少得了和湖州打交道,十几年的老关系,别人也清楚她们的底细,徐令宜打不打招呼都没有什么关系。

琥珀进来把送去贵州的东西的单子拿给十一娘过目:"再送东西过去,只怕要到年后了,所以我把过年的东西也准备了一些。"

十一娘点头,添了二百两银子的银票:"说不定要打点上峰,庞师傅他们跟了过去,过年的时候也要封个红包才是。"

琥珀笑着走了。徐令宜坐在那里微微地笑,没有想到谨哥儿小小年纪,行事这样地老练。

他先是把银矿的事告诉了雍王,得到了雍王的支持,然后借着雍王的名头把龚东宁拉到了一条船上。再装出一副不认识龚东宁的样子,怂恿着平夷千户所的千户和普安卫的指挥使一起做这生意,平夷千户所的千户和普安卫的指挥使为难了好几天,想来想去没办法绕过龚东宁,最后还是决定让龚东宁占大头……到时候出了什么事,也有个顶缸的人。

如果不出什么意外,明年开春银矿就可以产银了。在这种情况之下,就算是他想让谨哥儿回来,只怕雍王也不会答应。想到这里,他嘴角不由微微地翘了起来,露出个愉悦的表情。天下没有不透风的墙。既然谨哥儿在贵州闹腾得风生水起的,他还是继续待在家里韬光养晦好了,免得他们父子一个在内一个在外,又成了一股势力,让新帝心中不安。

因是先帝驾崩,皇上没有和往年一样设宴赏赐诸王、公主和驸马。大年初一的朝贺也免了,改年号熙宁。

初三的时候,太后宣了江都公主和驸马进宫,皇上、皇后、雍王爷、雍王妃和徐令宜夫妻作陪,在慈宁宫设了素宴。

王贤长得一表人才,在皇上和太后面前不卑不亢,大方得体,十一娘不由暗暗点头。

宴罢,太后留了皇后、雍王妃、江都公主和十一娘说话,皇上则和王贤、雍王、徐令宜去了偏殿旁的暖阁。皇上问起徐嗣谨来:"南京都指挥使到了致仕年纪。谨哥儿年纪太小了,我想让南京都指挥使司同知升南京都指挥使,让谨哥儿任都指挥使司同知,在那里熬几年资历后再说。"

从无权的正四品指挥使到有实权的都指挥使司同知,可谓是一步登天了。徐令宜忙行礼道谢。

雍王跳了出来:"皇上,我看这件事还是从长计议为好——谨哥儿年纪太轻了,就是去了,只怕也压不住那些人。与其把他这样放在火上烤,不如让他在贵州多待两年,就地升迁,到时候再调任南京都指挥使也不迟啊!"

皇上愕然。

大年初一的时候虽然免了大臣们的朝贺,可诸王和公主、驸马还是进宫给太后和他拜了年的。江都公主找了个机会把当初谨哥儿为什么会和陈吉结怨的事告诉了他,还哭着让他无论如何都要想办法把谨哥儿调回来,还说当初谨哥儿被贬,全是因为她的缘故。如今大过年的,家家户户团聚,只有谨哥儿孤零零一个人在贵州,也不知道有没有新衣裳穿……永平侯和永平侯夫人还不知道怎样地惦记和担心。

他想到第一次见到谨哥儿的时候,谨哥儿穿着大红的绯丝小袄,头发乌黑亮泽,皮肤白皙如玉,胖嘟嘟,咧了嘴笑……的确不太适合待在那穷乡僻壤的地方。只怕长这么大,第一次遭这样的罪,就起了弥补一下的心,不承想,雍王竟然反对。不仅反对,而且还说得有理有据,让人不好反驳。

他不由瞥了徐令宜一眼。徐令宜显然也很惊讶,望着雍王,一时无语,半响才回过神来,行礼道:"雍王爷说得有道理。徐嗣谨年纪太小,难以服众,又是外戚,皇上刚刚登基,应用贤德之臣以告天下英才,为皇上所用才是。徐嗣谨的事以后再说也不迟。"

皇上微微点头,没有说话。王贤发现雍王的表情显得比刚才松懈了不少,不由暗暗奇怪,回去说给江都公主听。

江都公主气呼呼地去找雍王。雍王被她缠得没有办法,知道皇上最疼爱这个胞妹,要是她顶了真,皇上说不定真会把徐嗣谨给调回来,那他的银矿就算完了。他总不能自己跑去跟龚东宁要份子钱吧?这毕竟是见不得光的生意。只好委婉地把事情的经过告诉了江都公主,然后劝她:"我把内府的钱还清了就收手。要是皇上追究,皇上、我和太后脸上都无光;要是不追究,大家有样学样的,只会伤了国之根本。"

江都公主气得浑身发抖:"都是你,干吗非要修园子!"

雍王苦笑:"我不修园子,难道让我掺和到朝廷的那些事里去啊!"

江都公主语噎,觉得谨哥儿太可怜了,先是帮她办事遇到了陈吉这个二愣子,又被三哥当枪使……

她转身去了十一娘那里,和十一娘说了半天的家常话,还赏了庭哥儿、庄哥儿、庆哥儿和莹莹很多东西。

十一娘满头雾水。

"成了亲,毕竟不同了。"姜氏给十一娘奉茶,"有时候也会想走走亲戚,有个人说说话,热闹些。"

也许是吧!十一娘微微颔首,把这件事放到了一旁,去了徐令宜那里。

"怎么突然说要升百户?"她把徐嗣谨的信给他看,"没听说立过战功,也没有听说为千户所做了什么特别的事,会不会是龚东宁暗示了下边的人?"

看样子,普安卫和平夷千户所的人想留徐嗣谨给他们做事……徐令宜笑着接过信,一目十行地看了看:"我来问问是怎么一回事。"

给儿子争取一点时间,等银矿的生意上了轨道,再派个心腹盯着,就算他调到其他的卫所,也不会有什么影响了。

十一娘皱了眉头:"这样算不算是通过了你的测试?他去了不过一年,我总觉得这其中有什么事我不知道。"

徐令宜揽了她的肩膀:"你别着急,有我呢。"然后问起她的铺子来:"绣铺的生意怎样?"

"还行。"十一娘眉头渐舒,"有一家扬州的客商,看着我们生意好,想把他们铺子里的香粉交给我们代卖。我派人去打听了,那家的香粉在江南一带很有名,简师傅觉得有利可图,正和他们商量这事。要是能成,我们想把隔壁的铺子租下来,再开一间香粉铺子。"

"我记得宫里的胭脂是从杭州那边来的,只卖香粉,有点单调,你们不如派人去杭州那边看看。如果既卖香粉又卖胭脂,说不定生意更好。"

"我也是这么想的,"十一娘正色道,"准备明天去趟顺王府,看看宫里的黛石、口膏都是从哪里进贡的,索性把货盘齐。"

徐令宜见她不再提谨哥儿的事,松了口气。

十一娘越发地起疑,叫了谨哥儿从嘉峪关带回来的那个小男孩措央:"我想把六少爷从贵州调回来,可侯爷不让。你敢不敢随着回事处的人一起,帮我走一趟贵州?"

措央立刻保证:"六少爷对我有救命之恩,夫人只管吩咐,我保证把夫人的话带到。"又道:"别说是跟着回事处的人走,就是我一个人,也能走到贵州去。"

"过两天,我会派人给六少爷送衣裳,你就随着他们一起去。"十一娘道,"到了平夷,什么也不要说,仔细看看六少爷的上峰都是些什么人,待六少爷如何,六少爷平时和哪些人交往……你把事情摸清楚了,我也知道该怎么跟六少爷走路子。要是六少爷问起来,你只说在府里不好玩,看着回事处的给他送东西,就跟着跑了出去。能做到吗?"

"能!"措央黑红的小脸满是坚毅之色。

十一娘笑着赏了他一包碎银子,藏了十张十两面额的银票在他的腰带里:"救急的时候用!"

措央高高兴兴地跟着回事处的人去了贵州。

十一娘忙着开香粉铺子。偶尔,江都公主会来串串门,和姜氏很谈得来。

四月底,措央回来了,带了两套苗人的银头饰,一套给太夫人,一套给十一娘,说是生辰礼物。

"六少爷问我是怎么来的,我照着您说的告诉了六少爷。"措央显得有些无精打采,"结果六少爷第二天就让庞师傅送我去了驿站,还说,让我待在家里,好好跟着七少爷的师傅习武,以后有用得着我的地方,让我别到处乱跑。"说完,从怀里掏了一封信递给十一娘,"六少爷说,让我回来一见到您就把信给您。"

十一娘笑着接过了信。

"母亲大人膝下敬禀者,"第一句还算正常,第二句就开始抱怨,"就知道什么事都瞒不过您,我跟您说实话吧。我在这里发现了一座银矿,私采不太可能,就告诉了雍王爷……"

把事情的经过一五一十地告诉了她。

有时候,打草惊蛇也是一种办法。十一娘默默地望着信。刚开始每日可产银十二三两,现在每日可产银四十几两……日进斗金,谨哥儿还会想去嘉峪关做总兵吗?十一娘的担心不无道理。

当徐令宜提出让徐嗣谨去始阳百户所时,徐嗣谨的态度颇不以为意。筹备私矿途中,他不知遇到了多少困难,最后还不是一一摆平了?父亲让他去卫所是为了让他人情

练达,他这样还不算人情练达吗?"

他回信给父亲说,银矿的事刚刚理顺,只是份子钱还没有开始清算。他的那一份还好说,可雍王的这一份却不能不放在心上。等他把平夷千户所、普安卫、龚东宁、雍王这条线理顺了再去也不迟。

徐令宜笑着给他回信:"这个百户属四川总兵管辖,四川总兵丁治和我不和。他又年过六旬,是随时可以致仕的人,谁的面子都不买,为人不仅倨傲自大,而且飞扬跋扈,你不去也罢,免得给他捉到了什么小辫子,我鞭长莫及。雍王和江都公主乃皇上一母同胞,皇上十分看重,因为江都公主之故,皇上甚至不顾朝廷纲常,想让你去南京都指挥使司任同知。你要好好为雍王和江都公主办事才是,事办好了,前程也就有了!"

徐嗣谨看了气得半天没有说话:"要是我只为了奔个前程,那我到卫所来干什么? 不如去内府给顺王爷当差。凭我的手段,只怕升得还快些。不就是个小小的始阳百户所吗? 不就是个不给爹爹面子的丁治吗? 不就是还剩下些乱七八糟的关系没有理顺吗? 看我的好了!"

当天晚上就给徐令宜回信:"我这就去始阳!"

徐令宜拿了信微微地笑,具体说了些什么没有告诉十一娘,只告诉她结果:"我让他去始阳百户所,没有惊动四川总兵,让一个千户帮着安排的,那千户也不清楚谨哥儿的身份。这次,还真就看他自己的了!"

如果说从前十一娘的心一直悬着,看着他能开个银矿出来,她的心放下了一半——能力是有了,就算有什么事,估计自保不成问题。现在就差历练了。

长安留在了平夷,他一个人去了始阳,不卑不亢、豪爽大方,很快就和百户、老户军走到了一起。虽然没有家产,可长得一表人才,又机敏伶俐,不少妇人打听他成亲了没有,想招赘上门。

徐嗣谨不免有几分得意。这些人可不是因为他的身份、地位才看中他的。但也怕因此而得罪人,忙说自己从小就定了亲,因为没钱成亲,这才拖了下来——尽管如此,还有人暗示他在始阳落户,不必回家乡。这样,婚事自然也就不了了之了。

徐嗣谨有些哭笑不得,心思全放在了平夷,长安也频频行走于平夷和始阳之间。

就在这时,发生了一件对徐嗣谨影响很深远的事。

始阳百户所将士的粮食和军饷来自军田,士兵六天训练,六天耕种,百户所一共有四头耕牛。待轮到徐嗣谨放牛的时候,他躺在斜坡上晒太阳,等他眯了个盹起身的时候,在斜坡上悠闲地吃着草的牛不见了……要不是那些人不敢杀牛,就算他找到牛,也是四头死牛了。

始阳的百户气得够呛。偷牛的却嚷着:"我不过是跟他开个玩笑!"

开个玩笑？百户当着全军屯的人要打他三十军棍的时候怎么不站出来？他拍着胸脯说三天之内找不到牛就离开始阳的时候怎么不站出来？

大家都是一个军屯的人，牛又找到了，偷牛的被打了十军棍完事。徐嗣谨却陷入了沉思。他的对手不过是个士兵，如果是个百户或是千户呢？想当初，在平夷的时候他也曾遇到过这样的事，却能轻松地化解，怎么到了始阳却小沟里翻了船呢？说到底，还是因为没有把始阳的事放在心上。

徐嗣谨站在斜坡上，望着夕阳一直隐没于天际，这才转身回到自己的小土屋里，沉下心来给父亲写了一封讨论三十年前发生的松潘府战役的信。

这是一封迟到的信。早在银矿开始产银的时候，徐嗣谨就没再认真地和徐令宜讨论过历史上曾发生过的著名战役了。

发生了什么事，让儿子开始有了变化？徐令宜欣喜之余，很想把派在徐嗣谨身边的人叫回来问个清楚，沉思良久，他还是放弃了。扶着他走了这么长的时间，现在是该放手的时候了，那些护卫也只是在他性命攸关的时候才会出手。有些事，就让徐嗣谨自己去面对吧。

黄榜出来，徐嗣谕是二甲第十名，中了进士。

不但徐府举家欢庆，就是永昌侯府、威北侯府、忠勤伯府这样的姻亲府里，也跟着高兴，让管事用小车拖了鞭炮到徐家门口放。三夫人的父亲更是专程来拜访徐嗣谕。

徐令宜在十一娘面前露出志得意满的笑容来。

十一娘掩袖而笑："不知道的，还以为是您中了进士呢！"

徐令宜搂了她狠狠地亲。

徐嗣谕则是大宴小宴不断，不是去拜访同科，就是去拜见座师，要不就是有人宴请恭贺，难得见到人影。二夫人好不容易逮了个机会拉着徐嗣谕说话："热闹热闹就算了，要紧的是接下来的庶吉士考试。"

徐嗣谕没有作声，第二天来见十一娘。

"母亲！"他恭敬地行了礼，"我想外放！"

也就是说，他不准备考庶吉士。十一娘很惊讶。

"你父亲知道吗？"她想了想，问道。

"还没有跟父亲说。"徐嗣谕含蓄地道，"父母在，不远游。能留在燕京固然好，可我更想去江南看看。"他露出一个温和的笑容，"好在家里还有四弟能代替我承欢膝下，我也可以带着项氏和孩子们出门见见世面，看看外面的风景。"他上前几步，缓缓地跪在了十一娘的面前，"母亲，"仰头凝望着她，目光中有些许的悲伤，有些许的不舍，还有些许的欣

慰,"请您原谅我的不孝。"说着,眼圈一红,眼睛里已泛起水光。

在他考中进士,风头盖过了徐嗣谆的时候,让徐嗣谆代替他承欢膝下,他带着项氏和孩子远走江南,甚至决定一去经年,让她原谅他的不孝……他是想用这种方法告诉谆哥儿,他选择了一条不会阻挡谆哥儿的路吗?不,或者,他是想告诉徐令宜!十一娘顿时觉得心里酸酸的:"你父亲他一向看重你,要不然也不会和项家联姻了……"

"我知道!"徐嗣谕点头,笑容中多了几分释怀,"所以我想去江南。"说完,他站了起来,"母亲,您觉得哪里好?等我安顿下来了,您就去我那里住几天吧?我陪着您到处走走,到处看看,可以去湖上泛舟,也可以去茶楼听戏……"他丰姿玉立地站在那里,眉眼含笑,如明月清风般舒朗,如春天里刚刚抽芽的树苗,哪里还有一点点往昔的阴霾。

十一娘的眉眼不由得跟着舒展开来,露出一个温柔的笑容。离开,未必就是结束,有时候,是展翅高飞的起点。

项大人对徐嗣谕的决定没有惋惜也没有感慨,很冷静、理智地为徐嗣谕谋划着仕途,圈定了赋税主要地太仓、高淳、嘉兴,或是交通要道的汾州、德州、常州,道:"不可能任主官,先到这样的大县历练一番。然后再到如桐乡、秀水、平湖这样的富庶小县做父母官,赋税上去了,升迁的机会也就比别人多很多……或者,反其道而行,到沈丘、宝丰、南召这样的穷县做父母官,容易做出成绩来!"

徐令宜在书房里考虑了两三天,最终决定争取让徐嗣谕到太仓、高淳、嘉兴这样的地方去。

春节的时候,他专程去了一趟陈阁老家。过完年,徐嗣谕补了嘉兴府推官,正七品。

徐嗣谕嘱咐项氏把所有的东西都收拾带走,连项氏提出留两个丫鬟看院子也没有同意。

项氏有点摸不着头脑,思前想后,吩咐了丫鬟重新收拾箱笼,把平日惯用的放在一处,不常用的放在一处,收了库的又放另一处,让丫鬟、婆子按这个造册,又去和徐嗣谕商量:"东西太多,准备放一部分到田庄去。"

徐嗣谕暗暗松了口气,对着项氏却神色如常地点了点头。

项氏也暗暗松了口气,总算是闹明白了相公的意思。看样子,这次出去就再也不回来了。她不由得打量着这个她住了七八年的院子。原本齐肩的芭蕉树已经长到了人高,莹莹周岁时五叔帮着搭的秋千架空荡荡地静立在那里,她心里突然泛起淡淡的伤感。刚成亲的那几年,她心里也惦记着分府的事。可这几年住下来,祖母性情开朗,待人慈祥,公公婆婆知书达理,妯娌间你让着我,我让着你,见了面从来都是亲亲热热的,孩子也能玩到一起……想到那些热闹喧阗将离她越来越远,再想到这几年她在家里什么事也不用管,就是怀孕、生子的时候,也有婆婆派来的妈妈无微不至地照顾着她,她突然有点害怕起来。以后什么事情都只能靠自己了,人生地不熟的嘉兴府,自己能不能担负起这个责任呢?

思忖间,有人跑过来抱住了她的大腿:"娘亲,娘亲!"

她低头,看见女儿笑吟吟如阳光般灿烂的脸庞。

"莹莹!"项氏抱起女儿,女儿立刻搂了她的脖子,"娘亲,您在院子里干什么?"

女儿的眸子清澈透明如泉水,让她的心也跟着沉静下来。为了女儿,她也要鼓足勇气,不能退缩才是。

"我在等莹莹啊!"项氏深深地吸了口气,声音比往日多了些许的坚定,"等莹莹来了,好一起去给祖母问安啊!"

莹莹嘻嘻笑,挣扎着从母亲怀里站到了地上,拉了项氏的手:"娘亲,我们快去!要是去晚了,大弟和二弟就把祖母屋里的豆沙糕全都吃完了。"

项氏吩咐乳娘抱了庆哥儿,笑着任由女儿拉了自己去了十一娘处。

望着三桅官船渐行渐远,站在船舷上的徐嗣谕、项氏、莹莹和庆哥儿的面目都模糊起来,十一娘才放下挥舞的手臂。

"我们回去吧!"背手而立的徐令宜看了揉着胳膊的妻子一眼,不以为意地道。

十一娘眼底闪过一丝淡淡的笑意。她"哦"了一声,由姜氏虚扶着往一旁的马车走去。

英娘见姜氏伸了手,退后一步,走在了十一娘的身后。

有四五个穿着将士袍服的骑士,呵斥着穿过熙熙攘攘的行人,朝他们所在的码头飞驰而来。

徐令宜不禁驻足,皱眉观看。几匹马一路飞奔而来。徐府的护卫立刻拥了上去,围成了一道人墙。

听到动静的十一娘、姜氏、英娘、徐嗣谆、徐嗣诚等都不由得循声望去,就看见几匹马齐齐地扬起前蹄嘶鸣一声,在离护卫五六步远的地方停了下来。

"侯爷!"领头的骑士跳下马,跪在了满是砾石的甬道上,"小的是乾清宫当值的禁卫军,"说着,摸出腰牌递给了挡在他前面的护卫,"奉了皇上的口谕,请侯爷即刻进宫。"

徐令宜有些惊讶。徐府的护卫已将那将士的腰牌呈给徐令宜看。

徐令宜瞥了一眼,吩咐徐嗣谆:"和你五弟护着你母亲回府,我先走了。"

徐嗣谆、徐嗣诚恭敬地应"是",目光却不约而同地朝着将士看了一眼。

徐令宜带着几个护卫跟着几个禁卫军飞驰而去。十一娘坐在马车上慢悠悠地进了

通州城。

"母亲,父亲不会有什么事吧?"英娘有些担心地道。

姜氏欲言又止。陈阁老前些日子上奏折要求选贤能递补已致仕的梁阁老,皇上以先帝未允为借口,一直搁置不议。皇上这些日子常召公公进宫议事。按大伯父的话:欧阳鸣不堪大用,皇上只好用永平侯牵制皇后娘娘的父亲周士峥。大伯母几次来见她,话里话外都透着如今皇上对公公恩宠有加,让公公帮着在皇上面前进言的意思。还说,若是公公要避嫌,推荐杜大人也是一样的,姜家一样感激不尽。

可这话,她怎么好跟公公说。上次婆婆已经敲打过她了,要是她再不知好歹地管这种事,婆婆肯定会生气的。可如果不帮着说句话,姜家失去这次机会,气势只会越来越弱,想进内阁,恐怕是不太可能的了。

十一娘也有些担心。

马车停了下来,跟车的婆子小心翼翼的声音隔着车帘传了进来:"夫人,客栈到了!"

十一娘忙敛了心绪瞥了两个儿媳妇一眼,姜氏神色有些恍惚,英娘则满脸期待地等着她的回答,神色都在正常的范围内,她一颗心这才落定。

"你公公一向谨慎,不会有什么事的。"

英娘听着点头,忙率先出了马车,转身扶了十一娘下马车,姜氏、徐嗣谆、徐嗣诚以及一大群丫鬟、婆子紧随其后,簇拥着她进了包下的西跨院。

姜氏忙指挥丫鬟们换上她们带来的被褥、器皿,又安排婆子到灶上烧水、做饭。

晚上十一娘睡得有些不安生,第二天天刚刚亮就往燕京赶,晚上掌灯时分才到,徐令宜还没有回来。

太夫人困惑道:"你们没在一起吗?"

十一娘不想让太夫人担心,笑道:"在城门口遇到了周大人,侯爷被他叫了去。"

太夫人听了呵呵地笑:"被他拉了去,准没好事。我看,你今天也别等他了,早点歇了吧。明天人能回来就不错了。"

十一娘笑着应"是",和二夫人一起哄着太夫人歇了。

十一娘回了房,坐在屋里沉思。徐令宜进宫这么久都没有派人带信,又要留在宫里过夜,会不会有什么事?

翌日,她张开眼睛就问:"侯爷可有信来?"

当值的冷香忙道:"侯爷昨夜就回来了,见夫人歇下了,怕吵着您,就在外书房歇了。"

徐令宜最喜欢半夜把她吵醒,然后趁着她睡眼惺忪的时候为所欲为,还美其名曰:"你迷迷糊糊的时候最好看!"

十一娘愕然,梳妆整齐,顾不得用早膳,就去了徐令宜的外书房。

天色刚刚发白,在这寒意料峭的早春,书房的窗子却全部支了起来。

珍藏在香樟木匣子里的《九州舆地图》被拿了出来,铺在黄梨木大书案上,穿了件半新不旧的鸦青色杭绸素面夹袍的徐令宜背手立在书案前,头颅微垂,眼睛眨也不眨地盯着舆图,神色极其严峻。

十一娘看着,脚步一滞。

听到动静的徐令宜已抬起头来:"你来了?"

突然被叫进宫,十一娘肯定会很担心,知道他回来,自然会在第一时间来看他。为什么要看《九州舆地图》?十一娘有一种不好的预感……

"出了什么事?"她一面问,一面走到了徐令宜的身边。

山川河流,一一在目。

徐令宜犹豫了片刻,指了舆图上宣同府的所在:"鞑子集结了十三个部落的人马,绕过嘉峪关,已到宣同府城外。"

十一娘心里"咯噔"一下,脸色大变,失声道:"怎么会这样?"

宣同府是燕京的屏障,屏障一旦被除,燕京则危在旦夕。

"去年冬天很冷,今年的春天又来得迟,连草根树皮都没有了,只有进关来抢了。"徐令宜的声音很冷静,"看样子,恐怕要动用五军都督府了。"

"那谨哥儿会不会有什么事啊?"十一娘更关心这个。

"他不会有什么事。"徐令宜望着她,"始阳很偏僻,离宣同很远,那些鞑子就算是走错了,也不会走到那里去的。现在形势紧张,五军都督府用兵必讲究神速,不会放着离宣同最近的后军都督府兵力不用,舍近求远地调右军都督府兵力的。你放心好了,他比我们还安全!"说到最后,露出一个带有安慰味道的温和笑容。

四川属右军都督府管辖,山西属后军都督府管辖。十一娘松了口气,这才道:"皇上找侯爷进宫做什么?"

"朝廷已经有十几年没有对西北用兵了,皇上心里没有底,找我去问话。"徐令宜说这话的时候,语气淡淡的,可眼角眉梢都透露出一股子强大的自信,让他突然间挺拔了不少。

这才是他在军营里的形象吧?十一娘突然觉得自己好像无意间看到了徐令宜被隐藏起的另一面。

"皇上就问了问您西北的事,难道没有说别的?"她迟疑道。

徐令宜沉默良久才低声道:"皇上还问我有没有去西北平乱的意思……"他语气微顿,"我委婉地拒绝了。"声音很平缓,如被淤塞的河水。

如果不是出于政治上的考虑,他应该很想再征西北的吧?十一娘想到他刚才一瞬间流露出来的强大自信,心里突然觉得有点堵得慌,手轻轻地覆在了他放在书案上攥成了拳的手上:"谨哥儿在四川,您要再去了西北,这里空洞洞的……还是留在家里的好!"望着他的目光温柔如春水,一直荡漾到了他的心尖,让他又有些许的失望。

　　她是为了安慰他才说的这些话吧?徐令宜轻轻地笑了笑,拍了拍十一娘的手:"这么早,还没有用早膳吧?"然后扭头喊了灯花:"把窗户都关了,让婆子们摆早膳吧!"转移了话题。

　　两人之间就多了一分清冷。十一娘一怔。徐令宜已走到临窗的大炕前,提起炕桌上暖着的茶壶倒了一杯茶:"来,坐下来喝口热茶。"

　　笑容依旧温和,却少了原来的温度。十一娘默默地走过去坐下,接过茶盅,说着家庭琐事,想打破彼此间的清冷:"昨天回来的路上,我和英娘商量了半天,想在流芳坞那边种些菱角,又怕到时候菱秧长得太密,不能划船了……"

　　这点小事,怎么会难得住十一娘。看着她眼底闪过的一丝不安,徐令宜失笑。自己也太小心眼了。想到这里,他搂了十一娘的肩膀,亲昵地吻了吻她的面颊:"万一菱秧长得太密,让管事请了田庄上的婆子们来割就是了。我记得菱角五六月间才有,到了五六月间,天气热了,谁还去划船,不耽搁事的……"

　　感受着他温暖的气息,听着他醇厚的声音,十一娘不禁长长地吁了口气,好像压在心头的大石头突然被人搬走了。

　　徐令宜听到她在自己怀里轻轻地舒了口气,脸上的笑容更盛了。

　　十一娘,好像变得很依恋自己似的。是从什么时候开始的……生活中那些或温馨、或旖旎、或气恼、或嗔怪的场景走马灯似的在他脑海里转着,却始终找不到源头……

　　灯花进来,看见两人亲亲热热地坐在一起,忙垂了眼睑,低声道:"侯爷,早膳摆在哪里?"

　　十一娘挣扎着要坐起来,徐令宜手一用劲,她只得又倚在了他的肩头,脸有些红,却没有再继续挣扎。

　　徐令宜微微地笑,吩咐灯花:"就摆在这里吧!"

　　灯花应声而去。

　　徐令宜亲了亲她的额头,这才放开她。

　　十一娘坐起身来。

　　婆子得了嘱咐,低头进来,蹑手蹑脚地把炕桌搬走,放了摆着早膳的炕桌。

　　夫妻俩对坐着用早膳。屋子里不时地响起清脆的碰瓷声,轻微的喝汤声,咀嚼的响声。

她前世小时候母亲总是很忙，偶尔抽空一起吃个饭，她就会叽叽喳喳地讲着身边发生的事，好像这样，就能弥补那些和母亲不在一起的日子。可心里还是有个洞，声音再大，也没有办法填满，反而更显得失落。后来在余杭，讲究"食不言寝不语"，那时候只觉得苦闷……不知从什么时候，她开始习惯这样静默无语的吃饭，心却感觉平静而踏实。

"怎么了？"徐令宜看见对面的人数着米粒吃着粥，笑道，"早膳不合口味？"

他吃得简单，她吃得复杂……常常是一大炕桌菜，她的占了三分之二。没想到她会来，看得出来，厨房重新安排了早膳。时间上还是太紧，多是面汤、馒头，只炒了几个青菜，做了碗小米粥。

"没有。"十一娘笑道，"挺好的。"

徐令宜点了点头。

有小厮跑进来："侯爷，五军都督府的马大人求见！"

马大人掌管五军都督府的中军。徐令宜没有露出惊讶的表现，而是沉思了好一会儿才吩咐小厮："请他到花厅坐！"

十一娘忙起身给徐令宜更衣。

"你等我一会儿，我们一起去给太夫人问安。"徐令宜说着，转身出了门。

说是一会儿，等了快一个时辰，徐令宜才转回来。

"走吧！"他淡淡地道，"免得让娘等。"

现在的太夫人，每天早、晚都要见到了徐令宜才安心。

十一娘跟着他出了门。走到半路，她迟疑道："马大人找您，可有什么急事？"

徐令宜没有作声，直到进了太夫人的院子，才低声道："皇上招了五军都督府的人进宫，他来问我，如果皇上要他推荐领兵的大将军，推荐谁好。"

十一娘讶然。徐令宜离开军营已经十几年了，一个五军都督府掌管中军的都督还要来问徐令宜推荐谁去做大将军……要知道，战事失利，推荐者也是有责任的，甚至会被连坐……或者，生活在一起，没有了距离，有些事情就被忽视了？

她很想问他，平乱西北的时候都发生了一些什么事。为什么事隔多年，还有人对他这样地恭敬和信任？可想到他刚才轻描淡写的语气，十一娘又把到了嘴边的话咽了下去。

太夫人拉着徐令宜的手关心地问他昨天在哪里吃的饭，喝了酒没有，周士峥叫他去做什么……徐令宜笑着应着，给太夫人读了一段《心经》，太夫人这才笑吟吟地放了他走。

好不容易喘口气，永昌侯府、威北侯府、中山侯府、定国公府，甚至是五夫人的娘家定南侯府以及平时不太来往的镇南侯府王家的主持中馈的几位夫人不时来串串门，安排茶点、用膳、送客,陪着服侍婆婆过来的少奶奶们说话。姜氏忙得脚不沾地,可也从偶尔落在耳中的只言片语中听了个明白——西北战事吃紧,军饷紧缺,皇上决定把所有公卿之家的赐田都收回,以充军饷。夫人们互相探口气,以便几位侯爷、伯爷在同一时间内上书,群情激愤的样子。

"唐夫人放心,这不是一家之事。"十一娘反复地表明,"我们家侯爷就是再不管事,这件事也不能不出声。"

唐夫人叹了口气:"这一次,这些阁老做得太过分了。这不是要断我们的生路吗?"

"兔子急了也要咬人,何况他这是要断我们的生路。"瘦得只剩一把骨头却依旧能说话的镇南侯世子夫人冷冷地笑,"皇上不是说西北战事吃紧,国库空虚吗? 他陈子祥年年革新,年年有新政,怎么就弄得个国库空虚了? 现在竟然还要我们这些人帮着擦屁股,天下哪有这样好的事?"

陈子祥,是陈阁老的名字。唐夫人没有作声,却目光闪烁。

镇南侯世子夫人眼角飞快地睃了唐夫人一眼,笑着起身告辞:"我得了夫人的准信,也能回去给我们侯爷交差了,就先回去了。等哪天夫人清闲下来了,再到我那里去坐坐。说起来,我们两家也是姻亲。"

十一娘笑着应"是",亲自送镇南侯世子夫人到了门口。

回来的时候,唐夫人也起身告辞:"我们侯爷的意思是,趁着哪天宣同府那边有捷报的时候上书,皇上心里一高兴,也容易些。"又道:"我还要去周夫人那里坐坐。"

"应该去的,应该去的。"十一娘送她出门,"夫人的话,我也会转告侯爷的。"

唐夫人颔首走了。

姜氏扶十一娘到内室坐下,犹豫道:"母亲,正如王夫人所说,朝廷这些年常有新政出来,先帝在时就不止一次,国富民强,全因有陈阁老。现在皇上说国库空虚,说不定是个借口呢? 既然皇上铁了心……这样上书,有用吗?"

十一娘笑道:"在王夫人说这些话以前,你想到过吗?"

婆婆和风细雨般地温和。姜氏大了胆子:"我也想到过。"

"你看,你也想到过,王夫人也想到过,其他的人,自然也想到过。"十一娘笑道,"可大家为什么还要这样派了夫人串门、私下约定? 还不是想看着哪家等不及了,第一个跳出来。瑟瑟,我们家一向中庸,既不会走到别人的前面,也不会走到别人的后面,可怎样才能适时地走出来,这可是一门学问。"又道:"你要记住我的话,我们家不是官宦之家,讲究'文谏死'这样的事。就算子弟里没有出仕的人,凭着这样的名声,还可能得个尊重。我们是公卿勋贵,只要不出错,这富贵就会长长久久兴旺不衰。"

姜氏大汗淋漓,躬身应"是"。

五军都督府的后军都督刘宏领了征西大将军的衔，带领十万大军前往宣同协同范维纲抗敌。老天爷好像在嘲弄这些急得像热锅上蚂蚁的公卿勋贵似的，一连半个月，宣同那边传来的都是噩耗。

常宁公主的儿子任昆第一个发难，弹劾陈阁老欺君罔上，要不然，怎么实施新政后却国库空虚，要求以旧制征收茶税。接着，中山侯响应，弹劾户部侍郎李廷中饱私囊，又有遂平公主驸马弹劾户部给事中邢安收贿贪墨……陈阁老、李廷和邢安纷纷上书辩驳……皇上接到宣同破城的消息……当时就把折子丢在了遂平公主驸马的脸上："朕殚精竭虑地保住祖宗基业的时候，你们却在这里为了蝇头私利争吵不休！"然后立刻下旨，立冬以前，收没所有公卿勋贵之家的赐田。消息传来，公卿哗然，有几位大长公主披了麻衣在东门外哭着喊着要去奉先殿哭先帝……燕京熙攘纷乱，人心浮动。

一连几天，徐令宜都会在十一娘睡着以后坐起来靠在床头发呆，看着窗外一点点地透白。

十一娘又哪里睡得着。周士峥前两天来找徐令宜，指责徐令宜关键时候没有出面，没等徐令宜解释就怒气冲冲地走了。她不过是装着睡着了，想给徐令宜一个思考的空间。见他这样整宿整宿地不睡，她又心疼起来，索性披衣拥被而坐："侯爷还在想着周大人的话？"

"没有。"徐令宜笑着把她搂在了怀里，"我们从小一起长大，他不过是想激我罢了。要是真生气，他只会不理我，而不是跑到家里来把我给骂一顿！"

十一娘头靠在他胸膛上："那就是在为收回赐田的事担心了？"

"这个时候，谁还有心思去收赐田？"徐令宜轻轻摇头，"战事不平，收赐田的事就没人主持，只要没有开始，就有缓和的余地。"

那就只能是为了宣同的战事。十一娘不想提。就像每个人都有个逆鳞，战事，就是徐令宜的逆鳞。

"那侯爷还担心什么？"她坐起身来，笑吟吟地望着他，"侯爷快些睡吧！您这样，我也睡不好！"

徐令宜深深地看了她一眼，笑着应了声"好"，顺从地躺了下去。十一娘紧紧地搂住了他的腰。

徐令宜没有像往常那样热情地回应她，而是有一下没一下地抚摸着她的头发。

十一娘静静地依着他，等着他入眠，可一直到屋外传来小丫鬟起床的洗漱声，徐令宜也没有合眼。

这样下去不行。十一娘吩咐琥珀给徐令宜做了参茶，亲自端去了书房。徐令宜有些意外，望着她笑。

十一娘从来没这样殷勤过,她低头帮徐令宜收拾书案,吩咐他:"快点喝了,凉了就有味道了。"

徐令宜坐到一旁的太师椅上,啜着参茶。

灯花匆匆走了进来:"侯爷,雍王爷来了!"

夫妻俩都有点意外。这个时候,他来干什么?或者,是给皇上来传话了?

徐令宜想了想,对十一娘道:"我去去就来!"

十一娘送徐令宜出了书房门。

"舅舅不用和我这么客气。"雍王爷穿了件宝蓝色云龙纹素面袍子,一双凤眼明亮如星,边说边笑,已经走到了院子中央,"开一次中门很麻烦的,被皇上知道了,还要训斥我游手好闲,整天东逛西跑的……您开了侧门让我进来就行了!"

徐令宜笑着上前给雍王行礼。雍王没等他拜下去就托了他的胳膊:"舅舅,有点事,我们屋里说话去!"

徐令宜和雍王去了小书房。十一娘早已避开。

雍王前些日子也常来,最喜欢徐令宜书房里那个醉翁椅。他很随意地坐在了椅子上。

"舅舅,皇上已经下旨,让欧阳鸣接任刘宏为征西大将军,即日前往宣同。我们把谨哥儿弄回来吧,我跟欧阳鸣说说,到时候让谨哥儿帮着运个粮草什么的,有了战功,决不会少他那一份,封个侯伯公什么的,也就是小菜一碟了。"

"这,不大好吧?"徐令宜想也没想就拒绝了,"他母亲绝对不会让他去宣同的。您的好意我心领了,只能待以后有机会再请王爷帮着谋划谋划了!"

雍王听了恍然,笑道:"舅舅是怕仗打败了吧?"他说着,笑起来,"您就放心好了。这次皇上调了山东、山西四十万大军,那鞑子不过八九万人,就是一人一口唾沫也能把那帮鞑子给淹死啊!"

调了山东、山西四十万大军……徐令宜虽然在家,但朝廷上的事也一直密切关注着,他并没有听说,可见是皇上刚刚做的决定。临阵换将……他略一思索,问雍王:"现在战事如何了?是谁提议换欧阳鸣去的?"

宣同城被破,范维纲下落不明。不明还好,以死抵罪。就怕还活着,事后追究,家族受累。

"大同总兵赵诺阻鞑子于大同,急报请求增兵,皇上就派了欧阳鸣去。"雍王笑道,"兵部路尚书亲自前往通州调运粮草。谨哥儿的事,我也跟路尚书打过招呼了。"

"这是稳赢的事,五军都督府的都督们都争着要去吧?"徐令宜笑道,"我们也跟着掺和，只怕会惹了闲言碎语。"又说起战事来，"知道派了谁做参将吗?"

"好像调了山东和河南的几个参将过来。"雍王爷兴冲冲地来，见徐令宜是真的不感兴趣，胡乱说了几句话，讪讪然告辞了。

徐令宜一个人在屋子里坐了良久。欧阳鸣任征西大将军……他一直在禁卫军里干，忠心没问题，可打仗却不是比忠心的事……范维纲，当年就是先帝的侍卫，因为忠心，所以被任了宣同总兵……也不知道现在怎样了。

他站在《九州舆地图》前，神色有些晦涩。

十一娘却在那里琢磨着，没有留雍王吃饭，算算时间，雍王应该告辞了。她差了冷香去打探。

含笑进来禀道："夫人，万义宗家的和常九河家的安顿好了，来给您磕头。"

"让她们进来吧!"

一听到宣同府破城的消息，十一娘立刻让万大显把在果林的万义宗一家和在田庄的常九河一家接到了金鱼巷的宅子里——她怕鞑子打到了燕京，两家人避之不及，受战火波及。

"夫人宅心仁厚，是救苦救难的慈悲之人。"几天过去了，万义宗家的和常九河家的说起这件事还面如土色，瑟瑟发抖，"要不是您让我们把那些拿不动的东西都丢下，赶在关城门之前进城，我们现在就是想进城也进不了了。"

十一娘有些意外。

常九河家的忙解释道："宣同被破，许多人都往燕京逃，现在大家都知道消息了，也跟着往城里来。五城兵马司的人天天在城门外驱赶流民，看着粗衣布衫的，一律不让进城。有些人只好往山东、河南去，听说有好几万人呢! 路上的树皮都吃完了。"

万义宗家的也跟着叹气："我们当家的天天坐在屋檐下抽旱烟，说要是夫人的信再来得晚一点，我们也进不了城了。"又道："夫人，不会真的打过来吧? 这可是天子脚下啊!"

十一娘心里也没有底。如果徐令宜也没有办法保全她，那像万义宗、常九河这样的人家就更没有保障了!

"应该不会吧?"她含含糊糊地道，"反正，有我的一天，就有你们的一天。"

两个人安下心来，对十一娘谢了又谢，十一娘和她们闲聊了几句，两人看着冷香从外面进来，立在一旁不说话，知道十一娘有事，恭敬地磕头告退。

江都公主来找十一娘，十一娘笑了笑，柔声问江都公主："您今天怎么有空到我这里来?"

江都公主正色道："舅母，您知不知道昨天三皇兄来过?"

十一娘起身，一面领着江都公主坐到了临窗的大炕上，一面笑道："我知道。"

"那您知不知道三皇兄来做什么？"江都公主追问。

十一娘微愣："我还没来得及和侯爷说这件事。"

她的话音刚落，江都公主已"哎呀"一声，嗔道："您也真是的，一点也不关心谨哥儿——欧阳鸣马上就要授征西大将军，领军四十万前往大同抗鞑。三皇兄好意来跟舅舅说，让他把谨哥儿从贵州调回燕京，跟着路尚书做些押运军粮的事，等欧阳鸣旗开得胜，以谨哥儿的身份，怎么也能谋个侯伯之爵。"她说着，急道："舅母，这可是难得的机会，大周内外不知道有多少人盯着呢！就是三皇兄出面，这件事也不一定能手到擒来，结果舅舅却说，怕人说闲话，婉言拒绝了三皇兄。三皇兄气得在家里跳脚，还是三皇嫂急着来告诉我，让我出面劝劝舅舅，我这才知道的。"

十一娘闻言一喜。虽然从来没想过让儿子去和谆哥儿争什么，可儿子未来会怎样，她心里还是有点担心的。现在有个机会能让儿子的前途更明朗，她当然高兴。可这高兴刚刚流露到脸上，她又很快冷静下来。押运粮草就可以封个侯爵或是伯爵……天下哪有掉馅饼的事。怕就怕到时候这军功是抢的那些真刀实枪在战场上浴血奋战又没有背景的将士。恐怕徐令宜也是这样想的，所以才婉言拒绝了雍王爷吧？

十一娘犹豫良久，最后还是在心里长叹一声，柔声对江都公主道："这样的大事，都得侯爷做主。我看，还是要跟侯爷商量的……"十分为难的样子。

江都公主不由得急起来："舅母，这可不是贤惠的时候。要知道，这样的机会实在是难得。过了这个村，就没这个店了。"又道："三皇嫂说，只要舅母答应了，我们就去跟三皇兄说，等到兵部武选司的公文发出去，到时候舅舅就是知道也没有办法了！"

十一娘实在是很感激。她携了江都公主的手："谨哥儿有你们，真是他的福气。可这件事事关重大，没有侯爷点头，我实在是不敢答应。"

江都公主的高兴一点点地褪去，换上了失望，勉强道："谨哥儿也帮了我们很多，舅母不必放在心上。"起身告辞。

十一娘心里更不好受，送了江都公主出门："雍王爷和公主的好意我都明白，等侯爷从宫里回来，我再和侯爷好好说说。"

江都公主怏怏然地点头，打道回府。

掌灯时分，徐令宜才回来。十一娘得了信就迎了出去，大红灯笼下，他的神色凝重而冷峻。

十一娘屈膝行礼，一句话也没有说，迎了徐令宜回屋，默默地帮他换了家常的茧绸道袍，上了茶水。

徐令宜进屋后目光就一直落在十一娘的身上，随着她进进出出，转来转去。此刻见她停了下来，他嘴角微翘，露出个略带苦涩的笑容来。

十一娘也不追问，笑语盈盈地问他："侯爷吃过饭了没有？要不，妾身下厨给您做碗什锦面？"

"好！"徐令宜立刻答应，好像松了口气似的。

出了什么事？他竟然一副怕她询问的样子……十一娘擀着面，在心里兜兜转转的。难道皇上临时决定让他重掌帅印？就算这样，他也用不着害怕自己询问啊！他是一家之主，别说这些朝堂上的事了，就算是家里要收购谁家的铺子，按道理他也不用和她商量的……难道是谨哥儿的事？除了儿子的事，她想不出还有什么事会让徐令宜面对自己的时候很为难！

念头一起，她不由心乱如麻。谨哥儿会有什么事？他不是派了几个人偷偷地跟在谨哥儿身边吗？怎么会出事的呢？她思量着，匆匆撒了点葱花就把面端了过去。

徐令宜盘坐在炕几旁连吃了两碗才放下筷子。十一娘亲自服侍他漱口，净手。

现在的局势这样乱，知道他从宫里回来却一个字也没有问……这么多年了，他不说，她也不问，让她干什么就干什么，从来没有怀疑，全心全意地信赖着他……想到这些，徐令宜突然觉得眼睛有点发涩。他拉了正要去给他倒茶的十一娘。

"默言，四十万大军，不仅调动了山东、山西的全部兵力，甚至是隶属左军都督部的远东、浙江，隶属后军都督府的保定、万全都抽调了部分兵力。皇上虽然属意欧阳鸣领军，可欧阳鸣从来没有独立领兵打过仗，皇上心里没谱，所以特意宣我进宫，问我欧阳鸣是否能担此重任。"

如若他的回答正如帝意，他又何必要这样详细地向她解释？十一娘望着他紧紧搂着她的大手，肃然地道："侯爷向皇上推荐了谁？"

徐令宜垂下眼睑："贵州总兵龚东宁。"

十一娘骇然："这与谨哥儿有什么关系？"

"兵部黄册上，他在贵州普安卫平夷千户所。"徐令宜的声音低沉，"如果龚东宁做了征西大将军，兵部考虑到权衡，肯定会让龚东宁带贵州都司的兵力北上。人人都知道谨哥儿是我的儿子，这个时候他留在贵州，就是懦弱怕事，国难之时逃避责任，他的名声可就全完了，而且还会影响到他的仕途——你想想，谁愿意把重担交给一个遇事不敢担当的人！"

听着他话里话外都透着说服的味道，十一娘深深地吸了口气，把这感觉从脑海里驱走，冷静地道："如今宣同被破城，大同危在旦夕，贵州离这里千里迢迢，皇上就是听从了侯爷的建议，此时调龚东宁入京或是调贵州兵力北上都不太可能。何况那欧阳鸣是先帝留给皇上的辅佐之臣,深得皇上的信赖,皇上不可能在这种情况下同意侯爷的推荐,侯爷到底在担心什么?"话音未落,她福至心灵,失声道:"那天皇上宣侯爷进宫,曾向侯爷问策,难道那个时候就曾让侯爷推荐征西将帅不成?"

徐令宜没有作声,默认了。

原来是这样!他当时就应该推荐龚东宁,却因为顾及谨哥儿,保持了沉默。待到宣同府被破城、范维纲下落不明、鞑子挥军大同、两地百姓流离失所……他认为自己也有责任,因此寝食不安,日夜难眠。

十一娘眼眶突然湿润起来。每个人都有自己的底线,就像她,明明知道领了雍王爷和江都公主的好意,谨哥儿有可能因此平步青云,可想到儿子可能是牺牲了别人的前程得到的未来,她就没办法若无其事地接受甚至是享用。

徐令宜也是如此吧?用了龚东宁,有可能很快地结束这场战争,也有可能比现在更糟糕。可到底是没有经过佐证的事,他不免往好的方面想,而且越想就会越后悔。

"徐令宜!"十一娘不由轻轻地喊着他的名字,蹲在了他的面前,仰望着他的眸子,"皇上是不是同意了用龚东宁?战事这样吃紧,有没有可能让龚东宁单独进京?"

"皇上没有答应。"徐令宜拉她起来,把她搂在了怀里,"可我有个不好的预感,鞑子既然集结了十几个部落的兵力,还敢大举进犯,怎么也不可能只有这么点人。那还有的人去哪里了?会不会还有哪个部落的首领另领了一队人马从甘州那边入侵?如果是这样,一旦甘州失守,大同腹背受敌。胜,则险情缓解;败,则燕京危急。兵部唯有调四川、贵州兵力围剿……"

十一娘脸色渐白:"也就是说,按侯爷的预测,十之八九会变成这样?"谨哥儿就得跟着上战场了?

徐令宜没有正面回答,而是道:"四川总兵丁治刚愎自用,任人唯亲。如若让他任右军都督府都督,他恐怕会让贵州都司的兵马冲锋在前,偏偏龚东宁这人又爱兵如子,定会和他针锋相对。仗还没有打起来,他们倒先乱了……"说着,他微微地轻叹了口气:"路尚书此人虽然善于阿谀奉承,但做起事来也有几分魄力。如果出现了这种局面,加上有我的举荐,他肯定会力争让龚东宁任右军都督府都督以领右军……"

他眼睛直直地望着前方,目光好像穿透了这万水千山到达了西北的山丘沟壑,十一娘一时语塞。

如果龚东宁胜了还好说,如果败了,作为举荐人,徐令宜是要负连带责任的。在这种情况下,路尚书肯定会极力促成此事的——如果他举荐丁治,战败了,他就要负连带责任;如果龚东宁做了右军都督府都督,他既可以免去举荐之责,又可以卖徐令宜个面子,何乐而不为?

"那,怎么办?"十一娘求助似的望着徐令宜。

"希望是我胡思乱想。"徐令宜苦笑,语气有些飘忽,"也许鞑子没有那么多的人。"

这话估计他自己都不相信,要不然,他也不会用这种口吻说话了。

屋子里再一次陷入了沉默。

有小厮隔着帘子禀道:"侯爷,赵管事求见!"

徐令宜用力搂了搂十一娘,笑着安慰她:"我们也别在这里瞎琢磨了,兴许那欧阳鸣和我一样,是个百年不遇的帅才呢?想当年,五军都督府的那些都督看我,也如我今天看欧阳鸣一样。"

十一娘笑不出来,但还是尽量柔声道:"这么晚了,赵管事恐怕有急事。侯爷快去吧!"

默言可不是那种听风就是雨的人,看不到进展,她是不会罢休的。徐令宜第一次痛恨她的这种理智。但此时,他也只能轻轻地说一句"我去去就来",转身出了内室。

十一娘觉得自己像是在火上煎似的。欧阳鸣手里可有四十万大军,四比一,就算是打人海战也能把鞑子给打败了……如果欧阳鸣能大捷,就算鞑子真有一队人马潜往甘州也没有用……到时候欧阳鸣只需要调兵南下就行了……龚东宁自然就用不上了,谨哥儿也可以继续在始阳种他的地,在平夷开他的矿了!心里这么想,脑海里却不时掠过徐令宜的分析,让她坐立难安。她知道,这是因为她太信任徐令宜的能力,对他所说的话深信不疑的缘故,偏偏又没有办法释怀。

现在唯有等待大同那边的战报了。想到这些,十一娘哪里还有心思去管徐令宜为何到了后半夜才归,更没有心思管徐令宜会不会被吵醒,辗转反侧,到了天亮才合了一会儿眼。

徐嗣谆和姜氏带着庭哥儿来给他们问安。徐嗣谆请徐令宜示下:"如今城里的米已经涨到了八两银子一石,瞧这样,估计还要涨。我们家在城里不是有两家米铺吗?我想把门关了。这样,家里用米也充裕些,如果亲戚朋友家里有困难的,我们也可以资助些许,帮着大家先把这难关渡了!"

徐令宜面露赞许:"你和诚哥儿一起去办这件事吧!"

徐嗣谆躬身称"是"。

徐令宜又嘱咐两人:"派几个护院过去,怕到时候会出现抢粮的事。"

徐嗣谆沉吟道:"要不要贴个告示,就说因为封城,米运不进来,米铺无米可卖。别人知道米铺是因为这个关的门,就不会去抢了。这样一来,我们也不用派护院过去了……"他迟疑道:"我怕到时候家里的人手不够……"

"不可！"徐令宜立刻反对道，"这样容易引起恐慌，还是加派人手吧！至于家里的护院，我会与白总管商量的。"

父子俩商量着家里的事，女眷们在一旁安静地听着，待事情都安排下去，徐令宜站了起来，大家跟着一起去了太夫人那里。

太夫人在佛堂，出来的时候身上还有淡淡的檀香。

"您这么早就去礼佛了？"徐令宜笑道。

"外面乱糟糟的，也不知道这鞑子何时才能被剿灭。"老人家的气色不太好，由二夫人扶着，神色疲惫地坐在了临窗的大炕上，"我给菩萨多上几炷香，求菩萨保佑欧阳将军能旗开得胜，早日班师回朝，天下也可以平安！"

"娘不必太担心。"徐令宜笑着接过丫鬟端过来的茶，亲手奉给太夫人，安慰着太夫人道，"有四十万大军呢！大同很快会传来捷报的。"然后转移了话题，把徐嗣谆出主意关了家里两间米铺的事告诉了太夫人。

太夫人慈爱地望着徐嗣谆，微微颔首："这才是做世子的气度。"然后看了屋里的其他人一眼，叮嘱道："你们要记住了，千万不要和百姓争利，会招人恨的！"

众人恭敬地应"是"。

徐令宽和五夫人带着诜哥儿和诚哥儿过来了。

给太夫人行过礼，大家互相打着招呼，再回头，发现太夫人竟然坐在那里打起瞌睡来，大家忙打住了话题。

二夫人则轻轻地摇了摇太夫人："娘，您要是累了，先回房歇一会儿吧！"

太夫人抬起头来，神色有些茫然地望着众人："你们怎么都不说话了？"

徐令宜朝着徐令宽使了个眼色，笑道："外院还有事，我们正要告退呢！"

"哦！"太夫人点头，"那你们去忙吧！"然后吩咐二夫人："把《金刚经》拿出来，我们接着昨天的继续抄。"

二夫人笑着应诺，其他的人起身告辞。

还没有走出院子，徐令宽拉了徐令宜："四哥，我有件事和你商量。"

徐令宜想了想："我们去书房吧！"

徐令宽点头，跟着徐令宜走了。

十一娘和五夫人说了几句话，也各自散了。

姜氏扶着十一娘："母亲，您气色不是很好，要不要请个大夫来瞧瞧？"

英娘带着两个孩子笑吟吟地走在前面，闻言转过身来，打量着十一娘："母亲，四嫂说得对，还是请个大夫来看看吧！"

"不用了！"连着两夜都没有睡好，又担心着谨哥儿，气色怎么可能好，十一娘道，"我休息休息就行了！"又对姜氏道："花厅那边，你去处理吧！要是有什么拿不定主意的，再来问我。"

两人见她态度坚决，不好多说。服侍十一娘歇下，姜氏去了花厅处理家务事，英娘带着两个孩子在正院玩，十一娘有什么事，可以随叫随到。

十一娘闭着眼睛，听不到一点声响，明明很累，却难以入眠，脑子里全是谨哥儿。如果真到了那个地步，龚东宁会给谨哥儿安排一个什么职务呢？是为了保全谨哥儿的性命而让他待在安全的后方呢，还是和雍王一样，觉得这是个机会，让谨哥儿阵前冲锋谋取军功封妻荫子呢？

虽然没见过龚东宁，可通过徐令宜对龚东宁的描述，只怕龚东宁也是个宁愿"马革裹尸还"的人……那就糟了……他多半会安排谨哥儿上阵杀敌……

想到这些，十一娘哪里还睡得着。她索性坐了起来。

旁边服侍的含笑立马上前轻声道："夫人，您要什么？"

她要儿子平平安安的！十一娘在心里默默地道，从来没有像此时这样希望欧阳鸣打败那些鞑子。她不由得双手合十，念了一声"菩萨保佑"。

含笑满脸狐疑，轻声道："夫人，您、您这是怎么了？"

她服侍十一娘的时候不长，可也看得出来，十一娘不太喜欢礼佛。至少，十一娘屋里就没有像其他富贵之家的妇人一样设个佛堂或是放个神龛之类的，更没有闲暇的时候就找个师太到家里来讲经或是聊天。

"请您保佑谨哥儿平安无事，只要他能平安归来，我愿意从此以后做您的信徒……"十一娘闭着眼睛，虔诚地祷告。

可事情还是向着不尽如人意的方向发展。没几日，就有战报传来。欧阳鸣兵分三路，一路支援大同，一路围剿攻占了宣同的鞑子，一路驻扎在离燕京四百里的地方。而宣同久围不下，大同节节败退，兵力折损十分之三。

皇上召了徐令宜进宫。

不到中午，十一娘就得到了消息：兵部任龚东宁为右军都督府都督，丁治任兵部侍郎。龚东宁不必进京谢恩，立刻领右军都督府兵力驻扎甘州，丁治即日进京任职。

十一娘呆呆地站在那里，半晌无语。

中午，徐令宜回来。琥珀迎了出来。

"侯爷，"她的声音比平常更轻几分，"夫人不舒服，在内室躺着……"一句话没有说完，内室传来十一娘的声音："是不是侯爷回来了？"

琥珀面露犹豫。徐令宜已撩帘而入。

"我回来了！"

十一娘窸窸窣窣地坐了起来，遣了身边服侍的丫鬟。

"您派的人还跟在谨哥儿的身边吗？"罗帐的光线不足，更显得她肤白如雪，带着几分羸弱。

徐令宜坐到床边，不禁握了她的手："一直跟在他身边。"又道："我已经让人给他们带信了，让他们一定注意谨哥儿的安全……"

"庞师傅不是军籍，他能跟着去吗？"十一娘打断了他的话，让他想安慰她的那句"你别担心"胎死腹中，也让他意外地语气微凝，片刻后才道："我已经让人帮庞师傅和黄小毛、刘二武他们都弄了个军籍，有他们在身边，谨哥儿也有人可用。"

"知道龚东宁把谨哥儿安排在哪里了吗？"

徐令宜沉默了好一会儿，低声道："龚东宁毕竟是三军统帅，有些事，我不便过问。"

十一娘点了点头，没再多问，又窸窸窣窣地躺了下去，"我有点累，想歇一会儿。侯爷有事，就叫琥珀吧！"说着，闭上了眼睛。

徐令宜望着她眉头微蹙的俏颜，半天才长长地叹了口气，轻轻地起身离开了内室。

十一娘眼角落下一滴晶莹剔透的泪珠。

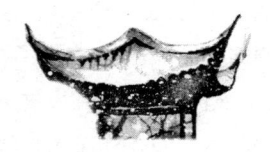

第九十八章　捷报传小将添新功

或者是以逸待劳,或者是打草惊蛇。二十天以后,从甘州传来消息,龚东宁的右军在离甘州还有五百里的凉州卫附近遇到鞑子的伏击,右军死伤一千余人,杀敌五百余人,俘虏鞑子一百多人,缴获马匹三百多匹。

消息传来,大家都自动忽视了右军的死伤,把注意力放在了"杀敌五百余人,俘虏鞑子一百多人,缴获马匹三百多匹"上,特别是对比大同的失守,更显弥足珍贵。

皇上频频召徐令宜进宫。没多久,甘州又传捷报。右军杀敌三千,俘虏鞑子两千多人,缴获马匹一千多匹。

整个燕京精神一振,街头巷尾说的都是龚东宁。

徐令宜更忙了,有时候还会被留在宫中。

端午节过后,甘州战报称,龚东宁共剿敌一万余人,并借助缴获的战马训练新兵。三千骑兵以迅雷不及掩耳之势直奔大同,杀敌两千,另有两万鞑子往嘉峪关逃窜,欧阳鸣之困被解。到了五月中旬,又有捷报传来,龚东宁留四川都司兵马镇守甘州,他亲率贵州都司兵马赶往大同,围剿鞑子两万余人。

徐令宜喜上眉梢:"舍宣同而赴大同,断鞑子后路,再合欧阳鸣之兵攻打宣同,既收复失地,又解燕京之危。"然后高声喊了灯花:"递牌子,我要进宫。"声音洪亮。

他已经很久没有这样说话了。

十一娘也跟着微笑起来:"是不是这场战争的胜算很大?"

徐令宜点头,坐到床边柔声对她道:"所以我要进宫——得说服皇上让龚东宁来指挥三军。要不然,一军两帅,到时候肯定会有变故的。"

在这种情况下,皇上应该会同意徐令宜的奏请吧?十一娘心里舒坦了不少。

徐令宜动作轻柔地把她垂在颊边的几缕青丝拂到耳后,温柔地道:"今天天气很好,你要不要去后花园里坐一坐?"

自从那天起,她就一直不舒服。他知道,她这是心病,也没有请大夫,她想睡的时候就让她睡,不想睡的时候就由着她做做针线或是看看书,万事都顺着她的心意。尽管这样,她还是一天天地苍白起来。

或者是之前太压抑,此时心情突然畅快起来,竟然真觉得有些累。十一娘伏在大迎

枕上:"我想睡一会儿。"人懒洋洋的,没有精神。

徐令宜望着她几乎透明的脸庞,目光中充满了爱怜,"那就睡一会儿。家里的事有姜氏,还有英娘。"随手帮她掖了掖被角,忍不住安慰她,"龚东宁信上也说了,谨哥儿很聪明,一学就会,一会就通,他很喜欢,如今让谨哥儿帮着他整理文书呢!"怕她不知道其中的利害,又解释道:"谨哥儿现在做的事好比是内阁的大学士——把军中各司、各卫的公文整理好后给龚东宁批示,然后再把龚东宁批示好的公文转给各司、各卫。看似琐碎,却可以了解军中大事小情,能够学到不少东西,对他以后有很大的帮助。"又道:"鞑子这次既然得了手,接下来这几年西北恐怕都不会太平了。战后,龚东宁多半会授兵部侍郎衔,任右军都督府都督镇守西北。他也有这个意思,想把谨哥儿带在身边磨炼几年,然后再慢慢放手让他独当一面也不迟。"

言下之意,这次谨哥儿就不要上战场了,也不要争军功了,以后有的是机会。

"龚大人考虑得极周到。"十一娘心里又舒坦了几分,眉眼间就多了几分明快。

徐令宜看着,嘴角微微翘了起来,声音越发地柔和:"那你快睡一会儿吧!中午再起来,我们一起用午膳,好不好?"

十一娘"嗯"了一声,翻身睡了。

徐令宜静静地坐了一会儿,才轻手轻脚地起身去了书房。

十一娘睡得很沉,醒来的时候发现日头已经偏西,早过了午膳的时间。

"怎么不喊我起来?"她问服侍她穿衣的冷香。

"侯爷正犹豫着要不要喊您,结果宫里有内侍来,让侯爷即刻进宫,"小丫鬟捧了铜盆进来,冷香将大帕子围在十一娘的胸前,帮她捋了衣袖,"侯爷就让奴婢们别吵了您!"

十一娘洗了一把脸:"那侯爷岂不是也没有用午膳?"

"是啊!"冷香说着,含笑已端了燕窝粥进来。

或者是躺久了,身子还有些软。

十一娘用了些燕窝粥,重新偎进了被窝:"让厨房准备着,侯爷一回来,就传膳。"

含笑应声而去。

不一会儿,徐令宜从宫里回来了,没换衣裳先坐到了十一娘的身边:"还睡啊!用了午膳没有?"

"用了!"十一娘笑道,"听说侯爷没来得及用午膳就进了宫,一定很饿了吧?您快去换件衣裳,我这就让小丫鬟们传膳。"

徐令宜见她精神很好,笑了笑,转身去了净房。

十一娘却暗暗奇怪。怎么徐令宜的笑容看上去有些勉强,难道是进宫的事不顺利?她的心又紧绷了起来。

待徐令宜用完了膳,轻声问道:"龚东宁的事,皇上怎么说了?"

徐令宜神色一顿。

十一娘已道:"我虽然会担心,可侯爷向来一言九鼎,您告诉我了,也免得我从别处听到些流长蜚短的,更惶恐。"

这是将他的军呢?徐令宜无奈地笑,又不得不承认她说得有道理。

"皇上留下了山东都司的登州卫、宁海卫、济南卫、平山卫的一万兵力给欧阳鸣,其他的兵力全归龚东宁指挥。"

十一娘愕然,很快明白过来:"皇上是想让欧阳鸣戴罪立功?"

"四十万大军,折损三分之二。"徐令宜沉声道,"欧阳鸣只有立军功,才有可能免除死罪。"

皇上这样护着,还只是"可能"而已……十一娘心里闷闷的,突然想到了范维纲:"那范大人呢?"

徐令宜目光一黯,半晌才道:"他要是与宣同共存亡,还可以既往不咎,现在……"苦笑着摇了摇头。

十一娘听着心中一动:"侯爷难道知道范维纲的下落?"

徐令宜沉默了片刻,低声道:"他自杀身亡了!"

十一娘倒吸了口冷气,过了好一会儿才狐疑道:"怎么没有听到消息?"

徐令宜的声音更低了,"他有亲随来见我,让我帮他向皇上求情,希望能责不及家人。"

十一娘不禁怅然:"一朝天子一朝臣。如果是先帝那会儿,说不定他也能领兵一万,有个将功赎罪的机会!"

徐令宜也有些感慨:"所以我有时候想,要么老老实实地待在一旁,别介入庙堂之争;要么有翻手为云、覆手为雨的本事,历经数朝不倒。"

十一娘看着他一副忧国忧民的样子,不由抿了嘴笑:"那侯爷历经几朝了呢?"

"三朝!"徐令宜见她难得好心情,逗她开心,语气显得有些张扬,"从建武到永和到熙宁,我也算是三朝元老了。"

十一娘望着他乌黑的头发,忍不住笑了起来。

徐令宜趁机拉了她:"起来,你吃点东西和我去给娘问安!"

"嗯!"十一娘应诺,顺势趴在了他的肩头笑。

身子柔若无骨般,整个人都柔和下来,不同于往日的漠然。徐令宜笑着亲了亲她的面颊,把她横抱到了临窗的大炕上,帮她穿鞋。

这还是第一次。十一娘有些不好意思:"我自己来!"

徐令宜只是笑望着她:"蹬脚!"

外面有小丫鬟的脚步声:"侯爷、夫人,晚膳来了!"

十一娘忙穿了鞋,斜睨了徐令宜一眼。

徐令宜在一旁笑。屋里的气氛变得温馨起来。

太夫人看见十一娘也很高兴:"脸色好多了!"

十一娘笑着帮太夫人续了一杯茶。

"身子骨好了就好!"太夫人没有喝茶,却拣了水晶盘里的樱桃吃,"你不舒服,我们端午节也没有过好。"她对二夫人道:"明天我们去流芳坞划船吧?今年我还没有划过船呢!"像孩子似的。

太夫人不比从前,去划船,身边得有孔武的婆子照顾着。

二夫人征求意见似的望着十一娘:"要不我们明天划船去?"

"好啊!好啊!"没等十一娘说话,五夫人已笑道,"这些日子大家过得心慌气闷的,趁着天气还好,我们热闹热闹!"

十一娘却觉得天气太热,不过大家都想去,她自然笑着应了,让姜氏安排划船的事。到了那天摇着团扇坐在凉亭里乘凉,看着二夫人、五夫人、英娘、诜哥儿、诚哥儿、庭哥儿、庄哥儿笑嘻嘻地在碧漪河里划船。

清风徐来,她不由眯了眼睛。现在已经是仲夏了,西北的春季来得迟,可也应该来了。只要牧草茂盛起来,就是放牧的好季节,错过了这一季,就错过了这一年,龚东宁又捷报频传,那些鞑子应该都归心似箭了吧?那这场战争也应该很快能结束了。

想到这些,十一娘心情更好了。在一旁服侍的姜氏看了笑着捧了装着菱角、莲子的青花瓷高脚果碟:"母亲,南京那边送来的,您尝尝!"

十一娘笑着拿了个菱角。

碧漪河里传来庭哥儿和庄哥儿的惊呼声。诜哥儿带着两个侄儿把船划到了荷花丛里,两个小家伙正在那里摘荷花呢!

姜氏笑着问十一娘:"听说龚大人连连告捷,六叔快回来了吧?"

当着太夫人的面,大家都不敢说龚东宁如今任了右军都督府的都督,正领着贵州都司的人马在宣同打仗。

十一娘颔首,脸上的笑容更盛了:"是啊,谨哥儿快回来了!"

五月二十日,龚东宁和欧阳鸣会军;五月二十二日,龚东宁正式接掌欧阳鸣手中的帅印,欧阳鸣领兵一万,退到离燕京不远的大同卫所;五月二十五日,龚东宁整顿兵力,率十二万大军把宣同城围了个水泄不通；五月二十七日，龚东宁开始下令攻城；五月二十八日，宣同城破，俘获鞑子三万余人，杀敌九千余人，缴获马匹三千多匹，但鞑子首领朵颜却在一千骑兵的护卫下向西北逃窜。尽管如此，消息传来，朝野欢呼，群臣纷纷上表请求为龚东宁加官晋爵，让龚东宁在午门献俘，以显大周朝国威。

"这样说来，战事基本上结束了！"十一娘放下手中的针线，笑吟吟地望着徐令宜，"谨哥儿也很快能回京了。"

"如果皇上准了龚东宁午门献俘，谨哥儿肯定是要跟着回来的。至于是在城外驻扎，还是跟着龚东宁进城，那就说不准了。但不管怎样，悄悄见上一面是没什么问题的。"徐令宜心情也很好，一面说，一面坐到了十一娘的身边，端起十一娘喝了一半的茶盅啜了一口，道，"从前只觉得龚东宁英勇善战，没想到，这家伙还挺机灵的。"颇有些感慨。

知道儿子平安无事，龚东宁又是儿子的顶头上司，十一娘对他的事自然很感兴趣："此话怎讲？"

徐令宜笑道："朵颜逃往西北，龚东宁没有下令乘胜追击，甘州有四川都司的五万兵马驻扎，龚东宁也没有下令围剿，分明是留着让欧阳鸣去收拾残局。可见在揣摩上意这方面，他做得还是不错的。我原来还担心他到了燕京不适应，现在看来，是我多虑了。"他说着，想起雍王……他们一起弄了个银矿，龚东宁进了京，雍王也会对他多加关照吧？还有贵州总兵的人选，雍王肯定也会插手的。

"龚东宁这样，也算是大器晚成吧？"十一娘笑道，"可见，人的机遇也很重要。"

徐令宜颔首，正想跟她讲几个军中的例子，有小厮跑了进来："侯爷，宣同府八百里加急。"

外院的人都知道谨哥儿现在跟着龚东宁，宣同府的八百里加急，自然不敢有片刻的耽搁。

徐令宜也是时时关注宣同的战役，闻言立刻道："拿过来。"坐在那里看了起来。

十一娘凑了过去，不过扫了一眼，她脸色大变，失声道："这是什么意思？"

笑容也从徐令宜的脸上敛去，他的表情变得凝重起来。

小厮看着情况不对，忙蹑手蹑脚地退了下去。冷香几个看着，也互相使着眼色，跟着退了下去。

屋子里安静下来。

"看样子，皇上是想让谨哥儿借着这次机会攒些军功。"徐令宜的叹息声清晰可闻，"只是这手笔也太大了些，只怕谨哥儿吃不消。"

龚东宁信中说，监军内侍得了皇上的密旨，要他指派谨哥儿为同知，和派驻在大同卫所的欧阳鸣一起围剿西逃的朵颜。

大局已定,西边有四川都督府和甘州卫所的兵力,朵颜身边只有一千兵力,欧阳鸣手里却有一万的兵力。而且朵颜作为鞑子的首领,不管是被杀还是被擒,都意义重大,可立头功。欧阳鸣还好说,毕竟是做过征西大将军的人。谨哥儿别说是领兵了,从开战到现在,连战场也没有上过,只不过是龚东宁身边的一个书吏,不管是经历还是资历都不足以做欧阳鸣的副手。

这简直就是赤裸裸地抢功嘛!就算不懂行军布阵的人听了都知道是怎么一回事,何况五军都督府那些身经百战的将领和朝堂上那些老谋深算的权臣!那些御史可不是吃素的!如果开始就摆出抢军功的姿态,固然会让那些浴血奋战的将士不满,可至少卑劣得真诚。不像现在,卑劣得虚伪,更让人不齿。一旦人品受到怀疑,谨哥儿以后又凭什么在军营里立足?就算有一天他做了总兵,又怎么统领手下的将士?

"皇上这是在抬举谨哥儿呢,还是在害谨哥儿呢?"十一娘嘴角泛起苦笑,"既然是密旨,能不能装作不知道?不是说将在外,君命有所不受嘛。"

"不太可能。"徐令宜摇头,"龚东宁马上要进京了,他不会在这关键的时候惹皇上不高兴的。他写信给我,也只是跟我知会一声,让我知道这其中的缘由,好给我一个交代。"

"也就是说,龚东宁也觉得这样有些不妥?"十一娘沉声道。

徐令宜没有作声。

十一娘心里突然烦躁起来:"难道就没有其他什么办法?总不能就这样眼睁睁地看着谨哥儿跟着欧阳鸣去西北吧?"

徐令宜想了想,道:"你去一趟江都公主府吧!跟公主说说,看能不能让公主劝劝皇上。既然是密旨,到时候再指派他人也说得过去。"又道:"我给龚东宁写封信,让他拖两天。"

十一娘也觉得不错,甚至想着,要是公主那里行不通,就进宫去求太后娘娘。总之,不能让谨哥儿跟了去。

谁知见到公主,公主笑道:"我就知道舅母会来找我!"笑容里透着小小的得意。

十一娘愕然:"难道是公主……"

"三皇兄说了,舅舅想着那千古的清名,不管谨哥儿,那我们来管好了。"公主点头,眼睛笑成了弯弯的月亮,"在皇兄跟皇上说的时候,皇上还不同意让谨哥儿做同知,说他年纪轻,只让做个百户,还是我进宫求了母后,母后亲自跟皇上说,皇上这才同意的。"说着,她挽了十一娘的胳膊,"舅母来得正好,前些日子战事不利,宫里也战战兢兢的。如今大事已定,母后和皇后娘娘都松了口气,召了我和三皇嫂进宫说话。我们一起进宫去,舅母也好给母后和皇后娘娘问个安,还可以碰到三皇嫂。说起来,让我进宫请母后求皇上还是三皇嫂帮着出的主意呢!要不然,我们怎么懂这些。"

知道不是皇上的意思,十一娘心里的一块大石头落了地。可看着江都公主兴奋的脸庞,她知道自己这个时候什么也不能再说了——雍王也好,江都公主也好,甚至是雍王妃,都是好心。上次拒绝了让谨哥儿回燕京的事已经是泼了雍王和江都公主一瓢冷水了,再拒绝,不免会让他们觉得寒心。

"还好,我今天穿得算是整齐。"十一娘笑道,给江都公主道了谢,和她一起进了宫。

太后娘娘提也没提帮谨哥儿说话的事,反而问起他的婚事来:"他年纪也不小了,你怎么一点动静也没有?上次给七皇子议亲的时候,我看翰林院侍讲学士孔文杰的女儿不错,又和谨哥儿年纪相当,哪天我召她进宫,你也看看。"

"不知道孔小姐今年芳龄多少。"十一娘笑道,"我们给谨哥儿看过姻缘了,说要相差个三四岁才好。"

这样,谨哥儿可以晚几年成亲。

"这样啊!"太后娘娘有些失望,"孔小姐和谨哥儿同年呢!"

皇后芳姐儿也在场,笑着看了十一娘一眼,道:"母后,既然如此,就把孔家小姐说给八皇叔吧!说起来,八皇叔也到了婚配的年纪。"

太后听了微微颔首,吩咐黄贤英:"明天请了宋太妃来,看看她的意思。"

黄贤英躬身应"是",也看了十一娘一眼。

十一娘不由忐忑。难道大家都觉得这女孩子好,自己固执己见,反而失了一桩好姻缘不成?她有些不安地给太后娘娘道了谢。

"谨哥儿可是我的娘家人。"太后娘娘不以为意地笑道,"他的事,我自然会放在心上。"然后问起太夫人的身体来。

大家说了些家常,十一娘看着天色不早,起身告辞。

江都公主也要打道回府了。太后娘娘和皇后娘娘亲自送她们出了暖阁,黄贤英则一直把她们送到了宫门口。

十一娘先恭送江都公主,然后和黄贤英告辞,含蓄地问起了孔小姐的事:"是不是我做得有些不妥当?"

"太后娘娘一心一意想给谨哥儿做大媒呢!"黄贤英笑道,"看着孔小姐好,借口孔小姐年纪小,准备留给六少爷的。"她说着,呵呵一笑,"不过,永平侯夫人既然说六少爷最好找比六少爷小个三四岁的,太后娘娘心里也有个谱了,以后定能找个让永平侯夫人满意的。"

十一娘汗颜,"还请姑姑在太后面前解释几句。"她朝着黄贤英行了个礼。

"永平侯夫人不必放在心上。"黄贤英笑道,"太后娘娘对六少爷可是疼到骨子里了。"

宫门口毕竟不是说话的地方,十一娘谦虚了几句,回了荷花里。

"别说是江都公主了,就是太后娘娘那里,都行不通。"她把进宫的情况告诉了徐令宜。

"皇上对太后娘娘甚是孝顺。"徐令宜思考了半晌,道,"我明天去见见陈阁老,看看能不能有转机。"

"也只能这样了!"

夫妻俩都有心事,直到后半夜才睡着。

第二天一大早,十一娘和徐令宜正在用早膳,灯花急急地走了进来:"侯爷,龚将军有信来!"

徐令宜忙接了过去,看了一眼,面露苦涩:"前天早上在榆林附近发现朵颜的行踪,他已命欧阳鸣领兵一万前往榆林,谨哥儿以同知身份随行——陈阁老那里,不用去了。"

越往西去,就越靠近草原,离大同越远,朵颜顺利离开的可能性就越大,再不追剿,恐怕就没有机会了。他们想阻止谨哥儿,还是晚了一步!十一娘长长地叹了口气:"谋事在人,成事在天。希望谨哥儿能知道自己的处境,好好地配合欧阳鸣——有欧阳鸣在前,大家对他的关注也会少一些。"

相比于皇帝对欧阳鸣高调的庇护,谨哥儿则低调许多。徐令宜也是这么想,他露出赞赏的目光:"吃了饭,我去王励那里一趟。有些事,还是他们办起来方便。"

十一娘点了点头,时时关注着榆林那边的消息。

六月初二,欧阳鸣一行在离榆林不远的芹河追上了朵颜,就在欧阳鸣以为朵颜已是手到擒来的时候,突然涌出两万多人的鞑子骑兵……徐令宜捏着信纸的手指关节发白:"两万鞑子……也就是说,当初从大同逃窜的那些鞑子根本没有回草原,而是躲在大同附近伺机行事了?"

来给徐令宜报信的是龚东宁的一个贴身随从胡三,二十七八岁的年纪,人很沉稳,深得龚东宁的信任。徐令宜的目光压得他有些喘不过气来,他艰难地点了点头,没敢看徐令宜的表情。

"现在情况怎样?"良久,徐令宜问胡三。

胡三斟酌道:"欧阳大人歼敌八千,身负重伤,如今昏迷不醒。"他的声音低沉却条理明晰地道,"徐大人带着榆林卫的三千人马追了过去!"说到这里,临走时龚东宁铁青的面孔突然浮现在胡三的脑海里,龚东宁嘶哑的声音也在他耳畔响起:"永平侯爷对我恩同再造,还把最喜欢的幼子交给了我,我不仅没有照顾好那孩子,还把那孩子给弄丢了……要不是还有军令在身,我早该去燕京亲自向永平侯爷负荆请罪了。你去了,记得代我给侯爷磕几个头,跟侯爷说,等我交了帅印,再去给他赔罪。到时候是打是骂,都由侯爷处置,绝无半点不甘。"他不由打了个寒战,忙道:"侯爷,我们家大人派了最能征善战的李参将,带着军中所有的骑兵追了过去。相信没几日,就会有好消息传来了……"

没等他的话说完,徐令宜朝他缓缓地摆了摆手:"虽然是中了鞑子的埋伏,可到底是战败了。只有抓住了朵颜,才能将功赎罪。就算是把他追着,他估计也不会随你们回来的!"

胡三诧异地抬头望了徐令宜一眼,徐令宜面无表情,眼底却闪过一丝悲怆之色。

胡三想到军营中流传的关于徐令宜的那些刚毅果断的逸事,心里很不是滋味,明知道僭越,但还是忍不住道:"侯爷,不会的,李参将不仅善战,而且善言,定能劝回徐大人的。要不然,我们家大人也不会让李参将去了。我们家大人也说了,这次率军的将领是欧阳大人,徐大人不过是个同知,纵然有错,那也是欧阳大人的错。到时候徐大人跟在我们家大人身边蛰伏几年,等西北那边有动静的时候再去找他们较量较量,把这个场子找回来就是了。"如果是平时,徐令宜肯定不会和胡三这种人说什么。可今天,十拿九稳的事却中途生变不说,等一会儿回去,又该怎样面对目光殷殷的十一娘……他心神有了片刻的松动。

"你不知道,谨哥儿是个要强的孩子,只要有一线希望,他都不会放弃的。何况你们家大人还派了李参将带了军中所有的骑兵……他是无论如何也不会回去的!"

胡三不由沉默下来。同在龚东宁身边,他对谨哥儿的性情多少有些了解。

"好了,你日夜兼程,一路辛苦了,下去歇了吧!"徐令宜挥了挥手,结束了这次谈话。

胡三恭敬地行礼,轻手轻脚地退了下去。

徐令宜坐在书房临窗的大炕上,呆呆地望着窗台上琉璃花缸里养着的碧绿色的浮萍,直到天色渐暗,他这才长长地透了一口气,把信放在了一旁的匣子里起身下了炕。只是走了两步,他又折了回去,把装着信的匣子放在了博古架右下角最不起眼的一个小格子里,去了正屋。

不同于前些日子的寂寥,今天的正屋灯火通明,丫鬟、媳妇子、婆子脚步轻快,大红的灯笼照着,人人眼角眉梢都透着几分喜气洋洋。

徐令宜愕然。

含笑已经迎了出来:"侯爷,快进屋吧! 夫人已经等了您很久了!"

徐令宜心里一紧。难道十一娘知道了什么? 念头一闪而过,又觉得自己有些草木皆兵了。如果十一娘知道了谨哥儿的事,家里怎么会处处透着一股喜庆的味道呢? 思忖中,他淡淡地朝着含笑点了点头,大步进了内室。

十一娘倚在临窗大炕的迎枕上,正满脸温柔地和琥珀说着什么,听到动静,她扭过头来,眉宇间透着几分报然:"侯爷回来了?"

琥珀忙起身给徐令宜行礼，叫了冷香进来服侍徐令宜更衣。十一娘躺在床上没有动。

徐令宜微愣，走过去坐在了床边："怎么了？是不是哪里不舒服？"

"不是！"十一娘脸色绯红，神色有些不自然，"我挺好的！"又道："侯爷快去更衣吧，我这就让丫鬟们摆膳。"

徐令宜眼角瞥见琥珀抿了嘴笑。

"怎么回事？"徐令宜狐疑地望着琥珀。

琥珀看了十一娘一眼，笑吟吟地半蹲下身子行着福礼："恭喜侯爷，贺喜侯爷，夫人刚刚诊出了喜脉！"

喜脉……徐令宜怔忡了半晌才反应过来："真、真的？"声音有些慌张。谨哥儿都十几岁了，他早就死了心，不想竟然有了……颇有些失而复得的味道，就更觉得高兴了。

"你有没有哪里不舒服？"他的手不禁朝她的腹部摸去，"有没有特别想吃的东西？"

徐令宜想到她怀谨哥儿时的不适，语气里有些担心。

"没有！"十一娘的脸很红，"要不是琥珀提醒我，我还没有往这上面想——前些日子净忙着替谨哥儿操心了！"想到这里，她神色一正，"谨哥儿那边，可有什么消息？算着日子，榆林那边应该有信传来才是。"

"还没有收到什么消息。一有消息，我就来告诉你。"徐令宜尽量让自己的声音显得和平常一样舒缓平静，"你真的没哪里觉得不适的？"他转移了话题，手在十一娘的腹部轻轻摩挲着，"娘那边，知道了吗？"声音非常地轻柔。

琥珀看着，忙朝屋里服侍的使着眼色，鱼贯着退了下去。

"还没有。"十一娘垂了眼睑，"我都不知道该怎么跟娘说好……庄哥儿都能满地跑了……"

徐令宜笑着把十一娘搂在了怀里："这有什么不好意思的！多的是叔叔比侄儿年纪小的。这说明我们家人丁兴旺！"

听到他说"叔叔比侄儿的年纪小"，十一娘道："说不定是个女儿呢！上次我怀谨哥儿的时候，就没一天舒服的，这个却是怀上了也不知道。"

"女儿好！"徐令宜不以为意，"女儿是娘的小棉袄，生个女儿，多贴心啊！"

"我也这么想。"十一娘语气里充满了憧憬，"肯定是老天爷觉得谨哥儿太顽皮了，补偿我一个听话的。"

徐令宜哈哈地笑，心里却凉飕飕的。谨哥儿为了追朵颜进了草原，行踪不明……盼了这么多年的孩子，早不来，晚不来，十一娘却在这个时候怀了身孕……难道真是老天爷可怜他们，来补偿他们的？念头一起，心如刀绞似的疼。偏偏在十一娘面前一点也不敢表露,还要笑着和她说话:"小心谨哥儿知道了,到时候找我们质问。他可从来没觉着自己顽皮过!"

想到儿子皱着眉恼羞成怒的样子,十一娘直笑,又担心道:"您说,谨哥儿要是知道自己马上要添弟弟或是妹妹了,会不会有些失落啊?"

"他为什么要失落?"徐令宜不解道,"他有了胞弟或是胞妹,又多了个扶持的人,怎么会失落?"

谨哥儿一直备受宠爱,如果有了个胞弟或是胞妹,她的精力肯定会被分散,对他的关注就少了……不过,徐令宜的话也有道理,这个世上讲究多子多福,说不定谨哥儿知道了会很高兴呢!

"我们要不要给谨哥儿写封信?"十一娘笑道,"也免得他回到家里大吃一惊。"

"明天再写吧!"徐令宜不动声色,"今天先吃饭,然后去给娘请安,给祖宗们上炷香……"

十一娘点头,心里却琢磨着谨哥儿要是回来了,怎么跟他说这件事好。

没几日,十一娘怀孕的消息大家都知道了。

林夫人、黄三奶奶、周夫人都来看她。十一娘少不得备酒菜款待。家里人来人往的,很是热闹了几天。

十一娘却起了疑心。怎么这些来看她的人没有一个问起谨哥儿的?她想了解一件事的时候,总是能找到行之有效的办法,何况她主持徐府中馈已经十几年,不管是内院还是外院,都有一批可用之人。谨哥儿为了追剿朵颜,带着榆林卫三千马兵进了草原,龚东宁知道后立刻派了手下最得力的干将领了所有的骑兵追了过去,沿途只找到死伤的榆林卫和鞑子的兵马,却一直没有找到谨哥儿的影踪。

"说是把人清点了一番,六少爷手里最多还有三百人!"说到这里,琥珀忍不住捂着嘴呜呜地哭了起来。

十一娘两眼一黑,在丫鬟的惊呼声中晕了过去。

不知道过了多久,她听到谨哥儿在喊她:"娘,娘,您怎么还没有起来,瞧我给您带什么东西回来了!"

一身戎装的谨哥儿笑吟吟地站在她床前,手里还拿着个什么东西,像逗孩子似的逗着她。

谨哥儿没事了?十一娘心中大喜。刚想问他,他却转过身去,和身边围着他的一群穿红着绿、面目模糊的妇人说说笑笑起来。十一娘喊着"谨哥儿"。谨哥儿却置若罔闻,笑嘻嘻地和那些妇人说着话,一面说,还一面朝外走,好像急着要去见谁似的。他还没有

告诉她他是怎样脱险的呢！十一娘急起来，起身大喊着儿子的名字。眼前却闪过一团莹白的灯光，她不由睁大了眼睛。

屋子里静悄悄、黑漆漆的，床前小几上有盏圆形的台式宫灯，晶莹光辉柔和而明亮，更显满室的静谧。

刚才，是个梦吧？十一娘眼睛一湿，感觉有泪水从眼角流出来。她习惯性地伸出手去摸枕边的帕子。屋子里却响起几不可闻的窸窣声。

有个低沉而嘶哑的声音很突兀地在黑暗中响起来："你醒了？"

十一娘捏着帕角的手僵了僵，这才把帕子拉了出来，擦拭着眼角。

"想不想吃什么？"徐令宜望着她苍白得几乎有些透明的面庞，轻声地问道。

十一娘嘴巴闭得紧紧的，一句话也不想说。

徐令宜沉默了片刻，柔声劝她："你现在是双身子的人了，不顾着自己，也要顾着身上这个。我让厨房给你炖了些燕窝粥，你好歹吃一点。"说着，略略拔高了声音，沉声喊着冷香。

十一娘盯着徐令宜，他的表情冷静、沉着、镇定……好像什么事也没有发生似的。实际上，谨哥儿出事已经有六七天了……六七天，是个什么概念……超出了营救的最佳时间……他是男人，曾经把鞑子打得落花流水，让鞑子十几年来不敢踏进嘉峪关一步。听到谨哥儿的消息，他应该在第一时间想办法救儿子才是，怎么还能这样若无其事地坐在这里，劝她吃燕窝粥……想到这里，她心里突然生出一股恨意来，挥手就把他递过来的粥碗打在了地上。

"哐当"的碎瓷声在寂静的夜里显得响亮而刺耳。徐令宜错愕地望着十一娘。一旁的冷香更是瑟瑟发抖。

十一娘坐了起来，直直地望着徐令宜："我要去找谨哥儿！我不能像你一样，坐在这里等消息！"声音冷漠而疏离。

徐令宜的脸色一下子变得煞白。他嘴唇微翕，然后抿成了一条线。

十一娘已撩被下了床。可能是睡的时间太长，起床的动作太猛，也可能是怀了身孕，身子骨变得虚弱，她头重脚轻，两眼冒着金星，一个趔趄，忙抓住了床头的雕花挡板。

"你怎么样了？"徐令宜神色一紧，一手扶着她的腰，一手握着她的肘，把她半抱在了怀里，"哪里不舒服？刘医正来过了，说你生谨哥儿的时候伤了元气，这些年固本培元，好不容易把身子骨养好了，又怀了身孕，再也经不起折腾了，万事要小心才是……"一面说，一面和她坐到了床边。

什么叫折腾？什么才叫小心？她连自己的孩子都保不住，折不折腾，小不小心，有什么意义？十一娘开口想辩驳，胸口却翻江倒海似的，忍不住干呕起来。

徐令宜露出紧张的神色来。这都过了三个月了,反而呕吐起来……刘医正也说,她这一胎虽然不像上一胎似的不舒服,可毕竟年纪大了,要好生休养,最忌动气动怒……她不会有什么事吧?念头闪过,他不由轻轻地抚着她的后背,想帮她减轻些不适。

十一娘却越吐越厉害,最后连苦胆水都吐了出来。

徐令宜大惊失色,顾不得被十一娘打在地上的粥碗,忙让冷香去喊万三媳妇,吩咐闻声进来的琥珀:"点一支安眠香。"

琥珀慌忙应声而去,十一娘捂着干疼的胸口:"我要去找谨哥儿!"明明很大声地说,说出来的声音却如蚊蚋般细不可闻。

"我已经让人去找了!"徐令宜知道她喜欢干净,看着床边有呕吐之物,横抱着她去了临窗的大炕,"一有消息我就告诉你!"不敢说让她别担心的话。

"你骗我!"十一娘只觉得全身无力,灯光特别地刺眼,手搭在了眼睛上,"如果我没有怀孕,说不定还不知道谨哥儿的事……"

徐令宜接过宋妈妈递过来的薄被搭在十一娘的身上,见琥珀端了点着三支安眠香的香炉进来,微微透了口气,低声道:"全是我不对,你现在身子骨弱,先歇一会儿,等你醒了,我们再好好说说话,好不好?"

那阵晕眩已经过去,十一娘心急如焚,什么也不想听,挣扎着起来,问琥珀:"现在是什么时辰了?"

琥珀跑着去看了西洋钟:"现在是寅时。"

"那就快天明了。"十一娘喃喃地道,徐令宜揽了她的肩膀,"有什么事躺下说也是一样的。"

十一娘拨开徐令宜的手,对琥珀道:"你去吩咐马房的给我套车,然后给我收拾些衣裳,带些干粮,跟万大显说一声,让他陪着我去趟榆林。"

琥珀含着眼泪,对徐令宜递过来的眼色装作没有看见,哽咽着应"是",匆匆走了出去。

徐令宜在心里幽幽地叹了口气,"你别急,我陪着你一起去!"说着,握了她的右手,在神门穴揉了起来。

十一娘眉头紧皱:"好疼!"

"马上就好!"徐令宜亲了亲她的鬓角,"神门穴治心烦、惊悸,按一按,对你的身体有好处。"

但也能促进睡眠。什么时候该说什么,不该说什么,徐令宜一向把握得很准。如果要去寻谨哥儿,身体很重要。十一娘没有拒绝。

短暂的疼痛过后,她头昏昏的,很快睡着了——临睡前的最后一个意识,她在心里暗暗喊糟,忘了让琥珀把那安眠香拿走了……

接下来的几天,她一直在半梦半醒之间,有时候感觉很渴,有人喂她略有些冰凉的东西,喉咙和胸口就会如有甘泉浇灌的涸田般滋润起来。熟悉的气息让她知道,喂她的人是徐令宜。她想睁开眼睛看看,眼皮却像灌了铅似的,怎么也睁不开;有时候会听到嗡嗡的说话声,好像夹杂着徐令宜的声音,她张了耳朵想听清楚,却只听到什么"舅舅""是朕大意了"之类的话,其他的,就再也听不到了……每次略清醒一点,她都能闻到甜甜的安眠香味道。是徐令宜做了手脚,让她不能去找谨哥儿!十一娘听见自己呜呜的哭声。

徐令宜就抱着她,一直在她耳边喃喃地说着什么,声音温柔又低沉,像一支催眠曲,又摩挲着她的背,她就会再次昏沉沉地睡过去。蒙蒙眬眬中,有人用帕子给她擦脸,不同于以往让人想睡的暖和,这次的水有些冷。她精神一振。

耳边传来琥珀又惊又喜的声音:"夫人,夫人,您快醒醒,六少爷找到了,六少爷找到了!"

十一娘奋力睁开眼睛,琥珀满是泪水的脸庞映入她的眼帘。

"夫人,是真的,六少爷找到了……还抓了那个朵颜,李参将亲自护送六少爷回的大同……今天一大早,皇上下了旨,说六少爷找到了朵颜,是头等的大功,封了六少爷为武进伯。过几天六少爷就会随着西宁侯,哦,就是龚大人一起回燕京,还要在午门献俘呢!"

真的吗?十一娘想问琥珀,嗓子却干干的,说不出话来,她环顾四周,英娘、宋妈妈、冷香、含笑,甚至还有早已出府了的秋菊和雁容,都双目含泪,团团围在她身边微笑着……却没有看见徐令宜。

琥珀最知道她的心思,笑道:"雍王爷和顺王爷都来了,侯爷正陪着在花厅里说话。"又道:"六少爷的事,现在恐怕燕京都传遍了,雍王爷和顺王爷就是来讨酒喝的。"

"母亲,是真的!"英娘见十一娘目露困惑,笑着点头道,"这几天四嫂也在您床前服侍,是父亲让厨房准备酒菜,四嫂这才走开的……"

这样说来,谨哥儿真的没事了!从失踪到平安回来,还立了大功……这反差太大了。十一娘的眼泪簌簌地落了下来。

大家看着,也都跟着哭了起来。

窗外响起徐嗣诫焦灼的声音:"英娘,怎么了?怎么了?"

"没事,没事,母亲醒了。正高兴着呢!"英娘忙道,回头看见十一娘望着她,急急地解释,"您这几天昏迷不醒,父亲一直在您身边照顾您,四伯和相公就一直守在屋外……"

她的话音未落,又有小丫鬟跑了进来:"夫人、五少奶奶,江都公主来了!"

徐家热闹起来。徐令宽、徐嗣谆和徐嗣诫都在外院帮着待客。五夫人和英娘则帮着十一娘在内院待客。姜氏安排酒宴、指派丫鬟们端茶倒水,妈妈们安顿跟过来的丫鬟、婆子歇息。直到宵禁时分,大家才陆陆续续地散去,荷花里恢复了些许的宁静。

十一娘有些疲惫地倚在了临窗大炕的迎枕上,琥珀端了一盅热气腾腾的羊奶进来,"夫人,侯爷留了王大人在小书房里说话,看那样子,一时半会儿只怕说不完。五夫人陪着三夫人和大少奶奶、三少奶奶去了太夫人那边,给太夫人问过安,应该就要回去了。您要是累了,就先歇了吧!"说着,她笑了起来,"现在大家都知道您是双身子的人,纵然有些招待不周,但也称不上失礼。"

刚刚醒来就得了谨哥儿封了武进伯的消息,江都公主、周夫人、黄三奶奶等接踵而至。她又昏睡了这些日子,连细问一句的时间都没有,有很多不解的事正想问琥珀。闻言笑着指了炕边的锦杌:"你忙了一天,也歇一会儿吧,我们正好说说话!"

琥珀笑着应"是",坐在了锦杌上,随手拿起炕几下装着针线的藤筐,帮着把几缕散落的线细细地捋顺,打成活结,放到藤筐里。

十一娘问她:"可听到长安的消息?"

当时心里只惦记着谨哥儿,也没有顾得上问他。

"长安这次可沾了我们六少爷的光了。"琥珀笑道,"说是一直跟在六少爷的身边,抓朵颜的时候,他也在场。西宁侯说他忠义,特意帮他请功封为千户,皇上已经准了。等午门献俘以后,吏部和兵部就会有正式的公文下来,到时候我们就得改口喊长安作千户了!"然后笑道:"就是庞师傅,也跟着封了百户,可以风风光光地回家养老了!"然后感叹道:"我们大姑爷,给庞师傅谋了这样一个好前程,以后在沧州,谁还不礼让三分啊!"

劫后余生,又有了好前程,十一娘也跟着高兴起来。

"那就好,那就好!"她笑道,"长安要是有个什么三长两短的,我可怎么去见滨菊啊!"又道:"她还好吧?"

琥珀笑着应"好":"夫人就是心疼她。"

"我就不心疼你啊!"十一娘笑着,问起黄小毛和刘二武来,"怎么没这两人的消息?"

琥珀的表情一下子黯淡下去。十一娘心里"咯噔"一下,脸色已有些发白:"怎么了?难道他们两个人……"

琥珀点了点头,抹了抹眼角:"说是走到什么七子坝的时候就……"话说到一半,又怕十一娘伤心,吸了吸鼻子,忙道:"侯爷已经派了赵管事去黄小毛和刘二武家了,各送了一千两银子。还说,以后刘家和黄家要是有子弟想进府当差,先照顾他们,两家要是有什么为难的事,也可以来找白总管。"

十一娘心里发酸,想到自己听到谨哥儿不见了时的伤心,眼泪止不住地落了下来:"以后刘家和黄家的事,你放在心上。要是外院安置得不周到,你就来跟我说。"

琥珀连连点头，见十一娘的眼泪擦了又落下来，忙转身去拧了一条温热的帕子进来递给十一娘，说些可能让十一娘转移注意力的话："您猜猜看，您睡着的时候，出了什么事？"

十一娘想到半梦半醒时听到的话，猜测道："难道皇上来过了？"

"夫人真厉害。"琥珀笑道，"听说六少爷不见了，皇上也急了，带了几个内侍就来了。那几天您不是不舒服嘛，家里都战战兢兢的。要不是我们门房当差的眼头亮，那几个内侍又使了眼色，差点就把皇上给拦在门外了。皇上听说您昏迷不醒，侯爷一直在照顾您，也顾不得许多，直接就到了厅堂。听说，还向侯爷赔了不是的。"她把府里的玩笑话说给十一娘听："白总管昨天还问侯爷，皇上来时用过的茶盅、坐过的椅子要不要放到祠堂里摆着，后辈人问起来，也有个说法。"

十一娘却笑不出来。黄家和刘家得了消息，还不知道怎样地伤心呢！她怅然地倚在了大迎枕上。

琥珀见了，也敛了笑容，低声地问她："夫人，我让小丫鬟打水进来伺候您梳洗吧？这天气怪热的，洗个澡，身上也凉快些。"

十一娘点头，琥珀小声吩咐小丫鬟进来服侍，又在旁边帮着更衣、铺床，直到十一娘歇下，这才拿了针线就着厅堂的灯光纳起鞋底来。

敲了三更鼓，徐令宜才回来。琥珀忙迎了上去。

"夫人今天怎样？"遵刘医正的嘱咐，没敢当时就把十一娘弄醒，而是慢慢地让她醒过来。偏偏谨哥儿的消息又传了出去，他还没来得及和十一娘说什么，雍王和顺王就跑了过来。自十一娘醒过来，两口子还没有见过面。

琥珀忙道："中午吃了一盅燕窝粥，晚上用了一碗红米粥，还吃了两个菜包子。"

能吃就好。徐令宜进了屋，十一娘侧躺着睡着了。灯光照着她白玉般的脸庞，有一种安详宁静的美，不像前几天，点了安眠香也会在梦中抽泣。

他如释重负，梳洗了一番，轻手轻脚上了床，习惯性地伸手要去搂她，又想起了谨哥儿……如果她问起谨哥儿的事，他如实答了，她只怕又要睡不着了；他不答，到时候谨哥儿回来，她又觉得他骗她……思来想去，他抱了一床被褥在她身边展开，轻轻地躺了进去。

或者是睡得太多的缘故，十一娘比平时睡得浅，徐令宜一上床，她就惊醒了。大家都知道谨哥儿封了武进伯，但谨哥儿有没有受伤？三千人对两万人，谨哥儿是怎样把朵颜抓住的？大家都不清楚。这个时候，她应该好好问问徐令宜。可徐令宜早先瞒着谨哥儿的消息，等谨哥儿平安归来，他又一句交代的话都没有就去了外院。现在回到屋里，还和她楚河汉界似的各睡各的……想到这些，她心里就堵得慌。算了，反正战争已经结束了，如果谨哥儿受了伤,肯定会有消息传过来的,还是等谨哥儿回来了问谨哥儿吧。十一娘闭了眼睛,一动也没动。

接下来的几天,徐家车水马龙,不时有听到消息赶来道贺的人。

徐令宜那边不说,十一娘除了要应酬这些人,她昏睡的时候太后娘娘和皇后娘娘都曾派了内侍来问病,现在好了,自然要进宫谢恩,还要隔三岔五地被太夫人叫去问"谨哥儿什么时候回来","他马上是伯爷了,要戴七梁冠,穿绯红色衣袍,你要快点差了人去做才是",又得了消息,说午门献俘定在了七月初一。

算算日子,还有不到二十天就可以见到儿子了。十一娘又惊又喜,吩咐阿金和随风收拾院子,叫了针线上的来给谨哥儿做日常的衣裳。请简师傅给谨哥儿做官服,不时地和琥珀去厨房,让厨房准备些鲍鱼、海参之类的食材,到时候宴请好用……忙得团团转。

姜氏也忙,十一娘这边却一点也不敢怠慢,事事都想到十一娘前面,处处安排得妥妥帖帖的。

甘太夫人也差了婆子送了许多做给谨哥儿的衣裳来。

"又给谨哥儿做了这么多衣裳。"十一娘笑着让婆子代她向甘太夫人道谢,并道,"等谨哥儿回来了,我带着他去给太夫人磕头。"

婆子连声道"不敢"。十一娘让人赏了十两银子给那婆子,端了茶。

琥珀笑着把衣裳收到了一旁雕着牧童吹笛的香樟木箱笼里:"我看,六少爷三年都不用做衣裳了!"

"何止三年!"十一娘走过去帮着整理衣裳,"我看都可以五年不用做衣裳了!"

"看夫人说的!"琥珀笑道,"是您对六少爷太严厉——像这中衣,非要穿得衣领发黄了才让换,要是别人,早就一季一换了。"

"这就叫严厉啊?"十一娘笑道,"这世上不知道有多少人穿不起这松江的三梭布呢!他已经够奢侈的了!"

琥珀笑着正要说话,有穿着青衣的小厮隔着绡纱的屏风瓮声瓮气地禀道:"夫人,六少爷的孔雀飞了!"

十一娘大吃一惊,"孔雀怎么会飞了呢?"说着,目光已循声望去。

只见那小厮身材瘦削,却很高大,虽然来禀事,却昂着头,身姿显得很是挺拔,没有一点点居人之下者的卑怯、谦顺。这可是内院,怎么派了身材高大得不像孩子的小厮来禀事?而且这小厮还一副傲然的样子,分明是个有主见的人。遇到她这种不讲究的人还好说,要是遇到了太夫人、二夫人或是五夫人,一个回答不好,只怕要吃板子的。她暗暗皱着眉头,走了出去。

"你在谁的手下当差……"一句话没有说完,十一娘已愣怔在那里。

琥珀也觉得这小厮有些不妥,听着十一娘的话戛然而止,隐隐觉得有些不对劲,一面匆匆往外走,一面厉声道:"夫人问你话呢?你怎么……"抬眼却看到一双眸子如黑曜石般闪闪发亮的漂亮凤目。

"六、六少爷……"琥珀张口结舌。

徐嗣谨嘻嘻地笑。十一娘已疾步上前抱住了儿子:"谨哥儿,谨哥儿,怎么是你?"眼泪不由自主地落了下来。

看见母亲落下泪来,徐嗣谨的眼角也有些湿润。可他不再是小孩子了,用哭泣来表达情绪已经有些不合适了。

他佯作不悦地板了脸,夸张地跳着脚:"不是我还是谁?亏我在军营的时候日日夜夜地想着您,回到家里,您竟然没有认出我来!"想以此来逗母亲开心。

望着儿子那跳脱的表情,十一娘这才有了些许的真实感。

"谨哥儿!"她心里无限欢喜,不由破涕为笑,"抱歉,抱歉!"大力地抱了儿子一下,"我听说你们二十九日才能到京,算着你三十日能抽空回来一趟就不错了,没想到你会提前好几天到家。"又道:"这也是因为你装得太像的缘故,娘一时没往那上面想。"

见母亲笑起来,徐嗣谨悬着的心落了下来。他有些小小得意地笑道:"我可是悄悄跑回来的!"

十一娘心里"咯噔"一下:"出了什么事?你为什么要悄悄地跑回来?"神色很紧张。

"您别担心!"徐嗣谨忙安慰母亲,"我回来,龚大人是知道的,不仅知道,而且还是他让我回来的!"

十一娘有些不解。

"事情是这样的。"徐嗣谨解释道,"按道理,应该在午门献俘的时候皇上再封赏众将。可现在,皇上已经提前封了龚大人为西宁侯,封了我为武进伯,等到午门献俘的时候,皇上就只能为龚大人和我加官了。以龚大人的功劳,最少也要做个右军都督府的都督,弄不好还能做到兵部侍郎,肯定是不会回贵州了。我们在贵州不是有个私矿吗?县官不如现管。如果龚大人升迁了,这贵州总兵怎么也得找个信得过的人干吧,要不然,我们岂不是白白为人做了嫁衣?龚大人的意思,让我进京找爹和雍王爷商量商量,看怎么把这贵州总兵的位置拿到手里。"

说话间,琥珀端了茶进来,神色激动地喊了声"六少爷"。

十一娘这才惊觉她和儿子有些不合时宜地站在过道上说话,忙拉了徐嗣谨到临窗的大炕坐下,"你是什么时候回来的?吃过饭了没有?"一面问,一面忍不住上上下下地打量着徐嗣谨。

徐嗣谨比离家的时候又长高了，皮肤依旧白皙，人却瘦得很厉害，脸上棱角分明，要不是一双眼睛炯炯有神，十一娘简直要怀疑他这些日子都没有吃饱了。

　　"朵颜是怎么一回事？"她不禁心疼地道，"你有没有受伤？"看他风尘仆仆的，分明不是为了逗她开心才特意打扮成小厮模样的，"你装成小厮进的京吗？长安和庞师傅呢？有没有和你一起回来？"又想到他刚才说是龚东宁让他回京找徐令宜和雍王爷商量事的，可见徐嗣谨不希望大家知道他回来了，"你是怎么进的府？要不要我给你父亲带个信？"

　　"别！"徐嗣谨忙叫住了闻声而动的琥珀，对十一娘道，"长安和我一起回来的，要不是他找了万管事帮忙，我还进不来呢！"又道："爹爹和窦阁老在书房，您还是别惊动他们了。我在您这里等爹爹回来就是了。"

　　十一娘自然要帮着儿子，知道徐嗣谨是悄悄进的府，不由压低声音："那好，你就在我这里梳洗梳洗，再好好地吃一顿，休息一下，等你爹爹回来。"又问他："长安呢？他有没有地方落脚？"

　　"他和万管事回家去了。"徐嗣谨道，"说好了三天以后我们在后门的夹巷碰头的。"他说着，笑着对琥珀道："让厨房给我做一盆红烧狮子头。那些伙夫只会用五花肉炖大白菜，好不容易捉了朵颜，龚大人在春江楼给我接风点了一道红烧狮子头，结果做得像小肉丸子似的。"

　　"好，好，好。"琥珀听着心都软了，有些哽咽地道，"我这就吩咐厨房做去。"然后喊了冷香进来，让她和含笑打水来服侍徐嗣谨更衣，急急去了厨房。

　　十一娘则去了暖阁，不一会儿抱了一叠衣裳出来。

　　"还好，做的衣裳还没有给你送过去。"她笑着进了净房，"要不然，恐怕要惊动阿金和随风了！"

　　徐嗣谨惊呼一声，身子往下一猫，沉到了水下，只留了个脑袋在水面上。

　　"娘，您怎么能不打声招呼就闯了进来？"他不悦道，"我已经长大了，都能娶媳妇了！"

　　十一娘打趣着儿子："哎哟，我都不知道我们家谨哥儿想媳妇了！"她把衣裳放在一旁的小杌上，"怎么，这媳妇还没有影儿，就嫌起母亲多事了？"

　　"我哪里敢嫌您多事了？"徐嗣谨嘟囔着，"我这不是不习惯嘛！"

　　十一娘望着没有人服侍的净房，若有所指地笑道："几年不在家，你这习惯还真是改了不少——没人帮你洗头，你洗得干净吗？"

　　"我头上可没有长虱子！"徐嗣谨不以为然地道。

　　十一娘笑了笑，出了净房。

　　琥珀来问："六少爷梳洗好了没有？"

　　"还没有！"十一娘笑着，朝着琥珀使眼色。

琥珀会意,轻手轻脚地上前几步。十一娘悄声嘱咐了几句。

琥珀愕然,很快反应过来,连连点头:"夫人放心,我省得。"

徐嗣谨披着湿漉漉的头发走了出来。

"天气虽然热,可也架不住你这样。"十一娘忙下了炕,冷香机灵地递了帕子过去,十一娘把徐嗣谨按在一旁的锦机上擦起头发来。冷香和含笑去端了膳桌进来。

徐嗣谨连吃了三碗饭才放了筷子。

"好舒服啊!"他摸着肚子,懒洋洋地倚在用姜黄色的葛布套着的大迎枕上,满足得像一只吃了鱼的猫似的,"娘,您说,我去四川怎样?"

十一娘坐到儿子身边,目光落在儿子身上,怎么看也看不够。

"为什么想去四川?"

"丁治不是回京了嘛,四川总兵肯定要换人的。"他分析道,"这次平定西北,贵州都司的将士出了大力,四川总兵肯定会从贵州都司里选一个。贵州都司的人我都熟,办起事来自然是事半功倍。您觉得怎样?"

"你有什么事要办?"十一娘溺爱地摸了摸儿子的头,"还事半功倍呢!"

"这您就不知道了!"徐嗣谨趴到母亲耳边小声地道,"四川有盐场。成都、叙州、顺庆、保宁、夔州、潼州、嘉定、广安都吃川盐,每年向陕西镇监缴七万多两银子呢!"

"你这是听谁说的?"十一娘有些哭笑不得,"你这是去镇边呢,还是去经商呢?"

"没有钱,谁跟着你干啊!"徐嗣谨不以为意地道,"这些外面的事,说给您听您也不知道,您就别管了。我就是怕我去了四川,您想我想得慌!"

"你还知道娘想你啊!"十一娘把话题引到了她关心的事上来,"你当时单枪匹马地去追朵颜的时候就没有想想娘啊!你怎么那么大的胆子,连欧阳大人都放弃了,你竟然不知轻重地借了榆林卫的人去追朵颜。要知道,你只有三千人,朵颜可是有两万多人马。那榆林卫的指挥使也是的,怎么就听了你的话……"

徐嗣谨忙打断了十一娘的话:"娘,我这不是好生生地回来了嘛,还立了大功。"他说着,揽了十一娘的肩膀,"娘,像您儿子这样的少年英雄,大周朝不多吧?"

十一娘忍俊不禁,想到她是要教训儿子的,又立刻板了脸,沉声道:"娘跟你说正经的,你别在那里胡搅蛮缠的。你静下心来好好想想,你这次能捉到朵颜,是不是运气占了一大……"

她话没说完,徐嗣谨已讪讪然地笑了:"娘,我知道了。您儿子现在好歹是武进伯了,您就是要抬举爹爹,也要给我这个伯爷几分面子才是!"

十一娘本来是想说没有皇上和龚东宁,他就是找到了朵颜,也不可能捉住朵颜,可没想到他却提到了徐令宜。

"这件事，与你爹爹有什么关系啊？"

爹爹不是什么事都跟娘说的吗？徐嗣谨睁大了眼睛："您不知道吗？"

她已经有些日子没有正眼看徐令宜了。一时间，十一娘心乱如麻。

"你爹爹没有跟我说这些。"她含含糊糊地道。

爹爹说了，有些事，是男人的责任，就不必让女人知道了跟着担惊受怕。既然爹爹没有跟娘说，肯定是觉得没有必要让娘知道了。徐嗣谨的表情略带迟疑。

"快说，到底是怎么一回事？"十一娘也曾出门在外，知道做子女的在父母面前报喜不报忧的心态，半真半假地催着徐嗣谨："那时候你不是生死不明吗？"

徐嗣谨立刻释怀，笑道："爹爹说，等龚大人点齐兵马，黄花菜都凉了——爹爹派人送信给辽东的王家，是王家的马帮给我们带了吃的去，还帮我找到了朵颜。"

十一娘难掩错愕。

"王家？哪个王家？"她脑子飞快地转着，"难道是长顺家？"

徐嗣谨点头，笑道："娘，您没有想到吧？我也没有想到！"

十一娘不由关切地道："这到底是怎么一回事？王家不是在辽东吗？怎么突然跑到榆林卫那里去了？"

"王家的人到了辽东以后，就一直跟蒙人和鞑子做生意。宣同城被破的时候，爹爹怕蒙人趁机南下，和鞑子一北一西，相互呼应，对朝廷不利，就让王家的人帮着打听打听蒙人的消息。王六爷，就是长顺的叔叔，接了爹爹的信，挑选得力的人，亲自带了王家的马帮进了草原。"他说着，笑了起来，"娘，爹爹真是厉害，要不是他老人家的一封信，别说捉朵颜了，就是我，恐怕也难以走出草原。难怪龚大人说生平最敬佩的人就是爹爹了，不仅骁勇善战，还高瞻远瞩，算无遗策。我要学的地方太多了！"说到最后，已语带钦佩。

这些安排，徐令宜从来没有跟她说过。十一娘想到他几次想和她说话，她却佯装没有看见他神色黯然的样子，一时间有些恍惚。以徐令宜的性格，没有成的事是绝对不会说的。她明明知道他是这样的人，却因为生活中的不如意迁怒于他……他心里很不好受吧？又想到这些日子他始终对自己温言细语，从来没有露出丝毫的不快，她心里突然间觉得沉甸甸的，很不舒服。她能坦然表露自己的情绪，是因为在她的心底，他是一个她能信任的人，是一个能为她分担喜怒哀乐的人……他受了这样的委屈，为什么就不能把他的不快在她面前表露出来呢？是不是因为他觉得她和他还没有这样的情分呢？

"你爹爹果真是好手段。"她的声音不禁有些冷淡，"换了别人，哪里能想到王家？"

"是啊，是啊！"徐嗣谨从前在家里的时候还没觉得父亲有什么了不起的，出门在外，又经历了一场生死考验，这才察觉到父亲的不平凡，对父亲的崇仰犹如那春天的草，正长得疯，哪里会想到平时对父亲崇敬有加的母亲会腹诽父亲，更没有感受到母亲话里有话的冷淡。他笑道:"可惜没有见到长顺。王家六叔说,长顺在铁岭跟着王家的一位长辈学打算盘——听王家六叔那口气,长顺在弱冠之前干的可都是账房的差事。"可能这样的长顺让他觉得很有趣,他哈哈地笑了起来。

"不是说偷偷溜回来的吗?"屋子里突然响起了徐令宜的声音,"我看你笑得挺大声的嘛!"

十一娘和徐嗣谨不由循声望去,徐令宜背着手站在门口,表情显得有些冷峻。

"爹!"徐嗣谨从来就不怕徐令宜的冷面孔,他兴奋地从炕上一跃而下,张开双臂就抱住了徐令宜,"您什么时候来的?也不作个声,吓了我们一大跳。"

有多少年没有人敢这样抱着他了。徐令宜微微有些不自然,轻轻地咳了一声,道:"是龚东宁让你回来的?"语气非常地柔和。一面说,一面坐到了旁边的太师椅上。

徐嗣谨笑着点头,忙跟着过去坐在了徐令宜的右首边:"您怎么知道的?"

"马上要献俘了,该给你们的都给你们了,到时候只能封赏些其他的东西。"徐令宜一副见怪不怪的淡定模样,"位置空出来了,肯定有人打主意,而你们为了私矿的事又志在必得。与其到时候再平衡各方的关系,还不如趁着大家对皇上的意图只是个猜测的时候早点下手。"

徐嗣谨朝着徐令宜竖着大拇指:"爹,还是您厉害!一语中的!"

望着儿子狗腿的样子,徐令宜肃然道:"你和龚大人也这样说话?"

徐嗣谨笑嘻嘻地道:"我们龚大人就是喜欢我这样跟他说话,特别是我说'要是我爹在这里,恐怕也想不到'的时候,他就更得意了。"他眼中露出些许的狡猾,"我要是有什么事求他,只要搬出这句话,他一准同意。"

徐令宜忍俊不禁。

徐嗣谨趁机道:"爹,您既然心里明镜似的,就帮帮我们吧!撇开我们家和龚大人的关系,就是看在龚大人是我的顶头上司的分上,您为了我的前程,也不能袖手旁观啊!何况这其中还涉及雍王爷。而且贵州都司这次战功赫赫,龚大人全靠着他们才立下了不世之功,从贵州都司里提一个人做贵州总兵,对稳定人心也是有百利而无一害的。毕竟以后龚大人要镇守西北,如果鞑子再进犯,龚大人就是如卫青再世,也要手下有人可用才是——一个跟着他浴血奋战而没有前程的将领,谁还会对他俯首帖耳?"

"口才不错啊!"徐令宜笑望着儿子,"看来你跟在龚大人身边,还真学了不少的东西!"

"爹,您这样说我好心虚啊!"徐嗣谨可怜巴巴地望着父亲,"我听着怎么像军中那些监军拒绝龚大人时的口吻啊!"

"你这小子!"徐令宜再也忍不住,给了儿子一个爆栗,"竟然把我比作监军。"

军中的监军,都是太监。

徐嗣谨捂着头蹿到了十一娘的身边:"娘,爹他打我!"

徐令宜顺着徐嗣谨望了过来,十一娘却扭过头去。从一进门就对她视若无睹,要不是徐嗣谨,估计他连眼角也不会瞥过来吧?

"打得好!"她目不斜视地望着儿子,"谁让你胡说的。以后再这样,小心我也给你两下!"

徐嗣谨佯做出一副哭丧着脸的样子。

徐令宜看着十一娘冷淡的脸,在心里长长叹了口气,道:"好了,你这两天就留在你母亲身边,别到处乱晃。等大军进了京,你再露面也不迟。"然后站了起来,"我晚上就不回来吃饭了,先和陈阁老聚一聚。"

徐嗣谨大喜过望,听父亲的口吻,这是要帮他去办这件事。他立刻殷勤地上前挽了徐令宜的胳膊:"爹,我送您出门!"

"你还是在家陪你母亲吧!"徐令宜哭笑不得,"别到时候嚷着太闷到处乱跑。"

徐嗣谨连声应"是",坚持把徐令宜送到了厅堂,这才折回了内室。

"娘,"他跑到十一娘身边,"您是不是和爹爹吵嘴了?"

十一娘心里一跳,嗔道:"又胡说八道!"

"我才没有胡说八道呢!"徐嗣谨不服地道,"平时爹爹进了屋,您总是笑吟吟地给爹爹倒茶,今天您可理也没有理爹爹……"

"我这不是看你们在说正事嘛!"儿子难得回来,十一娘可不希望他心里有个芥蒂地回到军营。她粉饰太平地应了一句,转移了话题,"你今年都十六了,到了说媳妇的年纪,有没有想过要娶怎样的媳妇啊?"

徐嗣谨虽然大方,可说起这种事来他还是脸红得能滴出血来:"我不娶媳妇,陪着娘!"

"你能一辈子陪着我?"十一娘打趣地望着他,"我可是问过你的,你不说,我就随便给你挑一个了。你到时候可要好好地和人家过,不能因为一点点小事就和别人置气……"

"哎哟!"徐嗣谨羞赧地站了起来,"我日夜兼程地赶回来,连个囫囵觉都没有睡过——我要去睡觉了!"

徐嗣谨也有害羞的时候,这可真是太阳从西边出来了!十一娘不由掩袖而笑。

徐嗣谨一溜烟地跑进了暖阁。

十一娘怕暖阁没有收拾妥帖,跟了进去,就看见徐嗣谨头枕双臂仰躺在床上望着头顶的承尘,露出带着些许期待、些许喜悦的表情。是自己的话触动了儿子吧?十一娘微微有些失落。儿子一天天长大了,他的关心、爱护、逗趣,将来都会留给另一个女人了。

她心里酸酸的，倚着暖阁的槅扇静静地看了儿子好一会儿，这才轻手轻脚地走开。

徐令宜回来的时候，大家都已经睡下了。

听到动静，十一娘想到睡在暖阁的儿子，起了床。

"侯爷回来了？"或者是因为怀孕的缘故，徐令宜身上的酒味让十一娘很不舒服，她的眉头蹙了一下，"侯爷喝酒了？"说着，吩咐冷香去准备醒酒汤。

"你快去歇了吧！"徐令宜微微一愣，随后笑道，"你现在要多休息。这些琐事让丫鬟们做就是了！"说着，他朝着十一娘笑了笑，转身去了净室。

十一娘望着炕桌上孤零零的羊角宫灯好一会儿，这才上了床。

更鼓打了二更，冷香蹑手蹑脚地走了进来，见十一娘倚在床头的大迎枕上，有些意外，轻声笑道："夫人，侯爷说他喝多了酒，就歇在临窗的炕上了！"又道："侯爷定是怕熏着夫人。"说话间，她眼里露出几分艳羡来——侯爷对夫人可真是体贴入微。

十一娘点了点头。

冷香从一旁的黑漆高柜里拿了被褥出去。

不一会儿，十一娘听到了关门的声音，屋子里陷入悄无声息的寂静。十一娘翻身，半晌才迷迷糊糊地有了睡意，却听到罗帐外传来几声响亮的碰瓷声和徐令宜低低的嘟囔声。

出了什么事？十一娘立刻醒了过来，趿了鞋就出了罗帐。喜鹊登枝的彩瓷茶盅在炕几上打着滚，茶水泼了一桌，还顺着桌子滴滴答答地落到了旁边的被褥上。分明是徐令宜喝酒后口渴想要喝茶，却失手打翻了茶盅。

十一娘忙转身从旁边的闷户橱里拿了几条干净的帕子，一面擦着桌子、收拾茶盅，一面对抖着身上水珠的徐令宜道："侯爷屋里去睡吧——这褥子都湿了！"

"算了，"徐令宜道，"还是让丫鬟再铺一床褥子吧！"又道："你快去歇了吧，我叫小丫鬟进来收拾。"

半夜三更的，她屋里值夜的一向睡在厅堂，这时去喊人，肯定会惊动谨哥儿。到时候他看着父母各睡各的，心里指不定怎么想。她的怀象虽然好，可到底是有身孕的人，而且才刚过三个月，让她搭了台去抱褥子，万一出了什么事怎么办？

"侯爷就听妾身一句吧，"十一娘不由嗔道，"时候不早了，再折腾两下就要天亮了！"

因为怀孕，十一娘的脸看上去黄黄的，神色有些憔悴。

徐令宜犹豫了片刻，站了起来："那好，你要是闻着我身上的气味不舒服，就说一声。"

"知道了！"十一娘抓了一把茶叶用杭绸帕子包了放在了枕边。

徐令宜放下心来，连喝了几盅茶，上床歇了。

酒喝多了的人都容易口渴。十一娘凉了一壶茶,把茶壶和茶盅端到了床头的小几上。

仲夏的夜晚,还是很热,这样来来回回一番折腾,身上已有薄薄的汗。她坐在床尾扇着风。

屋子里一片寂静,显得有些冷清。

徐令宜不由暗暗皱眉。十一娘因为他没有安置好谨哥儿而生气,他不解释,是因为事情没有落定,说一千道一万不如做一件。可如今谨哥儿已平安归来了,她怎么还是这样一副冷冷淡淡的样子……十一娘并不是那种小家子气的人,或者,这其中还有什么误会不成?

徐令宜是个行动派,想到就做,轻声问十一娘:"谨哥儿睡了?"主动打破了僵局。

心里不舒服归不舒服,徐令宜主动跟她说话,十一娘还不至于去耍小性子。

她"嗯"了一声,斜倚着床柱打扇:"本来想等您回来的,我看他上眼皮和下眼皮直打架,就劝他先去睡了。"

愿意和他说话,就是好的开端。

"晚膳酉正就散了。"徐令宜松了口气,柔声道,"我想着龚东宁回来也就是这三五天的工夫,就去了趟路尚书府。又想着雍王爷性子急躁,怕他莽莽撞撞地去求皇上,反而弄巧成拙,从路尚书府出来又去了雍王府,这才耽搁了。"

银矿的生意对龚东宁来说不过是意外之财,更多的,是为了和雍王搭上线;对谨哥儿来说不过是人生旅途上的一块石头,除了可以试试他是不是金子,还可以让他垫垫脚,银钱上的得失反而不那么重要了;只有雍王爷,全靠它摆脱困境了,怎么可能不紧张?

关心则乱!而王爷结交朝臣却是大忌。也不怪徐令宜怕雍王爷为了贵州总兵的事去找皇上。十一娘思忖着,目光不由朝徐令宜望去,"那陈阁老和路尚书怎么说……"一句话没有说完,她神色微变,"侯爷,"她以为自己眼花了,不禁挪到徐令宜身边坐下,手指灵巧地翻弄着他鬓角的头发。灯光下,一缕缕银色的发丝熠熠生辉,夹杂在乌黑的发间,分明得让人惊心。她一路翻弄过去,很多靠近发根的地方都是银白色的。

"怎么会这样?"十一娘不由失声。

她在得到谨哥儿失踪的消息昏迷前,还给他洗了头发的……这绝不是正常的生理现象。徐家没有一个早生华发的,就是三爷,年过五旬了,头发依旧乌黑亮泽。念头一闪而过,十一娘愣住。难道是……

徐令宜已笑着捏住了她的手,短短地交代了一句"我年纪大了,自然要长白头发了,这有什么好奇怪的"的话,说起去陈阁老和路尚书那里的情况来:"收获还是很大的。陈阁老和路尚书不仅觉得贵州总兵应该从贵州都司里提拔一个人比较好,而且觉得四川总兵最好也是贵州都司的。一来是以后西北要靠龚东宁镇守，四川总兵和贵州总兵是他的老部下，以后调兵遣将容易，对西北的战争有利；二来是这次贵州都司的人立下了大功，于情于理都应该大加褒奖才是。不过，我觉得皇上肯定不会同意……四川总兵和贵州总兵都出自龚东宁麾下，又同是龚东宁的得力干将，那以后西北那块岂不成了龚东宁的天下？

"龚东宁既然派谨哥儿回燕京，肯定还有其他的安排，明天最好给龚东宁带个信去。

"陈阁老和路尚书俱是善于揣摩上意之人，不可能不知道皇上的心意。

"那四川物华天宝，不管是从地理位置还是从人口经济来看，都比贵州强很多。两位大人现在却把四川总兵和贵州总兵相提并论，如果我没有猜错，陈阁老和路尚书恐怕都看中了贵州总兵的位置，因龚东宁此时立下赫赫战功，不好和他明争，以此暗示龚东宁，让龚东宁支持他们的人做贵州总兵。"

说到这里，他哂然一笑。

"他们却没有想到我们看中的也是贵州总兵的位置。这样一来，反而好行事了——我们索性把四川总兵的位置丢出去，既可以示诚意与两位大人交好，又可以获得两位大人的支持。至于四川总兵的位置是陈阁老的人得了还是路尚书的人得了，那就不关我们的事了。可不管是谁得了这个位置，想必都会念着龚大人的好，这和龚大人的部下得了这个位置又有什么区别？反而不显山不露水的，免得人惦记……"

这件事关系到谨哥儿的前程，可十一娘却无心仔细地打探，她望着徐令宜，只觉得眼睛涩涩的。他的笑容安详，语气平和，就如同过去许多个柴米油盐的平淡日子，他默默地背负着岁月的艰辛而从来不向她袒露，却只让她看到令她安心的气定神闲的一面。一如先帝在世时，他始终做着最坏的打算，却从来不曾向她表露半分。她更觉得难受了。那样的情景都相安无事，现在却白了头发！

想到这些日子她对徐令宜的冷淡，十一娘的眼泪随着话语一起簌簌落下："您什么时候白的头发，我都不知道！"声音变得哽咽起来。

"一寸光阴一寸金，寸金难买寸光阴。"徐令宜坐了起来，不以为然地笑了，"你还能管得住光阴不成？"从枕下摸出帕子给她擦眼泪，"这有什么好哭的？"

他越是这样轻描淡写，她心里越是不好受，抽过他手里的帕子擦着眼泪。

徐令宜笑着把她抱在了怀里，打趣道："人家说，相由心生。我看，你这一胎准是闺女！要不然，你也不会像小姑娘似的嘤嘤乱哭了！"

十一娘知道他想逗她开心，可她实在是笑不出来。

徐令宜只好道："快别哭了，小心把谨哥儿给引了来。他现在耳目灵敏，你可不能小瞧。"

十一娘闻言果然抽抽搭搭地停了下来。徐令宜拿了她丢在一旁的羽扇帮她打起扇来。

十一娘的心情还是难以平静。

"快睡吧!"他佯装着打了个哈欠,"明天一早我还要进宫,礼部递了献俘礼的章程,皇上让我也看看……"

十一娘睡不着。她静静地躺了一会儿,轻轻地喊了声"侯爷"。身边的人含含糊糊地哼了一声。

"谨哥儿不见的时候,您肯定又内疚又自责吧?毕竟让他去贵州是您决定的,龚东宁也是您推荐任征西大将军的……加上我怀着孩子,还和您那样地闹腾……您两头着急,是不是那个时候,头发才白的?"

徐令宜没有作声,十一娘却能感觉到他的呼吸。

这一刻,她得到了答案。

徐令宜握住了十一娘的手:"所以说,我们都别为从前的事伤神了,以后好好地过日子就是了!"

纠结过去是很不明智的事。十一娘点头,又摇了摇头:"不对,侯爷应该改改才是——您可不能像从前似的,没有十全把握的事就瞒着我。我如果知道您早就安排了王家的人去了蒙人的草原,我也就不会这样担心了……"她说着,笑了起来,表情很活泼。

徐令宜看着也跟着笑了起来:"要是王家的人没有找到谨哥儿呢?"

十一娘语塞,又恍然。徐令宜只做不说的性子是改不了呢!她遇到谨哥儿的事就着急上火,恐怕也改不了呢!十一娘失笑。心中的抑郁一扫而空。

"睡吧!"徐令宜捏了捏她的手,"明天还有很多事呢!"

十一娘"嗯"了一声,闭上了眼睛,耳边很快传来徐令宜绵长而均匀的呼吸声。

第九十九章　春来早花开人正好

徐嗣谨左瞅瞅父亲，右瞅瞅母亲，饭含在嘴里都忘了咀嚼。

好奇怪啊！父亲和母亲同往常一样正襟危坐地吃着饭，没有任何亲近的举动，可不知为什么，两人的一举一动间却透着自然的亲昵，与昨天的冷淡、疏离完全不同。不过一夜工夫而已，到底出了什么事呢？

"怎么了？"觉察到儿子的异样，十一娘笑着问他。

徐令宜也停下了筷子，目光中露出关切。

"没事，没事。"徐嗣谨掩饰般低下头去扒饭，却忘记了嘴里还含着饭，呛得咳了起来。

"这孩子！"十一娘忙给儿子舀了一碗汤，"怎么慌里慌张的？"

冷香已机敏地递了漱口的茶水过来。

徐嗣谨接了十一娘的汤，喝了两口，感觉好受些了，怕父亲发现他的小心事，忙道："爹爹，您还没有跟我说昨天去陈阁老家的情形呢。"

"先吃饭！"徐令宜淡淡地道，"吃过了饭，我们去东梢间你母亲的书房里谈！"

徐嗣谨"哦"了一声，三下两下地吃完了，眼巴巴地望着徐令宜。

徐令宜微微一笑，把手里的半个包子吃了，站了起来："走吧！"往东梢间走去。

徐嗣谨忙跟了过去。

十一娘笑着让冷香收拾碗筷，在西次间临窗的大炕上坐了，架起花架子绣起花来。

大约绣了半炷香的工夫，徐令宜和徐嗣谨一前一后从东梢间走了出来。徐令宜的表情很平静，徐嗣谨却显得十分兴奋的样子。

"我去一趟孙老侯爷那里。"徐令宜对十一娘道，"中午就回来。"又对徐嗣谨道："你就待在家里陪着你母亲，知道了吗？"

"您放心！"徐嗣谨忙道，"我知道轻重的，保证不会到处乱跑。"

十一娘下炕送徐令宜出了门。

见父亲走了，徐嗣谨揽了母亲的肩膀："娘，这些大佬可真是黑啊！难怪来的时候龚大人反反复复地叮嘱我，说燕京的水深着呢，让我有事与父亲商量，千万不可自作主张。"然后把陈阁老和路尚书都想借丁治被调回燕京的机会安插自己人的事告诉了十一娘。

昨天晚上徐令宜就分析过了，当时十一娘满腹心事，听得不十分仔细，这会儿就认真地听徐嗣谨讲了一遍,笑道:"朝堂上的事就是这样。你别以为你现在是武进伯就很厉害了,你要学的东西还多着呢!"

这次徐嗣谨没有顶嘴,而是老老实实地道:"所以有'满瓶子不响,半瓶子咣当'的说法嘛!"

十一娘笑着上上下下地打量着儿子。

"怎么了?"徐嗣谨被她看得都有些不好意思起来。

"我是高兴啊!"十一娘颇有些感慨,"我们谨哥儿长大了,知道自省了,也知道正确地评价自己了。"

母亲的夸奖让他赧然,他左顾右盼地道:"我、我本来就知道自省,是您一直没有发现罢了。"

十一娘抿了嘴笑。

徐嗣谨怕母亲继续夸下去,忙转移了话题:"娘,祖母那里,我还是想偷偷地去看看她老人家。"

徐令宜曾说过,有些事,掩耳盗铃也比肆无忌惮的好。龚大人的帅印都还没有交,徐嗣谨就悄悄跑回了京里,让有心人看在眼里,就算这次念着皇上在兴头上大家装作不知道,以后哪天有了利益冲突,只怕就会拿出来大做一番文章。

见母亲没有作声,徐嗣谨知道这事不成了,头枕双臂倒在了炕上:"我们兄弟几个里面,祖母对我是最好的……"很失望的样子。

十一娘苦笑:"你就耐心等上两天吧!"

徐嗣谨只好点头。

十一娘就从徐令宜的书房里找了游记来给他消遣。

母子俩说说话,看看书,做做针线,日子眨眼就到了二十九。

"龚东宁扎营在离西山十五里的汪家湾,下午燕京顺风镖局有镖车出城。"徐令宜用午膳的时候突然道,"你等一会儿就随了顺风镖局的人出京与龚大人会合。献俘礼完成之前,你都不要回家了。"

徐嗣谨正色地应"是",神态中透着与年龄不相符的沉稳与冷静。

徐令宜欣慰地点了点头。

十一娘依依不舍地帮他换了小厮的衣裳。

"娘,按道理,献俘礼后会有几天的休沐,"徐嗣谨安慰着母亲,"到时候,我再光明正大地回来看您,去给太夫人和二伯母、五婶婶她们问安……给黄小毛和刘二武立衣冠冢。"他说着,眼神一黯,情绪也变得有些低落起来。

"我等着你回来!"十一娘抱了抱儿子,目送着儿子出了正屋。

到了午门献俘的那天，徐令宽、徐嗣谆、徐嗣诫、徐嗣诜、徐嗣诫，甚至是庭哥儿和庄哥儿也都一起去看热闹。家里的女眷则齐聚在太夫人屋里等待，回事处的小厮不时来报着"六少爷进了城""六少爷在游街""六少爷到了午门"的消息。太夫人听了喜笑颜开，一出手就是十两银子地打赏着小厮们，惹得回事处的小厮争着来报信，气氛显得非常地热闹。五夫人看着在一旁凑着趣："娘，我们这些陪等的，是不是也要打赏打赏？"

太夫人是真高兴，也不管五夫人说的是玩笑话，笑呵呵地吩咐脂红："赏你们五夫人二十两银子！"

大家哄然大笑。

有小厮擦着额头的汗跑了进来："太夫人，太夫人，大喜，大喜！我们六少爷，封了贵州总兵！"

谨哥儿怎么会做了贵州总兵？他今年才十六岁！十一娘愕然。

太夫人则"啊"的一声坐直了身子，神色肃然地问那小厮："你可听清楚了？要是胡说八道，可是要打板子的！"

"太夫人，小的不敢胡说八道！"小厮急急地道，"是五爷让人来传的话，说，圣旨都已经宣读了，公文也贴出来了，让小的们报给您知道，也欢喜欢喜。"说着，朝十一娘望去："四夫人，五爷还说，等一会儿散了朝，家里肯定会有很多客人来道贺，让小的们跟您也禀一声，厨房里好早点准备酒菜。"

"既然是五爷说的，那就不会有错了。"五夫人忙支持徐令宽，对十一娘道，"四嫂要不要我帮忙？"

"如果是真的，自然要请五弟妹帮忙了！"十一娘笑着应和道，脑子里却乱糟糟的。

怎么贵州总兵换成了徐嗣谨？那四川总兵是谁呢？好不容易找了个借口去了书房。

"侯爷，谨哥儿做了贵州总兵的事您知道了吗？"

"我也是刚知道。"徐令宜道，"四川总兵是陈阁老的人……听王励说，让谨哥儿做贵州总兵，是皇上的意思。"然后分析道："陈阁老想安排自己的人做四川总兵，还要得到皇上的支持，对皇上的话，他肯定是不会有什么异议的。而内阁看到陈阁老没有作声，自然也不会在这个时候大煞风景。阴错阳差，这总兵的位置就落到了谨哥儿的头上。"说到这里，他露出无可奈何的表情来，"龚大人听说了，肯定会很失望。我已经写了封信向龚东宁解释——送信的管事刚刚走！"

他的话音刚落，有小厮跑了进来："侯爷，侯爷，周大人到了。"

"多半是来讨酒喝的。"徐令宜思忖着对十一娘道，"你去吩咐厨房准备些酒菜吧，只怕等一会儿还会有人来。"

十一娘应诺，回了内院。

外院闹了个通宵。第二天，又有道贺的女眷陆陆续续地过来，十一娘忙得团团转。偏偏唐四太太拉着她说唐家大小姐和谨哥儿的婚事，她好不容易以"今天客人太多，不是说这件事的时候"为由脱了身，又被甘夫人拽住，说起她侄女的事。

林大奶奶把她拉到一旁，"这几家你最好都别答应——谨哥儿现在是总兵了。按规矩，他的女眷是要留在燕京的。"她若有所指地道。

十一娘恍然。难怪周夫人和穆氏都不作声了。

"多谢你提醒我！"她忙向林大奶奶道谢，"这件事我会和侯爷商量的。"

徐令宜听了却不以为然："什么事都有例外，到时候求个圣旨让谨哥儿带着媳妇去任上就是了。你现在只管给他挑个合适的。他如今也是一方大员了，还没有成家，别人看着总觉得不够稳重，对他以后升迁不好。"

"那侯爷有没有合适的人家？"和哪些人家结亲更有利于谨哥儿的仕途，徐令宜更有发言权，而在这些人家中挑选谁做妻子，那就得十一娘定了。

"不急。"徐令宜笑道，"先把特旨请下来再议也不迟。不然，谁敢把闺女嫁到我们家来，那岂不是守活寡？而且以后肯定要为谨哥儿纳妾。庶长子比嫡长子大，又是个麻烦事！"

十一娘一听，立刻道："那就等皇上的特旨下来了再说。"态度很是坚决。

徐令宜微微颔首。

冷香满脸笑容，脚步轻快地走了进来："侯爷、夫人，六少爷回来了！"

十一娘喜出望外，一面往外走，一面道："人在哪里？"

"被四少爷、五少爷、七少爷和八少爷给围住了。"冷香忙上前搀扶着十一娘，"正在说捉朵颜的事呢！家里的丫鬟、婆子、管事、小厮里三层外三层的，正听得起劲呢！"

看见十一娘匆匆走了过来，徐嗣谨忙拨开围着他的人群。

"娘！"他张开手臂要去抱母亲，又想起父亲反复告诫他在人面前不可以像个没断奶的孩子似的在母亲面前挨挨蹭蹭的，他立刻改为撩袍子，"我回来了！"跪在了十一娘的面前。

满屋子的人或屈膝行礼，或弯腰揖礼，一片霍霍的跪拜之声。

因之前已经见过了儿子，十一娘少了几分惊讶，多了几分欢喜。她上前搀了儿子，笑着问他："献俘礼后龚大人就交了帅印，你怎么这个时候才回来？祖母已经问了好几遍了！"

徐嗣谨顺势站起来搀了母亲，解释道："龚大人昨天离京，他原是贵州总兵，有些公务上的事要嘱咐我，又对我有提携之恩，我送了龚大人才回来！"

十一娘点头："我们先去见祖母。"

她任儿子搀着,一面往太夫人那里去,一边和他说着话:"什么时候上任?可以在家里待几天?"

吏部发公文的时候,会注明到任的时间,如若逾期未达,轻则丢官,重则还要受牢狱之苦。

"皇上特恩准我在家里住两天。"徐嗣谨道,"七月二十二日之前到任即可。"

朝廷有规定,离京两千里以上的,十五天之内到任,吏部让徐嗣谨二十二日以前到任,已经很给面子了。

做官的,这幕僚、护卫、小厮、丫鬟、厨子、门房……都得自己准备,而且还要忠心、能干。要不然,跟着去了任上,打着主家的名义为非作歹、欺压百姓,坏了名声,被御史弹劾是小,一个不小心,得罪了不该得罪的人,丢了前程甚至是性命也是有的。

徐嗣谕那会儿,家里平时就留了心,又有项大人帮忙,公文一下来,跟去的人立刻就确定下来。徐嗣谨任贵州总兵的消息来得太突然了,家里根本就没有准备。虽然谨哥儿不怕得罪人,可因此而害了百姓或是与人结下了仇怨,那就得不偿失了……十一娘让徐令宜帮着给谨哥儿拿个主意,徐令宜却说要先问问谨哥儿的意思,还说,谨哥儿离家在外,身边要是连几个可用之人都没有,去了贵州也会折戟而归,还不如去打个转就回来!

她有点为谨哥儿着急,正想问他,跟在他们身后的诜哥儿突然跳了出来。

"六哥,我想跟着你去贵州。"徐嗣谆和徐嗣诚因为有母亲在场,不敢作声,诜哥儿一向和十一娘亲近,和她随意惯了,情急之下,也就顾不得许多了,"我也想像六哥一样到卫所里去摔打一番,凭着真本事建功立业,光耀门楣!"他说着,露出艳羡的表情。

诚哥儿早就跃跃欲试了,只是一直不敢开口,见哥哥说了话,他的胆子也大起来:"六哥,你把我也带去吧!我也想去贵州。"

徐嗣谨有些意外,但很快笑道:"上阵父子兵,打虎亲兄弟。我当然想你们去!就怕五叔和五婶婶不同意。只要五叔和五婶婶答应了,我这就带你们去贵州。"

兄弟俩欢呼起来。

"都这么大的人了,怎么还像孩子似的大呼小叫沉不住气?"五夫人突然从太夫人院子里走了出来,呵斥两个儿子,"你们看看谨哥儿,才比你们大多少,却比你们沉稳多了……"

诜哥儿和诚哥儿的表情变得有些讪讪然起来。

十一娘忙为两人解围:"这不是谨哥儿回来了嘛!他们两兄弟这也是高兴。"

徐嗣谨机敏地上前给五夫人行礼:"五婶婶,您还好吧?上次七弟给我写信,说您一到夏天就睡不好,这又到了盛夏季节,您好些了没有?我有个同僚,是湖南人,说他们那里君山的竹子做的凉簟特别地沁凉,我下次让他给您带一床回来。您试试,看是不是凉快些,睡得也好些!"

五夫人不过是见徐嗣谨小小年纪就做了总兵,诜哥儿和诚哥儿还一团孩子气,怕他瞧不起而已,并不是真心地训斥两个儿子。徐嗣谨这样一番温声细语,她倍觉有面子,那一点点小顾忌也就烟消云散了。

第二天一大早,琥珀悄悄告诉十一娘:"五夫人那边,昨天晚上闹腾了一夜。说七少爷和八少爷都要去贵州,五夫人说七少爷是长子,要留在家里,只同意让八少爷跟着去。七少爷不服,嚷着要去告诉孙老侯爷呢,把五夫人气得够呛!"

这也是人之常情。长子可以恩荫,自然要想办法给次子找出路。

思忖间,徐嗣谨来给他们问安了。

"爹爹,您帮我找个幕僚吧。"他开门见山地向徐令宜求助,"我身边也有几个人,做护卫、小厮甚至是门房、厨子都不成问题,可就是做幕僚有些困难!"又道:"龚大人临走的时候也问我这件事,我还以为他有人推荐给我,谁知道却只是问了问。我看他那样子,倒不是没有人选,恐怕是为了怕我多心而避嫌吧!"

"那你是什么意思?"徐令宜悠闲地问他。

徐嗣谨嘿嘿地笑:"我想和您讨临波!"

"临波?"徐令宜愕然,"你怎么想到了他?"

临波和照影曾是徐令宜贴身的小厮,精明能干、赤胆忠心自不必说。而且这两个放出去后,一个管着徐家在广州的海外商行,一个管着在宁波的海外商行,都做得很不错。特别是照影,胆大心细,现在俨然是宁波城里数一数二的人物,就是宁波知府见了他,都要礼让三分。

"皇上当时并不赞同我跟着欧阳鸣去追剿朵颜,后来因太后娘娘亲自出面过问,皇上才勉强同意了。可见在皇上的心目中,我年纪太轻,还不足以担当大任。"徐嗣谨说着,笑容渐敛,"机缘巧合,我捉了朵颜,皇上见到我时,直笑我'运气好',说我是他的'福将'。"

皇上这话是在金銮殿上说的,徐令宜也在场。当时还惹了群臣一阵大笑。他微微点头。

"不管皇上说这话是出于真心,还是怕'木秀于林,风必摧之',按道理,皇上都不应该让我去做这个贵州总兵才是——整个大周王朝,加上漕运总兵,一共才二十一个总督,就算是我弯着腰,别人的眼睛也要看到我。"徐嗣谨正色地道,"送走了龚大人,我就去了一趟雍王府。听雍王爷话里话外的意思,我能做这总兵,全靠江都公主的一句话……"

这件事的前因后果徐令宜比徐嗣谨知道的还多,但他很想听听儿子会怎么说。

"是不是夸大其词了?"徐令宜颇有不以为然地道,"这可是国家大事!"

"阁老们想和兵部争总兵的位置，皇上原是知道的。"徐嗣谨道，"后来兵部的人占了上风，皇上就有些不喜了。正好江都公主觉得我受了委屈，找皇后娘娘说道，皇上听了，临时起意，就定了我做贵州总兵，封了阁老们推荐的那个福建都司同知做四川总兵。说起来，这也是皇上的平衡掣肘之术。"

徐令宜惊讶地望着徐嗣谨。儿子真的长大了，再不是那个让他时时担心，片刻也不敢放手的孩子了。对徐嗣谨像同僚一样和他说话，他既有些不习惯，又感觉新鲜。

"圣意也是你可以胡乱揣摩的？"他轻声地呵斥儿子，语气中不仅没有怒意，反而流露出几分欣慰之意来。

徐嗣谨自然听得出来。他嬉皮笑脸地望着父亲转移了话题："好幕僚可遇不可求，我就不强求了，先找几个能写公文的人凑合着用了再说。当务之急是得找个能帮着管理银矿的人——我年纪轻，又是勋贵又是外戚，初到贵州，那些年纪大、资历老的兵油子怎么会服我？我要想坐稳贵州总兵的位置，少不得要杀鸡给猴看，整治几个人。我要是天天盯着那银矿，肯定会被那些人顺藤摸瓜地揪出雍王爷来，那可就麻烦了。临波这些年在广州做得不错，却又比照影小心谨慎，让他去给我管银矿，是再好不过的了。"

临波也好，照影也好，是让他们做广州、宁波商行的管事，还是把他们丢到田庄上闲着，全凭他的一句话。徐令宜更感兴趣的是徐嗣谨所说的"整治几个人"。

"哦？"他扬了扬眉，"这样说来，对于去贵州之后怎么做，你已经有了腹案了？"

"还没有。"徐嗣谨"咯吱咯吱"地捏着指关节，一副要和人过招的跃跃欲试的模样，"反正，谁也别想骑在我头上。"又道："这可是我的第一个差使，要是办砸了，名声传出去，以后想干点什么事可就难了。"

大方向上儿子事事都有数，徐令宜暗暗点头，不再过多地询问，笑道："你四哥现在管着家里的庶务，临波是广州商行的管事，广州商行这几年的收益占了家里的十分之一，你想把临波要过去，先跟你四哥说说。"

徐嗣谆是哥哥，又是世子，这点上要尊重他。

徐嗣谨听了呵呵直笑，"我来之前，先去了四哥那里。四哥说了，不管我看上谁了，只要您同意，只管带走。还给了我四千两银子，说让我到了任上别刮那些下属的银子，吃相太难看了，会让人轻视的。"说着，他用手肘拐了拐徐令宜，"爹，您也是带过兵的，四千两银子，在那些打过仗的同知、佥事眼里跟毛毛雨似的。四哥一年就那点收益，都给了我四千两银子，您还是永平侯，多多少少也给点私房钱吧！要不，娘又该唠叨我乱花钱了。您也知道，娘要想干什么事，那肯定是能干成的，说不定为了这件事，会把万大显派到贵州去查我的账。我好歹也是一省的大员，下属看到我这么大了母亲还想查我的账就查我的账，跟没断奶的孩子似的，我的脸往哪里搁啊？我又怎么治下啊……"

"你少在这里危言耸听！我就不相信,以你的机灵劲,别人打仗都能买田置房的,你就空手而归？你放心,我和你娘都不会要你一分钱,你只管留着去孝敬你祖母就行了！你就别给我在这里叫穷了。"没等徐嗣谨说完,徐令宜已忍俊不禁,"至于你娘,做事一向有分寸,怎么会派了万大显去查你的账？再说了,就算你母亲派了万大显去查你的账,别人看了也只会说你事母至恭,有谁敢笑话你！你要是好好筹划筹划,说不定还能得个孝廉的称号……"

母亲在银钱上对他一向控制得很严,他攒了点私房钱,不想让母亲知道,当然就不能在父亲面前承认——父亲虽然不会主动告诉母亲,但如果母亲问起来,父亲肯定也不会瞒着母亲的,以母亲的精明,那就等于是告诉了母亲。

"爹！您怎么能这么说！"徐嗣谨佯作冤枉地跳着脚,他的确打算万一母亲派了万大显来查他的账,就想办法让御史攻讦他,这样一来,他还可以得个孝名。

"我有了钱,除了孝敬祖母,当然还要孝敬您和娘。"这一点小心思全让父亲看出来了,还是快点去贵州的好,那里虽然苦,可天高皇帝远啊……

"好了,好了！"徐令宜哪里不知道儿子的心思,十一娘对儿子在银钱上很严格也是怕他像那些纨绔子弟养戏子、逛赌坊,"既然临波要跟着你去贵州,那正好,以后就由广州商行那边每年拨一万两银子给你使好了！"

"爹爹,"徐嗣谨大喜过望,拍着父亲的马屁,"您对我真好！"又看着父亲气定神闲的样子,灵机一动,笑着问徐令宜:"您是不是早就算计好了？"

徐令宜没有作声,而是神色一正,严肃而冷峻地盯着他的眼睛:"家里没有指望你拿银子回来使,你也要争气,万万不可与民争利。要做到为官一任,造福一方,百姓提起你,不说满口称赞,也不能让人指了脊梁骨骂我们徐家的列祖列宗！"

徐嗣谨忙收敛了嬉戏之色,恭敬而郑重地应"是":"爹爹,您放心,我决不会给徐家丢脸,更不会做残害百姓之事。"说完,语气一顿,又加了一句,"也不会让人指了我的脊梁骨骂您的！"说到最后,眉宇间又有了几分促狭之意。

"什么话到了你嘴里都变油腔滑调了！"徐令宜有些无奈地笑道,"我和你娘都是严谨之人,怎么就生了你这样一个儿子！"

"就是因为您和娘都太严谨了,所以送子娘娘才把我送给了你们啊！"徐嗣谨和父亲哈哈笑着,起身就要走,"我去向四哥要临波去！"

徐令宜笑着颔首,十一娘撩帘而入。徐嗣谨忙向父亲使眼色,还摸了摸装碎银子的荷包,示意父亲不要把他有私房钱的事告诉十一娘。徐令宜笑着微微点头。

十一娘狐疑地看了父子俩一眼:"打什么哑谜呢？"

徐嗣谨嘴角翕动,正要说话,徐令宜已抢在他前面道:"他这不是立了大功回来了嘛！

又封了武进伯,做了贵州总兵,亲戚朋友那里肯定要走动走动,想把礼品准备得贵重些,多的银子让我给他贴补。我答应他了,让他去找谆哥儿商量。"

这种走动,公中也是有惯例的。徐嗣谨一向手面大,十一娘不疑有他,笑道:"你想送什么,只管开了单子来,这银子娘帮你贴。"

徐嗣谨大为佩服,朝着父亲投去敬佩的一眼,然后赶紧搂了母亲的肩膀:"娘,您的私房钱您留着买花戴吧!这次我要狠狠地敲爹爹一笔。"说完,露出迫不及待的神色:"我还要去找四哥。"说着,他像想起什么似的,神色微黯,声音也低了几分:"我中午就不回来吃饭了——想去祭拜一下黄小毛和刘二武。"

十一娘很高兴,忙道:"你帮我也烧些纸钱。"说着,让琥珀去称了十两银子。祭拜的事,是要各出各的银子以正名分的。

徐嗣谨默默地收了银子,给父母行了礼,去了徐嗣谆那里。

十一娘则对徐令宜道:"娘刚才把我叫过去,特意问了谨哥儿的婚事,说要我今天就递牌子。她老人家要亲自进宫去向太后娘娘求这个特旨,我和二嫂怎么劝也不行。侯爷,不如您去说说吧!"

因为身体的缘故,先帝的时候就免了太夫人大年初一的朝贺,太夫人已经有几年没有进宫了,有几次太后娘娘想太夫人,都是悄悄地到府上探望。

两人去了太夫人那里。

尽管徐令宜再三保证,也没能打消太夫人的决心,最后大家实在是没有办法了,只好由徐令宜亲自去递牌子,请求进宫觐见太后娘娘。

不管是内府还是慈宁宫,都不敢有丝毫的怠慢,中午递的牌子,不过一个时辰,雷公公亲自领了两个身着从六品服饰的内侍来接太夫人。徐令宜和十一娘陪着太夫人进了宫。

太夫人的马车停在了垂花门前,十一娘先下了车,然后扶着太夫人下了马车。

大家一看太夫人——笑得眼睛都眯了起来,进了一趟宫,不仅没有一丝倦意,反而精神抖擞,红光满面,显然不虚此行。

众人都露出笑容来,簇拥着太夫人进了垂花门。

"真没有想到,就是宋太妃也打起我们家谨哥儿的主意来了。"回到屋里,太夫人一面由着二夫人服侍更衣,一面颇有些得意地和五夫人、姜氏、英娘几个说着进宫的情形,"太后娘娘朝着她使眼色她都不走,坐在那里非要十一娘给句明话不可。要不是太后娘娘直言让她先退下,只怕我们还要耽搁些时辰才能出宫。"

"宋太妃?"五夫人求证似的望向十一娘,二夫人却道:"是八皇子的生母吧?我听说,宋家原是彭城小吏,因为女儿貌美,进宫得了宠才被封的彭城指挥佥事。只怕不太合适吧?"她说着,目光也落在了十一娘的身上。

十一娘唯有苦笑:"皇后娘娘亲自送我们出的慈宁宫。我们跪别的时候,皇后娘娘嘱咐我,有空多去周家坐坐,周夫人前些日子进宫来说起几个堂妹的婚事,还说起我有些日子没去周家串门了。"

有些事,只能意会不能言明。二夫人和五夫人俱是一愣。

太夫人却不以为然地挥了挥手:"用不着急,反正特旨过了年才能下来。这些日子我们好好给谨哥儿挑门亲事就是了。"说着,太夫人脸上露出憧憬的表情来,"到时候再让太后娘娘给谨哥儿赐个婚,我们热热闹闹地把谨哥儿的婚事办了,说不定明年过年的时候我就又可以抱重孙了!"

这八字都还没有一撇,就念叨起重孙来了。十一娘有些哭笑不得。

太夫人已转过头去问二夫人:"你说,我要不要做两件新衣裳好好捯饬捯饬? 到时候我也好跟着十一娘去给谨哥儿相媳妇!"

"当然要了!"二夫人哄着太夫人,"您路过的桥比我们走过的路还多,谨哥儿的婚事有您帮忙看着,准错不了。"

"我也是这样想的!"太夫人很不谦虚地点了点头,道,"我想过了,宋太妃说的是肯定不行的,周家也不好,中间有个皇后娘娘。两口子过日子,哪有上嘴唇不碰着下嘴唇的时候。要是周家的闺女仗着这门亲事是皇后娘娘促成的,我们家谨哥儿岂不是吃亏……"太夫人抚着头,"这件事,我要好好想想才成!"

十一娘看着太夫人为难的样子,笑道:"娶妻娶德,只要女方的人品好就行了。我们家谨哥儿也不是一点儿毛病都没有的人……"

"这又不是当着外人,还要客气谦虚!"太夫人有些不悦地道,"我看,我们家谨哥儿一点儿毛病也没有。不仅长得英俊,而且又孝顺体贴,性子温和,待人彬彬有礼,为人豪爽,去哪里都不忘给家里的人带东西……"

孩子是自己的好,这一点在太夫人身上体现得尤为明显。十一娘只好诺诺地应着,回去说给徐令宜听。

徐令宜大笑,问她:"要不在军中给他挑一门合适的亲事吧?"

"在军中挑门亲事?"十一娘有些意外。

"谨哥儿以后要单独开府的,最好找个将门之女。"徐令宜沉吟道,"不求媳妇家门第多高,但一定要能干、品行好、兄弟多。"

打虎亲兄弟,上阵父子兵。将门出身,就意味着家里的人都在军营任职,只要不是那

烂泥，徐令宜就可以帮着扶持几个人，到时候徐嗣谨有舅兄帮衬，就凭着一个人多势众，别人看了也要忌惮几分。"

十一娘微微点头："就怕到时候姑娘家也是个舞刀弄枪的性子。"她有点担心，"谨哥儿性子急躁，又吃软不吃硬……"

"到时候我们好好合计合计就是了！"徐令宜见十一娘原则上同意了，笑道，"将门也不全是五大三粗的姑娘家，总要给谨哥儿挑个合意的人！"

话音未落，有小厮跑进来："侯爷、夫人，二少爷身边的墨竹回了京。说是奉了二少爷之命来给您和夫人问安，顺带着给六少爷送点东西。人刚到，管事让我来禀告侯爷和夫人。"

因北方战事失利，朝廷怕福建那边的倭寇趁机偷袭，对江南封锁了消息。等徐嗣谕知道贵州都司的人奉命前往宣同而写信来询问谨哥儿的详细情况时，谨哥儿已经捉了朵颜，然后消息才开始畅通起来。

算算日子，徐嗣谕可能刚听到午门献俘的事。

"快叫了进来。"没等徐令宜吩咐，十一娘已急急地道。

那小厮飞奔而去。

"谕哥儿多半是猜着谨哥儿这几天就要启程了。"十一娘笑道，"前几日谕哥儿媳妇差了人给我们送菱角、莲子来的时候都没有提起给谨哥儿送东西的事。"

兄弟间就应该和和睦睦，互相帮衬。徐令宜点头。

小厮领了两个婆子进来，其中一个是项氏的贴身妈妈项妈妈。两个婆子恭敬地行了礼，欢天喜地地给徐令宜和十一娘道喜。

"前几天才知道六少爷做了贵州总兵，我们二少爷不知道有多高兴，连夜就差了我们进京，总算是赶在太阳落山之前进了城。"项妈妈笑着双手捧上了一个用蓝绸布包着的匣子，"这是我们二少爷送给六少爷的程仪，还说，祝六少爷前程似锦，一帆风顺。"又捧了一个包袱，"这是我们二少奶奶给六少爷做的几件秋衣，说是赶得急，有不妥当的地方还请六少爷多多包涵。"

冷香上前接了，十一娘让含笑端了小杌子给两个婆子坐下来说话，问起些家长里短的事来。

知道徐嗣谕一家很习惯嘉兴的生活，六月时嘉兴府暴雨，徐嗣谕组织壮丁护堤有功，知府因此对他开始器重起来，她也跟着欢喜起来："时候不早了，你们今天就在府里歇了，明天一早去给太夫人和二夫人问个安，把这件事告诉她们，让她们也跟着高兴高兴。"

两个婆子笑着应"是"，跟着冷香退了下去。

徐令宜问起徐嗣谨来："怎么还没有回来？我还有事和他说。"

吏部虽然宽限了些时日，可要是再不启程，恐怕也赶不到贵州。明天一早拜了祖宗，徐嗣谨就会启程去贵州。十一娘正要去看看行李准备得怎样，闻言道："长安带了话进来的，说是今天晚上谨哥儿要和卫逊他们聚一聚，会晚点回来。侯爷有什么事和他说？要不，侯爷和我一起过去看看？"一面说，一面吩咐含笑带上徐嗣谕夫妻送的东西。

"也好！"徐令宜想了想，和十一娘去了清吟居。

阿金和随风正在清点东西，看见徐令宜和十一娘，两人忙收了册子上前行礼。

"东西还没有收拾好吗？"徐令宜道。

"都收拾好了。"阿金笑道，"奴婢怕落了什么东西，就和随风又清点了一遍。"

这一次，阿金和随风也跟着徐嗣谨去贵州。

十一娘看到那些箱笼，想到儿子马上就要走了，情绪突然间就低落下来："也不知道什么时候能回来！"

徐令宜安慰她："他现在是三品大员了，每年都会进京考铨，比从前他在平夷卫的时候可是好多了。"

这样一想，十一娘长长地吁了口气，心情好了一些。徐令宜和她坐到临窗的大炕上等徐嗣谨。

"孙老侯爷今天和我商量，想让诚哥儿跟着谨哥儿去贵州。"

换了自己，只怕也会这样选择。十一娘早猜到了，沉吟道："那诜哥儿呢？留在家里吗？"

"孙老侯爷想让他去河南都司。"徐令宜道，"孙老侯爷曾经掌管过中军都督府，有些老人情留在河南，加上河南总兵与我也有些交情……让他去磨炼几年，学些真本领，然后再进西山大营。"

这样也好。十一娘微微颔首。

徐令宽夫妻来了。徐令宜和十一娘不由对视一眼。

"恐怕是为了诚哥儿的事而来的。"徐令宜笑着，和十一娘去了厅堂。

"没想到四哥和四嫂也在。"徐令宽笑吟吟地和哥哥、嫂嫂打着招呼，大家笑着坐下，阿金带着小丫鬟上了茶点，五夫人委婉地问起徐嗣谨："怎么不在家？不是说明天就走了吗？"

十一娘把情况说了一遍。

五夫人还欲问什么，徐令宽却觉得兄弟之间根本不用这样客气，没等五夫人开口，开门见山地对徐令宜说了来意："诚哥儿不比诜哥儿，他今年才十二岁，就是在外院住着，也是三天两头地往内院跑。谨哥儿又是新官上任，诸事繁杂，哪能天天盯着诚哥儿。我看，不如让诚哥儿过了春节再去。这样谨哥儿也安顿下来了，诚哥儿也有个准备，我们也好先把诜哥儿的事办了。"

徐令宜自然答应。

五夫人就长长地叹了口气："老一辈的人说，这吃苦也是一辈子，享福也是一辈子，都是天注定的。这两个孩子，放着大路不走非要去爬山，我也没有办法。只能求菩萨保佑天道酬勤，别让他们白白奔波一番。"语气中带着几分无奈、几分沮丧、几分伤感。

十一娘想到当初自己和徐令宜为谨哥儿的前途犹豫踌躇，和五夫人此刻的心情是如此地相似，她安慰着五夫人："谁说不是！当初，我也是不甘心，可现在看着孩子一天天长大，不仅能自己照顾自己，还能照顾家里人了，又觉得庆幸，还好当初做了那样的决定。五弟妹放心，诜哥儿和诚哥儿都是聪明伶俐的好孩子，再到外面见识一番，以后只会越来越懂事、越来越能干的。"

"但愿如此。"五夫人点头，脸上到底露出几分期望来，"诚哥儿去了，还要谨哥儿多多教导才是。"语气很真诚，看得出来，是心里话。

十一娘不免有些感慨。五夫人骨子里从来都透着几分傲气，如果不是为了儿子，只怕也不会放下身段。可见这天下做母亲的都一样！

徐令宽却觉得五夫人是杞人忧天，没等十一娘应答，笑道："谨哥儿是哥哥，自然会好好教导诚哥儿。你就不要说这些废话了。"

五夫人为之气结。

十一娘怕两人在这里争起来，忙笑着对徐令宽道："五叔明天有没有空？要是没什么事，侯爷想请您帮着送送谨哥儿。"

徐令宜想着儿子能从荒无人烟的草原上把朵颜捉回来，去个贵州不在话下，何况他明年春就回来了，没有准备去送儿子。听十一娘自作主张地这么一说，不由瞥了十一娘一眼。

徐令宽明天本来要值夜的。禁卫军统领知道他侄儿封了武进伯，做了贵州总兵，特意放了他几天的假，说是让他好处置些家里的琐事。他很高兴，觉得这是嫂嫂给自己面子。要知道，现在徐嗣谨可是三品要员，主宰一方的大吏。作为长辈去送他，那些不管是比自己官阶高的还是官阶低的，都要给他行礼问好，看他的脸色行事，一想到那场面就让人有些飘飘然。

"我有空，我有空。"他哪里还会注意到这些小节，笑道，"我明天卯初就过来，陪着谨哥儿一起去祠堂。"

徐令宜看着这样一件小事就让徐令宽高兴起来，心里不免一软。五弟要是有人好好地教导，说不定也会干出一番事业来。他待徐令宽比平常宽容了很多，笑着和他打趣：

"你到时可别睡过了头!"

"怎么会!"徐令宽见哥哥和他开玩笑,神色有些激动,"我大事上虽然有点糊涂,可小事上从来没出过什么错。"

大家不由笑了起来。气氛不仅欢快,而且很融洽。

"这么大的人了,还没个正经。"五夫人笑着嗔怪着徐令宽。

徐嗣谨回来了。

"这是怎么了?"他喝得有点多,摸着脑袋道,"我、我今天一早就出去了,什么也没有干!"

惹得众人又是一阵笑。五夫人更是上前携了徐嗣谨的手对十一娘道:"这也就是在家里,说出去了,谁相信我们贵州总兵徐嗣谨大人是这个样子!"又叫了阿金快去煨一盅浓茶来给徐嗣谨醒醒酒,把来意告诉了徐嗣谨。

徐嗣谨松了口气,拍着胸脯应了:"只要七弟和八弟用得上我,一句话!"

五夫人对他的态度很满意,笑眯眯地点头,待徐嗣谨喝了茶,一行人去了太夫人那里。

太夫人早就准备好了醒酒汤,忙吩咐露珠去端进来。

徐嗣谨先被灌了一肚子的茶,现在又有一大碗汤,好不容易喝了下去,太夫人拉着他的手从有哪些人帮他送行一直问到什么时候回的府。徐嗣谨一一答了。

徐令宜看着时候不早了,就提议大家先回去。

太夫人看着灯光下玉树临风般的谨哥儿,想到他明天就要去那穷山恶水的地方,身边还没个正经女人服侍,跟十一娘说。十一娘总说他武艺没成,再等些日子,心里就堵得慌:"今天就在祖母这里歇了,祖母也好跟你说说话!"

徐嗣谨看着几年不见苍老了十岁的祖母,心里酸酸的,佯作欢快地搂了太夫人的肩膀:"我就是想和祖母说说话,又怕爹爹拦着……"

"他敢!"太夫人板着脸望着徐令宜。

徐令宜见儿子逗母亲开心,高兴还来不及,怎么会拦着,做出一副无可奈何的样子起身退了下去。

太夫人开心地笑起来,低声叮嘱徐嗣谨:"你别怕,他要是敢说你,你就来告诉我。我罚他跪祠堂去!"

"好啊!好啊!"徐嗣谨嘿嘿地笑,思忖着要不要找个机会在祖母面前告上父亲一状……

回到家的十一娘有些疲惫地叫冷香打了热水进来泡脚。徐令宜就遣了身边服侍的，端了个小杌子坐在一旁帮她捏脚。

"要不要紧，我瞧着你的腿好像有点粗！"

"是吗？"十一娘让徐令宜掌了灯过来，仔细看了半天也没有发现有什么异样，"会不会是你眼花了！"

徐令宜还是保守地道："明天你就不要去送谨哥儿了，他又不是不知道你怀了身孕！"

十一娘表情一僵。

"怎么了？"徐令宜关切地望着她。

"我、我还没有告诉他……"十一娘喃喃地道，"一直找不到一个合适的机会……"实际上有点不好意思。

徐令宜愣在那里。

"要不，明天带谨哥儿去祠堂给祖宗磕头的时候，您告诉他吧？"十一娘望着徐令宜。

我告诉他？这种事不都是做母亲的事吗？徐令宜含糊其词地应了一声。

第二天一大早，徐令宜洗漱更衣，带着徐嗣谨去了祠堂。献上祭礼，拜了祖宗，训诫了儿子一番，刚出了祠堂的门，就看见管祠堂的一个小厮正站在祠堂旁的青松边翘首以盼。

"侯爷，六少爷。"看见两人出来，他急急上前行了礼，敬畏地道，"太夫人那边已经传了好几次话来，问您和六少爷什么时候过去。"

徐令宜点了点头，看也没看那小厮一眼，慢慢地往外走。

徐嗣谨看着父亲一副有话要说的样子，忙恭敬地跟了上去："爹，您还有什么要嘱咐的？"

徐令宜停下脚步，看着比自己还要高半个头，因神色肃然而透着一股沉凝味道的儿子，不免有片刻的犹豫……也就这一犹豫，徐令宽突然从甬路尽头冒了出来："谨哥儿，谨哥儿，快，祖母等着你用早膳，说还有话要交代你！"说完，好像这才看见徐令宜似的"哦"了一声，道："四哥，您该交代的话应该都说完了吧？要是交代完了，那我就和谨哥儿先行一步——娘问了好几遍了，嫌几个小厮办事不力，在那里发脾气呢！就是二嫂，也劝不住。我只好亲自来找你们。"一面说，一面朝着徐嗣谨使了个眼色，转身就出了祠堂的栅子，"谨哥儿，祖母那里要紧！"也不管徐令宜是什么表情。

徐嗣谨是个机灵鬼，哪里听不出徐令宽的用意，匆匆地对父亲说了句"爹，那我先行一步了"，急急地赶上了徐令宽的脚步。

"五叔父，"他悄声道，"祖母真的发脾气了？"

"你祖母只是有点急。"徐令宽悄声地回道,"我要是不这么说,你能脱身吗?四哥这个人,我是最知道的,一啰唆起来就没完没了了。当初我去禁卫军的时候,祭了祖宗就被他拉着训话,一训就是两个时辰,我站得脚都麻了。要不是你祖母看着我们迟迟没回去,差了管事来找,恐怕我还要继续站下去。"然后奇道:"这次四哥怎么这么快就和你出来了?"

徐嗣谨只觉得五叔父对他说不出地体贴,忙道:"我回来那天已经训过了,何况我马上要启程了,说多了,会耽搁行程的。"

"也是!"徐令宽点头,道,"听说这次陈阁老和路尚书开了口,吏部和兵部都派了人去送你,你要是迟了,让别人等就不好了。他们虽然不过五六品,可毕竟是六部京官,你以后找他们办事的时候多了,因为这样的小事得罪他们,实在是不划算。"

吏部、兵部的人来送行,这并不是惯例。显然是陈阁老和路尚书为了抬举他而有意为之。

"我知道,我知道。两部的人,我会打点的。"徐嗣谨忙道,"五叔父在京里,以后有什么事还要请五叔父帮我多多留心才是。"

"这你放心,你五叔父虽然不像你父亲那样有本事,可要论人缘,这燕京大大小小的官吏没有一个不与我相熟交好的。你有什么事,尽管找你五叔父!"

徐令宽拍着胸脯,太夫人的院子抬头在望。两人相视一笑,不再说话,加快脚步进了院子。

徐令宜笑着摇头进了太夫人的屋子里,太夫人正搂着徐嗣谨在说话。

"到了贵州要记得给家里写信,不要心疼钱,一路上要吃好、住好,银子不够,祖母给你补上。"太夫人一面反复地叮咛他,一面瞥了姜氏和英娘一眼,"你是没成家的,按例,公中每月要给你例银的,虽然说你现在有了俸禄,可一件事是一件事,这该给你的,还是要给你,要不然,怎么能称作规矩呢!"

这话中有话,英娘不当家,还没什么,姜氏听着却满脸通红。

徐嗣谨不由暗暗吐舌头。难怪别人都说宗妇难为,四嫂什么也没有说,还白白吃了一顿排头,这要是有个什么口气,岂不要被祖母训了再被母亲训啊!念头一闪而过,他已笑道:"瞧祖母说的,好像我是那心疼银子的人似的,我可是在您跟前由您看着长大的,难道连这点手面也没有吗?您就放心好了,宁愿糟蹋银子,也不能委屈了我自己啊!"

太夫人的目的已经达到了,闻言扭头对二夫人呵呵地笑道:"看见没有,我说一句,他要回我十句。"

"那也是您给宠的。"二夫人笑着,大家哈哈笑了起来。

笑声中,姜氏朝着徐嗣谨投去了感激的一眼。

然后太夫人、十一娘、二夫人、五夫人、姜氏、英娘……又是一番叮咛,眼看着快到吉时,众人这才依依不舍地亲自送徐嗣谨到了大门口。

徐嗣谆和徐嗣诚天没亮就在外院督促徐嗣谨的行李。此时马车早已准备妥当,二十几辆首尾相接地排开,人高马大的护卫手里牵着清一色的枣红色大马声息全无地站在马车旁,气势浩荡。

太夫人不舍地嘤嘤哭了起来。女眷们忙上前相劝,徐嗣谨也急着掏了帕子给太夫人擦眼泪。

徐令宜一反常态地站在一旁没有作声。

徐令宽看着这不是个事,挤了进去,低声对母亲道:"您可千万得忍着。谨哥儿如今可是总兵了,这些跟去的以后都在他手下当差,他要是婆婆妈妈的,以后可怎么服众啊!"

太夫人立刻止了哭声,舍不得地看了徐嗣谨几眼,催道:"快上马吧!再不走,那些在德胜门等着给你送行的人该着急了。"

徐嗣谨还要说什么,徐令宽拉着他就往外跑:"娘,谨哥儿过了春节就回来了!"徐嗣谨正为这阵势头皮发麻,有人帮着解围,跑得比兔子还快,竟然先于徐令宽上了马,朝着身后挥着手:"我先走了。春节的时候给你们带好吃的回来!"

徐嗣谆、徐嗣诚、徐嗣诜、徐嗣诚、庭哥儿和庄哥儿送出了大门,几个小的站在大门口使劲地挥着手臂,有的喊"六哥",有的喊"六叔父",七嘴八舌地说着"一路顺风,早点回来"之类的话。

他现在是封疆大吏了,送行的舞台要让给那些官场上的人,徐家的人最好是到此为止。徐嗣谨笑着回头,眼角无意间瞥见了母亲——她正泪光盈盈地望着他。他愣住了。

护卫们已纷纷翻身上马,赶车的马夫已打起鞭子,发出清脆的裂空声,马车缓缓朝前驶去。

徐嗣谨不由再次扭头朝母亲望去,母亲嘴角含笑,眼角那里还有半点的水光。她静静地站在那里,安详美好,如磐石,不管外面的风霜雪雨有多大,不管外面的世界如何变化多端,她总是在那里等候着他,有热气腾腾的饭菜,有光鲜的衣裳,有温暖的怀抱……不知道贵州等待他的是什么……掌管一个都司和去那里当兵,是两个概念,他也有些担心和害怕,也会犹豫和彷徨,可看到母亲的身影,他突然心里前所未有地踏实起来。不管怎样,母亲永远在那里等着他。

徐嗣谨毅然地回过头去,眉宇间全是对未知世界的憧憬,面朝着正冉冉升起的朝阳大笑着喝了一声"我们走",英姿飒爽地催马,小跑着出了荷花里。

以后还会有很多事发生,但他们兄弟同心,互相守望,不管什么样的坎都应该能迈过去。远远地跟在女眷身后的徐令宜背手独自站在一旁,听着渐行渐远的嘚嘚马蹄声、滚滚车轮声,露出欣慰的微笑……

熙宁三年的春节,永平侯府比往年都要热闹几分。

先是徐令宜封了太子太保,成为大周朝第一个既是三孤又是三公的人;随后,在禁卫军混了二十几年的徐令宽升迁至五城兵马司任都指挥使,虽说管的都是些杂事,却是正经三品大员;等到十八,元宵节的花灯落下,徐嗣诜又封了正四品世袭的金事。

徐府门前青色帷幕上垂着银色蟠龙绣带、素色狮头绣带的马车来来往往,络绎不绝。

徐嗣谨不由摸了摸头:"这都二月中旬了,怎么还这么多的人啊?"

他穿了件鸦青色的粗布袍子,日夜兼程地赶路,风尘仆仆,虽然显得有些灰蒙蒙的,可一双眼睛炯炯有神,眉宇间又露出几分威严之色,一看就不是普通人。一路走来,让人侧目。

"不是说侯爷和五爷、七少爷都高升了吗?"看到徐府那熟悉的黑漆铜钉大门,长安不禁露出愉悦的笑容来,"想必是前来道贺的人!"

他帮徐嗣谨牵着马,虽然两人一样打扮,一样高大英俊,但徐嗣谨神色显得轻松自信,他的神态间则多了几分谨慎小心,众人的目光会第一时间落到徐嗣谨的身上。

立刻就有人发现了徐嗣谨。

"六少爷,六少爷……"门前当值的管事丢下那些带着谄笑前来送拜帖的幕僚、管事,一溜烟地跑了过来,"哎呀!真的是六少爷!"那管事一边说,一边忙弯腰给徐嗣谨行礼,"小的给六少爷……"一句没说完,轻轻地掌了掌自己的嘴,"看我这张臭嘴,见到伯爷,高兴得话都不会说了,现在可不能再称呼'六少爷',要称'武进伯'了。"说着,又弯腰给徐嗣谨行礼,"小的给您拜个晚年了!祝您万事吉祥,步步高升……"

吵吵嚷嚷的,像菜市场似的。

徐嗣谨哈哈大笑,吩咐长安:"都赏!"

长安笑着将早已准备好、绣着万事如意图案专用来打赏下人的荷包拿了出来,遇人就给。

立刻有人道:"哎呀,这不是万管事家的长安哥吗?到底是伯爷身边的人,这要是在街上遇见,只怕都认不出来了!"

长安微微地笑,并不多言。那些来送拜帖的幕僚、管事都是人精,也围了过来,等徐家那些仆人安静些了,这才整了整衣襟,上前给徐嗣谨行礼。

徐嗣谨客客气气地和这些人说着话。有机敏的小厮飞奔去给太夫人、十一娘、徐令宜报信。

不一会儿,白总管、徐嗣谆、徐嗣诚等人都迎了出来。

"六弟！"徐嗣谆满脸的惊喜，"不是说你要到二月下旬才能回来的吗？"

"赶路呗！"徐嗣谨笑嘻嘻地说着，和徐嗣谆、徐嗣诚见了礼，指了身后的七八辆马车，"上面都是带给大家的东西，四哥叫人收拾收拾吧，我先去见娘和祖母了！"

"少爷们去忙吧！"白总管体贴地站了出来，"这里有我和长安就行了！"

徐嗣谨点了点头，吩咐了长安一句"把东西交给白总管，你也回去歇了吧！家里人也正惦记着你呢"，然后和徐嗣谆、徐嗣诚并肩朝后院去。

"怎么样？你在贵州还好吧？"徐嗣诚笑着问他，"看你的精神，好像还挺不错的！"

"那当然。"徐嗣谨笑道，"你看我是那种吃亏的人吗？"

话音未落，迎面跑来两个人："六哥，六哥……"

是徐嗣诜和徐嗣诚。

"七弟，八弟！"徐嗣谨迎上前，亲热地揽住了徐嗣诜的肩膀，"我还怕你已经启程去了河南，没想到还在家里！听说你封了世袭的金事，恭喜你了！"说着，松开手，上上下下地打量着徐嗣诜，调侃他，"行啊，士别三日，要刮目相看了。"又笑道："等一会儿我在春熙楼给你摆贺酒。"然后朝着在场的徐嗣谆、徐嗣诚、徐嗣诚一一望去，豪爽地道："到时候大家都去作陪，我们不醉不归。"上位者的肃穆不经意间就流露出来。

昨天还要他照顾的弟弟仿佛突然变得高大起来，不仅让他伸出去的羽翼显得弱小无力，而且还隐隐地有反过头来照顾他的味道……骤然的变化让徐嗣谆有些不习惯，目光复杂地望着弟弟，一时间有些沉默。

徐嗣诚看着徐嗣谨的目光却充满了钦佩。六哥进京考铨之后，他就会跟着六哥去贵州了。六哥磊落爽直，是真正的男子汉，他也要像六哥一样。

"还不醉不归呢！"徐嗣诚笑着呵斥徐嗣谨，"你小心娘知道了发脾气！"

徐嗣谨呵呵地笑。

徐嗣谨丢下哥哥、弟弟快步往正院去。

徐嗣谆等人一愣，耳边已响起徐令宽的声音："刚才好像是谨哥儿……"

这边兄弟几个忙转身应"是"，那边徐嗣谨已进了垂花门，差点和正要出门去打探他的消息的宋妈妈撞了个满怀。

"哎呀！"宋妈妈激动地拉了徐嗣谨，"夫人正念着您呢……"

最好快点到母亲屋里去，免得被叫住。

"我知道了，我知道了！"徐嗣谨不待她说完，已疾步往正屋去。

宋妈妈笑吟吟地跟在他的身后。虽是初春，燕京的天气还很冷，院子里的西府海棠、葡萄藤都还没有冒出新绿，光秃秃的，可看在徐嗣谕的眼里，只觉得亲切。

小丫鬟高喊着"六少爷回来了"，帮他撩着帘子。十一娘立刻就走了出来。

"谨哥儿!"她眼眶里含着喜悦的泪水。

"娘!"徐嗣谨一把抱住了母亲,"您还好吧?"

"我挺好的!我挺好的!"十一娘也抱着儿子。

身后传来轻轻的咳嗽声。

"既然回来了,就到屋里坐吧!"

徐嗣谨循声望过去,看见了父亲有些严肃却闪过一丝喜悦的面孔。

"爹!"他上前给徐令宜行礼。

徐令宜淡淡地点了点头,转身进了屋。

父亲还和原来一样,再怎么高兴,也要板着个脸。徐嗣谨朝着母亲做鬼脸。十一娘瞪他。

他抿了嘴角,跟着父亲进了屋。父子俩在西次间临窗的大炕上坐下,十一娘亲自帮两人斟了茶。

"我来,我来!"徐嗣谨忙起身接过母亲手中的茶,目光落在母亲的脸上,发现母亲比他走的时候圆润了些,显得气色更好了。

他正想调侃母亲两句,内室传来像猫咪一样细细的婴儿啼哭声。

十一娘朝着他抱歉地笑了笑,低声道:"是你妹妹!"匆匆进了内室。

徐嗣谨有片刻的呆滞:"妹妹?"怎么没有人告诉过他?

徐令宜有些不自在地"嗯"了一声。

徐嗣谨像被踩了尾巴的猫似的跳了起来:"爹,您什么时候又纳了小妾?"凤眼大大地瞪着父亲。

徐令宜张口结舌。

徐嗣谨已道:"要不然我哪来的妹妹?"

"胡说八道些什么!"十一娘抱着只有四十二天大的女儿走了出来,嗔怪道,"是你胞妹!"

徐嗣谨满脸震惊,指着十一娘:"您什么时候生的妹妹?我怎么不知道?"说着,却不由自主地朝着十一娘怀里大红色百婴嬉戏的缂丝襁褓望去。

十一娘犹豫了一会儿:"那些日子你不是在打鞑子嘛!"她把女儿抱给儿子看,"你回家歇了两天就走了,一直没机会和你说……"

徐嗣谨不满地嘟着嘴。机会是人找的,又不是上天给的……可随着十一娘的走近,他的视线不由自主地落在了襁褓中那个长着黑溜溜的大眼睛望着他的女婴的脸上。她好小,脸估计还没有他的手掌大,头发黑压压的像子夜,嘴唇红红的像樱桃,皮肤细腻白皙得像初雪,特别是瞅着他的那双眸子,可能是刚刚哭过的原因,还含着些许的水意,清

澈澄净得像那山涧的泉,让人的心都顿时跟着澄澈起来。

这,是他的妹妹……一母同胞的妹妹……徐嗣谨不由伸出指头想碰碰她的面颊。可指腹的茧子在她吹弹欲破的肌肤映衬下显得是那么粗糙。他的手不由一缩。害怕她被自己弄伤,害怕自己会破坏了她的细致柔嫩,面对一个什么也不懂的小人儿,徐嗣谨心中第一次生出几分敬畏之情来。

十一娘莞尔。父子俩都一样。徐令宜到今天还不太敢抱女儿,生怕一不小心把她给摔碎了似的。不像谨哥儿那样,提着就敢抛到半空中去……她把女儿往儿子手边递了递:"你要不要抱抱?"

"不要,不要!"徐嗣谨连连后退了两步,感觉额头好像有汗冒出来似的。

徐令宜感同身受,忙为儿子解围:"好了,你刚回来,满身是灰,先梳洗梳洗,我们一起去见你祖母。"

徐嗣谨松了口气,又朝着妹妹看了两眼,这才躬身应诺。

外面突然传来一阵喧哗声。屋里的人有些意外。声音越来越大,离正屋越来越近,隐隐可以听见"你不能进去"之类的话。

十一娘皱了皱眉头。有人撩帘而入。

"徐嗣谨,你答应我说要带我到你家里看看的,你怎么能把我丢给那些管事!"

一个十一二岁的小姑娘俏生生地站在徐令宽和十一娘面前。

徐令宜两口子目瞪口呆。那姑娘年纪虽小,却五官精致,目光灵动,梳着个双螺髻,穿了件宝蓝色绣桃花的褙子,脖子上挂一对用纯银打制的牛角项圈,虽然很漂亮,却显得有些不伦不类的。

可两人都不是普通人,立刻认出来,那对牛角项圈,是苗饰。这个小姑娘,恐怕也是苗女。两人不由交换了一个眼神,然后朝徐嗣谨望去。

徐嗣谨面带不悦,却神色坦然:"阿穆,我不是告诉你了,你在外面等着,等我禀了父母,自然会引见的。这是燕京,可不是贵州。你也答应过我,要入乡随俗的。"

被徐嗣谨称作阿穆的姑娘立刻面露愧色,她低了头,喃喃地道:"是你们家的管事说我不能进你们家,待在厨房也不行,要把我安排到另一个叫金鱼巷的房子里去住……"她说着,抬起头来,泪眼婆娑地望着徐嗣谨,"我、我害怕!"

安排到母亲的宅子里去……这是谁的烂主意?徐嗣谨眉头微蹙,眼底闪过一丝怒意,然后一副怕父母误会的样子忙对母亲解释道:"母亲,这是阿穆姑娘,思南土司沙保的女儿。我在贵州,得沙保很多照顾,这次进京,阿穆吵着要来燕京看看,我就把她带了来……"

没等徐令宜和十一娘说什么,阿穆已机灵地上前生疏地行礼,喊"阿伯""阿姆"。

徐令宜脸色有些泛青,但还是勉强地朝着阿穆点了点头。十一娘也觉得这件事有点不妥当,又想着小姑娘千里迢迢地随着儿子来了燕京,徐令宜的脸色已不好看,自己要是态度再冷淡生硬,未免太不近人情了。而且看儿子的样子,不像和这小姑娘有情愫的……

"来了就是客!"十一娘笑着吩咐琥珀,"你去把原来谨哥儿住的地方收拾出来让阿穆姑娘歇下。"

阿穆一听,立刻笑弯了眼睛,对十一娘直道:"阿姆您真好!"然后大着胆子上前打量她怀里的孩子:"这是徐大人的妹妹吗?长得可真漂亮啊!不过,和徐大人不太像。"她说着,仔细地望了十一娘一眼,"像阿姆,长大了一定也是个美人!"

十一娘听到有人夸奖女儿,不由微微地笑,道:"阿穆也是个漂亮的小姑娘。"

"真的吗?"阿穆又惊又喜地摸着自己的脸,"阿姆也觉得我漂亮吗?我阿爹也这么说。可徐大人说像我这样的,在他们家多的是,一抓一大把。"语气中带着几分娇嗔。

十一娘忍俊不禁地望着儿子。

徐嗣谨大为尴尬,狠狠地瞪了阿穆一眼:"我娘让你下去歇着,你没听明白吗?怎么这么多话!"

阿穆并不害怕,朝着徐嗣谨做了个鬼脸,对十一娘说了声"阿姆,我洗了澡来帮你带妹妹。我有七个侄女,我可会带孩子了",这才跟着满脸担忧的琥珀下去。

徐嗣谆立刻走了进来:"母亲,路尚书过来拜访五叔父,听说六弟回来了,想见见六弟!"

"还是被他捉住了!"徐嗣谨小声嘀咕着给父亲和母亲行礼,"爹爹,娘,我去去就来。"

徐令宜被突然出现的阿穆搅得心烦意乱,冷着脸"嗯"了一声。

徐嗣谆忙拉着徐嗣谨出了门。

"你怎么搞的,竟然带了个苗女回来?"他一面和徐嗣谨往外走,一面低低地道,"偏偏她一副和你关系匪浅的样子,弄得管事们拦也不是,不拦也不是,忙去报了我,还是晚了一步……爹爹是绝对不会允许你娶个苗女的。"

"谁说我要娶她了!"徐嗣谨还满肚子的委屈,"我出贵州的时候才发现阿穆躲在我的马车里。她被人发现时,已经有五天五夜没有吃东西,奄奄一息了。我要派人把她送回去,她就给我寻死觅活的。她又机灵,一般的人根本就看不住她。我还真怕她出点什么事……要是这样的话,我怎么跟她阿爸交代啊!"说着,他像想起什么似的,忙拉了徐嗣谆的衣袖,"四哥,燕京的大户人家,你是不是都很熟啊?"

"一般都熟的!"徐嗣谆望着弟弟,奇道,"你要干什么?"

"没、没什么!"徐嗣谨有些吞吞吐吐地道,"就是、就是我进城的时候,看见有人进了香回城……隔着马车,听到一管好声音……"脸上浮现一抹让人可疑的红云,"就冲了她的马车……"

徐嗣谆呆若木鸡,"你、你不会是?"

话说出口了,徐嗣谨反而有一种"事已至此,不会比这更糟糕"的释然,他笑嘻嘻地搭了徐嗣谆的肩膀,"四哥,我现在在贵州那种乡下地方,不像你,生在燕京,长在燕京,燕京的人你都认识,你就帮帮我吧!到时候我把贵州苗人的灯笼给你搞几盏来,保证与燕京的大不相同!"

徐嗣谆听到灯笼,心中一动,但很快又露出凛然之色:"不行。父母之命,媒妁之言。不可做出这种私相授受之事。"

"哎哟,我这不是没办法了嘛!"徐嗣谨激徐嗣谆,"你是我哥哥,这点小事都不帮我,还有谁帮我?再说了,我又不是订了婚要悔婚,王小姐也不是有了婆家的人……"

"王小姐?"徐嗣谆抓住了徐嗣谨的马脚,"哪个王小姐?你是不是早就把人摸清楚了?"

徐嗣谨嘿嘿地笑:"是你的好朋友王允的妹妹!王大人的长女!"

"不行!"徐嗣谆头摇得像拨浪鼓,"爹爹说了,要给你找个将门之女,他们家是文官。而且王大人寒微出身,膝下只有一儿一女,人单势薄,别说爹爹了,就是我也不会答应的!"

"你不答应啊……"徐嗣谨双臂抱胸,慢悠悠地道,"那、那我只好自己上门了!"

"你,你……"徐嗣谆简直不知道说什么好,憋了半天才道,"你可别忘了,你现在是贵州总兵,是三品的大员,不是洗哥儿、诚哥儿。出了什么事,大家只会觉得他们年纪还小,不懂事,你要是闹出什么笑话来,爹爹和母亲的脸可往哪里搁啊!"

"那你就帮帮我呗!"徐嗣谨毫不在乎地道,"要不然,我怎么知道该怎么办。"

这个弟弟,从小就好强,长大后又一帆风顺的,要是他横起来,说不定真的就冲到王家去毛遂自荐了……徐嗣谆想到徐嗣谨小时候大风大雨被母亲在外面晾了两个时辰都不求饶的事,只觉得头痛欲裂,道:"你让我想想,你让我仔细想想!"语气已软了下来。

徐嗣谨眼底闪过一丝狡黠,笑着揽了徐嗣谆的肩膀:"好哥哥,我能不能成亲,就全靠你了!"

徐嗣谆脑海里突然浮现出父亲冷峻的面容。他不禁打了个寒战。

那边徐令宜和十一娘正为阿穆发愁。

"只要儿子喜欢,我就喜欢。"十一娘轻轻地拍着女儿,"可阿穆愿不愿离开贵州呢?

谨哥儿总不能一辈子待在贵州吧?"有点担心。

儿子和女儿完全是两个性情,一个顽皮,一个温顺。

徐令宜背着手在屋里团团地转:"什么他喜欢就行？他小小年纪,知道什么是喜欢,什么是不喜欢。这件事,不能由着他的性子来。娶个苗人做媳妇,我是绝对不同意的……"

"人生在世,不过短短数十载,难得遇到情投意合的。如果谨哥儿喜欢,我就答应。"十一娘不理会他的怒气,慢条斯理地抱着睡着了的女儿进了内室,"你不是说,谨哥儿娶什么样的媳妇,让我做主吗?"

徐令宜望着妻子的背影,半晌无语,心里琢磨着想个什么法子让妻子改变主意才是,对徐嗣谆所遇到的麻烦还蒙在鼓里……

番外

番外一

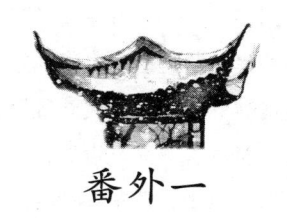

春天阳光明媚和煦,是暖暖最喜欢的季节。

每当这时,她就会带着自己屋里的一大堆丫鬟、媳妇、婆子到凌穹山庄去。

碧漪河河水清冽澄碧,两岸的垂柳姿态轻盈,左边的聚芳亭梨花似雪,右边的春妍亭迎春如锦,还有一枝粉色的桃花斜斜伸出来,正好停在凌穹山庄美人倚旁,那娇柔的花瓣在春风中瑟瑟抖动,仿佛一个含羞带怯的柔弱少女,让人顿生怜爱之心。再配上远处的湖光水色,美好得如一幅画。

暖暖觉得自己的眼睛怎么也看不够,她站在铺着雪白宣纸的大画案前犹豫了好一会儿:"我看,我还是画桃花吧!"

"画桃花好!"暖暖的贴身丫鬟百蕊一边帮着暖暖往调色碟里加红色的颜料,一边笑吟吟地道,"只画一枝就能让大家知道春天来了,画桃花比画梨花有意境。"

"是吗?"暖暖高兴起来,但还是有几分遗憾,"不过,今年的梨花开得真好!"

暖暖的另一个贴身丫鬟春菲接过小丫鬟捧着的蜂蜜茶放在暖暖的手边,笑道:"反正这几天天气好,三小姐您不如多画几幅好了。今天画桃花,明天画梨花,要是兴致好,还可以到照妆堂去——今天一早季庭媳妇来给小姐送花的时候说,照妆堂的贴梗海棠也开了!"

暖暖闻言笑了起来,眼睛弯弯的,像月牙儿:"那我们一天画一幅好了,说不定还可以凑成一册百花图册呢!"

服侍的人见暖暖心情好,也都跟着笑起来。

有小丫鬟气喘吁吁地跑了进来:"三小姐,孙大姑奶奶来了!"

孙大姑奶奶,是徐嗣谕的长女徐世莹。她于五年前嫁入镇江吴家,从那以后,就没回过永平侯府。

"真的?"暖暖大喜,丢下笔就朝外跑。

徐世莹婚后第二年生了对龙凤胎,她很想看看。前些日子接到徐世莹的信,说这几天会和夫婿吴瑜带着孩子来看望十一娘。自那天起,她就一直盼着徐世莹快点来。

百蕊笑着摇头,问来禀报的小丫鬟:"孙大姑奶奶是在夫人那里,还是在四少奶奶那里?"

熙宁九年秋天，太夫人去世了；同年冬天，五夫人的父亲孙老侯爷也去世了。

　　孙老侯爷除服礼时，太夫人的孝期已满。五夫人的嫂子穆氏特意来请五夫人回娘家帮忙，说的是"自己从来没有办过这样的大事，怕失礼数"，实际上是为了镇住孙家的几房旁支，为了孙家的事很是折腾了一番。太夫人过世后，徐令宁任了上林苑右监正，徐令宜重回五军都督府任了都督，徐令宽任西山大营指挥使，徐嗣谕任南直隶嘉定县县令，徐嗣谨仍任贵州总兵，徐嗣诜任河南都指挥使，徐嗣诚任贵州都司佥事。徐令宽去了西山大营坐营，徐嗣诜去了河南，徐嗣诚去了贵州，只留了徐嗣诜的长子在燕京，五夫人索性带了服侍的住进了她在慈源寺旁的陪嫁宅子，只在端午、中秋、春节回来热闹热闹。

　　二夫人则寻思着西山别院清静，去了西山别院常住，不是过年不回来。

　　几房虽没说分家，可各在各处过日子，家里的琐事少了很多，徐嗣谨夫妻又带着孩子去了陕西，十一娘就让姜氏主持中馈，她自己每天照顾暖暖，种花养草，画画写字。天气好了，带着暖暖，由英娘服侍着去甘大夫人那里坐坐，或是去绣铺看看。所以家里来了客人，都是先去姜氏那里，然后再按亲疏决定是否去给十一娘问安。

　　百蕊疾步赶上暖暖，笑着提醒她："三小姐，孙大姑奶奶已经去了夫人那里！"

　　暖暖"哦"了一声，拐了个弯，去了十一娘处。远远地，她就听到一阵笑声。

　　暖暖三步并作两步，没等丫鬟通禀就闯了进去。

　　明亮宽敞的宴息室里，大家都围坐在罗汉床边，两个穿着大红色杭绸敞氅、戴着金项圈的孩子正站在十一娘面前磕磕巴巴地说着什么。

　　听到动静，大家都望了过来。

　　暖暖的注意力却全在那两个孩子身上，一模一样的高矮，一模一样的眉眼，一模一样的打扮，就连好奇地瞪大了眼睛望着她的样子也是一模一样的。

　　"莹莹，"她笑嘻嘻地跑过去抱孩子，"他们真是太有意思了！"

　　两个孩子刚满四岁，在家里虽然活泼可爱，可到了这里，乳母被留在了外面，除了母亲，满目都是陌生的面孔，本来就有点害怕，见有人来抱他们，立刻如鸟兽散般地躲到了母亲的身后，又探出头来警惕地张望。

　　唐哥儿和庸哥儿忍不住嘻嘻笑。前者是徐嗣谆的次子，后者是徐嗣诚的次子。

　　"暖暖，小心吓着孩子！"十一娘哭笑不得地轻声呵斥女儿，又道，"还不快过来见过你甘姨母！"

　　暖暖这才发现母亲左首边坐着个穿丁香色净面妆花褙子的四旬妇人，鬓角半白，身姿笔挺，神色严谨，与屋里的欢乐气氛显得有些格格不入。

　　甘姨母怎么来了？蒋文表哥中了乡试以后，蒋家的族长不是压着蒋文表哥的父亲一起去福州把甘姨母和蒋文表哥接回了建安吗？难道蒋家又出了什么事？她脑子飞快地转着，面上却一片恭敬之色，敛容给曹娥行礼，心里却嘀咕着：蒋文表哥性情温和，见了人总是谦和地微笑，甘姨母是他的母亲，怎么恰恰相反，不管在哪里都板着脸？

曹娥微微颔首，淡淡地笑："三姑奶奶，几年不见，您可长成大姑娘了！"

听到这称呼，屋里的人都抿了嘴笑。

说起来，这件事和徐世莹还有些关系。那时候，太夫人还在世，但已经卧病在床。夏天，徐嗣谕在江南任上，让妻子项氏带了女儿、儿子回来侍疾。

暖暖五岁，正跟着十一娘认家里的三姑六眷、亲朋故友。她第一次见到徐世莹，见家里的人称徐世莹为"孙大小姐"，很是不解，歪着脑袋问母亲："娘，莹莹是二哥的女儿，应该姓'徐'才是，为什么要姓'孙'啊？"

因为太夫人生病大家都有点沉重的心情被暖暖的童言稚语逗开了怀。

项氏忙笑着解释："莹莹是你的侄女，在'世'字辈的女孩子里她排行第一，所以才称'孙大小姐'的，不是姓'孙'。"

暖暖还是不明白。

但母亲只顾着和二嫂说话，她插不上话。

到了晚上，徐令宜回来，暖暖正由丫鬟服侍着在葡萄架下吃西瓜、乘凉。

"暖暖！"他摸了摸女儿的头，回屋去洗了脸，换了日常的衣裳出来，这才抱着女儿亲了亲，让她在他膝头坐下，接过丫鬟手里装着西瓜的玻璃小碗喂暖暖。

如果在平时，暖暖定会甜甜地喊"爹爹"，把小勺子往徐令宜嘴里塞。可今天，她却显得有些心不在焉。

徐令宜很快察觉到了女儿的异样，他想了想，温声道："是不是这个西瓜不甜啊？"

暖暖最喜欢父亲和她说话，眼睛里总是带着笑。

"不是。"她嘟着嘴，把早上发生的事告诉了父亲，"……您的长孙女称'孙大小姐'，那您的长女就应该称'大小姐'了？"

徐令宜觉得以女儿的年纪能说出这样的话来很聪明，这些日子跟着十一娘认人也大有长进，亲了女儿一下，笑着点头："不错！"

"为什么我们家没有'大小姐'啊？"

"你大姐就是'大小姐'啊！"徐令宜道。

"那为什么府里的人都称她为'大姑奶奶'？"

"她出嫁了，所以大家称她为'大姑奶奶'！"

暖暖听了眼睛一亮："那我要做'大小姐'！"

"这可不行!"由一大群人簇拥着的十一娘在太夫人那边忙了一天刚好进门,见女儿又开始天马行空,笑道,"长幼有序。你大姐才是大小姐,只不过她出了嫁,现在大家都称她为'大姑奶奶'罢了!"

暖暖想了想,从父亲的膝头跳了下去,大声道:"那好,我要做'三姑奶奶'!"

十一娘等人俱是一愣,几个小丫鬟更是捂了嘴笑。

暖暖很不高兴。

宋妈妈忙安抚她:"三小姐,出了嫁才能称'姑奶奶',没有出嫁的,依旧要称'小姐'的!"

暖暖声音更大了:"那我也要出嫁!"一副理直气壮的模样。

这下子,别说是十一娘了,就是徐令宜也忍俊不禁了,他点着女儿的小鼻子道:"等你长大了,爹爹一定给你找个好女婿,风风光光地把你嫁出去!到时候大家自然要称你'三姑奶奶'。现在,你还是老老实实地给爹爹做你的'三小姐'好了!"

"胡说些什么呢!"十一娘见徐令宜顺着孩子越说越离谱,轻声呵斥了他又对女儿道:"出了嫁,就不能住在家里了!你不想每天都见到爹爹吗?"

暖暖很认真地思虑了半晌,觉得这也不行,那也不行,想到自己有什么事求了父亲,父亲都能帮她办到,钻到徐令宜怀里撒娇:"爹爹,我不要嫁人,我要每天都和爹爹在一起……我也不要做'小姐',我要做'姑奶奶'!"

女儿黏他,徐令宜自然高兴,哈哈笑着揉了揉女儿的头发。暖暖觉得很委屈。

爹爹当着外人的面从来都不驳娘亲的话,看爹爹这样子,这次多半不会帮她了。

"我都是做姑姑的人了,我不要做'小姐',我要和大姐、二姐一样做'姑奶奶',"她伤心地哭了起来,"我不要和大侄女一样被叫作'小姐'……娘说大侄女要来,我都准备把自己最喜欢的那枚太后娘娘赏的象牙玉如意送给大侄女了……我要做'三姑奶奶'……"

徐令宜望着哭成一团的女儿,心都软了。她不过是觉得自己长大了,想得到应有的尊重罢了。就好像徐令宽出生后,他觉得自己是哥哥了,立刻有样学样地开始保护、教导幼弟一样。光阴从来都不等人,孩子转眼就长成了大人。何况是女孩子,以后要到别人家去做媳妇。再好,也好不过在父母膝下的时光。能让她快活些就快活些吧……他接过丫鬟手中的帕子帮暖暖擦着眼睛,吩咐屋里服侍的仆妇道:"从今天开始,你们就称'三小姐'作'三姑奶奶'!"

大家面面相觑。

暖暖喜笑颜开,抱着徐令宜的脖子大声地喊:"爹爹!我最喜欢您了!"

徐令宜看着她笑颜如花,嘴角翘了起来。

这要真的称了"三姑奶奶",岂不让人笑话?"侯爷!"十一娘不满地望着徐令宜。

"她还小嘛!"徐令宜望着妻子笑,"等大些就知道了。"然后继续喂女儿西瓜吃。

暖暖笑得像偷吃了鱼的猫。

气氛这么好,十一娘有些不忍破坏。算了,明天再说吧!也许一觉醒来,暖暖早把这件事给忘了。她自我安慰。

结果,第二天早上去给太夫人问安,太夫人伸出瘦骨嶙峋的手招了暖暖过去,笑眯眯地问她:"三姑奶奶,您可来了?"

十一娘听着差点脚下一滑。

暖暖却小胸膛挺得直直的,脆生生地应"是":"祖母,您好些了没有?"

满屋的人都笑了起来。太夫人屋里的沉闷一扫而空。

二夫人上前凑趣道:"三姑奶奶,你今天吃得可好?"

暖暖学着太夫人的模样挑剔地道:"今天的香椿炒鸡蛋,香椿有点老。"

众人再次大笑。

太夫人望着暖暖,眼角都湿润了:"我的心肝,没有你祖母可怎么好?"

暖暖笑得得意,拉了一旁徐世莹的手:"祖母,我现在是姑奶奶了,那大侄女是不是也不用做'孙大小姐',称'大小姐'了?"

还知道顾着别人。

太夫人很高兴,立刻吩咐身边的人:"都叫'大小姐'!"

就这样,徐世莹成了"大小姐",暖暖成了"三姑奶奶"。

秋天的时候,太夫人去世了。去世之前把给暖暖及笄的贺礼、出嫁的添箱、弄璋弄瓦的洗三礼都准备得妥妥当当交给了十一娘保管。

暖暖很伤心,哭着哭着就在母亲怀里睡着了。半梦半醒间,她听到母亲和人说话:"……要什么就是什么,这样的日子,谁不羡慕啊!只是这世道,对女孩子的要求太高,侯爷又这样宠着她,我是怕她得了骄纵的名声,到时候就麻烦了!"

"你也不用太担心了!"答话的是甘太夫人,"出身不一样,行事也不一样,别人看着也不一样。好比那粗布棉衣上打了个补丁,穿在那佃户身上,那就是寒酸,可要是穿在侯爷身上,就成了朴素。这道理,别人不明白,你我还不明白?"说这话的时候,甘太夫人语气里透着几分无奈。

没点名,没道姓的,不知道为什么,暖暖觉得娘亲担心的就是自己。她心里很难受。晚上一直想着这件事入眠。

等过了几天,徐嗣贞、徐嗣歆两家,徐嗣谕、徐嗣诜都赶了回来,女人们默默地坐在西厢房,男人们都在正厅商量着太夫人的葬礼,暖暖突然跑到了徐令宜的面前:"爹爹,爹

爹，我不做'三姑奶奶'了，我要做'三小姐'！"

贵州离燕京几千里，王氏跟着徐嗣谨在任上，长子才半岁，只有他们一家和同在贵州的徐嗣诚没回来。徐令宜兄弟正商量着万一徐嗣谨和徐嗣诚赶不回来，是先把太夫人的棺椁停放在家，还是直接选了吉日下葬？

听暖暖这么说，徐令宜还是耐心地抱了抱她，说了声"乖"，神色有些疲倦地吩咐身边的人："以后就喊'三小姐'！"然后转过身去和徐令宁说道："娘死的时候一直喊着谨哥儿的名字，我看，还是等他们回来了再说吧！"

徐令宽等人眼睛发红，徐嗣贞和徐嗣歆已经哭了起来。暖暖看着，也跟着哭了起来。

徐令宜把女儿抱给十一娘，转身吩咐治丧的管事。

徐世莹哪里还敢多说一句。上下服侍的人没有得到主母的吩咐，更是不敢吱声了。

后来徐嗣谨和徐嗣诚在七七那天赶了回来，大家都松了口气，做了法事，徐令宜等人一起扶棺回乡。半个月后，王氏带着长子庚哥儿赶了回来，同行的，还有阿穆。

大家对当初阿穆千里迢迢跟着徐嗣谨进京的事还记忆犹新。如今徐嗣谨已成亲两年，又有了嫡长子，觉得这是理所当然的。五夫人更是私下与十一娘商量："……谨哥儿媳妇这样抬举她，又是第一次回来，虽然家里有丧事，我看这见面礼还是要准备一份的。"

十一娘苦笑，只应了句"到时候再说"。

的确不是什么好时候！五夫人不再说什么。出门遇到三夫人。

三夫人打开红漆描金的镜奁盒，指了里面用一百二十两银子打的银头面，显摆地笑道："我这还拿得出手吧？"

五夫人烦她那小家子气，不阴不阳地笑道："人家孝期妻妾别室，您倒好，点起鸳鸯谱来了。虽说您现在住在三井胡同，可这一笔写不出两个'徐'字啊！"

三夫人气得脸色紫红。五夫人扬长而去。

方氏怕婆婆气糊涂了拧着来，低声劝慰了良久，三夫人这才缓过气来。心里到底怕儿子受了牵扯，把捧着镜奁盒的妈妈留在了门外，这才带着两个媳妇去见十一娘。

五夫人回去却和歆姐儿道："莫非是嫌弃阿穆是苗人？"

歆姐儿却叹："别人的婆婆都是帮着儿子，只有四伯母，却从来都是帮着媳妇的。"

五夫人听了沉吟道："你是说，我也应该让你嫂嫂跟着诜哥儿去任上？"

歆姐儿"扑哧"一声笑，道："如果娘能这样，再好不过了！"

"你这孩子！"五夫人笑着点了点女儿的额头。

徐令宜回来见到阿穆，抱着神色无奈的十一娘安慰她："你不是常说'不痴不聋，不做家翁'吗？谨哥儿也不小了，他的事，他自己会处置的，你就别管这些了！"

十一娘也知道，但心里到底不痛快，依偎在徐令宜怀里长长地叹了口气。有时候看着暖暖，想到她的未来，就会走神。

家里的人见她精神不济，都打起十二分精神来，气氛不免有些压抑。

项氏更不敢为徐世莹的称谓找十一娘说事了，只好反复叮嘱徐世莹："你没事少往正院那边去，在家指导弟弟妹妹描红，看看书，做做针线。"

那时徐世莹已经定亲，公公吴逢是徐嗣谕的同科，如今在工部做给事中。项氏请了滨菊回来教徐世莹针线。

徐嗣谕回京守孝，头一年闭门在家读书；第二年，一些燕京的旧朋故友少不得要到徐府来走动走动。

庚哥儿是在贵州出生的，家里的人还是头次见到，和谨哥儿如一个模子刻出来的，没有人不喜欢的。

暖暖更是稀罕得不得了，常常抱着他到处串门。有时候到徐世莹屋里玩，遇到和徐嗣谕有通家之好的上门拜访，夫人、小姐、还未满三尺高的童子见面，介绍徐世莹称"大小姐"，暖暖称"三小姐"。大家的目光自然是先落在徐世莹身上，徐世莹就会再引见一次："这是我的小姑姑，徐府的三小姐！"

大人们通常都不动声色，然后很自然地把暖暖拉到谈话的圈子中来，小孩子则没有这样好的涵养，不是惊讶地瞪大了眼睛就心有不甘地道："那、那我岂不也要喊姑姑？"

徐世莹笑着点头。

每当这时，暖暖的心里就特别高兴。如果那人的年纪比她还长，又因为辈分的关系要给她行大礼的时候，她就更高兴了，转过身来一定会和阿穆绘声绘色地讲一遍。

她和徐世莹的友谊在这种奇怪的关系中稳步升温，待徐世莹要和徐嗣谕去任上的时候，暖暖还哭了一场。

徐世莹因此常常写信或是托人从南边带些有趣的小东西给她。

暖暖想起这事，只觉得那时候特别好玩，笑道："那都是小时候不懂事。甘姨母再说，我可要钻地缝里了！"

"她啊！就是顽皮！"十一娘笑着责怪女儿，语气却并不严厉。

曹娥呵呵地笑："顽皮好！小姑娘家的不顽皮，难道做了人家媳妇再顽皮不成？"然后指了身后站着的一位花信少妇："暖暖，这是你文表哥的媳妇何氏！"

蒋文回到家里，就由族里长辈做主，定了原福建总兵何承碧的长女为媳。曹娥因蒋家事前没有与她商量，还曾写信向十一娘抱怨过。

暖暖一边给何氏行礼，一边飞快地打量了何氏一眼，她黛眉轻扫，朱唇微点，静静地站在那里,眉宇间带着几分温顺,颇有大家闺秀的婉约秀丽。

何氏愣了愣才上前和暖暖行礼。她还沉浸在刚才的震惊中——嫁入蒋氏五年了,她没有想到不苟言笑的婆婆竟然会打趣人,还笑得这样欢畅。

何氏的目光很快在暖暖身上打了个转。不过十二三岁的样子,皮肤非常地白皙细腻,像上好的羊脂玉,泛着淡淡的莹润光华;眉毛有点浓,嘴唇红润,一双大大的杏眼,热情又明快,不仅让她显得活泼聪敏,而且像那夏日的阳光,让这屋子也变得明亮起来。

她忍不住多看两眼,暖暖大方地朝着她颔首。何氏不好意思地低下了头。

丫鬟端了锦杌放在英娘的下首。

暖暖见过了四嫂姜氏等人,坐了下来,正好在徐世莹的对面。

十一娘和曹娥说着家常:"……这样说来,何大人调了两广巡抚了?"

"嗯。"曹娥点头,"何大人手下的李霁李将军任了福建总兵!"说到这里,她微微一笑,"要不是有六少爷,李将军可就是我朝最年轻的总兵了!"

暖暖对这些不感兴趣,朝着龙凤胎眨眼睛。龙凤胎姐一左一右地趴在徐世莹的膝头,见徐世莹不注意,就朝着暖暖吐舌头。

暖暖抬头看一眼母亲和曹娥,见她们说得正欢,朝着两个小家伙做鬼脸。一来二去,两个小家伙忍不住,咯咯地笑起来。

十一娘状似无意地瞥了暖暖一眼。

琥珀立刻不动声色地拿了糖果哄着两个孩子出了厅堂,交给了在外面抱厦等候的乳母。

徐世莹长吁了口气。

很快有小丫鬟进来禀午膳准备好了。众人移坐去花厅。

暖暖落在最后,拉了英娘的衣袖问她:"你知道甘姨母来做什么?"

曹娥虽然怨恨蒋家,但为了儿子的前程,还是回了建安。之后虽常有书信来往,但曹娥母子却没再踏入燕京一步。

英娘看了走在前面的十一娘和曹娥的背影一眼,悄声道:"甘姨母回去以后,蒋老爷只说儿子大了能支应门庭了,家里有个什么事就让人找蒋表弟去。蒋表弟今儿要管这个,明儿要管那个,哪里还有工夫和心情读书?甘姨母看着这不是个事,还想租母亲四儿胡同的宅子给蒋表弟读书。甘姨娘年前来的信,正好原来租住在四儿胡同的那位大人过了年要外放。甘姨娘就借口要来看看母亲,带着儿子媳妇进了京。"

暖暖跟在十一娘身边,常有人来和十一娘说心思,大家都觉得暖暖还小,并不避着她,这种事暖暖听得多了,没有放在心上。

"这么说来,蒋表哥也来了?"她笑着问英娘。

英娘点头:"你四哥和五哥正陪着蒋表弟、吴姑爷在花厅说话。"

徐嗣谆和徐嗣诚最为亲厚,徐嗣谆有什么事都喜欢与徐嗣诚商量,渐渐地,家里有些事就交到了徐嗣诚手里。徐嗣诚又是个负责的人,既然接了手,就要尽量做好。徐令宜见他们兄弟俩有商有量,也就睁只眼闭只眼,一来二去,徐嗣诚跟着徐嗣谆管起府里的庶务来,花在学业上的功夫自然就少了,进了学后,几次乡试都落第了。好在十一娘只求徐嗣诚有个功名不至于被人轻看,又觉得他跟着学些庶务,以后万一分了家也能自保,也就随他去了。

暖暖听了眼珠子直转,立刻招了百蕊:"你去看看蒋表哥在做什么?"

"你想干什么?"英娘拉住百蕊,警戒地望着暖暖,"蒋表弟是自家人,吴姑爷却是第一次到府里来,你可别乱来。"

暖暖小的时候,徐令宜还赋闲在家,天天带着她玩。等徐令宜去了五军都督府,那些人找到了借口,常常来拜访徐令宜。暖暖见不到父亲,就去会客的花厅找。徐令宜不以为忤,让她坐在旁边吃点心。待暖暖过了十岁,十一娘就不准她再去花厅。可要是遇到什么她感兴趣的客人来,她就会穿上小丫鬟的衣裳偷偷溜进去……

"我只是想知道哥哥们吃饭了没有。"暖暖被英娘揭穿,也不羞赧,笑嘻嘻地道,"我要是想去看吴姑爷长什么样子,等爹爹回来了,他去给爹爹问安的时候再看也不迟啊!"

徐令宜对暖暖的行为从来都是睁只眼闭只眼的。英娘当然不信,死死地牵着她的手,一步也不放。

暖暖只得跟着英娘去了花厅。

饭后喝了茶,曹娥起身告辞了:"家里还有一堆东西要收拾,我们就先回去了。等有空,我再来看你。"

这些年,曹娥也就走走她这里。十一娘知道她的禀性,没有留她,说了些注意身体的话,送到了二门。

没有客人,大家的神态明显轻松了不少。照着往常,十一娘会拉了暖暖一起去午休。

暖暖已跳到了徐世莹的身边:"娘,我去帮莹莹收拾箱笼。"一副生怕被十一娘绊住的样子。

十一娘好笑:"去吧,去吧!要是打碎了东西,从你的月例里扣!"

暖暖欢天喜地,逗着双胞胎去了百花馆。

"你明天是不是要跟着吴姑爷去那个王先生那里?"吴瑜在外院喝酒还没有回来,双胞胎到了午休的时间由乳母陪着歇下了,丫鬟、媳妇们手脚麻利地开了箱笼把衣裳首饰器皿摆放好,她由徐世莹陪着坐在临窗的大炕上喝茶。

王先生，名元，字伯洲，号富春，建武五十七年进士，曾任吏部侍郎。三岁丧父，由母亲抚养长大。母亲因眼疾失明后，他辞官回乡侍疾，其间读书育人，笔耕不辍，著作等身，是名动江南的理学鸿儒。熙宁十年，王母去世。去年，王伯洲除服，皇上下诏任他为礼部左侍郎兼翰林院学士，掌詹事府事，给皇太子讲读。王伯洲在乡间时，吴瑜曾跟随其读书。此次就是奉了吴父之命前来探望王伯洲的。

"王先生的夫人还留在老家富阳，身边是大公子在服侍。"徐世莹笑道，"只是不知道大少奶奶有没有跟过来。如果大少奶奶跟过来了，我自然要去拜见；如果大少奶奶没有跟过来，我就不去了。"

暖暖目光闪亮："那个王伯洲是不是真的像传说中那么厉害？"

徐世莹直笑："您是不是想跟我一起去啊？"

"被你看出来了？"暖暖直言。

"您想跟着我去也可以，"徐世莹道，"只要祖母同意就行！"

"这可是你说的！"暖暖自有主张，听了眉开眼笑，"你就等着好了！"又支肘斜靠在炕桌上低声问："你们有什么事要求王伯洲？"

徐世莹没有作声，待屋里的丫鬟出去，悄声道："公公想为大伯捐个官，想求王先生引荐几个人！"

暖暖"哦"了一声，笑着转移了话题："你什么时候去西山别院看二伯母？"

"要看明天去王先生那里的情况再定了。"徐世莹笑着，声音恢复了原来的清脆，"要是王先生那里顺利，我们后天就去；如果王先生那里不顺利，多半是要耽搁几天的。"然后问暖暖："要不，你和我一起去吧？"

暖暖点头："我也有些日子没见着二伯母了！"

两人说着话，百蕊笑着走了进来："三小姐，侯爷回来了！"

暖暖跳下炕就走："莹莹，等会儿我再来找你玩！"

徐世莹忙拉了暖暖："我给你带了谢馥春的香粉和程氏的头油……"

有机敏的丫鬟趁机递上一个红漆描金的匣子，百蕊接过去，暖暖向徐世莹道了谢，领着一大群丫鬟去了正房。

那丫鬟随着徐世莹进了内室："少奶奶，侯府和王家从无交往，三小姐又身份尊贵，夫人怎么可能让三小姐跟着您去王家拜访？您可不能由着三小姐的性子来啊！"

这个丫鬟是吴老夫人身边得力的，见徐世莹生了龙凤胎，怕她忙不过来，特意把她拨到了徐世莹屋里服侍。人的确是十分能干，就是偶尔会说些僭越的话。

徐世莹恼她议论暖暖，冷冷地道："你现在是我屋里的丫鬟了，别总说些没见识的话，别人听了，还当我不会调教屋里的人。我们住在府里的这些日子，你就在屋里待着吧，别出去乱走了。"

那丫鬟满脸通红。

徐世莹看也没看她一眼，喊了自己贴身的妈妈："去看看少爷、小姐醒了没有。"

妈妈应一声，拉了还愣在那里的丫鬟出了门。

那丫鬟不免有些委屈："我、我也没说什么，我这不是担心……"

"府里的夫人、奶奶、小姐们都不担心，要你担心个什么！"妈妈不客气地道，"你以为这里是镇江乡下啊！我们府里的三小姐可是皇上的嫡亲表妹，永平侯府的嫡小姐。别说是什么王先生的宅子了，就是金銮宝殿，还不是想去就去！"

旁边的丫鬟围了过来："真的？三小姐还去过金銮宝殿？"

"那是！"妈妈头仰得高高的，"我可是少奶奶打小就在身边服侍的，少奶奶每年随着我们夫人回府请安，我都跟着的。"妈妈说着，露出回忆的神色，"我还记得，那是熙宁八年的冬天，三小姐六岁，我们少奶奶十四岁，夫人受了风寒有些不舒服，咳了快一个月也不见好，太后娘娘和皇上都来探病。三小姐问皇上，金銮宝殿是不是用金子做的？要是有人用小刀挖了块金子走了，皇上能不能发现？据说皇上听得发怔。三小姐就说，有个丫鬟把五夫人衣服上的一颗象牙扣子弄没了，吓得在花园里哭，她就用小刀把夫人罗汉床上镶着的象牙葡萄挖了一颗送给丫鬟做扣子，结果扣子还没有用上，琥珀就发现了……皇上当时正喝着茶，听了差点笑得把茶水呛进了嗓子里。第二天就宣了三小姐进宫，让熊公公顶在肩上把皇宫走了个遍。你们知道熊公公是谁吗？是乾清宫的太监总管，就是内阁的大人们见了，也要恭恭敬敬行个礼的人，却顶着三小姐走了一天……"

徐世莹那边说得热闹，这边十一娘却颇有些无可奈何地喊了徐令宜一声"侯爷"。

暖暖忙把父亲挡在了身后："娘，您别生爹爹的气，我不去就是了！"

"我这还没有说什么，你就怕你爹吃亏似的！"十一娘看着她那样，又好气又好笑。

徐令宜用手轻轻地戳了戳女儿的后背。

暖暖会意，立刻上前抱了十一娘的腰，撒着娇喊着"娘"："您都不知道，您上次脸一板，爹爹难过得好几天没有吃饭呢。"又转头问徐令宜："哦？爹爹！"

徐令宜望着十一娘笑。

见他们父女作怪，十一娘轻轻地拧着女儿红扑扑的脸蛋："你爹什么时候难过得好几天没有吃饭？我怎么不知道？"

暖暖胡诌："就是那天啊！您院子后头种的栀子花开了一树。"

"你有没有记错？"十一娘逗着女儿玩，"那可是夏天！你爹到底是难过得吃不下饭，还是天气热了吃不下饭？"

暖暖眼睛瞪得大大的："当然是难过得吃不下饭！屋里放着冰,怎么会热得吃不下饭呢？"

十一娘叹气："别人都说女儿是娘的小棉袄,你怎么就成了你爹的小棉袄呢？我真是白养了这个女儿！"

暖暖哧哧地笑："我一天做爹的小棉袄,一天做娘的小棉袄。"说着,趴到了十一娘的背上,又跑去趴徐令宜的背。

徐令宜望着女儿,笑容直达眼底。他轻声问暖暖："真的不跟着爹爹去延绥？"

自徐令宜重任五军都督府都督,皇上就常派他到各要塞去练兵。去年秋天,他去的是宣府。暖暖不想待在家里绣花,想跟着去看看军营是怎样的,徐令宜还有些犹豫,十一娘却很支持："以后就是想去也去不成了！"徐令宜想起十一娘翻《大周九域志》时的情景,把暖暖打扮成小子带去了宣府,还在宣府教会了她骑马。女儿回来直嚷好玩。

今年皇上让他去延绥。

暖暖缓慢而坚定地摇了摇头："娘跟我说过,等我十二岁,就要安安心心学女红针线了,再也不能到处乱跑了。"

徐令宜望着十一娘。所以这些年来,十一娘对暖暖的那些离经叛道总是超出想象地宽容！

十一娘微笑着点头。

暖暖已在那里大声地嚷嚷："爹爹、娘亲,我很乖吧？"

真是没有一刻安静的时候。

夫妻含笑望着女儿。

暖暖歪着脑袋望着父母："我要奖励！"

"好！"徐令宜觉得今天女儿的表现要求什么都不为过分,"你想要什么？"

暖暖抿了嘴笑,望着母亲。

"又在打什么鬼主意？"十一娘太了解自己这个女儿了,知道她又要顽皮了,但还是忍不住揽了女儿的肩膀。

暖暖趁机抱住了母亲："您答应了嘛！答应了嘛！爹爹都答应了……"

十一娘可不吃她这一套："你先说你要什么奖励！"

"好了,好了！"徐令宜笑容里带着些许溺爱地望着母女俩,"你要什么直说就是,你就别折腾你娘了！"

"真的？"暖暖的眼睛都亮了起来,跑到徐令宜腿边蹲下,"爹,我要跟着莹莹一起去王伯洲家拜访。"

"不行！"十一娘想也没想地立刻拒绝了,"这样贸贸然跑到别人家去,多失礼啊！"

暖暖立刻委屈地望着父亲。

徐令宜沉默了片刻，正色地道："行，你跟着去吧！就说帮着照顾那龙凤胎！"

暖暖大笑着搂了父亲的脖子。

徐令宜笑着叮嘱她："要是做出什么失礼的举动，就禁足一年！"

"我一定老老实实地跟在莹莹身边。"暖暖跑过去亲了神色不悦的母亲一下，雀跃地出了门，"我去跟莹莹说。"

徐令宜起身紧紧地抱住了十一娘。

"别生气了！"他柔声道，"你要是再生气，我可就真的几天吃不下饭了！"

十一娘没忍住，"扑哧"一声笑："又胡说！"

徐令宜看着她灿烂的笑容，也跟着高兴起来，笑道："我知道你担心暖暖。暖暖要跟着去，不过是想见见王伯洲。王家若有主持中馈的女眷，暖暖跟在莹莹身边，自有王家的女眷招待，等闲之人怎会去拜见王伯洲？如若王家没有主持中馈的女眷，只怕莹莹也不会去。"

"我知道！"十一娘温和地道，"只是恼你总顺着暖暖的性子来！"

"是我不好！"徐令宜低低地道歉，醇厚的声音像沉年老酒般令人微醺，"我们不说这些了，过两天我就要启程去延绥了，你帮我收拾行李去！"

"这么快就走！"十一娘惊呼，忙挣开他的怀抱，"我这就帮你收拾衣裳去！"又不放心地问："可是出了什么事？"

徐令宜搂着她不让她走："没什么事，我想端午节前赶回来。"额头抵在她的额头上，"有好几个月见不着了……"无限留恋的语气。

端午节，是十一娘的生辰。

她心酥酥的，软软地依偎在他的怀里，缠绵地吻他……还没有走，就已经有些舍不得！

暖暖梳着三丫髻，绑了大红色的绸带，靛蓝色的细棉纱褙子，衣角、袖口都绣了大红卷草纹，亭亭玉立地站在葡萄架下，明媚如春光。

还是她聪明，坚持穿了件平日到暖房里侍弄花草时的衣裳。

那王家大少奶奶一听徐世莹含含糊糊地介绍她是"小姑姑"，因怕孩子们吵架，特意请了来照看孩子的，立刻把她归纳成寄居吴府的落魄远亲。不仅对她关照有加，说话行事都怕她落单，不时拿些小点心给她吃。

要是听了百蕊那丫鬟的扮成丫鬟跟过来，别说是小点心了，只怕是坐的份都没有，还会让徐世莹身边服侍的人觉得她闺阁不谨。想到这些，暖暖又有点沮丧起来，没想到王

家大少奶奶是个这样热心的人。

当双胞胎不耐烦地坐在太师椅上扭来扭去的时候,她立刻轻声打断了徐世莹和王家大少奶奶的寒暄:"我带着孩子们出去走走!"

谁知道徐世莹还没来得及开口,王家大少奶奶已道:"我们妯娌五个,只有我跟了过来,孩子也留在了老家由婆婆照应。家里常常高朋满座,我每天不是和粮油店打交道就是和灶上的妈妈们打交道,来了一年多,左邻右舍住的些什么人都不知道。难得你们来,就陪我多坐会儿。"

陪她们在这里聊天,怎么有机会见到王伯洲啊!暖暖一边朝着徐世莹使眼色,一边温声拒绝:"孩子们年纪还小,不知道哪里能去,哪里不能去,我还是看着放心些!"

徐世莹早和暖暖商定好了的。如果借着带孩子们玩的机会能到王家会客的地方就睃一眼王伯洲,如果不能,暖暖就放弃。她不能拦着暖暖,"就让她也出去透透气吧!"徐世莹笑道,"也免得我担心。"

王家大少奶奶眉头微微蹙了蹙,又很快舒展开来,笑道:"是我考虑不周——暖暖虽然是长辈,可到底也是个孩子。我们说的这些人、事她又不懂。"然后吩咐身边的丫鬟把厢房的窗户都打开,"我们家小,只在墙角种了几株芭蕉、湘竹,不管孩子们在哪里玩,开了窗,一眼就能看到。"

把她也当小孩子了。就这样,暖暖虽然站在王家的院子里,王伯洲会客的倒座与院子只隔一个天井,她却没有办法带着两个孩子迈出那道垂花门。她无聊地打量着墙角那株刚刚抽条的花树,树干不过酒盅大小,树高不过三尺,椭圆形的叶片姿态峭立……应该是西府海棠。

不知道对面墙角种的是株什么树,玉兰,牡丹,还是桂花?她扭了头去看。两个孩子在乳娘的帮助下爬上了葡萄架下的石桌。

"三姨祖母,您快来,这里有肉虫子!"两个孩子一个尖叫一个拍手朝她嚷着,可爱至极。

暖暖跑了过去,"哪里?哪里?"逗着他们玩。

女孩子捉了肉虫子往她手里丢,暖暖故作害怕,瑟缩着退后。

旁边服侍的妈妈、丫鬟都面露讶然地望着她的身后。

暖暖回头,青砖砌的影壁旁站着个少年。他不过十五六岁的年纪,穿着件湖色镶了玄边的襕衫,戴了个玄色的四方平定巾,有着他这个年纪少年特有的清瘦,也有着他这个年纪少年没有的修长挺拔的身材和明月般皎白耀眼的脸孔。

看见院子里孩童在嬉笑,他微微一怔,抬头张望,正好和暖暖的目光对了个正着。他的目光温润如玉,光华内敛。暖暖很意外,没想到会遇到这样一个秀雅俊朗的少年。不知道是王家的什么人。她微笑着和他颔首。

少年面无表情地拱了拱手,姿态优雅地转身离开。

垂花门外传来一阵声响。

王家的丫鬟进来通禀:"大少奶奶,吴三公子要走了!"

徐世莹忍不住露出几分喜色。王伯洲性情耿介,喜静厌闹。他们来之前并没有多少把握,曾说好,若一切顺利,寒暄片刻就告辞,若不顺利,就涎着脸儿在那里耍赖……如今还没有过晌午,可见事情办成了!她笑语盈盈地与王家大少奶奶道别。

暖暖心中暗叫不好,她连王伯洲的影儿都没有见着呢!三步并作两步,赶到垂花门旁朝外张望。门前停着他们的马车,大门口一群人正作揖道别。她看见了吴瑜喜上眉梢的脸和高矮胖瘦不一的背影……人群中有人回首,竟然是刚才见到的那位美少年。

他也看见了暖暖,眼底飞快闪过一丝厌烦。暖暖愕然,瞪大了眼睛再瞧,那少年已恢复了珠玉在侧的矜贵。又是个表里不一的家伙!可惜了这副好容貌!暖暖撇了撇嘴,颇有些失望。大勇才无畏,无畏才磊落。这样会装,已落了俗套!

正好双胞胎跑过来拉她:"坐马车,坐马车!"

暖暖嘻嘻笑着把他们抱进了马车里,和徐世莹一起回了荷花里。

晚上,暖暖翻了会儿皇历。第二天一大早,她和徐世莹、姜氏、英娘等人一起去了西山别院。二夫人坐在一堆书中央,清淡似菊,一双眸子炯炯有神如寒星。

众人言词简短地一一上前行礼问候,然后沉默地端坐在她周围,场面显得有些冷清。

暖暖佯装认真地打量着二夫人:"二伯母,我觉得您又瘦了些!"

结香正好端了竹叶茶进来,嗔着对二夫人道:"您看,不是我一个人这样说吧?三小姐也觉得您瘦了。"又转过头来对暖暖道:"二夫人天天昼夜颠倒,您帮我劝劝二夫人。"

二夫人不以为然,浅浅地笑,温和而包容:"好了,好了,每天听你啰唆,我这耳朵都起茧子了。"然后正色地问姜氏:"庭哥儿这些日子都在读些什么书?"

姜氏肃然回答:"跟着先生在读《左传》注疏。"

"这书选得不错。"二夫人微微颔首,"他虽不用参加科考,可这书却不能落下,字也要督促他多练。"说着,在一旁的书堆里找了半天,摸出一本字帖给姜氏,"这是前些日子别人临的《雁塔圣教序》,你拿回去给庭哥儿看看——学用笔,须多看古人墨迹。"

姜氏恭敬地接了过去。

暖暖忙站了起来:"二伯母,我去年种在院子里的杜鹃开了没有?"说着,喊了自己的丫鬟百蕊:"走,我们去看看!"

按从前的习惯,问完了庭哥儿就该问她了,她才不想傻傻地站在这里吃二伯母的排头呢!"

"暖暖!"二夫人低沉的声音带着几分严厉。

但暖暖已佯装不知其意的样子嘻嘻笑起来:"你们在这里喝茶,我去去就来!"一溜烟地跑了。

二夫人望着晃动的门帘子头痛不已。

英娘和徐世莹交换了个眼神,姜氏已劝道:"暖暖素爱花草,二伯母勿恼。"

"都是你们惯的!"二夫人无奈地挥了挥手,问起庄哥儿的功课来。

西山别院的后花园草木扶疏,姹紫嫣红。暖暖很快就找到了那几株杜鹃花,油绿的叶子间缀满了深红色的花蕾。

百蕊气喘吁吁地赶了过来:"三小姐,要不我们'野炊'吧?"

"野炊"是夫人发明的话,就是春、秋时节阳光温煦的时候在向阳的山坡铺一大块毡毯,在一旁摆了好吃好喝的,躺在毡毯上晒太阳、吃东西。侯爷最喜欢带着三小姐和夫人一起去野炊,连带着家里的人都争相效仿。

"好啊!"暖暖看了眼碧空如洗的天空,笑道,"我们用午膳的时候再回去,到时候二伯母的气也应该消了。"

百蕊连声应"是",留了个小丫鬟在她身边服侍。

花圃尽头的林子里钻出一群穿着粗衣布衫的小子。

"姐姐,姐姐,"他们围着暖暖喊得甜蜜,"我们的风筝挂到了树上,拿了就走!"

"胡喊些什么呢!"一旁的小丫鬟上前呵斥道,"'姐姐'也是你们能喊的……"被暖暖一个眼神制止。

二夫人一介女流独居于西山别院,西山别院的守备比别处都要森严。这些孩子既然能在后花园里玩,多半是西山别院仆妇的子弟。她一年也来不了几趟,就是西山别院的仆妇也没几个认识她的,何况是这些孩子。暖暖抬头,看见绿叶重重的树叶间歇着只硕大的彩色蝴蝶。

"好啊!"她眼眸含笑,神色间有种特别的温柔和善,"要不要我帮忙?"

"不用,不用。"领头的孩子朝着小丫鬟做鬼脸,对着暖暖亲切地笑,"免得把姐姐的裙子钩破了!"一转身麻利地爬上了树。

"左边……左边……错了,右边……再过去一点点……翅膀,翅膀……你小心翅膀……"孩子们在树下大叫。

领头的孩子手都酸了,他不耐烦地朝下喊:"到底是哪边啊? 你们看清楚了说好不好?"

暖暖大笑:"你们看我的!"把裙裾扎在腰间的汗巾上就爬了上去。

"三小姐,三小姐……"小丫鬟紧张地望着暖暖,嘴里讷讷地喊着她,却被孩子们"姐姐,你好厉害"的喝彩声压得几不可闻。

暖暖站在树杈上,得意地扬了扬手中的风筝。身后是漫天的浓荫,灿烂的阳光透过树叶洒落下来,给她镀上了一层金粉,耀眼得让人移不开眼睛。她扬手,风筝沿着漂亮的弧线渐飞渐低。孩子们哄闹着一窝蜂跟了过去。

暖暖心情愉快,眯了眼睛笑望着他们,眼角的余光猛然瞥见树林旁的小径上走来五个男子。其中一个只有十五六岁,身材修长纤细,穿着青莲色襕衫,面如珠玉,望着她的目光中有藏不住的惊骇。是在王家遇见的那位美少年呢!暖暖很是意外。想到那天他眼中一逝而过的厌烦和很快恢复了平静的神色……决定离这位远一点。她爬下树,拍了拍裙裾,喊了小丫鬟:"我们和他们放风筝去!"说完,拉了小丫鬟的手嘻嘻哈哈地跑到了那群小子堆里。

一路上,小丫鬟的腿像铅重,拖得十分吃力。

暖暖不解地看着她。

小丫鬟红了脸:"三、三小姐,刚才那群人是做什么的?"

二夫人这几年致力于收藏善本孤本,在北方的读书人中颇有名气,常有远道而来的人观摩、抄录。那几个人都穿着襕衫,暖暖猜测,多半是慕名而来的读书人。

她想到那美少年!昨天在王伯洲家里,今天又到了西山别院……交游可真广!堪比她五姨父钱明了。

"我怎么知道!"想到这些,暖暖心里就有些不痛快。

见她不悦,小丫鬟脸红得像五月的石榴花,急急地解释道:"我是见有陌生的男子进了后花园,这才问问的。"一面说,一面忍不住回头张望。

暖暖奇怪地顺着她的目光望去,看见了一个穿着青莲色襕衫的背影。

"三、三小姐!"小丫鬟的脸色由红转白,眼光中有隐隐的慌乱,"我们快走吧,免得被他们碰到了!"

又是一个被表象迷惑的人。暖暖的心情突然低落起来。

"我们去找百蕊吧!"她怏怏地道,"免得在后花园碰到这些人!"

小丫鬟生怕暖暖追究,忙不迭地应"好",和百蕊碰头后,在后花园被藤萝挡住了洞口的太湖石叠成的假山里消磨到午膳。

二夫人没有留她们:"还带着孩子,不要回去晚了,黑灯瞎火的,吓着孩子。"

暖暖听着觉得怪怪的。二伯母总是这样自相矛盾。每次看见小孩子总是很关心,事无巨细,都想得很周到。可如果因此有小孩子真的和她亲近,她又做出一副避之不及的样子,平白让人觉得尴尬。

暖暖回去想说给母亲听,谁知道母亲和父亲早已经歇下了,还吩咐琥珀,免了她们的问安。

她去了四哥徐嗣谆那里。

庭哥儿已成亲,住在点春堂旁边的小院里;唐哥儿今年八岁,已经启蒙,但还没有到分院子的时候,和父母住在一起。

她进去的时候,姜氏正陪着唐哥儿描红。

见到暖暖,唐哥儿立刻丢下了笔:"姑姑,您怎么来了?"

唐哥儿比庭哥儿小十二岁,是个很文静的小男孩,很喜欢活泼的暖暖。

"来看你啊!"暖暖笑着抱了抱他。

他跑过去接了丫鬟端来的茶奉给她。

暖暖笑着道谢接了茶。

姜氏慈爱地拍了拍他的肩膀:"快去描红!"

唐哥儿依依不舍地爬到了炕上。

在东厢房看书的徐嗣谆听到动静走了出来:"暖暖来了?"

笑容十分温厚。

他早年有个通房,姜氏进门后,他没有收人,唐哥儿两岁的时候,姜氏做主,抬了那个通房为妾,但一直没有孩子,他几乎每晚都歇在正房。

暖暖笑着挨徐嗣谆坐下:"四哥,过几天是太子殿下的生辰,到时候我跟你一起去吧。"

太子殿下每年的生辰,都会摆几桌酒筵请宗亲小聚一番,其中就包括徐家的几位表叔、表婶、表姑。

自从那年暖暖怂恿着皇太子到太液池泅水被十一娘罚站了两个时辰以后,暖暖觉得皇太子就是家里那易碎的琉璃,能避则避。这次竟然主动要求去给皇太子祝寿,徐嗣谆不能不狐疑。

"哎呀!"暖暖忽闪着大大的眼睛,"我就是想去宫里玩!"

徐嗣谆更狐疑了:"你去宫里玩递牌子就是了,干吗非要这个时候去凑热闹?"

每次皇太子碰到暖暖都要整出点事来的……要是有个三长两短的,不是暖暖的错也是暖暖的错……

"既然是'凑热闹',当然是想去热闹热闹了!"姜氏在一旁笑道,"你怎么这么啰唆!"

皇太子在别人面前总是谦和有礼、大方稳重,可遇到暖暖则有些不同,话也多起来,笑也多起来,还会和暖暖玩些小孩子才玩的游戏。她觉得暖暖和皇太子多接触些只有好处没有坏处。"

"就是！"暖暖见姜氏支持她，嘟囔着，"爹爹明天就要去延绥了，娘肯定会天天盯着我做针线……我想出去玩嘛！"

活泼好动的暖暖安安静静地坐在那里做针线……徐嗣谆想想脸上就有了几分笑意："你的针线到底怎样了？我们这样的人家，虽然不求你像针工局里的姑姑们，可你好歹也要学会拿针，能装模作样地裁两件衣裳做两双鞋袜才行！"

姜氏听着忍了半天才没有瞪徐嗣谆一眼。

"有你这样说话的吗？"她嗔道，"不管怎样的人家，女人的针线活不好，总是要吃亏的。"然后扭了头对暖暖道："你可别听你四哥胡说！母亲的针线是燕京有名的，你可不能毁了母亲的名头。"又道："你记不记得六叔说亲的时候，不管是尚书的女儿还是巡抚的闺女，哪个不是先拿了女儿做的针线来给母亲过目，母亲说做得好，这才说起儿女的亲事来！"

不是说娶媳妇看岳母吗？姜氏怕有人因为婆婆的贤名来求娶暖暖，却不知暖暖和婆婆是截然不同的两个人……如果因为这种误会嫁了过去，暖暖会有苦头吃的！之前公公婆婆太宠爱这个小姑了，有些事，得慢慢来。

"要是你觉得做针线不好玩，你就跟着我管家吧！"她想了想，笑道，"每天人来人往的，听他们说这说那的，也挺有趣的。"

"到时候再说吧！"暖暖一样都不想干，盯着徐嗣谆问，"那天我和四哥一起进宫吧？"

"好啊！"徐嗣谆笑道，"不过得问过母亲才行！"

娘亲一向觉得"读万卷书不如走万里路"，肯定不会拦着她的。

果然，十一娘不仅没有拦着她，还亲自帮她选衣裳、挑首饰："从前你小，顽皮是可爱；现在已经大了，顽皮可就是没有修养了。我可不想女儿被人提起来的时候就撇嘴！"

"知道了，知道了！"暖暖抱着母亲的胳膊笑得灿烂，"我一定会乖乖地待在四嫂身边的！"

"但愿如此！"十一娘拧了拧女儿的耳朵。

十一娘一早起来帮暖暖梳妆打扮，嘱咐姜氏照顾好暖暖，送她们上了马车。

到了宫里，她们先去见了皇太后。

皇后、常宁公主、周家的女眷都到了，正亲亲热热地陪着太后娘娘说话。看见徐家的女眷，太后娘娘脸上的笑容更盛了。她朝着暖暖招手："来，到哀家身边来，让哀家看看，你长高了没有？"

暖暖去年冬天才开始长身子，却是一天一个样。待脱了冬衣换上春裳，身材已有了

少女的柔美。

太后娘娘不住地点头。

皇后娘娘也赞道:"暖暖越长越漂亮了!"

暖暖笑着道谢,十分地大方。

有宫女进来禀道:"皇太子来了!"

暖阁热闹起来。

太后放开了暖暖的手,皇后娘娘的目光也从暖暖的身上挪开。

暖暖安静地退后,站在了姜氏的身边。

内侍簇拥着皇太子走了进来。他一眼看到了暖暖,目光中就闪过一道喜悦的光芒,恭恭敬敬地给长辈们行了礼,又受了诸位夫人、小姐的礼。

他坐在了皇后下首,和太后娘娘说着话:"先到毓庆宫接受詹事府的贺仪,和他们吃了长寿面就来陪皇祖母听戏。"

毓庆宫有照顾皇太子生活起居的内侍、宫女,詹事府有指导皇太子认字识礼的老师。

太后娘娘对皇太子的安排很满意,笑着颔首。

安成公主到了,诸位夫人、小姐纷纷上前行礼。

皇太子扭头,悄声对亦步亦趋地跟在姜氏身后准备上前给安成公主见礼的暖暖飞快地道:"前些日子有人送我一对'四不像',就养在景福宫,你真的不想去瞧瞧?"

暖暖目不斜视地跟在姜氏身后,低声道:"如果太后娘娘、皇后娘娘和诸位夫人、小姐都去,我自然也是要去的。如果大家都不去,我也不方便去。"

皇太子看着端庄持礼的暖暖,眼中露出几分失望之色,没有理睬暖暖,和太后娘娘、皇后娘娘说了几句话,就起身告辞了。

暖暖拉了雍王的女儿宜伦郡主说话:"皇太子在毓庆宫接受詹事府的贺仪,我想去看看王伯洲长得怎样,你想去吗?"

宜伦郡主眨着眼睛:"小姑姑敢去,我也敢去!"

"那好!"暖暖笑弯了眼睛,"你去找两套宫女的衣裳,我们去毓庆宫!"

宜伦郡主点头。

两人一前一后地溜出了慈宁宫的暖阁,经过长春宫、永寿宫、御花园、钟粹宫、承乾宫、景仁宫,到了毓庆宫。

宜伦郡主喘着粗气对暖暖抱怨道:"我再也不和你出去了……王伯洲再怎么有学问,也和我们没关系,要认识他干什么啊……"

暖暖嘻嘻地笑。

宜伦郡主突然拉住了她："你、你看！那、那人是谁？"表情很紧张。

难道皇上在毓庆宫？念头闪过，暖暖吓了一大跳，慌张地道："哪里？哪里？"

却看见毓庆宫大殿前立着个少年，穿了湖色净面襴衫，静静地站在那里，如株高大笔直的银杏树，秀丽，温雅。

怎么又碰见了？暖暖皱眉。

宜伦郡主已一改刚才的浮躁与不耐烦，擦了擦额头的汗，挺直腰背，低声道："我们快进去！"说完，也不等暖暖，一派端庄地朝前走去。

宫女出了自己当差的宫殿，就得成双成对，不允许单独一个人行走的。暖暖疾步跟上。

少年显然也认出了暖暖。他困惑地望着她，双眉紧紧地蹙在了一起。

暖暖和宜伦郡主姿态从容地和少年擦肩而过。宜伦郡主忍不住回头。

"他在看我们！"再昂首时，宜伦郡主的笑容像盛开的花。

暖暖心不在焉地"哦"了一声，目光落在了和皇太子并肩立在院子里说话的老者身上。他身材瘦小，表情严峻，穿了件三品大员的大红色纻丝官服，中间绣着文官的正方形孔雀补子，虽然须发全白，却面色红润，看上去很精神。

皇太子表情一滞，很快就反应过来，轻轻地颔首。

皇太子贴身的内侍飞快地跑了过来："宜伦郡主、徐三小姐，您二位有什么事？太子殿下正和詹事府的詹事王大人说话呢！"

原来王伯洲长这副模样。暖暖笑道："没事，我们就是想去景福宫看看'四不像'。"说着，牵了宜伦郡主，"既然太子殿下有要事，那我们就先走了。"不等内侍有所反应，拉着宜伦郡主就出了门。

"什么'四不像'？"宜伦郡主一出毓庆宫脚步就慢了下来，"是有人给太子殿下进献了'四不像'养在景福宫吗？"

"嗯！"暖暖点头。

宜伦郡主停下了脚步："那我们不如等太子殿下忙完了，请太子殿下同意我们去景富宫看看'四不像'好了！反正话已经说出口了，还走了这么远的路，说不定回去还要被责骂……空手而归，太没意思了！"

也对。她们出来这么长时间了，慈宁宫说不定已经发现她们不见了。与其说她们溜出来是想看看王伯洲是什么样子，还不如说是想看看那"四不像"。

暖暖点头。

宜伦郡主突然大声道："你知不知道，安成公主的女婿李霁可能要升福建巡抚了？"

"是吗？"暖暖觉得宜伦郡主的举止十分轻佻，皱着眉看了一眼垂目站在不远处的少年,低声道,"我们在这里议论朝政,好像有点不好!"

"这有什么!"宜伦郡主不以为然,"说起来,李霁也是我们的亲戚——他是安成公主的女婿呢!要不是因为这个原因,当初他怎么可能得到何承碧的重用?福建常遭海盗袭击,皇上想在福建增设一个巡抚,内阁推荐了李霁,皇上想也没想就答应了,还不是因为有这层关系在上面。"她说着,感慨道,"要是当初大表姑母嫁给了李霁就好了,大表姑父到现在还是个指挥使同知呢!"

暖暖不喜欢宜伦议论大姐夫时的口吻,辩道:"指挥使同知又怎样?他要想升官,多的是机会。可他想和大姐一起待在沧州。李霁就算是任了福建巡抚又怎样?这么多年了,他的家小一直在燕京。忽见陌头杨柳青,悔教夫婿觅封侯。要是我,宁愿嫁给做指挥使同知的大姐夫,也不愿意嫁给做巡抚的李霁。"

"好生没有道理!"宜伦郡主脸色大变,"'男儿当死于边野,以马革裹尸还葬耳,何能卧床上在儿女手中邪',像大表姑父那样的人有千千万,可像李霁这样的人却凤毛麟角……"

暖暖惊讶地望着有些失态的宜伦郡主。她们年纪相仿,性情相投,从小到大吵吵闹闹,却从来没有像此时这般针锋相对!宜伦这是怎么了?她皱着眉,感觉有道灼热的目光落在了她的身上。

暖暖回头,看见那少年温润如玉的眸子突然绽放出绚丽的光彩。

宜伦也感觉到了异样,她立刻意识到刚才的举动有多粗俗……她敛容,紧紧地抿着嘴巴。

无言而显得有些尴尬的沉默中,少年突然上前几步,朝着暖暖行了个揖礼,礼貌地道:"小姐,我有要事请教,能否借一步说话?"

暖暖惊异地望着他。

他含笑作揖,没有看宜伦郡主一眼。

宜伦郡主望着少年的目光晦涩不明,有些愤愤不平地朝一旁走了十几步。

少年揖礼:"小姐,我第一次见到你,是在王先生家里。你看见我,满目惊艳地微笑,又不顾一切地追随着我看。第二次,是在永平侯府的西山别院。你当时站在树上大笑,和我擦身而过正眼也没有多看一下。第三次,是在宫里,看我的目光平淡冷漠,像不认识一样……我想知道,小姐为何前后态度会相差这么大?"

暖暖目瞪口呆。真是自恋啊!因为惊艳后没有纠缠,就心里不平衡地找答案!

"我第一次见到公子,的确感觉很是惊艳。"她不客气地道,"可当我发现你眼中露出厌烦的表情时,我就知道,你并不如你外表表现的那样温文尔雅、谦和磊落,所以不想再和你打交道!何况我当时追出去,并不是要去看你,而是想看看王先生是怎样一个人!"

少年张口结舌。过了好一会儿,他轻声道:"我从小到大,看到过很多人惊艳的目光……很受困扰……所以非常讨厌有人追随我……"

暖暖认真地打量他,五官精致,没有一处不是恰到好处又散发着轻风朗月般的坦荡。果然是少见的美男子!

"既然解释清楚了,你也应该能释怀了。"她福了福身,朝宜伦郡主走去。

"小姐请等一等。"少年柔声道,"我有一事相商。"

暖暖转过身来,好奇地望着少年。

"小姐出入之地非富即贵,我想和小姐打个赌。"他微微地笑,神采飞扬,目光温暖迷人,"如果一年之内我能再遇到小姐,请小姐同意我向贵府提亲!"

暖暖杏目圆瞪,半晌,一言不发地离开。

"小姐,你不吱声,我就当你是答应了……"少年在她身后低呼。

宜伦满脸的困惑中带着几分警惕:"你们都约定了些什么?你们认识?"语带妒忌。

"我要是认识,怎么会不打招呼?"暖暖反问宜伦,觉得这少年莫名其妙,令人可笑,"太子殿下下午才去慈宁宫,这眼看就要用午膳了,我们还是先走吧!等有机会再去看那'四不像'也是一样啊!"

"这……"宜伦瞥了少年一眼。

少年和守门的内侍说着什么,看也没看她们一眼。

暖暖已经走出去了一射之地。宜伦咬了咬牙,跟了上去。

一整天,暖暖都有些不安,想着那个少年。出现了三次,其中两次与王伯洲有关……这少年与王伯洲的关系不浅……看他样子挺正常的,说出来的话却那样地荒诞不经……要是真闹起来了被家里知道了,母亲肯定会伤心的……

暖暖决定在以后的一年里,哪里也不去,专心在家里跟着母亲学针线、跟着四嫂学管家。

日子转瞬即过。

端午节的前两天,徐令宜从延绥回来。

父亲免了他们第二日早上的问安。

暖暖不想待在家里,去了徐嗣谆那里。

六嫂的哥哥王允也来了。

暖暖没有像从前那样跑去听他们说话,而是带了唐哥儿描红。

"近日燕京出了件奇事。"姜氏和她闲话,"钦天监推算出五月十九有日食,结果王伯洲的弟子、扬州集邗冯家的十一公子说钦天监推算错误……燕京还有人赌是钦天监赢还

是冯公子赢呢！"然后惋惜道："毕竟是没有父母帮衬，这冯公子虽然聪明，却也太不通人情世故了。如若钦天监是对的，他只怕要吃官司；如若钦天监是错的，让皇上的面子往哪搁？只怕仕途就要受阻了！"

王伯洲的弟子……暖暖脑海里浮现少年的影子。难道是他？

"冯公子叫冯衍。说起来，冯家和我娘家还是旧识。"姜氏叹惜道，"冯家老太爷冯俨精通书法、天文、地理、律历，是启天十六年的庶吉士，写得一手好字，因此进了行人司，专为皇上拟写圣意。后来做了国子监祭酒，升至礼部侍郎，是《太祖宝录》《天下图志》的总裁官，先后主持过三次乡试，死后赠少保，谥'靖文'。冯公子的父亲冯圭，和庭哥儿的外祖父是同科，为人忠厚老实，任桐县县令，修了桐城水道灌田，后来累死在了任上。到今天，桐县人的朱邑祠里还奉着他的牌位呢！冯衍是遗腹子，从小就聪明伶俐，五岁时跟祖父启蒙，十岁时祖父去世，把他托付给王伯洲。十二岁就中了秀才，十四岁中了举人，今年春天他进京赶考，主考官觉得他年纪太小，不够稳沉，不足以做官，落了第……这才几天，又闹出这样的事端来！"

不要说暖暖了，就是徐令宜，到了五月十九那天，也盯着太阳看。整整一天，太阳都明亮刺眼。

燕京城沸腾了。

皇上招了冯衍进宫。

冯衍推算出十一月初二正午有日食，顺天府见日食二分，琼州日全食，大宁以北无日食。

大家的目光都盯着十一月初二。到了那天，燕京果然见了二分的日食。

一时间，燕京的街头巷尾都在议论冯衍。

冯衍突然拜访永平侯府。

暖暖心里早像猫抓。她吩咐百蕊："你去看看，那冯衍是怎样的人。"

不一会儿，百蕊来回话："二十来岁，瘦瘦高高的，神色间有些倨傲……"

首先年龄就不对。暖暖松了口气，问百蕊："知道他和爹爹都说了些什么吗？"

"好像是在问学问上的事。"百蕊道，"在书房外当差的小厮们说，屋里不时传来辩驳声。我躲在屏风后面瞧的时候，听见那位冯公子在说什么'圣言千言万语，大抵不外敬、恕二字'什么的！"

暖暖想了想，顺手抓了放在锦杌上的斗篷："走，我们看看去！"

自从皇太子生辰后，三小姐一直都没有出门，就连九月九日侯爷和夫人要带三小姐去八山岭登高赏叶三小姐都没有答应的。难得三小姐有这样的兴趣。百蕊高高兴兴地应诺，打着伞，吱呀吱呀地踩着白皑皑的大雪去了外书房。

暖暖透过屏风的缝隙朝外望,有个二十来岁穿了官绿色潞绸袍子的男子正和徐令宜滔滔不绝:"……君子无众寡,无大小,无敢慢,斯为泰而不骄……"态度恭敬中不失几分谄媚。

　　可能是说的时间长了些,徐令宜眉宇间已有了几分倦意。

　　暖暖大失所望,披了斗篷出了书房。

　　有一男子锦衣轻裘地站在竹林旁边,雪簌簌落在他的身上,他嘴角轻翘,眼神诚挚而热烈地望着她:"我叫冯衍,徐小姐,我们又见面了……"

　　暖暖愣了愣,望了望书房,又望了望好整以暇等在那里的冯衍,露出一个灿烂的笑容:"冯公子,我要是没有记错,我当时好像转身就走了,并没有答应你什么!"

　　冯衍微微地笑。

番外二

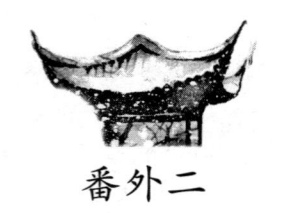

莹白的羊角宫灯发出静谧的光芒,槅扇外是徐嗣谨低声呵斥暖暖的声音:"你小点声,想把娘吵醒吗?有什么事,我们明天早上再说!"

十一娘在中午迷迷糊糊醒过来的时候,徐令宜握着她的手坐在身边,这个时候不知道去了哪里。她这一病,他可吃足了苦头,不分昼夜地守在她身边,喂药、擦洗都不借其他人之手,连几个孩子也不敢去休息,整宿整宿地在一旁服侍,人都瘦了一大圈。

十一娘扭了头找徐令宜,脑袋摩擦枕头发出了轻微的窸窣声。

"母亲,您醒了?"谨哥儿的媳妇王兆有些疲惫地惊呼道。

内室的槅扇门立刻被推开,徐嗣谨和暖暖一前一后地大步走了进来,身后还跟着一大群人。

"娘亲,您没事吧?"暖暖挤开徐嗣谨,上前拉了母亲的手,"听说您病了,我好害怕,退思连夜让人开船赶了回来!"

退思是暖暖相公冯衍的字,他是个世间少见的美男子,现在虽然人到中年,学识和修养却让他更胜年轻的时候。

十一娘嘴角翘了起来:"退思也来了?"

"岳母,您好些了没有?"冯衍温和中带着几分清越的声音少了平常的淡定从容,多了些许的慌乱。

十一娘望着已为人妻、为人母却依旧如少女般天真活泼的暖暖,想起冯衍求她将暖暖嫁给他时所说的话:"三小姐从来不被表面的浮华所迷惑,总是能透过那些耀眼的光芒看到事物的本质,我从小就盼望有人可以忽视我的外表而看见我的努力……"

是不是因为知道了暖暖可贵,所以自他接过了她和徐令宜撑在暖暖头上的保护伞后,就一直以一种宠爱的态度来对待暖暖呢?不仅满足暖暖的好奇之心,还愿意和暖暖一起去尝试那些新鲜的事物,让暖暖的生活里总是充满了欢声笑语。暖暖能遇到冯衍,也是种幸运!

"我没什么事!"想到冯衍对女儿的好,十一娘的声音比往常更柔和了几分,"倒是你们,急急地从镇江赶来,多有奔波,快些下去歇息了吧!"最后一句,吩咐的是暖暖,目光却落在了徐嗣谨的身上:"你怎么回来了?"

徐嗣谨十年前镇守辽东,先后五次大捷,封了辽东巡抚、兵部右侍郎、宁国公,已是威震一方的封疆大吏。十一娘也因此每年只有在徐嗣谨回京述职的时候才能见到儿子。

"爹爹写信给我,说娘病了,又说我好些日子没有回来了,让我带着儿子、女儿回来和您说说话!"

徐令宜知道她想着徐嗣谨,所以她一病就借此把他叫了回来!

那边暖暖已叫了起来:"娘亲,我不累!您就让我陪陪您吧!我保证不哭。"

是被兄长教训了吧?十一娘摸了摸女儿依旧乌黑亮泽的头发。过两年,暖暖都要嫁媳妇了。

"你还是好好跟着退思回去歇了吧!"徐嗣谨笑着,眼角眉梢多了几分少年时没有的威严,"别到时候反而要娘亲起来帮你盖被子!"

"六哥!"暖暖恼羞成怒。

十一娘笑着问起了徐令宜:"去哪里了?"

暖暖忙道:"六哥怕爹爹累病了,亲自把爹爹架到暖阁休息,五哥在那里服侍着爹爹呢!"

十一娘点头:"既然这样,你们也都去歇了吧!这里有英娘照顾我就行了。"

"母亲,我随六爷在任上,平日里都是四嫂和五嫂代我尽孝,今天晚上,您就让我值夜吧。"王兆真诚地道。

"那就让谨哥儿媳妇值夜吧!"王兆自嫁入徐家就随徐嗣谨在任上,十一娘能理解她不能侍候婆婆的内疚。

儿子媳妇问候了半天,渐渐散去。

王兆在十一娘的榻脚打地铺。

十一娘让人搬了床贵妃榻进来让她歇息。

半夜,十一娘突然醒来,看见王兆正呆呆地坐在她榻脚上发愣。

"怎么了?"她笑着打趣王兆,"是不是谨哥儿给你气受了?"

要说这些年,十一娘有什么不顺心的,就是徐嗣谨屋里的事了。

阿穆眼里只有一个徐嗣谨,太夫人去世,还跟着回来安慰徐嗣谨。徐嗣谨心里却只有一个王兆,王兆很喜欢阿穆的爽朗大方,禀了十一娘,想做主让徐嗣谨纳了阿穆。十一娘没有作声。除了服,徐嗣谨被调任陕西总兵,阿穆和从前一样,跟着他们去了任上。可不知道为什么,第二年春天,阿穆回了思南,从那以后,她就再也没有出过贵州。

为这件事,王兆曾特意从陕西回来给她赔罪:"母亲,我发誓,我对阿穆如同亲妹子一样,绝没有吃醋……"

十一娘表情严肃地打断了她的话:"那你告诉我,看见阿穆总找谨哥儿说说笑笑的,

你有没有不高兴?"

王兆怔住。良久,她垂下头:"我、我是大妇,自然要有大妇的气度……"样子有些心虚。

"既然如此,"十一娘淡淡地道,"我身边有两个模样、品行都不错的丫鬟,就赏了你吧!"

王兆的脸瞬间变得雪般苍白。西洋钟嘀嘀嗒嗒地走了几个来回,她才表情僵硬地站了起来,恭敬地应"是",神色木然地退下去。

第二天,暖暖跑来向十一娘讨那两个丫鬟:"娘,我身边缺两个做针线的丫鬟,她们的手艺最好,您就赏了我吧!"

十一娘若有所指地道:"是你想要,还是你六嫂求到了你面前?"

暖暖不敢扯谎骗母亲,喃喃无语。

王兆得了信,跪在十一娘面前,虽然绝望,却依旧坚定地道:"阿穆姑娘心地善良,对六爷一往情深,又认识六爷在前……可让我再往六爷身边塞人……除非六爷喜欢,否则儿媳只有推辞!"

"这样说来,只要谨哥儿喜欢就成了?"十一娘语气淡漠地问她。

她极力保持着镇定,可眼中的悲伤却让她的情绪一览无遗:"只要六爷喜欢,儿媳自当为六爷做主。"

十一娘没有作声,这件事就这样不了了之了。

王兆对徐嗣谨的态度却发生了翻天覆地的变化:作了诗,会读给徐嗣谨听;作了画,会拿给徐嗣谨看;写字的时候,会和徐嗣谨回忆王父的教导;弹琴的时候,会和徐嗣谨讲起教琴先生的笑话……生活起居更不用说,照顾得无微不至。

两人间少了几分客气,多了几分亲昵。徐嗣谨心里不知道有多欢喜,家里的事全交给王兆。

十一娘松了口气。

聪慧的王兆没多久就明白了婆婆的用意,借着过年回来给公公婆婆问安,她真诚地给十一娘多磕了三个头。

如今十一娘提起,她不好意思地低下了头,"六爷待我很好很好的,从来没有给过我气受!"

十一娘安安心心地睡着了。

第二天醒来,不仅没有看见徐令宜,而且也没有看见徐嗣谨和暖暖。

十一娘不由奇怪起来,悄声让琥珀去看看。

琥珀回来,神色有些异样。

"夫人,侯爷和几位爷、奶奶都在厅堂说话。"

"说了些什么?"十一娘好奇地问。

琥珀犹豫片刻,低声在她耳边道:"侯爷说,要在京郊买祭田。还说,百年之后,要和夫人葬在一起。"

十一娘微微地笑……

图书在版编目(CIP)数据

庶女攻略. 柒 / 吱吱著. —2版. —杭州：浙江文艺出版社, 2018.1 (2021.2 重印)
ISBN 978-7-5339-4845-0

Ⅰ. ①庶… Ⅱ. ①吱… Ⅲ. ①长篇小说—中国—当代 Ⅳ. ①I247.5

中国版本图书馆CIP数据核字(2017)第059821号

策划统筹	柳明晔　王晶琳
责任编辑	王晶琳
封面题字	天　勤
插　　画	唐　卡
装帧设计	荆棘设计
责任校对	许龙桃
责任印制	张丽敏

庶女攻略　柒
吱吱 著

出版	浙江文艺出版社
网址	www.zjwycbs.cn
经销	浙江省新华书店集团有限公司
印刷	浙江海虹彩色印务有限公司
制版	浙江新华图文制作有限公司
开本	700 毫米×980 毫米　1/16
字数	384 千字
印张	20.25
插页	2
版次	2013 年 4 月第 1 版 2018 年 1 月第 2 版 2021 年 2 月第 2 次印刷
书号	ISBN 978-7-5339-4845-0
定价	39.80 元

版权所有　违者必究
(如有印、装质量问题，请寄承印单位调换)